John Toland

OCCUPATION

Doubleday, New York, 1987

根据纽约双日出版公司 1987 年版译出

OCCUPATION IN JAPAN

占领日本

[美] 约翰·托兰 ◎ 著

美国著名通俗历史学家、普利策奖获得者
约翰·托兰力作

中国社会科学出版社

图字：01-97-0162号

图书在版编目（CIP）数据

占领日本 / （美）托兰著；孟庆龙等译校. —北京：中国社会
科学出版社，2013.6（修订重印）

ISBN 978-7-5004-1999-0

Ⅰ.①占… Ⅱ.①约…②孟… Ⅲ.①长篇小说—美国—现代
Ⅳ.①I712.45

中国版本图书馆CIP数据核字(2007)第177806号

出 版 人	赵剑英
责任编辑	艺　达
责任校对	李　莉
责任印制	王　超

出版发行	中国社会科学出版社
社　　址	北京鼓楼西大街甲158号（邮编 100720）
网　　址	http://www.csspw.cn
	中文域名：中国社科网　010-64070619
发 行 部	010-84083685
门 市 部	010-84029450
经　　销	新华书店及其他书店

印　　刷	北京奥隆印刷厂
装　　订	北京市兴怀印刷厂
版　　次	2013年6月第2版
印　　次	2013年6月第2次印刷

开　　本	710×1000　1 / 16
印　　张	25.75
插　　页	2
字　　数	396千字
定　　价	39.00元

凡购买中国社会科学出版社图书，如有质量问题请与本社联系调换
电话：010-64009791

译者的话

约翰·托兰是中国读者熟悉的美国著名通俗历史学家。他的作品已有九部被译成中文并在中国出版发行。一个外国人，能有如此多的著作被中国翻译出版，且几乎部部畅销，实不多见。

托兰的书之所以受欢迎，最重要的是能让人们深深感受到字里行间的人情味。托兰的作品绝大部分以血雨腥风的战争为题材，但他常以充满同情的笔调描写着一个个小人物——当兵的和老百姓的命运，对丑恶人物也从不脸谱化。托兰写书的另一个特点是，除了利用现有的文件档案、回忆录、著作外，他还进行大量的采访（有的书达几百次）。书中的人物、情节十分复杂，颇具戏剧性，读来引人入胜。

托兰的战争题材作品中，反映亚洲的战争的有六部，除了一部写朝鲜战争外，其余五部都是写日本的。他自称对欧洲中心主义十分厌恶，写这些作品是为了促进东西方的接近。在《日本帝国的衰亡》和《战争之神》中，托兰极富情感地表现了战争的极端无益和悲惨。在反映最动人心弦和凝聚生机的历史时期之一的《占领日本》中，托兰以第二次世界大战结束后远东国际军事法庭审判日本甲、乙级战犯为背景，以美国一名辩护律师和日本一战犯两个家庭之间情与法的复杂矛盾为主轴，深刻揭示了日本发动的侵略战争给本国人民造成的灾难。书中虽个别地方流露出对个别战犯的同情，但其主旨是颂扬和平、谴责战争的，正如托兰所言：历史不会简单地给人教训，立足现在，认识过去，给人们的教益只会更多。

参加本书翻译的主要有杜继东、李小宪、毕健康、陈丕西。全书由孟庆龙统校，潘平通看了全书，并提出了宝贵意见。由于水平有限，错误难免，敬请广大读者指正。

中文版序

　　约翰·托兰在因写作历史著作而成名之前曾写过许多部小说，但都没有出版。1982 年，托兰写作出版了一本揭露关于美国政府在珍珠港事件前后内幕的历史书《美国的耻辱》（中文版于 1994 年出版），因而遭到美国学术界内许多人的批评以至攻击，昨天的好友今天忽然成为路人，甚至待他以恶言怒目。这件事使他深为感慨。他决定改而写起小说来，大概跟这一背景有关系，也许是以为小说里讲的事情别人可以不必那么认真吧。托兰当时计划写一套三部曲，以美国教授麦格林恩一家的悲欢离合故事为主线，再现从太平洋战争爆发前到朝鲜战争这一段时间里波澜壮阔的战争与和平的历史场面。三部曲的第一部《战争之神》于 1985 年在美国出版（中文版于 1987 年出版），讲的是第二次世界大战中日本和美国间的战争。三部曲的第二部就是我们现在这本书，讲占领日本。第三部本来要用小说形式来写朝鲜战争，但在调查研究的过程中，托兰经过深思熟虑和接受了朋友们的劝告，终于重提史笔，以历史专著来再现那场美国不少人认为是"错误的"和"被遗忘了的"战争，这便是1991 年在美国出版的《漫长的战斗》（中文版于 1993 年出版）。在当代既供专家又供大众阅读的现代史特别是战争史的作者中，约翰·托兰是当之无愧的大师。而他写的历史小说也因其丰富的历史内涵、生动清新的文笔和曲折的故事而引人注目。他总共出版了两本历史小说，数量少而更足珍贵。如果说，同一作者写的讲日美太平洋战争的小说《战争之神》和历史著作《日本帝国的衰亡》能交相辉映互为弥补的话，那么手头这部以盟国对日本的占领为背景的小说便是托兰绝无仅有之作：第一，它是小说；第二，这里讲的事情作者在别处没有讲过。

　　约翰·托兰是一位大手笔的奇才。使他高于许多其他作者之处的，首先便是他的立脚点。恰如他在《战争之神》一书的中文版的序言中所说，他写关于亚洲的著作在于帮助促进东西方的接近。他认为，不同的人们和国家应当学会接受别人跟自己的不同。诚哉斯言。

华庆昭

目　　录

第一部

第二部

第三部

第四部

第五部

第六部

第 一 部

第 一 章

1

华盛顿特区，1945 年 9 月 22 日

弗兰克·麦格林恩正在 OP-16-W 狭小的办公间里打点行装，这里是海军的一个秘密行动情报机构。这时，一位海军上将正局促不安地站在房间凌乱不堪的角落里，苦苦恳求麦格林恩接受海军在日本的一项临时任务，但这并没有使他动心。他脱离威廉斯学院的教学工作已将近三年半了，在此之前，他已拒绝了一项更具诱惑的差遣，那是国务院想利用他对亚洲事务的精通而提供的一项任务。

"我主意已定，上将。"他说道，摆出一副架势——就像他在办公室里常常做出的姿态那样——犹如一只凶猛的雄鹰扑向了一只孤立无援的兔子。教授身材修长，长着一头浓密的白发，这更突出了他那对炯炯有神的蓝眼睛、鹰钩鼻子和白里透红的肤色。健美的体态不仅给他颇具教养的举止增加了不少光彩，也造就了他那种极富特色的尊严和高贵。他将那包沉甸甸的书挎上了右肩，迈着年轻人的步伐，流星般地跨出了房间，尽管这时他已是 62 岁高龄。

真是白痴！他的思绪仍没有停下来。难道连极浅显的英语也听不懂吗？一旦战争结束，哪个聪明人会愿意继续为政府工作呢？

一个小时后，他踩动了他那辆福特牌车子的油门，踏上了驶向马萨诸塞州威廉斯城的伯克郡山峦脚下的征途。他已同意，在秋天事态平稳之后，重返学校教授近代历史。与此同时，他还将着手写一本著作，其内容是珍珠港事件前悲剧性的 6 个月的事情，它们导致了这场灾难的爆发。1941 年春天，他曾出版了他的上一本著作，提出了一种理论，即在美日矛盾加深的过程中，美国的某些做法也应像日本一样受到谴责。一些评论家，尽管曾高度赞扬了他的其他研究成果，却做出预言，即麦格林恩的研究生涯将从此结束。现在，他开始进行反击了。在华盛顿的这几年中，他已搜集了许多极为重要的新材料，这会大大加强他那些反传统观点的说服力。

下午晚些时候，他进入了马萨诸塞州，初秋的气息迎面扑来，多么舒畅啊！在首都时，他还只能忍受那种闷热的天气，令人疲倦不堪。终于，他看到了学院中小教堂的顶部，这是一座极为滑稽的建筑，但长期以来已为他所钟爱。不久之后，他来到了霍克西大街的那所旧房子前。以前的住户将房子的外墙刷上了丑陋的绿色，至今仍使人联想到哥特式小说中的景物。然而，屋子里边则充满了宁静和凉爽，他可以静下心来思考一些问题了。女管家显然非常知趣，说了几句欢迎到来之类的话后，就又消失在厨房里了。

这时，电话铃突然响了，他痛苦地发出了近似呻吟的声音。很久以前，他就想到要收拾一下电话机，使它只能打出去，但是，他的4个孩子却一致反对。电话是他的老朋友哈维·乔纳斯从白宫打来的。除了在OP-16-W做心理战工作外，麦格林恩一直是他在哈佛的老同学富兰克林·罗斯福的非官方顾问，总统为什么长期保持着这种咨询，仍是一个难解之谜，因为，他通常并不这样做。

"弗兰克，很高兴抓住了你。"

"什么使你认为已抓住了我？哈维。"

"我敢肯定，你仍陶醉在你那块小天地里吧。"

"好吧，你想让我干什么呢？哈维。不管干什么，我的回答都是否定的。"

"不是私事，弗兰克。我是替杜鲁门总统找你的。"

"我原以为你不喜欢那个服装商。"

"弗兰克，别开玩笑了，"他清了清嗓门，"他想请你去东京，做麦克阿瑟将军占领日本期间的顾问。"

麦格林恩不禁乐了，"得了吧！你真会开玩笑，还是告诉我你的真正意图吧！"

"我是在谈正经事，弗兰克。鲍勃·舍伍德、克拉克·克利福德和其他熟悉你的人都一直在跟总统说，你过去的建议对富兰克林·罗斯福是多么的重要。"

麦格林恩发出了嘲讽的腔调，"即使你是认真的，我的回答仍然是否定的。请转达我对总统的问候。"

"但是，……"

"不要说了，哈维。"

"弗兰克，还是考虑一下吧！任何时候都可以给我回话，电话还是老号码。"

麦格林恩挂上了电话。

这个建议似乎近于荒谬，但却萦绕在他的脑际，无法消失。自哈佛毕业之后，他生活中的一大段时光是在东方度过的，那里已成为他的第二故乡。他在日本待了7年，在青山学院里教历史，与一位著名苏格兰传教士的女儿结了婚，并且写了一本明治天皇亲政的历史书，这使他名声大振，母校也请他回去任教。回到哈佛后，他迅速取得了成功，许多学生对他爱尔兰人式的聪明才智佩服得五体投地。到1920年时，他已经出版了至少两本关于亚洲的著作，并被公认为世界上研究东方学学者中的佼佼者。这一段时光，是他一生中充满了幸福、成果辈出的时期。然后，在那年圣诞节前夕，克拉拉·麦格林恩生下了那对孪生子——并且离开了人世。像许多爱尔兰人一样，麦格林恩开始酗酒了，不久，根据双方的协议，他离开了哈佛大学。这时，他已有一个7岁的儿子和14岁的女儿，女儿成了那对孪生子实际上的母亲。麦格林恩带着所有的孩子回到了日本，并再次在青山学院任教。他重新振作起来，成为一名正教授，又写出了两本著作，其中一本是美国驻日首任大使的传记，这部优秀的作品使他荣获了普利策大奖的殊荣，也使他赢得了威廉斯学院近代史教学中的头把交椅。就像在哈佛时一样，许多学生对他顶礼膜拜，尽管他的那些挖苦话常常出口伤人。1935年，他曾离开日本，去中国进行了专门研究，这一期间，他会见了毛泽东、周恩来等红军领袖，他们在1934年下半年从中国南部的中心地带，经过6000英里的长途跋涉，刚刚到达西北地区的新根据地。

此刻，他脱离了战时在华盛顿供职的工作，又回到了威廉斯。晚饭后，乘着浓浓夜色，他在宁静的校园中信步闲行，而那片他所喜爱的土地——亚洲，仍不时搅动着他的心弦。动乱正在那块大陆上到处蔓延。数以千万计的燃烧弹重创了日本，而那次代号为"饥饿行动"的军事打击，更使其一蹶不振。该次行动将12135枚水雷投在日本的内河和港口中，使700艘船只不能运行，使日本的工业生产几乎完全瘫痪。当时，他曾极力反对这一行动，因为该行动会在1946年春天将700万人口抛入饥饿的深渊。此时此刻，除非盟国——实际上即美国——着手运进大批的食粮，否则，数以百万计的人们将仍然面临着饿死的厄运。这只是麦克阿瑟面临的问题之一，根据指令，他还须向那些命运悲惨的人民展示其过去社会的邪恶，并带给他们以西方式的民主模式来拯救自己。麦克阿瑟将对那些斗胆发动战争的将军和政界要人进行审讯，对那些亲自犯下暴行的数千名较低级别的军官实施绞刑。他还奉命改造教育体系，以基督教取代佛教和日本神道，清洗商界巨头和政府高层官员，用美国的公正原则来改造日本的法律，解放那些备受歧视和蹂躏的妇女，在劳工中建立工会组织，教会整个国民习惯西方的白面包而放弃吃大米，学会喝可口可乐而不是传统的日本米酒。除此之外，在遣散了日本陆、海、空三军后，他还要将分布于亚洲大陆各个角落的数百万日军运回日本本土，这样会使苏联在夺取其北方岛屿时容易些。

中国又会怎么样呢？内战会使它分裂吗？我们应当支持哪一边——是那个已经显示出无能和腐败、由蒋介石领导的国民党，还是毛泽东的共产党呢？还有那个小小的朝鲜，美国至今仍对它所知甚少。什么样的命运又会降临在菲律宾、印度和东南亚国家的头上呢？它们都会投入共产主义的怀抱吗？对于所有的亚洲兄弟来说，白人不可战胜的神话已经完全破灭。太平洋战争的结束只会是一个序曲，东方人反对西方殖民统治、争取自由的强烈呼声将会随之到来。

祸兮福所倚，福兮祸所伏，可怜的美国雄鹰将会面临异常艰巨的任务，尽管在欧洲和亚洲取得赫赫战果后，它似乎显得实力强劲，不可一世！而且国内的呼声也愈演愈烈，要求尽快撤销战时机构，封存庞大的战争军事机器，认为将再也不需要战争了。难道原子弹的巨大威力还不足以维持世界秩序吗？

亚洲就像一座神奇的火山，随时都会喷发出灼热的火焰。它的构成错综复杂，简直令人不可思议，麦格林恩不断地思考着亚洲的问题，展望着那里的前景，并越来越多地玩味着其中的奥妙。他对自己的作用仍抱有怀疑，因为，与罗斯福相比，那个刚愎自用的麦克阿瑟对于一些好的建议，无疑缺乏应有的敏感性。然而，亲眼目睹那里的历史场面，将会使他获取重要的材料，这对他日后的著书立说将产生无法估量的价值。

经过深思熟虑之后，他觉得应该接受杜鲁门的要求。他所有的子女目前仍在日本，弗洛斯嫁给了一位日本外交官，在珍珠港事件后，她随丈夫去了东京，后来，她丈夫死于宪兵的毒打之下，孩子也因营养不良而夭折了。马克应召入伍，参加了海军，他是一个倔强的孩子，脑子里充满了理想，这些年来，尽管他一直受不到家人的照顾，但在战争的洗礼中，已逐渐成熟了。玛吉，他孪生孩子中的一个，立志要成为世界上最杰出的女记者，她千方百计地到达了硫磺岛和冲绳岛，已成为跟随美国海军进行战时报道的第一位女记者。

第四位，他的大儿子威尔，在哈佛法律学校修完第一年的课程后，听从了法官法兰克福特的意见，成为乔治·马歇尔将军手下的一名法律军官。1941 年 12 月初，他被派往菲律宾，对麦克阿瑟的军需要求进行考察，他们在克拉克战场靠岸了，不久日军就袭击了这里。后来，他在巴丹被日军俘获，经历了"巴丹死亡行军"①，被关进了奥唐奈和甲万那端集中营。此后，他又逃出来，在宿务岛与当地游击队并肩战斗。此后，他又再次被日军俘获，先后被送到日本南部的两个集中营，后一个集中营位于长崎，这里距第二颗原子弹爆炸的中心仅有一公里多。在他所有的子女中，威尔是教授最亲近的一个，酗酒的习惯和抑郁的心态已使他成为一个喜欢寡居的人。不久，威尔将会结束其多灾多难的经历，回到他的身边。

麦格林恩急忙赶回住所，拨动了通向白宫的电话。半小时后，电话才被接通。"哈维，"他说道，"我接受那项工作。"

"我想你会的，弗兰克，谢谢。"

"我的儿子威尔，这几天就会回来，我得和他团聚一段时间，过了元旦吧！"

---

① 巴丹死亡行军：第二次世界大战中，日军攻战菲律宾巴丹岛后，强迫美军战俘徒步行军至俘房集中营，沿途死者甚多。——译者

"不急，总统感谢你。"

"他怎么会知道的这么快？"

"我早就给他打保票了，在我们交谈之后，我就非常有把握你会接受的。"

"哈维，你这个家伙！"

"我知道你会的，弗兰克，所以我一直在静候佳音。"

2

日本，1945 年 10 月 15 日

在从厚木机场到横滨的路上，麦格林恩坐在拥挤的车上，忍受着旅途的烦恼。汽车在坑坑洼洼的路面上缓慢地爬行着，不时卷起一阵阵飞扬的尘土。最初，他们同意他过了元旦再动身去日本，但是，白宫打来一个紧急电话，告诉他麦克阿瑟要求他立即启程。

沿途，麦格林恩只看到了一些面部呆滞、打不起精神的人们，充满激情的日本人群已销声匿迹，早先的场面仍历历在目。然而，此刻一个充满了忧愁、无法振作的民族形象已取代了他以往的记忆。他们曾经以清洁、整齐而骄傲和自豪，但是，这些战争后的幸存者们则不修边幅，邋里邋遢的，男人们的脸上明显地流露出忧愁和沮丧，女性们则是面无表情地裹着那些肥大的和服，显得极不合体，毫无女性之美。只有孩子们仍是那样活泼可爱，他们挥动着手臂，向教授喊着"巧克力！口香糖！"但是，他手头没有这些东西抛给他们，看到这些孩子从小就成了乞丐，他甚至不敢正视这一事实。

道路曲曲弯弯地向前延伸着，他们来到了横滨与东京之间的平原上。这里方圆 15 英里的地带，曾是一片房屋和工厂的建筑，如今则只剩下一片瓦砾，变成了一片堆满垃圾的荒野。这片已夷为平地的区域里，只有一些往日的洗澡堂高大的烟囱，一些烧焦了的金属杆和几座用石头砌成的残垣断壁仍矗立在地面上，像见证一样，注视着这里的毁灭和死亡。而那些纸木结构的房屋则都已化为灰烬了。

在东京的近郊，他看到了一排排低矮的小窝棚，是用破碎的金属杆和石头搭成的，上面留下了燃烧弹轰炸的痕迹。这是一片巨大的贫民窟，就像美国的"胡佛村"①。在城市的中心地区，仍有许多旅馆和水泥建筑完好如初，尽管其周围已是一片废墟。但是，这里几乎已没有醒目的路标了，到了皇宫前的广场，他才判断出自己的方位。然后，他开始辨认出那些建筑物和街道了。对了，这里是帝国饭店，它的旁边是第一大厦，与它们隔路相望的皇宫广场似乎也未遭到破坏。在这大片的废墟中央，这些建筑则幸存了下来，简直令人不可思议，但它却是事实。是的，他认为，这些建筑是东京仍然存在的东西，我们把它们保留了下来。

他猜想，他们会在第一大厦前停车的，因为，这里是新的幕府将军——麦克阿瑟的司令部，这在文明世界里已不是什么新鲜事了。当这辆运送工作人员的汽车从这里急速驶过时，教授不禁问了一句，得到的回答只是，POLAD，即美国政治事务顾问办公室，离这里还有 8 个街区。麦格林恩早已得知，他将直接在乔治·艾奇逊手下工作，艾氏是国务院在东京的头面人物，所以他曾猜想艾奇逊会把他的办公室设在司令部里。艾奇逊的行政秘书热情地欢迎教授驾到，并虚情假意地谈到了办公室糟糕的条件；房间里拥挤、狭小，灯光昏暗且没有暖气，然后，把他交给了一位胖乎乎的年轻人哈里森。这位涉世不深的外交官长着一头浅黄色头发和一张能讨人喜欢的娃娃脸，这使他显得更为年轻和单纯。

"我还没有读过您的作品。"哈里森说道，教授那张鹰隼一般的面孔，使他感到了敬畏。

"如果有人说，他已阅读了我的**全部**著作，我是不会相信的，还没有人阅读过我的**所有**作品。"他微笑着露出了嘴里的牙齿，这使哈里森感到，他那张鹰一般的面孔似乎并不那样令人可畏。

"很快，您就会发现，"他提高了声调，"您只是扮演了一个无关紧要的角色，我们就像没有归宿的人们那样，并不受人重视。总统的本意是让我们做'政治顾问'那样的事情，但是，将军……（他虔诚地闭上眼睛，向第一大厦的方向毕恭毕敬地鞠了一躬）似乎不能理解这一概念的含义，因此，他们只将我们作为外交部来使用，这意味着，我们已被非常巧妙地冷藏起来，无法接触到许多事情。例如，您应特别注意到，我们与那座'神庙'中间有 8 个街区的距离，与华盛顿所有的联系都必

① 美国经济大萧条时失业工人住的简易木棚群，因当时总统为胡佛而得名。

须通过盟总（SCAPC）来进行。"盟总就是盟军最高统帅部，麦克的简称。我希望您不要对此感到震惊，从 8 月份以来，我一直待在这里，对这事已经习以为常了。将军的那些马屁精也经常抛给我们一些残羹剩饭，但是，全部政策的决定却与我们无缘。换言之，我们这些被训练出来与日本人打交道的人员，已被那些陆军军官们取代了，他们处理外交事务的观念，就是像在战场上机关枪扫射一样。就说到这吧，我先带您去看看您的那个窝吧，我的意思是指您住的旅馆。

在去旅馆的途中，哈里森仍在有声有色地描述着那些令人不快的事情。"我们刚刚收到陆军部转来的影片，名字叫《你在日本的工作》，介绍了军队方面的情况。主持人的第一句话就是，'记住！日本人是不可信任的'！"

哈里森帮助教授将行李搬进了第一饭店，这里距麦克阿瑟的司令部有很长一段路。最初建造它是为了接待 1940 年奥林匹克运动会的观光者，尽管这次运动会并不景气。现在，它成为盟军的一处公寓，那些级别不够住进帝国饭店的人，都住在这里。"这里太嘈杂了，人也太多了，"哈里森接着说，"只要你不是日本人，不是仆人和黑市商，就都可以住在这里。"麦格林恩准备前往自己的房间，但是，哈里森却将他带到了旅馆里的军队消费合作社，"把您的日元都给我"，他说。他解释说，一日元约值 6.5 美分，并去买回了教授的香烟、巧克力和肥皂等配给物品。

然后，哈里森步履轻盈地带他进入了一个小套间。在一间房中，一些陆军和陆军妇女队的军官们正在喝着加冰块的威士忌，在将麦格林恩介绍给这些军官之后，哈里森又拉着他进入隔壁的房间。这里有一群穿着十分体面的日本人，正围在一起谈论着什么。哈里森很快就将那些香烟、肥皂和巧克力卖给了他们，得到了相当于原价 30 倍的钱。

"用美元来计算，在付给这里日本倒爷 10% 的佣金后，你只赚了 25美元，这根本算不了什么。我听说，一位美国兵在赌博中，用一块价值 10 美分的肥皂，在 3 天中就捞了 150 美元，简直是空手套白狼啊！您或许还不知道吧！您用一双旧袜子和一件旧衬衣就可换回一件真正的丝绸和服或者一串珠宝。"他冲着麦格林恩似乎有点厌恶的表情晃了晃脑袋。"这也不仅仅是件赚钱的事情，也是表现仁慈之心的一种行为。日本人亟须商品，我们卖出一包价值 10 日元的香烟，换回 400 日元，实际上就是与通货膨胀作斗争。但是，也必须注意，要将你的交易限制在一个适当的范围内，陆军随时都会进行检查，以处置这种行为。"

哈里森殷勤地将提包送入麦格林恩的房间里。"欢迎您享受美好的人生，"他气喘吁吁地说，"要知道，那些美国佬得到这种肥差已好多年了，为什么我们就不该接着享受？为什么不过一过国王的生活呢？回到堪萨斯，我绝不可能再过这种生活，除非我成为一位百万富翁。"

麦格林恩打开行李，将东西放进衣柜后，他请哈里森带他去外国记者俱乐部，以便打听他女儿玛吉的下落。而这位年轻的外交官则坚持，应按照日本政府官方的程序来行事。"不知我们是太聪明了，还是太懒了，仍然让日本人来掌管他们自己的政府。这似乎是在显示事物的连续性，但将军往往最终说了算。那里的日本政客们仍然在相互争吵。"他指了指国会大厦，就是那座类似于埃及建筑风格的水泥建筑。"您见到过这种怪物吗？"

他们经过一座色泽灰暗的大楼，"现在，通产省和内政部正在共用这座大楼。"这时，司机突然来了个急刹车，以免与一辆开得东摇西摆的日本汽车相撞，那辆车上标有"海军部"的字样。这辆汽车的尾部正喷发出一股股浓浓的烟雾。"炭炉"，哈里森接着说，"已成为日本战后政府的象征。这的确值得同情，但是，也不要为表面的现象而迷惑，日本人的确是相当精明的，无论是地方政府机构，还是联络机构，他们都任用了最有能力、最富效率的优秀官员。就是那些外观上似乎都不入流的家伙在管理着那些外表简陋的办公机构，但工作得却极为出色。"他们的工作是如此富有效率和合作，以至于麦克阿瑟和杜鲁门也发现，像在德国那样建立的一个军事政府，在这里则纯属是画蛇添足之举了。

哈里森轻轻拍了一下司机，"外国记者俱乐部"，他说。几分钟之后，他们进入了距离帝国饭店不远的一条狭窄的街道。"有 3 家主要的日本报纸都出自这里，故我们称这为新闻巷。"这里的大部分的建筑物都呈现出窄细的风格，水管干道破裂了，水从地面喷出来。在前面不远处，一片废墟中有一座 5 层高的红砖建筑。"那就是新闻巷 1 号，从美国、英国、法国、荷兰、俄国、中国、菲律宾以及秘密军事基地来的记者，都喜欢聚在这里。这里以前是一个饭馆。"

　　一进入这所房子后，就是另外一个世界了，这使麦格林恩的脑海里
涌现出了那些神秘的间谍影片的场面。这里有十几个国籍的男性和女性，
他们有的正在争论或闲聊，有的则在耳边低声说着什么，人们都在不停
地喝酒和抽烟，并不时迸发出阵阵哄笑。一位中国人很明显像是在努力
博取一位年轻男士的欢心，后者看起来就像是一位刚从耶鲁毕业的大学
生。一位英国女记者则将一位颇具魅力的陆军妇女队上尉逼到了一个角
落里，尽管这里声音嘈杂，仍没有淹没她那充满诱惑的洪亮嗓音。一位
美国人将一个厚厚的信封塞给一位躲躲闪闪的日本人，不知里面装着什
么，而此时，附近一位俄国人则正在劝一位漂亮的欧亚混血姑娘喝下另
一杯酒。但是，最使麦格林恩感兴趣的，还是那些关于眼下各种问题的
争论，人们正在激烈辩论的问题有：打击金融寡头——财阀；清洗政府
官员；保留天皇制度；以及即将开始的战犯审讯。人们的观点五花八门，
各执一词，提出了各种各样的解决方案。这里是喧闹的、嘈杂的，但又
显示出生机勃勃，麦格林恩找到了一种感觉，那就是，在这个最令人激
动的历史年代里，他确实处在世界上最激动人心的国度里。按照西方占
领者的设想，一个已崩溃的东方国家正在重新建立，这样一个不可思议
的实验是否能够实施，的确使人难以置信。但是，争辩者双方的热情极
大地感染了麦格林恩，打动了他的心弦。屋子的一个角落里，有一群人
争吵得特别激烈，一阵哄堂大笑从那里传出来。一位女性正在严厉驳斥
一位俄国记者的观点，引起了大家的赞同，她正是玛吉！听不清她正在
说什么，又引起了人们的一阵哄笑。这时，她的眼神捕捉到了那位身材
修长、健美的男性，他顶着一头蓬松的银发，使他那张有棱有角的面孔
更显青春朝气。

　　"爸爸！"她惊喜地喊道，并分开众人从人群中奔向这边，顽皮的脸
上闪现出颇为兴奋的色彩。父女相互对视了几秒钟，然后就拥抱在了一
起，女儿不顾一切的拥抱，使教授感到了几分尴尬。她显得极为兴奋，
以至于在这个喧闹的地方，他几乎无法听懂她喋喋不休的话语。她黑色
的头发剪的很短，给她增添了几分女性的妩媚，脸上几乎没有任何化妆
的痕迹，一身记者服皱巴巴地套在身上。麦格林恩心想，她似乎在有意
隐藏自己的美貌，并且，他还希望，她不要表现得那样咄咄逼人，说那
么多脏话。

将他介绍给五六个人后，她将他带到外面，来到一辆装有蓄电池的小车旁。"我们去拜访户田一家"，她说，并且发动起汽车，穿过了东京的那些废墟，去看望弗洛斯和他们在日本最亲近的朋友。

他惊奇地发现，玛吉已不再是他上一次在夏威夷见到的那位面色红润的记者姑娘了，那时，她刚刚从太平洋战争中归来。这仅仅是一年前的事情，然而却如同过了 10 年。在她的脸上已流露出岁月的煎熬和奇特的坚强。她正不断地说着她的孪生兄弟马克的事情，他与他的第六海军陆战队第一营驻扎在长崎附近，但圣诞节过后就要离开那里。"威尔现在怎样？"她十分关切地问道，"我在长崎碰到他时，他瘦得只剩下一副骨头架子了。"

"他恢复得还挺快，但是，仍很虚弱，上次我见到他时，他似乎对在波士顿的处境还挺满意，他在那儿开了一家律师所。"

这时，站在台子上的一位小个子日本交通警察举起了手，她将车停了下来。一位美国骑警正站在那位日本警察的旁边，尽管他站在台子下面的路面上，还是比那位日本同行高出了一英尺。

"嗨！玛吉，"美国骑警招呼着，"还记得我吗？在冲绳，你未经允许要强行登陆，是我把你给扣了起来。"

"难道你就是那个告诉我要让那些高级军官们受不了的人。"

"对了！宝贝儿，"他用肘部轻轻推了推那位日本警察，"让这位女士过去吧，东条。"

临近户田在麻布的住所时，他们穿过一堆堆的瓦砾和垃圾。街道上弹坑累累，惨不忍睹，最令麦格林恩感到震惊的是，这里遍地都是废墟和垃圾，已完全被夷为平地了。日本人面临的这种惨境真使他感到揪心的疼痛。战前，这里有许多造型优美、风格华丽的建筑物，大多为上流社会人士的住宅。战火也焚毁了常磐颇有名气的商业区，但这时店主们又回到这里，在那些临时搭成的网点里恢复了商业。当大堆人来到这里，熙熙攘攘地购买食物和其他生活必需品时，街道上仍然显得非常热闹。为了免遭炸弹的袭击，这一地区的住户已被强制撤离了，那些失去了住房的人们，搬进一些地下掩体暂住下来。现在，战争结束了，一部分人已搬出掩体，但仍有许多不幸的人只能住在十分简陋的窝棚里。

户田的家似乎没有被战火所殃及，将车停在路中间后，他们徒步穿过了那扇年代久远的木制大门，沿着石阶上去了。庭院的中间已形成一个池塘，长满了鸢尾草，积着一潭死水，小股的溪水在地面上蜿蜒流淌，最终被垃圾和草丛阻挡在这里。院中残存的树木都留下了烧烤的痕迹，保留了对战争痛苦的记忆。除了一些巨大的灌木植物外，几乎已没有什么花草了，它们的日子也像人们一样，非常艰难。尽管经过了战火烧烤且无人照料，这些四季常青的植物却有很深的根部，并自己养育着自己，到了夏季，它们将会开放出花朵，为这片不毛之地增添色彩，提供一个乘凉的去处。

户田长子的遗孀，就是弗洛斯·麦格林恩·户田，此刻正在大堂的入口处，脚上穿着木屐，即日本式的木制鞋子。她喊了一声"爸爸"，就激动地说不出话来了，将脸靠在了父亲的肩上。她身材高大，性格沉稳，与妹妹形成鲜明的对比。乍一看，她似乎并无迷人之处，但过不了多久，她那柔和的蓝眼睛和热情的性格就会把你搞得神魂颠倒。她穿着一件补了许多补丁的旧衣服，但款式则是流行的。麦格林恩已有将近4年未见到这位女儿了，从那时起，她一直生活在敌人的国土上，失去了丈夫和两个孩子。他拉开她的双臂，打量着她，发现她是那样消瘦和憔悴，曾经乌黑发亮的秀发中，也夹杂着缕缕灰白色的头发，他感到极不好受。当初出嫁时，她看上去是那样健康和美丽，就像她母亲一样。

弗洛斯把头转向站在身边的小男孩，说："这是正夫，你的外孙。"

孩子有点羞怯，但还是充满敬意地伸出了右手。他看起来更像一位日本人，而不像美国人。当看到他左边空荡荡的袖子时，麦格林恩如同五雷轰顶，不禁愣住了。弗洛斯痛苦地重提起这件往事，在日本投降前一天，美国海军的一架飞机在俯冲扫射中击倒了他，当时，他跑出去，想将一只宝贵的母鸡抱回来。"你从未告诉过我这件事，……"他有点说不下去了。

"令人悲伤的事情还远不止这些。两周之前，我们还失去了小玛吉。"这是他们的第二个由于营养不良而丧命的幼孩。说到这，她再也忍不住了，泪水夺眶而出，"可怜的小玛吉就这样无声无息地消失了。"她说。

玛吉克制住泪水，抱住姐姐。

教授不知自己能干点什么，心中充满了内疚之情。在妻子死去后，为了保持这个家庭，弗洛斯毫无怨言，为此做出了毫无保留的奉献。多年来，她一直为他做着牺牲，他在情绪低落时，则更多把她当作奴仆来使用，没有当成女儿。现在，战争夺去了她的丈夫和两个孩子，并使她的儿子成了残废。他有些笨拙地用一只胳膊搂住了大女儿，"非常抱歉。"他说，一种情感涌上了喉头，多年来，他一直在克制这种情感的迸发。

弗洛斯紧紧地拥抱着父亲，多年来，因为惧怕这位古怪、威严的男人，她的情感从来都没有流露出来过。此刻，几串泪水从她的面颊上缓慢地淌下来，这比任何话语都更能表达她的心情。"噢，爸爸！在这儿见到你真是太好了！"他也想说点什么，但是，似乎有点不知所措。她克制着内心的悲痛，试着安慰他。"一切都会好的，爸爸。"

在屋里，户田家的女主人惠美正焦急地等待着，她仍然保持着纤细苗条的身材，就像一位现代派女子。在家族为她举行出嫁仪式的前夕，她拒绝出席仪式，随后，不顾家人的强烈反对，嫁给了一位基督教徒户田明，此后，她不仅开始信奉基督教，也开始拥护社会的改革。1942年，明被派往中国经营一个钢铁厂，她就开始独自支撑起这个小家庭。事先已听说麦格林恩教授下午可能会来访，惠美便换上了一件体面的和服。自从1936年以后，他们一直未曾见面，但是，双方只是以英语简单地问候着，"你好吗，惠美?"和"你好吗，弗兰克?"表面上不动声色的平静掩盖了双方真实的情感。不久，那种正式的气氛被双方的情感冲垮了，他们不由自主地热情拥抱，都渴望听清楚对方那些语无伦次的话语。麦格林恩急于想先知道明的情况，这是他为数不多的几个好朋友之一。

"上个星期，一位商人朋友终于带来了一封信，"明仍在华中地区。"国民党的部队已接管了他经营的那家厂矿，他期望在半年内返回日本。"他的身体还不错，正忙于组织那些无事可做的日籍雇员们回国。

这时，麦格林恩发现了家中的独生女纯子，她正站在一个不引人注目的地方。她穿着家里缝制的裤子、外衫和内衣，显得十分整洁，这位15岁的姑娘面带羞涩地向他鞠躬行礼。"长这么高了，纯子！快到这儿来！"他比划了一下4英尺的方位，大家都被他逗乐了。然而，当问到她最小的哥哥浩的情况时，她的眼圈立即就红了，他曾梦想成为一名艺术家。

"他的部队奉命开往菲律宾的莱特岛，"惠美说，"他一直杳无音信，据说，我们的许多人都死在那里，不过，我觉得他仍然活着。"她用一只胳膊搂住女儿，"我知道他还活着，纯子。"

她二哥省吾的情况就更糟糕了。"他正被关押在巢鸭监狱，因为他是辻大佐手下的人。"那些狂热的年轻军官们曾将辻崇拜为日本的"战神"，东方的希望。他曾梦想使亚洲变成一个大的兄弟会，但由于他极度仇视白人，在战争中犯下了许多暴行。

"玛吉告诉了我这些情况。"

"省吾将要在横滨受审，主要因为涉嫌在菲律宾和缅甸所犯的一些暴行。"

"这有点太荒谬了！"麦格林恩说。

惠美并没有特意向他提出请求帮助，"省吾是一个善良的孩子，是不可能干那些被他们指控的事的。"

"我完全相信这一点。"他说。户田一家所经历的那些灾难和痛苦已使他只能说出顺从的话。他只是从新闻报道中读到了这一切，而他们则全部亲身经历了这残酷战争的创伤。作为一名历史学家，职业的意识又开始占据了他的思维，作为一名美国人，不可能理解战败意味着什么，敌人的军队将很快登陆并占领你的国家意味着什么。他说："在最初的那些日子里情况如何呢？"

"为了躲避炸弹的袭击，我们逃到了长野，这时，我们听到了天皇的声音。我们都很难理解他在说些什么，但是都明白了，战争已经结束了。当时，我们正在医院里候诊，正夫正在那里看病，我们谁也没有说话，但心里感到了喜悦，因为，我们知道美国人是什么样的人。然而，屋子里其他的人都惊呆了，他们认为大难即将临头，姑娘们会被奸污，男人们都会被痛打或杀死。"

麦格林恩劝说她说出了在日本投降后返回东京途中的事情。"火车上非常拥挤，但我设法在三等厢里找到了一个座位。"周围的人们都十分关注天皇和那些高级军官们的命运，"大家都在谈论关于强奸和掠夺之类的事情，这时，一位日本军官进入车厢。按照惯例，人们会立即起身给他让座，但此时人们却无动于衷。他恶狠狠地瞪着坐在我旁边的一位老人，但是，老人毫无惧色，也怒视着他。这位军官想通过拥挤的人堆到下一节车厢去，但没有人挪动一下为他让路。他气得大喊大叫，威胁着人们，但人们仍然毫不在意地盯着他。这时，一位男人喊道，你以为你是什么人？你不就是个战败者吗！军官被激怒了，抽出了战刀，但人们还是只盯着他，似乎是在看一个疯子。没有一个人害怕他。这种场面摧毁了他的精神，连我都有点可怜他了，他就在我的旁边，他脸上的表情似乎在说，'人们都疯了。'带着一种疑惑不解的表情，他把刀放回刀鞘，侧着身子，一点点地通过人堆，走出了车厢。好久好久，这节车厢里都没有人说话，大家仿佛都被自己的力量震撼了。我们向威力无比的军队发起了挑战，并战胜了它。"

在描述这件事情时，每一个人都听得入了迷，惠美似乎把她自己的灾难抛在了一边。"到东京后你们又怎样了？"麦格林恩迫不及待地问。

"那里简直就是一座死城，"惠美说，"我们走出地铁站，城里死一般的寂静，令人不寒而栗。街道上空无一人，遍地堆放着垃圾，臭气熏天。下水道都被废纸和废物堵塞了，我背着简单的行装，急急忙忙地向麻布奔去，以便能呼吸上新鲜空气。但我越走，灰尘越多，空气也变得更为沉闷，似乎告诉人们台风即将来临。"她谈到，在最终到达麻布附近的时候，道路的情况变得好了一些。这里的一些住宅仍完好如初，但另一些则只剩下骨架了。当看到自己的家尽管脏乱不堪，但并未遭到破坏时，她不禁松了一口气。一位邻居和她的儿子前来看望她们，邻居家也很幸运，那位年轻人曾是战斗机驾驶员，被击中过两次，但都幸免于难。"他对我说，他就参加过那一次战斗，也就是在那时，他觉得，参加战斗就是他生活的目标。'为了胜利'，他告诉我，'我们全都准备献出自己的生命，但现在，这个目标已经消失了'。"惠美叹了一口气，"我们许多人似乎都已失去生活的目标。"

第 二 章

1

日本，1945 年 8 月 15 日

这天，当首次听到天皇对他的人民讲话时，全国上下都震惊了。每一位国民都懂得，这意味着他们以前的生活方式结束了。恐惧和敬畏笼罩着国家，男人、妇女和孩子们都不禁失声痛哭。然而，除了铭心刻骨的羞辱和悲伤之外，也有使人感到宽慰的事情，那就是，这场可怕的战争终于结束了。

在短暂的讲话中，天皇并没有提到投降的字眼，官方的声明中也只是使用了"战争终止"的说法。此后，那些令人恐惧和憎恨的敌人，将很快登上日本国土的消息也得到了证实。报纸称这些入侵的军团为"先遣军"，这个短语以前也被用来称呼取得胜利的日本军队。这种淡化屈辱的说法，不过是一种企图控制恐慌情绪的伎俩。这时，各种谣言则此起彼伏，广为流传。有说中国人将在大阪登陆的，也有说空降的美国兵已开始烧杀抢掠。人们开始将自己的女孩和家产撤往农村，报纸也登了一些自救的方法，这更加剧了人的恐慌。"当遇到被强奸的危险时，"女性被告诫，"要保持自己的尊严，绝不能屈服，要大声呼救。"工厂将装有毒药的胶囊分发给女工，女孩子们被告知穿上最宽大的和服，或者剪短头发，女扮男装。

日本人的行为方式和习惯已被彻底地扭曲了，尽管它们已延续了几个世纪。一些头脑发昏的人强夺汽车，疯狂地逃往山里，并从政府在山区的汽油库中偷到了汽油。作为日本人生活的基础，秩序已在大部分地区崩溃了，人们为了生存，发疯似的做出了各种最为自私的事情。

　　然而，在经历了最初的恐慌之后，大部分国民又恢复了正常的秩序。从外表来看，整个气氛是平静的，人们克制了自己的行为，毫无保留地接受了天皇的御旨。然而，这只是一种紧张中的平静，就像是暴风雨即将来临那样。先遣军将会潮水般地涌进他们的国家，多年来，宣传媒介一直在谈论这些红头发、蓝眼睛的强盗，对于这些来自异国的主宰者和征服者们，人们只能是逆来顺受，听凭他们为自己战死在疆场上的兄弟们复仇。他们是不会同情日本人所遭受的灾难和面临的饥饿的，像那些以前的征服者一样，他们也会抢劫、搜查，将所有看中的女人带走。相比那些可怕的大蜜蜂——B－29轰炸机投下的炸弹来说，这些军队的到来将是更为可怕的事情。这些不可一世的胜利者也认为，日本人对天皇的服从只是一种怯懦的表现，并认为，日本士兵放下了武器，主要是因为他们害怕战斗。这些傲慢的外人永远不会懂得，比之宁死不屈战斗到最后一个人，顺从天皇大大地体现了他们无私的奉献。

　　尽管看起来很平静，但夜晚出门却很不安全，因为夜幕降临后，抢劫已成为常事，这在以前是极为罕见的。即使在东京，电灯泡也极为短缺，街道上一片漆黑。无论何时新灯泡安装上后，到了清晨，它都会不翼而飞。尤其严重的是，日本每一座主要的城市都已被燃烧弹焚毁了，绿色植被几乎丧失殆尽，都市郊区的景色已为那些单调的灰色、褐色或黑色所主宰。各种难闻的气味应有尽有，尿臊味、粪便的臭气和垃圾、阴沟的气味混杂在一起，其中最为刺鼻、最令人恶心的气味来自那些烧毁的建筑物，它们积聚在空气中使人联想到战败的耻辱，尽管雨水不断地冲刷着废墟，大风不断地吹动着空气，但却无力清除这些使人窒息的气味。遭受毁灭的地区绵延千里，使整个日本变成了一片肮脏不堪的巨大坟场。

　　无轨电车仍然行驶在首都的街道上，但轿车和卡车则寥寥无几。为了躲避轰炸而逃往农村的人，大部分还没有返回城市。这样，与那些往日十分繁荣的城市一样，东京这时出奇的安静。灯泡是否会发亮已是一件值得怀疑的事情，断电司空见惯，即使来电，灯泡也只是发出昏暗的光亮。由于几乎不可能得到足够的食粮，对于许多人来说，要想苟延残喘地活下去看来也是没有指望的。饥饿在城市中蔓延，而先遣军将拿走所有可用的东西以供自己使用的说法，更使人们感到雪上加霜。

由于预测将歉收，农民们也面临饥饿的威胁。他们维持生计的主要食粮水稻尚未收割，但形势十分明显，收成将非常可怜，不可能维持到今年冬季。在今年春季，战争是国家关心的焦点，播种十分有限，而几个月之后，又缺乏足够的男劳力去插秧。现在，随着彻底战败，人人都明白，"满洲"和朝鲜已不再是他们的殖民地了，也不会再有粮食从台湾和亚洲大陆上运来了。

无论乡村或城市的居民都对先遣军的到来感到恐惧。以前，还从未有过外国军队侵入过他们的国土，现在，他们将遭受耻辱，甚至死亡的打击。在距离东京北部一小时路程的一所村庄里，当一些人商量如何活下去的时候，一位男人向他们建议，他们应挑选一些最标致的妇女作为他们的第一道防线。"任何敌人都会变成朋友的，"他说，"只要你送他一位中意的姑娘。"

在这个村庄里，孩子们似乎还充满希望。在长时间的停课之后，学校又开学了，孩子们发现教室的窗户上玻璃都碎了，太阳旗仍然在旗杆上迎风飘荡。此后，一位老校长下令将旗降低一些，"因为日本已战败。"

学生们进入教室时，一位教师正取下墙上天皇陛下的画像，并将它面朝墙壁放在了地上。"孩子们，"她说，"现在，我们自由了，你们懂嘛？"他们不再必须去为天皇和日本而生死了，"从今天起，我们将只为自己而活着"。她在黑板上写了两个字符，"一个意思是'自我'，另一个意思是'行动'，两者合起来就意味着'自由'。这意味着，从今以后，我们精神上自由了，我们所做的每一件事都将是为自己，而不是为天皇或国家了。"

几天之后，全国各报纸都刊登了麦克阿瑟走下飞机的照片，他手里拿着烟斗，像一位平民，而不像一位大将军。他头戴一顶沾满汗渍的旧军帽，身着一件极为普通的咔叽布翻领衬衣，除了领章和肩章上有五颗星外，衣服上没有任何饰品。人们都以为他的到达会形成一个壮观的仪式和场面，他会胸前挂满勋章，脸上流露出目空一切的神态。然而，他却戴着一副太阳镜！在日本只有盲人和想掩盖身份的艺术家才会戴这种眼镜。

令人恐惧的先遣军终于登上了日本的国土，这些经历了浴血战斗的美国大兵和海军陆战队员们，并没有使人们感到威胁和可怕。他们乘着卡车经过，大部分人面带笑容，向沿途的人们挥手致意。他们将糖果和口香糖扔给孩子们，向姑娘们吹着口哨。这些高大的战士们似乎都与常人一样，在日本人眼里，他们的长相也都极为相似。他们戴着军帽，并且都向一边歪着，这样随便的方式的确令日本人感到独特。国人对此不太习惯，每一位日本军人都会将他们神圣的军帽端端正正地戴在头上，随意歪戴帽子将会受到严厉的惩罚。但是，这些来自美国的陌生的大兵们，都无一例外地表现出他们的友善。

他们漫步徜徉在街道和小路上，就像他们名声显赫的司令官一样，与这里的国人并无不同之处，日本的军人总是神气十足地走过街道，腰间的战刀发出碰撞的声响，脚下的战靴踩出沉重的声音。而美国人则与之不同，他们轻松随意的步履似乎表明，他们都是自己的主人。尽管他们在人们心中的形象是野蛮和残忍的，但是，一位内心极恐惧的老妇人却看见，三位高大的海军陆战队战士在进入佛寺前，都虔诚地脱去了脚上的战靴，这使她感到异常惊奇。在横滨，一位男子中学的校长，在街上第一次撞上美国大兵时，他递上了自己宝贵的"莱卡"相机，但对方却用英语说"谢谢，请不要为我拍照"。

不久，事情就变得越发清楚了，尽管他们不拘小节，但先遣军的确极富工作效率。日本人惊奇地目睹那些由吉普车和卡车组成的车队，一列列地驶进了国家的每一片土地。即使那些级别最低的列兵，似乎也能熟练地开动各种车辆。美国人奉命做着各种各样的事情，从修理发动机到用瓦楞铁搭建临时窝棚。这些大兵并不指望从他们的慷慨中得到什么报答，因此，诸如强奸和欺压人们之类的事情并没有出现。日本的国民也大多接受了这种统治。某些占领者原视日本人为机会主义者，但事实上，对美国军队这种平静地接受正应验了一句古老的日本格言："胜者王侯败者寇。"在日本无数次的权力转移中，得胜的幕府将军总是以天皇的名义发布命令，现在太阳旗正在落下，天皇这种永恒的力量又维持了日本的平衡。先遣军现在已不再是一支异邦的军队了，麦克阿瑟已成了日本新的幕府将军。当外国记者问一位老农对将军的看法时，他回答说："天皇不可能再挑选一个更好的人了。"

信件犹如洪水般地向麦克阿瑟涌来，感谢他拯救了这个国家，并支持他对未来制定的政策。教授的小儿子马克·麦格林恩上尉在长崎北边的城镇里，也目睹了人们对新统治的接受态度，他所在的第六海军陆战队第一营正驻扎在那里。一位当地警察宣称，他非常感激麦克阿瑟为日本带来了和平。"战争似乎会永无止境地进行下去，然而，它突然在瞬间完全结束了。"

"你周围的人也都同意你的观点吗？"马克问。

"差不多吧。"

"连警察也是吗？"

他连连点头。"我们都非常欣赏你们对待人民的方式，你们的军队对我们是个鼓舞，如果说这些就是民主制度的话，我会拥护它的。"

最初，九州的人们对美国海军陆战队是十分恐惧的，因为这里谣传，一个人只有在证明杀死了自己的双亲后，才会被军队接受。当时，一位在塞班岛失去了密友的下士将一个盒子给了一位小男孩，并告诉他，打开盖子，将里边的东西放到他父亲的手上。纸盒里装着一枚手榴弹，已拔去了导火索。结果小男孩的父母均被炸死，他也被严重炸伤。这事发生后的几天里，那些谣言曾被人们轻信了。从那时起，这营海军陆战队向北边的佐世保开去了，并在那里成为孩子们心目中的英雄，他们把战士带回家热情款待。在炮兵中士凯利（绰号"野兽"）的带领下，士兵们纷纷捐出钱物，像一支海军陆战队在新西兰所做的那样，建立了一所孤儿院。凯利在该城镇中博得了人们极大的尊敬。此后，这个营被派往附近的矿区，去平息那里出现的暴动，矿工中的一些中国共产党分子扣押了市长、警察局长和其他官员，要求把他们送回中国。他们威胁说，否则，将杀死所有的人质。

"告诉这些宝贝儿，"凯利对翻译说，"尽管去杀死那些人吧，然后，我们再开进来，用火焰喷射器来清除那里剩下的人。"短短几句话使人质得到了释放，第二天，凯利又解决了另一个棘手的事件，这也是一些想回国的中国人在一所妓院里闹事。通过打手势交谈和一本袖珍词典，他明白了这些中国人想要回他们的钱，理由是，姑娘们的服务并不满意。凯利二话不说，将其中两人扔出了二楼的窗户，然后，下楼来告诉他们，如果想回中国，你们只能自己游过去。

那天晚上，城镇里一些长者们已在劝导人们接受现实了。征服者已不再是敌人，而是他们的保护者。因此，尽管这些人进屋并不脱鞋，吃那样多的肉食，长的如此高大，他们还是应该容忍这一切的。

2

东京，1945 年 11 月 28 日

麦格林恩来到日本已将近 6 周了，由于担心其职务无任何特殊的作用，他已着手考虑提出辞呈了。除了写一些毫无用途的报告外，他几乎无事可做，将大部分时间花在搜集珍珠港事件前 6 个月的有关资料上。使他最感到莫名其妙的是，麦克阿瑟曾亲自点名让他立即赶到这里，但迄今为止，仍未要求召见他。麦克阿瑟那套崇高的计划，尤其是他异想天开地想把美国式的民主制度强加在日本人身上，其前景显然比较暗淡。艾奇逊目前只有一个部长的头衔，教授与他做了首次长谈，谈话使他长久感到不安。乔治.A（这是人们背后对艾奇逊的昵称）一直是一位颇有经验、精明强干的外交家。他的大部分时间是在中国度过的，能说一口流利的中国普通话。像其他老资格的中国通一样，他极力主张在日本推行高压政策。"这里的形势仍然极为混乱，"他承认，"我甚至还不能肯定，我与最高统帅部是什么关系。有时，我发现，要决定我应该去干什么都是非常困难的。"他急急忙忙向麦格林恩保证，他与麦克阿瑟之间的私人关系是和谐的，但然后又略有歉意地笑了，并接着说，"虽然我不得不承认这种关系并不像我所喜欢的那样亲密，或者说达到相互理解的程度。"

在办公室里，其他负责中国事务的人也赞同其头子的观点，第一饭店中曾流行着一种说法，即这些外交官都已被毛泽东洗了脑，但年轻的哈里森却对此嗤之以鼻。"我是堪萨斯共和党的铁杆——用我的话来说，与罗斯福新政的坚定追随者一样，这些外交官也都充满了美好的理想和热情。"哈里森咧开嘴真挚地笑了，露出一副很讨人喜欢的模样。起初，教授有点厌烦这位黄头发小伙子轻松的微笑，但却十分欣赏这位胖乎乎的年轻人的善意和直率。"他们都是一些很体面的人物，但让人讨厌的是，他们都自以为是，总认为自己是正确的。昨天，我听到了乔治.A手下的一位官员在背后议论你。'如果你对这个该死的日本知道的不多’，这个古怪的家伙说，‘你可能就会带上偏见！我们这里就不需要任何日本政府旧有的人手了。’”

在艾奇逊看来，最使麦格林恩感到不快的是，他认为，如果要在日本实现真正的民主，天皇制就必须消失。“如果这一点能够行得通，我真的愿意看到天皇作为战犯受审。”麦格林恩不禁露出了一副沮丧的表情，但部长仍面带微笑地继续说：“不过我觉得这一点可能办不到，审判天皇可能会引起轰动，以至于没有一个有能力的人愿意出来组阁。我对此仍持观望态度。”

麦格林恩强迫自己没有吭声，决定保留要对麦克阿瑟提的建议——如果他被召入将军办公室的话。麦格林恩在城中闲逛了很长时间，找老朋友也没找到，又想好好看一看城市被毁坏的程度。在涩谷区，他碰到了一位青山学院以前的学生，整个下午，他都是在那位学生没有暖气的狭小公寓中度过的。他曾是麦格林恩最得意的门生之一，但是，现在则显得十分的沮丧和困惑。他的妻子和女儿都在轰炸中丧生，两个儿子也仅有一个在战斗中幸免于难。这时，那位幸运的儿子和两位东京帝国大学的同学回来了。他叫茂，尽管穿着破衣烂衫，但情绪很好，这使麦格林恩想起了他父亲上学时的样子。当麦格林恩用日语问他饿着肚子念书是不是很难受时，茂乐了。“每当我想阅读《伊利亚文集》时，想到的只是一只鲜嫩的羊腿。”他引用英国散文家查尔斯·拉姆学究气的句子，把另两位同学逗乐了，他们也谈到了自己对填饱肚子的胡思乱想。“但我们绝不会要求施舍和怜悯的”，茂用英语说。另两位问他们是否可以试着说可怜的英语。“我喜欢麦卡萨”，一位说。

“是麦克阿瑟，笨蛋。”茂纠正道，他跟他父亲学过英语。

“你们认为他对待你们过于强硬吗？”麦格林恩问。

三个人争先恐后地大声回答说，他应该更强硬一些，“这是停止那些该死的黑市的唯一办法。”

“你们认为天皇是否应该作为战犯受审？”

其中一人肯定地大声说：“哈依。”另一位认为审判天皇是对全日本的污辱，茂则漠不关心地耸了耸肩。“谁会关心谁受审？我希望他们把那些愚蠢的将军们都送上绞架。”

“你们觉得给妇女们选举权怎么样？”

三个人都讥笑起来，"她们会因一双高统袜而出卖选举权的！"茂说。

对苏联怎么看？他们脸上露出愤怒的表情；对于中国，他们似乎也没有过多的看法；对于英国，他们认为这个国家唯一不错的是他们的诗人。但他们通常喜欢美国人，即使在战时他们曾仇恨他们。

"美国为什么没能给我们送来食物呢？"茂的父亲抱怨说。茂也有相同的看法。

教授感到无事可做，他最近的任务是写一篇关于明治天皇（裕仁的祖父）确立的革命性宪法的研究报告，这部宪法需要做重大的修改，使其变成民主的宪法。这是一项不会有结果的工作！每天工作结束后，他总是匆匆忙忙地去吃饭，而不愿待在第一饭店里，然后再到街上闲逛。他开着车一遍又一遍地观察东京，似乎这个东京已不再是他印象中的东京了。由于担心病菌和患感冒，许多男女老少都戴上了口罩，这使得他们犹如一群从一间四面透风的大屋子里出来的难民，形象颇为古怪。使他尤为震惊的是，从这些人身上散发出令人作呕的气味，他们曾经是那样地注意自己的整洁，如今却被迫像牲畜一样地生活。

他不时地看到一堆堆的罐头盒和碎砖瓦，它们被日本人精心地堆放起来，以备日后可以再次利用。在涩谷的那片废墟中，冒出了一些简易搭成的工棚和窝棚，这吸引了他的注意力。这片简陋的窝棚将会形成一个郊区，就像在人烟罕至的荒野上钻出种子一样。

11月28日接近正午时分，麦格林恩被召进了艾奇逊的办公室。他被告知下午麦克阿瑟将军要见他。回到他那间隔开的小办公室里后，他草草地写下了准备讨论的话题，为了节省时间，他坐在办公桌前吃了一份三明治作为午餐。他猜想，大概会有10分钟的时间，而其中大部分将是听将军说话。或许，他会有2—3分钟来发表自己的看法。在他所见过的美国人中，还没有一个人会兴致勃勃地倾听与自己观点相反的事实。那么，他是否应该发表自己那些冒傻气的观点呢？就是那些试图按照美国人的想法去改造日本的观点？令他担心的是：从国外硬要引进一种民主并强制缺乏必要素质的人民去实行，这项工作会有许多问题的。对日本的占领似乎掌握在年轻的、理想主义的民主党人中那些拥护新政的经济学家、政治科学家和法学院毕业生手里，他们的实践经验少得可怜，对日本的风俗习惯毫无所知。

只有一件事情是可以肯定的，那就是与最高统帅握手（如果被允许的话），耐心地听他讲话，然后请求被送回家。与他会面恐怕不会是件愉快的事情。威尔向他说起过的麦克阿瑟那些傲慢和专横的故事无疑都是真的。他估计当他走进麦克阿瑟的房间时，那位大人物如果发现了他，会脸上毫无表情，那支著名的玉米芯烟斗会紧紧地叼在两排牙齿中间，就像哈里森曾预言的那样。

哈里森坚持要送他到第一大厦。"得有人保护你避开保卫将军的巴丹帮。"这些人在菲律宾时就跟随着将军，现在仍在将军的周围，故被称之为"巴丹帮"。麦格林恩对上述解释有点不快。就他所知，这帮人中没有一个在巴丹打过仗，他们都想方设法安全地到了澳大利亚。对于像他儿子那样经历了巴丹死亡行军磨难的人来说，"巴丹帮"之说简直就是一种侮辱。

路上，哈里森讲了一些有关麦克阿瑟的故事给教授解闷。"第一大厦里的日本工人从车上卸下一块地毯，准备铺到将军的办公室里，他们发现地毯太大，指望负责此事的美军上校会命令他们将地毯裁小点。但他却说：'将墙壁向后移。'日本人抗议说，墙是由铁制成的。'这是麦克阿瑟将军的*私人*财产。'上校说，'把那该死的墙壁往后移，周末之前要完成此事，不要再让我听到它。'无疑日本人会认为他是一尊神。顺便说一句，千万不要试图去纠正他的发音。他认为 hara—kiri（剖腹自杀）应该读成 hah—Rick—ery！"

哈里森解释说，将军拒绝在他的房间里装电话，理由是电话铃声会干扰他与人谈话。"另一方面，他又坚持公开自己的邮寄地址。这使他成为日本人有史以来最容易接近的上帝。他们不得不做的事情就是给他写封信。"

当他们临近司令部时，哈里森又告诉他一些楼里的事情。一天清晨，楼里的勤杂人员在麦克阿瑟的办公桌上放了一个插满菊花的花瓶。第二天，参谋长萨瑟兰将军也要菊花，而到了周末时，那些勤劳的勤杂人员花了数小时，在整个大楼里都放上了菊花。"当麦克阿瑟听说所有这些花都是日本政府花钱买的时，他下了一道命令，在最高统帅部工作的所有军官们，如果想得到菊花，就必须付钱。他说，即使不负担美国人的奢侈，日本人民生存也已经够困难的了。"

在第一大厦的大厅里，一位上校正在恭候，他行动敏捷地带他们乘电梯到了大楼顶层——第六层。哈里森指了指一扇没有任何标记的门。"这是自负的最好表现，"他贴着教授的耳朵小声说，"我在外面等你，闲人免进。"

上校领着麦格林恩穿过一间小会客室，进入一间宽敞的房间，但这间房子的墙上并没有耀眼的胡桃木板。麦克阿瑟坐在一张大写字台后面，写字台上面盖着厚厚的绿色呢布。桌上没有电话机，也没有成堆的文件，只有一个便条本和几根铅笔。将军果然叼着那根长长的玉米芯烟斗，但没有点燃，麦格林恩不得不强忍着不笑出声来。

将军站起来，向前走着，伸开了双臂。他比麦格林恩想象的个头要大，头发要少。在新闻短片或者照片上，他总是戴着那顶皱巴巴的军帽。他的确气质非凡，潇洒、英俊、精力充沛，透出几分年轻人的活力。他的皮肤仍光亮、结实，远不像是一位已66岁高龄的老人。麦格林恩原想会看到一副傲慢自负的面孔。尽管脸上冷冰冰的，但将军的嘴很敏感，浑身透着自信，似乎并没有使人感受到傲慢自负的气势。

他确实显得有点疲劳，但一说起话来，则又显得非常活跃。"见到你我十分高兴，麦格林恩教授。"他用脑袋指了指一张棕色的皮制沙发。那位上校离开房间后，将军坐到了他那张皮制大靠背椅上。"我想人们已告诉了你许多有关我的事情，你可能已拿不准还想知道些什么了吧。"

麦格林恩禁不住笑了，但仍控制着自己，没有吭声。哈里森已告诫过他，只有在麦克阿瑟为了点燃烟斗而停止说话时，才是提问题的时候，那只烟斗总是要不断地被点燃的。

"我知道你不同意我下述观点：战前，这个国家代表的是一种法西斯封建主义的极端形式，"麦克阿瑟滔滔不绝地开始了演说，"正是这造成了日本现在的悲剧，而我们的民主政治理想则造就了当代美国的强大。"他说话时，一只手不断地做出有力的姿势，另一只手则攥着那只烟斗。他的声音非常洪亮，在麦格林恩眼里，的确具有强烈的戏剧效果。"事实上，待在这里几乎就像在阅读一段神话。"他凝视着麦格林恩，仿佛在窥视另一个世界。"这里的人们几乎完全不了解世界其他地方的人是如何生活的。我的伟大使命就是使它成为一座巨大的实验场，试验将人民从军事专制统治中解放出来，并建立一个与原先不同的自由政府。"将军的头仰靠在椅子的后背上，下巴向前翘起，脸上的神态犹如一位福音派牧师，这使麦格林恩想起摩西提出著名的《十诫》时的情景。将军突然站起来，跨出两大步来到书桌前，抓起一盒火柴，并像挥动战刀一样，不停地在脑袋上挥动着。"以我们的标准来衡量，日本人的思想只相当于一位 12 岁的小孩。我们也只能像对待孩子一样去对待他们，必须将他们带入民主制度，不能用严厉的方式，而要用坚定的仁慈的方法。"

他点燃烟斗，这是他开口的时候了——但是，麦格林恩并不打算提任何问题。问有什么用？

"我最担心的（或许你会同意我）是，目前的国际形势对我们并不利。"麦克阿瑟将军晃动着秃鹰般的脑袋，显得有些忧愁。"俄国熊！我们能阻止共产主义的扩张吗？你知道，斯大林最初要求由红军占领日本北方。所幸总统拒绝了这一要求，但后来他又建议，如果我认为有必要的话，可暂时象征性地使用苏联军队，以执行投降条款。我不得不坚决反对，当然是有礼貌地拒绝了。你能设想得出，如果我做出让步，会出现何等的混乱吗？"他再次站起来，在房间里来回走着，嘴上仍叼着那支烟斗。这与他说话时的风格形成了鲜明的对照，他的话清楚、准确，词句都经过了深思熟虑，并总是将每一个观点描绘得有声有色。

"我最担心的第二个问题是——我要求你们要在你的办公室里重复我的话——华盛顿。通常，他们最关心的是欧洲。我是不会向华盛顿提出削弱我在这里的权威，以换取斯大林在欧洲的让步的。现在已经有关于四大国共管日本的说法。如果真的那样，你说我该怎么办？"

"打道回府。"

麦克阿瑟愣了一下，接着笑了。"很好，对中国人我该怎么办？"

麦格林恩想他大体上指的是中国，"要谨慎。"

麦克阿瑟对回答很高兴，"我从来就不相信，你会相信毛泽东会赢。"

麦格林恩不好正面回答问题，他曾会见过毛泽东和周恩来，那是在他们完成了历史性的长征之后。"我也指蒋介石。"

麦克阿瑟仔细地打量着他，带着几分狡黠，"你喜欢你的工作吗？"

麦格林恩毫无迟疑地答道："我还无法肯定，我的工作是什么。即使知道了，我也无法肯定我在这里会有什么用。"他打算提出回国的请求，这时，麦克阿瑟从书桌上拿起一本书，书名是《东西方的交锋》。

"邦纳·费勒斯极力要求我读这本书。"

麦格林恩想起了费勒斯，他是战前他在日本遇见的为数不多的几名军官之一，他对这个国家的问题是了解几分的。

"你写的某些东西的确干扰了我。但你却使我思考问题。这就是为什么我要你尽快来这里的原因。我需要像你这样敢于反潮流的人。"

麦格林恩感到有点不好意思，"我正想请求您让我回国呢。"

"我差不多猜到了。我能感觉到，你对许多事情持有反对意见。"他拿起那本书，"我喜欢你对某个问题锲而不舍的态度。"

"我并不认为一位历史学家应是一位外交家。"

将军再次点燃了烟斗，这已是第四次了，然后拿着烟斗说："我有足够的外交官——即足够的支持者。我至少也能使用一位反对者。"

"对天皇怎么办？"麦格林恩突然仰起鹰钩鼻子问。

麦克阿瑟谈了首次会见天皇的情况，"他极其紧张，我真怕他乞求我不要指控他为战犯。但他却说：'我一人承担责任。'我即刻明白了，我面对的是日本的真君子也。"

"木户已央求天皇不要揽**任何**责任。你知道吗？"

"谁告诉你的？"

"是我的好朋友木户幸一侯爵，天皇曾竭尽全力去阻止战争的爆发，而木户将无疑会被指控为战犯。"

"我也感到为难，麦格林恩。把战败国的政治领袖作为对战争负责的罪犯的原则，我是很反感的，它违反了刑事公正的大部分基本法则。但有一件事我可以向你肯定。尽管俄国人、英国人、日本共产党人，以及包括《纽约时报》在内的许多有影响的美国人想把天皇推上绞刑架，但我绝不允许把天皇作为战犯审讯。我说话是算数的！"

"这就是说，如果木户幸一侯爵被逮捕，我可以去看他，对吗？"

"不是**如果**，而是**应当**。当那一天来临时，我会考虑你的要求的。"

教授起身准备告辞，麦克阿瑟谈到了他的女儿玛吉，她那些不偏不倚的报道，给他留下了深刻的印象。他也非常高兴听到了麦格林恩的儿子威尔的情况，在菲律宾时，他曾见过他几次，他得以幸免于难。"我听说，你的大女儿也是一位十分坚强的女性。她必须支撑着家庭。我非常理解她向公共卫生福利部的呼吁。"

"是怎么呼吁的？"麦格林恩不解地问。

"她似乎觉得，日本人民应该得到更多的食品。萨姆斯上校向我保证，现在没有任何饥馑，将来也不会有。她还要求公共卫生福利部支持她提出的为战争孤儿建立家园的建议。"麦克阿瑟握了握麦格林恩的手，然后送他到了门口，彬彬有礼地告别地说："谢谢你来这儿。"

麦格林恩离开了那间房间，脸上现出若有所思的表情。

"你的脸色非常苍白，"哈里森说，"发生了什么事？"

"我将留下来，"他平静地说，"无限期地留下来。"

3

波士顿，1945 年 11 月 27 日

由于国际日期变更线，在波士顿仍是 27 日。从马歇尔将军给威尔·麦格林恩信的上端可以看出，发信的地址是他在华盛顿附近的农场。这些极为潦草的字迹令人回想起珍珠港事件前这位参谋长办公室里是闹哄哄的，其办公室在一所木制的古老建筑中，陆军的总指挥部也设在那里。那时，威尔曾无数次地收到将军的短笺，上面的签名是 G. C. M。而这封比短笺略长一点的信仍只有简单的签名，仿佛他是一位平民。尽管最近他已辞去参谋长之职，但对威尔来说，他将永远是马歇尔将军，一位他最崇敬的人。在他的办公室里，威尔曾工作了两年，这是他一生中收获最大的时光。此后，在 1941 年 12 月，他奉紧急命令前往菲律宾，秘密地核查关于麦克阿瑟要求增加装备的紧急要求。作为参谋长的一名法律军官，他有机会感受到那种非凡的、在压力之下工作的心智。迫切的任务只会使它更令人难忘。只要你工作不知疲劳，富有效率，为将军工作并非难事。但是，对于那些没有时间观念的人来说，与将军共事将会是悲哀的！对马歇尔来说，时间是无价之宝，每一秒钟都绝不可能失而复得。威尔永远不会忘记从南方来到参谋部的那位生气勃勃的年轻中尉。由于迟到了两小时，将军专横地将他打发回原单位了。

威尔着急地瞧了瞧腕上的手表。星期二上午，出租车行驶在波士顿拥挤的街道上，再过 20 分钟，他所乘坐的火车将驶离南站。他要去华盛顿。马歇尔将军要与他谈谈当前的某些任务，或许是要编辑他那些在被日本人监禁的四年中曾想方设法保留下来的札记。

昨天，亚当斯和斯诺事务所的一位高级同僚转告他，说他可能会收到一封马歇尔将军的信，是有关一项重要任务的。这位同僚最后还带着几分神秘加了一句："到时候与我商量你的行动方针。"

下了出租车，威尔掏出了一张两美元的钞票付车费，尽管他知道这小费付得太多了。然后，戴上手套。他大步流星地穿过街道，进入车站。此时，深秋的寒气刺激了他的身体，令他感到振奋，甚至那些迎面扑来的碎雪花片也使他感到阵阵惬意，他开始一路小跑地向车站内奔去。在菲律宾和日本的集中营中，酷热曾折磨了他三年多，此刻，沐浴这些凉风，对他来说简直就是一种莫大的享受！

在火车即将启动时，他坐到了自己的座位上，心扑通扑通地跳着，像要蹦出来似的。随后，他开始平静下来了，倦意也随之来了。感谢上帝，他在亚当斯和斯诺那儿的同僚们没有一个人瞧见过他这副像西点军校一年级新生上课迟到猛跑时的模样。牢记自己是一位平民，去华盛顿仅仅是作为一种礼貌而不是一种职责。

火车向南奔驰而去，途中，他浏览了两份波士顿的报纸和《纽约时报》。从日本归来已近三个月了，世界各地发生的事情仍然深深地吸引着他。关于珍珠港事件调查的报道充斥于整个报纸的版面，共和党人一直在努力重写历史。在纽伦堡战犯审判中，十分冗长的文件被用来说明，早在 1938 年 5 月，希特勒就计划入侵捷克斯洛伐克了。然而，在他的部队开入捷克斯洛伐克之前很长时间里，人们竟对此阴谋毫无察觉！从法律的观点来看，这的确是一个颇有意思的问题，但威尔还是希望，在纽伦堡的律师们，应该注意主要的问题——那些惨无人道的暴行。有关在马尼拉审判战犯山下大将的报道使他感到异常愤怒。1944 年，这个屠夫负责看管吕宋岛的集中营，他声称，甲万那端和圣托马斯集中营均条件"良好"，他从未看到过虐待战俘的事情。简直是扯淡！威尔在这两个魔窟里都待过，到目前为止，他在被监禁期间掉的 70 磅体重仍未恢复。与纳粹相比，这个受审的日本战犯有过之而无不及，他们全都应该被绞死。

在车站，一位灰头发的中士迎接了威尔，他袖子上有几条醒目的标记。他将威尔带到一辆参谋部的汽车旁，好像他是一名步行的伤员。他打开后门，但威尔却坐在了前排。他们沿着波托马克河行驶，大约行驶了40英里后，到了一个令人感到十分愉快的农场。将军走出来热情地迎接了威尔，"孩子，真高兴看到你完整无缺！"

马歇尔高度地赞扬了他在巴丹死亡行军的最后日子里保存了那些内容详细的札记，祝贺他熬过了长期的折磨人的监禁生活。"我已复制了那些札记，并将它们交给了司法部。他们说，这些材料在战犯审讯中会很有用。"他解释说，与纽伦堡相似，在东京也将组成一个国际军事法庭，来审判诸如东条之类的头号战犯。在横滨将设立低级别的军事法庭，几千名级别低一些的罪犯将因其在战争中的个人罪行而受审。

"我请你考虑一项特殊的任务。陆军部正在挑选几个高素质的律师去参加东京甲级战犯的审讯。司法部也已确定了大部分检察官的名单，但是，我希望能有几位经历过太平洋战争的人参加审讯，因为他们会从军事的角度来考虑问题。"

返回那个他历经如此多折磨的国家，是威尔最不愿做的事情。"阁下，"他不由得声辩道，"我几乎没有参加战斗的经历，所有我所真正了解的事情，只是作为一名战俘的经历。"

"对于日本人的残忍，谁会比你有更好的了解呢？我知道你是怎么过来的，但我们需要你的帮助。"他解释说，一些颇有影响的人物，诸如前驻日大使约瑟夫·克拉克·格鲁等已极力主张，在日本的审讯不应像纽伦堡那样严厉。他们不仅反对指控天皇，也极力反对指控像天皇的首席顾问木户侯爵那样的文职官员。"格鲁和一些其他的杰出人物……"也包括我父亲，威尔默默地补充说。"诸如你的父亲，"马歇尔露出神秘的微笑，"的确是一些智力非凡、消息灵通的人物，然而，他们却仍然不能认识到，目前更为重要的头等大事就是，像教育德国人那样去教育日本人，战争本身就是犯罪。这是有史以来第一次战争被宣布为非法。"他又谈到，即将开始的审判将会向日本人民展示什么是民主，这是文明世界所进行的一种十字军东征。

尽管他不大情愿，但威尔还是被马歇尔那雄辩的说服打动了。"我同意您的观点，阁下。但是，坦率地说，我极不愿意回到日本去，尽管从感情上来说，我仍将那里当成我的第二故乡。"

"我并不是要你考虑，我们打算惩罚日本人民，他们只是领袖们的牺牲品。"马歇尔急忙说道，他知道麦格林恩是在那里长大的。"我们只是要铲除日本的军国主义，而且这对他们的人民有好处。这是重建这个国家的一个组成部分，是文明世界的一场和平的征伐。"

"我能理解这一点，阁下。我同意将木户等文职官员送交法庭审判，并给以应有的惩罚。但我在波士顿还有许多事要做，我有一种正常的生活。眼下，我正在接手一位年轻人的案子，他在一场抢劫案中被不公正地指控谋杀，他的生存和前程就掌握在我的手里。"

"我理解你的感情，"马歇尔同情地说，"就在你到达这里不久之前，我接到了杜鲁门总统打来的电话。你可能已知道，最近帕特·赫尔利说话不太慎重，已辞去驻中国大使之职，杜鲁门先生要我以特使的身份，接替帕特的工作。为政府服务了这么多年后，我妻子和我都盼望有一个安宁的生活。但我能说什么呢？"

"您抬举我了，阁下。"

"不完全是这样。我了解你的工作情况，你可以记住我的话，你在东京是会发挥作用的。就像你所熟知的那样，1941年时，总统——即罗斯福先生——和我与麦克阿瑟将军是有分歧的。请不要误解我。迄今为止，我还是认为，作为占领日本的最高统帅，他的确是一个最好的人选。"他注意到威尔的嘴边露出了一丝微笑，"更为准确地说，他是**惟一**的人选。"

威尔咧开嘴笑了，"您总是能看透我的心思，阁下。"

"尽管我们之间有分歧，但从心底里说，我还是相信，与别人相比较而言，麦克阿瑟比其他任何人更能处理好这个国家的问题。但他的政策已有变软的迹象。此话你一个人知道就行了。但在我看来，在说服杜鲁门总统不起诉天皇方面，他将是最能发挥影响的人，天皇与东条一样对战争负有责任。"

威尔同意他的观点，但仍显得很勉强。

"距离动身的时间还有两个月，这段时间你可以处理你在波士顿的工作。司法部告诉我，你将在6个月后返回。而且斯诺先生已告诉我，我可以完全自由地与你讨论这个问题。他向我保证，如果你决定接受这项差事，不会损害你在律师事务所里的位置，不管怎样，该事务所一直在努力为美国服务。"马歇尔关切地看着他，"我的确非常抱歉将这件事告诉你，而且我无意压你马上答复。仔细考虑一个星期，如果你还是决定不能去日本，我不会再勉强你。你为国家做的已够多了。"

当乘车驶向华盛顿时，威尔的心情轻松了一些。他将等一个星期，然后礼貌地拒绝此事。但在乘坐火车返回波士顿的途中，他再也不能静下心来阅读报纸了。被俘的那段岁月涌上脑际，搅乱了他的思绪，他曾发誓，如果能够侥幸生还的话，一定要让俘虏他的人为他们的所作所为付出代价。

第二天下午，他请求与老资格的合作伙伴谈几分钟。伊弗雷姆·斯诺身材瘦高，他那极具权威的形象一旦出现在法庭上，似乎就象征着胜利。作为亚当斯和斯诺律师事务所创建人之一的孙子，他出示证据的技巧和说服才能使他赢了无数毫无希望的案子。他有精于算计、足智多谋和善于伪装的才能，使他常常主宰法庭。

汇报了马歇尔的建议之后，威尔想听听他的看法。斯诺若有所思地敲打着他那长长的下巴，然后语气缓慢地说："你应该完全按照自己的判断来决定这件事，这里既有责任，也包含着机遇。你有独特的品质而东京的法庭审判也将是执法实践中千载难逢的好机会。但另一方面，你也必须弄清，自己的身体条件是否可以适应这种冗长的审讯工作。你在集中营里的经历一定耗尽了你的精力。"他起身慢慢地踱到窗边。

"这是您给我的唯一忠告吗？先生。"

斯诺转过身来，"主意还得你自己拿，无论你做出何种决定，事务所都会赞成的。我们这些上了年纪的人已饱经风霜，十分清楚你们年轻人的选择总是会有风险的。这就是为什么我们会犹豫不决——恰当地说，是我这样认为——不愿鼓励一种特殊的举动。对于像你目前处境的人，我们这里的做法一贯很明确，那就是，你完全可以自由地做出选择，而不会影响你在这里的前途。"他稍微停顿了一下，好像是要向陪审团讲话，然后又接着说，"只要你觉得你的选择有利于你的技能的发展。"

"谢谢您，先生。"威尔对他的态度十分感激，但是仍希望他会为自己做出决定。

"我的女儿也碰到与你类似的问题，整日都在苦思冥想。你可能知道，她在罗普斯—格雷那里工作。"

在这间办公室里，乔西·斯诺那些传奇般的故事几乎无人不晓。她在波士顿大学攻读法律专业，已完成了第三年的课程，而且作为一名最擅长攻击的辩护律师，她已蜚声城内。

"她已被要求去东京担任辩护律师，我也不打算给她提任何建议。"他笑了笑。"如果我发表了看法，她很可能做相反的事情。"

这天夜里，威尔辗转难眠。只要说自己的体重尚未完全恢复，就可轻而易举地推掉这差事。但事实上，他已感觉到，身体已基本接近复原了，到 2 月份时，他的身体肯定会很结实的。在菲律宾集中营里所遭受的那些痛苦和耻辱，像电影一样一幕一幕地闪现在他的脑海里，其中的一个事件就像鬼魂一样，萦绕在他的心头。在甲万那端，日本人将战俘们编成"靶组"，每组 10 人。一旦有一人企图逃跑，组员将被全部处死。一天晚上，威尔这个组中的 4 人试图越狱，被当即打死了。其余 6 人被关押起来，经历了足足一个星期令人恐怖的"反省"之后，集中营司令宣布，为了杀一儆百，6 个人中的一位将要受到公开处罚，他将被捆在铁丝网外的一根柱子上，那里是贪婪成性的红蚁出没的地方。无一人自愿去，个头最高的威尔被选中了。他被浑身赤裸地捆在柱子上，没多久，成群结队的红蚁就爬上了他的双腿。想到那些钻心的叮咬，他禁不住在床上痛苦地翻来滚去。那时，骄阳似火，一滴水也没有，他口干舌燥。那天夜里，一阵救命雨解了他的干渴，但也带来了刺骨的寒冷，以至于他又渴望得到白天那种烈日的暴晒了。到了第三天，他觉得自己实在挺不下去了，就想到了自杀，用头去撞那根柱子，但没有成功。他开始祈求死亡，完全放弃了生还的念头。然而，就在这天晚上，一位名叫波波夫的难友，冒着生命危险，悄悄地从铁丝网下爬过来，给他送来了水，并用药液擦洗了他肿胀的、满是蚂蚁叮咬伤痕的全身，并且像喂婴儿一样给他喂了炼乳。具有讽刺意义的是，在整个集中营里，这位曾擅长做黑市生意的波波夫，一直是招人憎恨的人。他声称，他之所以会冒死前来，是因为威尔是惟一不把他当成卑贱之辈来对待的人。威尔又恢复了气力和生存的希望，他为自己曾祈求死亡感到羞愧，并发誓，他无论如何也要逃出去，将日本人所犯暴行的罪证带回来。

他曾不止一次地翻阅过那本封皮已磨损的笔记本，上面记载着日本人的罪证，但这就够了吗？回顾被捆在柱子上的那个可怕的夜晚，重新唤起了他曾有过的对日本人的刻骨仇恨。直到最后一次被关入长崎的集中营，他一直牢记着这些仇恨。此后，8 月的一天，当第二颗原子弹爆炸之时，他也经历了与整个城市的人民同样的恐怖和痛苦。这使他为自己是一名美国人而产生了几分内疚和耻辱感。长崎那些遇难者极度痛苦的呼喊声，像鬼魂一样缠着他，对日本人的仇恨也被烧光了。就这样，直到对甲万那端那段岁月的回忆才又重新激起了他的仇恨。当天边出现鱼肚色时，他意识到必须为那些死于集中营的难友们讨回公道。他一定要再回到日本，不仅仅是为了去帮助伸张正义，而且要参加这场对非法战争进行的讨伐。

　　当他将自己的决定告诉斯诺时，这位资历丰富的合作者只是不动声色地说：“我想你会这样决定的。”他希望威尔在东京见到他女儿乔西时，能给她介绍一下日本人的风俗习惯。威尔向他保证会这样做的，但内心里一想起咄咄逼人的斯诺就有点萎缩，在他的想象中，乔西·斯诺和留着一头俗气的头发，长着一副瘦长下巴的老斯诺一模一样。

第 三 章

1

东京，1945 年 12 月 2 日

这天，教授刚刚走进办公室，哈里森就告诉他，又有 59 名日本人将作为战犯被逮捕，其中包括著名的政府要员和外交官，以及名声显赫的商界巨头，然而，木户侯爵却没有包括在内。麦格林恩猜测，在他与将军谈话之后，麦克阿瑟可能已将侯爵和近卫公爵的名字从逮捕名单上划掉了。近卫曾任日本首相，1941 年曾试图与罗斯福会晤，并搞一项和平解决方案。

然而，两周之后，当这两人被点名时，麦格林恩的幻想破灭了。他急忙赶到木户家里，去安慰他的老朋友，侯爵正在收拾衣物，准备第二天去巢鸭监狱。"这是命中注定的"，木户富有哲理地说。教授很想知道近卫会如何对待这一消息，木户道出了自己的看法。"公爵去洗澡时从不带钱包，甚至连洗澡的湿毛巾都不用自己去拧干。我想，恐怕他在监狱里连一周都待不下去。但我**会**应付这一切的。"

第二天早晨，麦格林恩听到办公室里一片嘈杂声。"都炸了窝了！"哈里森兴奋地嚷嚷着，"我们刚刚听说，近卫服毒了！"

"他死了吗？"

"是的，他的妻子发现他仰面躺着，就像睡着了一样。"一只空瓶子放在他的枕头旁。"我敢说，第一大厦里的人都像受惊的兔子一样，正在到处乱窜呢！"

"木户侯爵在被带往监狱时反应如何？"

哈里森咯咯地笑着说，"看得出，他装着很平静，仿佛是去打高尔夫

球。他乘坐皇族专用的高级轿车去监狱，就像去一个属于自己的地方。"

教授有点着急了，他一把抓起电话，要求接通麦克阿瑟将军的办公室。这使哈里森吓了一跳，但是，麦格林恩并不理睬他的反对，并且令他们两人都吃惊的是几分钟后，最高统帅本人拿起了电话。努力地稳定了一下情绪后，麦格林恩说："将军，请原谅我未按正常程序行事，但我确实想问问您，您是否可以考虑允许我去巢鸭监狱见一下木户侯爵。"

好长一段时间没有回音，然后，回答缓缓地传了过来，"出于个人的原因？"

"并不完全是，阁下，"他深深地吸了一口气，"我知道他有一本记载详细的日记，我想劝他在法庭上使用这本日记。"话筒中再次出现了短暂的沉默。"将军，我确信他的日记将会提供确凿的证据，证明他和天皇两者都与发动战争毫无关系。"

"教授，我对从你这里听到这样的建议并不感到惊讶。"麦克阿瑟将军以友好的声音说，麦格林恩可以想象到他脸上的微笑和正在点燃烟斗的动作。"我会通知首席检察官基南，你要去他那里办理会面手续。"

约瑟夫·基南曾以起诉歹徒而闻名，那天下午，他带着爱尔兰人和蔼可亲的态度接待了麦格林恩。他身材不高，但非常结实，长着一副四方形颌骨，脸上透着爱尔兰人精力充沛的鲜红色彩。他浑身散发着精力和自信，显得生机勃勃。麦格林恩希望基南球茎状鼻子上红润的颜色不是他酗酒过度的标志，否则，即将开始的审判，将会变得一团糟。

基南首先对年轻的威尔·麦格林恩很快赶来参加律师工作表示欢迎，然后说，他已打算派某人去巢鸭监狱询问木户。"你可以作为一位翻译。"他说，然后停顿下来，似乎突然想到了什么事情。"或许这样做是一个很好的主意，那就是如果你能去巢鸭，把木户带回到服部邸接受询问。"这是一座老式的宅院，基南和其他律师就居住于此。"毕竟他是天皇的首席顾问。"麦格林恩表示赞成，并很想知道这是否是麦克阿瑟的主意。

第二天上午晚些时候，经过 20 分钟的驱车行进后，麦格林恩就能够看到一座看起来像毫无生气的工厂的建筑了，那位即将执行审讯的上校也与他同车前往。入口处的木制大门是白色的，几乎完全不能给人留下庄严的印象。它高大约 10 英尺，上面布有带刺的铁丝网和一个标志牌：

巢鸭监狱

APD 500

大门两边各有一座看守人员的小屋，一边检查进去的人员，另一边则检查出去的人员。主楼有三层，楼顶上一面美国国旗随风飘扬。透过这些冷峻的建筑物，麦格林恩能够看出事情的复杂性。

木户幸一侯爵正在看守长办公室里等候他们，手里提着一个公文包。他 56 岁，身材不高，嘴唇上留着一撇修剪得整整齐齐的小胡子。他已换去了肥大的囚服，身着自己合体的衣物。他以微笑欢迎老朋友的到来。

在去服部邸的路上，麦格林恩说："我向麦克阿瑟将军提到，我确信你保存有一本日记，记载你与天皇陛下的交往。"

"是的，我一直有记日记的习惯，但那只是一本关于个人事情的日记，而不是作为政府官员的日记。"

"他在说什么？"上校问。

"待会儿告诉你，"麦格林恩有点傲慢地说，并又转向木户，"我似乎觉得，使用这本日记为你辩护，会极为有用。"木户点点头。"它也会澄清天皇陛下在对外政策和军事事务中的真实作用。"

"这毫无疑问。"这位前掌玺大臣侃侃而谈，镇静自若地就像他仍然在那把交椅上一样。麦格林恩确信，在监狱里，木户会有条不紊，就像他当年是日本最重要的人物之一时那样。无论做什么事情，木户总是表现出直截了当，坚决果断和准确无误的特点。当想到木户是如何把这些特点带到相模乡村俱乐部时，麦格林恩不禁哑然失笑。在那里，他击打高尔夫球的动作就是一个典型的例证，他被称之为"木户钟"。现在，他仍是"木户钟"。

正午时分，他们抵达服部邸。在餐厅里用餐时，执行审讯的上校带头津津有味地吃着，肯定不会提出任何严肃的事情。下午两点，木户被带到基南那里。这位首席检察官彬彬有礼地与这位前掌玺大臣打招呼，当那位上校开始审讯时，他认真地听着，麦格林恩在场翻译。前面的几个问题是关于木户作为天皇首席顾问的职责的，随后，问题转入有关战争的起因。

木户极为耐心地解释着当时的形势：海军因石油问题压力很大，而一些富有侵略性的少壮派军官则要求实施报复行动。

"你能说出一些少壮派军官的名字吗?"基南急切地插话发问。

木户列举了 3 个人的名字,但他们不那么重要,还够不上被起诉,基南也失去了兴趣。

"你第一次听到珍珠港事件是什么时候?"审讯的上校问。

"我是从收音机里听到的。"这就是回答,这位掌玺大臣并不知道,在华盛顿的两位特使直到炸弹落下之后,才将宣战书递交赫尔。"当时,我一直认为,在袭击之前,宣战书已被送交华盛顿。"

"你能告诉我们天皇是如何看待这场战争的吗?"麦格林恩用英语问,出人意料的是,木户直接用日语作答。"自始至终,天皇陛下都在竭力避免战争。袭击发动后,他非常遗憾。尤其是与大英帝国交战,他感到极大的痛苦,因为他与英国皇室有着长期的私人关系。"

一个小时以后,基南借故出去了,审讯的上校注意到了木户的公文包。

"在你作为一名政府官员期间,你一直记日记吗?"上校问道。

"那是私人日记,而非官方日记。"

"我指的就是它!"上校急切地说,"日记现在在哪里?"

"我把它放在家里了。"

"你能把它交给我们吗?"

"在从监狱来的路上,他已告诉我日记的事,"麦格林恩说,"他还说,他很愿意让我们使用这本日记。"

"请要求他们翻译好一些,"木户说,"我见到许多文件,翻成英语时都错误百出。"上校向他保证这次会译好的。木户从一个小公文包里掏出一叠纸,"这里有一些材料,是我根据记忆在监狱里写的。"他抽出第一页给麦格林恩。"你看,我是从'满洲'事件写起的。"他用拇指捻着纸。"我还简单提到了珍珠港事件前的谈判,但还远不完全。"

上校用渴望的目光打量着这些纸片,"这些材料我们都能用吗?"

"是的。"木户用英语说。

"你还有其他可以澄清事实的材料吗?"麦格林恩又一次用英语问。

木户用手敲打着下巴。"我还就从近卫内阁到东条内阁的变化写了回忆录。"他用日语说。"你知道,就是 1941 年 10 月的事。这可能会有用。"

上校向前倾了倾身子。"我将告诉基南先生，"他说，"我完全相信，你愿给我们你所拥有的所有材料，不管是个人资料，还是作为前政府官员的资料，因为你已经没有任何要隐瞒的了。如果你能告诉麦格林恩博士你所有的资料都放在家里什么地方的话，我将非常感谢。你知道，我所说的资料包括各种形式的资料，包括日记、回忆录和私人档案等。所有这些资料都是非常有价值的。我希望麦格林恩博士能得到这些资料，并带给我们。这样，我们就可以分析它们，搞清楚事情的真相。一旦我们整理了这些材料，我们愿意再与你会面几次。"

"我确信，侯爵能够理解，我们只是在探求事情的真相。但是，上校，我希望你能向他保证，最高司令既不要威胁他，也不要许诺他任何事情，如果他采取完全合作的态度。"当麦格林恩说这番话时，木户一直疑惑地注视着他。

"我的话只能到此，麦格林恩博士，我们既不会威胁也不会答应他什么，我再次向你保证，木户侯爵，我确信你只是想说出事实。我们将按常规的方式来处理这些材料。"

"我想你可能会加一句话，"麦格林恩说，"即将全部这些材料和日记交给我们，只是借用。"

"当然了！一旦这些材料完成使命，我们将完璧归赵。"

懂得了这些话语的大意后，木户向麦格林恩点头表示同意。

"我们可能得保留这些材料一段时间，"上校说，"但它们在我们手里会非常安全，我保证将片纸不留地归还给他"。

"请告诉他们，我家里的档案材料已被火焚毁了，"木户说，"在8月14日晚上卫兵兵变时，我亲自焚毁了帝国住宅大厦我办公室中的所有档案。那时，我不得不躲到地窖中。"他解释说，那本私人日记对政治事件的描写并不是很有条理。"但是，一旦我看到那些日记，它会补充我的记忆，使我想到更多的细节。"木户站起身来向麦格林恩鞠了一躬。

"我不久还会来看你的。"教授说。

稍后，执行审讯的上校感谢麦格林恩使木户吃了一颗定心丸。

麦格林恩脸上流露出不满的表情，说："他只是想说出真情，我们必须遵守诺言。"

"这很容易，这很容易。"上校笑了，"我们将利用日记揭露出假冒货！"

麦格林恩没有答话。律师不可能想到，木户交出日记的主要原因是为了解脱天皇与太平洋战争的干系。

那天晚上，掌玺大臣开始给美国当局写信。"我想表明我的基本想法和态度，那就是说出事情的真相，这是惟一的目的。因此，我急于公布手中的任何材料，使真相大白于天下。既然战争已经结束，我的信仰驱使我记录下真情，没有遁词和纷争，为世界和平作出贡献。"

他继续说，他这一信仰的建立应归功于一位美国人——沃尔特·佩奇的影响，第一次世界大战期间，佩奇在伦敦担任美国大使。1931 年，他阅读了一本关于佩奇的英文书，"他在发展民主制度方面的坚定信仰、无畏精神和惊人的勇气，给我留下了难以磨灭的印象。"他把此书读了许多遍，并将它随身带入了牢房。以佩奇作为楷模，在战争期间，他一直劝说天皇竭尽全力去结束战争，不管这会给木户带来多大的危险。"成功地挽救了 2000 多万无辜的日本国民和数以万计美军官兵的生命，我为此感到莫大的安慰和满足，为此，我付出了全部心血。"最后，他表达了自己坚定的信念，那就是，在未来的审讯中，他绝不会说半句假话。

2

第二天上午晚些时候，麦格林恩接到命令，立即去麦克阿瑟办公室汇报。路上他猜测，他可能会因控制了与木户的会谈而遭到严厉的训斥。管它呢！是麦克阿瑟指示他去会见木户的，如果他们不喜欢他的行为方式，他们可以将他送回马萨诸塞州。进入将军办公室外间时，他已做好挨骂的准备，但却受到了一位眼睛明亮的上校的热情接待，他带他穿过走廊，走了不远，就来到了另一间会客室。

"你已被改派到政府部了，"上校说，"将军认为，你在这里会更有用武之地的。"这里是公共事务处的一个分支部门。"我希望你能与'雷德'马尔鲁尼一起共事，只是你得习惯他这个人。他的确是一位外粗内秀的人。事实上，在艾克尔伯格的集团军中，他是最出色的营长之一。

他本早就该晋升上校了，但他总是设法放弃了这样的良机。他手下的人戏称他为'疯老哥'。这家伙带他们投入战斗时，头上只戴着一顶布鲁克林游戏帽。"

在隔壁的办公室里，汤姆·马尔鲁尼中校正等待着。他身材魁梧，头发略有些发红。麦格林恩进来时，他拍了拍大腿，咧着嘴像一只大柴郡猫一样冲他嬉笑。"久仰大名了，教授。"他操着得克萨斯腔慢吞吞地打着招呼。只剩下他们俩人的时候，他又说了一句，"我猜那小子一定向你说了点关于我的什么吧？"

"他说，一旦习惯你了，我会喜欢你的。"

"战争中能幸存下来的孩子们都会有我这样的问题。你已经将这些动物训练成了杀手，你还能怎样和他们相处呢？或许某一天，他们会找到高招的，把我们都冷冻起来，一直保存到下次战争之时。现在，让我来带你熟悉一下这个动物园。在某一处，你会看到各种稀奇古怪人物的大汇合。其中一半人是激进的民主党新政的支持者，主张将这个国家变为美国的第49个州。另外一半人则是极为顽固的保守主义者，他们苦思冥想，到底能对日本怎么样。"

他们进入一间大屋子，这里曾经是一个舞厅。四周墙边是一间间的办公室。麦格林恩还从未听到过如此集中的喧闹声。打字机的咔嗒声已被人们的阵阵喧哗声和争吵声淹没了。

"这里简直就像一所疯人院。"马尔鲁尼说，"这些人关心的问题有，搞一个民主式的议会，给予妇女选举权，清洗政界要人和商界巨头，以及给这个国家的人民以自由，其中有的自由日本或许根本就不需要。此外，你来的时机也不凑巧，正好赶上了这里大变动。"他解释说，麦克阿瑟刚把政府部转给了他的密友——考特尼·惠特尼准将掌管。"几天前，他从马尼拉到达这里，估计会成为将军的国内事务特别顾问。但这个地方一直拖后腿，故麦氏将他派到这里来处理问题。"

一间办公室的门敞开着，他们听到了一阵气冲冲的演讲声。"这就是考特尼，这里的人们给他取了个绰号——'脾气暴躁的东京的班先生'。"这时，一位魁伟的红脸大汉出现了，他伸着手指，正在斥责一位面色苍白的倒霉鬼。"他这个人，"马尔鲁尼压低嗓门说，"注意他那老练的职业用语和庭辩风格，战前，他是马尼拉的一位律师，赚了上百万美元呢。"

惠特尼以一句辛辣的用语突然终止了演讲，回到他的办公室，砰地一声关上了门，各种谈话也停顿了下来。

"你交给他一件事，他就能办得很好。就我个人而言，我喜欢他的风格。华丽的词句后面包含着朴素的道理。他深知自己不过是将军的一个走卒，他相信太阳的升起是由最高统帅来控制的。如果麦氏要求他从窗户飞出去，他会扇动他的翅膀，像一道闪电一样飞出去。"

热烈的争辩又在人们间展开了，他们的热情，即使争辩时的热情，极具感染力，麦格林恩再次被打动了，他为自己能在这样一个令人振奋的历史时刻，置身于世界上最激动人心的地方而深感荣幸。无论是虔诚的新政分子还是它的反对者，似乎都非常和谐一致地一起工作着，以期用美国的方式再造一个完整的国家。这简直就是百老汇舞台上演的一出出色的喜剧！尽管都有偏见和自高自大，然而，这些勤奋、虔诚的改革者们都在致力于拆除旧的社会结构，这涉及其金融巨头——财阀，被人们视若神明的天皇、神道教，以及封建佃耕制度。在清除了这些历史垃圾之后，改革者们将着手建立一个美好的新世界，所有的国民，包括妇女在内，都将拥有选举权；孩子们将接受民主和博爱准则的教育；那些人数众多的劳工大军，将由真正的工会组织来领导，国家将最终从暴虐的军政权中解放出来。

在这间宽敞的房间里，无论理想主义者或者实用主义者，都对自己的使命坚定不移，都确信自己有能力完成这一使命，尽管麦格林恩的确担心，在这一改造过程中，旧日本许多好的东西可能被丢弃，但他的确不愿离开这一颇具吸引力的国度。

当他在仔细观察的时候，有人也在一直打量着他。这是一位身材高挑的日本译员，看起来她像一名女大学生，但实际上，她已是一名16岁男孩的母亲了。她与户田惠美是邻居，是布林莫尔大学的毕业生，她的丈夫是一名外交官，已死于肝病。田岛真理子已阅读过麦格林恩写的两本书和许多文章，她惊奇地看到，这位身材修长、显得如此年轻的作者正向她这个方向走来。银色的头发下，双眼炯炯有神，强健的体魄更使他增添了男性的魅力。当她从办公室里第一次看到他时，不禁联想到展翅翱翔的雄鹰。然而，当他脸上挂着微笑时，他又显得极为和蔼和可亲。

很难让人相信，这位男子曾以冷峻的神态和辛辣的俏语而著称。她满心希望他会与她交谈的，但是，仿佛她是这里的家具一样，那只美国雄鹰并未理睬她，而是大步流星地从她面前经过了。

第二天，除了继续参观和听马尔鲁尼的介绍之外，麦格林恩几乎没有做任何事情。由于惠特尼的到来，整个政府部仍然处于一种变动状态中。马尔鲁尼向麦格林恩建议，他应该花点时间去城市各处走走，以便亲自了解一下，对于这一伟大试验的第一阶段，人们究竟有什么样的反响。

他在城市里到处蹓跶着，一天晚上，他与一位名叫志村的中年男子搭上了话，他借口问路，实际上是想聊天。几分钟之后，志村邀请麦格林恩去他家喝日本清酒。他们进入了一座黑暗、肮脏的办公楼，爬过了四节摇摇晃晃的楼梯，来到了一间大屋子里，几根蜡烛闪烁出昏暗的光亮。屋里有几把椅子和一张摇摇晃晃的桌子，地板上散乱地放着一些被褥。志村解释说，他与其他几位无家可归者合住在这里，他的妻子和女儿都在一次燃烧弹轰炸中丧生了，儿子是一名中尉，目前正在中国某地，已有一年多没有消息了。房里惟一的热量来自于一个火盆中的木炭火。他们啜着温热的清酒，以驱赶体内的寒冷。这时，三位年轻的妇女和一位瘦弱的老头进来了，他们搓着赤裸的双手，以便加速血液的循环。大家都叫嚷屋子里像冰窖一样冷，也都开始喝起了清酒。一位姑娘抱怨说这个晚上会非常难熬，志村打趣地说："如果你和我一起睡，我们俩人都会暖和一些。"

她并没有感到丝毫的尴尬，只是漫不经心地说："今晚不行。"这使麦格林恩笑了起来，其他人也笑了起来，他们主要是笑这位懂日本话的美国人，而不是笑刚才那件事。无论如何，双方的隔膜正在消失，教授感到，他可以问问他们都是如何看待日本姑娘与美国大兵之间往来越来越频繁了。

一位姑娘耸了耸肩。另一位说，这取决于美国大兵，第三位姑娘则认为，这是消除战争所带来仇恨的好方法。但那位老头的话则尖刻一些："你们美国人要日本姑娘只是为了一件事，而事情过去后，我们却要抚养一大堆占领者的婴儿。"

"而后，美国大兵将会返回家园与他们自己的女人团聚。"志村接着说道。

那三位姑娘也都郑重地，甚至带有气愤地点头称是。这时，老人又开始抨击麦克阿瑟准备将他们的国家改变成民主政体的计划了。"这只是一套骗人的把戏。你们国家的人们总是在谈论机会平等，但却不给我们这样的机会。你们让我们睡在这像坟墓一样的地方，连肚子都填不饱。"他将身子缩得更紧了，以制止住因寒冷引起的发抖。"如果你给我一个温暖的床铺和一些食品，我会听你大讲民主的。"

"麦克阿瑟将军就要这么做了。"麦格林恩允诺，"要给他时间。"

志村想安慰一下老人。"是啊，得给他时间，森先生。你不是曾经说过，美国人将杀光我们吗？他们没那么坏嘛。"他翻烤着火盆上的几片土豆片。"来点吧。"他给麦格林恩递过去一些。

"我已经吃过饭了。"他说。他对他们的好客表示感谢，在返回他那间整洁、温暖的房间途中，他心里充满了愧疚之情。

12月23日，晚饭之后，他像往常一样出门了，在一个喷泉边，他看到一位衣衫褴褛的女人，正俯在喷出的水花上，用手捧着水喂自己的小孩。小孩尖声尖语地叫嚷着，妇女边喂边会心地笑。

天色逐渐地黑了下来，教授漫步来到了银座——东京的百老汇，它是这座城市中惟一有生气的地方。他能听到数以百计的日本人的叫嚷声，他们正围在美军消费合作社的橱窗前，观看里面陈列的美国大兵的T恤、夹克式作战服和真皮军鞋。孩子和年轻姑娘们缠住正在排队等候的美国士兵，向他们索要口香糖、糖果、巧克力，或用一些小玩意儿换美元。

小商贩的摊点占满了街道两旁，物价高得惊人，买主几乎都是清一色的美国大兵。"请瞧瞧，日元就行！"一位身着制服的毛头小伙子面红耳赤地吆喝着，从口袋里掏出一些印制粗糙的明信片。"送给回家的老乡们！"各种粗制滥造的假货也摆放在卵石铺成的地面上，这里曾是两个百货商店的旧址，现在已被炸弹夷为平地。

即使如此，这里仍充满着节日的气氛。一家用木板围起来的舞厅已亮出大型招牌："圣诞快乐，美国军人。我们即将开业，漂亮的女主人欢迎你们光临。"两位穿戴俗气、脸上化着浓妆的姑娘散发着开业的广告传单，她们穿着都很单薄，冻得哆哆嗦嗦的。"圣诞快乐，乔。"一位向麦格林恩打着招呼，而另一位则立即推销她的商品，"瞧瞧这个！非常好，物美价廉。"

他加快了步伐，向第一大厦走去。前方有上千只电灯拼成了巨大的"圣诞快乐"字样。这些灯光照射到了皇宫的外墙上，在宽宽的护城河里反射出倒影。"麦克阿瑟12岁时的圣诞贺卡。"他暗自想着，不知不觉地念出了声音。

"晚上好，麦格林恩教授。"这是田岛真理子，照马尔鲁尼的说法，她是办公室里最出色的译员。他摘下帽子，向她表示致意，但立即就意识到自己是在试图给对方留下好的印象，便感到有些不快。他挺直了腰杆，站得更直了一些，并且为自己这些似乎有点愚蠢的行为感到有点茫然。而接下来他的举止则使他自己都感到惊讶，他竟然问她是否愿意喝点咖啡，附近就有一处很好的地方。

然而，她回答说，她的儿子正等她回去，由于她不得不加班工作，时间已经很迟了。他提出叫一辆出租车送她回家，她不同意，但令他自己再度惊讶的是，他坚持要那么做。他们乘坐着一辆用燃烧木炭作燃料的出租车，向麻布驶去，途中他得知，她毕业于布林莫尔大学，丈夫是外交官，1944年已经去世，目前她与儿子相依为命，住在一起。她的儿子正在一高读书，这是日本声誉最高的公立预备学校。两年后，他将去东京大学继续深造。她看上去绝不像已有这样大的一位儿子。在办公室里，当他与她第一次擦身而过时，他估计她有二十七八岁。她给人的第一印象就像是从《源氏物语》中走出来的人物——即前封建时代一位具有典雅气质的宫廷女性。但当时他没有与她搭话，怕语言不通，引起麻烦。现在，他发现她英语说得极为出色，同时又能说一口纯正的日本话。这唤起了他的兴趣。

当他作自我介绍时，她温柔地笑了。她说，从他的著作中，她已知道了他的许多事情。"我特别喜欢《东西方的交锋》那本书，你的这本书全然不像是一位西方人写的。"

他不知不觉地向她谈起了自己4个孩子的情况。圣诞之夜，所有的孩子，除了大儿子威尔外，都将与他一起在帝国饭店共进晚餐。"愿意参加我们的聚餐吗？"他有点心血来潮地问。

她婉言谢绝了，这使他放松了些，当她示意司机行驶的方向后，他说："或许你认识我的老朋友户田一家人？"

"我们是邻居，但我们家却没有他家那样富有。"她解释说，那一片地区只有她家的房子还可以住。当她轻身走下汽车时，指了指夜色中的那片废墟。

"请不必如此，"当他跟她走到大街上时，她说，"我能自己回去的。"她拿出了一只小手电筒。

但是，他还是告诉司机等他一会儿，走到前面扶着她深一脚浅一脚地在瓦砾中摸索而行。她笑了，对他说，如果他跟着她走会走稳当些的。

"我儿子马克会取笑我的。"当他跌跌撞撞地从园子里的废墟堆上穿过时，他说笑着。这时，云层散开了，月亮钻了出来，他可以看得清楚一些了，这片废墟就是一些封建时代的城堡，而走在他前面的这位步态优美的妇人，就像是从《源氏物语》中变来的。房基和墙壁已变成了碎石和瓦砾，上面长满了杂草，给这里增添了几分浪漫情调。万幸的是，后半部的房子还完好无损，里边闪现出微弱的灯光。

一位16岁的男孩打开了房门，他那黑色的眼睛瞪着麦格林恩，显得有些无礼。"这是我的儿子太郎。"真理子有点不自然地说。"你不进来喝点绿茶吗？"

然而，孩子的敌意使教授的脑子清醒了一些，他谢绝了邀请。虽然真理子期望与教授继续谈话，但教授的谢绝也使她有了一个台阶下。太郎正处于一个人生成长的关键时期，像许多日本男孩子一样，他的性格特征正在形成，她希望这位温文尔雅、博学广识的男子能够对自己的儿子发生影响。

当麦格林恩准备上床睡觉时，各种复杂的心情不由得一个个涌上心头。多年来，这还是第一次，他感受到一种男性冲动的烦恼。在克拉拉去世之后，曾经也有过几次短暂、不太如意的这方面的感受，但从未产生过今天这种感受。然后，他开始咒骂自己。上帝保佑，她还能掌握分寸，没有接受参加圣诞晚宴的邀请，否则真会出现一场笑剧！他只会从孩子们的脸上看到一种不知所措的表情，因为这位女性年轻得足以成为自己的女儿，自己真是老糊涂了，还想再演一场《蓝色的安琪儿》。

这天早晨，麦格林恩有机会面对面地观察这位男人了，在短短的几天里，他似乎已经代表麦克阿瑟接管了这里的一切。考特尼·惠特尼被突然放在第一大厦中最重要的部门里，掌管了这里的事务，并且，这里有惟一直接通向将军办公室的大门。只要他愿意，他任何时候都可以使用这扇大门，这已成为众所周知的事情。除他之外，任何人都不能通过这个"尊贵的庭院"进入，即使是在将军召见之时。惠特尼外表平平，毫无特别之处。作为一位接近50岁的人，他似乎有些过于发福了，这使麦格林恩想到了家乡一位精明的商人，他是当地基瓦尼俱乐部的主席①。

眼下，他面色忧郁，打量着手下的全体人员，大家都预感到，他们被集中起来，将会听到一阵言辞激烈的训话。然而，他以一种温和、严肃的口吻，开始了讲话。"麦克阿瑟将军认为，占领日本是美国对外政策史上最伟大的事件之一，政府部又是占领日本的关键部门。"

麦格林恩明显感到，大厅里的人们都被这番话打动了，因为每一个字都得到了大家的赞同。

"他在几天前告诉我，这个部门工作的成败，对于美国和日本未来的几代人来说，都将产生无法估量的巨大影响。这意味着，我们都共同肩负着一项极为重要的使命。我们必须上下一心，像一支队伍一样进行工作。我需要你们的帮助。我办公室的大门向你们每一位敞开着，欢迎随时光临，即使是闲聊也非常欢迎。"他转过身子，嗵嗵嗵地走回了自己的办公室。

麦格林恩感到振奋，并且，他能感觉到周围的人们也有同样的感觉。人们相互打量着，似乎有点出乎意料。惠特尼的话就像出自麦克阿瑟本人之口一样。早晨来上班时，这些人的态度还是勉强的、有抵触情绪，预感会聆听一番训话，而此刻他们与麦格林恩一样，被深深地打动了。

使每一个人都感到惊讶的是，惠特尼只字未提保密和安全之类的事情，而他的前任则将此作为口头禅。与前任不同的是，他使每一个人都感觉到，他得到了麦克阿瑟的绝对信任。至少，在这里他不会惧怕任何人，甚至将军本人。

麦格林恩看到，所有的工作人员都在回到他们的小办公间中去，个个都显得备受鼓舞，带着一种新的活力和自信，去处理各自的事务。他

---

①　系美国工商界人士的一个俱乐部。——译者

猜想，这些热爱事业的、热衷于将日本变成一个民主的样板的小人物，感到至少在一定程度上，他们已有了一个可以充分信赖的首领。麦格林恩希望，这种工作热情不要产生相反的结果，像弗兰肯斯坦①一样，无意中创造一个毁灭了自己主人的怪兽。

这时，他看见真理子正朝他走来，想她可能要与自己说话。他是否应该请她去喝一杯咖啡？这是否会招惹麻烦？然而，她只是说了一句"早晨好"，就急急忙忙地过去了。情感和自尊心受到一些小小的刺激，他解嘲式地想，自己的行为不过是一种人类的本能。

3

由于前半部分只有四层楼高，帝国饭店并未显出特别的大。在进入这里的时候，高大的美国人常常无意识地低一下头。然而，一旦进入里边，他们就会发现天花板与地面之间的距离竟达三层楼高，并且他们也能欣赏到弗兰克·劳埃德·赖特豪华的设计风格。当然，到了1945年底时，对于这所他所钟爱的饭店的情况，赖特先生也感到头痛了。南部的侧楼已被燃烧弹毁坏了，饭店的设备已严重老化，所有走廊和房间都需要重新粉刷。此外还有那些外墙，尽管它们还保持着原来的状态，但也已远远过时，色调阴暗的褐色砖墙上，用火山石等拼成类似于瑞士奶酪的图案。

这座建筑只是让麦格林恩的儿子马克想到了条件简陋的拘留所，他刚从九州来到这里；事实上，它已经有了一个"停尸房"的绰号。尽管如此，麦格林恩和户田家族的人们将聚集一堂，在主餐厅里欢度圣诞节。教授认为，他们只差威尔了，当想起过去在威廉斯城欢庆节日的情形时，他内心的伤感变得异常强烈了。

直到马克参加海军陆战队之前，他与父亲之间经常磕磕碰碰，或许两人天生就性格不合，一个非常急躁，另一位也没有耐心。马克拒绝了哈佛而选择了威廉斯学院，并且，他坚持住在学校中简陋的宿舍里，边

① 英国作家谢利小说中的主人公，他是一位年轻的医学研究者，创造了一个毁灭了自己的怪物。——译者

打工，边学习。夏季里，他更喜欢乘上货车，到新罕布什尔的农家小屋里去度假。上学期间，他像企业家一样，赚了为数可观的钱。毕业后，他拒绝了标准石油公司提供的工作，去了纽约并参加了共产党。战争爆发后，他退出了共产党，应征入伍，参加了海军陆战队。他参加了瓜达尔卡纳尔岛和塔拉瓦的战斗，并成为一名坚强、精明的营长。这些经历至少使他与父亲接近了一些，为了克服伴随着那些血腥的战斗经历而产生的懊悔和不安，他觉得皈依天主教是非常必要的，而麦格林恩本人也曾信奉过天主教，但在进入哈佛后不久，又抛弃了这种信仰。

玛吉和马克就像从一个模子里倒出来的一样，黑色的卷发，生动、俏皮的脸型，天生具有的幽默感是俩人的共同特征。在节日的饭桌上，俩人相互开着玩笑，就像大学二年级的学生。大姐弗洛斯，他们的第二母亲，欣慰地瞧着他们无拘无束的说笑。这恰似时光倒流，又回到了在威廉斯城的岁月，那时，即使是父亲，在节日里也允许他们享受充分的自由。

弗洛斯的儿子正夫坚持要挨着马克坐，并缠着他讲一下如何获得了硫磺岛战役的勋章。

"我只是做了每个人都在做的事情。"他轻声说道，"试图去营救我后面的人们。"突然，他的腔调变得严肃了，"每一位冒着硝烟，登上那片海滩的人都应该获得一枚勋章。"玛吉想知道，她再次去长崎地区进行采访写一篇报道是否值得。他对此表示怀疑。目前，他的营正在佐世保，并准备开往北方。"局面正趋于好转。"

麦格林恩为儿子感到骄傲，战前他从未真正地了解他。他说，儿子是受到了某些事情的干扰才这样说话的。

"事实是，爸爸，"他压低了嗓门，这样别人就听不到他的声音了，"事实是某些国内来的军官只是捡了个便宜，他们根本就没有听到过枪响，而现在却装模作样，仿佛战争的胜利就是他们单枪匹马取得的，摆出一副征服者的姿态。新上任的一些军官也不怎么样，他们不仅胡说八道，而且还专横霸道。这些人中有的开着吉普车在街道上比赛，口里叫喊着脏话，称日本人为'蠢货'，实在令人遗憾！"经历过战斗的海军陆战队与未参加过战斗的官兵之间泾渭分明。"在塔拉瓦和塞班的战役中，我们生死与共，这使我们就像一家人一样。而那些新的军官们也结成了一伙儿，经常想对我们挑衅。"

"你们俩在嘀咕什么呢？"玛吉问道，"让我们也听听怎么样。"

"我刚才告诉爸爸，到目前为止，在我任职时遇到的一项最艰巨的任务，就是负责一列定期往返于京都一带的运送海军陆战队的船，大约有几个星期的时间。"他们在回来的路上迷了路，并带回来了200多位妇女。"有3天的路程，我知道，如果我们不带这些姑娘走，就会出现骚乱，所以我决定留下她们。我让一些军士每到一站，就悄悄地弄下一拨人，但当我们抵达佐世保时，仍然剩下了30多人，我将她们移交给了红十字会，这样，她们就会被送回自己的村庄。告诉你，那次旅程简直糟透了，就像我们上次在塞班的海滩上搁浅一样。在京都负责运输的船长，情况比我们还糟糕。你确实该听一下，他都经历了些什么事情！"

他正打算细细描述一番这个故事，这时，玛吉注意到，弗洛斯和真理子听到这些事情且正夫在场时，脸上都露出了关切的神色。她在桌子下用脚踢了踢她的兄弟，然后，变换了话题，问大家对新近公共卫生和福利部的头儿萨姆斯上校指责日本政府开始有组织地私下散布谣言怎么看，谣言说国家正处在饥馑的边缘。"萨姆斯说，人们传说东京上野车站里每晚都有人死去，这纯系谣言。"

玛吉没有察觉，弗洛斯也在注意地听着。

"你知道，"玛吉接着说，"我们一直把这些'有组织的谣传'扣压了几个星期。多亏最高统帅最后出面，指出这是捏造的。"

"你怎么能相信那些胡说八道呢！"弗洛斯终于憋不住了。家里人以前从未见到过她发脾气。"你们这些记者坐在你们的俱乐部里，由麦克阿瑟手下的人供养着，你们还认为，你们对整个日本的情况无所不晓！其实你们什么也不知道！你们驾着吉普放肆地到处乱窜，但却看不见眼皮底下发生的事情。日本人现在是怎样生活的，你们根本就不知道。对于他们来说，每一颗钉子、每一块破布、每一块橘子皮都是宝贵的。当我们在这里酒足饭饱之时，日本人则正在饿肚皮。他们能有一碗米饭和一块臭鱼就很不错了。男人们甚至没有足够的火柴去点燃他每天得到的3支香烟。在有太阳的日子里，你可以看到他们靠在窗户上，试图用玻璃做放大镜来点燃一个烟蒂。"

他们从没有看见过这种事情，但弗洛斯和她的父亲还记得饥饿行动计划，知道她是对的。她说的无疑是事实。

"我们大部分人都是靠黑市活下来的，"弗洛斯继续说，"但我们总会穿破最后一件和服，用坏最后一件家具和最后一套餐具的，那时，难道我们该把纯子派到日比谷公园去捡美国大兵的东西吗？"

马克用一条胳膊搂住了姐姐。"弗洛斯，"他说，"我们能为你们做点什么？"

她把椅子推开，站了起来，父亲对她这种好斗的态度显得有点吃惊，他不由想到法国的圣女贞德。"你们都可以随我去上野车站看看，去亲眼目睹一下真实的情况。"

在去上野车站的途中，惠美悄悄地对麦格林恩说，"她想创办一个难民所，收养那些战争的孤儿，就像着了迷似的，几乎都快成神经病了。我想这可能与她两个孩子的夭折有关。"

战前，位于东京市中心北边的上野车站，是日本最大、最繁忙、最有效率的火车站。这里并未遭到炸弹的轰炸，但却已年久失修了。这天晚上，麦格林恩看到这里灯光昏暗，空气污浊，到处肮脏不堪，里边挤满了从乡村返回的人们。战争期间，这些人被送到乡下，以保安全。人群里人们推推搡搡地挤来挤去，幼儿的哭叫声、大一点孩子的呜咽声交织在一起，父母的脸上也都是一副焦虑的表情。喧闹的声音一阵高过一阵，空气中到处蔓延着难闻的气味，一些人背着鼓鼓囊囊的芦苇编成的大袋子，另一些人推着小推车，上边装着树枝、木箱和麻袋。孩子们穿着破衣烂衫，跟在大人的后面，皮肤大多又黑又脏。他们的头皮发出青蓝色的亮光，即使是女孩子也都剪去了头发，以免长虱子。人流在不断地膨胀着，数以千计的难民正从广岛、长崎、神户和川内源源不断地汇聚到这里。每天，这里要进出50列专线列车和将近300列普通列车，输送高达50万旅客。

在弗洛斯的带领下，他们来到了楼梯口，这时天色已经漆黑一片了。上面传来了乱哄哄的一片尖叫声，这是一位只有一条腿的男人引起的，他手中的拐杖滑脱了，直接砸在台阶上。许多人并没有目睹发生的事情，但他们也跟着大呼小叫起来。然而，当人们下到较低的一层时，骚动也就销声匿迹了。

弗洛斯解释说，许多难民从被完全炸毁的城市来到政府所在地东京，是为了寻找食物和栖身之地。这时，他们从一位缠满了纱布、身上伤痕累累的妇女旁边经过，她正躺在地上，旁边放着用来乞讨的纸盒子。她旁边坐着一位脏兮兮的小男孩，他仰视他们，带着乞求的眼神。"实际上，本地人的住房也根本就不够住。"四周的人们都在寻找地方，见缝插针地用自己的物品占上地方，以便能有地方睡觉。"在白天"，她说，"他们在街对面的上野公园中度过大部分时间。但当天气变冷后，他们就返回到这里来，寻求温暖。你是记者，"她对玛吉说，"问问那位男人为什么要睡在这里。"这时，玛吉正睁大双眼，看着这些她原来不太相信的事实。她弯下腰来，用日语向一位浑身发抖的男人提问。他面色苍白，大约45岁左右。他抬头打量着她，就像她是个疯子一样。他的家已被炸毁了，妻子儿女也在4月份的大轰炸中丧生了。以前，他在一家机器厂工作，然而，如今它也被摧毁了，没地方去上班了。而且，由于他处于失业状态，故无资格领取配给的食品。

"你吃什么呢？"

"乞讨要饭，或者到处去找。"但是，他还是极力保持自尊，甚至不愿伸出手来跟她握手。

"你有什么希望呢？"

他仰视着教授，眼光呆滞。"没有希望。"

弗洛斯把他们带到了走廊里边。"我每天都到这里来，"她说，"照料我的那些战争孤儿们。"这里散发着一股股的恶臭。他们遇到了一位小姑娘，大约只有10岁左右，背上背着一个哭闹着的婴孩。小姑娘不停地拍打着，哄着那个婴儿。

"他饿坏了，所以在不停地哭。"弗洛斯说。

就在他们前边不远的地方，两个穿着又脏又破的衣服的十四五岁的男孩，正为争夺一个装配给食品的空罐头盒打架。得胜者用肮脏的手指在空盒中掏着，抠出了里边的几片残渣。

另外一些孩子认出了弗洛斯，围到了她的身边，叫喊着"阿婆！"马克看到孩子们死盯着她，眼睛中闪着光亮。她告诉这些吵闹的孩子们，她明天早晨会带些吃的来的。

上楼梯时，他们遇到了一位红十字会的姑娘，正在给美国服务人员分发炸面饼圈和咖啡。马克注意到，几位穿着破衣烂衫的日本人对看到的东西似乎并不关心。但当一个美国兵将半个炸面饼圈扔到一边时，便出现了一场疯狂的争夺。

马克走上前去，姑娘长着一副常人的面孔，但并不俗气。"你给这里的日本人留下了极深的印象。"他说。她非常惊讶，"我?"她不由得乐了。"我从不管他们。嗨，来一个炸面饼圈怎么样? 上尉。"她爽快地说。

第 四 章

1

东京，1945 年 12 月

在上野车站的所见所闻，激起了玛吉内心的同情和义愤。但是，在弗洛斯的眼里，玛吉是绝不会懂得这种地方所发生的事情的。难道就像许多其他的同行一样，她只会泡在外国记者俱乐部里去编造自己的故事，而不会亲临其境去了解事实的真相吗？因此，第二天晚上，玛吉带着一架照相机，又来到了这座喧闹嘈杂的车站。与弗洛斯照顾的几个战争孤儿交谈时，她获悉，小乞丐中最为凶狠的帮伙是由一位外号叫"胖子"的大块头姑娘一手组织的，她像沙皇一样统治着他们。在车站外面，她找到了这位姑娘。她身材比较肥胖，鹤立鸡群地站在十来个男孩子中间，向他们发布着命令。一位美国大兵从这里路过，将一个还未熄灭的烟头扔到了阴沟里。"胖子"捻动手指发出一个清脆的声响，一个男孩就冲向了烟头，在与一位中年男子搏斗了几秒钟后，他将得到的烟头交给了"胖子"，她立刻将它叼在了嘴上，摆出一副得意洋洋的姿势。这时，一辆吉普车停在了附近，走下一位海军中士，她又发出了另一道命令，两位男孩立即跑上前去进行乞讨，他们在中士面前演出了一幕小小的闹剧，相互争吵着，将手伸进中士的口袋里去摸零钱，而第三位男孩则神不知鬼不觉地从他的屁股兜里，摸走了中士的钱包。

玛吉抓住那个男孩的手，将钱包还给了中士，并告诉他，她将会把这个小偷送交警察的。男孩子开始抹眼泪了，警察会打他的。"闭上嘴！"玛吉用日语说，并用手拍着他，直到他停止了哭泣。她说她可以放他走，但他得告诉她关于他们帮伙的事情。男孩子又开始哭了，"'胖子'会杀了我的!"玛吉又拍着他的肩膀开导他,后来,男孩吞吞吐吐地讲了那个凶狠的姑娘是怎样训练他们进行偷窃、乞讨以及与其他帮伙争斗的。他们主要是在车站附近的那片露天黑市里以偷窃食物和钱财为生。他开始说大话了,他说偷窃是轻而易举之事,因为他们帮伙的人很多,两个男孩子争斗,或在人群中挤来挤去,就会吸引人们的注意力,其他同伙则可乘机下手窃取实物和钞票,大部分黑市老板的钱就放在外面,只是用一些物品压住它们。

"为什么你不去孤儿院呢?"玛吉问。

"你去过那里吗?他们的生活就像囚徒一样,那里的食物很糟糕,数量也少得可怜。而且,他们还要求你睡觉前必须刷牙洗脸。"流浪街头的生活更有意思,"在外面,我们是完全自由的!"

"你们都怕'胖子'吗?"

"是的,但她也保护我们,她的确非常棒。"他向周围扫了几眼,仿佛是盼望有人来救他似的。"她对我们也很好,给我们充足的食物,并且,每天晚上都带我们去日比谷公园的游泳池,让我们洗一洗。"

"昨天晚上你洗澡了吗?""是的。""那你怎么刚一天就弄得这样脏?"他耸了耸肩。她给了他一盒香烟,他几乎不敢相信这是真的,生怕她改变主意,很快就跑掉了。

她感到有人在她肩膀上轻轻拍了一下,转过身来,看到了一位小个子的日本人。"非常抱歉!打搅您了。"他带着歉意问道,"您是否就是玛吉·麦格林恩?"

"是的。"

"我是加藤顺,"他们握了握手,"我是户田浩的朋友。"

她隐隐约约记得听说过,这位日裔美国人从小就被不能养活超过两个儿子的父亲带到了日本。她的兴趣来了,或许这里会有文章可做。"战争期间,你一直待在日本吗?"

"是的。1943 年我从青山学院毕业后,就在东京新报国际部当记者。现在我还在那里。"他对自己假装得了心脏病而设法脱离军队的事则闭口不谈。

"这些年,夹在中间生活一定使你很为难吧。"

"珍珠港事件爆发时,我的脑子里一片空白。"他的情感已被分崩离析的忠诚信仰搞得异常复杂。"我不由得为我们像在新加坡取得的那样的辉煌战果而感到骄傲，但是，从内心来说，又不愿意承认这一点。我仍然心情激动地记得'星条旗'，仍记得小学三年级时每天早晨作的爱国宣誓。"

这可能就是一个很好的素材，她带他到了一个小茶馆去喝茶。"当B-29飞机飞到东京上空时，我在壁橱里收听了收音机的短波频道，内容跟传单上所说的一样。我并未感到惊慌——只是有点兴奋——自从战争开始后，这是我首次听到美国人说英语！随后是爵士音乐，听起来，的确让人感到激动！"当他得知她刚与一些战争孤儿进行了交谈后，他想知道，她是否对日本妇女的故事有兴趣，这些妇女从刚到达日本的美国大兵手里购买肥皂和香烟，并以此为生。"我听说，她们蜂拥般地围住开往座间军营的军列，车上载着美军，就像电影里的镜头一样。"他建议她去采访一下这方面的素材，因为日本记者还未被允许进入美军的设施。

"这听起来倒是一个好主意。"玛吉说。她感谢他告诉了这一信息，并催他再谈点自己的经历。

"整个战争时期，臭鱼烂虾的腥味包围着我。那时，一旦有美国人来到日本，我就喜欢去翻动他们带来的书，美国纸张上的那种特殊气味令我激动不已，仿佛我又回到了上小学时的环境中。美国的确令我魂牵梦绕！"他说，重返美利坚，重新取得美国国籍，是他梦寐以求的愿望。但是，他却一直犹豫不决，因为，如果提出申请，他或许就会被当作战犯而遭到控告。他曾写过几篇关于美国轰炸行动的文章，场面极为恐怖，"有人对我说，我极有可能被当作叛国者。伊娃·户栗伊久子的事情就是一个前车之鉴。你知道，她只是三四个'东京玫瑰'中的一员，自从洛杉矶加州大学毕业后，家人在战争爆发前不久将她送到了日本。一位美国战俘——美军上尉，广播电台评论员——劝说她每天对盟军战士播送15分钟的节目。那位上尉和其他参加广播宣传的战俘都没有被追究，因为，他们为自己开脱说，如果不这样干，就会被处死。然而，可怜的伊娃·户栗伊久子，她还常常为他们悄悄地送去食物，却面临着入狱的危险——如果我被逮住也会遭此厄运的。并且，如果她不要求重新恢复美国国籍的话，他们是绝不会动她一根毫毛的。"这是他首次非常轻松地谈论这些事情，他甚至透露，他已在一位过去的老师劝说下，从东京新闻出来，到工会去采访。"这里的确是令人激动的地方，我结识了众多有见识的优秀人物，甚至有机会认识了野坂参三！"他是共产党杰出的战略家。"他对我谈到了他与俄国人之间的亲密关系，以及他和毛泽东一起工作了 5 年的事情！这些秘闻的确是够刺激的！"

"你常和这些共产党人来往吗?"

"我还是很谨慎的，但是，正是麦克阿瑟本人下令释放了监狱中的共产党人，并且承认了共产党的合法化。"

玛吉为对方的信任和朴实感到了内疚，"听我说一句，如果你还想恢复美国国籍的话，最好尽快脱离与他们的交往。"

"其实你们不了解，野坂先生只是希望能在日本实现真正的民主。他并不主张那种流血的革命，也不相信其他乱七八糟的说法。他对我说，他正争取成为国会中的第五党，这个党将只主张**和平过渡**式的革命，并且将成为一个受人欢迎的共产党。"

"你是在开玩笑吧！"玛吉乐了。

真是傻透了，她想，但是，她也知道他已中毒不浅，这些理想主义的病毒在珍珠港事件之前，也曾短暂地毒害过马克。她曾写过一篇文章，谈论到共产主义思想对日本年轻人的诱惑，因为战争摧毁了他们原有的信仰。目前，既然共产党已合法化了，接受这种思想似乎也不必再担心了。这个党的新领袖，诸如野坂等人，在日本的平民阶层中颇有号召力，因为他们所想解决的问题都与人们的日常生活息息相关——食品、住房、交通拥挤、不公正的税收等等。

两天之后，按照加藤提供的线索，玛吉亲临现场去目睹那些刚刚到达的美国兵，这是黄昏时刻，在一列即将到达横滨的军列上。长途的海上旅程已使这些军人们筋疲力尽了，然而，这片陌生土地上的所见所闻仍使他们颇感兴奋。当列车终于缓缓启动，开出车站时，车厢里响起了一阵充满着雄性阳刚的欢呼声。然而，不久，列车就来了个急刹车，顿时出现了一阵喧闹和争吵声。

夜幕中突然钻出了一百多名妇女，她们潮水般地围住了列车，一些人带着孩子，还有一些将孩子背在背上。车厢中的美国兵都拥到了窗边，打开窗户，观看外面的景观，那些妇女们挥动着手中的纸币，嘴里叫嚷着"香烟、糖果、口香糖!"

"你们想干什么?"玛吉用日语问一位中年妇女。

"想买点东西。"

"晚上到这来不危险吗?这列军车上有四百多位男人,你们就不怕出事吗?"

这时,整列火车的边上都在进行着讨价还价的交易。

"不怕,我们每天都这样做。能卖给我一块肥皂或一盒香烟吗?或者其他的美国货?行吗?"

"但这是非法交易,"玛吉说,"你可能会被抓住的。"

"我只是买一些东西,明天再到城里卖掉,我只赚一点钱,这也犯法吗?"

玛吉扔给了她一包香烟。

她脸上露出了难以置信的神色,"这足够养活我们家两个星期了!我太高兴了!"这时,火车又开始启动了。

当飞转的车轮带着火车离开后,那位日本妇女脸上无比感激的神色久久地浮现在玛吉的脑海中。

"你能告诉我,这合算吗?"一位红头发的士兵问道,并向玛吉出示了一张日元钞票,这是他用一包香烟换取的。

"你买那包香烟花了多少钱?"她问。

"6美分。"

"噢,1日元现在差不多值7美分,所以,你小赚了一笔,赚了1美分。但是,那位妇女得到的钱足以维持她家人一周的生活。"

那位美国士兵咧开嘴笑了,他小心翼翼地将日元钞票叠起来,装进了自己的钱夹中。"一笔好买卖。"

半个小时之后,列车再次停了下来,车边再次围满了吵吵嚷嚷的妇女。这回,那位红发的美国兵用一包香烟换到了一张较大的钞票。"这张值多少?"他问道。

玛吉仔细地查看了那张纸币,"这次可不合算了。"她回答说。

"不合算是什么意思?"

"这是一张战争债券。日本在战争中失败了,所以这种债券也没用了。"

红发的小伙子笑了，"贴在墙上，可能还不错吧！"

在第三次停车时，这位小伙子又用一管牙膏换到另一张银行的钞票。"这次也不合算。"玛吉解释说。

"这次又怎么不合算了？"

"上面没有印章，你得到的第一张钞票是一张新发行的日元，上面盖有印章。而这张则没有，这是非法的。这张钞票已过时了。"

那个战士仍然显得兴致勃勃，"它还是值得的。"他说。

"为什么？"玛吉问。

"只是用一管牙膏和两包骆驼牌香烟，我就懂得了日本货币的价值。"

玛吉上前亲吻了一下小伙子的前额，"欢迎光临日出之国，军人。你会喜欢这里的。"

在座间军营里，军人们被安置在一座军事研究机构中住宿。玛吉没有费劲就住进了其中的一间，这里以前是一间办公室。第二天早晨，她在一间大厅里用了早餐，早餐包括脱水的土豆片、煎蛋卷、咸肉、面包和咖啡。这时，玛吉注意到，大约有 30 位日本妇女正围在屋子外面一个大桶前，那里装着人们吃剩下的残汤剩羹。她从厨房穿过去，走到了屋外，现在，她可以看到，每一位妇女的手里都有一个半加仑的空铁罐。

"她们在这儿干什么？"玛吉问厨房里的人。

"她们把这些残汤剩饭装在铁罐里，带回家去。"

玛吉向一个桶里窥视了一眼，里边盛着深褐色的剩饭和残汤。

"把这些东西带回去干什么？"

"当饭吃，女士。"一位厨房人员回答说。

一位妇女刚刚装满了她的铁罐，玛吉招呼了她一声，妇女转身就走，玛吉急忙赶上去。"你把它带回家去，准备干什么呢？"她的语气极为友好，企图打消妇女心中的不安。

"我把它放在火上，慢慢地煮上很长一段时间，然后，就可以吃了。"

这个想法的确令人作呕。

"吃起来味道是有点怪，"妇女说，"但这都是些好吃的。"

2

这一年的最后一天，惠特尼再次将全体工作人员召集起来。他以急躁、坦率的特有风格，开门见山地说道："这将是一项极为规范的工作，我要求这里的每一位人员都成为这方面的专家。在这个部门里，我要求你们做好准备，随时对日本政府所面临的事务作出反应。"麦格林恩觉得，惠特尼仿佛是在与他进行个人间的谈话，从同行们那一张张神情专注的脸上，事情似乎非常明显，每个人都沉溺在个人交流的感觉之中。"无论职位高低，他都必须证明自己是合格的，这也包括我在内。"马尔鲁尼用肘部轻轻撞了撞教授，在他身边说："我看，我是喜欢上这个家伙了。"

"我说到做到。"惠特尼瞪着眼珠扫视着四周。"我盼望着这样一个时刻：一位中尉毫无畏惧地冲进我的办公室，拍着我的办公桌说，'糟透了，将军，你的指示简直是荒谬绝伦的，你不要指望麦克阿瑟将军会批准它，除非你是一个疯子'。"

麦格林恩、马尔鲁尼和其他人一起迸发出一阵哄堂大笑，惠特尼像一盏探照灯一样，扫视着屋里的每一个人，同时也会心地咧开嘴笑了。"我明白，我得把事情交代清楚，每一个词都应说清楚。现在，你们把日本的选举法当成一部由日本国会修改过的法律，我们的政治事务专家罗斯特少校认为我们不应插手这件事，可以在这一法律之下举行一次公正的选举。他可能是正确的，但是，我还是想让一个部门去注意这方面的情况。因此，我已要求公共行政事务部的负责人委派专门人员，去收集那些反对罗斯特的意见。"

"那会引起一场大混战的。"马尔鲁尼说，这时他和麦格林恩正从人群中穿过，回到大厅另一头角落里的小办公室。这位上校笑嘻嘻的，就像一只大猫张嘴吞吃老鼠时那样，显得极为放肆。"现在，该把那些民主党智囊人物的腿从膝盖处打断了。"他的声音中夹杂着几分血腥味儿，这使人不由得联想到办公室里流传的故事。战争结束时，刚刚宣布返回加利福尼亚的命令，马尔鲁尼就突然离开了，他将一头鳄鱼放入以前他那个战区指挥官的游泳池里。这位将军曾下令让他的营队攻占一座无名小山，这个明显毫无必要的行动，使他们的上百名弟兄丢掉了性命。

"鳄鱼的事情是真的吗？"麦格林恩一时心血来潮地问道。马尔鲁尼的脸上又挂上了那副大猫似的笑容，"你本来会看见，那个混蛋像约翰尼·韦西莫勒一样从池水中蹦出来的。"几分钟以后，他的脸色又恢复了正常，这时，他拿出一张相片，是他12岁的大女儿的照片。"一两周内，乔将来这里与我团聚。"在说到女儿在曲棍球队和教室中的出色表现时，他声音中充满了自豪。他只字未提他的妻子，麦格林恩听说，一个月前，他的妻子已经与他离婚，不久前已去世。

"我在贵族俱乐部订了个小房间。你觉得我们俩住在哪里更合适呢？"

"你是否考虑可以租住日本人的住宅呢？"马尔鲁尼对这个主意很中意，希望教授能帮他推荐一个合适的住家。"我帮你看看。"他说道，其实这时他已想到了户田家。

在工间休息时，麦格林恩独自到咖啡厅喝了一杯咖啡，这时，真理子也端着一杯咖啡走了过来。

"一起坐坐好吗？"他说，并很快地站起来。

还没等他替她拉出椅子，她已坐在了桌子对面，脸带微笑。步态多么优美，他暗自想到，就像一个舞蹈家一样。她的腿没有向外弯曲，显得非常的笔直和挺拔，这在日本妇女中是难得的。

"我想听听你的意见，"他说道，并且告诉了她关于马尔鲁尼托的事。"户田惠美家怎么样？我知道，她需要用钱，并且也有多余的房间。"她似乎没有什么兴趣，这使他非常吃惊。

"或许马尔鲁尼住不适合。"她说。

"我发现他不完全只是一个喜欢乱闹的人，他也很有思想，我知道他在这儿名声不好，但是，他其实的确是一个正派的小伙子，而且，我认为，惠美也会喜欢有个小姑娘在身旁的。"她没有吭声。"你或许是想到了那个关于鳄鱼的故事了吧。其实他并不像你所想象的那样坏。"他告诉她关于"疯老哥"绰号的故事，她也给逗乐了。"他做那件事只是因为他手下那些人的死毫无价值。"

"我没有听说过这些细节。"

"爱尔兰人就是喜欢干这种出人意料的事情，你得原谅他们。比如说，可能是鲁莽了点，你愿意今晚和我一起吃饭吗？”

她的确显得有些吃惊，但似乎并不反对，“非常感谢，只是太郎正等着我呢。”

“那明天怎么样？”

“我会很乐意去的。”她说着，心里想，这将是一个好方法，可以听听他对太郎的看法。像许多日本男孩子那样，这个孩子也正在经历一个信仰危机时期。他们痛恨美国人打击了日本，但又对美国的强大和美国技术留下了深刻的印象。最初，投降使太郎感到失去了一切希望，后来，他阅读了一份日本反抗组织的小册子，上面写着“我们没有被击败，我们将继续战斗”。这使他又恢复了那种得意洋洋的劲头。然而，反抗并没有出现，他为国民的屈服而感到羞愧，家里的房子一半已被敌人炸毁了，而这些敌人现在则在散发着口香糖和糖果，这使他感到莫大的耻辱。并且，像为数可观的青年人一样，他也陷入了共产主义思想的诱惑，大部分时间都与共产主义青年团在一起。所以，对于这位满头白发的历史学家的邀请，她欣然接受了。否则，还会有什么理由呢？她自言自语道。

两天以后，包括麦格林恩在内的政府部的21名军官被召集起来，去听罗斯特少校和另一位少校的辩论，论题是关于日本选举法的作用。罗斯特用了20分钟来为这部法律辩护，他指出，所有的政党领袖——自由党、进步党、社会党、人民合作党和共产党——都赞成这一法律目前的形式。他承认，目前还没公布的选举程序将规定，不允许候选人到民众中去拉选票，报纸和新闻媒介也不能支持或反对个人身份的候选人。在美国人眼里，这样的做法显然是不同寻常和不民主的，但是，对于所有的日本人来说，从保守派到激进的共产党，都坚持认为，这样的做法是公平的，不会偏向于任何一个政党和团体。而且，报纸和电台也都众口一词，认为这样做是符合民主制度的。

另一位少校，一位保守的共和党人，对此则坚持反对。他认为，真正的民主选举必须严格按照美国的选举程序，“否则，”他作出结论，“法西斯组织帝国统治援助协会将会重掌权力。”经过了5分钟的辩论之后，卡迪斯上校——实际上，他是惠特尼的助手，人长相很帅，整个大楼里的人都称他为美国的查理·博耶——要求大伙儿提问题和发表看法。

在热烈地交换了意见之后，投了一次票，不包括教授在内，有 15 个人赞成修改这项法律。

惠特尼被逗乐了。"你们怎么能用这样不民主的方式来决定支持某件事呢？"

"是什么东西使你们相信，只有美国的方式才是民主的方式呢？"

"嗨，这帮家伙，""疯老哥"责备说，"你们不必回避争论。《波茨坦公告》不是号召要建立真正的民主制度吗？不管你们怎样认为，法庭都将推翻原有的法律。"

麦格林恩同意他的看法。按照军事事务的惯例，惠特尼将军必定会赞成多数人的观点。但是，后来惠特尼召集了他手下的全体人员，念了一个备忘录，声称麦克阿瑟曾指示他，不要触动目前的日本法律，此时此刻，每一个到场的人都为这一决定震惊了。会场里鸦雀无声，死一般的寂静，直到卡迪斯以和蔼可亲的腔调说"我只剩下一口气了"时，人们才都乐了。然后，惠特尼走出了大厅，直接进了麦克阿瑟的办公室。几分钟以后，一种说法在那些小办公间里流传开了，麦克阿瑟支持惠特尼的做法。

有些人对事情这么决定一直耿耿于怀，但是，也有许多人诸如马尔鲁尼等则很快就转变了态度，"事情的确发生了变化，"他告诉麦格林恩，"直到法庭开庭之前，我们这个部门准备的每一份文件都总是因官僚作风而碰到麻烦。我对此极为厌烦，早就写好了辞职报告，在惠特尼首次向我们讲话时，我就想递上去。现在我想把它撕了。"

甚至那些对惠特尼的决定持反对态度的人也被马尔鲁尼的热情感染了，所有的人对有这样一位领导而感到高兴，因为他不怕调整方向、轻装前进。麦格林恩想事情极为明显，惠特尼并没有扮演一个可以自由行事的角色，他只是麦克阿瑟的一个左膀右臂。这位前马尼拉的律师明白最高统帅想做什么，知道什么事情要立即去做。这种形势自然会挫伤政府部门人员的工作热情，至少影响他们完成工作任务，损害其声誉。麦格林恩猜测，麦克阿瑟是在利用他这位忠心耿耿和颇有工作效率的朋友，来带动总部其他部门的工作进展。如果说这种做法是一种史无前例的冒险之举，那么，在实践中，要完成占领日本的艰巨任务，这可能则是惟一可行的方法。并且，这种奇特的体系可能会有些效果的。

在历史的记载中，惠特尼或许会以生性暴躁的"班先生"的形象而闻名，成为一个急躁、专制的典型。事实上，麦格林恩得出结论，出现了令人振奋的新的进展，即惠特尼的惟一愿望就是，为他的主子好好干，极为明显的是，他能够非常准确地事先想到麦克阿瑟的需要，似乎成为了麦氏的替身。他们之间的这种密切关系在这个统治结构的其他人中造成了一种潜在的不满。但惠特尼似乎对他人的嫉妒和敌意并不在乎。他对别人称他为粗鲁、缺乏教养的暴君无动于衷，只是俯首听命于他的主人，去无条件地完成交办的一切事务。感谢上帝赐予他的机会，教授想，使他能洞察这些幕后策略。他最初对占领是否能成功并无信心，然而，这种策略可能带来这方面的巨大成功。在麦格林恩的头脑里，已开始构思一本著作了，这本书将接着他那本描写珍珠港事件前夕的书写，将真实地记载这个历史实验的成败。

3

画面转回到美国。由于时差的关系，这里是前一天。教授的大儿子威尔在加利福尼亚州汉密尔顿机场正登上一架飞机的舷梯。马歇尔曾答应他，2月下旬之前可以不必启程。但显然他们需要他立即去日本，毫无疑问，另一个案子正急切地等着他。威尔挎着一个新式的旅行包，里边装着一套上等的制服，这是他不得不在华盛顿买的，使包显得鼓鼓囊囊的。他穿着一件艾森豪威尔式的夹克军装和一条棉咔叽布军裤。在旅行的时候，其他军官都穿着军装制服，但威尔更为喜欢穿新夹克军装，尽管这种装束使个子矮的军官看起来像旅馆侍应生。威尔显得非常的精神，但他却没有意识到，当女性们投来青睐时，他总是感到不知所措。他天生一副金发碧眼，这与他那对孪生兄妹不同，他身材甚至比他的父亲还高。他那笨拙的吉米·斯图尔特的走姿容易给人一种假象，实际上，他极富运动天才，敏捷的身手曾使他获得全国壁网球的冠军。

他对肩上金光灿灿的肩章还不太习惯，特别不希望那些在日本集中营时的难友看到他已戴上了少校军衔，因为除他之外，从那里出来的人还没有一位得到晋升。在飞机上只有几个座位空着，他进去不久就坐在了一位平民的旁边。

在飞机开始启动的时候，威尔得知邻座那位旅伴叫多尼希，战争期间服役于海岸警卫队预备队，直到前不久他一直在纳什维尔做实习律师。12 月上旬，他去了日本，在远东国际军事法庭做起诉律师的工作。因家里有急事而回了一趟美国。此间，他也奉命为法庭招募一些新的律师和工作人员去日本参加起诉工作。

"我也是要去干这个的，"威尔说，"我在波士顿的亚当斯—斯诺事务所工作。"

"是做起诉还是做辩护？"

"起诉。"

"那太好了，"多尼希微笑着说，"现在我们就算是朋友了。"威尔也是爱尔兰人，这对他日后的工作大有益处，首席检察官乔·基南是纯种的爱尔兰人。"我想他之所以此次让我全权负责招募人员，就是因为我也是爱尔兰人。"

在以后的 5 天中，他们一直辗转于日本四岛之间，从多尼希嘴里，威尔获悉，在"大萧条"时期，作为负责刑事部的美国司法部副部长，基南曾审理过"机关枪"凯利夫妇绑架案。在这个著名的案件中，他不仅使凯利夫妇及四名同犯被判处无期徒刑，而且使一名被告方律师和几名窝藏犯也尝到了长年的铁窗之苦。这一判决大大地帮助制止了当时在中西部搞得人心惶惶的绑架浪潮。基南成了当时华盛顿最有影响的人物，成了当时时局中举足轻重的人物，连罗斯福总统都亲切地称他为"钥匙乔"，因为他甚至影响了参议院财经委员会主席等人的态度。就在总统去世前不久，他毅然提名基南为东京法庭的首席检察官。

"十分不幸，乔在东京已有敌手，"多尼希说，"他与我们组里以前的二号人物约翰·达赛常有摩擦。乔脾气有些暴躁，喜欢事事出人头地，有时将手下几位姑娘训得直哭，这些是他自身最糟的敌人。"这些事情的确应该注意，因为基南的确是一个杰出、可尊敬的人物。不久你会看到这一点的。

此刻，威尔在返回日本时的矛盾心情也为另一种情感所取代了，他期望得到机会，以法律的手段去制裁那些肆意施虐之徒。想到那些遭到毒打、饥饿和惨死的同伴们，他对参加审判工作简直有点急不可耐了。而当这项工作完成之后，他期望能够抹去自己对几百万日本人民的憎恨，他们并没有犯下暴行。他和新朋友多尼希乘车来到一座占地面积很大的凌乱的宅第前边，这座宅第叫做服部邸，是基南和其他参加审讯的律师们的宿舍。打开行李物品后，在晚饭之前，威尔打了一个盹儿。一阵很大的敲门声将他惊醒，是马克。两人瞪大眼睛互相打量着，似乎是陌生人一样，自1941年以来，两兄弟就再未重逢过。"你怎么穿着制服？"马克问道，"爸爸说，你到这里是当律师的。"

威尔似乎正在努力地调整自己对眼前这位海军陆战队员的适应，他解释说，马克已完全不是他记忆中那个莽撞的家伙了。同样，马克也瞪着自己的兄长说不出话来，他十分消瘦，只是眼睛还保持着原来的形象。这位大哥似乎也没有原先那样自信了。以前，他常常告诉他，要想取得胜利，一只运动队必须要知人善任，把握时机。在过去四年的集中营生活里，威尔肯定没有在合适的时机有合适的人选。马克有些冲动地抓住了兄长的手，拥抱了对方，直到威尔开始后退，脱开了身子。"我的火车在半夜发车，所以，我还不能待得太久。"

威尔瞧了一下手表，有点吃惊，他已经睡过了吃饭时间。

"我必须告诉你，"马克说，"你的朋友后藤小姐的事情。"

后藤是一位年轻的姑娘，长崎原子弹爆炸的牺牲品。威尔曾帮她逃出了险境，两人后来有一段短暂的情爱。"她死了？"他问，心里不禁被一阵懊悔所刺痛了。以后，他们再没有联系过。

"我最后一次去看她后不久，她就死了。"

威尔垂下了脑袋，内心充满了愧疚和自责。

"上个星期我去她那里看过她，"马克说，"我们一直给她的家人带食品。海军士兵部吃食堂，且总是吃不完供给的东西。最大的麻烦是如何让这位自尊心很强的女人接受这些东西。我们最后不得不把食物悄悄地放进了她家的厨房里。"

威尔还能记得后藤家的农家宅院，她的那些亲戚们用冰冷的眼光瞪着道子，因为她的行为有辱家族的门风。至今，他仍能感受到那些冲他而来的憎恨，这正是他试图极力从他的脑海中完全抹去那段记忆的原因。

"我们将奉命转移到横须贺海军基地去，这真是一个好机会。"马克说，试图转移他兄长对后藤道子的思念。"那时，我就离她们很近，可以帮助她们了。"

"帮助谁?"

"正夫失去了一条胳膊。一些海军飞行员低空扫射时,打中了我们的小外甥。我们准备给他安一个假肢。横须贺有一所条件很好的海军医院,我们会把事情谋划好的。"

"我本应该为道子做点什么事的。"

"大哥,"马克拍着他的后背说道,"对于后藤小姐,你做的已足够了。我们还是为正夫做点事吧。从现在起,你得听小弟我的。"

第二天上午,威尔与其他住在服部邸的公诉人员一起前往司令部,它设在位于市比台的日本陆军部大楼里。审讯将在大楼中央大厅里进行,那里在战前是军事学院举行毕业典礼的地方。不久,威尔就发现,全部人员显然分成了两派,一派由司法部挑选并支付工资,另一派则由陆军部挑选并支付工资。前者支持达赛,后者则拥护基南。

达赛毫不掩饰自己的沮丧,因为基南被挑选为首席检察官。他讲话过多,招惹了许多人不满。达赛也对检察当局处于麦克阿瑟控制之下表示不满,他认为,由于检察当局与麦克阿瑟都是按总统命令行事的,故检察当局应独立于盟总,这样才能保持这次审判的刑事法庭之独立性。从一开始,基南就博得了麦克阿瑟的好感,同样,麦氏也给这位善于表现的爱尔兰人留下了很深的印象,以至于他对他就像对待自己身边的心腹一样。

被引见给其他公诉律师后不久,他们被召集到礼堂开了一个全体人员的会议。台上站着一位结实的红脸大汉。威尔左手邻座的人悄声说:"约瑟夫·B. 基南,罪犯的克星!整个一活着的 W. C. 菲尔兹——连鼻子都像。"威尔猜得没错,他的邻座来自司法部。

然而,一旦基南张开他的嘴巴,就立即吸引了每个人的注意力,甚至那些不喜欢他的人,也为他那奔放的个性所吸引了。他的形象使威尔想到了克努特·罗克恩在衣帽间里鼓舞斗志的讲话。他说,他们的任务是非常艰巨的。他们必须对那些被指控的人做彻底的专门的调查;审讯将按照美国的法律标准,在最大的正义和公正之下进行。同时,也绝不能忽视那些遭受日军残害的人们要求正义的权利,他们有的致残,有的遭到了痛苦的折磨,有的则被残害了。"为完成所有这些任务,你们中的每一个人，不管个人信仰如何，都要全力以赴，贡献出自己百分之一百零一的力量。你们每一个人都要抓住任何一个可能的机会，去完成项伟大的任务，就是要向日本人民精确无误地证明什么是民主正义。"甚至司法部的每一位人员在离开会场时也备受鼓舞，直到他们中的一位碰巧走到了后台，看到基南正悄悄从后楼梯走下去，手里拿着高尔夫球杆。

威尔返回自己的住所，再度感到充满了活力。然而，理智最终还是战胜了情感。他返回日本并不是为了复仇，而只是为了伸张正义。他并没有受隐藏在内心深处的毁灭灵魂的复仇思想的驱使。他参加的这次讨伐是自己的偶像富兰克林·罗斯福设想的，是为了结束战争和解放日本人民，使他们不再遭受奴役。为了完成这项任务，他们现在必须找到问题的根源，这是他父亲似乎不愿做的事情。审判必须宣布战争本身是非法的，不仅对那些野蛮发动战争的军事领导人定罪，而且也要对那些助纣为虐的文职领导人判刑。他们的罪行始于"满洲"，日本的财阀们把军事征服视为扩展国家经济的绝好机会。其罪行继而扩展到中国其他部分，后又蔓延到了东南亚，最终不宣而战，突袭了珍珠港。他父亲的一些朋友，如木户，和东条本人一样，对战争负有相同的责任。和东条一样，木户也对侵略阴谋起了推动作用。他也是一位民族主义者，躲在皇位的后面秘密操纵着一次次获得胜利的军事行动。为什么和他一样卓越的他的父亲就不能认识到木户是一个躲在暗处的阴险人物，东方的马基雅维里？连他的父亲都写到，正是木户挑选东条当首相的。狡猾的侯爵也是财阀——财政上支持军国主义分子的日本卡特尔——的盟友，难道这还不明显？木户必须与东条和其他战犯一同上绞架。

第 五 章

1

日本，1946 年 2 月

一星期后，当夜幕降临时，坐在乔西·斯诺旁边的一个人说飞机快到日本了。他们是天亮前乘 C‒54 飞机离开关岛的，起飞前曾耽搁 6 小时检修这架破旧的飞机，使它足以应付在日本沿海地带可能遇到的坚冰。

乔西什么也看不见，直到飞机突然来了一个急转弯。从震耳欲聋的轰鸣声中，她猜想飞机正在急速下降。透过云层，一个人人眼熟的白雪覆盖的山峰突然显现在飞机的左侧。富士山！她从形状上认出这是富士山。但是当飞机开始盘旋准备着陆时，那个引人入胜的山峰就消失了。飞机钻入一团乌云之中，她只能隐隐约约看到一些残垣断壁，不过，即使是这些模模糊糊的东西也散发着动人的浪漫气息。这就是东方，这就是远东！

由于飞机上很热，她走出飞机后迎面扑来的第一股冷风使她感到非常爽快，款款飘落的片片雪花使她觉得自己仿佛要走进一间古老的日本小木屋。虽然一个多星期以来在一望无际的太平洋上飞行，在肮脏的飞机场上等待，吃了不少苦头，但当踏上日本的国土时，她还是感到十分激动。她凝视着落日的余晖，真希望父亲新认识的朋友威尔·麦格林恩没有来接她。她最不愿意让自己对日本的第一印象受到日本通的影响。她想自己去看，去感受。她个子高大，长着一只爱尔兰人的翘鼻子，黑头发剪得很短。她满脸渴望之色，就像一个孩子兴高采烈地打开圣诞礼物一样。她在专业方面已颇有成就，因为她勤奋、聪慧，而且一直想让她的父亲知道，她完全可以在法庭上与他平起平坐。她知道时不我待。

她经常自我评估、自我反省、自我调整，让自己适应各种各样的环境。

当公共汽车颠簸在前往东京以南 18 英里处的横滨的路上时，外面什么也看不见。她偶尔瞥见日本人，好像他们都一个模样：男人穿着一种草绿色的平民制服，妇女穿着难看的灯笼裤似的衣服。

公共汽车上的其他人看上去都很困倦，似乎是在游览纽约的布朗克斯区，不过，她却从未感到如此兴奋过。东方的神秘深深吸引着她。夜幕下暗影重重，她猜想是东京的建筑物。她迫不及待地走下公共汽车，站到了真正的日本街道上。这时候，雪下得更急了，但一落在人行道上就融化了。两只箱子非常沉重，使她差点摔倒在泥水中。她随其他人走进陆军运输司令部。这里原是一家茶店，因为金字店名还印在玻璃门上。当她背着行李艰难地往门里挤时，有个高个子美军军官略显犹豫地向她走来。她知道他是谁，因为她曾在父亲办公室外的接待室里看见过威尔·麦格林恩。现在他已不像以前那么瘦弱了。她觉得他有点像加里·库珀。

"对不起，你是乔西·斯诺吗？"

他很拘谨，和她想象的一样，不过她很感激他为她拎那两只沉重的箱子。稍后，一位漂亮活泼的年轻女子紧紧地握住了她的手。

"我是玛吉·麦格林恩。欢迎你到我们称为疯人院的东京来！"她挽住乔西的右臂，引她到外面一辆破旧的小轿车边。"和我坐在前排，谈谈我们姑娘间的事，不听我那亲爱的哥哥讲他的旅行见闻。"当玛吉驾车在飞雪中疾驰时，她们很快就像老朋友一样闲聊起来。

坐在后排的威尔对玛吉这样安排是很感激的。他并不希望与乔西会面，因为他确实不想与她谈论即将举行的审判。乔西·斯诺显然想让那些应该被绞死的人被判无罪释放。他希望她像她的老父亲，不过她并不难看。只是她的声音让人不太舒服——她很自以为是。

玛吉告诉乔西，有人已利用权势为她在著名的帝国饭店订了一个房间，但是乔西被两侧的街景所吸引，没有注意听玛吉的话。在大雪纷飞中有一辆真正的人力车！车上坐着一个打扮得很漂亮的女子！这正是她希望见到的景致。玛吉问她对天皇宣布放弃神权的新年诏书有何看法。乔西没有听说过这份诏书，不过她认为这是个好主意。

好主意！威尔想。难道这不是个大骗局吗？就在放弃神权之前，裕仁还称赞他的祖父明治天皇颁发了"五条誓文"，建立起了所有阶级都参与国事的真正的民主政权。这完全是欺骗！恰恰是明治天皇奠定了今日日本封建体制的基础。他曾与中国及俄国交战，占据了中国台湾和朝鲜，确定了日本在"满洲"的"特权"。

"我能听到坐在后边的哥哥在咬牙切齿呢。"玛吉说，"他认为明治是个流氓恶棍，因为他发动了与俄国和中国的战争，侵占了中国台湾和朝鲜。"

威尔不再保持沉默了。"他还为今天的日本确立了封建模式。"

"你应该再仔细读一读爸爸写的书，老兄。"

他沉默不语了。

一大群人围在一个火炉旁，引起了乔西的好奇心。"他们在干什么？"

"在烤白薯。"威尔笑着说，"玛吉，你还记不记得，小时候当烤白薯的人推着小车在街上叫卖时，你和马克总是急猴猴地跑出去？"

"难道那不是天底下最好吃的东西吗？"她说，"我前几天尝了一个，但不好吃。我想我是尝不出烤白薯的滋味了。但是威尔，你得承认天皇的诏书是献给新年的一首颂歌。"

"'松树即使披上银装……'"

就在她迟疑之际，他接着说："'也改变不了它的本色。'"

乔西觉得这很令人愉快，尤其是在抵达东京的第一个夜晚。她喜欢威尔后读的那句，不是因为它的讽刺意味，而是因为它的赞赏。

威尔在想诏书中的另一部分内容，玛吉显然没有读过这些内容，那是在为唤醒民众道德感的"极端倾向"而痛心。这难道不是一个退步吗？

玛吉一直让乔西睡到午后才叫醒她，带她去外国记者俱乐部用餐。后来乔西记不起当时都吃了些什么。玛吉带她回到帝国饭店后，她又惬意地躺到床上，对这位新朋友的周到细致非常感激。第二天早晨，威尔陪乔西到为日本战犯辩护的律师们所在的陆军部大楼。他在路上大谈对那些即将受审的战犯的厌恶和反感。他说，即使像木户侯爵那样的文官，也和将军们犯有同样严重的罪行。她反驳说，每个人的案子各不相同，不能一概而论。他对此正要加以反驳，但还是控制住了自己。他默不作声比反驳她更叫她难以忍受，这使她觉得，他认为一个新来的女律师受不了激烈的辩论。

他向她介绍了辩护协调人乔治·山冈，他是个日裔美国人，纽约一家著名律师事务所的律师。他是个热情豪放的人。他说："我们需要尽可能多的帮助。"

"甚至来自女律师的帮助吗?"乔西问。她没有意识到，她的某些不满情绪是她嫉妒父亲对威尔的过分赞誉而引起的。

"我想你会发现我们中大部分人是不在乎你的性别的。"乔治说。他把她拉到一旁，悄悄告诉她，他们当中已经产生了分裂。海军上校贝弗利·科尔曼因横滨法庭休庭而被提升为此间的首席辩护律师。科尔曼想让他们集中进行共同辩护而不是只辩护个案。他指着一名海军陆战队中尉和一名陆军上尉说："但是穿军服的那两个人，就是拉扎勒斯和弗内斯，不愿按他说的办。"这样做会影响他们各自的当事人的案子。"两种观点似乎都有道理，我希望你过一段时间再作决定。"乔西点点头，但她已决定只为个案辩护。"我们还有一个难题，"山冈继续说，"日本辩护律师没有一个真正懂得我们的法律制度。在美国，我们认为在证明一个人有罪以前他是无辜的。日本人则认为，一个人被控有罪，他就有罪，他们的责任是使被告得到最轻的惩罚。"他最关心的是对掌玺大臣木户侯爵的辩护。"他只有一个辩护律师，是个日本人，同时要为珍珠港事件发生时任外相的东乡茂德辩护。"这位日本后裔担心两个案子会发生严重冲突，就请他在纽约的一位同事前来帮助木户，后者显然在军人被告中不得人心。

乔西发现身材修长、彬彬有礼的科尔曼上校是个颇有魅力的南方绅士。他的父亲是个律师，像他的祖父——闻名遐迩的骑兵上校莫斯比。反对科尔曼的那些人也同样和蔼可亲。海军陆战队中尉阿里斯蒂德斯·拉扎勒斯是个充满活力的希腊人，他口才极佳，富有激情。毕业于哈佛大学法学院的乔治·弗内斯个头很高，很有风度。得知她毕业于波士顿大学法律系后，他坚持要请她到附近的简易餐厅共进午餐，那是个活动房屋。

"事情进展得并不顺利。"他说，"你了解马尼拉审判山下和本间的有关情况吗？”

“只从报纸上看到了一些。两人都受到审讯，被判犯有暴行，即将被绞死。”

“在华盛顿，最高法院仍在审阅山下的案子，但我敢肯定他们会维持原判。我担心的是这件事给我们的审判工作可能带来的影响。麦克阿瑟将军会像马尼拉审判时一样，也来干预我们的审判吗？我了解许多情况，因为我曾协助为本间作过辩护。他是个很不错的人，但受到了不公正的判决。我们只有两星期的时间做准备，而检察官已准备了好几个月了。而且，那次没有按照正常的法律程序进行审判。我们甚至不能盘问证人。”在近现代历史上，指挥官因其手下军人的所作所为而被判有罪，这是第一例。法庭也认为没有犯罪意图，甚至没有失察之责。“法庭的判决创造了一项新罪名。”他说，“真是荒唐。”本间是得到被他在战场上打败的那个人的许可而受审的，而且辩护律师和检察官都是那个人核准委派的。“在这种情况下，公正的判决当然是不可能的。这儿会怎么样呢？”他向陆军部大楼点点头，问道。“他们不打算按照纽伦堡审判的方式进行此间的审判。这里的法庭宪章是由美国人、而且主要是由那个自由意志论者乔·基南制订的！这是麦克阿瑟将军根据美国参谋长联席会议的命令制订的行动准则。不管你信不信，我们的盟友总是在判决之后才查阅宪章！”

有位控方律师加入他们的谈话。他笑着说：“乔治，你不要吵吵嚷嚷的。你很清楚，这儿的宪章和纽伦堡的宪章几乎完全一样。东京将会成为太平洋上的纽伦堡。”

“我不能肯定辩护工作能得到公正的对待。”弗内斯情绪低落地说，“另外，在德国没有一个人像麦克阿瑟。”

午饭后，乔西和一位能讲英语的日本辩护律师聊起来。他说：“我们的方针首先是维护天皇无责任的信条。其次是把对个人的辩护置于国家辩护的整个框架之中。”

“那会给个人的辩护工作带来一些问题。”乔西说。

那个日本人表示同意。“你们的法律程序不太容易理解。你们的检察官都彬彬有礼。他们对巢鸭监狱那些将要被判刑的战犯所提的问题有时显得非常幼稚。他们咬文嚼字，似乎在向战犯们征求意见。这给了我们的当事人一种虚假的安全感，他们全然不知自己正在被聪明人引向圈套。其中的一些美国人是身份公开的检察官，有一些则与联邦调查局有联系。你了解那帮人的工作方式，他们先让被告自我感觉良好，以便挑他的毛病。他们在巢鸭监狱安插了密探，在像对待特大谋杀案一样对待战犯。基南有与芝加哥匪帮和黑手党斗争的丰富经验；他认为他能在与他称之为日本国际政治匪帮的斗争中同样获得成功。"

那天晚上在帝国饭店与玛吉和威尔共进晚餐时，乔西谨慎地谈了辩护工作面临的问题。让日本律师踩上美国法律程序的步点是很困难的。她还谈了弗内斯在本间和山下受到不公正审判后产生的担忧。

"输掉官司的律师常觉得自己遭到了抢劫。"威尔说，"弗内斯先生对本间到底了解多少？他参加过'死亡行军'吗？当山下接替本间掌管菲律宾时，他在甲万那端的战俘营里待过吗？你认为弗内斯可以像当时在那儿的人一样拿出充分的证据来作证吗？"他的声调没有夹带怨气，乔西发现他的逻辑性很强。

他们三人走出饭店。街上的雪差不多都已融化。当他们穿过日比谷公园，在浓妆艳抹倚墙而立向美军士兵搔首弄姿的姑娘们面前经过时，威尔一言不发。玛吉和乔西靠在一起说着悄悄话，突然间大笑起来。他想知道什么事让她们这么开心。

"今天下午我到医院献血，"玛吉说，"有个年轻的日本医生拿着注射器走过来对我说：'女士，我可以吮吸你的血吗？'"威尔也大笑起来。乔西居中，他们3人臂挽臂地走了。

在随后的两星期内，乔西几乎每天晚上都和玛吉见面。有个星期天，玛吉带她去镰仓会朋友，他们的祖先曾当了200余年的封建领主。近藤一家——祖父、父亲、母亲、两位姊姊和三个孩子都穿着绣有家庭纹饰的丝绸和服等待她们光临。玛吉和乔西来时都穿上了最厚实的衣服，但他们在客厅里看到了木炭火。看到近藤先生慷慨地添加珍贵的木炭时，玛吉感到内疚。

"你们没有必要为了我们而把这些木炭都用掉，"她说，"我是想让斯诺来看看，日本人在这些艰难的日子里是如何生活的。"

"你们不必在意，"近藤用英语说，"城市委员会办公室为我们尊贵的客人特批了一些木炭和清酒。"他把温热的清酒倒进她们的杯中。

　　在榻榻米上盘腿坐久了，乔西的腿疼起来，但她竭力不让急于了解美国各种情况的近藤一家人看出来。她后来设法把话题转向日本。"我听说日本今天的封建模式是明治天皇建立的。"

　　"原来如此，真的吗？"近藤问。他咂着嘴，转向也咂着嘴的他的父亲。"这种说法很有意思，我从未听说过，不过这也许是真的。"

　　"人民是不是在因为战争而谴责天皇？"她问。

　　这正是玛吉想问而未问的问题，但见近藤一家互相点了点头，最后由父亲回答："也许有一些年轻人或激进分子认为天皇该受谴责，但我希望你们了解，他的责任并不是干预政治。这与英国的情况一样。没有人因英国与希特勒之间的战争而责备英王乔治，不是吗？"看到美国人对日本的问题如此感兴趣，他很高兴。"非常荣幸能见到一位即将参与国际法庭审判工作的女士。"他激动地大笑起来。"我的一些朋友对此感到惊讶，但我认为这是进步之事——我的意思是，女士应该扮演这样的角色。"

　　"多么了不起的人民啊！"乔西在回去的路上感叹道，"他们既友好又豪放。"

　　"他们只是因为你而高兴。他们以前从未见过女律师。你不相信特批木炭和清酒的说法吧？那是假话。今晚他们可能用掉了一个月的供应量。"

　　由于在陆军部大楼无多少事可做，乔西把大部分时间用来独自到各地漫游。她不想让玛吉在身边解释一切，而想自己看一看日本。来日本前她读过一些书，但她发现书中描述的充满神秘色彩的东方并不存在。

　　她写了几封信给父亲，讲述自己的见闻，说她发现日本人表面清静淡泊，实际上也充满了好奇心。当他们用小金属碗带着午饭（米饭团和小鱼块）匆匆来去时，他们显然想节约每一秒钟时间，但他们也会突然停下来，看一位年轻的美国士兵用推土机轻而易举地挪动巨大的瓦砾堆，这样一个长着娃娃脸的大个子居然完成这样的奇迹，还向他们微笑致意，把他们完全吸引住了。

　　人们事事鞠躬的样子使乔西感到很有趣。

　　她偶然碰到他们时，他们鞠躬；某些醉醺醺的美国人训斥他们时，他们鞠躬；美国人说"哈罗"时，他们鞠躬，说再见时，他们鞠躬。她还看到一群身背蔬菜的农村妇女向每一辆路过的吉普车鞠躬。也许她们认为吉普车是新来的统治者麦克阿瑟的象征。每天都会新出现一些英语标牌。有个大公告牌是她最喜欢的标牌之一：

精心织补浆洗衣物

太阳升公司

还有一家古玩店的招牌：真品屋；一家小食品店的招牌：胜利日。威尔说，有个喜欢恶作剧的美军士兵告诉店主，招牌的意思是"欢迎盟军"。对英语最令人迷惑的误解是一家水果店印在提袋上的几个字："新鲜屁"。最令人可笑的一个标牌是：请勿把烟头、口香糖和其他东西扔进小便池。这是从纽约来的一个辩护律师告诉她的，他是从一间公共厕所里看到的。

她花了几个小时走过皇宫对面的占领军大楼，美国国旗在每栋大楼顶上随风飘扬。稀奇古怪的景致随处可见：人力车、点着木炭冒着浓烟的出租车、人推的手推车等。她用一下午的时间参观考察了银座。尽管街道上到处都是垃圾，但银座仍保留着战前的某些繁华景象。这里有许多日本人，他们记得银座有许多霓虹灯、时装店、咖啡馆、西式舞厅、饭店和电影院等，是外部世界罗曼蒂克的象征。现在这些东西都已荡然无存，但银座仍像磁石一般吸引着衣衫褴褛的人们。他们设法弄到钱来购买价格昂贵的食品和家庭用品。她不安地发现自己成了人们好奇关注的对象了。男女老少都盯着她看。后来她意识到，对他们而言，她不仅代表着征服者，而且是免受饥饿和剥夺的人的象征。她是民主政治的宠儿，是个陌生的、衣着时髦的新女性，是来自西方花花世界的上等人。

她最难忘的是乘坐火车到北方的一次旅行。上野火车站人满为患，几乎走不动。她是人群中惟一的美国人。当她在一位能讲几句英语的老者帮助下拿到特售车票时，她快要精疲力竭了。她说她只想去行程大约一小时的任何一个城镇。车厢里挤满了人，起初她担心同行的旅客会恨她，但火车开动后，坐在她周围懂几句英语的人就开始问她各种各样的问题。一位温文尔雅的老者得知她是律师，颇为惊讶。他说："我从未听说有这种事！"当他把这个消息告诉其他人时，引起了一阵议论声。有人在纽约和芝加哥有亲戚，想知道她认不认识他们。其他人想知道美国是否也实行食品配给制。当她到站时，一些人开始给她递名片，使她差点下不了火车。

从东京来的一些妇女同她一起下了火车。她们带着和服、珍贵的画轴和书籍来交换东西。"我们是为了糊口。"其中一位妇女告诉乔西，"当我们一点一点出卖祖先留下来的财产时，我们都哭了。"这个城镇毁坏程度较轻，远处的农舍则没有受损。这里的生活节奏较为宁静。她在街上逛了两小时，走到了小城的边缘。她停下来，沉醉于远处未受战争破坏的田园风光和美丽的山景。回到小车站时，她看到东京妇女带着装满蔬菜的背包。乔西从书上看到，城市中产阶级一直很看不起农民。但是现在农民的日子好过得多。

回东京途中，火车上更加拥挤，车厢里充满了人们身上的汗臭味和背往城里出售的蔬菜的浓烈气味。火车摇来摆去，但旅客们似乎都不以为意，安之若素。有位妇女由于无法把她的婴儿抱进厕所，就把他抱到窗边，让他的屁股露在窗外撒尿，然后平静地把他抱回怀里喂奶。

乔西还同玛吉和威尔一起拜访了户田一家，从另一个侧面了解了日本。她非常珍惜这些经历，不仅是因为她有幸在日本人家中无拘无束地观察了日本人，而且还因为她有幸同两个家庭建立了密切关系。虽然她未见到省吾、浩和他们的父亲，但她觉得她了解他们。她欣赏纯子平静地接受贫困的精神，欣赏惠美的力量和韧劲。但是有一天，她和威尔发现这个小家庭遇到了一点麻烦。惠美告诉他们，有位美军军官带着女儿租住了她们西边的房子。当玛吉得知是父亲劝说户田太太把房子出租时，她感到特别心烦。不过惠美说这是她恳求的结果，他们用于换食品的衣物已越来越少了。好在马尔鲁尼中校是个很随和的人，她的女儿为房子带来了生机。

他们喝茶时，惠美不好意思地提起了她的二儿子省吾。他即将受到审讯。

"他们允许澄先生和我到巢鸭监狱探望他，只给了几分钟时间。他看上去很好，也比较满意。但这正是我所担心的。他似乎不想找个好律师。'啊，律师费太高，'他开玩笑说，'况且，我不需要律师。我要做的就是陈述事实。'"

她问他指的是不是他原来的上级辻政信大佐，该人在战争期间犯有许多暴行。"他说：'只谈我自己的事。如果我背叛了老上级，你和父亲会看不起我。'我说爸爸和我希望他说明，他根本没有介入辻犯下的那些令人发指的暴行。他握住我的手，轻声说，一切都会好起来。他的脸色庄严肃穆，就像自己为自己施洗礼的小神父。"她带着祈求的眼神望着威尔问道："对不起，你能去看看他吗？"

威尔迟疑地说："我不知道能否被允许去看他。"他解释说，他是审讯在东京的甲级战犯的检察官，而省吾将因某些暴行在横滨受审。但看到她满脸失望之色，他又说，他将询问上级基南先生。"如果与我的职责不发生矛盾，他也许会允许我去看看省吾。"

2

令威尔惊讶的是首席检察官没有反对他去看省吾。和省吾谈一谈没什么关系，也许会很有用处。这也许能使威尔有机会问一问省吾，臭名昭著的辻躲在哪里，该人是盟军最想逮捕归案的战犯之一。事实上基南也对此事热心起来。辻大佐对日本军队产生过邪恶的影响。他是个多么适当的证人啊！基南建议威尔和奉派约见东条的检察官一同前往巢鸭监狱。威尔可以先和他见东条，然后去看省吾。

那天下午，威尔和约翰·W. 费利携同一位翻译和一名文书来到巢鸭监狱的一间小审讯室。等待东条时费利说，其他战犯都不和东条讲话，放风时他总是抽着烟，独自一人在院子里慢慢踱步。和其他战犯不同，东条在开始接受询问时总要发几句牢骚。他会说，能不能制止美国兵把他的烟斗和手绢拿去当纪念品？他们甚至偷拿他衬衣上的扣子和念经用的佛珠。"不过，你会发现他是个相当和蔼的人，尽管他由于过分苛刻而被我们称为'剃刀片'。"

东条走进屋子，鞠躬施礼后坐下来。他抱怨乙级和丙级战犯所受的待遇太差，这些战犯包括被控虐待过战俘的军官、士兵和平民。他们在横滨受审。东条要求多关照这些战犯的那种傲慢神态令威尔感到作呕。之后，东条微笑着指出，他的囚室号码不吉祥，是44号。由于4在日语中意味着死，两个4是不是多了一点？此外，囚室里都太冷。

　　基南指示威尔不要讲话，但他忍不住说道："你曾让被你投入监狱的百姓挨冻，所以我想你也应该受受冻。"

　　东条笑起来。这时盛满咖啡的大缸子被端进来，东条感激地呷了一大口。他掏出一个小笔记本，搓着双手，好像急于想开始这次询问。但是，两个日本管子工敲打散发热量过多的暖气片，打断了他们的谈话。几分钟后，文书对工人说："快点，快点！"他们知道这句美国俚语的意思是"快走"，就鞠躬离去了。

　　东条对翻译说："我每天离开这儿时，看守都用棍子捅我的背，还说：'快点、快点！'。"他微笑着说："现在我明白了，那意味着'牢记珍珠港！'"

　　在与一位日裔男文书前去会见省吾的路上，威尔吃惊地看到父亲的老朋友木户侯爵在擦洗走廊地板。木户抬头看了看，没认出威尔，因为他只在威尔童年时见过他。木户只是纳闷，这个高个子美国军官为什么盯着自己。

　　与省吾的会面令人迷惑和不安。他们两人都讲日语，文书使出浑身解数也赶不上他们谈话的速度。省吾没有发任何牢骚，他似乎非常平静，只以赞赏的口气回答关于他以前的上司辻政信的问题。他对即将在横滨对他进行的审讯似乎也毫不在意。他说："那件事就交给你了。"看到日裔文书有点吃不消，省吾说："我只有听天由命了。"他改说流利的英语。

　　但是威尔没有注意到文书的窘境，他还以为这是省吾在表示合作和友好。他们自小时候起就从未很好相处过，当省吾考入军校成为臭名昭著的辻的崇拜者时，威尔就看不起他了。作为辻的助手，省吾肯定了解辻犯下的许多暴行，甚至可能参与过。威尔最烦恼的是，他模模糊糊地记得，在巴丹的"死亡行军"途中，当他力竭倒在地上失去知觉前，曾隐隐约约看到长得极像省吾的一名日本军官俯下身来帮助他。

　　威尔说："根据你们的记录，'死亡行军'时你和辻都在巴丹。"

　　"是的，先生。辻大佐奉命从新加坡前来帮助制订进攻巴丹的计划，但我们去晚了。当时正在集中美国和菲律宾战俘。"

　　"你知道我是那儿的战俘吗？"

　　"我听说了。"

"我在卢包附近失去了知觉。当我苏醒过来时，有个天主教神父告诉我，一个日本军官把我带进来，直到神父答应好好照顾我以后，才离去。"他盯视着省吾问："那个军官就是你吗？"

"你为何这么想？"

"我曾看过他一眼。他很像你。"威尔基本上认为那是个幻觉，他想省吾现在肯定会称赞这种人道行为。

省吾的确救过威尔，因为那么做是对的。但是为了荣誉，他却说："我不是救你的那个军官，麦格林恩少校。"

威尔吃了一惊，他有点失望。省吾的脸上毫无表情。户田比他想象的还要聪明吗？这一切的要害何在？威尔认为省吾和辻手下的其他狂热之徒可能非常忠于辻的事业，仍然愿意为他而死，就像封建时代的四十七武士一样。日本历史上似乎有许多这样的傻瓜。

威尔本计划询问省吾一系列看上去互不关联但能深挖辻所犯战争罪行的问题。但省吾拒绝承认救过威尔，使威尔认为省吾救他的可能性很小。威尔放弃了精心准备的计划，直截了当地问道："辻在新加坡杀害6000名无辜的华人时，你扮演了什么角色？"

"我对此一无所知。"他诚实地回答。他是后来听说这次杀人事件的，但他当时不相信那是真的。他也不相信下述事实：在"死亡行军"期间，辻在巴丹曾劝说本间将军参谋部的军官处死菲律宾和美国战俘。直到1944年他和辻被调到缅甸之后，他才发觉自己受骗了。那时他获悉辻下令处死了被俘的几名盟军飞行员，挖出了他们的肝脏。省吾对此极为厌恶，提出了调往东京的要求。

虽然他从未参加过任何一次暴行，但他现在却因曾经在无意中协助过辻而深感内疚。同时他也忘不了作为日本"战神"的辻所取得的"丰功伟绩"。他自己参与其间，罪不容诛，但作证指控以前的上级有悖于武士道。

威尔颇感沮丧。他又问了几个问题，得到的回答同样令人很不满意。最后，他带着对自己不满的心情，带着对省吾的厌恶离开了。那些有责任心的人开始是怎样被辻吸引住的呢？

威尔和费利离开监狱时，雪下得很大，监狱大门上挂着一个大字警告牌：小心驾驶。威尔看到一位妇女和六个孩子站在铁丝网外凝视着监狱，对落在他们头上的雪浑然不觉。他们在想什么呢？是他们所爱的人将要在这令人恐怖的灰墙后边的绞刑室里被绞死吗？上帝知道，铁丝网内的大部分战犯都将受到应有的惩罚。木户和东条当然难逃法网。不过，不知出于什么原因，威尔仍觉得省吾可能就是救过他的那个人，尽管他对省吾极为反感。在三年的战俘生涯中，还有一些日本军人对他发过慈悲，提供过帮助。灰墙之内的战犯中还有多少是环境的牺牲品呢？对于一个检察官来说，这个问题令人困扰。

那天晚上，威尔在服部邸基南的房间里向他作了汇报。基南满脸通红，热情地接待了威尔。当威尔说他在巢鸭监狱看到了木户，想知道木户是否已被列入受审者名单时，基南喝完了酒，给威尔倒了一杯。基南声音沙哑地解释说，检察当局执行委员会已召开会议挑选即将受审的战犯。"我们现在尚未选择任何文官，不过你尽可放心，木户肯定会被列入其中。"难道他不是背着天皇搞阴谋诡计的阴险人物吗？

"是的，先生。"

基南送威尔到门口。经过大厅时，他们听到多尼希的房间里有人在大笑。"吵死了。"基南一边发牢骚一边打开了门。多尼希正在和麦克阿瑟的首席政治顾问乔治·艾奇逊以及政治事务处的几个人聊天。基南把多尼希叫出来，有意以房中人可以听得见的声音问："屋里都是些什么人？快把他们赶出去！"说完后，他头重脚轻、摇摇晃晃地回自己房中去了。

威尔颇为惊讶。尽管基南很有才华，但他适合领导检察工作吗？

第 六 章

1

东京，1946 年 3 月

自从几星期前与真理子第一次共进晚餐以来，麦格林恩一直对她念念不忘。以前他从未有过这种感觉。即使在他使出浑身解数把明治宪法修改为一部民主大法时，他仍在想着真理子细腻的麦黄色皮肤，他认为那才是女性的魅力所在。他的笔记本上总是出现用日语写的她的名字。这也许有点愚蠢，不过他从未如此激动过。为什么在 60 岁——实为 62 岁——高龄的时候，他会突然迷上（没有比这更恰当的词了）这位年轻妇女呢？这就像患了一种妙不可言的头脑疾病一样。这件事颇为荒唐，不合常理，令人窘迫。在常人看来，对一位可作自己女儿的女子朝思暮想是粗鄙下流的。

也许这个国家的空气中有某种东西拂过大多数外科医生，正在使医生们的手术出差错。也许是因为他以前从未见过像真理子那样的年轻妇女，他那长期被压抑的激情突然被拨动起来了。他知道，他的大部分同事不会认为她很漂亮迷人。但是他对她百看不厌。她的目光非常明亮，神色端庄典雅，似包含着一个神秘的世界。麦格林恩欣赏她，就像站在新罕布什尔州家中的窗边，在变幻的灯光中欣赏远处的山景一样，那是一种难以用语言描述的美。她那纯真的样子就是一首优美的爱情诗，就像清澈的溪流一般明快和隽永，值得幸运的男人去追求。她显然注重衣着打扮，但很得体，没有格外炫耀女性特征之意。他从来没有对这些东西产生过兴趣，所以搞不清他欣赏的到底是什么，不过他完全清楚，他不是怀着阴谋诡计来审视对方的。

　　她使他想起了英国诗人华兹华斯写给妻子的诗句："她是快乐的化身！"是的，真理子就是这样一个化身，是个更为可爱的尤物。"舞蹈演员的身段，迷人的形象，令人难忘，令人惊羡。"当微笑或大笑时，她毫无做作之感，而是喜悦之情的自然流露。他也没有感觉到她是在施展女性的手段。不论快乐还是生气，她都不装模作样，故作姿态，也不用手势或体态动作来加深别人的印象。她总是保持着本来的面貌。

　　她似乎拥有某些只属于她自己的东西，从来不会因环境而改变。她天生具有公主的仪态，性格恬静沉稳。即使她对他关于日本的某些麻木不仁的话大为恼火时，她也从不失去克制。但是，他最欣赏的是她谦和的气质背后表现出来的坚韧和刚毅。她不会因任何物质利益的诱惑而放弃自己认为正确的东西，不会因受到赞美而忘乎所以，也不会被强力或威胁所吓倒。痛苦和危险总是伴随着她。他觉得在别人看来，他对她的爱慕似乎有点过分，但是，出于某些说不清道不明的原因，他的感情是丰富多彩的，他对此非常得意。如果他年轻20岁或者10岁该多好啊！

　　她对他的态度表明，她因他写的书而格外尊重他；由于他理解日本的事情，所以她和他在一起时一点也不拘束。不过，他还没有敢握过她的手，更不用说吻她了。他早就认为自己不会再经历这种事情了。现在，每当她靠近他时——他们第四次共进晚餐的那个傍晚，她曾这么做过，他的脉搏就加快了。今天晚上，他们来到第一饭店，他感到再也控制不住自己的感情了。最后，他们钻进一辆破旧的出租车去她家。太郎将在一个朋友处待一晚上，他无须忍受那个家伙的蛮横无理了。

　　真理子显然喜欢他，但这种喜欢是否已超出了欣赏他的成就的范围？他有此奢望也许是个傻瓜，但今晚他准备冒一下被拒绝而下不了台的风险。怎样开始呢？他想说几句甜言蜜语，但话到嘴边却走了样："是不是王尔德（爱尔兰作家——译者）说过，一个人年轻时应该做些傻事，以便老年时有所遗憾？"

　　真理子想不出适当的话来回答，他觉得自己很蠢。

　　他说："我完全投身于工作之中，所以许多年来我的个人生活非常单调。我希望我不会使你厌烦！"

　　厌烦！她想。难道他不知道他讲的每件事（包括他对自己的错误观感）都很吸引人吗？她希望自己能够大声讲出心里话，但却陷入了沉默。最后，她提出了一个令她不安的话题："对太郎对待您的粗鲁态度，我向您表示道歉。我对您说过，他今晚上和一个同学在一起，但我没有告诉您原因。他正在参加共产主义青年团的会议，到很晚才结束。他的历史老师已把许多孩子变成了共产分子。我很担心！"

"他这么做是必然的，"他说。话题转到他熟悉的方面，他松了口气。"这些年轻人正在拼命寻找某些值得追求的东西。有些人希望过体面的生活。共产主义对于最光明与最理想的事物的吁求，是令人难以抗拒的。我的儿子马克在珍珠港事件以前也经历过这样一个阶段。表面看上去，只有共产党拥护和平，反对种族歧视政策和反犹太主义思潮。所以，他把全部时间用于在曼哈顿的大街上演讲和在白宫外担任纠察队员，以呼吁和平。"他轻声笑了笑。"和你一样，我也很担心，但是富兰克林·罗斯福给了我最实用的忠告。他说：'一个年轻的共产党员总比一个年轻的共和党员好。'珍珠港事件发生后的第二天，马克就应征参加了海军陆战队。你最好什么也别做。不要试图和你那个小坏蛋争论。要有耐心。"

她觉得心里有了底。她不知道他是否打算握她的手。出租车司机显然是以前的神风队队员。他的脸上满是怨恨之色，麦格林恩曾多次看到，每当美国人与年轻的日本女子乘坐出租车时，日本司机的神色都是这样。在与对面来的一辆车擦肩而过后，司机以极高的车速向右转了个急弯，使真理子倒在了麦格林恩身上。他紧紧抓住她，对她给予保护，但当车直行以后，他也没有放开她。他们两个人的脸挨得很近。正像马克所说的，这是"一个大有好处的急转弯"。他轻轻地吻她，她没提出抗议。事实上，她什么也没有说，也不想挣脱。

麦格林恩不知道他放开她是否更明智一些，因为她对他的吻没有给予回应。但他已没时间细想。他再次吻她，并加大了力度，使他惊讶的是，这次她真的给予了回应。他不想结束亲吻，憋口气能吻多久就吻多久。

她没有说话，但当他把她搂得更紧时，她也没有抗拒。不一会儿，汽车就驶到了她住的那条凹凸不平的街上。

"我可以进去吗？"他问。

"可以。"

以前他总是让司机等他，可这次他付了车费。真理子打着手电筒引他走进小巷。磕磕绊绊走在石子路上，他不得不拉住她以防跌倒。他们都未摔倒，但她不慎把手电筒丢在了地上。她咯咯地笑起来。当摸摸索索寻找手电筒时，两人都大笑起来。

"嘘！"她说，"邻居会听见的。"但这句话又引出了他们的一阵大笑。他们终于找到了手电筒，来到房前。进屋后，他们关上了门，麦格林恩想，这是个令人满意的结局。

她羞答答、娇滴滴地走到床边。月光很亮，他能看清她那美艳得惊人的胴体。她小心翼翼地钻进被窝，虽然天不冷，她却在发抖。他们之间人为的障碍突然消除了。此前，他一直担心会遭到拒绝。这正是他约束自己并向同事们和外界保密的原因。真理子感觉到了这一点，因为她本能地觉察到了他情绪的变化。由于从小受到禁欲主义思想的影响，她和他一样矜持和克制。但是在这充满魔力的时刻，他们脱去了多年来套在自己身上的外壳。他充满激情地伏在她的身上，她应之以娇媚和温柔。他们的双唇热切地吻在一起。"亲爱的。"她用英语呢喃道，因为日语中没有这个词汇。他在她身上放纵地动作起来，她则恣意迎合。他们同时达到了高潮，在以前两人都从未体验过的亢奋状态中融成了一体。她亲吻着他敏感的双手，这个简单的动作更刺激了他在最后一刻的激情。

他们歇下来时，麦格林恩没感到疲乏，也无悔意。他和真理子都不知道该说什么。令他们两人都不可思议的是，他们再次同时产生了冲动。这一次他们更为愉悦，更为满足。

第二天早晨，麦格林恩从沉睡中醒来时，高兴地发现她紧紧地贴在自己的身上。她还未醒，她的面容纯洁天真，脸上未施粉黛，但看上去非常漂亮。我何以有此等造化？麦格林恩自忖道。她的双眼终于睁开了。她既没有矫揉造作，也未现出懊悔之意。她热烈地亲吻他，他们很快就再一次紧紧拥抱在一起，坠入了温柔之乡。

匆匆吃过早饭后，真理子像平时一样镇静地离开了家，好像昨夜她是和往常一样正正经经度过的。他稍后离开，觉得所有日本人、尤其是户田的邻居们都在盯着他看。真理子叫他保持一定的距离跟在她后面走到公共汽车站，在公共汽车上也不坐在一起。他们的目光相遇了两次。

第一次相遇时，她迅速把视线移往他处，但第二次相遇时，她的脸上就浮现出了迷人的蒙娜丽莎般的微笑。她在想："这么出色的人怎么会看中我呢？"他则在纳闷，昨夜到底是什么东西使她魅力无穷呢？他们在地铁上也离得很远，也未同乘电梯上第一饭店的六楼。

他到办公室时，有位美国女青年在等他。她是乔西·斯诺。她对闯入他的办公室表示歉意后，直率地请他帮个忙。

"什么事？"他问。他一点也不想帮她的忙，因为他注意到，她对他的大儿子很有意见。

乔西确实还在生威尔的气，因为他放任自己过去当战俘受虐待的经历来影响他作为律师的判断。但是，她对他的父亲非常尊重。"我想听听您的意见。我被分派办理我一无所知的几个人的案子。也许——"

他打断了她，就像她是他不太聪明的一个学生一样。"小姐，我想你得自己去了解日本人。没有《读者文摘》上那种内容集中的文章供你参考。"

她笑起来。他不得不承认她很迷人。"能给我15秒钟讲讲我的案子吗？教授。"正在这时，真理子带着文件经过。真理子特意绕道来他这里，他很高兴。她的背影多么迷人啊！想起昨夜的销魂时刻，他的兴致高涨起来。"说吧。"他笑着说，又看了看表。他的笑与乔西没有任何关系。

"来到此地的不长时间里，我发现我以前读过的关于日本的书都是胡说八道，只有您的书是例外。我暂时停止了办案工作。"

他禁不住笑起来。"小姐，老天作证，你只剩下1秒钟了。"他看着她生动快活的脸。"你母亲肯定是爱尔兰人。"

"我12岁时她就去世了。"

"所以你有你父亲的头脑和母亲的容貌。苏格兰人和爱尔兰人的结晶，很不错。我的孩子们也同样聪明。"

"今天早晨我可以给你半小时，如有必要，以后还可以接着谈。首先，你必须把此地的所谓日本问题'专家'给你头脑中留下的所有乌七八糟的东西统统清除干净，因为他们受到了墨守成规的学究、精神病学者、人类学家和政客们的影响。我可以给你一些指点，但你必须在大街小巷、火车上、市场上和百姓家里自己去了解。你应该凭直觉和感觉而不是用头脑去观察思考。要注意观察日本人与我们的不同之处。例如在日常生活中，日本人本能地把相互矛盾的东西有机地结合在一起。对与错、精神与物质、神与人——这些对立的东西在日本人身上都和谐地统一在一起。这正是每个事物同时存在好的一面与不好的一面的原因，我们西方人以黑与白为标准思考问题。这是我经常向学生们讲的：西方的逻辑像只箱子，有边有沿有界限。东方的逻辑像日本人用来包各种东西的包袱布，可大可小，视东西的多少而定，不包东西时还可以折叠起来装进口袋。"他从桌子的抽屉里拿出一本旧书。"这是一本解释佛教的书，你必须得了解佛教，因为它是几乎所有日本人（包括多数日本基督徒）的人生哲学。你只有吃透了佛教，才能够理解你的那些当事人。抽象的直觉和本能的兽性冲动在几乎每个日本人的身上都同时存在。这正是他们把哲学兽行化、把兽行哲学化的原因。在日本历史上，暗杀和流血通常受到理想主义的鼓舞。扬帆越海到满洲和中国为东方人拯救东方的军人，最后成了在南京等地屠杀无数东方人的刽子手。谁该对这些屠杀负责？是士兵、战场上的指挥官、东京的高级军官、外交家、政客、天皇还是普通老百姓？"

她匆匆忙忙记着笔记。麦格林恩说："别记笔记，斯诺小姐！我们以后会反复讨论这个问题。你应该尽量抓住实质性的东西，你应该了解，战争期间的日本士兵在先验与经验、菊花与佩剑之间没有思考和选择的余地。他们信奉宗教，但没有我们崇拜的上帝，他们崇拜的只是'神'。他们有同情心，但缺乏人道主义精神。请想一想他们的过去。他们有宗族制，但没有我们所说的社会。他们有稳固的家庭体系，它在给予每个人安全的同时又使人失去了个性。在与我们的冲突中，日本人在被敌对力量驱使时，常常同时朝相反的方向前进，其原因就在这里。"

他停下来。看到她满脸欢喜之色，他感到很高兴。"今天你可以看到许多细小的差别。如果你问：'这不是前往东京的路，是吗？'普通的日本人都会鞠躬回答：'哈依！是的！'他的意思是说，'你说的是对的，这不是通往东京的路。'当日本人因与你意见一致或为了避免尴尬而同意你的话时，你可能会被弄糊涂。他们甚至宁肯给你错误的信息也不肯承认自己的无知。"

"我们通过观察，发现日本人非常不可思议。日本工人使用其模样古怪的工具的方法都是错误的。他们蹲在铁砧上拉锯子而不是推锯子。他们的书的开头是我们的书的结尾。他们的文字是从上到下书写而不是从左到右书写。他们坐在地板上而不是椅子上。他们吃生鱼和活虾！唷！他可以笑着告诉你，他那愚笨的妻子刚刚去世。他们身穿最好的和服摔倒在泥地上后能微笑着爬起来。在向你转述他们的想法时，他们常常试图把你引向错误的方向。他们常拐弯抹角地谈论细节。他们可能在家里非常礼貌地接待你，但在上火车时可能会粗鲁地把你推到一旁，在火车上脱去鞋，把穿着长袜的双脚伸到前排的座位上。他们甚至在刺杀某人后向该人的仆人们道歉说把房间弄乱了。"他看了一下手表，"简言之，我亲爱的小姐，你必须了解在现代化和西方化的表象背后的东西。大战期间，日本还是个典型的东方国家。日本是从封建主义急速过渡到帝国主义的，当今天皇的祖父明治天皇既没有时间也没有兴趣发展自由主义和人道主义。明治和日本领导人只对西方的技术和方法而不是价值观念感兴趣。"

他说，两种文化在道德观念上存在明显的差异。"基督教的传统观念是，你一旦犯了罪，那么你只要活着，就得承担责任。而东方的圣贤则教导人们，只要你认了错、道了歉、赎了罪，你就可以重新开始。我们西方人总忘不了我们的错误和罪恶，而日本人受的教育则是，他们的错误都是命中注定的。他们必须与过去的错误一刀两断，以便适应新的生活。"麦格林恩做了个鬼脸。"你和你的西方同事们飞越太平洋来审判日本人的战争罪行，根据的只是西方的正义原则。要想进行恰当的辩护，你必须思考日本人，感受日本人，或者把自己当成日本人。即使如此，你无疑也阻止不了他们被西方的绳索绞死或被终生监禁。"

"如果我能帮上忙，这种情况就不会发生，先生。"她说。她有一种强烈的冲动，特别想凑过去，亲一下这位老人的额头。

他把椅子往后推时发出了尖细的响声。他颇具绅士风度地扶她站起来，好像她是个病人似的。"第一课到此为止。别忘了研究那本解释佛教的书。"他又滔滔不绝地讲起来。"现在让我回到这个大型实验室工作吧。"他庄重地打着手势。"这个工作室的人都是美国的精英。他们决心要把日本的包袱布装进西方的箱子里。这个地方常使我想起《麦克佩斯》一剧的首场演出。我们都像巫婆，一边搅动着茶壶（其内容为民主改革和进步）一边念念有词：'沸腾吧，沸腾吧，辛苦劳累，施以烈火，就一定能沸腾。'你看到那些人了吗？"他用手指着问道。"他们刚添了蝾螈眼睛。那边的那些是青蛙腿！味道非常好，不是吗？"

马尔鲁尼魔术般地出现了。他在教授继续大谈特谈以前把乔西送出了工作室。他很快返回来，请麦格林恩在卡迪斯的心脏病发作以前尽快完成他们主持的那部分宪法修改草案。

两周以前，身材魁梧的惠特尼曾召集手下所有的工作人员到会议室，然后庄严宣布："女士们，先生们：这是一个历史性的胜利。今天召开的是宪法工作会议。大家都知道，目前日本面临的最紧迫的一件事就是制订一部新宪法。日本人的草案均绝对不能接受，盟军最高统帅认为他必须进行干预。"他微笑了一下。"他认为我们民政局的人有能力起草一部新宪法，对此我甚感荣幸。"他最后说，将很快组建起草班子开始工作。

定稿的最后期限就是乔西来访的那天下午。两天后，惠特尼带着两名助手来到外相吉田茂的办公室。外相抽着一支大雪茄，使他更有点像温斯顿·丘吉尔了。惠特尼派头十足地向吉田茂及其两名顾问展示了美国人起草的宪法草案。

"先生们，"他趾高气扬地说，"最高统帅审阅了你们起草的新宪法草案，他发现根本无法采用。我带来的这份草案是获得最高统帅批准的。他认为本草案维护了天皇。"他把一份副本交给吉田。"看一看。我15分钟后回来，一起讨论。"他和两名助手来到走廊上，看日本人紧张不安地翻阅宪法草案。

一架低空飞行的美国轰炸机在他们上方轰鸣，惠特尼向两名助手咧嘴笑了笑。他看了看表，率助手返回外相的办公室。"先生们，"他以向陪审团讲话的口吻说，"我们一直沐浴在温暖的原子弹之光中。"

3个日本人都被激怒了。最后，脸色阴沉的吉田茂拿起美国人的草案不满地说："这无异于革命。"他的一名顾问迅速地站起身来，好像屁股底下有钉子似的，另一名顾问则屏住了呼吸。对于草案中如此大范围的改革计划，3个日本人显然都感到震惊。其中一项是，天皇为国家世袭元首，而统治权在人民手中；另一项完全摒弃战争，禁止拥有军队；

第三项废除了华族的所有特权。

对日本政府中的保守派而言，权力在民的观点是洪水猛兽，会破坏日本社会的基本方向，造成严重混乱。在那种情况下，如何区分贵贱尊卑？如何知道权力中心在哪里？数百年来，日本人一直在无条件地服从控制着天皇的那些官员的命令。

"先生们，"惠特尼不耐烦地说，"麦克阿瑟将军将不考虑认可任何不把我们的意见包括在内的草案。"

三个日本人互相商量着。

"如果你们不准备起草类似的草案，"惠特尼说，"最高统帅将越过你们，直接面向日本人民。如果你们支持这样一部宪法，麦克阿瑟将军就支持你们。"

虽然对三个日本人来说，改革计划是完全陌生的，且其中的许多项目有不妥之处，但他们仍然客客气气地鞠躬施礼，并着手起草一份把民政局所拟草案中的基本原则包括在内的新宪法草案。3月4日，新草案呈交给了惠特尼。民政局的翻译（包括真理子在内）开始与日本的政府官员和民政局的律师共同进行翻译。他们通宵工作，尽管有数次激烈的争吵和无数次辩论，翻译工作还是在第二天下午圆满地完成了。

真理子太累了，没有同教授共进晚餐。他陪她回家，为了让她休息，他一分钟也没有待。他也累得够呛，但他的脑子乱哄哄的，一晚上几乎没有睡着觉。如此短的时间内完成这么大的工作量，极为不易。他认为功劳最大的人是有不屈不挠精神的惠特尼。他主持这项工作时更像个精明的商人而不是一位将军。在工作过程中，他从未乱发命令或向众人施加压力。新闻报道说他对手下人极为苛刻，事实完全相反，他对办公室里级别最低的工作人员的福利也极为关心。他既能听赞誉之词，也能耐心地倾听责备之言。麦格林恩喜欢的一点是，他做事从不小题大做、大惊小怪，也不做官样文章和搞形式主义——不过他总是先得到麦克阿瑟的赞同。在短短的几个星期中，他就为民政局争得了地位和名誉，使之成了麦克阿瑟的左膀右臂。

翌日晨，麦格林恩在时断时续的睡眠中醒来，准备迎接日本内阁大臣把新宪法草案交由新闻界发表后可能形成的抗议浪潮。但当他和马尔鲁尼在现场听到头发浓密的日本内阁大臣发表的声明时，他感到非常不可理解。该大臣身穿西式条纹裤和黑色棉衣，带着硬领。他宣告新宪法是一份具有划时代意义的重要文件。"在新宪法中，天皇本人宣布权力在民。在新宪法中，我们宣告军国主义已经死亡。"因此，天皇陛下将成为人民的象征，人民将会发现，这是他们自己的政府。

该大臣用流利的法语回答问题时说："我们面临的形势非常危险，为了避免发生流血革命，我们必须主动采取革命措施，这部宪法的制订即是一例。有些人说这是一个贵族政府。但我本人是煤矿工人出身，我在14 岁时就开始工作了。我认为我知道人民想要什么。"

麦格林恩惊讶地发现，一些美国自由派记者把新宪法视为洪水猛兽，是强加于日本政府的舶来品。日本记者中广为流传的一则笑话是这种批评意见的形象化表述：

富士："吉田，你读过新宪法吗？"
吉田："没有，它已被译成日文了吗？"

批评新宪法的人认为，新宪法应植根于日本本土。新宪法最糟糕的地方是没有明确规定摒绝军队，而且这一条以后显然也不会加进去。研究过日本历史的人都知道，一旦盟军的占领结束，日本人会寻找借口重新建立起一支强大的军队。批评者指出，麦克阿瑟把新宪法强加给了日本人，因为他一贯认为任何事情都可以通过军事命令来完成。

"你认为这部宪法能存在多久？"麦格林恩问批评新宪法最激烈的一个人。

"它将先于麦克阿瑟而亡。"

那天晚些时候，教授前往木户以前的秘书矢部友彦处取一份档案，要转交基南以备审案时用。离开时，麦格林恩问矢部对新宪法有何看法。他耸耸肩膀说："它表面上是由我们的政府起草的，实则是在华盛顿制订的。它是由机会主义者和骗子组成的现任内阁做下的一件窝囊事。麦克阿瑟看到政府掌握在这帮动摇不定的官僚们手中，定会大笑不止！"

他说新宪法无视数百年来日本以天皇为中心的事实。他的脸上现出了苦笑。"也许运用美国的方式一切事情都会解决得很好。你知道，我们从未把天皇当作神，而是当作世代相传的圣人。战前我们最大的错误就是在他周围建起了保护层。每当他出现在公众面前时，周围都是警察，街上的行人也被驱尽。实际上无须这么做。他过去和现在都受到人民的爱戴。现在，也许各种团体的领袖、甚至共产党人都可以接近天皇了。有句格言说：'环境比出身更重要。'天皇所处的环境决定了必须由他来统治民众，因为他的世系已有3000年历史了。他应该继续进行统治，也许不是通过宪法，而是通过他与人民的关系。你知道，他没有个人野心，不追求名誉和物质利益。他一直厌恶军国主义。请记住我的话：新宪法和其他外来改革计划的重大错误可能会使天皇拥有更大的权力，使人民更加爱戴天皇。几星期后，你就会看到这种情况的出现。"

麦格林恩被吸引住了。"你知道些什么我不知道的事？"

"在皇宫里，他们正在秘密计划让天皇初次走访民众——不是作为神，而是作为一个宽厚长者。"

2

3月26日晨8时，一辆豪华黑色奔驰车驶出了皇宫大门。玛吉看到裕仁端坐在后排座位上，两眼直视着前方。他的车向右拐了个弯后，在美国宪兵的白色吉普车引导下，在空旷的街道上急驰。玛吉坐在天皇座车后边的一辆吉普车上，看到他好奇地左顾右盼，像个出门旅行的孩子。在十字路口，日本的交通警察都转过身去站着。老百姓先向天皇鞠躬，然后又匆忙向白色的吉普车鞠躬。

在郊区的一个火车站，他和随从们登上了一列装饰有御用菊花的火车。玛吉和其他几名记者获准登上了天皇所乘车厢之后的一节车厢。当列车在东京与横滨之间的荒野上行驶时，道口的百姓们拥挤在低矮的路障后面，挥动着小旗子欢迎他们的君王。在每一个车站都有铁路官员列队警戒。

列车停在高崎后，玛吉挤到前面，跟在天皇身后。"万岁"的欢呼声震耳欲聋。她看到他刻板地点着头，面无表情地钻进了奔驰车。天皇内心里也有痛苦和烦恼，但从童年时代起，他即被告知要掩饰自己的情感。他在8月15日那天向全国人民宣告日本投降时，感到非常痛苦。他痛苦是因为他作为国家事务的负责人和三军统帅，实际上没有真正的权力。他在给儿子明仁王储的信中写道："我谈一谈投降的原因。我们的军队过分强调精神的作用，从而忽视了科学。"他继续写道，将帅们"不关心整体形势，只知道如何进攻，不知道如何退却。"

天皇还认为，在他的一些臣民即将因战争罪而受到审判时，他继续保留皇位是不能容忍的。他在皇宫里来回走动时，常常自言自语。日本给其他国家造成了巨大损失，他为此一再地责备自己。他决心退位并自动走上断头台。然而，他被迫保持沉默，让其他人代他受惩罚。

玛吉和其他记者上了美军的卡车。奔驰车驶过时，街道两旁的人都高声欢呼。走访了一家医院后，车队沿着一条肮脏的土路继续南行。住在废墟上建起来的小房子中的人们站在公路两侧，鞠躬迎送他们的君王。他最近宣布他不是神，但老百姓很难接受这种说法。

他曾在横滨附近下车视察昭和电力公司川崎分公司。玛吉看到他穿着深颜色的便服、蓝衬衣，系着条纹领带，足蹬棕黄色的尖头鞋。他的花呢大衣过于肥大，他的软料礼帽不但太小，而且皱巴巴的。他迈着时快时慢的步伐，倾听经理对工厂所受的损失毫无必要的解说。天皇的面部经常抽搐不止，走起路来比较吃力。后来，川崎市市长开始很不自然地汇报工作，摄影记者则慢慢靠近天皇拍照。天皇擤过鼻涕，用手轻轻地拍着下巴。最后天皇说："哦，原来是这样。"他的声音又高又尖。这使大部分日本人不再感到紧张了。有个手拿丝质礼帽的人低声对乔西说："真是天大的荣幸！人民定会欢欣鼓舞。"

在经过废墟和长长的工人队列时，他不时地停下来问这问那，然后说一句同样的话："哦，原来是这样。"

工人们都敬畏地鞠躬施礼。

当一位中年妇女被问及已在工厂工作多少年时，她激动地颤抖起来，动情地哭了。

天皇脱下帽子，和蔼地问另一位妇女："你工作努力吗？"她点点头。他戴上帽子，鞠躬言道："哦，原来是这样。"

进入横滨后不久，他们在一座长长的木建筑前停了下来，它使玛吉想起了兵营。这所房子里住的都是因飞机轰炸而失去家园的人。当天皇走过走廊时，屋内的人都跪在了地上。他几次想停下来说点什么，但还是走了过去。

有数百名美军带着照相机等在外面。他们拥上前来，跟在天皇的后面。有个美国兵对天皇又高又尖的嗓音感到好奇，便大声说："他是查利！他是查利·麦卡锡！"他指的是受人欢迎的口技表演者的木偶角色。

当几名记者大笑着呼叫"查利"时，玛吉感到非常愤怒。她觉得他们在欺侮一个可怜的人！这个可怜的人正处在极为痛苦的时期。接下来，天皇走访了一处无家可归者的避难所。当他一间屋子一间屋子视察时，他的脸色苍白，就像生了病一样。难民们看到心目中的神带着同情心来看望他们，都深深地鞠躬，激动得泪流满面。这时候，天皇两腮下陷，好像被沉重的负担压垮了。他在一间屋子里停下来与一位妇女谈话，她的丈夫有一只木头假腿。"你丈夫是在哪里受伤的？"他问。

"在菲律宾。"

"是这样，在菲律宾。是这样。你们有孩子吗？我很对不起你们。你们在这里多久了？这个地方太冷，不过会暖和起来的。我希望你们振作起来。"这是那天他最长的一次讲话。

那位妇女哭了。

玛吉看到了裕仁匆忙离开时脸上现出的痛苦表情。她真想责骂那些公开把天皇称为"查利"的记者。她最讨厌的是一个日本记者，他建议给天皇起个外号："'是这样'先生！"她敢打赌那个家伙在胜利日子里是个十足的马屁精。

那天晚上，在与父亲、乔西和威尔共进晚餐时，玛吉预言道，腼腆、拘谨、个子矮小、脸上经常抽搐、带着皱皱巴巴的帽子的天皇很快会受到人民的加倍爱戴。威尔沉默不语。他在想，皇宫里的元老们真够聪明的，天皇的这次出行是他们制造新神话——民主的统治者关心民众的痛苦和需要——的第一个步骤。这是对全国人民的一种嘲弄！一切都是经过住在第一大厦的占领者的同意，以民主的名义进行的。他的父亲在想，他的朋友矢部真有先见之明。他非常赞同女儿之言，认为人们会更加爱戴天皇。乔西很遗憾未能和玛吉一起去。那个场面肯定很壮观！

一星期后，惠特尼通知麦格林恩半小时后去见麦克阿瑟将军。"他想和你谈一谈盟国管制委员会的事。"该组织是由四个主要盟国创建起来辅佐盟军最高统帅的。尽管麦克阿瑟强烈抗议建立这个组织，但它的第一次会议很快就要召开了。办公室的人都知道，惠特尼担心该会议会给占领工作带来危害，因为苏联人毫无疑问会利用它来攻击盟军占领日本的举措。"开心一点，"惠特尼扮个鬼脸说道。

麦格林恩只有几分钟的时间为会见这位唯我独尊的将军做准备。以前，从来没有一个美国人手中握有如此大的权力。尽管他常有失礼之举，但占领工作进展得确实非常顺利，这主要是由于他能自主行事。

他正站在窗边凝视外面一堵空白的墙。他转过身，伸出手，热情地向麦格林恩走过来。他让教授坐在一张旧的皮沙发上后，自己也在一张椅子上坐了下来。

"我先谈谈我的想法，"他说。他站起身来开始来回踱步。"不到一个月前，一位有真知灼见的人对密苏里州富尔顿的居民说：'铁幕已在欧洲大陆降临了'。"他如此强调这句话，给人的感觉是这句话不是由丘吉尔而是由他首创的。"你也知道，苏联人占领了欧洲大陆的一半，东方和西方在战时结成的神圣同盟已经瓦解。冷战已经开始了！"他来回走动，用手指指着教授说："有人希望我允许这些人把这个所谓的盟国管制委员会变成俄国人进行宣传活动的论坛。受美国官员的批评真是糟透了，我不能允许盟军最高统帅成为靶子，任人进行无根据的和不公正的批评。我要参加第一次会议，讲几句话，但不打算回击。"他用问询的目光看着麦格林恩。

"这样很好，"麦格林恩说，"日本人会说这是以静制动之举。"

麦克阿瑟等了一会儿，希望他多说几句。后来他几乎笑了。"我想让你参加几次会议，然后给我谈谈你的想法。"

众所周知，苏联人希望把委员会的会议变成公开批评麦克阿瑟各项政策的论坛，并希望委员会和其他成员支持这些批评。麦格林恩不知道，麦克阿瑟如何在不得罪西方盟友的情况下处理这一棘手问题。

4月5日，委员会在离最高统帅部不远的一栋大楼的二楼会议室召开了会议。每个入口都有宪兵检查进入大楼的人。日本人被告知可以参加会议，但戒备如此森严，很少有日本人敢进。有些人进来了，但他们是忍受着耻辱被迫从后门进来的。

会议室里尽是新闻记者、摄影记者、盟军军官和有影响的西方公民。四名委员和助手们坐在一张大大的红木桌后，被笼罩在电影摄影机打出的强光中。美国委员是位慈眉善目的少将。苏联委员是位中将，他强壮结实，活像一名职业足球队的前锋。在大使馆举行的聚会中，他总是和蔼快活，待人友善。现在他正气势汹汹地抽着烟斗左顾右盼，麦格林恩觉得他像是要吃了谁似的。英国代表是一位才华出众的澳大利亚教授，他和他的许多同胞一样，认为麦克阿瑟对日本人太和气了。蒋介石的代表则已显露出倦意。

麦克阿瑟身着常穿的卡其布军装来到了会场。他没有佩戴每日上班时必戴的勋章等饰物。他的头发垂下来，遮住了光秃秃的脑门子。他乐吟吟地与三位外国代表握过手后，开始发表讲话。他的声音粗壮有力，抑扬顿挫。"由于本委员会的职能是充当顾问，提出建议，故而它不会分散作为盟国在日本的最高行政长官的盟军最高统帅的行政权力。"他明确了一点：他是日本的最高权威，盟友们只能充当顾问，提建议。

看到俄国人抽烟抽得更急，眼中的怒意更突出，看到澳大利亚人更加不耐烦而中国人更加茫然无措时，马尔鲁尼高兴地用肘部轻轻推了一下麦格林恩。

虽然将军讲话时显得信心十足，但麦格林恩注意到他的一只手在颤抖。麦克阿瑟总结了占领期间取得的成就，然后严厉批评某些人"把一个完全被打败的国家和人民视为奴隶"。他的这句话显然是针对俄国人和澳大利亚人的。

麦克阿瑟继续说，委员会不应把注意力放在过去的行动上，他并要求委员会的会议公开举行。"怀疑、不信任和仇视等由秘密活动引起的后果将因此得以避免。在一切都公开的情况下，我们才能赢得真诚和信任，确立崇高而又正确的目标。作为最高统帅，我可以向你们保证，我一点也不担心这样的公开讨论会对我行使职权产生任何不利影响。"

麦克阿瑟本说只讲"几句话"，但他继续警告委员会不要"对我们的占领政策妄加严厉批评"。他最后动情地称赞日本在即将颁布的新宪法中完全放弃了战争。他最后的这几句肺腑之言给麦格林恩留下了深刻印象。会议室里静了下来。有人清了清嗓子。麦克阿瑟带着迷茫的神色走出了会议室。

他走后，委员们在如何确定以后各次会议的程序问题上发生了争吵。但这比两星期后召开的第二次会议上的混乱局面要好得多。教授忘不了那次会上委员们的争吵、粗鲁和夸夸其谈。他后来对马尔鲁尼说，其糟糕和混乱程度仅次于最近长崎的"原子弹小姐"的加冕典礼，她是由三名海军陆战队员、六个日本人和一个法国人在长崎新闻界发起的一次全市范围的辩论中选出的。

惠特尼出席了这次会议，应苏联将军的要求汇报政治清洗运动的进展情况。苏联将军要求他"尽可能全面地"进行汇报。惠特尼被迫作了三个小时的汇报。不过，他首先气冲冲地声明，俄国人的要求威胁到了占领工作的圆满完成。当他声称日本政府已经遵守了清洗的命令时，记者们哄笑起来。但是，惠特尼在当律师时就已经对粗鲁和激烈的争吵习以为常了，所以他对公开的讥讽没有在意。"我现在答复德烈夫延科将军的要求，"他转向那个俄国人说，"尽管时间会很长。"他开始念被清洗的单位和组织的名单。他的声音平缓，慢而清晰。有时候他把日本人的名字读错了，就停下来说声抱歉，再慢慢地重念整段文字。一个小时过去了，人们都不耐烦起来。麦格林恩对他这种孩子气的表演感到难为情，他看到其他美国人的神色也相当尴尬。这使他们想起了美国国会中议员们用冗长的演说阻挠议事的传统做法。惠特尼完完全全控制了会议。

午饭后，冗长的报告又开始了。令麦格林恩恼火的是，惠特尼的汇报单调乏味，他曾停下来说："我开列了这些组织和单位3万名成员的名单。我必须向委员会道歉没有把这个名单带来。这是我的一个疏忽。如果我把名单带来的话，我会十分愉快地予以宣读。"

麦格林恩留心听了一下步出会场的人们的谈话。他们对惠特尼的表演均持批评态度。有位美军上校指出："惠特尼做得太巧妙了，他侮辱了别人，却让别人抓不住把柄。"

在两天后召开的另一次会议上，惠特尼傲慢地宣布："最高统帅将保留随时委派代表参加委员会的权力。"这无异于公开宣战。"委员会在此地的任务只是做一些建设性的辅助工作。"他对俄国和澳大利亚委员的抗议置之不理，以措辞激烈的声明结束了讲话。

他坚决地说："委员会建立的目的不是窥探盟军最高统帅的事务，寻找盟军最高统帅的弱点和搜集能引起全国轰动的题材。"

会后，惠特尼对麦克阿瑟的一名助手说："这样就把狮子的利爪给斩断了。"

那位助手带着羞愧的心情目睹了美国人粗暴无礼的争吵，对惠特尼的话，他无言以对。麦格林恩也颇为苦恼。"这个委员会本来是很有用的。"在回办公室的路上，他对马尔鲁尼说。"麦克阿瑟也许可以利用中国将军和澳大利亚代表的智慧和经验，建立一个统一战线给日本人看。现在澳大利亚和中国代表都站到对立面去了。"

但是，自始至终参加会议的马尔鲁尼却像个柴郡猫一样咧嘴笑了。他说："教授，我感到惊讶。你是爱尔兰人，你不认为这像一场管弦乐演奏会吗？可爱的老考特只是做了上司想让他做的事。最高统帅相信，这个委员会可能把整个占领工作搞糟。我同意他的看法。忠心耿耿的考特只是在尽他的职责。"

麦格林恩摇摇头，沮丧地说："你有时候让我吃惊，雷德。你完全正确，我却像个傻瓜。"

"时不时地冒点傻气对我们每个人都有好处。当然，我也有滥用特权的时候。"

一回到办公室，麦格林恩就接到了麦克阿瑟的电话，"你有什么想法？"他急切地问。

"像一场演出，将军。"

"这一点我也听说了。但是你有什么想法呢？"

"嗯，先生，我认为委员会差不多完蛋了。"

"我希望如此。他们只会成为累赘。"

麦格林恩想，马尔鲁尼是对的。在受到新闻界的激烈批评后，惠特尼召集手下人到会议室，正式对大家说，俄国人本来打算让麦克阿瑟将军难堪。"俄国人显然想利用这个委员会进行宣传，使占领工作丧失名誉。如果他们想展开激烈的辩论，我们可以奉陪。如果他们发表长篇演说，我们也可针锋相对。如果他们要宣读冗长的报告，我们也可以宣读。如果他们打击我们，我们就予以回击。我向你们透个底，华盛顿已经同意了我们的做法。"

有人提到了澳大利亚委员 W. M. 鲍尔对惠特尼将军的"粗鲁"表演的尖锐批评。惠特尼温和地说："鲍尔总是和苏联人站在一起。他是个土包子，只谈个人的意见而不代表澳大利亚讲话。当统帅部分给他一套有 12 间屋子的住宅时，他说这是他住过的最大的房子，你们知道这事吗？他要求我们放松禁止外国人购买日本服装的禁令，这样他就可以购买条纹裤和好大衣了。我告诉你们，他是个土包子，但是你们必须得喜欢他。"

惠特尼讲完后，大家都明白了，他的强硬做法是麦克阿瑟授意的。这使大家的兴致更加高昂起来。这两位我行我素、难以捉摸的将军下一步会怎么做呢？

第 二 部

第 七 章

1

东京，1946 年 4 月 18 日

现在，基南与威尔相处甚洽，彼此无拘无束，他时常在晚上到威尔的房中讨论审判工作。这天午夜时分，基南来找威尔。他们简单讨论了盟国委员会开会时的混乱情形后，基南又为自己倒了一杯酒，并说他们晚上一直在为整个案子做准备。"我国人民均不了解日本佬的糟糕事，甚至不知道我们的工作有多么繁重复杂。我们就像在黑夜里手持弹弓打猎一样。幸好你在处理南京大屠杀一案，麦格林恩。我指望着该案能使我们赢得关于中国问题的诉讼。"

他又倒上一杯酒，兴致勃勃地谈起了罗斯福总统逝世前不久召见他的情景。"他称呼我'钥匙乔'，你知道。他说：'乔，我想让你充当我在日本战犯审判中的代言人。'他想让我把东条英机一类恶棍送上绞刑架，但他同时希望这些日本佬得到尽可能好的辩护，因为此次审判的目的在于宣扬民主。"

他突然转变话题，请威尔帮他起草确定整个检察工作的基调的开幕致辞。他还建议威尔参与费利的工作，往后与他一道询问东条。第二天下午，费利采取以往的做法，让东条无拘无束地谈。"这些事情对日本和世界和平都很重要。"东条说，"我个人的遭际并不重要，但这些事情本身很重要。"他承认事先知道珍珠港事件发生的日期，但不了解详情。

费利问他，他是否意识到他将由于进攻美国以及英国殖民地而被当作战犯受到起诉和审判？东条泰然自若地微笑着审视费利和威尔，使威尔大为恼火。东条若无其事地带着匪气猛抽了一口香烟，这使威尔想起了《石化林》中的汉弗莱·博加特。"我是战犯,这早已被确定下平了。"他说,好像他还是总司令似的。"事实上,我是为发动战争负主要政治责任的人。即将进行的审判是要裁决我的行动是否正当。就是这样。"他熟练地弹掉了香烟上的烟灰。"我希望在审判期间,你们能重视一下亚洲人民的期望、感情和呼声。如果你们希望以后亚洲大陆实现和平,你们就得这么做。"

尽管威尔厌恶与东条同坐一室,但东条的这几句话还是给他留下了深刻印象。但是后来威尔又自问道,东条的这些话是不是为了给检察方面制造假象?离开巢鸭监狱时,威尔决定还是像往常一样对这个狡猾的家伙保持警惕。

清濑一郎博士是个著名的律师。他最近同意担任东条的首席辩护律师。那天下午,他对一位记者说,他认为东条的案子值得一辩,理由是,不能由一小部分人为太平洋战争承担责任。"他的作用只是按动了开战的按钮,而战争是由许许多多的人共同促成的,他只是点火人而已。"清濑说他绝不是东条一家的密友,他接受他们的请求为东条辩护,是因为他相信东京法庭追求的是真理而不是报复。"我敢肯定,信奉基督教的著名律师基南先生是能够理解我的观点的。"

乔西无事可干。在东京仍然只有六名美国辩护律师,他们不知道哪些人将被起诉,起诉内容是什么。他们谁也没有确定当事人。曾在马尼拉为本间作过辩护的弗内斯表示,他担心对山下和保间的判决会影响东京法庭的审判。美国最高法院赞成对上述二人的判决,尽管该院首席法官斯通此前曾写信给一位朋友说他不喜欢在纽伦堡担任首席检察官的陪审法官罗伯特·杰克逊。他说,杰克逊正在纽伦堡领导一些人滥用私刑。"我不在意他对纳粹分子做了些什么,但我讨厌他的借口:即他在根据习惯法进行审判。这种假装神圣的卑劣做法与我的传统观念不符。"具有讽刺意味的是,就是在这个斯通的操纵下,对山下的判决以 6 比 2 获得了通过。墨菲法官坚决反对该项判决。他说,美国人曾竭尽全力破坏山下的交通线。"把胜利一方造成的低效和无序状态当作罪行来宣判失败一方的军官有罪是有悖于正义原则和军事现实的。"

尽管如此,山下还是被绞死了,内心痛苦但外表总是保持哈佛毕业生的绅士风度的弗内斯说。他曾为之辩护过的本间也被判了死刑，尽管墨菲法官曾说："我们要么以高贵的精神和我国宪法的基调来进行这次审判，要么就干脆剥下正义的假面具，让时间悄然流失，把审判降低到展开血腥报复的水平。"

弗内斯悲哀地摇了摇头。"本间是个很不错的人。战斗结束后他待菲律宾人很不错，结果遭到解职并被押解回国。他对我们枪毙他而不是绞死他表示感谢。"他说，麦克阿瑟在为菲律宾战场上的失败而报复本间。"因此我问自己，我们在东京能进行公平的审判吗？"

乔西想到了些什么，便插话道："等一等。关于山下的案子，最高法院绝大多数法官的意见好像是，军事法庭依据国会制订的法案进行司法审判时，应尽量避开第五修正案。"

"你怎么看？"

"我认为，东京审判中存在的基本争议问题毫无疑问是，日本发动战争是不是出于其政府认定的合法的自身利益的需要。"

"你的思路像个男人，"弗内斯说。

"我认为像个律师。"

他向她道歉，但她继续说道："听着，乔治，如果我是对的，那么由美国、英国和荷兰等国政府委派的法官组成的军事法庭有何资格对这个问题作出决断呢？"

"有个叫布莱克尼的好律师几天后就会来到我们中间。我们已经在这个问题上取得了一致意见。"

乔西继续发牢骚："像你和阿蒂·拉扎勒斯等身穿美军制服、肩负重大责任的律师们，又如何能为那些可能涉及你们上司的挑衅和好战行为的案子进行辩护呢？"

"你想的太远了，"他说，他在为前景而忧心。

"为某个被告辩护的律师在首次开庭时呼吁解除某法官的职务是一件不合常规的事吗？如果这不符合诉讼程序，那么何时是辩护的有效时间？"

"拉扎勒斯中尉！"弗内斯情绪激动地叫道，"你能到这儿来吗？"

"别误会我的意思，"她说，"我知道一个律师无须像当事人一样言语准确妥当。律师甚至不必相信他的当事人在道德和法律方面是无辜的。

当我接受这项工作时，我很厌恶这些被告，我在内心里认定他们是有罪的。"她苦笑了一下。"但我现在感到，我们的某些当事人是无辜的。"

那天晚上，乔西和威尔陪教授在一间日本小餐馆共进晚餐。看到她和威尔相处得比以前好多了，麦格林恩很高兴。麦格林恩还在想着白天盟国委员会召开的会议。他说，麦克阿瑟常常令他吃惊。有时候他会非常讲道理，但转眼间又会变得专横跋扈。"然而，我的一些日本朋友却很佩服他。有个教茶道的老师告诉我：'他的专横和冷峻以及宽厚和仁慈都是在为占领工作树立威望'。"麦格林恩摇了摇头，继续说："他做事往往前后矛盾。他是个超级右倾保守分子，把所有的共产党员从监狱里放了出来。现在他正在考虑把大部分土地分配给农民。"他继而讲述了惠特尼应麦克阿瑟的授意在委员会召开的会议上的拙劣表演。他轻轻地笑了笑道："几星期前，我正和最高统帅站在第一大厦的大厅里，有个显然是来自农村的日本人朝我们走来。这个人以挑衅的姿态把一支用报纸包起来的木剑放到了最高统帅的脚上。我们想他肯定会对这样的侮辱大光其火，但他只是抓住那个日本人的胳膊，把他交给了宪兵。'把这个人带下楼去，'麦克阿瑟说，'给他上一堂文明礼貌课，然后送他回家'。"

"这是我所知的麦克阿瑟做的第一件好事，"威尔说。

"不要小看他，儿子。他可能会成为一个伟人。他无疑是个大傻瓜，但每一个真正的伟人都有愚蠢的一面。"威尔从未见过他的父亲如此宽容过。过去几星期中，他好像变了一个人似的。这个反对崇拜偶像、特别喜欢争论的大刺头到底怎么了？"我到这里来，准备乘下一班飞机回去，"麦格林恩继续说。他还讲述了他与麦克阿瑟初次见面后的期望。"今天在委员会的会议上，我突然觉得诸事皆不可为，我也从来没有发挥过作用。但过后我意识到，我得到的机会实在太少。来这儿的路上，我看到了几十个表情热切的美国男女。其中有的还年轻，有的已头发灰白。我看到了教师、营养学家、美国军人、医生、化学家和经济学家，他们都来到日本这个巨大的实验场，帮助那些有奇怪面孔和奇异风俗习惯的人们重建新生活，数月前这些人还是我们的仇敌，而现在我们开始喜欢他们了。这很像 H. G. 威尔斯或萧伯纳的剧作中的一个场景。我发现我们在各个领域都有追求尽善尽美的专家，在竭力提供宗教、道德准则、卫生观念以及合适的营养。我们在修建现代化的电话系统，在引进合格的厕所。我的上帝，还有什么东西我们没有在竭力向这些饥肠辘辘、衣衫褴褛、饱受战争之苦的人们提供呢？开始时，我对此嗤之以鼻。我认为根本没有成功的可能。但是，今天晚上我突然感到，我们极有可能获得成功。你们知道是为什么吗？"

他逗起了他们的兴趣，却故意停了下来。

"由于日本人习惯于顺从的毛病。Deru kugi wau tareru。这是一句古老的日本格言。'枪打出头鸟'。每个日本孩子在家里和学校里受到的教育都是要适应环境，而不要标新立异。这是我相信我们的占领政策会获得成功的原因。日本人会接受任何事情。大部分美国陆军和海军陆战队员都对他们登陆时没有遇到任何麻烦感到惊讶。他们没有发现任何反抗的动向，因为天皇已经告诉人民要服从。所以，他们全都彻底投降了。"

乔西在全神贯注地听着。她是个纤弱的姑娘，但他看得出，她很聪明也很坚强。麦格林恩似能看到她坐在有篷马车里在西部平原上用来复枪撂倒一个个印第安劫匪的样子。

"日本人追求的是他们所说的 wa，即和谐，"他继续说，"与朝鲜人不同，他们需要的首先是没有冲突。日本是个和谐的国度，wa 作为一个前缀，其意为'日本的'：washoku 是指日餐，是指日本的风格。日本人在战争中最重大的战役是'大和'。美国绝不会有这种事，但日本拥有单一的民族，所以拥有单一的文化。'和'只适于遵从统一标准的人们。乔西，这就是美国的律师比日本多 10 倍的原因。日本人很少对簿公堂，那是不和谐，是冲突。他们的整个司法制度是以'和'为基础的。如果一个人受到了指证，就被认为有罪，律师的责任只是尽量让他受到较好的对待。所以，因犯一般都会立即坦白，向受害者道歉，并希望得到原谅。今天的课就上到这儿。"教授匆匆穿上大衣，略显尴尬地说："我和一位老朋友有约会，他有一些御前会议的正式文件，如果我有机会写一本关于 1941 年的新书，我可以利用这些文件。"

第二天早晨，当乔西外出探究东京的神秘之处时，她对路上的行人有了更多的理解。到处都有人停下来互致问候，他们都面带微笑，深深地鞠躬。刚到日本时，她对日本人没完没了地鞠躬感到好笑。但是现在她理解了。这是实际行动中的"和"。她禁不住笑起来，也想对什么人鞠个躬。她信步来到户田家附近一个名叫元麻布的街区。有些房屋遭到了破坏，但大部分房屋完好无损。她站在山丘顶上欣赏山下的庙宇景观。两个身穿蓝色学生服的小姑娘偷偷地看着她。乔西指着庙问她们："那是佛寺还是神道教观？"两个姑娘用手捂住嘴，咯咯地笑着跑开了。

"那是佛寺，"一个高个子老年日本人用英语说。他解释道，1856年该寺成了美国驻日本使馆，不过它更因拥有树围超过30英尺的银杏树而闻名遐迩。她根据他温文尔雅的风度推测他是个外交官。"据传说，700年前一位有德高僧把他的拐杖种在此处，长成了今天你看到的树。它遭到过燃烧弹的轰击，但奇迹般地复原了。"他作了自我介绍：小畑先生，并递上了名片。这时候，乔西也把自己的名片递给他，名片的一面是英语，另一面是日语。他接着问她能赏光与他全家一同用餐吗？

房子的外表很普通，但当她脱掉鞋子换上拖鞋来到屋内时，她发现小畑一家很富有，至少是曾经富有过。小畑对简陋的家具和没有暖气表示了歉意。

一个小巧玲珑的妇女走了进来，脸上显出吃惊的神色。小畑介绍了她，并抱歉说她不会讲英语。他说了些什么，他妻子的脸色就变得苍白了。乔西猜想，可能是因为外国人来吃午饭是件可怕的事情。但小畑说他的妻子知道她要留下来吃饭，非常高兴，只是斯诺小姐得原谅她的厨艺不精。

他领她到一间同样冷的小房间里，对她说："你在这里会暖和一些。"屋子中央有一张样子奇特的桌子。桌子3英尺见方，1英尺高，铺有彩色被子。被子上面是块木板。"这是炭火盆。"小畑说，"冬天，我们在这里面吃饭很舒服。"他提起被子的一角，小畑夫人放上一个垫子让乔西坐。乔西看到地板上有个洞。"底下有木炭火，不过你不用担心，有完整的木板保护你的脚。"

她坐到榻榻米上，小心翼翼地把脚放到了木板上。

"家里人和客人围坐在炭火盆旁，用被子盖住腿取暖。"乔西拉过被子盖在腿上，全身变得暖洋洋的。"我们在这儿舒舒服服地喝茶和吃饭。目前燃料极少，我们冬季的生活是以炭火盆为中心的，它可能是500年前从中国传入的。"

小畑说他在回家做生意之前曾上过哥伦比亚大学。他对桌上的粗茶淡饭表示抱歉。"我最近遭到了清洗，"他像开玩笑似的说，"不过将来我可能会有些用处。"

他们吃饭时，一个身穿学生服的 10 岁小男孩冲了进来，看到乔西后惊呆了。小畑说："这是我们的孙子。"他对孩子说了几句话。孩子带着一点恐惧，害羞地伸出了右手。她握了握他的小手。她想起上衣口袋里有一袋赫尔金牌巧克力，就拿出来给了他一块。他小心翼翼地剥掉巧克力的包皮纸，以不喜欢的口气说了句什么。

小畑大笑起来。"他说他不想吃泥。"他让孩子尝一小口。他尝了一下，眼中放出光来。他把巧克力吞了下去。"他想再要一块。"

乔西把整袋巧克力给了他。他胆怯地收下了。在回饭店途中，她遇到了走在阳光中的其他美国人，大多数都面带微笑。由于他们是征服者吗？或许不是这个原因。也许他们和她一样，因摆脱了国内的束缚和限制而感到欣喜。她在这里甚至摆脱了自我，因为她以一种完全不同的生活方式代替了原来的生活方式。她正在努力适应这种新的生活，而大部分美国人只是随波逐流，对理解日本人没有太大的兴趣。他们在远离祖国的异国他乡有许许多多的乐趣。在这里，他们每天的生活都具有冒险的意味，没有人限制或指责他们。

变成废墟的东京似乎成了的魔鬼的游乐场，人们可以在这里为所欲为。在这个奇怪的废墟上，所有社会行为准则和风俗习惯都遭到了破坏，轿车和手推车常常相撞，死人的事时有发生。她把这一切都写信告诉了她的父亲，而在内心里，她是不准备向他人讲这些的。

2

早晨，乔西向首席辩护律师科尔曼发起了牢骚。检察官们显然已经充分做好了准备，但是只有日本律师被那些最有可能受到起诉的战犯选中充当辩护人。但是科尔曼对此无能为力。他说，会有更多律师从美国前来帮忙，起诉书不久就会宣布。只有到那时，律师们才能有事可做。

尽管表面上已经一切就绪，但乔西觉得检察方面实际上并没有万事皆备。乔西写信告诉父亲，基南的行为引起了英国检察官的严重担忧。

"他们的首席检察官科明斯—卡尔给英国检察总长写了一封满篇牢骚的信，说他来东京后发现诸事皆处于混乱状态。大量的文件卷宗有待翻译。当科明斯—卡尔提出抗议时，基南立即让他担任了执行委员会主席，以便整治混乱局面！"另一位同事更为直截了当，向伦敦抱怨说基南根本不重视协调和指导，把科明斯—卡尔当成了办公室里跑腿的小职员。

乔西继续写道，英国人公开表示担心基南不能够在审判过程中表现出判断力，不仅因为他的行为偏执古怪，而且因为他酗酒。"有人认为他是个'不体面的人'，另一个人则认为他不辨黑白、不明是非！"

她说，英国人和其他盟国的代表正在就哪些战犯该受审判一事进行着无望的争执。"科明斯—卡尔——一个非常聪明的律师——告诉我，日本总的形势比德国复杂得多，因为日本的政客、士兵与水兵还在继续互相争吵和互相出卖，这使我们很难确定到底该起诉谁。"由于时间、空间和经费的限制，选择哪些战犯来审判就更为困难了。"盟国的检察官们一致认定，最多只能审判大约30名战犯。由于各国都提出了各自的名单，所以争论无休无止。"

他们的工作对象正在巢鸭监狱发愁，整天想的都是即将进行的起诉。经常受到询问的那些战犯认定自己会被选中，一直在为自己担心。为了打发时间，他们都搞了一些小制作。东条糊了些小纸盒，用来盛放每天分给他的4支珍贵的香烟。有位大将用杂志上的纸折叠成复杂的小衣柜，送给其他人。

有几件事给巢鸭监狱战犯们的生活增添了许多色彩。第一是信件，尽管所有的信都被直接影印，原件则因担心涂有毒药而被丢弃。第二是亲属每月有半个小时的探监。洗澡和刮胡子的时间也是好时光。一个星期可洗两次澡，将在东京受审的甲级战犯可与将在横滨受审的次要的乙级和丙级战犯在小浴盆里洗澡。由于常受到宪兵的催促，他们只能在浴盆里洗20分钟。

现在乙级和丙级战犯公开表示了对原来的上司的憎恨。"就是因为你们甲级战犯，我们今天才会被关在这里！"有一个人对东条说，"正是因为有了像你这样的人，我们才会得不到理解，才会被视为一丘之貉。"

对于此类说法，东条心平气和地不予理会。他和从不说三道四的乙级战犯户田省吾成了朋友。他们常常谈论关于死亡的话题。省吾说：

"如果一个人知道如何选择时间去死，那么死就是平静的，毫无痛苦的。"每个人最终都有一死。"希特勒死了，墨索里尼死了，罗斯福总统死了，日本的近卫先生也死了。斯大林将来也会死，因为他是人。"

那天下午，威尔花了半小时询问东条关于1941年8月底近卫首相致函罗斯福总统要求会晤解决分歧的事。东条自以为是地走进来，若无其事地点燃了一根香烟，使威尔十分恼怒，但他竭力掩饰起自己的情绪。"作为陆军大臣，"威尔说，"我认为你知道这封信。"

"当然。"

"据我了解，你当时反对发出此信。"

东条猛吸一口香烟，慢慢将烟吐出后说："绝对没有，上尉，噢，对不起，少校。"他老练地弹掉了烟灰。"我认为两位领导人都是出身名门望族的绅士，他们或许可以达成一项体面的解决方案。"他微微地笑了笑。"我的想法是正确的，你不相信我吗？"他和蔼地耸耸肩膀，威尔感到是一种侮辱。"我没有必要撒谎。我已行将就木，我的牙齿和头发都快掉光了。如果说日本男人的平均寿命是50岁，那么我已多活了10年。就我个人的命运而言，我承担一项责任和承担全部责任都没什么区别。因此，麦格林恩少校，我要尽可能多承担一些责任。我想表明一点：应为太平洋战争负责的只有我一人。"

这些话讲得冠冕堂皇，深深打动了威尔。但威尔很快反应过来，怀疑他在法庭上不会有勇气这么做。东条又笑了。"比你对我的看法更为重要的是贵国总统拒绝接受邀请的不幸结果，你当然知道，近卫首相同一天发出了第二封电报，向贵国政府正式表示愿意接受赫尔国务卿提出的进行谈判的四项基本原则。你看上去有点吃惊。你不知道这件事吗？"

威尔的脸尴尬地变红了。在堆积如山的官方文件中，他从未见过这封电报。

"我还记得其中的某些话。我们声明，赫尔提出的原则是实现真正和平的首要条件，不仅适用于太平洋地区，而且也适用于全世界。你想知道我为什么记得吗？因为当时必须由我批准这份电报，而且，我方的建议是对我们数月来奉行的政策的否定。"他掐灭烟头，像是要结束谈话。"关于这个问题的另一位见证人是掌玺大臣。这些够了吗？"

基南批准了威尔提出的再次询问木户侯爵的请求。木户和东条一样自以为是，一样使人恼火。他证实了东条之言。"东条将军赞成举行高峰会谈，尽管他认为成功的把握只有30％。后来我们获悉，罗斯福总统最初计划用3天左右的时间与近卫会晤，但后来在赫尔和其他人的劝说下，也相信我方的建议没有诚意。"木户打着官腔坦然地说，这使威尔感到不快。"我们等待了近一个星期，但没有得到答复。海军参谋长永野说：'我们正在一天一天变弱，直到最后我们可能站都站不起来。'陆军参谋长也这么认为。我们必须尽力在10月10日之前实现外交目标。如不能实现，我们必须向前突进。形势不允许再拖下去了。"

木户说，当时的形势极为严峻，内阁一致同意以10月10日为最后期限的政策，并拟定于9月6日召开御前会议正式确定这项政策。会议召开前，我建议天皇开始时保持沉默，由枢密院议长原嘉道对军方提出质询。等讨论结束后，陛下再打破与英国国王一样的惯例，即只发挥影响力而不作裁决的惯例。即是说，他应该暂时行使裁决权。我向天皇建议，由天皇"命令两位参谋长与政府合作，使我们与美国的谈判获得成功"。只有采取这种打破传统的做法，才能改变确定最后期限的可怕政策。

威尔虽然在有礼貌地倾听，但并没有被打动。他想，这是个多么出色的演员啊！

"一切都如我们计划的那样。军方解释得越多，文臣就越忧心。最后枢密院议长原嘉道直截了当地问军方，他们侧重于战争还是侧重于外交。会场上出现了令人尴尬的冷场。这时，天皇作出了前所未闻的举措。'你们为什么不回答？'他大声问道。会场上只有我一个人对天皇的话不感到吃惊。这意味着他放弃了天皇扮演的传统角色。他又读了他的祖父明治天皇写的一首和平诗。对他的批评，在座的每个人都感到畏惧。他说：'我自己规定时常诵读这首诗，以永志不忘明治天皇爱好和平。你们认为这首诗怎么样？'"

木户擦掉了眉毛上的汗珠。"我从未经历过这样的时刻，麦格林恩少校。海军参谋长谦恭地低下头向天皇致歉，陆军参谋长也是如此。两人都同意继续寻求与美国实现体面的和平。当然，这意味着近卫内阁的终结。我运用我的影响力，让天皇指派陆军大臣东条担任下一届首相。我向你保证，他尽了最大的努力以求和平。对此，他会告诉你更多的东西。"木户收起材料，像东条一样结束了谈话。

威尔对这位前掌玺大臣道声谢，礼貌地鞠躬后离开了。他仍然坚信东条和木户是战争的主要策划者，应该被绞死。

3

4 月 26 日夜晚，在横滨法庭被判处死刑的第一名乙级战犯遭到处决，这使死亡在巢鸭监狱变成了现实。空中细雨霏霏，当美国人修建的行刑室附近的战犯们听到绞架下活动门的响声后，有人被处死的消息就一个囚室一个囚室地传播开来。两天后，有消息说一楼有人疯了。在放风场地，最终证实疯了的人是大川周明。他是个宣传鼓动家和极端民族主义分子，是甲级战犯。与他同一囚室的松井大将——曾于 1937—1938 年担任广东派遣军司令——被问及是否确有其事时，一言未发，只是冷笑而已。另一名甲级战犯怀疑像大川周明这么聪明的人会不会真疯，而东条则说，天才与疯子之间只有一丁点儿距离。"由于他是个天才，这点距离被填补了。"

同狱的乙级和丙级战犯那天早晨有许多话题可谈：据传，他们的上司们即将受到起诉。他们争论谁在法庭上会表现最好。有人认为是争论较大的外相松冈洋右，但他病了，看上去活不了多久。

"我们也不能对东条君抱太大希望。他的精神状态没有以前好。"

有人想到了铃木大将。"他每天早晨都发出奇怪的呻吟声。他在法庭上会不会呻吟呢？"

4 月 29 日晨 8 时 30 分，监狱长允许三楼的战犯庆贺天皇的生日。在经常呻吟不止的铃木大将的带领下，他们唱起了国歌。

那天晚些时候，战俘们获悉，最终有 18 名军人和 10 名文官被列入了受起诉者的名单，并将在四天后受到起诉。东条和木户名列其中，谁也不感到惊奇，但得知以反对战争闻名的外交官重光葵也在其中时，几乎每个人都吃了一惊。

晚饭后，即将受到起诉的人被带到一间地下室。一名宪兵按照字母顺序挨个点了他们的名。每个人都得到了一个装有起诉书的大信袋。

"这跟毕业时领证书一样，"有位将军开玩笑说。但当点到东条的名字时，每个人都严肃起来。美国人注意到，每个人（包括痛恨东条的人在内）都集中了注意力。

一位大将说："在天皇的生日这一天宣布这件事是刻意安排的！"他们都认为这不是偶然的，在 4 月 29 日宣布是事先计划好的。

监狱里一晚上都没有人唱歌，连乙级和丙级战犯也静悄悄的。

4

那天晚上，当乔西和教授、威尔以及玛吉到户田家吃晚饭时，弗洛斯非常高兴。她抱住了她的妹妹。"发生了令人难以置信的事！"她说，"我有了一个收养孤儿的地方！"这是通过马尔鲁尼中校办成的。马尔鲁尼中校、卡迪斯上校和行政事务局的另外几个人应邀参加在被征用的布里奇斯通轮胎公司总裁的宅邸里举行的盛大晚会。"晚会是由国务大臣楢桥发起的，"弗洛斯说。他选了一些可爱的日本女士来陪占领当局的要员。丰盛的晚餐之后是舞会。马尔鲁尼中校发现与他翩翩起舞的是目片女男爵。弗洛斯兴奋异常，话说得极快："玛吉，你该记得她。幸好汤姆偶然提到我想办个孤儿院收养孤儿，但第一大厦没有人感兴趣。你可能不相信，女男爵提出让我用他们的海滨别墅，玛吉，那地方就在茅崎附近的海湾！"

弗洛斯和惠美用了 5 分钟时间称赞马尔鲁尼中校，说他经常带来一些小礼物，经常给屋子里带来乐趣等等。之后，弗洛斯讲了更多的好消息。马克正在由九州转往横须贺海军基地，那儿离目片的海滨别墅只有 1 小时左右的路程。"他说海军陆战队有帮助孤儿的传统。"

威尔从食堂带来了食品，除不擅长做饭的乔西以外，其他妇女都到厨房去准备饭菜。乔西对日本有了更多的了解。乔西以前用过户田家西屋的浴室，但现在马尔鲁尼父女搬进西屋住了，她不得不体验另一种上厕所的经历：摇摇晃晃地蹲坑解手。

马尔鲁尼和他的女儿也参加了晚宴。晚宴期间教授说，楢桥发起的晚会是有前例可循的。在封建时代发生过几次这样的事情：当一个家族在战斗中被彻底打败后，族中地位较高的妇女们运用智慧、恩惠和色相接待胜利者，从而得到和平。

马尔鲁尼说："我能肯定智慧和恩惠两项，不过我的舞伴，就是那位女男爵，至少有 75 岁了!"

第二天，当真理子和麦格林恩喝咖啡时，她说她对马尔鲁尼中校有点担心。

"你指的是什么?"他问。

"他在户田家可能会成为不安定因素，"她说。据办公室的人说，他和士兵们玩扑克牌赌钱。他笑着说："惠美不玩扑克牌。"

"这不是开玩笑，"她说，"他不是个正派人。"

"他没有恶意，性情宽厚。"

"你知道他也出入于黑市吗?"

"其他人也都一样。"

"我指的是炒汇的大黑市。"

"你从哪儿听到的这些闲言?"

她说士兵们把发生的每件事都告诉了日本老百姓。马尔鲁尼玩扑克牌输了许多钱，连账单都付不了。

"好了，这些事与我无关，"麦格林恩说。他想谈一谈他写的关于土地改革的文章，而不是这些乱七八糟的事。

"应该留点神。"

"为什么?"他不耐烦地问。

"因为弗洛斯对他有好感。"

"真是胡说八道!"

"他是个有魅力的男人，户田一家也很喜欢他。他和女儿已到孤儿院去过好几次了。路程可不近，他肯定是认真的。"

"麦克阿瑟应该拥有你的情报网。"他有点心烦意乱，对她颇为恼火，所以没有再吭声。

"你不认为你应该告诉惠美吗?"她最后问。

"噢，应该，"他勉强答应道。又说："得等合适的机会。"

户田惠美在读她丈夫的一封信，信是由一个刚从中国被遣返回来的人送来的。她的丈夫明很安全，处在国民党军队的保护之下。他已把矿区做监工的所有日本人撤到长江边上军队的指挥部所在地。食物很丰富。他让手下的日本人进行体育活动、上培训班和训练课。他们所在的地区显然没有红军活动，所以不用担心。好像他们在新年之前都能归国。

惠美给他写了一封信，虽然怀疑他可能永远收不到信，但她在信中仍只字未提目前家里的困境。她说她已把一半房子租给了一位极好的美国军官。他有个可爱的女儿，13岁，名字叫琼。她和纯子没有遇到租房给美国人的其他日本人遇到的麻烦事。那些美国人到处乱涂乱画，堵塞西式厕所的下水管道，每天都把厨房弄得乱糟糟的，用留声机放爵士乐，往家里带妓女或情妇等。当马尔鲁尼中校说他惟一的要求是拥有隐私权时，她问："你是说你要带女朋友来过夜吗？这是我们的家，我们圣洁的家。"他庄重地回答："户田太太，我惟一的女朋友就是我的女儿。我想在一个圣洁的日本家庭里过一段日子。"

第 八 章

1

东京，1946 年 5 月

那天早晨，空中乌云密布，似有暴雨。不过，早饭后不久，许多人就拥进了帝国饭店，庆祝共产党发起的日本历史上第一次"五·一"劳动节集会。加滕顺也在那儿，表面上是为报纸采写新闻稿，实则是一个积极的参与者。他刚加入报业工会时，不知道工会能干什么或该干什么，但在一名共产党代表的领导下，他们已经实现了提高工资的目标，而且正在谈判支付加班费之事。成千上万人团结起来显示出的巨大力量使顺激动不已，他相信只有在劳工的领导之下，日本的工业才会复兴和繁荣。他被说服担任了所在报社小小代表团的负责人，并因此被邀请参加了共产党的一个学习小组。他在学习小组里遇到了许多具有献身精神的知识分子，顺理成章地加入了共产党。现在他是东京新闻一个 3 人小支部的成员，过着令人激动的双重生活。从童年时代起，他就过着一种被动的生活，把自己的雄心壮志掩盖起来，努力使自己既忠于美国又忠于日本。但是共产党给他提供了一种新的生活方式，他可在其中扮演积极主动的角色。谁能相信他今天会在帝国饭店外面打着旗帜庆祝这个伟大的解放日呢？一群年轻小伙子高呼着劳工的口号走过时，他满怀激情地加入了他们的行列。

教授和玛吉在一起。玛吉的眼中充满了惊喜和期待。他们在日本从未见过如此欢快的非宗教和非官方性质的集会。日本人挥舞着标语和旗子，欢呼着、歌唱着、兴奋地谈论着。

麦格林恩和玛吉挤过喧闹但秩序井然的人群向主席台走去。玛吉把两个最重要的领导人德田球一和野坂参三指给父亲看。前者是个精力充沛的人，喜欢敲桌子和对着会场的人大声喊叫。他被监禁 10 年，刚刚获释不久。后者曾在延安与中国红军的灵魂人物毛泽东和周恩来相处多年。野坂身材修长，有头脑，有思想，麦格林恩觉得他像个教授。他的一只手被警察打伤致残了。他为共产党设想了一种惊人的新方法："和平革命"和重建一个"可爱的共产党"。他是个精明的战略家，他的这项计划是以毛的"新民主主义"理论为基础的。他说服全党一致同意，该党将不与苏联发生直接联系，将是只属于日本人民的党。

玛吉认为这只是一种策略，但她的父亲不这么看。1936 年他最后一次访问中国时，周恩来就曾悄悄告诉他，他们和试图以马克思主义的教条指导中国革命的莫斯科之间已经产生了麻烦。"我们没有工业无产阶级，"周对我说，"我们的革命将是一场农业革命。"

"噢，爸爸，您受骗了！斯大林和周的目标是相同的。"

"也许他们有共同的目标，不过，与苏联交界的任何一个国家迟早都会与苏联为敌。"她看着他，脸上带着怜悯的微笑，这是年轻一代对年迈的父辈共有的神态，他对此未加理会。毕竟麦克阿瑟也没有重视他关于中国问题的看法嘛。

日本的新闻记者正在给情绪易激动的共产党总书记德田拍照，而野坂则端坐一旁，似在整理他的思想。人们越挤越近，变得不耐烦起来。第一位发言人终于站起身，对着麦克风大声讲起话来。他是一位工会领袖，也坐过监牢。由于发言人嗓门太大，扩音器里传出尖厉的噪音，但他照讲不误。后来发言的人嗓门也很大，他们讲的话有一半听不清。所有的政客，不论是左翼还是右翼，都有同样的要求：更多的食品和一个民主政府。德田最后发言，他控制住自己的音调，让所有的人都能听见。他讲得心平气和，没有华丽的词藻，但他的话能打动听众。他讲到投机商和富人囤积大米，而人民群众得到的却少得可怜。听众不时对他的讲话报以欢呼声，当他突然举起双臂高呼"打倒天皇"时，人们的欢呼声达到了最高潮。

后来有个身着哔叽西服的小伙子拦住了麦格林恩。"你是美国人吗？"他兴奋地指着人群说，"我们赢得了战争！一年前我们谁也不能这么做，现在我们又叫又唱，又可以罢工。我们赢得了战争！"

天下起雨来，标语被淋湿变皱了，但是开始往家走的人们（其中包括加藤顺和由一高预备学校兴高采烈的同学们相伴而来的太郎）依旧情绪高昂，唱着《马赛曲》、《五一节之歌》和他们最喜欢的《红旗歌》：

> 人民的红旗，包裹我们牺牲的躯体，
> 在尸体变冷之前，
> 我们的鲜血染红了红旗。

美国人听到的是欢快的曲调，想不到歌词这样令人毛骨悚然。

"你们为什么集会示威？"玛吉问一个脸上洋溢着极大热情的农夫，尽管雨水在顺着他的脸流淌。农夫说："我非常激动！"一位邮递员说："这是我的节日，我认为参加庆祝会很光荣。"另一个人说："因为我相信，在民主社会里权力应该属于人民。"

麦格林恩父女观看喧闹的人群经过达一个半小时之久，大雨并未浇灭他们的热情。常有小股激进的年轻人手舞足蹈，跳来跳去，但没有发生打斗，也没有人破坏财产。

麦格林恩若有所思地说："只有日本人知道如何有秩序地狂欢喧闹。"

为甲级战犯辩护的日本律师在巢鸭监狱的会客室里初次约见了他们的当事人。东条穿着一件灰夹克，带着笔记本以及起诉书的全文。他的律师清濑博士解释了即将在48小时以后开始的审讯的程序以及东条的应对之法。他们谈了1小时。清濑注意到，站岗的一名日裔宪兵未作笔记，甚至没有注意听他们的谈话。

在陆军部大楼，乔西正在发脾气。再过两天就要开始审判了，但美国律师们还没有当事人。她从未想到会有如此混乱的局面。预计辩护工作需要至少30名美国律师和15名文书，但是只有3名文书，其他人两星期之后才能到达。日本律师的情况也不佳，语言不通是他们的一大障碍，更重要的是，他们接受的基本法律概念和法律训练使他们很难理解将在审判中占主导地位的西方法律。

开始审讯的那天清晨，天空中布满了乌云。5月3日8点以后，脸色灰暗的战犯们在手持冲锋枪的宪兵的监视下，列队走出了巢鸭监狱的大门。一些工人和路过的学生好奇地注视着他们，没有人意识到这是一个历史性的时刻。战犯们平静地上了一辆大轿车，轿车窗玻璃上蒙着纸。市比台的公开审讯定于上午 10 时 30 分开始，但观审的人早已在陆军大楼的北门口排队等候了，这栋大楼原是帝国陆军司令部所在地，也是日本军国主义的象征——陆军部。麦格林恩本来被安排在盟国贵宾观审席，但他更愿意坐在记者席，坐在玛吉的身旁。

真理子和民政局的其他一些工作人员得到惠特尼的允许前来观审。他们站在长长的等候队伍中，前面是一些聊着大天，像是在排队观看百老汇演出的美国和英国军官。队列中的日本人低声交谈着，每个人都受到头戴白色钢盔的美国宪兵的检查。有个宪兵是位年轻妇女，这在少见多怪的日本人中引起了一阵小小的轰动。

盟国的 300 名观审员坐在顶层楼座的东侧，日本的 200 名观审员坐在另一侧。真理子记得这个大厅以前是用来举行日本的西点军校学员的毕业典礼的。经过几个月的时间，工作人员已把大厅改造成了很不错的法庭。地板上铺了厚地毯，以免人们走路时发出响声。左侧的高台上是法官席，座位后面竖着各个法官祖国的国旗。书记员们坐在法官席下面的座位上。再下面是证人席和控辩双方律师席。证人席的右边是进行同声翻译的玻璃亭，里边有 4 名翻译、1 名监听员和 1 名法庭工作人员。坐在真理子旁边的一位中年人说，被告们将坐在法庭西侧，法官席正对面的阶梯座位上。真理子上方的楼座上有个小亭子，里面是摄影记者。她看到了被告席前面的辩护律师。她猜想那位衣着入时的姑娘就是教授对她说起过的波士顿律师。她认出了坐在下面记者席上的弗兰克。他正在和一位黑头发的姑娘谈话，那肯定是他的女儿玛吉。在顶层包厢的另一边有一排座位，是贵宾席。真理子认出了盟国委员会的那位中国将军和第八集团军司令艾克尔伯格将军。

麦格林恩对眼前的景象颇感兴趣。这使他想起了在百老汇看过的一出描述法庭的戏剧：观众就座，幕布拉开，演员们准备开庭审讯。他能够想象被告和辩护律师在紧张地等待着出场。演出就要开始了。他觉得与真理子坐在一起不太明智，但他们今晚可在她处共进晚餐，如果运气好的话，那个令人讨厌的太郎会和他那些激进的朋友们外出的。

11 时 13 分，电铃响起来，法庭里的嘈杂声停顿下来。当法庭的几个正门同时关闭，基南（他的方脸红扑扑的）率领其他检察官来到法庭中央时，人们都静了下来。法庭执行官宣布开庭后，被告们开始列队走进有围栏的被告席。第一个是佐藤贤了中将，他是东条的密友和心腹顾问，他的身后跟着其他 25 名被告。有 2 名被告刚从曼谷押至东京，没有出庭。4 名美国宪兵和管辖他们的法庭宪兵队长引导被告们坐了下来。毕业于俄勒冈大学的前外相松冈面色苍白憔悴，他剃了个光头，胡子乱糟糟的。在"密苏里"号军舰上签投降书的前外相重光葵需要一根拐杖。东条内阁时期的大藏相贺屋兴宣像个好奇的小学生一样东张西望着，还抬头看顶层楼座上的观审者。战犯都穿着战时的那种质量一般的草绿色制服，只有大岛浩中将是个例外，他衣冠楚楚，打着廉价的蝴蝶结领结。有些人穿着木屐，有一个人光着脚。其中东条最引人注目，他昂首走进法庭，好像他仍然是首相和陆军总司令似的。虽然这儿就是他以前谋划战争策略和向将军们训话的地方，但他仍表现得镇定自若。

乔西既兴奋又不安。她即将为战犯席上的某个人辩护，但他不知道是哪一个，甚至不知道这些神色凄惨的战犯是否会选择她。

坐在顶层的真理子很想知道这些美国律师在想什么。律师的职责就是既要为无辜的人辩护，也要为臭名昭著的罪犯辩护。但是，为不久前还是仇敌的人辩护肯定会有一种奇特的感觉！她自己很难相信那些粗鄙不堪的被告曾经掌握了一亿人的命运。她怒火中烧，很想对东条和其他若无其事坐在那里的被告们狠抽几个耳光。被告席上的人确实策划了战争，不过，她允许他们那么做，不是也有罪吗？如无国民主动或被动的支持，领导层是不可能发动一场战争的。甚至和她一样反对战争的人也没有行动起来制止战争。令人痛心的事实是，没有起来反对战争就是帮了战争贩子的忙。她认为不应该逮捕有自由主义思想的近卫文麿公爵。但是，尽管他曾试图与罗斯福总统媾和，他难道不是军国主义分子的一个工具吗？她自己本来也不是可以不做任何具体的事的吗？每个日本成年人难道不是都或多或少有罪吗？激烈反对军国主义冒险分子的只有共产党员，他们被关进了监狱。

上午 11 时 20 分，法庭执行官命令全体起立，身着黑袍，表情庄严，分别代表 10 个国家的法官们排着队缓缓地从纯毛地毯上走进来。玛吉字迹潦草地在笔记本上勾画法官们的形象：荷兰的 B. V. A. 罗林——精瘦，白发，有一张敏感而幽默的脸；博学多识的法国人亨利·伯纳德；加拿大的麦克杜格尔——身材矮小，老于世故，文雅；苏格兰法官洛德·帕特里克——风度翩翩，略瘦，但据说仇视妇女；澳大利亚的威廉·韦布爵士——一个机敏的人，长着一只武士的鼻子，犀利的蓝眼睛像探照灯一样巡视着法庭。帕尔法官还在印度，他是最后一刻才被选中的。

"我们完全了解我们担负的重大责任。"长着鹰钩鼻子的韦布说，"历史上没有一次审判比这次审判更为重要。"东条笔直地坐在座位上，专心听日本翻译的译文："被控所犯罪行是破坏世界和平罪、破坏战争公法罪、违背人道罪和共同谋划罪。由于所犯罪行不胜枚举、且情节极为严重，特决定成立国际军事法庭进行审判……"

东条身后是文官大川周明，他最近在巢鸭监狱的举止像个疯子。当宪兵队的奥布里·肯沃西上校礼貌地让他把咔嗒咔嗒作响的木屐脱去时，他把黑棉衣也脱了，然后懒洋洋地钻进了皱巴巴的淡蓝色睡衣里。

韦布讲完后，麦格林恩注意到一些被告开始左顾右盼，就像剧中等待观众喝彩的演员。基南站起来，向法庭介绍来自英国、中国、俄国、法国、菲律宾和荷兰的检察官。然后，法庭休庭，至下午 2 时 30 分重开。

下午 2 时 30 分，基南又率领检察官们出庭。10 分钟后，充当法庭执行官的一名上尉开始宣读起诉书，指控被告们与德国和意大利共同谋划控制全世界。

10 分钟后，重光葵的一名日本律师提出反对，指出了译文中的错误。充当语言监督员的一名美军少校承认出现了印刷错误。"但我们认为这些错误并未改变原文的意思，了解日语在书写和打印方面的困难的人都能理解这一点。"

"继续宣读起诉书和准备好的译文，"韦布决然说，尽管译文有许多不准确的地方。

被告们都在专注地听起诉书的内容，只有大川是个例外。他解开睡衣扣子，在胸脯上抓来抓去。此种举动分散了人们的注意力，韦布命令肯沃西上校上前把他的扣子扣上。但等肯沃西的手刚挪开，大川又把扣子解开了。肯沃西温和但坚决地把双手放在大川的肩上，不让他乱动。大川终于微笑着坐稳了，法庭执行官继续宣读起诉书。但是过了不久，大川突然倾身向前拍了拍东条的光头。法庭里喧闹起来。东条转过身来向大川微笑致意，电影摄影员赶紧把镜头转向了他们。肯沃西彬彬有礼但态度坚决地把又瘦又高、龇牙嬉笑的大川带到了被告休息室，记者们立刻将大川围了起来。玛吉是最先到这里的记者之一，她用日语问："你为什么这么做呢？"

他环顾一下四周，慢慢地用地道的英语说："东条是个傻瓜，必须杀死他。"他伸出一只手："给我一支烟，我的身体非常健康，因为我只从空气中汲取营养。"他向人们展示了从空气中汲取营养的方法，然后说他赞成民主。"美国不是民主国家，而是个疯狂的国度。"他顽皮地向玛吉眨眨眼，"听明白了吗？疯狂。"当摄影记者为他拍照时，他在一张沙发上伸长了身子。"我很好，"他说。他突然坐起身来，进一步阐述他的空气营养理论。"我现在准备从空气中提取一种致人死命的毒药。"

更多的记者涌进房间，问他为什么想杀死东条。"我把他杀了，对我的国家有利，"他回答。他还杂乱无章地解释了他的动机。"我过去受骗了。"他们想看他是怎样拍东条脑袋的吗？他开始敲一位日本记者的脑袋，当照相机的闪光灯闪烁时，他越敲越响。

"你对所犯战争罪行感到内疚吗？"玛吉问。

"我和'幸运儿'钱德勒是好朋友，"他提到了现为美国棒球总裁的前参议员，"我们曾一起经商。"他皱起脸来，像是要哭。"我那81岁的老母亲刚来到东京，我想见见她。"

2

大部分美国记者都报道说，开庭仪式是一幕极好的滑稽戏。《时代》周刊把它比作好莱坞初次上演的一出戏，因为法庭里打了弧光灯。"纽伦堡的指挥家们只用了简单的装饰品，他们是以崇高的思想观念为演出定基调的。"所以，纽伦堡上演的是瓦格纳的作品，东京上演的则像吉尔伯特和沙利文的喜剧作品。"纽伦堡的演出是一个三流巡回演出乐团"演奏的。据《时代》周刊报道，28名日本战犯"就像带着初级课本进课堂的小学生一样走进了法庭。在即将受惩罚和审判的情况下，他们仍咯咯地笑着，交谈着"。基南又红又大的鼻子使一名记者想起了美国喜剧演员 W．C．菲尔兹；另一名记者报道说，东条"漠然地用手指挖着鼻孔，向一名美国速记员调情；大岛假装是个花花公子，口袋里装着雪白的手绢，带着漂亮的蝴蝶结领结和黑框夹鼻眼镜"。

但这些记者们忽略了玛吉在报道中描述的那些悲喜剧。玛吉也曾错把列队走进法庭的 26 名被告报道为 28 名。另两名被告来自曼谷，来得太迟了，这正是开庭时间推迟了 43 分钟的原因。她还数次走访过巢鸭监狱，见过背负沉重压力的"战犯们"。

对于那些以居高临下的态度写的报道以及对基南的冷嘲热讽，威尔心中也感到很不是滋味。但最使他恼火的是乔西，她在第一饭店的餐厅里公开说，有许许多多美国人把已经过时的种族优越感带到了日本。教授只是觉得有趣。"时间会证明一切的。"他说，记者们并不是真正的种族主义者，过不了几年，他们就会赞誉日本人。乔西的激烈反应使麦格林恩觉得好笑。她是个热情的姑娘，很有个性。糟糕的是马克尚未找到这样的人。

"真是糟透了，爸爸，"乔西气冲冲地敲着打字机的键盘，"我周围都是些无能之辈，他们认为我到这里来是为他们端咖啡的。我有点想放弃。不过你不用担心，我不会放弃！我要待在这里。"

在巢鸭监狱，尚未被起诉的甲级战犯们谈论着大川的古怪举止，不过他们最关心的还是自身的命运。审讯终于开始了，而他们的问题悬而未决更令人难以忍受。"我经常有一种感觉：我会被释放，"有个人对省吾说，"但现在我已被拖垮了。他们必须得放我走！我再也受不了了。"

5 月 4 日（星期天）早晨，随着太阳从东方升起，第二日的审讯就要开始了。今天，麦格林恩坐在顶层楼座真理子的身后。他非常高兴，一点也未意识到威尔和玛吉已发现他"秘密的"罗曼史有一段时间了。他们决定装作什么也不知道，因为在短时间内事情显然会顺其自然地发展。

开庭后，基南发言对被告们进行了指控。发言稿是多尼希、威尔和其他幕僚起草的，但首席检察官加进了他个人的意见。他的第一句话就很吸引人。他指控说，所有被告都参与了共同策划征服"满洲"，然后以"满洲"为基地控制东亚、太平洋和印度洋的阴谋。被告们玩弄法律于股掌，把他们的意志强加于人类。"他们在向文明宣战。"检察局的任务是预防和制止此类罪行，而不以"简单的报复为目的"。现在，战犯"在历史上首次被绳之以法，亲自承担他们在担任政府领导职务时期所犯的罪责"。他说，在这个意义上来讲，这些审判是史无前例的。"然而，我们也必须认识到，如果我们因为无前例可循就无所事事，把自己的手脚束缚起来，就会产生不可原谅的后果。"由于科学技术的发展，另外一场世界大战将意味着文明的灭绝。"对某个个人或对他的惩罚，我们并不特别感兴趣。在某种意义上讲，他们代表着一个阶级或集团。这些被告受到指控是因为他们崇尚武力。"

其他检察官围住基南，对他的出色表现表示祝贺。他把多尼希和威尔拉到一旁，像个初次登台的演员一样，问道："我的表现到底怎么样？"他们实事求是地告诉他，的确很紧凑，很有说服力和感染力。但是，正如他悄悄告诉威尔的，他花了一个晚上的时间四处走来走去"感受演说中吸引人的方方面面"。最后，他在第一饭店一位来自司法部的女律师的套房里停了下来。喝过茶后，他突然说了声"对不起"，起身进了浴室。当他慌慌张张回来后，他透露说，他呕吐了，而且不知怎么丢掉了假牙，也许被冲进下水道了，也许误放在什么地方了。

有个朋友悄悄地请夜间值班经理私下查找一下丢失的假牙，但他误解了"私下查找"的意思，在公告牌上贴了一个寻物启事。事情传到了麦克阿瑟处，他的私人牙医是基南的崇拜者，他立即着手为基南赶做新假牙，以便让这位首席检察官第二天早晨能体面地出庭。

开庭时又发生了一件事。有人悄悄地在每位法官的桌子上放了一本名为《日本纪事》的小册子。首席法官韦布气愤地指责此举不成体统，并警告说，任何企图以此类反日宣传品影响法官的行为都是不能容忍的。

然后又出了点小麻烦。清濑一郎是东条的律师，他以首席辩护律师助理的身份发言，反对韦布和其他7名法官主持审判。韦布显然非常不快。灰头发的矮个子清濑说："这并不意味着我不尊重法庭，我这么讲是因为此次审判具有划时代的重要意义和历史性的目的。"

韦布怒气冲冲地问："你告诉我，是否是你个人反对法庭的某些成员？"

"是的，先生，"清濑回答。他个子矮小，已人到中年，但他像个士兵一样站得笔直。"不过，我首先反对的是本军事法庭庭长威廉·韦布爵士。"

"什么理由？"

"首先，站在正义和公正的立场来看，威廉·韦布爵士不适合主持此次审判。其次，根据1945年7月26日的《波茨坦公告》，威廉爵士也不适合主持此次审判。"

"你必须把你的理由讲得更详细一些，"这位澳大利亚首席法官说。威尔注意到韦布的脸变红了。乔西急切地往前探探身子，想听听清濑要说什么。

"我现在就讲一讲，"清濑说，"威廉·韦布爵士调查了日军在新几内亚岛上的种种暴行，并向澳大利亚政府提交了调查报告。"

韦布像猛禽似的把鹰钩鼻子伸向前，怒气冲冲地声明他将不参与这个问题的裁决。"我认为这个问题马上就会有结果。现在休庭，待作出裁决后再开庭。"他又愤愤不平地重复道，"我不会参与这个问题的裁决。"

法庭里顿时发出喧闹声，法庭执行官大声说："请安静！"

清濑提高声音继续说："首席法官已宣布休庭。但是；我希望再次开庭后首席法官阁下能平心静气地倾听我可能不得不提出的其他反对意见。"他舞动着一本法庭宪章。乔西觉得韦布要从椅子上蹦起来了。

但是清濑毫不畏惧。他固执地说韦布关于新几内亚岛暴行的报告并非与本次审判无关。"二者之间有关系。不过，如能撤销起诉书中引述的关于新几内亚事件的内容，那么我就撤回我的反对。"

韦布忍无可忍了。"我绝不接受任何交换条件！"他大吼道，"我认为最好还是休庭。"

休庭15分钟后，新西兰检察官宣布："法庭方面一致同意，不支持对法庭成员提出的反对。"他们都是盟军最高统帅指派的。

这项决定作出之后，观审者一直在期待的时刻来临了。"现在请被告申诉，"韦布说。名单上的第一个是年迈的荒木贞夫大将，他是军队中改良派的偶像，以其关于社会改良的坦率讲话和引人注目的翘八字胡而闻名天下。他以立正姿势站着。

"荒木贞夫，你服不服罪？"

他用日语所作的回答完全出人意料。"这个问题将由我的律师来回答，"他以抗拒的态度说。

"他应该自己回答，"韦布不耐烦地说。但荒木坚持说，他不服所谓的违反人道罪和破坏和平罪，因为他在 70 年的生命历程中从未犯过此类罪行。未等翻译译成英语，韦布就说："我们要听申辩，不是要听演说！"

这句话译给荒木听了以后，他说："我没有罪。"

"我们可以把被告前面说的话翻译过来吗？"有位辩护律师问道。

"现在不用，"韦布恼火地说。

基南起身说："我要求法庭在记录中抹去被告所说的话，只保留'没有罪'一句。"

"我反对，"那位辩护律师反驳说，"辩护律师尚未知悉他说的话。如果我们不知道，我们就无法保护他的权利。"

"法庭方面也不知道，"韦布反驳说。他问第二个被告土肥原贤二有何话说。他和其他被告都简单地说"无罪"，只有松冈和东条除外。松冈说："对起诉书中的所有指控都不服罪。"东条则自信地走上前，打着惯有的官腔说："对所有指控我均不服。"

法庭休庭，直至 5 月 13 日。

3

东京法庭的休庭增加了所有犯人的紧张情绪，包括那些尚未被起诉的犯人，他们本指望能获得释放。某前首相说："这是一种精神上的折磨。"其他人为表示不满，联名上书抱怨在行刑室附近修建了供美国宪兵娱乐的简易舞厅。他们每天晚上都能听到爵士乐、姑娘们的笑声，甚至"放荡猥亵的尖叫声"。

他们觉得舞厅和监狱之间的铁丝网是天堂和地狱的分界线，那些红头发的野人们在故意羞辱他们，因为他们战败了。这使他们怒火中烧。住不到一个星期，他们中的大多数人就不再为每天晚上的爵士乐和大笑声感到烦恼了。东条对一位仍耿耿于怀的海军大将说："红头发的宪兵们找一点乐子有什么奇怪的呢?"

战犯们不久也不再憎恨每天晚上来铁丝网边,抽着美国烟,用手势与宪兵们谈价钱的那些卖淫姑娘了。"她们肯定是被迫这么做的。"东条说。他有几个女儿。"如果没有黑市和这种赚钱方式,谁能够在我们的国家生存下来呢?"

这个时候,辩方发现反对韦布担任法官的意见已无足轻重了,他们集中力量提出了第二项反对:反对法庭以"破坏和平罪"和"违背人道罪"审判被告。大家一致同意由表现突出的清濑发动这次进攻。乔西开始欣赏这个身材矮小但敢做敢为的日本人了,他现在穿着军靴。5月13日早晨,当她跟着他走进法庭时,她期待着看他即将发起的一场战斗。当他有目的地走向讲台时,活像个即将走进拳击赛场的拳击手。

他大胆地盯着首席法官说:"本法庭被授权依据《波茨坦公告》起诉和审判所谓的'战争罪',而不是审判那些不属于战争罪的罪行。"如果盟国无权审判那类案件,麦克阿瑟也就无权审判。"根据国际法,向他人授予连自己都不拥有的权力,是根本站不住脚的。"甚至威尔也不得不承认这一点很有说服力。

"至于'破坏和平罪',"清濑稍稍提高声音强调说,"根据直到1945年7月为止世界各文明国家具有的战争观念来看,不论战争的性质和特点如何,策划、准备和发动战争的行为都不能被视为'破坏和平罪'。"他猛敲桌子以示强调,使每个人都大为吃惊。

他继而雄辩地指出,德国和日本的投降方式大为不同。德国是无条件投降,而当盟国建议日本接受《波茨坦公告》时,日本政府还完全控制着局面。

由于日本政府接受《波茨坦公告》,结束了太平洋战争,因此,战争罪应限于太平洋战争的范围。这样,把早已解决的诸如"满洲事变"一类的事件纳入此次审判的范围内,是不可思议的。

这是又一个重大问题。坐在顶层真理子身边的麦格林恩注意到,前来观审的日本人和美国人都表现出了极大的兴趣。许多人似乎都很佩服清濑雄辩的口才和有说服力的言词。他不知道耳红脖子粗的基南如何答复。坐在检察官席上的威尔担心首席检察官会大发脾气,他只愿基南照他们事先精心准备好的讲稿发言，而不要夸大其词，另生枝节。基南有些紧张，但当他站起身以后，他就在弧光灯的灯光中找到了感觉，稳住了情绪。

"庭长先生，本军事法庭的其他成员们，"由于下一句是个超长的句子，他提高了嗓门，"本法庭代表的 11 个国家，代表拥有世界上 1/2 到 2/3 人口，在这场侵略战争中因敌人的**烧杀抢掠**而遭受巨大资源损失和**惨重生命牺牲**的各国政府的本检察局和各位检察官，难道现在不能把那些对这场遍及全球的灾难负有责任的人绳之以法吗？难道能**无所事事**，允许那些罪犯继续逍遥法外吗？"

当他停下来喘口气时，韦布和气地插话说："首席检察官先生，你认为那些华丽的词藻适合这种场合吗？"

"庭长先生，关于本庭庭长刚才的问题，我是这样看的：我把每项动议都视为是向全世界公众讲的，视为要正式出版的，我不希望……"

我的上帝，玛吉想，这是典型的 W. C. 菲尔兹的喜剧。但是，当基南以华丽的词藻宣读检察方面的陈词时，玛吉的父亲看到这种表演对顶层楼座上的观审者产生了明显的影响。当人们前去吃午饭时，麦格林恩在饶有趣味地听一群美国人互相争论。他觉得这真像一出戏，但他希望所有的事情都能在预演中理顺。

令麦格林恩高兴的是基南的发言在下午 1 时 30 分又开始了。没有人能像爱尔兰人那样充分使用英语。基南对被领导层——辩护律师希望他们免受刑罚——的命令压垮的成千上万无辜的日本人的悲惨命运发出了哀叹。"辩方的论点既荒谬又令人厌恶。被告的动议引出了一个更宽泛的问题：人类是否应该屈从于墨守成规陋习的习惯势力，使自身受到没有根据或不符合逻辑的法律规则的束缚，而使那些负有责任的罪犯逍遥法外？"

威尔注意到韦布焦躁不安。如果是基南，威尔不会注意，因为他的手势和体态动作更为爱尔兰化。噢，巴里·菲茨杰拉德，麦格林恩想，这正是该让你来演的电影啊！"难道文明社会此时应该因循苟安保持沉默，满不在乎地袖手旁观，等待其自我毁灭吗？那就无异于人类承认没有自我拯救的法律手段和力量。"

韦布试图让基南讲得简短些，但基南坚持引述了富兰克林·罗斯福在"伟大的解放者林肯"那天在开罗会议上发表的广播演说。清濑终于得到了反驳的机会。当这个能言善辩的小个子日本人敲着桌子,用逻辑性很强的言词反击基南时,紧张的节奏缓和了下来。

当清濑简要地引述《波茨坦公告》的内容时,韦布恼火地打断他说:"我告诉你,'无条件投降'的意思是不接受日本人提出的任何条件。继续讲。"

清濑没有被吓住。"庭长先生,"他用英语说,"你能等我把我对于'无条件投降'一词的看法讲完再谈你的看法吗?你能**平心静气**地允许我谈**我个人**的意见吗?"

韦布火冒三丈。"你应该知道你讲的某些东西扰乱了本法庭,但是,就我而言,你可以继续讲下去而不被打断。"

令乔西高兴的是,清濑继续抓住了要点。日军的无条件投降是《投降书》中明文规定的,"但没有哪项条款规定日本政府或日本人民也是无条件投降"。这是乔西曾请他强调的一点,因为这有事实为证:与纳粹政权不同,日本政府仍在麦克阿瑟的指导下正常运转着。

晚些时候,基南又进行了反驳。之后,心情激动的首席法官说:"辩论结束。据我们判断,谁也没有什么可补充的了。"

清濑又开始用日语讲起来。

"你现在发言不合规程,"韦布断然打断他的话,"现在要就新的问题进行辩论,所以你没有权利再反驳基南先生了。"

乔西想,以这种语调宣布闭庭真令人扫兴!这显然是威廉·韦布爵士在与辩护方过不去,因为他对清濑反对他担任法官一事极为恼火。那天晚上她给父亲写信说,韦布这么做的原因是,日军残酷虐待澳大利亚战俘的大量证据使韦布极为厌恶和憎恨,所以他决心要让那些控制这个邪恶政权的人受到严惩。故而,她担心这次审判会成为胜利者的法律制裁。她透露,韦内斯和布莱克尼最近不顾首席辩护律师的反对,前往巢鸭监狱,询问已受到起诉的战犯是否想找美国辩护律师为其辩护。她写道:"重光葵选择了弗内斯,梅津美治郎大将选择了布莱克尼。后来,陆军元帅畑俊六的代理人听说了阿蒂·拉扎勒斯在横滨法庭丙级和乙级战犯审判中使当事人获得无罪判决的辩护记录后,要求他为畑俊六辩护。另有三位美国律师亦被当事人选中。有一个不太重要的文职被告的确请求过您的女儿。但是，他态度倨傲（谁曾听说过有女律师？），我没有答应他。我已接受清濑的要求（他斗志高昂，就像来自科克县的人一样），协助他为'剃刀片'东条辩护。我可能不会在这个男性主导的法庭上出头露面，而仅仅是一个光荣的法律工作者。不过，这比无所事事要好得多。"

在下次开庭前夕，乔西与教授和威尔共进了晚餐。后来，他们三人每周至少聚两次。教授对乔西越来越喜爱了，她也尊重他的儿子。她与威尔之间的争论仍很激烈，但已进入斗智的阶段。喝酱汤的时候，她告诉他们，当东条从清濑口中得知美国著名律师乔治·布卢伊特要求为他辩护时，东条颇为惊讶。"东条对清濑说：'我只接受他为我辩护，如果他同意以下述三点为基础进行辩护的话。第一，大东亚战争是一场自卫战；第二，天皇对战争没有责任；第三，战争的目标是解放东方的人民。'"

威尔对这些话不感兴趣，但他的父亲却兴致勃勃地说："为东条干杯，孩子们！"

早晨，辩方继续攻击基南的开场陈述，指出辩方没有足够的时间为案子做准备。弗内斯告诉韦布，现已选定当事人的几名美国律师必须进行分工。"我们都想强调一点，我们的动议是对清濑博士所提动议的补充。我们认为这是一项有根据的高明的动议。"

"我认为我们应免谈赞誉之词，"韦布像平常一样气呼呼地说，"完全没有必要。"

弗内斯争辩说，法庭的法官是提出起诉的国家的代表。尽管他们个人都很正直，但他们的判决绝不可能是公正的，绝不会不受到公众对其合法性、公平性和公正性的怀疑心理的影响。"我们认为没有必要这么做。应该由对这场战争没有仇恨的中立国家的代表来审判这些被告。"

这时，充当1944年继东条出任陆军参谋长的梅津美治郎大将的辩护律师的本·布鲁斯·布莱克尼对共同辩护方案提出了异议。他来自俄克拉荷马州，长相英俊。他像个资深演员一样镇静自若地走上讲台，生机勃勃地说："我要谈的第一点是，战争不是犯罪。"他思路清晰，很有说服力。他很少提高嗓门儿，但说的每句话都很有价值。他和弗内斯一样，也毕业于哈佛大学法学院。他的讲话充满了激情，但没有浮夸华丽的词藻。"战争的概念包含着使用武力的法律权利。现有的国际法中关于战争的所有条款就是战争具有合法性的明证。"人类的文明史中从来没有把策划和发动战争当作犯罪加以审判的。目前的审判没有前例可循。"以事后追溯法界定犯罪，事后对一项当时不受惩罚的行为罪行给予惩罚的开创性做法，是与现代法律制度格格不入的。"

布莱克尼继续说，战争中的杀戮不能称之为蓄意杀人，因为战争本身是合法的。"这种合法的、情有可原的杀戮，不管多么令人厌恶，多么令人憎恨，但从未被认为是该受惩罚的犯罪行为。"这时候，他加重了讲话的语气，楼座上的人都在洗耳恭听，完完全全被吸引住了。"也从来没有人过问过，此种屠杀行为是发生在正义的还是非正义的战争中，在合法的还是不合法的战争中，在自卫战还是侵略战争中。近些年来，有些人因违反规范战争的法律和习惯胡乱杀人而受到了审判。但对那些人的审判和惩罚不是司法制度的创新。"

被告席上的许多人曾担心，慷慨地提供美国律师只是个阴谋，旨在削弱辩护力量。但这名美国律师正在违背美国的利益，大胆地为战败者说话。

"如果说在珍珠港事件中炸死海军上将基德是谋杀，那么向广岛投下原子弹的那个人也就是谋杀。"法庭里的气氛紧张起来。一个美国人居然提出了原子弹问题，甚至提到了投原子弹的人！"我们知道策划这项行动的参谋长，知道哪个政府的首脑应对此负责。"每个人都感到震惊。他怎么胆敢提到马歇尔和杜鲁门，说他们应该与被告席上的战犯们同样因暴行而受到谴责！看到布莱克尼大胆地，笔直地站在那儿，脸上毫无惧色，麦格林恩感到浑身起了鸡皮疙瘩。"他们是有意识地杀人吗？我们对此大可怀疑。我们作此怀疑，不是因为武装冲突的双方宣布己方的事业是正义的，敌方是非正义的，而是因为这种行为**不是蓄意杀人**。"多么动人啊，麦格林恩想，他曾认为自己再也不会产生这种感觉了。"在我们面前提出指控，提出有悖于战争法律和习惯的杀人证据，指出进攻者的姓名，列出策划、命令、允许或默许这项行动的高级负责人名单，你们就把罪犯逮捕归案了。但是，让我们也放弃这种企图吧，即以起诉书中所谓的'谋杀罪'来追究那些与此没有直接关系的无辜者的责任的企图。"

　　不久，布莱克尼以平静的语气说道："现在，庭长先生，我要结束发言了：首席检察官假借为美国说话的名义，呼吁本法庭接受检察局起草的起诉书。我们这些身穿美国军队军服的美国辩护律师也有权利为美国说话。我们要为美国人、世界各地讲英语的人、英裔美国人、民主的正义观和公平原则说话。我们赞赏这个论点：注重法律形式而忽视法律原则的实质，才是粗暴践踏法律的行为。"整个法庭寂然无声。他提高嗓门说："在本法庭中扮演某种角色的每一个人的责任都是重大的，令人惊叹的。如果我们想通过此次审判，得到一个更完美的世界（这是我们大家都希望的）和更完善的法律制度，那么我们必须以绝对公正的态度来进行审判。如果按照目前这种存在诸多问题的审判办法来审讯，那我们就是在把胜利者的强权强加于战败者。我们不能指望借此给我们的荣誉锦上添花，说我们坚持了正义和法律。"当布莱克尼回到座位上时，乔西特别想鼓掌欢呼。她从未因为自己是美国人而如此自豪过。

　　威尔的内心充满了矛盾和斗争。当布莱克尼提到原子弹时，长崎的恐怖景象浮现在了他的脑海中，使他感到胆怯。布莱克尼在为他和那些目睹过原子弹爆炸的人说话。但是，没有任何理由可以使被告席上的那些日本人无罪开释。他们与本间一样，都有罪，上帝知道，只有本间一个人被枪毙了。

　　基南不得不对这一激励人心的讲话进行答辩，真是他的不幸。他用了点爱尔兰式的幽默技巧，指出要想让"中立国家"来审判这些被告，那么大家必须等到科学家们建造一艘宇宙飞船，到火星和其他星球上去寻找"中立的"人来做此项工作。这当然是无稽之谈。他说向本法庭的公平性提出异议是一种错误观念。"在一个每一项程序都受到新闻界、观察家、日本人民和来自世界各地的来访者监督的开放的法庭里，公平性和公正性是显而易见的。"本次审判将是一次轴心国家闻所未闻的公正的审判。他也像个演员，也抬头看顶楼的人。他说："日本人民将看到一场公平的审判，我们敢说，在他们的历史上可能从未有过这样的审判。"

　　除被告的家属外，顶层楼座上的大部分日本人早就相信了这一点。没有人同情东条和其他被告。他们使日本遭到了毁灭，应该被绞死。

　　休庭后，乔西看到威尔走向布莱尼克。他是要传递基南对布莱克尼的谴责吗？令她吃惊的是，威尔握住了布莱克尼的手。后来她才得知，威尔被布莱克尼提到原子弹一事深深地触动了，他抑制不住与布莱克尼握手的冲动。

3 天后，法庭开庭 7 分钟。最引人注目的一件事是印度的法官终于到场了。拉德哈比纳德·帕尔是著名律师，他在国际法方面的经验比其他法官都丰富。他身材高大，皮肤黝黑，才华出众。就座之前，帕尔曾双掌合十，向被告们深深地鞠了一躬。此举在那天只引起了小小的波澜，因为除了战犯外，法庭里的其他人都未注意到这个细节。

法庭工作人员请求对辩方提出的三项动议进行裁决，但当它们被韦布断然驳回时，谁也没有感到惊奇。"我提议休庭，"他说，"还有律师要提反对意见吗？"没有人回答，法庭宣布休庭，开庭日期待定。乔西想，越晚开庭越好。

第 九 章

1

东京，1946 年 6 月 3 日

尽管木户指出，1941 年东条担任首相后的各项行动的最佳见证人就是东条本人，但威尔·麦格林恩尚未花时间就此问题审问东条。他后来承认，其原因在于他非常讨厌东条其人，所以在正式开始起诉的前夕，他才来到巢鸭监狱。

东条像平常一样衣冠整洁，镇定自若。当威尔拿出笔记本时，东条甚至发起了牢骚："我们的某些军人说，他们在横滨乙级和丙级战犯法庭出庭时，吃饭的时间不合适。他们有时到得太晚，赶不上午饭，返回巢鸭监狱也太晚，吃不上一顿好饭。"

这些怨言很有道理。"我看看能为此事做点什么，"威尔说。他觉得，东条为属下如此着想，很不错，但转而又想这是不是另一个哗众取宠的把戏。他问："你对 1941 年 10 月近卫内阁的垮台负有最直接的责任，是不是?"

东条点起一支香烟，平静地说："是。那个人太软弱，不能在那种严峻的时刻担任首相。他对我说，我们应该谨慎行事，因为美国在资源方面占有优势。"他陷入回忆中，脸上毫无表情。"我告诉他，有时我们必须有勇气做一些惊人的事情。比如闭上眼睛从清水寺的走廊上跳下来!"

威尔知道这个寺是京都著名的佛寺，坐落在一条深谷的悬崖上。威尔掩饰起自己的兴奋之情，因为东条的轻率言词无异是在把绳索往自己脖子上套。

"是的，我对近卫内阁的垮台负有责任。他甚至没有勇气履行自己的诺言。首相必须要有勇气。近卫辞职后，我就到我的办公室去收拾东西。我料定他们会免去我的陆相之职。我接到御前大臣的电话，叫我即刻进宫汇报。我知道这是最后的时刻，故往公文包里放进一些文件以支持我的立场。我想肯定会受到天皇的训诫，所以当他说'我们命你组阁。要遵守宪法条文'时，我惊呆了。"他挺起身子，继续说："我当时很恐惧，说不出话来。最后，我请求给一点时间，让我到接待室考虑一下。木户侯爵进来给我解释天皇的想法。他说：'天皇希望你仔细研究一下国内外的形势，而不要考虑9月6日御前会议所作的决定。'"东条摇摇头，继续说："这在日本历史上是前所未闻之事！历届天皇从未取消过御前会议的决定。掌玺大臣说：'你被命令从头开始。'这意味着我将重新开始，与美国认真谈判以求和平，"东条凝视着天空说，"我当时未能真正弄明白发生了什么事，不过我还是告诉木户侯爵，我会接受赋予我的职责。我开车来到靖国神社。"这是祭祀日本阵亡者灵魂之所。"住持把我带进祀奉殿，在那里他挥动圣树的树枝驱赶恶鬼的灵魂。然后我们登上石头台阶进入正殿。"他的脸色变得苍白起来。"我鞠躬两次，拍拍手，再次鞠躬。我对自己说，我现在面临着全新的生活。从此刻开始，我必须把自己当成文官而非士兵。我组建的内阁必须是全民内阁而非军人内阁。总之，我必须严格遵照天皇的意愿行事。"他停顿了一下，"从小时候起，我就从未哭过，但这时候我泪流满面。我发誓以天皇为镜判断是非。我将为天皇做每一项决定。如果这面镜子是清晰的，我将继续前行；但是，如果这面镜子生出哪怕一丝阴云，我就要重新考虑。"东条的香烟已燃及手指，他掐灭烟蒂，看上去毫无疼痛之状。

不但东条深感激动，威尔也颇为动容。

"从那时开始，"东条说，"我竭尽全力保持与美国的和平。我以前的一些同僚认为我是军队的叛徒。但我坚持这条路线，直到贵国政府拒绝我们的合理要求，迫使我们走向战争为止。"

威尔暂时的同情消失无踪，他显然不相信东条。东条说："你可以在联络会议记录中证实我对你说的每件事。"他假装相信我们已故意毁掉了那些记录，威尔想。威尔离开监狱，确信东京歪曲了事实。

那天晚上，乔西和威尔在第一饭店的餐厅用餐时单独在一起。在约定见面的时刻，玛吉在办公室里接到了教授的电话。教授向她道歉，说他必须完成关于土地改革的一项报告。事实上，那天晚上他和真理子在一起。真理子的儿子突然被连夜叫去参加共产主义青年团的紧急会议去了。

乔西和威尔都不想讨论次日开庭的事，因为肯定会发生争执。乔西有点沮丧，她问威尔对马克·盖恩最近发表在芝加哥《太阳报》上的那篇关于被控战犯的文章有何看法。话一出口，她就有些后悔，因为威尔显然会极力赞扬这位自由派记者所写的任何东西。不过，她又被他主动上钩的神态逗得偷偷直乐；这也使她明白，自己身上的爱尔兰人的任性是怎样再次得到下意识的控制的。

威尔的反应本应是冷漠的，不过有时候他那种爱尔兰式的个性也会表现出来。"问得好！"他情绪高昂地说，"基南宣读起诉书时你会听到更多同样的话。日本军阀和金融寡头在1931年接管权力，夺占满洲，这难道有疑问吗？他们随后把这个国家引上冒险之路，直至珍珠港，难道不是吗？"他没有给她回答的机会，而是继续生动地讲述苏联的偏执和担心是如何驱使日本扩张主义者与希特勒和墨索里尼签订《反共产国际协定》的。他打着手势，讲得很有激情和说服力，乔西被打动了，尽管她不同意他的几乎所有论点。他已不是她在她父亲的办公室里初次见到的那个鬼头鬼脑的脆弱的人了。他即将成为一个值得重视的对手。她初次明白了她父亲接纳他入事务所的理由。

她着迷了，让他继续讲述东条等军人和木户等文职官员共同谋划的情况。"正如盖恩所说的，他们都相信日本的命运，他们共同谋划把日本推向侵略战争，随着他们个人权力的增长，他们的共谋更加密切，所以他们能够在国内和华盛顿及伦敦使出新的阴谋诡计。他们都醉心于权力，成了迫切需要新市场和新的原料来源的财阀的工具。"他突然停下来，问："你为什么笑？"

她顽皮地从公文包中拿出一本旧书，是《东西方的交锋》。她说："你父亲似乎不同意你的观点。"

他的脸红了，继而突然大笑起来。"你记得瑟伯的漫画吗？一个决斗者猛地一下把对手的脑袋砍下来，大喊一声：'击中了！'"

她也大笑起来。如此温厚的反应是很吸引人的。

"关于政治，爸爸和我的观点从来就不一致。不过，他对任何事情的看法都未和任何人一致过，"他举起书说，"这是本了不起的书。我能同意其中的大部分观点。但是，因为非常了解木户，所以他不肯承认这位杰出的掌玺大臣会和东条共同策划阴谋。"

"我能问个私人问题吗？"

"问吧。"

"当布莱克尼反驳基南后，你对他说了些什么？"

"我只是祝贺他有勇气提出原子弹。"

"我看到你和他握手，但想象不出你为什么那样做。"

"我曾在长崎待过，"他简单地说。

"你是指在原子弹轰炸之后？"

"在那之前，在那期间，在那之后，都待过。"他刚想说富兰克林·罗斯福肯定**不会**投掷原子弹，但他没有说，而是表示抱歉，"明天要起诉，我很忙。今天的谈话令人愉快。"他轻轻地点点头，离去了。她看着他修长的身影风度翩翩地穿过了人群。她慢慢地走到帝国饭店，沿路默想为什么威尔的优点比她初次见他时要多。一回到房间，她就开始给父亲写信。

"明天重头戏就要开场了，我希望基南能让我们站出来讲话。他很有才华，但我不认为他能胜任其职。他不明白这次审判将要打破一系列常规。例如，我们怎样把数十年历史用常规的诉讼技巧加以非常规的审判？在战败者的罪行是企图打破胜利者的现状的前提下，代表胜利者的法官们如何给予战败者以公正的审判？"

"顺便说一下，你可能很乐于知道，威尔的身体很好。今晚我们共进晚餐，谈话中我很难插上嘴。我得就此止笔了，我必须以良好的状态迎接明天……"

但是她未能入睡。她辗转反侧，觉得自己的辩护词准备得很不充分。他们办公室的设备不齐，桌子和速记员不足。从美国新来了11位律师，但他们都不了解案情，都是由英美法律制度培养出来的。

新来的美国辩护律师中没几个人了解日本历史、风俗习惯及日本政府，更无人懂日语。询问证人的工作将主要通过日本翻译进行。作为日本人，当他们的意思是"不"的时候，他们往往说"是"而不说"不"；当他们表示不知道时，又往往说"是"。当然日本人也同样难以理解西方人，西方人的某些癖好同样不合常理。

　　但是乔西抱怨的主要是，辩护律师没有足够的时间搜集资料和进行准备。她知道日本的辩护律师也有难题。有的日本律师怀疑他们的美国同事不会诚心诚意地积极辩护。甚至选择了美国律师的被告也表示怀疑。除非是为了显示他们所谓的民主，不然美国人为什么会免费提供法律帮助呢？让数月前还想杀死你的人为你辩护是毫无意义的。

　　乔西下了床，开始来回踱步。她最担心的是，来自南方的首席辩护律师科尔曼上尉与弗内斯和布莱克尼等人的关系越来越紧张了。弗内斯等人想自由地为各自的当事人进行辩护。她钦佩他们三个人，但他们三个人的意见永远也不会统一。他们没有发生激烈的争执，科尔曼只是回顾了他被麦克阿瑟遴选为首席辩护律师的经过，说按他的理解，应该统一进行辩护。

　　科尔曼还因大部分同事的素质太差而颇为苦恼。他觉得他们力不胜任但喜欢吹牛。他试图培训新来的人，但工作量太大，不胜其烦。例如，有个新来的律师是从法律学校退学的，有几个坚持要为**两名**当事人辩护。他们很容易发生利益冲突！

　　科尔曼向乔西透露，他对这种局面颇感吃惊，故最近拜见了麦克阿瑟将军。当科尔曼开始发牢骚时，将军怒气冲冲地打断了他。他认为曾经同日本人打过仗的科尔曼不想为他们辩护，他给科尔曼上了一课。当麦克阿瑟讲完后，科尔曼才道出了真正的原因："我担心这次审判是不公平的审判。我不喜欢'战争罪和共同谋划罪'等模糊的指控。指控应该更加具体。我还担心奉派前来此地的缺乏经验的辩护人败坏美国的名声。美国人历来给每一个被告尽可能好的辩护，以求公正的审判。这次审判可能会成为我们整个法律界的污点。"

　　"我同意你的看法，"麦克阿瑟说。

　　能把审判推迟几个月以便从美国调来能胜任工作的律师吗？

　　"这是个好主意，但不现实。我们不能推迟审判。"

　　"如果是这样，"科尔曼遗憾地说，"我不得不请求给我另派工作。参与不公正的审判不符合我的原则。"

　　麦克阿瑟对科尔曼的决定表示遗憾。"我希望你改变主意。"

　　在巢鸭监狱，一个翻译告诉甲级战犯们，他们将于次日在市谷法庭出庭受审。次日早晨 8 点刚过，他们列队走出巢鸭监狱前门。在宪兵和机枪的监视下，他们上了一辆大轿车。9 时 30 分，执行法官准时宣布，法庭已做好审讯准备。辩护律师请求将生病住院的大川周明和松冈洋右免予起诉。当韦布法官说他会考虑此事后，一位新来的辩护律师雄辩地要求推迟审判。他说，新来的律师都是刚接到通知就从美国动身的，没有什么准备。"我们只要求给一点时间让我们熟悉一下情况。"他们到来后一直忙于安排住宿，办手续，种牛痘和养种牛痘时留下的伤口。办公室没有准备好。在那天早晨之前，他们未到见到一个秘书或速记员。

基南要求法庭按既定程序开始审判工作，但新来的律师仍请求推迟两个星期。"我这么说是认真的，因为我们来到此地时间不长，我们发现我们所做的每件事都是浪费时间。"通过翻译人员与被告谈话是浪费时间，每次问答都需来回翻译。他们只需要再多一点时间。他说："我们没有时间。"当意识到他的请求是徒劳时，他异常激动地说："我想知道我们为什么在这儿？"

次日早晨，又有 11 位美国辩护律师被介绍到法庭。他们将为木户和另外 10 名被告辩护。这天真理子坐在顶层楼座，她在前排座位上看见了前首相广田弘毅的两个女儿，广田正在被告席上凝望着顶层楼座。他轻轻挥手向女儿们致意。

麦格林恩和玛吉在记者席。当帕尔法官就座前向被告们鞠躬时，她用肘轻轻地推了一下麦格林恩。之后，基南趋前进入弧光灯光的照射之下，以突出他作为首席检察官的地位和作用。今天，他将宣读开庭起诉书，这是他、多尼希和威尔三人花数小时写成的。环视法庭一圈后，他开始宣读这份长达 65 页的文件。"我们正在意志坚定地进行一场文明之战，以使整个世界免遭破坏。"他的声音洪亮，言辞动人。当时法庭已装备了耳机，在基南概述起诉的法律依据和证明每个被告有罪的各项事实时，至少被告们能够听到同声日语翻译。

"他们向文明世界宣战！"他说，"为此他们和希特勒集团携起手来；他们通过条约正式结成联盟，他们为此而自豪。他们共同策划发起了对本起诉书中列举的各民主国家的侵略战争。他们有意识地把人类当作奴隶和人质。这意味着对无数对他们无足轻重的人的屠杀、征服和奴役。"

威尔注意到，基南的脸变得通红，腿在颤抖。但他很快控制住了自己的情绪，以更大的气势宣称，被告们的意图是向世界强加一种可怕的力量。"在这过程中，无数的人死去；各个国家的资源遭到破坏。所有这一切在他们征服和控制东亚、进而控制整个世界的狂妄计划中都无足轻重。这个计划是他们共同谋划的中心内容。"

被告们都注意倾听，但无任何表情。玛吉用肘轻轻推推她父亲，低声说："还不错！"

"他在狂热的同时不失条理，"父亲说。

"也许是他在有条理的同时不失狂热，"女儿说。

麦格林恩禁不住笑出声来，有位英国记者瞪了他一眼。

基南说："文明世界能袖手旁观，允许这些暴行发生而不予以制止吗？"起诉战犯的目的是"防止"以后发生战争，绝不是为了报复。他称东条及其同伙是"重罪犯"。

他说，依据国际法，侵略战争是犯罪；太平洋战争是非法的，因为日本发动战争破坏了条约。因此，战争期间每个被杀的盟国军民都是谋杀的牺牲品。

他发誓要提供确凿证据证明每个被告"作为军政负责官员、领导者、组织者、煽动者、共同计划或阴谋的制订者和执行者，都犯有违背公认的战争规则和惯例的"直接罪行。

他宣读了一上午，下午又讲了一个半小时。经过短暂的休庭，辩护律师获得半小时时间进行反驳，但他们的反驳都被韦布一一否决了。

真理子被基南词藻华丽但很有说服力的陈述打动了。基南说："现在是我们应该揭露日本历次背信弃义的行动的时候了。"她听到这句话后，羞红了脸。他继续说："1904 年，日本未经事先通告或警告即进攻旅顺港的俄国舰队，发动了日俄战争。世界上的文明国家认为，继续这么做是难以容忍的。"

最后的这句话使真理子由羞愧变得愤怒起来。他怎么能讲如此荒唐之言？当时，没有一个"文明国家"指责日本此举为背信弃义的行动。相反，同情弱者的美国人非常赞赏日本人的勇气。事实上，将近 50 年来，整个文明世界都认可日本的胜利。而现在，1904 年的"勇气"一转眼却成了"背信弃义"。这是麦克阿瑟保证过的公正审判吗？

尽管如此，法庭还是休庭 10 天，被告们列队走出法庭。真理子对他们都不同情，特别是东条，他转向法官们微微鞠躬，使她想起了日本男子和小孩离开长辈或上司房间时的样子。

威尔站起来向脸色发白、精疲力竭的基南表示祝贺时，看到后面乔西笑嘻嘻地用一个手指弹了弹自己的脑袋。他不知道她是向首席检察官致敬呢，还是说他疯了。

2

当玛吉在这次历史性的审判休庭后收拾自己的文件时，她听到有人在身后说："哇，这儿真像个马戏团。"她转身一看是加藤顺，他说希望审判不要熬过整个夏季。

"我担心这项工作会持续很长时间，"她说。她还让他搭车去日比谷。他们在路上为五月一日的集会争论起来。玛吉认为那只不过是昙花一现，人们对共产主义的热情不久就会消退。他竭力说服她相信，许多日本青年在共产党身上看到了他们一直追寻的新方向，工会是联结共产党和群众的纽带。当她发笑时，他表示严重抗议。他首先透露他已成为他们商店工会的首席代表，继而他又自豪地承认自己已加入共产党。

她十分惊讶，差点把车撞到前面的车上。真是个大傻瓜！"我还以为你想回美国重新获得美国国籍呢！"

"在适当的时候，我会的。"然后，像所有刚刚坠入爱河和参与政治的新人一样，他情不自禁地详细谈起了这项重大决定："我必须加入共产党，因为我不能无视正义，也因为我现在有探究和了解事物本质的欲望。"他的脸红了。"我知道自己不可能在革命中扮演重要角色，但我不想成为革命道路上的障碍。我知道我只是机器上的一颗小小螺丝钉，但是你难道不明白我参加共产党后能为革命事业作出贡献吗？加入共产党至少意味着我没有加入敌人的阵营。这对我而言是全新的，从现在开始，我必须努力工作和学习。我认识到我必须专心致志搞好本职工作。不过，通过写好文章和　两本书，我可以帮助党并参加革命。只有这样，我才能成为一个真正的人。"

玛吉被他的单纯和天真感动了。他多么单纯，多么文雅，他会在现实生活中碰大钉子。他认真地朗诵诗句，像一位牧师：

在同志们行进的
行列中
有我的位置。

"我知道你认为我是个傻瓜，麦格林恩小姐，"他的脸红了。"你能帮我一个忙吗？"她点点头。他说："共产党在日比谷公会堂有个集会，马上就要开始了，你能和我一起去听一听吗？"

他们在帝国饭店门前停下车子，步行走向日比谷公园尽头的那幢明显带有西方风格的建筑。他边走边讲他参加的研究小组的情况。他们小组正在研究斯大林关于辩证唯物主义的书。"但我们不认为自己是莫斯科的奴隶，麦格林恩小姐。我们只想进行和平的革命，我们把美国占领军视为一支解放力量。野坂先生坚持认为我们应与麦克阿瑟合作。我们希望的是一种无阶级的理想社会。"

他们从宪兵停在大厅外的几辆白色吉普车旁走过，宪兵只是坐在车里，看着人群拥进大厅。在门廊里，一些衣衫褴褛的年轻人在卖共产党的报纸杂志。他说："我每天给《赤旗报》写文章。"

"用真名发表吗？"

"噢，不，还没有。我的笔名是'探照灯'，你喜欢吗？"

"非常好，"她说。

人们兴奋但有秩序地拥入大厅，找空座位颇为不易。玛吉惊奇地发现，大部分是衣着简朴的中年人。当她在昏暗的灯光下阅读简述新党计划的手册时，顺在环顾四周，徒劳地寻找他的朋友。

会议终于开始了。比顺小的一个年轻人羞答答地走上讲台，神经紧张地向大家鞠躬，然后干巴巴地讲起他们希望在下一年达到的各项目标。他把另一个人作了介绍，这个人也数次鞠躬，然后拿出一卷纸开始宣读党的计划。他的声音尖细刺耳，玛吉听不清他说的话。听众变得不耐烦了。顺悄声说："好戏在后头。等会儿听志贺君讲，下一个就是他。"

玛吉已和共产党理论家志贺义雄见过面。他比野坂和脾气暴躁的共产党总书记德田年轻。她觉得他是党内最有头脑的一个人。他平易近人，见面时毫不难为情地告诉她，他的妻子在严刑拷打下曾谴责过共产主义，他无法原谅她。"那天，我和她离了婚。"但是他们摧不垮他的精神。"狱卒拼命打我耳光，直到我的一只耳朵失聪为止。因营养不良，我的视力很差，"他冷笑起来，"我在狱中度过了 17 年，你看，我活着出来了，还和入狱前一样。"

当身材瘦小、饱经风霜的志贺一登上讲台，听众就活跃起来。他抬起右臂向听众致意，然后充满自信地大声讲起话来。他吐字清楚，声调一点也不生硬。玛吉发现自己被他的言论奇怪地打动了，而如果她是在某处读到这些言论的话，她是肯定会予以讽刺的。

后来他突然转向另一个话题——战犯的起诉问题。他手扶讲桌高声说："列出所有罪犯姓名的时候已经到了；要列出那些把日本引向毁灭，使日本处于恐怖和受压迫境地的人的姓名。"国际军事法庭指控的 28 人仅仅是个开始。"我们的名单很长，共有 1300 人。"在国会两院，有数百名议员按照主子的授意投过赞成票。"有 168 名凶恶之徒以爱国主义来掩饰罪行。有 130 名将帅；有大发战争财的 86 名财阀，有 114 名所谓的工会领袖……"

这引起了满堂欢呼。

"……他们都照军队的意旨行事。有 70 名记者和 50 名学者背叛了科学和新闻界的职业道德。"他大声说还有司法机关的 23 名官员。他指出珍珠港事件前在华盛顿的野村吉三郎大将和外交官来栖三郎是军事间谍。听众又发出欢呼。他开始列举著名的前首相和驻外大使，每说一个名字都引来赞同之声。

"我们的名单上还有许多人的姓名。我们想把皇室的所有成年人都包括进来。"听众的欢呼声更加响亮。"包括皇后良子。她把日本妇女引向了保守主义和封建主义之路。她是日本妇女处于半奴隶地位的象征。"

听众开怀大笑起来，但志贺丝毫未笑。当笑声停下来时，他依旧盯视着听众。他真会吸引听众，玛吉想。他等到沉默几乎让听众难以忍受时，突然高呼："现在说一下我们名单上最后一个人的名字——天皇！"

听众跺脚，欢呼，叫着志贺的名字。他的面孔扭曲，双眼直视前方，似在压抑愤怒情绪。

欣喜若狂的顺带着玛吉穿过人群来到后台。"你必须见见他。"他说。她不想说早已见过他。"他是《赤旗报》的编辑，我认识他！"

虽然志贺仍在因刚才的演说而冒汗，但他已满脸笑容，充满了幽默感。玛吉在他说认识她之前，就立即自报了姓名和所属的报纸。她问："你被囚禁期间最难忘的事是什么？"

他笑着说："我们被麦克阿瑟将军释放的那一天。你知道我们这些囚犯积累了许多财产，不得不用七辆卡车装运吗？我们甚至有一架缝纫机。"

对玛吉来说，确实太多了。她问："是事实吗？"

"当然是事实，"志贺恼火地说，"你们美国人想知道的全都是事实，事实，事实。"

第十章

1

横须贺，1946 年 6 月 14 日

在东京法庭休庭的那天，马克·麦格林恩上尉来到横须贺海军基地。他受到了第六海军陆战队第一营前营长威廉·J. 沙利文中校的迎接。他们二人曾共同参加过瓜达尔卡纳尔、塔拉瓦、塞班和提尼安等岛的战斗。

沙利文中校的绰号比利·J 更为人们熟知。他是海军陆战队横须贺分遣队的现任指挥官，是他安排马克调动工作的。这个基地始建于美国内战时期，坐落在三浦半岛上，在东京以南 22 英里处，一直是日本帝国海军横须贺舰队司令部所在地。这里建造过不少实力强大的运输舰和战舰。后来，这里不但成为东方最大而且装备最完善的海军基地之一，还成了日本帝国海军防务的中心。然而在战争最后两年中，日军没有时间修缮因使用过度、微型炸弹轰炸、机枪扫射和平民偷盗而被损坏的建筑物，所以美国人不得不选择这个几成废墟的地方作为其在东方的主要海军基地。

基地现任司令本顿·德克尔海军上校是个充满热情、心地善良的矮个子。他 4 月初到达此地时看到各处废物横陈、乱七八糟，海军官兵无一人想在此驻扎，都想回家。他们中的绝大多数人无所事事且饥肠辘辘。最好的军官和最有经验的士兵都已返回美国，剩下的人都缺乏经验，不足以胜任整理日本战争物资和分门别类利用从南方各岛运来的大量美国剩余设备的艰巨任务。

当其他人认为这纯粹是灾难时，德克尔却视之为一次机会。他以极大的热情和智谋着手进行重建工作。华盛顿的上司恨他不守礼节，对他的干劲和热情十分不满。远东海军司令很欣赏他，要求人事局晋升他为海军准将，但华盛顿答复说："现在还不行。"这意味着"永远不晋升"。

当马克掌握充任宪兵队长助理的基本要领后，便乘火车来到东京。他发现户田的家里乱糟糟的。弗洛斯正准备带第一批孩子去她的孤儿院。一看见马克，她就扑过来抱住他。他惊讶地发现她哭了。

"到底发生了什么事？"

她异常激动，说的话他基本上听不懂。好像移交给她的海滩别墅被炸弹部分地毁坏了，麦克阿瑟的福利部答应给她的一笔钱也停拨了。另外，孩子们在上野车站变得越来越野，越来越绝望。她又患了感冒。"我们甚至得不到合适的运输工具把他们带到茅崎。"

但是海军陆战队惯于应付各种灾难。"不用着急。"他充满信心地说，这使她再次抱住了他。"你想什么时候出发？"

"明天，"她更像是在询问而不是回答。

"没问题，"他说。

当他把这件事告诉在一营共过事的两个老战友时，他们也说："没问题。"技术军士哈罗德·凯利（绰号"野兽"）主管军车调度场，上士图利奥·罗西则着手组建了一个小分队。次日凌晨，4辆海军陆战队卡车停了上野车站。有个宪兵过来提出抗议，但被"野兽"用一盒香烟劝走了。半小时内，弗洛斯和100个衣衫褴褛、浑身肮脏、野性十足的男孩女孩上了汽车。

在此期间也发生了一点麻烦。有个15岁的胖姑娘冲了出来，满口日本的骂人脏话。她是个团伙头头，玛吉早先见过她。她粗鲁地找到5个发抖的小男孩（原在她手下的），傲慢地要求弗洛斯把他们还给她。他们是替她要饭和偷东西的。"野兽"轻蔑地看了她一眼，扔掉了一支燃着的香烟。胖姑娘打个响指，她的一个小男孩就跳上前去拿那支香烟。她姿态优雅地抽着香烟，抓住两个男孩向外走。"野兽"气呼呼地拉回两个孩子，像拎一袋土豆似的把她拎起来，扔进一堆垃圾中。

孩子们终于都上了车。当汽车在坑坑洼洼的街道上行驶时，他们都得到了三明治。他们都不敢相信会有这么好的运气。他们花了三个多小时才到达茅崎。进城前几分钟，当汽车沿相模湾边的公路行驶时，他们看到一所很大的木质建筑坐落在沙滩上稀稀落落的小树中间。弗洛斯说：

"就是那儿!"她在第一辆卡车内,坐在司机和马克中间。

乍看上去,马克还以为房子是完整的,但他不久就看到了房顶上的大洞。孩子们梦想成真,不顾弗洛斯的约束,冲进了岌岌可危的房屋。

"真糟糕!"当"野兽"看清房子的真面目时说。然后,马克惊讶地看到他的脸红了:"请原谅,女士,我想我们应该把它修一修。不过,不用担心,女士,没问题。"

孩子们叫嚷着来到房中,对着七零八落的家具和肮脏的地毯惊叹起来。弗洛斯以前来这里时的那种特别沮丧的情绪被孩子们的惊奇和快活冲散了。她以前从未见过他们如此欢乐。

"野兽"用肘碰碰马克说:"你姐姐会使一个混日子的人成为麻布袋。那个孩子也不错,真是个活泼淘气的小家伙,他的胳膊怎么了?"马克作了解释,"野兽"吼叫道:"真像该死的海军!"

图利奥和他的小分队清理废物,修理房屋,建造临时厕所,速度既快效率又高,看得孩子们目瞪口呆,好像在看一个奇迹。

其他海军陆战队员带来淡水、奶粉、酒、大米、肉和蔬菜。他们备好晚饭,大伙儿在天黑前都吃完了。吃完饭,弗洛斯让大家都聚到屋里。烛光中,年龄稍大些的一个姑娘领大家唱了一支日本民歌,然后又唱了一首摇篮曲。

当孩子们在折叠床上睡下后,有个男孩问马克,为什么有些海军陆战队员称那个大个子为"野兽"。马克解释说,那是因为他看上去像只熊。这使孩子们乐不可支,他们一遍又一遍地喊:"熊,熊!""野兽"善意地向他们吼叫起来,引来孩子们更大的叫喊声。

弗洛斯拥抱马克,但不知说什么话感谢他。

一星期后,弗洛斯迎来了12名海军陆战队员。他们是来修建一座木质建筑的。现在,比利·J经过与德克尔上校商量,已部分地承担起了对孤儿院的责任。图利奥和"野兽"已不再需要派遣小分队了。由于军费预算中没有进行慈善工作的支出,图利奥在舰队内募集捐款购买木材和其他用品;"野兽"大大增加了每辆卡车运载基地仓库里政府所拨供应物资的数量。

五点左右,施工停下来,三个厨师和食堂来的六个帮手做好汉堡包和土豆色拉，让所有孩子和海军陆战队员在门外吃。每个队员周围都有一群入迷的孩子。弗洛斯想，征服者把曾与之殊死作战的敌人的儿女当自己的孩子一样对待，真令人难以置信。

第二天早晨，海军陆战队员又在基地各就各位了。马克被选为宪兵队长的助手，因为他会讲日语。他的一项任务就是检查在横须贺市巡逻的宪兵，协调军舰上派出的海岸巡逻兵和当地警察的关系。他的主要任务是不让下岗的水兵和海军陆战队员惹麻烦。马克常乘吉普车到本町街——就在大门外，街上有许多酒吧和啤酒屋——去劝阻吵架的陆战队员和水兵，尽可能在不逮捕人的情况下解决争端。他们的第一站往往是"粪土冷饮沙龙"。这个名字是"野兽"替业主起的，业主要求带一点"西方的狂放风格"。沙龙有一支小乐队演奏乡村音乐和西部音乐。马克对一个浓妆艳抹的姑娘唱的"Souser dah Bohder"百听不厌。

因为他的主要任务是确保横须贺平安无事，所以那个星期一早晨他基本上都乘吉普车在这个混乱的城市巡逻。民众都处在半饥饿状态，大部分无工作的人在街上游来荡去，寻找燃料和食物。由于没有排水系统和公共厕所，德克尔上校在城区和基地各处喷洒滴滴涕，以消灭成群的苍蝇、蚊子和跳蚤。吉普车去不了的地区由海军陆战队的战斗机喷洒杀虫剂，他们循小路俯冲到狭小的山谷上空作业。这时候，孩子们已和美国人混得很熟了，他们冲进滴滴涕的薄雾中，兴奋地大喊大叫，把外衣抛来掷去。

当马克驾车巡视全城时，孩子们通常都挥动着手臂冲他喊："哈罗！"在一个角落，他向站在人力车旁的一个健壮的日本小伙子点头致意，车上有一个很大的英文标语："先生，热烈欢迎您乘坐此车巡游全城。"他经过一家商店，从窗子望进去，店里只有几样商品。他不知道成群结队的妇女（许多人背着孩子）到店里去买什么，她们又怎能买得起。也许她们只是去看一看。街上的店铺透露出普遍的贫穷，都是些简陋的未经油漆的小房子，没有窗子或门。在每个进口的上部挂着一个短帘子，叫作暖帘。

在郊区东倒西歪的房屋里住着23万人。当迅速巡视完郊区后，马克回到司令部。他获悉海军陆战队的二等兵布朗终于被抓获，关在禁闭室里等待军事法庭审判。布朗身材高大，很有个性，看上去比他25岁的实际年龄大。他是个传奇人物。几周前，他假扮成上校，佩带一枝0.45口径的手枪，开一辆卡车离开军营。换掉车牌后，他驶向横须贺最大的一家银行。他大摇大摆地走进银行，声称自己是麦克阿瑟派来作银行监督的。银行官员都很惊慌。后来银行总裁出来了，他头戴礼帽，身穿条纹裤和燕尾服——这是惟一适合会见如此重要的美国官员的装束。布朗干脆利落地宣布，银行的所有档案和钱钞都得运往盟军最高统帅部进行审计。日本人急忙照办，钱和档案很快就被装上海军陆战队的卡车。布朗让银行总裁坐在旁边，驾车走了。一出城，布朗就停下卡车，命令银行总裁下车。

"朋友，你只能走到这儿。"布朗说完，开车去了九州。他在那里肆意挥霍，最后被陆军宪兵根据日本警察提供的消息逮捕归案。

马克到禁闭室时获悉布朗已经逃走。他抱怨肚子特别疼痛，所以被送进了基地医院。在医院，他要求上厕所，厕所有个窗子。他越窗逃走，消失在基地下面长达28英里的地洞中了。

比利·J.沙利文中校立刻采取行动。他宣布："不把布朗抓回禁闭室，海军陆战队员谁也不得闲着。"

马克向图利奥抱怨沙利文的这个决定，但他不同意马克的意见"这么做是应该的。比利·J的判断力是从燃烧着的丛林里锻炼出来的。他从来不会错。他好像可以预知未来。我喜欢站在他下面，让他的头皮屑落在我的身上，让我得到一些他的智慧。"

他是对的。48小时之内，布朗即被抓回禁闭室，陆战队员又可继续在本町街上的横须贺啤酒屋、富士酒吧或粪土冷饮沙龙里彻夜狂欢了。但在第二天，随着海军陆战队总监从华盛顿的到来，比布朗事件更严重的问题出现了。海军司令部获悉在横须贺有许多军规未被严格遵守，有证据表明存在一个规模庞大的黑市。亨利·A.埃文斯上校奉派前来整顿混乱局面。他身材结实，为人粗鲁，脾气极坏。他错过两次晋升机会，甚至从未被提名授予铜质勋章。他在军官俱乐部口头抗议说，他很讨厌其他人胸前挂着勋章展示他们的成就而自己却只有授予陆军消费合作社和军车集中调度场负责官员的绶带。对在俱乐部偶然碰到他的那些人而言，他脾气很好，也很坦率。但当喝上几杯酒，他的假面具就掉下来了，那时他会使级别低于他的人感到厌恶，跳舞时他会试着摸每一个姑娘的屁股。这正是他获得"辣手汉克"这个绰号的原因。

当埃文斯在沙利文中校的办公室办理报到手续时，马克带着晚间报告进来了。"辣手"的脸涨红了，因为在所有下级军官中，他发现麦格林恩最可恶。他们的互相敌视始于 1944 年末的关岛，当时海军陆战队在该岛受训以备登陆硫磺岛。在军官俱乐部的圣诞节宴会上，他喝了三四杯酒后，强拉着玛吉跳起舞来。在舞厅内摇摇晃晃转了几圈后，他把玛吉拉到走廊里。玛吉想开个玩笑摆脱他，但他像往常一样开始在玛吉身上粗鲁地乱摸起来。玛吉在他腿上踢了几脚，他抓住她，粗暴地把她从后门往外拖。正在这时，马克最好的朋友麦克道尔中尉把一桶冰水浇到了埃文斯上校的头上。更糟的是，面色和善的麦克道尔（后来成了玛吉的未婚夫）礼貌地道歉说："我喝多了。"当埃文斯被海军陆战队军官们推出俱乐部时，他醉眼蒙眬地看到马克在大笑。他从没原谅过马克，而且确信往他身上泼水的是马克。一星期后，当法庭的一名官员调查所谓的黑人水兵兵变事件时，埃文斯注意到马克认识其中的一名被告，而且说他知道兵变的原因。据透露，马克和那个人是在一次左翼讨论会上认识的，这使大家进一步了解到，马克一度曾当过共产党员，他当兵以来从未向人透露过这个事实。在厉害角色比利·J 的帮助下，马克未因这一违纪事件而受处分。现在，一看到麦格林恩佩戴着上尉肩章，埃文斯的丑恶本质立即就表现出来。这个共产党分子怎么能获得提升！

马克对自己进来表示歉意，他礼貌地向埃文斯点头致意，并告诉沙利文中校，他要护送海军陆战队员捐款购买一卡车物品去孤儿院。他离去后，埃文斯也告辞出来。他发现了一条线索。这可能是一次黑市交易。埃文斯尾随马克，看他上了卡车，即命自己的小车司机开车跟随。马克在卡车上告诉"野兽"开到基地仓库取政府供应物资中的一些额外"捐赠物品"。幸好在到达仓库之前，那辆小轿车停在卡车前面，将他们截住了。

几分钟后，埃文斯闯进比利·J 的办公室，要求以进行黑市交易为由逮捕麦格林恩上尉。但沙利文检查那辆卡车后，向埃文斯解释说，这是奉命向孤儿院运送的物资，是海军陆战队捐赠的。

埃文斯的脸变得通红，两眼喷出压抑的怒火。马克建议他陪同前往茅崎，看一看海军陆战队的优良成绩，也未能使他平息怒气。他在心里发誓六个月后再来此地，当场抓住这个共产党分子的作案黑手。麦格林恩显然是在利用孤儿院掩盖自己的黑市交易。看一眼丑陋的卡车司机就足以使埃文斯明白他们两人是一伙的。

2

尽管真理子越来越担心马尔鲁尼中校，但麦格林恩总是一笑置之。最后，她警告她的朋友户田惠美，马尔鲁尼以后会出丑的。他不但和士兵们赌钱，而且据说深深地卷入了黑市交易。他的话常常令人厌恶。昨天，她无意中听到他劝说教授："千万不要与卑鄙小人作无谓的争论。"当然，她没有引述这个例子，惠美也没有重视这次闲谈。她发现马尔鲁尼中校很有绅士风度，带来了新鲜空气。他常开玩笑，常送给她们一些接受起来一点也不感到难为情的小礼物。他还很重视她们是否有足够的咖啡、盐和糖等生活用品。没人看到他送这些东西，拒绝接受这些日常生活必需品也没什么意义。

她最担心的是省吾。省吾一如既往地欢迎她去看他，好像一点烦恼和忧虑都没有。虽然他仍对为自己辩护之事毫无兴趣，但当她说要为他请一位著名日本律师时，他也不表示反对。她找过 3 位律师，但他们都"很忙"。她认为这意味着，他们要么认为他的案子毫无希望，要么担心卷入这件肯定不受公众欢迎的案子，因为它牵扯到辻政信。

因此，她求老朋友麦格林恩帮忙，他说他的儿子已给上司讲过这件事，但被告知可能会发生利益冲突。尽管如此，教授觉得斯诺小姐会接受请求。

乔西确实接受了请求，而且给她父亲写了一封洋洋洒洒的信："我终于有事可做了！我将在横滨为户田太太的儿子辩护。这不是说我将停止为东条进行辩护。东京的法庭经常休庭，所以我有许多时间。检察官刚开始其起诉工作，秋季以前可能都完不了。我已到巢鸭监狱会过我的当事人。他是个活泼可爱的年轻人，但出于某些原因，他对自己的案子毫无兴趣。我必须让他恢复信心。我首先解释一下基本体制。战犯分甲、乙、丙三级。东条等甲级战犯在东京受审。他们被指控对导致日本犯下'破坏和平罪'的各项政策的制定负有责任。乙级和丙级战犯包括被控指挥军队犯下各种暴行的高级军官和被控虐待战俘的中下级军官、士兵和平民。许多人正在从仰光到西伯利亚的亚洲各地接受英国人、荷兰人、中国人、法国人和俄国人的审判，美国人也正在菲律宾、中国和太平洋各岛上审判乙级和丙级战犯。"

"大约1000人将在横滨接受我们的审判。和我的当事人一样，这些战犯大多与甲级战犯一起关押在巢鸭监狱。正如我以前写信告诉你的，我们又休庭了。威尔·麦格林恩和我明天要去横滨。他奉命亲自前去为九州一座战俘营发生的暴行作证，尽管他已经提交了一份证词。他颇有远见地建议我和他同去，看一看美国第八集团军是如何处理这些丙级和乙级战犯的案子的。越到后来会越仓促。"

审讯第二天开始，威尔下午出庭作证。他们乘玛吉的小汽车到横滨，在市法院（举行审判地点）门外受到了基南的老朋友吉姆·伯恩斯上尉的迎接。

伯恩斯是个敢作敢为的矮个子，他使乔西想起了知识分子吉米·卡格尼。伯恩斯陪他们走向附近的一家宾馆时说："这里的审判与你们以前见到的绝对不一样。"他说他们都受第八集团军司令艾克尔伯格将军管辖。艾克尔伯格不但在广大地区负责执行盟军最高统帅部的各项命令，而且下令建立一些机构和设施以拘押、审讯和妥善保护嫌疑犯及不友好的证人。他还负责指派军事人员进行乙级和丙级战犯的审判工作。

伯恩斯继续说："你们也知道，盟军在亚洲各地还进行着许多类似的审判。"但是具有国际性的最重要的案子在横滨，从滥用红十字会赠品到残酷的暴行，不一而足。"被告包括妇女、军人（从将军到普通士兵都有）、海军将官和水兵等。我们拘押的人中有翻译、农民、教师、医生、护士、神道教信徒和大学教授。"他拍了拍前额。"我们肯定有2000个嫌疑犯！人数太多，我们有时不得不同时审判4个、5个或6个犯人。你们要为1个二等兵、1个下士、1个中士和1个少佐作证。"

"少佐！"威尔惊讶地说，"第十三战俘营的暴行中没有少佐卷入呀。"

"现在有了，是渡边少佐，战俘营的指挥官。"

威尔大为吃惊："他是我在战俘营遇到的最好的一个人！他救过我的命。"

"那你没有早点来替他作证，就太糟糕了。"

"为什么我今天下午不能为他作证呢？这里面有什么猫儿腻吗？"

"首先，麦格林恩少校，没什么猫儿腻。我在这里已辩护了6个月，我们在此地的审判比你们在东京的审判公正得多。尽管如此，仍有许多不尽如人意之处。不过，我的看法是宁在这里受审也不在东京受审。"他保证说威尔会被允许为渡边说话，使威尔平静了下来。"军事委员会首席法官惟一的目的是看到公正的审判，而不是报纸头版头条的大肆宣传。"委员会至少有3名军官协助首席法官作出裁决。"我刚到这里时，一切都乱槽槽的。某些辩护律师是随便找来的，甚至没从法律学校毕业。其他人则从未参加过审案工作。开始时被判有罪的人太多，甚至连检察官也提出了抗议。他们的起诉就像桶中捞鱼一样容易，他们希望有更好的律师与他们唱对台戏。"但是最大的难点在于日本和西方法律的不同。"在他们的法庭上，被告一般是立即坦白，希望以此得到宽大处理。我办第一件案子时，我的当事人立即坦白致使案子告输，使我大为惊讶。从那以后，我不得不请求被告们沉住气。开始时，他们还以为我在骗他们。"

另一个问题是许多日本人拒绝为被告作证。"'这不关我的事'，有个证人告诉我。'这些是一个人为战争的失败所必须作出的牺牲。'"

"简直是机会主义者，"乔西说。

"也许吧。这也是典型的日本风格。在东方，如果你帮助了一个人，你就得对他负责。"伯恩斯点上一支烟，但当乔西咳嗽起来时，他就把烟捻灭了。"我们争论的最重大问题之一是，日本人对惩罚的看法与我们不同。我们只是偶尔用'纠正'来指某种惩罚，而日本人通常都把'纠正'视为惩罚。所以日军长官认为打犯了错误的下属是正当的，打人意味着'下次别犯'。但如果要对犯错者进行非常严厉的惩罚，反而不打他，而是由长官记录在案，从理论上讲，这些惩罚记录将附在档案中以备后用。你们明白我的意思吗？他打人是在帮助这个人，打过后，事情就了结了。"他看看表说："我们该走了。"

太阳出来了，天气很热。在去法庭的路上，伯恩斯说："也许最大的障碍是日语。在我办的一件案子中，检察官问我的被告人，'你没有亲眼看到受害人被打死吗？请简单回答。他说'Yes'，我惊呆了，这意味着死罪。我要求检察官：'再问一次！'检察官又问了一次，被告仍回答：'Yes'。我大声问：'你看见受害者被打死了吗？''噢，不，我没看见。'被告说。'你刚才不是说你看见了吗？'我问。他回答说：'不，伯恩斯先生，我刚才说：不，我没有看见打人。'"

他们都大笑起来。

从外观上看，法院是一个令人生畏的19世纪末留下来的遗物。但法院内空气凉爽宜人，因为大厅有高高的天花板和石头地面。他们沿着宽宽的台阶拾级而上，来到法庭。法庭非常宽敞，令乔西惊叹不已。屋顶有一个天窗。这是用作法庭进行审判的最佳场所。在法庭一端有一个高台，台上有三个老式大皮椅，前面是漂亮的圆弧形木桌。

"那是委员会首席法官和两个助手坐的地方。"伯恩斯介绍道。

高台对面有数百张供旁听者坐的椅子。至少有50个日本人在调试耳机。旁听席前有一道木头栅栏，栅栏外有一排桌子面向法官。"这是证人坐的地方。"伯恩斯说，并让他们坐下，"我等一会儿就回来。"

有位没佩戴功勋章的上尉来到威尔面前，问："是麦格林恩少校吗？我是布兰奇上尉，首席检察官。"威尔站起来和他握手。"你来得很及时。我担心你不来出庭。你的证词写得非常好，不过你的证言更能澄清事实。"

"我不知道渡边少佐也在受审之列。"

"我们有一件证据充分的案子指控他。"

"但他和暴行没有任何关系。他让我们都活了下来。"

没有参加过战斗的布兰奇上尉未被说动。"两名美军中士今天早晨作证指控他。他们的证词很有说服力。"

乔西站来说："麦格林恩少校想今天下午为他作证。"

"好吧，如果特别想替他作证的话，我不反对。委员会首席法官皮尔逊很宽容。"布兰奇靠近威尔问："我能指望你指证其他三人吗？"威尔点点头，布兰奇就走了。

"我没见过他这样的，"乔西说，"他可能是个卑鄙小人。"

威尔开始做笔记时，4名被告从右边列队进来了。渡边看上去老了许多，但步子仍显得年轻有力。当看到威尔时，他向威尔轻轻点了点头。那个报复成性的看守——他的左臂在肘部被截去，所以战俘们称他"独臂土匪"——傲慢地盯了威尔一眼，使威尔感到浑身一冷，想起了这个家伙在战俘营边打人边吼叫的情景："你们美国人没一个好东西！你们向我们撒谎！你们偷我们的东西！你们在背后说我们是猴子！我惩罚你们时，你们没有表现出尊敬和礼貌。你们都不想做得好一些！你们都不悔悟！我们骂你们打你们！你们感激吗？不！你们只是冷笑着说：'他妈的！'你们都不是好东西！"

另一个看守是"小山羊"比利，他像以前一样傲慢地走过，甚至不屑于看威尔一眼。对于日本人来说，他是个大个子，曾数次残暴对待威尔。第三个人是个二等兵，当时主管禁闭室。用绳子捆住手指把可怜的哈里斯吊起来的就是他。

两名辩护律师在律师席与当事人会齐。两人看上去毛手毛脚的，年纪大一点的是名中尉，他使乔西想起来了"大白兔"。乔西悄声对威尔说："他们不是检察官的对手。"首席法官和两名助手终于从后边的法官室走出来。执行官大声说："肃静，肃静！现在开庭，全体起立。"

大家都站起来，日本人有礼貌地向法官席鞠躬。

"请坐，"带南方口音的皮尔逊上校说。他身材矮胖，带着步兵的步枪徽章和两枚紫心勋章。他慢吞吞地说："请继续询问证人。"

证人是位参谋军士，威尔看着眼熟。当他开始讲述渡边少佐是如何猛打一位美军二等兵时，威尔想起他是谁了。他曾在食堂里为与"小山羊"比利合作的艾博特上校干事。

威尔用肘推推乔西，悄声说："那个军士当时是艾博特的马屁精。"

那个军士离开法庭时撇了威尔一眼，就急忙把目光移开了。

"梅森军士的证词完全证实了三份证词对渡边的指控，"布兰奇说。

"上尉，请你在最后陈述中再发表你的看法，"首席法官冷冷地说，不过他的口气随即友好起来，"我们今天幸运地请来了麦格林恩少校，他特意从东京来到本庭作证。少校，坐在你身边的那个年轻女士是谁？我听说新来的证人只有你一个。"

"请您原谅，我擅自带乔西·斯诺小姐前来。她是东条将军的辩护律师。她同意为一名乙级战犯辩护，想看看你们的审判程序。"

乔西站起身说："法官先生，请您原谅，我退到旁听席吧。"

"用不着，乔西小姐，"上校殷勤地说，"委员会承认你的身份，我们非常欢迎你就近观察我们的审判工作。再说一句，我希望在这里主审由你辩护的案子。你是我们在横滨见到的第一位女律师。"他作出脱帽姿势，点了点头。"麦格林恩少校，咱们回到主题上来吧。正如你看到的，这儿不是东京，我们有不同的规定。例如，协助检察官讯问上一个证人的那个军官是我们的律师。他帮助委员会澄清事实和作出裁决。按你们律师的行话，他是协助法庭解释某种法律问题的人。我不是律师，也不是这个委员会的成员，但我们都了解军法。尽管你可能听说了一些事情，但审判还是比较公正的。我们惟一的目的是弄清事实，为此，我们有比民事法庭更大的自由度。我们有时也不得不作出让步，所以我们接受证人写的证词作为证据。否则，我们可能审结不了任何案子，因为指证日军暴行的大部分人现在都回到原来的地方去了。我们乐于见到目击证人的原因就在于此。少校，请站在证人席上随便谈吧。"

威尔已把指证看守的证词写了下来。首席法官的简短发言，加上他最后请威尔随便谈，使威尔也有机会替渡边说话。

威尔简洁明了地讲述了"独臂土匪"和"小山羊"比利无数次行凶打人的事实，以及战俘营第一任主管公开纵容他们的恐怖行动的情况。威尔本想把这个人与渡边作个比较，但又决定首先集中指证看守。他讲述了美国开始轰炸日本时战俘营里充满忧虑气氛的情况，以及下士班宁因向同伴出售他从日本人手中买来的大米而被"小山羊"比利关进禁闭室，只给面包和水长达两星期的经过。

律师打断他，问："你有什么证据表明他是被饿死的？"

"我是大家推选出来作代言人的军官之一。给我们提供消息的一个日本人告诉我，班宁死在了禁闭室。所以我通知了资深的美国医生——我想他叫普鲁伊特。他坚持要看一下尸体。他事后告诉我，他看到一个原来体重达170磅的人死后体重仅剩下三分之一时，非常吃惊。'小山羊'比利命令普鲁伊特医生在死亡证明书上写下死于疟疾的结论。他拒绝这样做，但另一个美国人签上了普鲁伊特的名字。"

接下来他讲了二等兵哈里斯的遭遇。哈里斯从厨房里偷了一个面包。"我们许多人都看到'小山羊'比利把哈里斯拖出食堂，用他的短棍猛打。后来他又命令两个手下继续打。其中一个就是'独臂土匪'。他就是坐在那儿的那个矮胖子。"他指着辩护席说，"在随后的一个星期中，哈里斯又受到了虐待。富兰克林下士看到他被强迫跪在削尖的竹条上，'独臂土匪'和'小山羊'比利则用皮带抽打他。我在去矿井的路上，看到'小山羊'比利用绳子拴住哈里斯的手指把他吊在禁闭室外。后来我去禁闭室提抗议时，我又看到了那两个人。"——他再次指了指他们——"哈里斯全身湿透了，脖子上绕着电线。我看到'小山羊'比利接通了电源！可怜的哈里斯的呼叫令人恐惧。"

乔西悚然动容。这样的暴行真不可想象。但是"小山羊"比利仍傲慢地盯着威尔。

"他们不给哈里斯吃任何东西。一星期后，我看到他一动不动地躺在禁闭室外的泥地里。第二天早晨，有个日本医生告诉我们，哈里斯已死于心力衰竭。"他最后讲述了"小山羊"比利强迫他参加柔道比赛的情况。"我让自己摔倒了两次。第三次，他从地下横扫我的脚。用膝盖抵住我的脸部。我知道他接下来会折断我的骨头，所以就把他摔在地上。大伙儿的欢呼激怒了他。我给他来了个背摔式。他抓起短棒，向我走来。"他停顿了一下，"如果不是新来的战俘营总管，我肯定已不在人世了。他命令'小山羊'比利带我到他的办公室。当天下午，他送我去了他的一个朋友主管的第十四战俘营。帮助过我的那个人就是渡边少佐。"他指了指渡边。"他不但救了我的命，在此之前他还竭尽全力使我在第十三战俘营的生活过得好一些。"他停顿一下，"首席法官先生，我可以为这个人多说几句话吗？"

上校与两边的助手商量了一下，说："我看可以。"

威尔谈了渡边采取的许多改良措施。他增加了食品配额；改善了矿井内的工作条件；让战俘打篮球，踢足球，进行业余文化活动，举办歌咏会。"我们叫他绅士吉姆，梅森中士指证他打过战俘，这是不可想象的。我能猜出来写证词指控渡边的那些人的姓名。我非常了解梅森。我了解当时在食堂为艾博特上校工作的所有人。"

"麦格林恩少校，"皮尔逊厉声说，"你的立场很危险！"

"应受审判的是艾博特。他和'小山羊'比利勾结……"

布兰奇少校提出反对。

"麦格林恩少校，"首席法官说，"我不想听你再谈论艾博特。"

"我能谈谈他的走卒梅森、克雷斯韦尔……"

"别让我们不耐烦，少校。"

"先生，请原谅我的冲动。我并不是有意让你不耐烦的。"

"我接受你的道歉，少校，"他重重地叹了口气，"你不知道艾博特上校因与日本人合作将在华盛顿受审吗？"

"不知道，先生。我很高兴听到这个消息。"

麦格林恩辩护得多好！乔西想，他如此坚决地替渡边辩护，但同时又坚信同样是环境的牺牲品的户田省吾有罪，是多么具有讽刺意味啊。

"委员会感谢你，麦格林恩少校，你肯定受了不少磨难。"首席法官转而问布兰奇："你还有问题吗？"

"没有，先生。"

"显然没有。证人道了歉。律师还有问题吗？"

"没有，先生，""大白兔"急忙说，"律师没有问题了。"

"检察官？"

"没问题了，先生。"

"委员会现在听取控辩双方的辩论。你们想要一点时间准备吗？"

"大白兔"本想请求休庭，但由于首席检察官马上回答："不用，先生，我们准备好了。"所以他也急忙尖声说："律师也准备好了，先生。"

检察官的指控简洁明了，很有说服力，没有提及威尔对渡边的辩护。检察官讲完后，"大白兔"犹犹豫豫地站起身，结结巴巴地发起言来。他边讲边参考一些纸条，不时有纸条掉在地上。这是乔西见过的最无能的辩护，她为"大白兔"感到羞耻。

首席检察官随后作了总结陈述，同样简洁明了，不费一字。

"委员会将退庭，"首席法官说，"如果一切就绪，判决将于明天早晨9时开庭宣布。如未就绪，另行通知。"

伯恩斯笑了。"干得不错，少校。你把我们亲爱的首席法官当成伊萨克·牛顿了。"

"我认为他被一只苹果击中了脑袋，"乔西说。她仍在为东京法庭的休庭感到苦恼。

"你是城里人，是律师，不知道牛顿的事。首先，被苹果击中脑袋的是他的侄子，其次，我指的是艾萨克的钓鱼本领。"

"你指的不是艾萨克·沃尔顿的《垂钓大全》吗？"

伯恩斯大笑起来。"说得对。我们去喝一杯庆祝一下。"

"你认为我的证词对渡边有好处吗?"

"肯定有好处。我的一个朋友说早晨的审判中检察官占了上风,不过你的证词可能会使渡边的刑期不会太长。"

早晨 9 点整,皮尔逊上校宣布:"我将全文宣读判决书。被告站到前面来。"

4 个日本人站到委员会面前。

"白石龙之助、市坡恒介、大野福二郎、渡边进,我代表本军事委员会郑重宣布,经委员会 2/3 的委员投票裁决,认定被告均有罪,并作出如下判决。"

在来宾席上,乔西坐在威尔身旁。她本能地抓住他的手,但又迅速抽回来。

前 3 人被判在巢鸭监狱处以绞刑。"渡边进,"首席法官继续说,"你被判处劳役 20 年,在上级指定的地点服刑。"

威尔的脸色变白了。怎么能对一个无罪的人判刑?

当渡边被看守押离法庭时,他扭头看威尔,脸上毫无表情,只是轻轻点了点头。伯恩斯拍拍威尔的肩膀说:"我认为一位好律师可以使他得到另一种审讯和判决。这些案子都得复审。我们已使不少人减了刑。"

"大白兔"不好意思地来到他的身边说:"谢谢你帮了渡边的忙。我希望我知道……"

"这不是你的错,哈里,"伯恩斯说。

"我的专业是遗嘱检验和不动产,"他鬼头鬼脑地环顾了一下四周,"来这儿以前,我连法庭都未进过。"

"你打算请求复审吗?"伯恩斯问。

"噢,不!"他的想法令人吃惊,"我希望麦格林恩少校能接手此案。"

"我很高兴这么做,"威尔说。

"这对我太重要了,""大白兔"握着威尔的手说,"这下可解脱了。"

伯恩斯陪乔西和威尔步出大厅,走下宽宽的楼梯。他说:"斯诺小姐,我知道你要在这儿为户田省吾辩护。此案的检察官是亨利·切斯纳特中校。我们在这儿称他为'吊死鬼哈里'。显然他想干点成绩出来，以便回国后就任地方检察官。由于户田的案子牵涉到辻政信大佐，所以他在全力以赴搜集证据。他已要求延期审判，使他能够派人到菲律宾和缅甸等地调查。"

他转向了威尔："你对待老皮尔逊的方式很好。你做得极有分寸。你有什么秘密？他也当过战俘吗？"

"不，他有两枚战斗勋章。他的步兵步枪徽章使我心里有了底。我兄弟马克在海军陆战队，他告诉我说，只有戴步枪徽章的军人才值得一交。"

第十一章

1

威尔刚要开车返回东京，又突然停了下来。他说："我们去横须贺，看看我的兄弟马克。只有几英里路。他是个人物。他会使你感到快乐的。"乔西从玛吉口中听到许多关于马克的事，所以不反对去看一看。当他们南行时，他又讲了马克的一些英雄之举：他怎样搭乘货运列车；怎样于1941年春在白宫外担任警戒；怎样加入海军陆战队；怎样进入硫磺岛和冲绳的洞穴中抢救日本人，等等。他们到达横须贺海军基地时，马克正准备出去吃晚饭。乔西很惊讶，马克的黑头发、蓝眼睛和脸上的笑意使她想起了她的孪生兄弟蒂姆。蒂姆是为了救母亲而在斯夸姆湖被淹死的。在军官俱乐部吃晚饭时，她总是看着他。他的形影动作、他的幽默感，使他很像是长大成人的蒂姆。

马克带他们到一只大桌子边，很快就有许多海军陆战队员和海军军官围过来，像一群蜜蜂围着一只蜂蜜罐。在喧闹声中，她记不清都吃了些什么。比利·J. 沙利文中校设法在她身边坐下，给她讲马克当二等兵时的一些趣事。"他在营里名气最大。我初次见他时，他把皮带挂在脖子上前来接受检查，既无子弹袋，也无刺刀。一星期后，他又错过了星期一早晨的点名时间，说他没赶上从圣迭戈开出的末班车。"

另有人讲述了马克错过最后一班船的往事。那船是要把他们送上运输舰，从新西兰赶赴塔拉瓦战场的。乔西问比利·J："你当时是怎么处置他的？"

"我只是教训了他一顿，"他简单地说。

"还让他在轮机舱冻了一星期！"

"他至少救过我 6 次命，把一切过错都抵了。马克，你还记得第一次吗？当时，'亚当斯总统'号停在运河，我们每人扛着一只重达 100 磅的包上货舱。"

有人叫道："是 70 磅。"

"80 磅，"马克纠正说，"我知道。"

"可我觉得像是 100 多磅，"比利·J 说，"我不知道，我只是猜想。爬到一半时，我觉得我上不去了。马克在我前面，老是踩我的手。"

"从来没踩过，"马克说。

"我终于能看见护栏了。我伸手去抓护栏，但没抓住。我想我肯定要掉下去，像一块石头一样沉入水中。但是就在我向后倒时，有人抓住了我的包。然后我就觉得自己被拉过了船舷。马克，你到底是怎么救我的？"

"真叫人失望，中校。我竭力想挣脱，但我的手被缠住了，我要么与你一同掉进水里，要么就把你拉回来。"大家都大笑起来。

他们接着谈起塞班岛上的故事，但只是挑有趣的说：当他们袭击海滩时，天主教牧师如何镇静地分发炸鸡和威士忌酒；"疯狗"麦卡锡如何率领大伙儿挥舞竹竿大旗、不戴钢盔发动了一次进攻。比利·J 解释说："那是一面自制的旗，颜色鲜红，缀有缨带，黄色布条拼成'美国陆战 6 师 1 营'的字样。'疯狗'像巴斯克维尔的猎狗一样号叫着。那的确是一个令人激动的场面，但团部旋即来电话问我，我的前线阵地飘扬的那只大旗是干什么用的！"

海军军官截住话头，讲述他们的指挥官本尼·德克尔上校的故事：他如何使横须贺免于衰败；他如何坚持要当地警察局招收妇女；他如何在监狱人满为患的情况下叫当地妇女取保假释，等等。

"那些是埃德温娜的主意。"有人大声说，这人就是德克尔上校，他迅速在乔西对面的一个空座位上坐下来。"我妻子组织了一些日本妇女，她们锐利的目光监视着每一个男人。犯罪记录下降至零。妇女们感到很光荣，我的难题也解决了。"然后他讲起他曾要求运来 100 箱小麦。"但是军需品管理员错把箱当成吨，我们得到了 100 吨小麦！"这引起了哄堂大笑。"我拍电报取消这份订单，但工厂汇报说运粮船已在途中。我们吃白面松饼、粮食软糖、松面面包和松面饼干，直到每个人的眼泪中都有了松面为止。我知道快要发生兵变了，所以我得到准许把面卖给日本人，然后用日元给士兵发饷。但这说起来容易做起来难。日本人不想买松面。我说：'用它来做鸡肉饭。'他们说：'没有鸡。'我说：'教会你们的人吃这种面。'他们说：'没有糖、奶油，甚至没有牛奶。'所以卖不掉。"

这时候，桌子边聚了一大群人听他讲故事。"斯诺小姐，你肯定知道，海军从来没有解决不了的问题。"有几个人粗鲁地表示异议，显然他们是海军陆战队的，但德克尔未予理睬。"我记得我们有20吨巧克力，都是战争结束后从太平洋各岛屿陆续运来的。这些东西大概已有20年了，正在发霉变质。埃德温娜对我说：'日本人已好几年没见过巧克力了，为什么不把巧克力和松面搭配在一起卖给日本人呢？'斯诺小姐，日本人把二者混合制成糖球，就像卖熟面包一样出售。我们按成本价把巧克力和面粉卖掉，然后又按官方汇率把日元卖给水兵，日本人则做了一笔大买卖。这就是我说的海军的大手笔。"

周围一片欢呼。

没有人想离开，有人把饮料搬来了。故事一直讲到10点钟。这时候，乔西原来对海军和海军陆战队的看法改变了。海军不是一帮势利鬼，海军陆战队也不是一帮笨蛋和白痴。当她和威尔离开时，马克问她能否与他在东京共进晚餐。"什么时候？"她问。

"明天晚上。"

"你好请假吗？"

"比利·J——就是沙利文中校，是个善解人意的人。"当他们定下时间和地点后，威尔吃惊地发现自己有一点怨恨之意。他当然不是在嫉妒，因为没有什么可嫉妒的。他也不认为马克侵害了他的利益。他承认，第十三战俘营案件审理期间和之后发生的事，使他对乔西有了新的认识。不过，他确实没有罗曼蒂克的幻想，有此为证：在返回的路上，他花了不少时间对乔西讲述了马克的好品质。

她听得津津有味，因为她从未对一个男人产生过如此大的兴趣。马克应该为自己高兴。从同伴们对他善意的调侃中可以明显看出，他不但受人喜爱，而且受人尊敬。她和马克没有交流看法，甚至没讲几句话，但她觉得似乎认识他已很久了。她想分析一下自己怎么了，但出于某种原因，一想到他，她的脉搏就跳得快了。

　　教授给她捎过信来，说如果她想继续同他讨论日本的各种问题的话，他那天早晨 10 点左右有大约 1 小时的空闲。他带她到楼下的咖啡屋。"在今后几个月内，你将面临一种矛盾现象：'即日本人在国内讲究礼节，待人友善，但在国外却极为残暴。'"他一边喝咖啡一边解释说。在日本社会中，各阶层人士待人接物的态度是极其相似的。"这是日本的古风，是盘根错节、联系密切的社会的一种文化现象。它使几乎每一个日本人都成了模范公民，互相依赖，使每个人都得到安全。不过，这种安全也使人压抑和紧张，因为每个人都是荣誉、忠诚和责任等理念的奴隶。在以后审判时，你必须牢记这一点。日比台的被告，不论是平民还是军人，不论是出身上流社会还是下等阶层，都是深受责任感等理念的影响成长起来的。每个人都习惯于慨然承担责任，但同时也在竭力避免承担新的责任。例如，救你命的人认为他对你的未来负有责任。西方人吃惊地发现日本人不积极帮助遇到不幸的人，原因就在这里。日本人并非麻木不仁或生性残忍，而只是为了逃避本不属于自己的责任。"

　　他边喝咖啡边想，不知她和威尔的关系能否超出普通朋友的范围。看来威尔需要让自己回到正常状态。"我谈到哪儿了？噢，对，日本人倾向于逃避不属于自己的责任。这是日本人常常酗酒的一个原因。他只是想把自己从责任的重负中解脱出来。在南京，没有任何东西来约束日本兵。"

　　"当然，德国士兵在俄国也有类似的情况。但你在法庭辩护时必须记住一点，二者之间有很大的不同。我担心检察官会仅仅因为日、德两国都是轴心国成员而把日军的暴行与德军的暴行相提并论。"

　　"岛国人民之间的关系一般比较密切。我们可以想一想，英国人在印度大肆抢掠屠杀，在国内却大谈人道主义。遗憾的是日本走出中世纪不久，不过，日本也已走上了人道主义道路。当人们在审判时听到他们的子弟在海外犯下的可怕罪行时，他们肯定会感到震惊。这就需要你们辩护律师告诉大家发生屠杀的真正原因，并挫败检察官把被告和纳粹分子联系起来进行指控的企图。"

　　乔西回到日比台时仍对前景有点茫然。但是当马克来接她去吃晚饭时，她的茫然感烟消云散了。后来，她忘记了他们当时谈的大部分内容，只记得他能使最普通的话题变得引人入胜。他送她至她的门口，约好两天后再会，然后吻了她一下就走了。她准备上床休息时，仍对他念念不忘。钻进被窝后，她想的是他而不是案子。

6月13日，又有4名美国辩护律师走上法庭。令每个人都惊奇的是，基南宣布他即将返回华盛顿。谣言一下传播开来。谁也不相信他是回国休假。据某些记者说，真正的原因是他和韦布越来越不和。有些人猜测说，司法部要给他新指示。另有人说，他很可能是被调回去戒酒，他是个十足的酒徒。据传说，他曾对秘书们大发雷霆，丢了他的假牙，还曾对某些大人物进行污蔑。

当威尔坚决为基南辩解时，他的父亲说："我也恰巧欣赏基南，也许因为他是个该死的傻瓜。他使我想起了 G. K. 切斯特顿的诗"：

> 神让盖尔人成了疯子，
> 他们作战时兴高采烈，
> 而歌声却充满了悲伤。

基南在旧金山停留时告诉记者，他1个月内不想回东京。当有人指责他对日本战犯的惩处过于严苛时，他愤怒地回答："如果你不对这样的罪行进行惩罚，那么你也许就承认各国都不可能有遵纪守法的政府。"

在首席检察官不在的情况下，检察方面开始了起诉工作，但是对辩护工作带来重大打击的是，那天下午首席辩护律师科尔曼上尉告诉同事们，他已经干够了。他要另就他职。他拒绝会见记者。他不想让日本人知道，被告们受到了很糟糕的对待。他担心他的话会离题。另有5名辩护律师也随他而去了。

基南在华盛顿告诉记者，美国辩护律师之间的争执并不严重。"没什么要紧的，只是对如何进行审判有不同意见而已。"问题仅仅在于，才干出众的美国律师不同意辩护的方式。华盛顿最近宣布将不对天皇判刑，这才是更重要的事。基南说，审判天皇将犯有"明显的错误，因为有证据表明，是日本军阀利用天皇来达到他们的罪恶目的"。他还说他很高兴告诉大家，整个审判工作正在顺利进行，11 个国家的检察官之间没有任何摩擦，当然，他没有提英国、澳大利亚和俄国仍对麦克阿瑟和杜鲁门单方面把天皇从战犯名单中勾掉颇感不满。

第二天开庭时发生了令人不愉快的事件。本来在后台为法官和西方律师配备了洗手间，日本律师另有洗手间，但不够用。清濑沮丧地等了很长时间，不得已匆匆走进了西方人用的洗手间。一个爱管闲事的宪兵冲过来，在他解手之前就把他强行拉了出去。

"下士，怎么了？"威尔问。他正在附近和乔西谈话。

"这个小日本在使用我们的厕所！"

"放开他！"威尔厉声命令道。他向清濑道歉，并打开了厕所门。满脸怒火的清濑向他鞠躬两次致谢，就在这时，宪兵队长肯沃西来了，他也毫不犹豫地向清濑道了歉。

"种族歧视！"清濑斥责道。"他们为什么经常搜查我们的公文包？"昨天，韦布法官桌上的一只手表不见了，每个日本律师都受到了仔细搜查。"但美国人一个都未受到搜查！这已经是第三次了。"清濑非常愤怒，冒出了几句日本话，威尔不得不代为翻译。

"清濑先生，我向你保证此类事件不会再发生。"肯沃西平和地说，他在两名听说出了麻烦的记者赶来之前设法平息了清濑的怒气。

"今天下午威尔阻止了一起国际纠纷的发生。"乔西在给她父亲的信中如是说。她把这件事写成了一个有趣的故事，但仍掩饰不住她对威尔采取果断行动的欣赏。

2

那月月底，外相松冈洋右死于疾病，曾打过东条耳光的大川周明在精神病院。其他 26 名首要战犯从一区转到了六区。基南的突然离去和 6 位辩护师的辞职使被告们产生了不安。每天都有新的传言：基南要被免职——不，他正在华盛顿受处罚；韦布也到了被解职的地步。被告在院子里放风时，谈论的多为与审判有关的事。有个文官寄厚望于丘吉尔在珍珠港事件之前在议会发表的讲话能对辩护有所助益。例如，据传说，丘吉尔曾声称，英国曾作出许多让步，以阻止太平洋战争的爆发，但罗斯福坚持奉行迫使日本起而开战的政策。

巢鸭监狱的看守发生了变化。开初，他们公开表现出敌对情绪，现在他们对被告产生了同情。有时候，看守犯人干活的宪兵会在站岗时抱着枪打盹。他们常要求犯人，如有军官前来检查，就叫醒他们，但是，并没有日本人因此消极怠工，他们不愿背叛这种信任。他们认为，与囚犯共同生活了数月的宪兵不是市谷的法官，真是太令人遗憾了。

这是一个令人非常不安的时期，前首相和将军们东张西望地搜寻宪兵随意丢弃的烟头，翻阅带进监狱的每一张报纸。巢鸭监狱外的日本人几乎都对狱中战犯的命运毫无兴趣，这一点很可怕。当钱德拉·博斯在印度受军事法庭审判时，一位将军和包括甘地在内的许多印度人都表示反对，其理由是，他不是在为日本而战，而是在为印度的独立而战。在德国，有些年轻人要求释放戈林。那个被告说："没有人要求原谅东条君。事实上，人们希望我们多数被绞死。"

"在德国，戈林似乎仍然很伟大。"有位尚未被判刑的文官说，"但没有一个日本领导人在失去头衔和地位后仍被视为伟人。这所监狱里就有具体的例证。这一点非常明显，不是吗？你看这些人，他们曾经领导过我们，但现在却在这里面。"

有人笑了。"如果我们赢了这场战争，换成丘吉尔和罗斯福在巢鸭监狱东张西望找烟头，他们也就不那么伟大了。"

那天下午，威尔到巢鸭监狱来证实东条的说法：他担任首相后曾竭力与美国和谈。威尔发现木户依然神态安详，尽管他是某些军人战犯侮辱的目标。"巢鸭监狱只有两种人，"木户微笑着说，"一种人一醒来就念经，并不是因为他们心平气和，而是因为他们非常希望能达到心平气和的状态。所以他们早晨念经，饭后念经，睡觉前也念经，随时都在念经。他们的心神整天起伏不定，所以他们活得既可怜又无助。"

威尔耐心倾听，希望使木户感到安全。"还有第二种人，"木户继续说，麦格林恩的态度使他颇为高兴，"他们参禅，读书。他们按时吃饭，锻炼，思考，生活很有规律。他们视监狱为大学，在其中学习并提高自己。他们学着以达观的心态接受世上的灾难和个人命运的不幸。他们的命运对自己和同志们而言，是实实在在的。他们平静地对待逆境甚至死亡。东条君就属这类人。"

"你属哪一类？"威尔问。

木户笑了。"当然不是第一类，也不完全是第二类，我是个实用主义者。"

"你能说你首先为天皇着想，其次才为自己着想吗？"

木户假装不知道威尔在引他上钩。"盟国在波茨坦宣告，他们不打算奴役日本民族，不打算毁灭日本国。那么为什么英国人、澳大利亚人和俄国人还想把天皇作为战犯逮捕呢？绝大多数日本人视天皇为日本的象征。如果审判天皇，就会毁了日本国。"

"别担心。麦克阿瑟和杜鲁门都不会允许审判天皇的。"

"不要低估澳大利亚人。威廉·韦布爵士尚未放弃。"

威尔继续谈正题。他说："东条对我说，他曾尽最大努力与美国和谈。他说他放弃了陆相之职，改任文官，贯彻天皇的意愿。"

"那是很明显的。你需要做的是调查联络会议的情况。东条首相的军中同僚对他的努力均感不悦，我还获悉他们甚至称他为叛徒。"

"但是你没有参加联络会议，"威尔说，好像在法庭上询问有敌意的证人似的。只有首相、外相、陆相和海相等内阁四巨头与陆军和海军正副司令参加了会议。

"当然没有。但那些会议的记录以及御前会议的记录我都能看到，麦格林恩少校。"

"我将引述你和东条的陈词，因为我从未看到过那些会议记录。"

"如果你在暗示那些会议记录已被毁了，那你就是不了解日本的官僚体制。你可以肯定有人把那些会议记录放到了一个安全的地方。你也许能在议会的图书馆中找到它们。"他合上了他的笔记本。"少校，就问这些吗？我想你是在为明天的开庭作准备。"他的脸上毫无表情。"我们下次会面时，你也许会有兴趣听一听我们在战争**期间**秘密致力于和平的经过。我已对你父亲讲了军队中的少壮派企图控制皇宫的事件，以及天皇两次想打破惯例，亲自结束战争的经过。"

"谢谢你，"威尔礼貌地点点头说。

那天吃晚饭时，威尔对父亲讲了会面的情况。"侯爵向我保证，有人保存着联络会议和御前会议的所有会议记录。你认为这可能吗？"

麦格林恩只是耸了耸肩。他早已通过朋友复印了大部分会议记录，但他已答应在战犯案件审结并过一段时间使西方人能够客观地评判这些文件时，再向外界公布。只有到那时，他才能出版他的书——《通向珍珠港之路》。

3

第二天，木户关于韦布爵士尚未放弃审判天皇的希望的预言在市谷成了现实。前首相犬养毅的儿子透露，天皇曾告诉他父亲，应该停止"满洲"事变，并与中国谈判，达成和平解决方案。他还说天皇曾告诫他父亲，不能造成仅由军人控制日本政局的局面。小犬养激动得声音发颤，他说他的父亲——因奉行反军国主义政策而于 1932 年被刺杀——并"以生命为代价"来实现天皇的愿望。

威廉·韦布爵士在审讯中首次直接询问证人。"我想听更多关于天皇与满洲事变的事情。"他说，并指出了犬养健前一天证词中矛盾的地方。玛吉和其他记者顿时活跃起来，因为他们都知道，韦布和其他澳大利亚人都十分希望能审判天皇。

犬养健前一天曾说，天皇未颁布谕旨命令从满洲撤军，但今天他却说天皇非常想得到和平。

东条带着极大的兴趣倾身而听。在最近一次会面时，他说基南在华盛顿宣布不审判天皇的消息使他如释重负。

犬养健说："日本人民都认为，人们应在争论中避免提起天皇之名。"但他说他现在提起天皇是为了"澄清"日本史上的"某几个阶段"。他随之发表长篇大论，但没有解释清楚天皇拒绝颁布撤兵诏书的根本原因。

韦布不耐烦地打断他的陈述，说他的言论只有一小部分内容与天皇有关。他叫来另一个证人。他的动怒引起了辩护方的担心，因为他的大部分严厉措辞都是指向辩护方的。他们认为，他的态度大有问题，与美国法院通行的标准不符。律师们应该遵守职业道德，尊重法庭，法庭也应如此，不应出格。韦布前几个星期内乱发脾气，如果在美国，会被视为破坏司法规矩的行为。"无须大喊大叫！"他这样打断一位年轻律师的发言，而后者的音量从来没有超过基南的嗓门儿。过了一会儿，他又对那人（一个上尉，他反对出示一份文件作为证据）说："我不允许你泛泛谈论这些问题。"这个上尉总是彬彬有礼，他说："能否请法庭……"韦布断然说："我拒绝再听你说话。"

韦布还打断过另一个辩护律师的发言。他说："这完全是毫无用处的盘问。"有个律师因韦布拒绝让几位证人出庭为辩护方作证而感到心灰意冷，该律师说："据我对审判工作的观察，证之以迄今为止采用的方法，我认为法庭对公平审判被告所必不可少的某些事情持排斥的立场。这些不合理的措施逐渐发挥影响，使我们成了众矢之的。你不能正常地为当事人辩护。我最后得说一句，某些人的道德水准正在变得很低。我的意思是说，如果我不能代表当事人说话，不能做一些能使被告得到公平审判的事情，那我为什么要到这儿来呢？"

美国律师联合提出抗议，说他们得不到公平的机会。有人说："我们律师中没有一个人闲着。我们人手不够，不能赴各地调查，没有总体计划。我们不能像检察官那样展开工作。本来，派一两个人出庭辩护应有15 或 20 个人做调查准备工作。在这里为当事人辩护是我们义不容辞的责任。"

他们得有更多的时间和便利条件来开展工作。他们曾要求翻阅木户的日记（检察官已查阅该日记好几个月了，并要用来作证据），但韦布告诉他们："不行，你们不能查阅那些日记。你们应该知道，你们不能看。"最后，他答应提供一切便利，让他们查阅日记，但是"也许得让其他人先看"。当清濑博士坚持说，应该把日记（其中许多页未标明日期）送到法庭语言部做必要的纠正时，韦布说："没有必要中断既定程序而另提要求。"

"我不是在妨碍此次审判，"清濑说，"我在尽力促进这项工作。"

"你提出不必要的要求，就是妨碍审判。"

过了一会儿，有个美国律师说，把与一个死人的谈话当作证据，"根本不符合规定"。"噢，那没什么关系，"韦布说，"要证实与一个已经死去的人的谈话是很困难的。因此，为了达到我们的目的，那类证据是可以接受的。这项反对无效。"

韦布在法庭外也乱发脾气。他严厉批评日本《时报》上一篇文章中关于他本人的错误评价。他说："文章还提到，我在法庭上讲话最多。文章说，我的任何一位同事如果坐在麦克风前代表我们 11 个人讲话，都能像我一样慷慨陈词，但是，作为首席法官，这是我的职责。你会注意到，法官中只有我一个人的面前有麦克风。如果其他法官想说点什么的话，没有麦克风，别人就很难听清。"他说其他 10 位同事"既能干又引人注目"，对他的帮助极大。"在每一个重要问题上，我都得到他们每一个人最大限度的帮助。"

"文章特别提到了我对待辩护律师的态度，说我言语粗鲁，而且说我生性如此。这是不是对我的夸奖，我不好说；但我可以肯定地告诉你，他们往往把简明扼要错当成粗暴。作为一个澳大利亚人，我认为我也许有点太简明扼要了。"

这位庭长对弗内斯的指责也许最为尖刻。弗内斯像往常一样彬彬有礼，但当他礼貌地向韦布指出检察官在起诉书中对侵略战争的指控有可争议之处时，韦布勃然大怒："你太无礼了！你知道我未发表任何评论。"他说，这只是为了警告律师记住自己的职责。"你的评论毫无根据，如有必要，我们会对付你的。"

几分钟后，弗内斯又提出另一个争议问题。"这项裁决保持不变，"韦布瞪着眼说，"我不想为此事再与你辩论，弗内斯少校。"

弗内斯想继续讲下去，但再次被打断了："你不能争论此事。我不允许你对该项裁决再置一词。"

那天晚上，韦布在帝国饭店餐厅走到弗内斯身边。他满脸笑容，已不是法庭上那个令人可怕的法官了。"有个朋友对我说，今天我在法庭上对你太过分了，弗内斯少校，"他说，"我希望你原谅我。真对不起。这鬼天气，这么热……"他接着对法庭的恶劣条件发了一大通牢骚。"他们一直答应给安装空调的。"

弗内斯讲了这一幕后，乔西对威尔说："那个老头也许还是通人情的。也许我们的发言会经常被礼貌地打断。"

威尔承认他也担心韦布对律师的态度。"也许澳大利亚有不同的行为准则。"

"我更担心的是他的偏见。"乔西说，她拿出一个笔记本。"记得他打断检察官询问前首相犬养毅的儿子的那一幕吗？他问道，帝国统治援助会——你知道，这是战争期间日本的一个政党——的宗旨是不是'让人民准备向英国和美国发动一场残酷的不宣而战的战争，一场防不胜防的战争？'"她大声嚷道："如果这不是赤裸裸的偏见，我就吃了我的法律书！"

"你是对的，"威尔说。

美国人发起了令日本人吃惊的激烈的辩论战。尽管天气极热，但辩论仍在继续进行。然而辩论双方都感激检察官多尼希，因为他要放映有11盘胶片的日本宣传片，使大家轻松一下。经克服重重困难得到正确的翻译，再颇费周折地找到合适的设备，第一盘胶片终于开始放映了。但是安全人员拒绝拉上窗帘，所以电影画面十分模糊。韦布虽能看到画面，但看不清到底是什么。他命令安全人员在放映第二盘时拉上窗帘。另外又迅速找来了一位来自好莱坞的电影专家。专家检查了灯光，宣布一切就绪。终于可以放映了，多尼希要放映员开始放映，但银幕上什么也没有。"庭长先生，"多尼希道歉说，"好像是电没接上。"

"能马上接好吗？"韦布问，他此时很有耐心。

"那位先生刚打信号说电接上了！"多尼希欣喜地说。他过去几个星期的工作终于有了结果。他说："我们可以把头顶上的灯关上吗？"灯关了，下午2时23分，画面在银幕上出现了，但画面是倒置的。好莱坞的专家不知道日本的电影胶片是倒着绕的。记者和观众都乐了。

"要是法庭也上下倒置就好了，"多尼希说。

"多尼希先生，"韦布微笑着说，"没时间开玩笑。"

在与周围的人低声交谈后，庭长说："多尼希先生，我知道，把所有的胶片调整好得花一个多小时。今天下午我们再做点其他有用的事情。打开灯，请打开灯！"

在20世纪最炎热的夏季，整个东京都热得发昏。弧光灯在法庭散发的高热，更使法官和被告以及其他人都无精打采。7月10日，韦布宣布休庭。5天后，终于安装了空调，法庭重新开庭。韦布欣喜地发现，温度确实降低了。但是没过多久，空调就不送凉风了。半小时后，韦布停下审判工作，与法庭执行官商量。执行官告诉他，因供水不足，不能使空调正常运转。怒气冲冲的韦布终于宣布了一项法庭中每个人（包括严厉批评他的人）都衷心拥护的决定：无限期推迟开庭。

"你不会相信我们这儿有多乱！"乔西给她父亲写信说，"周围都是关于基南归国的各种传言、毫无意义的争论以及普遍的混乱。这儿的酷热使我们焦躁不安，争论使人心烦。看到控辩双方无能的男同胞花数小时争论无关紧要的问题，得出一些愚不可及的结论，我都要发疯了。我特别想挺身而出把各项事情办好。但是一个女性注定掀不起什么大浪。更糟糕的是那些自命不凡的记者，他们根本不知道怎么写出好新闻。他们没有意识到，尽管法庭上存在胡言乱语和偏见，但我们正在东京创造历史。记者们不明白，控辩双方在东京的法律斗争是目前世界上进行的最重要的斗争。它就像一场战争——先是长时间的令人乏味的准备和等待，继而是狂暴雨般的行动，然后又是更紧张的准备和更重大的行动。对身处战场的我们来说，这是使我们经常处于亢奋状态的原动力，因为我们知道，只有越过这些障碍，才能最终得到真理。目前在这里发生的事正说明我们的民主还不稳定，不成熟。这些记者就像看棒球赛的观众，看到三垒打和本垒打就兴奋不已，而我们在这儿做的事则是投球手之间的决战。

"爸爸，这儿正在上演一部划时代的法律戏剧。记者感到厌倦，因为他们看不到表象背后的东西。他们认为一切都是事先安排好的，结局早已确定，我们只是走走过场而已。他们看不到，利害关系仍很重大，战线还在延伸。实际上，结局如何仍应拭目以待，要等到辩护律师在法庭上扬眉吐气的那一天！有人曾说：'你还什么也没看到！'尽管我从未在公众面前讲过话，但我仍打算把有些事情说一说。"

她对为户田省吾辩护之事同样持乐观态度。她简要介绍了对他的起诉书中的重要内容。"我和他见过两次面，虽然他仍不感兴趣，但我可以使他恢复信心。我们被告知，检察官要推迟开庭很长一段时间，所以我正在把大部分时间用在东条一案上。爸爸，看到我发的这些牢骚，你就能明白，现在我更愿意在这儿，因为我已开始注意所有审判的计划书。横滨和东京实际上是紧密相连的。审判工作只是占领计划的一部分，而后者本身又是我们的亚洲政策的一部分。"她在信末加了简短附言，谈了谈威尔的情况，但没有提她对威尔的兄弟更感兴趣。

4

乔西和马克经常约会。在一个周末，马克驾驶他那辆破旧的粉红色吉普车带她去了山间别墅。车身上绘有鲜艳的花，车篷的边缘上挂着五颜六色的飘带。他说他们晚上需要薄薄的毛毯，又马上补充说他已分别订了房间。在前半段路上，天气并不凉快。当他们沿肮脏的公路向西南方向进发时，他们的身上都被汗水浸透了。但当他们抵达相模湾，在孤儿院与弗洛斯共进午餐时，有阵阵凉风吹来。他们饭后继续向西进发，不久就看见了远处的日本第一胜景——富士山。离得越近，富士山就越壮观。时间不长，他们就来到山边。乔西惊讶地发现，富士山很高，山路崎岖不平。山上林木葱葱，花草繁茂，使乔西感到了凉意。他们沿一条弯弯曲曲的砾石路穿过山谷，来到陡峭的山坡上。幸好路上几乎没有车辆来往。乔西从视野开阔的一边顺弯弯曲曲的路向下看至谷底时，真有点头晕目眩。他们路过几个村庄。在一个村子里，她吃惊地看到一个农村妇女正在沟里解大便，而马克却一点儿也不感到难为情。他说："他们就这样。"最后，他们来到了一个名叫宫下的村庄。爬上另一个陡坡后，他们看到了旅馆高高的大门。

"这是富士屋。我认为它是世界上独一无二的。"

他们走进旅馆，沿宽宽的楼梯往上爬，楼梯扶手上绘着红色的龙。乔西这时有点恐惧。他们终于爬至旅馆的主要部分。在紧挨在一起的两个房间安顿下来后，马克带她四处参观。乔西从未见过如此幽雅豪华的地方。这里有一个室内游泳池。有游戏室、矿泉水浴。最好的是服务——迅速、礼貌、友好，但不过分亲昵。

在紧张艰苦的审判之后，她第一次得到了放松。他们两人悠然自在。西式晚餐味道甘美。虽然他们在路上极少谈话，但现在乔西感到可以问他一个困扰她几个星期的问题了。"你认为我能让你父亲当证人吗？不仅要用他那本解释珍珠港事件发生原因的书，而且要他本人上法庭。"

他想了一下说："我想没什么不可以的。当然，这比较困难，因为他是麦克阿瑟的顾问。"

她脱口说道："那么，麦克阿瑟实际上在背后操纵审判，正如弗内斯所担心的那样。"

"我不这么认为,"马克亲切地说,"威尔告诉我,麦克阿瑟答应让基南在检查起诉方面自行其是。"他想知道她为什么笑了。她兴奋地说:"我在想你父亲站在证人席上,我询问他关于他和富兰克林·罗斯福的谈话。因为你的父亲不是政府官员,行政特权适用于这些谈话吗?这肯定会给韦布带来一些麻烦。"她抱怨弧光灯的光太强。"那些灯亮的时候反而使人眼前模糊。和其他技术一样,那些灯也被误用了。"有时候,完全诚实的证人在灯光下反而像个骗子,而骗子反而像个诚实的人。

"这儿的灯光也太强了,"马克说。他关上灯,亲吻乔西。和平常一样,她热烈回应。他把手放在她的膝盖上,她则像平常一样轻轻地拿开他的手。他说:"我想你喜欢我。"

"是的,非常喜欢。"她亲吻他。她知道自己坠入了爱河,但不知道如何对待。这时候在她生涯中需要的最后一件事就是性爱。

马克从未遇到过她这样的姑娘。她显然喜欢他,也想让他亲吻。他敢肯定她想再进一步,但却有什么东西使她往回缩。这令人沮丧,但他知道,他必须得有耐心。

5

战犯的审判不仅使玛吉烦恼和困惑,而且使她痛苦和沮丧。她发现自己很难对冷酷的法律形式产生好感,很难把她在战场上亲眼目睹的屠杀、兽行和流血,特别是她的恋人在冲绳附近一个不重要的小岛上的死亡归入合适的法律范畴。这里有穿黑袍的法官;有长达55页的起诉书;有被指控犯下滔天大罪的28名日本被告;有控辩双方的许多律师;有请求;有反对;有裁决;有律师的能言善辩,古怪举动,激烈交锋;有全套的法律制度来重新审视已成为历史的恐怖时期。悲剧将依赖作为历史档案保存下来的非个人文件的速记文本予以揭示。法庭无力平息濒临死亡的人的哀鸣,不能使伤残和毁容的人恢复原貌,不能弥补任何一颗破碎的心,复活任何一个死去的生命。然而,法律的各种方法和手段现在可以确定战争的责任,剖析发生战争的原因。

尽管如此,玛吉还得经常撰写关于这项工作的报道,在纷繁复杂的文件、辩论、请求、反对和裁决中探明根本性的争议问题。虽然她感到审判工作毫无用处，但她不得不克制这种情绪，掩盖起个人的痛苦，尽力使报道丰富多彩。威尔在审判那些对他亲眼见过的暴行负有责任的人的过程中，有一种十字军的感觉，玛吉对此能够理解。作为一名律师，乔西决心让法庭在审判被征服的敌人时遵守抽象的"公平审判"的理念。对此，玛吉将试着去理解。她父亲对具体的历史事件抱有进行学术研究的很大兴趣，她对此颇不以为然。

　　然而，有个想法像阴影中的一盏明灯在闪烁。每个记者都有其使命。她无论如何不能让自己的使命被个人的悲剧所淹没。为什么不和威尔及乔西调查审判中有争议的基本法律问题呢？为什么不和他们交换看法，发现一些能够启发读者了解审判的基本意义的东西呢？她讨厌仅仅按部就班地写一些偶尔发生的有趣事件和个人偏好的东西，尽管这可以使关于证人作证的单调报道充满趣味，特别是关于通过翻译进行的令人讨厌而又冗长的问答式作证的报道。

　　乔西度假归来的那天晚上，玛吉在外国记者俱乐部的一个安静的角落与乔西和威尔聚在了一起。她请他们帮忙。"我不想听法庭上的正式辩论，不想听你们两个的争论。"她真正想了解的是法律的实质内容。威尔和乔西都想帮忙而不想争论。他们认为玛吉正在以超人的毅力充当一名公正报道此次审判的记者，对使她的个人生活支离破碎的大悲剧进行谴责。

　　乔西说："玛吉，如果你告诉我们你难以理解的主要问题，帮你就容易了。"

　　玛吉解释道，她认为她理解控方对日本领导人在几个方面的指控——野蛮对待战俘，残酷地蹂躏被占领地区的人民等。她难以理解的是破坏和平罪和与之相关的共同谋划罪的复杂指控。她认为有必要更好地了解这些指控的实际含义以及对这些指控的辩护。

　　玛吉打开了笔记本。"我有几个问题。首先是关于破坏和平罪的指控。日本进攻珍珠港，发动对美国的战争。然后又将战火烧至菲律宾及英国和荷兰的殖民地。我们知道当时的日本政府领导人以及陆军和海军首脑人物。为什么需要 11 名法官、55 页的起诉书和旷日持久的审判来解决破坏和平罪的问题呢？我觉得，日本在 1941 年 12 月 7 日前后确确实实犯了破坏和平罪。为什么律师们要把这么一个简单问题与共同谋划罪的指控联系起来，进行没完没了的争论呢？"

玛吉的后一个问题触动了威尔和乔西的职业自豪感。两人都急于为他们一方在东京的工作进行辩解。威尔耐心地说："检察方面坚持认为，1941 年 12 月日本对珍珠港、菲律宾以及荷兰和英国在远东的殖民地的进攻，是日本至少 18 年来统治亚洲甚至全世界的阴谋计划的高潮部分。玛吉，你应该了解，不仅最后一刻扣动扳机的人有责任，那些最早制订并推动酿成战争的计划的人也有责任。我做一个简单的比喻。有 6 个人几个月来一直在计划抢银行。其中 1 人确定了银行的方位，1 人备好逃离现场的小轿车，1 人提供武器和伪装用品，真正动手抢银行的只有 2 人。他们都犯有阴谋抢劫罪。他们共同策划了犯罪。所以，此案中关于共同谋划罪的指控，使所有参与共同谋划的人为整个犯罪过程负责。"

威尔把木户和东条等人与银行抢劫犯作比较，使乔西颇感恼火。但她控制住了自己的情绪。她尽量平心静气地说："威尔已按我们自己的刑法规定向你简单介绍了共同谋划罪的含义。然而，我想他的本意不是要把这个问题过分简单化，而使人们对此间的审判产生误解。我们不是在按照本地法律处理银行抢劫案，而是在处理复杂得多的问题。抢劫银行显然是一种犯罪。但是，按照现行的国际法，侵略战争从未被视为一种犯罪。"

"打住！"玛吉高声说，"每个人都同意侵略战争是犯罪！打出第一拳的国家——如攻击珍珠港——就是犯了破坏和平罪。"

乔西说："玛吉，如果问题如此简单，那么因侵略而达到的现状就永远不会被侵略所打破。我们设想一下，像日本这样的国家，成千上万的人挤在几个小岛上，眼看着周围的远东领土被远离东方的列强占据——英国在马来亚和新加坡，法国在印度支那，荷兰在东印度群岛，美国在菲律宾。再进一步设想一下，日本领导人得出结论：外国列强过去通过侵略战争而实现的对远东某些国家的统治，实际上束缚了日本人民将来过上美好生活的各种努力。我们不难推测，日本领导人在这种情况下就会确认，通过外交手段不能扩张领土，那么日本的选择就只能是起来战斗或充当被欧美列强控制东方的一个仆从国。在这种前提下最终诉诸武力的战争，在 1941 年以前的国际法中认定是犯罪吗？这个问题比入室抢劫复杂得多。"

威尔嘀咕道："乔西！你好像在为日本的扩张和侵略充当辩护人。"

"威尔，"乔西以过分平静的口气说，"我并不是说日本及日本领导人是按我的假设采取行动的。我只是想告诉玛吉，按照 1941 年的国际法，侵略战争可能不是犯罪。我们**现在**说首先公开发动战争破坏和平**应该**是犯罪。问题在于，当时就把侵略战争视为犯罪呢，还是我们现在才把它当成犯罪的呢？如果是我们现在把它当成犯罪的，那么这是不是律师们所说的有事后追溯效力的法律呢？玛吉，这种法律就是在某种行为发生之后，才初次把它定为犯罪。我们的宪法摒弃这样的法律。"

"我来说两句，"威尔说，"我同意乔西恰当地阐述了一个重要问题。我并不是要把此次审判与银行抢劫案等同起来。我只是想让你了解共同谋划罪的概念和对那些策划犯罪但未具体实施犯罪的人如何进行法律裁决。"他转而对乔西说："我来回答玛吉提出的问题。检察方面的立场是，在珍珠港事件发生之前很长时间，各国签订的条约和人类的道德良心就已经把侵略战争当作犯罪了。"

威尔关于共同谋划抢劫银行的比喻仍使玛吉感到好奇。"你们两位律师能对我解释共同谋划罪的概念如何运用于东京审判吗？如果某些人被确定犯了罪，那么，不通过细致的审讯以找出以前他们的同伙或早先与他们共同策行动的人，就对他们予以惩罚，这样难道就没有意义吗？"

她的兄弟说："玛吉，我能说的是，你提出的这种审案方法也许能够加快审判的速度，但极有可能使真正的罪犯逍遥法外。长期计划的策划者可能会因为没有亲自参与执行计划而逃避惩罚。而且……"

"玛吉！"乔西插话说，"你必须记住，共同谋划问题和侵略战争在逻辑上是分离的，但在起诉书中却被联系在一起。辩护律师将尽力否决共同谋划是犯罪的提法。辩护方的立场将是，按照国际法规定，不能因共同谋划者中某些人有犯罪行为而指控其他人也犯了罪。除英国和美国外，其他国家的法律制度中并无共同谋划罪的规定，更何况，它还是个仍在发展和变化的概念。我知道，基于上述理由，辩护律师均认为，在此次审判中提出共同谋划罪的指控是极不公正的。日本内阁和领导层在过去 24 年中更换频仍。共同谋划罪的提法会使近卫文麿一类的人物官司缠身。1941 年 10 月，他在自己所作的防止日美开战的努力失败后辞去了首相职务。如果他没有自杀，他现在肯定会受到指控，因为他是前内阁总理大臣，当时日本已发动了侵略战争，作为其总体侵略计划的一部分。共同谋划罪的指控使这类被告人处在了可怕的危境。如果他们中有人在职时曾经试图反对日本发动侵略战争而被其内阁同僚否决的话，他就可以把罪行推到其他人身上而为自己洗脱罪名。这会使日本政治家陷入两难困境。日本领导人的辩护律师认为，如果在审判中坦白罪行会累及他人，他们的当事人将宁愿保持沉默。"她停了一下，但又马上补充道："亲爱的威尔，这是我发现的检察方面尤其不公正的一点！"

威尔禁不住笑了，他当然不同意。本来是探讨问题，现在却争论起来了。他怀疑乔西在波士顿的律师事务所可能对共同谋划罪的"连坐"效应有痛苦的体验。他也知道，他的某些同事认为，共同谋划罪的提法对那些不熟悉这一法律概念的法官可能没有多大吸引力，那些了解这项法律条文的律师担心一起审判几个共同被告的做法不妥，因为每个被告的律师都急于解脱自己当事人的罪名，即使这么做会累及其他被告。威尔决定把话题转到审判的其他方面。

玛吉无意中帮了威尔的忙。她问道，撤销诉求的含义是什么？这在法律上有何用处？为什么律师在审判开始进行时提出这一点，而后又提出许多论据来支持这些诉求？威尔担心自己回答这些问题会有卖弄学问之嫌，但他还是决定作些解释，希望他和乔西现在能站在共同立场上，如果他的解释不太清楚或不太充分，她能帮他一下。

"玛吉，"他说，"在任何案子中，特别是重要的案子中，可能会出现有别于事实证据的纯粹法律问题。例如，依照珍珠港事件前国际法律的规定，侵略战争是犯罪吗？这是个纯粹的法律问题。谁采取了促成侵略战争的行动？这是个摆事实讲证据的问题。所以，不管英国和美国律师是否知道，按照国际法的规定，共同谋划是不是犯罪，共同谋划问题仍是一个纯粹的法律问题。某个人是否参与了共同谋划，则是一个讲求证据的问题。撤销诉求一般指那些引起纯法律问题的事情，这些事情可在无证据或很少证据的情况下作出裁定。"

他转而笑着对乔西说："律师，你认为本案涉及的问题中还有哪些是有别于事实证据的纯法律问题？"

他的笑消除了乔西的对立情绪。她想，在法庭外与一个讨人喜欢的对手讨论问题真够刺激的。她说："我认为法庭要审理'破坏和平罪'就是一个纯粹的法律问题。日本人是按照《波茨坦公告》投降的，该宣言规定要惩罚'战犯'。被告们声称，在投降文书中，'战犯'仅是指那些犯有传统战争罪行的人，如虐待战俘和残暴对待平民等。所以，律师称法庭无权审理破坏和平罪，它与传统战争罪行不同，比后者的范围更宽泛。"

"还有其他纯粹的法律问题吗？"威尔问。他们两人沉浸在讨论中，忘了玛吉的存在。"你认为法庭的偏见是法律问题吗？战胜一方的代表在裁定针对他们而发起的战争是不是侵略战争。受害者实际上在确定受害的程度。俄国也派法官审案，问题就更为严重。日本从未进攻过俄国。日本和俄国签有互不侵犯条约。俄国在最后关头向日本宣了战，而俄国法官却在参与裁决日本是否犯了侵略战争罪。"

两位律师突然意识到他们的"当事人"有点茫然无措。"玛吉，"乔西说，"我们是想说明，所谓撤销诉求一般针对的是我们刚才所说的那类法律问题。法庭在审判中已经对其进行了周密考虑，正在根据证据进行审理。所以，现在的审判工作主要是确定被告们是否真的采取了各起诉书中指控的那些出格行动，如果采取了，就确定是哪个被告干的，都干了些什么。"

玛吉叹了口气。"显然审判会很漫长，而且要追溯过去差不多18年间发生的事。我并不想太固执，但我还是想知道：如果12月7日的珍珠港事件和随后发生的事不能列入此次审判范围的话，那么让原来制订计划的人逍遥法外而把最后采取行动的人绳之以法，难道不可以吗？"

威尔说："你难道不明白吗？这实际上是由高层决定的政策问题，而不是像乔西和我这样的律师决定的问题。我认为本次审判的方法依照了纽伦堡审判的成例。"

乔西说："玛吉，追溯历史也许有另外的考虑。检察方面可能担心，把珍珠港事件和我们的石油禁运及不妥当的外交策略分开来看，会使日本是不是被逼迫走上战争之路的问题复杂化。然而，这可以使我们长期争论不休并进行多方面的考虑。你提出的快速结案法是不是好方法，也许是一个学术问题。正如威尔指出的，所定政策的目的是要追溯共同谋划的历史轨迹，这是审判工作的方向所在。"

玛吉合上了笔记本。"告诉我，你们作为律师，对这段时间你们的工作有何感想？来这里做这些工作值得吗？"

"我乐于做这份工作，"乔西说，"给战败之敌一个机会，让他们在律师的帮助下对重大事件作出自己的解释，是文明社会的一种进步。"

"我同意这种说法，"威尔说，"整个审判看上去像一部沉重的法律机器在运作，但是你应该了解，几个世纪以前，个人之间的争端还是通过决斗或神裁法来解决的。实际上，英国在上个世纪才废除了决斗之法。在决斗法和神裁法之后，我们才有了陪审团制度。最初的陪审员是旁观者和目击证人；现在则是与案件无关，只在法庭上根据证据判断案件的人士。所以，目前的司法制度经历了缓慢的渐进的过程。正如乔西说的，这种法律制度或许有诸多不便，或许存在诸多问题，但它的确要比即刻处死战败一方的领导人的做法好得多。"

玛吉点了点头。她对他们两人都很感激。他们给她讲了许多值得思考的东西和有益的背景知识，她禁不住又提了一个问题："你们认为战争的胜利者能因违反人道罪而受审判吗？"

威尔和乔西都沉默了。

玛吉说："我正在想长崎和广岛。"

第 三 部

第十二章

1

东京，1946 年 7 月 26 日

经过长时间休庭，法庭在陆军部大楼重新开庭时，人们享受到了空调排放的习习凉风。甚至被告们也因解除了酷热而提起了精神。由于豪华设备创造了舒适的环境，检察方面极有效率地开始了对南京大屠杀的指控。威尔和同事们经过审慎选择，掌握了充足的证据，指控日本军人所犯的抢劫、屠杀、强奸等罪行。

这天，麦格林恩教授和真理子坐在顶座楼层日本听众一边，尽管日本人和西方人都以不赞成的目光看着他。他不以为然，完全沉浸在令人吃惊的法庭审讯中，他相信这都是他的儿子在幕后安排好的。真理子和其他日本人一样，对揭露日军罪行的陈述着了迷。战争期间，她曾读过关于美国人和英国人所犯暴行的报道，但不相信只有敌人才犯这样的罪行。她觉得日本军人也肯定犯下了罪行。但这是她初次听到她的同胞所犯的可怕罪行的详细情况。

中午休庭时，她和麦格林恩与他们办公室的一位美国朋友讨论了法庭的证据。这位朋友认为，只有纳粹、法西斯和日本人才会犯下如此惨无人道的暴行。"我相信我们听到的每件事都是真的，"乔西说，"但是，你们不认为这些可怕的事情是在不正常的战争条件下干出的吗？"

一位四次投票选举罗斯福当总统的中年美国人发怒了："那我们为什么没有犯下如此的暴行呢？"

麦格林恩从容地点点头，表情严肃地说："当然，我们都知道，完全无视人权的政治制度才会采取如此惨无人道的行为。"

"我同意。"那位老兄说，他没有觉察教授的讽刺。"我们这些在民主制度下长大的人绝对不会作出南京大屠杀那样的事。"

真理子克制住怒气，说她知道许多日本人并未参与南京大屠杀。"你不认为发生南京大屠杀还有其他原因吗？"

尽管麦格林恩嘲笑了那位老兄，但真理子还是带着不愉快回了家。第二天她又来到市谷，聚精会神地听一位中国医生诉说日军在南京的暴行。"街上的人都遭到枪击，"他平静地说。他是一个慈善团体的副主席，该团体埋葬过4万具尸体。他叙述了成千上万12岁至55岁的妇女被拖出房子强奸的情况。他说他亲眼看到一位妇女在浴室里遭到强奸；他进入一个房间时看到了11具尸体，其中的三位妇女被强奸后"摆放在一张桌子上"，桌子上还在流淌着鲜血。他讲述这些暴行时，法庭内一片激愤。一位美国外科医生进一步证实了这些令人恐怖的暴行。他讲述了一次集体屠杀的情况：一大群人被驱赶至长江边上，用枪射杀，然后推入奔腾的江水之中。

在审讯过程中，威尔游刃有余地驳倒了律师的辩护，并在反复的盘问中加强了检察方面的指控。在最后一场庭审结束时，他得到了控辩双方律师的祝贺。他的父亲从未因他而如此自豪过。威尔则坚持说，他只是检察方面的一个成员，功劳应归功于大家。乔西给她父亲写信说："他惟一的错误就是太谦虚。显然是他领导了检察方面的工作。他的发言简洁明了，富有逻辑性和说服力。"他认为没有必要对指控之事进行辩护，但她在信中没有提这一点。她初次理解威尔为什么要谴责允许发生此类暴行的军事制度了。她相信他披露的每件事都是真的，她原来认为某些被告是无辜的，但现在这种看法开始动摇了。

真理子的信念也动摇了，她开始担心战前日本的整个体制存在内在的侵略性。麦格林恩对她说她的想法颇荒谬，但她仍担心她尊崇的价值观念都是假的。她说："日本军方自诩其士兵是世界上最有荣誉感、最守纪律的士兵，今天我才相信，这完全是胡说八道。"她不听麦格林恩的反对意见。她说："你的儿子已经无可辩驳地证实，的确发生过可怕的大屠杀。"

"我同意此点，但是他们还得为被告们的责任进行辩论。现在不要急于下结论。"

威尔注意到他们两人在交头接耳。他不知道他的父亲是否像玛吉担心的那样对那个日本女人动了真情。他觉得以父亲的年龄来看，很难想象他会动真情。

新闻界对威尔揭露的暴行颇为震惊，有位记者写道："从6月3日起，被告们一直在为自己的性命进行最后一搏，他们神色严峻，满脸怒容，这是几个世纪以来日本人进行挑衅和抗拒的标志。"但是现在他们的态度软化了。"清一色的便服中有几套干净而笔挺的西服装束。络腮胡和小胡子都修理得整整齐齐。他们的满脸怒容和顽固的沉默开始发生变化。他们与各自的律师交谈，潦潦草草地写笔记，经常和别人一样在法庭笑出声来。"这些被告似乎成了观众而不是面临死亡的囚犯。例如，外相重光葵看上去对南京大屠杀的指控毫无兴趣。"他坐在位子上，表情肃穆地盯着他的双脚，就像在赌场上输了大钱的人一样。"但是，重光葵和木户一样，是陷入了绝望之中。他在日记中写道："人们都想堵上耳朵，关于大屠杀的陈述太令人恐怖了。日本精神难道已经腐败堕落了吗？"

虽然乔西完全相信南京大屠杀确实发生过，但她忘不了教授关于日军在外国的野蛮行径的解释，也忘不了他的警告：美国士兵出于担心和优越感，也有可能作出同样的反应。她记得他说暴行是一个国际性的问题。在分析了自己的结论后，她给父亲写信说："你还记得有一天你对我说的话吗？你说在一件有争议的案子中，有时候会意想不到地突然出现一些对辩护方不利的证据；这些不利的证据有时候可能是由检察方面提供的。我认为过去几天发生了这种情况。威尔全面揭露了暴行，使我不得不重新检讨我为东条和省吾的辩护。爸爸，我确实很兴奋。这可能就是你对我谈到的那种意想不到的时刻。"

在审理南京大屠杀案期间，她和威尔经常在休庭时聚于咖啡馆。她边喝咖啡边向威尔打听，当战俘是个什么样子。她说她必须了解这些情况，才能更好地为省吾辩护。威尔起初不太情愿地谈了在奥多纳尔和甲万那端遭受的苦难，最后又透露，最令他烦恼的是他自己的弱点。他坦白了偷偷加入其他营房战俘的行列多吃一顿晚饭的往事。"我整天想的就是肚子饿。"他还谈到，有一次一个日军看守割下一块牛后腿肉，举在手中走来走去引诱战俘们。后来他把牛肉扔到战俘中。恰好被威尔抓住了。"在我用大折刀切下一块时，其他战俘都像秃鹫一样扑了过来。我大叫道：'走开！'我还用刀威胁他们。我割下几磅肉，然后厌恶地看着其他人叫骂着扑向剩下的肉。我把肉藏在衬衣底下，偷偷溜了出去，心中充满了对自己的厌恶。"

她想做点什么以示她理解他，但却不知如何才好，只能在内心里表示同情。

"我们中有一些人未变成野兽，如几个牧师和几个像布利斯那样的人。他们帮助了我，使我的心智保持了健全。他还讲了他做的另外一些自私自利的事，而忘了那些不自私自利的事。因为在他心目中，所有大公无私的事都是为了补偿那些永远不可原谅的事才做的。"

她完全理解，他已开始正视自己了，他甚至谈了战俘生涯中的一些趣事。他最后感到轻松了许多。他问她是否想去看看日本人生活的新侧面。她欣然同意。几天后，他们驾车来到东京至横滨途中的一家饭馆。这家饭馆完好地坐落在乱石之中。他们坐在一个漂亮的柏树矮凳上，脱去鞋子，换上大号拖鞋。一个时常点头哈腰的矮个子男人陪他们走过光滑的木地板走廊。乔西穿这种拖鞋行路很困难，后来看到威尔像滑雪一样滑着走，赶忙效仿。他们被带进一间雅座包房，地上铺着榻榻米，乔西发现穿着袜子走在上面很舒服。身着花色和服的姑娘们引他们坐在一张桌边。乔西看到威尔轻松地盘腿坐了下来，她竭尽全力想如法炮制，但那太痛苦了。

"把你的腿放在桌子下就行了，"他建议说。他向一位姑娘讲了几句日语，让她帮乔西倚着靠背坐垫坐舒服。乔西惊讶地发现清酒是温的，不过还是强迫自己喝了下去。喝第三杯时，她发现这种米酒就**应该**烫热了喝才有滋味。在饭前小吃端上来之前，她看什么东西都顺眼。各种各样的生鱼令人害怕，不过她勇敢地吃了一些，那味道还不错，后来她得知那是章鱼。

当只剩下他们两个人的时候，她问道，那个脸上涂着浓浓的白粉，跪在他身边给他斟酒的姑娘是不是艺妓。她是艺妓。"我想她只是……你知道……"

"是妓女吗？"他摇摇头。"美国人通常是这么认为的。这些年轻妇女经过特殊训练，知道如何使顾客，特别是男性顾客高兴。不过她们是为顾客提供娱乐的人。当然，她们中也有人与喜欢的男人来往，但不是作为妓女卖身的。"

有个年纪明显较大的艺妓身着柔和色调的和服拖着脚步走了进来。她兴奋异常地喊道："麦格林恩先生！"她来到他身边，给他斟清酒，喂他美味佳肴。

"我们非常荣幸，"威尔说，"这是克太郎。她是年轻艺妓的师傅。我去哈佛以前，爸爸带我来过这儿。"

"我不知道在东京还有艺妓，"乔西说。

"我们中有一些人设法生存了下来，"克太郎笑着说，"我是最后一批中的一个。我们都是行将就木之人，承蒙有钱人留我们为外国客人提供娱乐，就像木偶和歌舞伎。然后他们就把我们送到博物馆去。"她又笑了。

"一直都会有艺妓的，"威尔说。

"过去，我们在阴影里活得倒也自在。现在我们暴露在光天化日之下了，真是太可怕了。不过这个世界已经不同了。人们现在很大胆，公开使用亲热、接吻和性爱一类的词。电影院里有'情人座'！过不了多久，日本人就会什么也无法理解了。"她问乔西来自美国哪个州。

"马萨诸塞。"

她学着说"马萨诸塞"，但学不上来，逗得一个年轻艺妓咯咯直笑。这个年轻艺妓也跟着学舌。老艺妓趋前仔细观察了乔西后，讲了几句日语。

"你的皮肤真美，"威尔翻译道，"就像宫廷里的贵妇人。"

克太郎刚才吹捧威尔时乔西心中升起的一丝恼意这时消失了，两个女人四目相视，都笑了起来。侍者端来两种清汤，一个汤里漂着新鲜蔬菜，另一个汤里有半条鱼，另外还有牙签串着的炸牡蛎、两个豆沙馅包子、一小块绿色的果子冻和其他美味佳肴。侍者随即开始在桌子中间的一个液化气炉上用平底锅做寿喜烧。她把一片肥肉放进锅里，然后放进一片片牛肉和洋葱，倒入一些水、酱油、清酒和一点儿糖。因为这是个特殊时刻，她加了一些大葱段、豆腐、魔芋、竹笋，然后又放了一些洋葱和牛肉。

乔西从未吃过味道这么好的东西，每种菜她都爱吃，包括魔芋一类神秘兮兮的东西。克太郎看到她不会用筷子，就教她怎么使用："筷尾保持不动，用筷头挟东西，就像使用手指头一样。"

在他们享用寿喜烧时，艺妓们都出去了。但等桌子一收拾干净，她们又回来了，并拉开了另一间屋的滑门。克太郎坐在一边弹奏日本三弦琴。这是一种类似班卓琴的乐器，有三根琴弦，以猫皮为底座。乔西乍听之下，似有一群愤怒的猫在叫，但当她看到威尔沉浸在这种音乐中的样子，就开始欣赏起来。那间屋子尽头有一个金黄色的帘子，两个姑娘开始跳起舞来。她们的动作很慢，很机械，使乔西想起了上紧发条的玩偶。但她后来发现这种舞蹈动作很迷人。

后来，姑娘们跳起了轻快的"矿工舞"、狐步舞和"东京音头"。最后，她们邀威尔和乔西共跳另一种狐步舞——"樱花音头"。

在返回的路上，天气凉爽宜人。看到威尔与日本人在一起时的情景，乔西发现她原来对威尔的印象——冷漠和缺乏自信——只是一种假象。他童年时在日本生活过多年，不知不觉地形成了内向的个性。和日本人在一起，他有如鱼得水之感。

这时候威尔在想，乔西有一种超越外表美的内在美。她的下巴过长，不符合美女的标准，她的翘鼻子也许小了一点，但当你看惯了她的眉眼后，你会觉得她的五官搭配很好看。也许正是不符合美女标准的五官使他觉得她很美。容貌身材俱佳的姑娘反而令人乏味。他想把车停在路边吻她，但又放弃了这个念头。这样做对马克不公平。况且，他对她的兴趣只是暂时的。由于某些原因，他仍不想和一个女人搅在一起。

她知道他想吻她，但更希望他不那样做。回家后她才吃惊地发现，她已意识到威尔非常迷人。怎么能同时迷上两个完全不同的男人呢？好姑娘不能这样。她并不是想非要做个好姑娘不可，她只是因发现自己对自己知之甚少而感到惊讶。也许这只是一种本能表现，因为直到前不久为止，性爱在她的生活中仍微不足道。她希望能向某个人倾诉心事，但能听她诉说的只有玛吉和教授，而她又怎么能和他们谈威尔和马克呢？

2

第二天，麦格林恩教授叫醒了马尔鲁尼中校，他和往常一样，正在他藏在书柜后的一张沙发床上睡懒觉。教授说："我们要呈交关于土地改革的报告。"

"我们的报告！"马尔鲁尼睡眼惺忪地咕哝道，"我甚至不知道这事。"

"你把报告打印得很不错，"麦格林恩说，"不过，惠特尼可能很挑剔。如果我受到责备，我希望你能分担责任。如果他喜欢我们的报告，他可能会建议提升你。在一个中校手下做事是对我的侮辱。"

惠特尼态度和蔼地接待了他们，然后开始阅读报告。

"将军，我可以作一个概述，"麦格林恩说，"我们的主要目的是废除租佃制，把部分土地分给农民，不过我们建议采取谨慎稳妥的政策，因为它会打乱农业经济秩序。中校和我担心战后的通货膨胀会导致地价猛增，得强迫地主以极低的价格出售剩余土地。这相当于共产党国家实行的彻底没收的政策。"

惠特尼默不作声，不知在想什么。

"马尔鲁尼和我都认为，土地改革只能解决农业当中的部分问题，"麦格林恩说，"当然，我们也可能是错的，我们只是想说明一些问题。我们还有一个请求。我们有一些关于中国问题的想法，可能会有所助益。"他递上几张打字文稿。"也许麦克阿瑟将军能花几分钟讨论一下我们的建议。"

"你想折磨我吗？"他们回到宿舍后，马尔鲁尼嘀咕道，"你没看见你提到令人讨厌的'中国'时老惠特尼脸上的表情吗？"

麦格林恩看到已过了10点，道声再见，匆匆走向电梯。他本来要到咖啡厅小坐，已迟了10分钟。真理子正坐在他们平日坐的那张桌边，微笑着欢迎他，尽管他迟到了。他突然一阵激动，对她讲出了自己也意料不到的话："你不认为我们该结婚了吗？"

她凝视了他一会儿，小声说："我非常愿意嫁给你……"

"什么？"

"你考虑过你子女的反应吗？"

"与他们有什么关系？"他不耐烦地说，"当然，我考虑过这个问题。马克肯定会很高兴，会提出作男傧相。威尔会考虑一整天，然后宣布这是件好事。弗洛斯会兴奋得大喊大叫。玛吉将叫我老傻瓜。不过，他们的想法实际上并不重要。"

"在我这方面……"她欲言又止。

他知道太郎是个麻烦。"你也许认为我不喜欢你儿子，"他说，"我只是不喜欢他那种粗暴无礼的态度，不过我能够理解。那孩子有理想，性格活泼，倔强。他是个共产党员，和幻梦破灭的其他许多人一样。这不但可以理解，而且该受到称赞。"他抓住她的手，但她缩了回去。"他肯定会怨恨我们的婚姻，但我们应想一想这么做的好处。他可以进入美国的名牌大学学习。他最终会明白，我和这些令人讨厌的美国佬不一样。"

她已把自己缩进了一个硬壳里，但教授最后的这几句话又使她动摇了，在她眼中打转的泪水夺眶而出。"噢，弗兰克，"她说。

"这意味着你要嫁给我吗？"

"是的，"她细声细语地说，"待时机成熟，请耐心等待。"

"那我们就算订婚了。"

她谨慎地看了看四周说："嗯，是的。但不要告诉任何人，还没到时候。"

她犹豫不决还另有原因。弗兰克几乎没有对她谈过他第一个妻子的情况，好像跟她毫无关系。每当她提醒他防备马尔鲁尼时，他都不予理会，还嘲笑她担心弗洛斯会受伤害。真理子还奇怪他为什么不把她介绍给自己的子女。他是担心他们不赞成吗？如果是，也应明说出来。不过，她最担心的是太郎。弗兰克曾竭力与太郎建立友谊——她知道，像弗兰克这样自傲的人做到这一点实属不易，但太郎不但依旧敌视他，而且还开始把她视为陌生人。

"我今晚能与你见面吗？"他问。

她点点头。"太郎不在家。"她像小姑娘一样咯咯笑起来。"谁会想到在喝咖啡时求婚。"

"和书上写的不一样，"他承认。

"比书上写的更浪漫，"她低声说。

麦格林恩兴高采烈地回到住处。他的生活发生了变化。他对真理子的爱不但使他焕发了青春，而且使他更能容忍别人了。他对子女们遇到的难题和取得的成功有了更大的兴趣。他从未感到与孩子们（例如马克）如此亲密。以前他对马克的爱情抱有偏见，他非常喜欢乔西，所以他很高兴看到乔西爱上马克。麦格林恩第一次希望马克严肃认真地对待此事。乔西会成为一个非常好的妻子，也会成为一个非常好的儿媳。

"你到底高兴什么呢？"马尔鲁尼问，"稳定一下情绪吧，惠特尼要我们马上去见他。"

走进大厅时，麦格林恩很快集中了一下自己的思绪。必须使麦克阿瑟相信，他的中国政策将导致全亚洲的灾难。

在接待室，有个副官说将军临时有事缠身，几分钟后才能会客。麦格林恩对此感到欣慰，因为他可以利用这点时间回顾一下日益恶化的中国局势。杜鲁门已派马歇尔将军前去调解国共两党的矛盾。但麦格林恩从一开始就料定共产党和蒋介石达不成可行的协议，全面内战不久肯定会爆发。日本的突然投降使蒋介石及其左右措手不及，他们原来以为日军会被逐渐打垮。日本投降后，只有少量美军登上了中国大陆，这使中国无人能预见到的事突然之间变成了现实：国共两党的军队在无美苏两大国军队约束的情况下发生了冲突。据麦格林恩从中国获悉的情报，蒋介石未作好内战的准备，因为他的军队战斗力差，道德纪律败坏。他的士兵大多是农民，被强征入伍，受到野蛮的对待，他们则反过来野蛮地对待老百姓。

毛泽东的军队人比较少，装备也较差，但他的人都是志愿入伍，团结在游击战争时期形成的核心力量周围，坚信自己在为中国的大好河山和自由而战。毛称他的军队为人民解放军。这支军队是中国漫长的历史长河中惟一不蹂躏百姓的一支大军。毛在革命运动中把共产主义和民族主义结合了起来，使自己得到了广泛的支持。毛在长征之后曾对麦格林恩谈过这一点。他把城市斗争留给周恩来等人去做，自己则在边区建立了一支农民革命军队，把司令部设在偏远的延安地区。由于毛、蒋于1936年签订了停战协定，两人开始单独进行抗日作战，同时在各自辖区的交接地区互相攻击，继续维持着"同床异梦"的局面。

"将军现在要见你，"副官说，并打开了里屋的门。以前麦克阿瑟都是热情地欢迎麦格林恩，但他今天板着面孔示意麦格林恩坐下。"我已看过这份意见书，"他拿起麦格林恩交给惠特尼的两页纸，"你建议我为一年内蒋介石的垮台作准备。"

"是的，先生。"

"你说美国给蒋提供任何援助都无济于事。"

"是的，先生。"

"你还暗示威洛比将军关于中共与莫斯科正在携手合作以控制整个亚洲的警告是胡说八道。"

麦格林恩克制住不满情绪，平静地叙述了长征后他与周恩来的谈话情况。周预言他们肯定会和斯大林发生冲突，因为斯大林坚持认为，中国人应按照布尔什维克的模式进行革命。

提到周的名字激怒了麦克阿瑟。几天前，周还在上海告诉记者，他不打算向南京和上海方向进攻。但蒋介石刚刚向麦克阿瑟通报，有两万共产党军队到了山东省，另有一万向东部集结。

麦格林恩想说明一下山东离上海很远很远，但又想还是不说为好。有一点他的确错了，他说周担心美苏之间会发生全面战争，国民党会乘此机会解决内战。

"我想知道你是怎么知道这些事的?"麦克阿瑟不耐烦地说，"我获悉周最近在南京召集了一些西方人士，对他们说他十分讨厌人们把中国共产党仅仅看成是农业改革组织。他说：'我们是既重视现在又重视未来的共产主义者和马克思主义者。'"

"你说得对，先生。但是周和毛不是莫斯科的工具。"

"教授，我非常尊重你，但你已被周恩来一类人物引入了歧途。派马歇尔将军前来强迫蒋与中共联合的华盛顿的那些自由派人士也同你一样。我们的外交官和他们的'新政'顾问们都因国民党高层贪污腐化的传言而心烦意乱，开始拒绝给蒋提供全面支持。如果这种局面继续下去，中国肯定会落入中共之手。"

离开房间时，麦格林恩责备自己说话不当，激怒了将军，从而无法说服他相信威洛比和马歇尔都是错的。麦格林恩认为，马歇尔关于统一国共两党军队的梦想肯定会以失败告终。留给美国的只有麻烦，特别是前往华北维持和平的那两个海军陆战队师，麻烦更大。

麦格林恩还担心仍然滞留在中国的 400 万日本人。他们中多半是平民，已在中国居住多年。遣返工作是需要各方面密切配合的一项大工程。如果他们陷入终将由共产党获胜的血腥内战，他们中将有多少人能活着返回家园呢？白人控制亚洲的时期在经过日本侵占新加坡的打击后就已结束了。美国官员和往常一样，正在错误理由的基础上作着错误的选择，他们将基于自以为正确的理由下错赌注！

华中地区，1946 年 8 月

这是天气酷热的一个月。尽管战斗时断时续，政治斗争却进一步加剧了。国民党动用美制 P－47 和 B－24 解放者轰炸机轰炸和扫射了延安。这引起了毛对蒋的严厉指责，说他缺乏诚意，完全遵行美国的政策。当共产党游击队伏击了美国海军陆战队后，局势变得严峻起来。游击队声称，令人讨厌的海军陆战队员"只是为了好玩"就开着吉普车外出向游击队射击。

与之相对，蒋介石在日本投降一周年纪念日发表文电，表面上是针对中国人民的，而实际上是针对美国舆论的。蒋指责中国的混乱主要是由毛造成的，因为毛没有遵守协议。蒋的军队正在复员，蒋还解除了战时对公民自由权的限制。但他没有透露，他还有 200 万军队，有他军事生涯中最优良的武器装备。

自从户田把工作人员和来自钢铁厂和矿山的日本工人转移到长江边上相对安全的公司城后，他在华中待了很长时间。这个城是日本人建的，有个日本名字"新区"。虽然一名日军参谋命令他烧毁可能会对敌人有所帮助的所有文件和研究成果，但他还是细心地把这些资料包扎起来，放进了保险柜。他不能亲手毁掉经过多年研究积累起来的珍贵的科学资料，失去这些资料可能会使生产停滞 10 年。在把这些资料完整地移交给国民党官员后，户田和他的人受到了贵宾待遇。在这些日本人临时居住的院子外有卫兵守卫，以防备共产党游击队的骚扰。

天气极热，不少麻雀跌落在地上相继死去。当地的玩笑之言是："要避暑，去印度。"但是，天气热得令人头脑发昏，尽管存在普遍的绝望情绪，户田还是下定决心要使他的 1500 人身心健康地返回日本。该地区的其他日本企业已让其雇员放任自流，但是户田不让他手下的男男女女饮酒作乐，而是组织了篮球队和相扑比赛。他还要求他们上文学、历史、绘画和茶道课。他鼓励男雇员参加业余演出和音乐会。他自己最喜欢高尔夫球。有个中国军官给他拿来了一套原来属于蒋介石儿子的高尔夫球具，还在院子外边建了一个有四个球洞的高尔夫球场。他几乎每天都和三位美国工程师打高尔夫球。

在日本投降一周年纪念日，有个国民党军官前来通报说，蒋介石本人已承诺在几个月内用船将他们沿长江送往上海。战争期间，户田把他的全部精力都献给了公司和他的祖国。他现在终于有望回到自己的家里了，这个家非常需要他。他的长子已死于监狱；次子在巢鸭监狱等待受审；小儿子浩则在战斗中失踪了。

3

东京，1946 年 8 月 15 日

那天下午，一个小木盒被送至户田的家中。家人猜想，这个木盒来自菲律宾。惠美和纯子知道这是什么，虽然没人告诉她们，因为 100 多万只这样的盒子已被送到其他家庭的父母手中，盒里装的都是他们在南太平洋失踪的儿子的"骨灰"。惠美惊得目瞪口呆，纯子则不相信浩已经死了。她们都浑身麻木，失去了感觉。惠美想起了浩的婴儿时期、童年时期，还想到他曾是个崭露头角的艺术家。纯子突然泪如泉涌。她猛地扑向母亲，两人抱头痛哭起来。她们很不情愿地打开盒子，拿出一张纸来，纸上写着两个汉字——"英魂"。纯子想，亲爱的浩就剩这点东西了。

"他肯定没有死，"惠美执拗地说，"我知道他还活着。我不相信他会采取自杀式的进攻。他肯定还活着。"

他确实逃脱了。现在他正在乘坐一艘陈旧的日本巡洋舰向日本进发。这艘船已破旧不堪，船上都是在菲律宾幸存下来的人，他们衣衫褴褛，身心疲惫。他和另外 3 个人乘一条独木舟从内格罗斯岛逃到了另一个小岛上，躲藏了 5 个月，直到安全投降为止。在一个集中营等待乘船回国时，他遇见了原来的学校老师，老下士上甲，他是在内格罗斯岛被俘的。

他们没有受审问，只是登记了姓名、官阶和家庭地址。浩实话实说，但上甲却谎称自己是横原中士。

"我不想让我家因我的投降而遇到麻烦，"他解释说。

他们终于登上了巡洋舰。有些人带上了装备和纪念品，但上甲和浩只带了积存下来的美国配给的物品。所有的人都穿着美国做的制服，背上印有"战俘"字样。

在漫长的旅途中，他们谈到了一些前往内格罗斯岛的战友。他们也许都死了，野蛮的大野可能也没有逃脱厄运。大野为了不挨饿，想吃浩最好的朋友前田。浩拦住他，救了前田的命。但第二天，浩在和大伙儿往前走时，却下意识地低声嘀咕道："我—想—吃—前田，我—想—吃—前田。"在徒步趟过一条因暴雨而涨水的河流时，可怜、虚弱的前田被水冲走了。浩找了他一个小时，但没有找到。这正是他与上甲及其他人分开的原因。然而现在他已离家乡不远了。

翌日晨，他们透过浓雾看到了祖国的轮廓。然而没有一个人欢呼。他们站在甲板上，像牛一样耐心而漠然地等了一个小时。他们终于一窝蜂般地登上了驳船。快到岸边时，他们谁也没有说话。

战俘们都十分紧张，上甲说："你们权当我们要登上的是敌人的岛。"

登岸后，美军士兵检查他们是否带有武器或违禁品。当看到浩和上甲带着许多罐头食品时，士兵们大笑起来，但其他战俘却很羡慕。美军命令所有战俘排成一队，解开制服，让日本护士喷洒滴滴涕。有人用破布捂住鼻子，但多数人没有这么做。只有一个当官的表示反对，因为他不愿意与士兵站在同一个队列里。一名卫兵把他的肩章撕下来，扔进了一只盛肩章和勋章等物的桶里。

复员军人管理局的一位日本官员告诫他们，把真实姓名告诉接待他们的一位美军上尉，否则，他们将得不到遣返证，而他们得把这个证交给家乡的复员军人办公室。"如果你们老老实实回答问题，"那位日本官员说，"美国人就不会惩罚你们。"

上甲和浩都如实回答了问题，得到了复员证、一张回家的免费火车票和250日元。之后，那位美国上尉告诉他们，他们现在被遣返回国了。"你们不会受到惩罚，不会进监狱，"他说。他们毫无反应。"你们成了老百姓，可以按自己的意愿自由生活了。"谁也没有动。"解散！"他们在队前转来转去，不知如何是好。他们迷惑不解地互相望着，等待着命令，但那位上尉径自离去了。

他们的亲人都没有前往迎接，因为谁都没有得到消息。

"我们走吧，"上甲说道。他拖着沉重的背包向城里走去。浩跟在他后面，但其他人仍然茫然不知所措。他们习惯于服从命令。浩意识到他们是全然不知怎么办了。

雾渐渐散去，他们这时可以看到富士山了。上甲说："富士山怎么了？好像跟以前不一样了。"甚至富士山附近的小山看上去也很陌生。它们原来一片翠绿，现在却黑糊糊的，而且有点凌乱。

"这是富士山吗？"浩问一个年轻人，年轻人看着他，好像他是个疯子。

"当然是富士山，"年轻人回答。他盯着他们，好像他们是麻风病患者。

"他认为我们投降了敌人，"上甲说，"当敌人发现我时，我已失去了知觉，不过我想我是投降了。"他又看了看富士山。"也许是我的眼睛出毛病了。"

"也许他们轰炸了富士山。"

火车站挤满了被遣返回国的军人。当浩排队领另一张免费火车票时，上甲把他拉到了一边。

"我能请你帮个忙吗？"他不好意思地问。

"什么？"

"你能陪我回家吗？"他甚至不知道他的父母、兄弟和两个姐妹是否还活着。"如果你能陪我回家就太好了。我不知道他们会说什么。"

浩知道，聚集在站台上的人都面临着同样的问题。他们的父母会接受他们吗？投降是件丢脸的事，左邻右舍会把他们当成胆小鬼，唯恐避之不及。站台上的大部分人都面无表情，但浩从他们的眼神中看出了同样的担心。

浩同意了上甲的请求，两人登上了开往东京的火车。火车很小，呼哧呼哧喷着气，好像要散架。车厢外面是单调的乡村景色，破碎的窗户上钉上了木板。车厢内因数百人挤在一起，空气十分混浊。他们两个都不得不站着。如果不是周围的人挤住的话，浩就会倒下去。但是没有人推来挤去，没有人生气发怒，好像这是个运牛的车厢，他们都是牛似的。快到横滨时，他们看到许多地方都遭到了破坏。

"我的天哪!"浩说道。

上甲就知道点头。他担心他的家人没有幸存下来。在时好时坏的铁路上颠簸了3个小时后,他们终于到了东京。他们不得不奋力挤过人群去换乘另一辆火车。浩说:"还好,衣衫褴褛的不光是我们两人。"妇女们目光呆滞,男人们神情沮丧。他们奋力挤上向北开的火车。一小时后,他们到达了目的地。

"看!"上甲惊讶地指着一条东张西望的棕色狗说:"我原以为这儿没有吃的。"那条狗能靠残汤剩饭活下来,证明这儿的情况还不是太糟。

他们步履蹒跚地走过街道,每走一步,携带的罐头食品就沉一分。半小时后,上甲在一所房子前停了下来。他放下背包,凝望着房子。有个女人在二楼的窗子里看到了他们。

"那是我的嫂嫂,"他说。

他来到门外,停住脚步,什么话也未说,已是泪流满面。他左顾右盼,看其他人在哪里。他最后问家里发生了什么事。她结结巴巴地说,父母在邻村以种稻为生,否则那些地将被没收。他们派人送信过去,几小时后父母来了,看上去都有点茫然不知所措。上甲吃惊地发现他们瘦得可怜,衣服也很破烂。

"到底怎么回事?"父亲问。

"我还以为你被打死了,就像莱特岛上的其他士兵一样……"母亲哭喊道。

"我想你可能活着,因为你会讲英语,"父亲说。

上甲也禁不住流下了热泪。

他的兄弟姐妹也穿着破衣服来了。他们也问他是怎么幸存下来的。家里人对他非常热情,他对浩说:"我现在是上甲,而不是军士横原了。"他到厨房去洗脸,看到有一些新鲜蔬菜:一个大洋葱,一些红小豆、白薯和一点儿大米。即使如此,他也觉得自己在军队享有特权:吃的好,穿的暖。

全家人看到罐头食品都很高兴,搞了一个混合宴会。这么多年来,上甲初次吃到了豆腐。浩对上甲悄声说:"我在丛林中就梦想着吃豆腐,但现在吃起来味道有点怪。"不过他还是假装吃得很香。

那天夜里,浩被呜咽声和呻吟声惊醒了。上甲在另一张床上挣扎着。

浩叫醒他，他说："我正在被人追赶。"

"被美国兵吗?"

"是的。是莱特岛山梁上的那场战斗。我不应该逃走。"

"但是你率众冲上了山顶，你这个傻瓜!"

"是的。但我后来又率众撤下了山顶。在此之前，谁也没有听说过'撤退'这个词。"

"我们去内格罗斯岛时，你似乎并不十分内疚。"

"不，那像一场游戏。我本应在莱特岛上战死，上甲下士应该在那里结束生命。所以，在内格罗斯岛上，我是另外一个人。我想检验一下我的生存能力。"

"也许正是这一点使我们两人都活了下来。"

"但是我现在又成了上甲下士。我感到有罪。"

第二天早晨，上甲在卧室的墙上用白粉笔写道："我将永远不结婚。"浩没有问这是什么意思，他想等上甲告诉他。

早饭后，邻居来访。他们的儿子死在莱特岛的山梁上，上甲不得不强迫自己讲述那场战斗的情况。他其实只看到了尸体，但他却大谈他们的儿子作战如何英勇。浩想，那肯定是真的，那道山梁上的每个人都是英雄。

由于上甲的连队来自这个地区，其他战友的父母闻讯纷纷前来询问他们失踪的儿子的情况。浩看得出来，上甲的父母因一遍又一遍听这些故事而深感痛苦，他们也肯定感到有罪。他的母亲一直没有说什么，但她显然最为痛苦。

又过了一天，当浩告辞时，上甲说："我将终身不娶。我将只为我的家庭和其他失去儿子的家庭而活。我得把我的余生献给他们。"

浩知道他会遵守诺言。在此之前，他只想着自己的未来，但当火车驶向东京时，他为家里人担起心来。他们都安全吗？他的父亲还在中国吗？其中他最担心的是二哥省吾，他在童年时期就开始崇拜二哥了。二哥一直身体健壮，意志坚定。但进入东京大学读书后，浩发现省吾是一个崇拜假神的有瑕疵的英雄。然而，尽管他憎恶省吾信奉的一切，但他内心里仍崇拜他。他能幸存下来吗？

浩到东京时，天已黑了，还下着大雨。虽然刚到 9 月初，来自炎热的菲律宾的浩仍感到有点冷。在人潮涌动的火车站，他发现其他人看上去也很冷。人们游来荡去，个个沉默寡言，冷得发抖，脸上现出绝望的表情。最令人痛心的是那些伤兵，他们坐在地上，抱着胳膊，伸出帽子要钱。他来到一个无腿的人跟前，那人笑着对他说："嗨，战友，欢迎你回家！"

伤兵满脸痛苦悲惨之状，浩禁不住掉下泪来。他从口袋里掏出上甲硬塞给他的钱，丢进了那人的帽子里。上甲给他钱是让他打出租车回家，以免让老百姓看到他背上的"战俘"字样。

"加油啊，战友！"

他听到有人说，低处暖和一点，他就随着人流往低处走。男女老少在这里把稻草和报纸铺在地上当床睡。这里污秽不堪，几只煤油灯散发出腐臭的气味。一个衣衫褴褛、浑身湿透的男人想挤进来，但被一个长着络腮胡子的大个子家伙推出去了。"这是我们的地盘！"他咆哮道，"要占地方你得交钱。"

那个落汤鸡似的男人祈求说，他和妻子以及孩子处境极难，连一分钱都没有。坐在角落里的一个怀抱婴儿的妇人说："义雄，让他们免费过一夜吧。"地板上的其他人怀着怜悯的心情挪出一块地方，让新来的这三个人有了落脚之处。

"这是怎么回事？"浩问。有人告诉他，那些在飞机轰炸中失去家园的人先在地上划出了自己的地盘，被遣返回国的人得给长着络腮胡子的家伙交纳地盘费。那个家伙是这儿的头，像独裁者一样管着这个地方。他保护交费者不受闯入者和小偷的骚扰。现在，地盘费已升至1000日元。

浩看到新来的一家三口虽未交钱，却受到了同样热烈的欢迎。怀抱婴儿的妇人问："被遣返回国的还是家被毁了的？"

"从'满洲'被遣返回国的。"那个男人说，他竭力控制着猛烈的干咳。他的妻子神情木然地把一件脏乎乎的衣服递给他，然后把一个骨瘦如柴的小男孩抱在胸前，让他暖和一点。在一张破破烂烂的草席上安顿下来后，那个男人说，他们在"满洲"做了20年小生意，非常不错，但现在他们只剩下了两个包袱。当他讲述他们从"满洲"南下的艰辛历程时，其他人都专注地听着。他们将近走了一年才走到上海。他的详细叙述深深地吸引了浩,那就像是在演电影一样。但是,人们虽然热情,他仍冷得直发抖,他发现应不停地走动才行。

外面更冷,不过雨已经停了。他步履蹒跚地朝家走。这怎么会是东京?他已看惯了被毁坏的城镇和战场上的惨景,但没见过自己的城市被毁成这个样子!一些大楼孤零零地立在地上,好像有一些残酷无情的巨人把其他楼房都拆光了,满目荒凉、凄惨之景象。这是战争的失败给日本带来的灾难。他感到困惑和漠然。战争不但使许多人命丧黄泉,而且使活着的人失去了原来的舒适环境。

有辆吉普车差点撞着他。车猛地停了下来,车上的人友好地问:"伙计,想搭车吗?"

"你们允许让日本人搭车吗?"浩问。

"不允许。不过,你上来吧。让规定见鬼去吧。"

浩把沉重的大包放在后面,坐在了车上。"多么豪华呀!"车在坑坑洼洼的街道上行驶时,浩心里想。

这个美国兵是个下士,名叫拉里。他抱怨说强迫车辆靠左行驶的新规定使他们很不适应。后来,他想听浩讲述他们在莱特岛和内格罗斯岛上的经历。拉里只在冲绳打过仗,他的紫心勋章是因一次迂回行动而获得的。月亮出来了,当车驶过一个方圆数英里的荒芜地区时,浩有一种奇怪的兴奋感。大面积的房屋被毁是个好现象,现在他们都平等了。他们都得从零开始。这些美国人并不坏。上甲说他将把余生献给其他人。现在他终于明白了上甲的真意。他从未见过这样的场景。上大学时,他惟一的希望就是到巴黎去当一名画家。他一直认为自己比普通人强,常人沉闷的生活使他心烦。但他现在认识到,他必须帮助那些蜷缩在车站地板上的人们。

快到麻布时,他看到自己的家未受到毁坏,心跳一下子加快起来。在月光下,他看到花园被改成了菜园。他像客人一样敲响了大门。如果他径直走进去,会吓着家里人。他从未见过的一个姑娘怀疑地看着他。

"我是浩。"

她尖叫起来,因为她看见了鬼魂。她匆忙逃回房中,惠美出来了。她穿着一双旧拖鞋,脸色十分苍白。她盯着他,好像他是个幻影。她不敢相信自己的眼睛。最后,她猛地抱住了他。

纯子也出来了。她刚开始也不敢相信自己的眼睛,后来她哭了。她没有抱他,却抱住了母亲,后来三个人兴奋地抱在了一起。惠美松开孩子们说:"谢天谢地,你总算回来了! 我不相信你死了。"她讲了收到"骨灰"的事。

纯子想知道他是怎样逃生的,但惠美说:"你先洗个澡,我去给你准备。"

他正想洗个澡。在热水中尽情享受了很长时间后,他走出浴室,简单谈了一下生还的经过。惠美想让他吃饭,但他不想分享她们的食物,说他已在朋友处吃过饭了。但她坚持说,他至少应该吃点剩下的豆子,喝点茶。在轻松愉快的气氛中,他们谈了好几个小时,谈了家里的事和他那动人心弦的历险经过。

在上甲的影响下,他临睡觉时也自言自语地说:"我要把生命献给家庭和人民。"

4

过去一个月中,玛吉到日本四岛各处采访,搜集资料,准备撰写关于美国占领日本第一年内的成功和失败的系列文章。她访问了大城市、小城镇、渔村和农村。她发现各地,尤其在城市里,人们挨饿的情况比日本投降初期更为严重。黑市上的食品价格还在上涨。大米的配给量小了,家庭主妇有时得过好几天才能等到米店老板挂出新运来大米的牌子。几分钟内,人们就会排成一列长队。

面酱和食用油的供应更无法预测,酱油颜色非常淡,人们可以透过装有酱油的瓶子看到天空。防火带上种的蔬菜被人在夜里抢光了。最后一点干白薯正在被碾成粉,用来当饭吃。

在全国各地,男女老少都把大部分时间用在找寻食物上。但是,玛吉发现人们并不麻木不仁。他们设法买到报纸,贪婪地阅读关于席卷全国的社会革命的详细报道。

玛吉对学校里发生的事尤其感兴趣。盟军最高统帅部给学校提供的新书宣扬的都是自由、民主、解放等内容。

"天皇的权威一去不复返了。"她听到一位女教师对 10 岁的学生们说，"我们无须再向天皇鞠躬。我们现在自由了，可以过自己的生活。民主就是按照你们自己的意愿做事。"但当一个男孩提出异议时，她说："你还太小，无权发表意见。"

在京都，玛吉访问了著名的龙安寺。这个寺庙是一位著名的禅宗园林艺术家设计的。令她惊讶的是，寺里的人公开讨要香烟，还按黑市价兜售纪念品。

她在广岛待了3天。幸存下来的最大的建筑物是一家百货商场，现在有许多机构在楼里办公。商场里挤满了衣衫褴褛的人，许多人在排队买电影票，是两部美国影片——《卡萨布兰卡》和《百老汇的新人》。她采访市长时获悉，食品仍是主要问题。台风和洪水毁掉了周围地区的庄稼，外界提供的食品很有限。他说："我们的人民深切盼望着美国人能慷慨地补偿他们造成的损失。"不过，他向她保证说，人们并不因投放原子弹而憎恨美国人。"我们现在知道，是我们首先在珍珠港开战的。"他以平静的语调说，原子弹爆炸一星期后，广岛市的32万居民只剩下了6000人。现在人口又恢复到了17万。"但大多数人还住在周围的村子里，只是有时候来看一看他们的家园原来所在的地方。"

她走过荒凉的街道，遇到的一些人都很友好。她很高兴地发现没有人向她要香烟或钱。有个小男孩领着一个小姑娘，小姑娘的脸上布满了可怕的疤痕。他说容貌被毁的是他的妹妹。"我很幸运，当时我在砖石底下。"

"你对美国人是怎么想的？"

他考虑了一下说："我喜欢他们，他们很好，士兵也一样。"

在一所损毁严重的红十字医院里，玛吉了解到只有10名原子弹的受害者还在病房里。"不过每天都有几十人前来诉说他们感到特别困乏。"有个医生说："我能为他们做点什么呢？什么也做不了。"他最担心的是，许多遭到核辐射的人都得不到免费治疗，因为他们的病历在美国原子能委员会。还有件事令他惊讶：麦克阿瑟禁止散发披露原子弹在长崎和广岛造成的可怕后果的报告。玛吉特别注明，要把这一点写入主要的文章中，即使这么做会激怒盟军最高统帅。她将在文章中指出，最近美国又在比基尼岛上进行了一次原子弹试验。

她离开医院时遇到了加藤顺。他也在写一篇文章。他们交流了在广岛看到的情况。她说："没有我想象的那么糟。"日本投降两周后她在长崎看到的情景比这可怕得多。"我认为早些时候关于广岛的报道有点夸大。"

"你不能这么说！"

"看看周围。核辐射使这里成为不毛之地了吗？看看那儿。草和树都从废墟中长出来了。"她指着几棵树上的绿叶说。她谈了她采访一些幸存者的情况，说他们并无仇恨。

他说："我采访的人中没有一个这么说的。他们都把自己当成烈士，认为我们应该感到对不起他们。他们首先做的就是让你看他们的疤痕，并抱怨一切。我去看了几个亲戚，给他们带了些食品，但他们抱怨说带的太少了。"他说移居夏威夷的日本人大多来自广岛。"当孩子们看到日裔美国兵时，就大声叫骂。"

第二天，她乘火车前往九州。她本来可以乘坐西方人专用的舒适的车厢，但她挤进了人满为患的日本人乘坐的车厢。一位中年妇女要玛吉和她挤坐在一起，但玛吉拒绝了。几分钟后，一个红脸的美国大兵从人群中挤了过来，那位妇女又叫他坐，他害羞地笑着拒绝了。她慢慢地用英语说："就像我的孩子。"当玛吉用日语和她搭话时，她说她的儿子死在了中国。她向那个美国大兵点点头，说："他的妈妈肯定很想念他，就像我想念我的儿子一样。"她把双手交叉放在腿上，面带微笑，像个慈祥的女菩萨。

在与马克的朋友们周游了长崎后，玛吉带着各种各样的印象返回了东京。她在几篇文章中怎么能够准确地评价麦克阿瑟在解除敌军武装，重建城市，给饥肠辘辘的人提供食物，治疗伤员和病人，在外国人中进行民主政治的伟大实验等各个方面面临的艰巨任务呢？他取得了许多成就，制定了许多明智而稳妥的政策。许多土地已掌握在大众手中。妇女有了选举权，有些还担任了要职。她们甚至可以自由支配自己的钱。年轻人满 21 岁后即可结婚而无须征得父母和兄长的同意。父母不得把女儿卖给妓院或工厂。由于疾病预防和卫生条例的颁布实行，人们的健康状况得到了改善。

自占领日本以来，也有许多失败和错误。到处都是饥饿，卖淫活动和黑市交易也很猖獗。某些西方人不称职，且骄傲自大。不过，其他人的所作所为已使日本人相信，这是历史上最仁厚的一次占领，多数日本人已不再因家园遭到大规模破坏而痛心疾首了。他们说："痛苦没有用。"许多人认识到，日本被打败是件好事。"如果我们胜利了，我们现在可能在遭受本国军队的蹂躏。"

她在关于第一年的成败得失的乐观报告的末尾，生动地描述了她最近走访东京一家贫民院的情况。这家贫民院在市郊，有六栋楼房。她称之为"死人院"，街头流浪的无家可归者被带到这里度过他们最后的日子。每天都有人死亡，天亮前换上另外一些人，保持 1400 个贫民的数量。看护他们的只有 70 个日本姑娘，几个男护理员和几名日本医生。玛吉采访了前来帮忙的几位方济各会修女。

"本院有一种特别的气味，"其中一人告诉她，"这是死亡、疾病和没有上下水的厕所的混合气味。掏粪工每天只打扫一次厕所。"

玛吉看着那位修女跪在一位皮肤灰暗的半裸的老人旁边。修女用英语说："我想他马上就要死了，"然后她用日语低声对那个老人讲了几句话。一分钟后，他就咽气了。

他旁边的那个人瞪着失神的大眼睛盯着天花板。"他还有口气，不过我想他也活不长。"

有位医生走了过来。他的眼中充满忧虑。"他们快要被饿死了。"他用日语说，"有些人甚至吃不到我们给的一点点东西。我们虽然尽力而为，但东西太少。只有修女们能给他们带来希望。"

那位修女陪玛吉到门口时说："东方的穷人确实是上帝的弃民。"

玛吉在文章的结尾引述了麦克阿瑟给国防部的报告中的话，这是一位下级军官偷偷提供给她的："饥饿可能导致群众骚乱和暴力活动的发生。或者给我面包，或者给我子弹。"进行最后的校对以后，她把手稿交给了一名打字员。然后，她写信给她的出版人，说她写了描述目前日本亟须解决的问题的重要文章：黑市、妓女和在美国未引起注意的饥饿，因为出于本能和习惯，日本人没有因饥饿而发出抱怨。

应麦克阿瑟的要求，麦格林恩也对第一年的成败得失作了评估。他认为，绝大多数日本人已热情地接受了新领袖及其政治主张。许多美国人把这一点看成是美国政策的一个胜利。但实际上，这仅仅是权力机构外在形式的一种改变。它并没有使日本人改变对日本的忠诚和对日本生活方式的遵循。出于需要，加上他们生来喜欢讨好他人，他们已把对旧政权的顺从移给了新政府。不过，谢天谢地，他们仍然是日本人。有一天，麦格林恩的一个学生告诉他："得到自由和解放，我们的心中十分感激，尽管这些东西都是麦克阿瑟将军赐予的。"至于民主化方面取得的巨大成功，应主要归功于日本人，他们不但习惯于服从，而且在战前就进行了一系列民主改革。神奇之处在于，两个民族在经过剧烈冲突和殊死决战之后，仍然取得了一系列成就。在本来不应该发生的一场残酷战争中，谁也不会是清白的。在表象背后仍存在种族和文化偏见；正因为如此，麦格林恩才发现难以搞清楚日本人对美国占领持驯服、友好和合作态度的原因。他最亲密的日本朋友们对日本人的这种态度也感到迷惑不解。其中一人试图用不可思议的东方理念来解释这种现象。

某些美国人怀疑，狡猾的日本人只是为了使胜利者有一种安全的假象，但这种看法难以解释绝大多数人为什么会自发地采取这种立场。有些人认为日本人只是听从了天皇的告诫，忍受不可忍受之事。还有人认为，日本人的驯顺态度源于他们对权威的崇拜，源于他们对新思想新观念的敏感，因为他们习惯于模仿。另有一些资深观察家则认为，日本人已被迫适应了历代的专制统治，知道如何向权威低头以求自保，但是，如果仅仅屈从而不是彻底屈服，一旦压力放松，他们就会回到老路上去。

教授和乔西讨论了这些看法。他认为，绝大多数人对这种新的复杂局面自发地采取顺从立场，其原因是多方面的，互不关联的。第一，他们的物质和精神世界几乎完全崩溃了：城市成了废墟，经济陷入萧条，人员大量伤亡或散处亚洲各地及南太平洋各岛屿。虽然许多日本领导人是战战兢兢挑起战争的，但人民大众却只习惯于看到胜利。数百年来，没有人成功地入侵过这个岛国。然而，他们在塞班岛上遭到了空前的失败。本土又遭到了大规模轰炸，给日本人的生命和财产造成了严重损失，最后不得不宣布投降。现在，他们士气低落，理想破灭，麻木不仁，还得面对一支野蛮的入侵队伍。他们被迫适应一个一切行动都得遵守规章制度的新环境，所以他们绝望而又惶惑。他们与西方人不同，没有广泛适用的伦理道德准则。这也是许多日本军人在国外犯下种种暴行的另一个原因。

麦格林恩告诉乔西："要让日本人使用暴力对抗占领军并不难。如果久经战场考验的美国陆军和海军陆战队员大肆奸淫掳掠会怎么样？如果天皇被投入监狱会怎么样？"胜利者只用了一点点好心就使被征服者采取了完全合作的态度。日本人走上这条道路后，意识到旧的统治已一去不复返，他们需要确立新的统治体系。所以，他们热情地转向了新的统治者——麦克阿瑟，他给他们提供了另外一种生活方式，一种可把他们从困惑和绝望中拯救出来的生活方式。

此外，1941 年以前，世界各国中美国对日本的影响最大。尽管爆发了残酷的战争，美国仍被日本视为进步、文明和成功的典范。麦格林恩认为，日本人之所以能接受美国的占领，其根子也许在于：他们表面上行为刻板，循规蹈矩，而内心却充满了热情。他们本来以为美军登陆后会奸淫掳掠，大肆施暴，但美军真诚自然的友好和慷慨使他们大为感动，所以他们带着感激的心情采取了顺从的立场。盟军最高统帅宣布的各项政策都合情合理，充满仁爱精神。绝大多数日本人都以达观的态度忍受了各项计划实施过程中所犯的许多错误，因为他们把麦克阿瑟视为占领的象征而不加批评地加以崇拜。

"姑娘，如果你打算像日本人那样考虑问题的话，你就得翻来覆去多想一想。实际上，你必须得这么做。如果你摒弃西方的思维逻辑，你也许就会发现，变革之风正在动摇日本的整个社会结构，其程度远远超过裕仁的祖父明治天皇的划时代的变革。新的民主风暴正在席卷日本各地，虽然日本人往往不能正确理解民主的含义。'金发碧眼的美女'已成了最受日本人欢迎的连环漫画。900 万台收音机收听的都是广播连续剧、知识问答比赛和美国歌曲等。在长崎，一位军政官员最近命令所有在校学生学习四对男女合跳的方形舞。自从占领当局谴责包办婚姻是封建主义残余以来，男女私奔成了时尚。"日本最高法院法官甚至下令舍弃了他们传统的红色长袍，改穿西方式的黑色长袍；东京警察用上了纽约警察用的警棍。日本人对民主的真正含义并不了解，某市妇女最近组织了一个美国式的盒装食品义卖会，选举某男子为该市最民主的男性。在名古屋，某新建工会的领导人对麦格林恩说："民主的意思就是，我的妻子和我一样，都有同陌生异性睡觉的权利。"

教授仰靠在椅背上。"你刚才是近水楼台先得月，听到了我给麦克阿瑟所写报告的大体内容。现在我得考虑一下该提些什么样的建议。"乔西起身离去，他开始在一个便笺簿上漫不经心地乱写乱画起来。尽管有不少判断方面的失误，尽管犯了不少错误，但一年当中仍在各个方面取得了很大进步。麦格林恩最后决定建议麦克阿瑟：日本的民主化不是自发的变革运动，也不是外界强加于日本的一项任务。它必须成为日本人自己的目标和计划，而不应是占领军强迫日本进行的改革。

　　麦格林恩把乱写乱画过的纸揉成一团，沮丧地扔进了废纸篓。他想到了日本的民主化以外的事情，想到了困扰全日本的痛苦和饥饿。这些问题都将在几年之中得到解决。他最为担心的是亚洲的命运。他必须设法让麦克阿瑟明白，在中国，共产党肯定会赢得内战的胜利，而这并不一定会威胁到美国的安全。必须让麦克阿瑟相信，毛的共产主义和苏联的共产主义并不完全一样，随着时间的推移，它甚至可能成为对抗苏联称霸世界的坚强堡垒。

第十三章

1

东京，1946 年 10 月

起诉继续进行，巢鸦监狱中生活日趋紧张，不仅甲级战犯，那些在横滨受审的人也如此。微不足道的小事被看得很严重，诸如天阴下雨无法户外锻炼，突然编组搬迁。与战犯自身毫不相关的事，也加以严肃的讨论。美苏之间会不会爆发战争？朝鲜一分为二后果将如何？说来也怪，省吾在日记中写道，尽管审判战犯的是美国人，而他们反苏比反美更甚。

日本工人来到牢房打墙洞，引起一片恐慌。东条问宪兵看守："这是干什么？"后者答复是安装暖气管道。

"他们这么不怕麻烦，"通道对面的一名在押犯抱怨说，"想必要把我们永久关在这里。"

"非也，"另一犯人自诩美国通，"他们办事从不马虎。只为解决一冬的取暖，也会大兴土木。"

典狱官给予囚犯如此多的自由，以致许多犯人确信美国是地道的民主文明国家。犯人们甚至获准举行日本神道教一年一度的元始祭。祝辞和歌声响彻巢鸦，夹杂着阵阵"万岁"呐喊声，还大唱国歌《君之代》。

然而，纽伦堡宣判死刑的戈林服毒自尽后，这里的管制更严了。手表和自来水笔被没收。户外活动被限制在大花园一个狭小区域，周围架设有铁丝网。卫兵人数增加了，待遇越来越苛刻。被告出庭受审前，须摘去眼镜和假牙，更让人丢脸的是，被迫脱光衣服，趴在冰凉的地上接受肛门检查。他们不得不赤条条地站成一排，陆海军大将、高级外交官、前首相、军曹、列兵，无论尊卑一律接受美国无名小卒的体检。

"甚至扒开我的屁股眼儿看，是可忍孰不可忍！"一名陆军将领向东条诉苦。东条说，这算不上奇耻大辱。让人在那玩意儿里搜查东西，无疑会产生怪异的感觉，一旦克服羞耻之心，就只剩下滑稽可笑的一面了。

"这场面看上去有多壮观，"一名海军将领笑谑地说，"列队弯腰曲背双手撑地，后面站着一排宪兵掰开咱的屁股。我们当中有人碰巧后门走火可咋办？对我们来说将成为笑料，身后的美国佬可就惨到家了。"某个怪模怪样撅着腚的人倡议，一起放屁以示集体抗议。但理智的头脑占了上风。

一些被告对招致所有这些羞辱的戈林大加诋毁。东条则写慰问信给其遗孀，望她节哀。"诸君理应钦佩戈林，"他对木户剖白，"面对同盟国审判，他乃是惟一像男子汉那样挺立的德国人。"

在陆军部，没有哪个法官或律师担心纽伦堡审判结果对自己这边的审判过程产生影响。注意力都集中在紧锣密鼓即将开场的苏联方面的指控上。诉讼双方都加紧为一场艰苦的法庭交锋作准备。因惠特尼在远东委员会上的专横行为而义愤填膺的苏联人，会不会在市谷以牙还牙，向公众炫耀其力量？人人皆知，为了证明珍珠港事件之前日本曾企图入侵苏联，苏联人搜集的证据可谓堆积如山。如果苏联人一心要压倒美国辩护律师，韦布法官会不会由于对美国极力阻挠控告天皇耿耿于怀而偏袒苏联人？如果美国辩护律师带有敌意地向苏联人挑衅，首席检察官基南将做何反应？

外部社会兴致勃勃地拭目以待。在东京，美国人与庞大的苏联代表团关系恶化，剑拔弩张。苏联使团的人数在400人以上，甚至比其他国家使团人数的总和还多。阵容如此庞大，据称是为了满足翻译的需要，既要翻译日语又要翻译英语。而西方人则害怕其使团内有一套精通战略和情报的军事专家班子。

约半数苏联人住在与外国记者俱乐部毗邻的饭店里，玛吉等新闻记者透过未挂窗帘的窗口，可以看到他们每晚都举行喧闹的聚会。仅歌声便足以湮没街上的一切交通噪声。她揣测，这大概是苏联人故意玩弄的障眼法，蒙蔽其他同盟国的视听，借此表明其庞大使团并非忙于搞阴谋策划。但是，其余200多人则住进戒备森严的苏联大使馆和僻静的私人宅院，他们又在做什么？

　　美苏官方之间横眉冷对并不经常反映在个人关系中。苏联人在使馆里热情好客，参加外边的交际活动也总是来宾中最活跃的。基南在第一饭店举办的一次联谊会上，一名爱尔兰裔美国辩护律师喝得酩酊大醉，跌出二楼窗口，摔在垃圾堆上。一名同样喝得烂醉的苏联人旋即高呼"美国人能做到的，我也能"。说罢，纵身跃出窗口。他没有砸在美籍爱尔兰人身上，折断了一条腿，而前者只有些擦伤。

　　这段时间，一位骁勇善战的陆战队军官，美籍希腊人阿里斯蒂德斯·拉扎勒斯，正与苏联人彼此友好相处。他被选来在苏联指控阶段负责辩护工作。刚接受任命时，他坦率地承认，不知从何处下手。拉扎勒斯对苏联人跟自己套近乎产生了疑心。一次，一名苏联检察官在大厅里拦住他，祝贺他在法庭上表现出色，并询问，一个出类拔萃的律师，一个美国海军陆战队军官，怎么肯为过去的敌人辩护。

　　拉扎勒斯答复说，他的当事人，陆军大将畑俊六，如今已不再是敌人。"我们在这里指控这些人犯有违反人道罪。而要给予他们公正的审判，就必须同样给予公正的辩护。"

　　这位苏联检察官使拉扎勒斯想起"肥猪"波奇。波奇矮个，粗壮，声音沙哑，皮肤奇白。他难以置信地摇着头，"在我国情况则不同。要是国家指控你有罪，那你就有罪。我还是搞不懂，像你这样一个海军陆战队员……"他又摇起头来，"你是谁？绝非普通人。你怎能为敌人如此卖力地辩护呢？"苏联人笑笑又接着说："我佩服你的胆量，竟敢在某些问题上向麦克阿瑟将军的权威挑战，但麦克阿瑟的权力是杜鲁门总统给的。你这人真非同一般。"此后，这位检察官又两番向拉扎勒斯表示祝贺，称赞他敢于向上司挑战。

　　苏联检察官的古怪言行令拉扎勒斯疑窦丛生，听说凡与美国人私下交谈的苏联人都会受处罚。不久事情越来越清楚了，苏联人企图通过一名极有吸引力的年轻女译员策反他叛国。这位女翻译刚刚接替了年龄较大头发灰白的原女翻译。她与拉扎勒斯在大厅邂逅，"我必须向你祝贺，拉扎勒斯。你今天棒极了。"她说了一遍又一遍，然后含情脉脉地挑逗说："我们还会见面的。"

　　经过类似几次遭遇，拉扎勒斯问这位女译员怎么会有如此纯正的美国口音。"哦，所有我们这些即将派往美国的人都是受的讲美式英语的教师指导。"话音未落，脸刷地红了，一只手捂住嘴巴，道歉而去。下次碰面，她镇定妩媚如初。拉扎勒斯从未流露出他已看穿他们的鬼把戏。

苏联指控阶段开始那天，麦格林恩挤在楼台的人群中。乔西事先告诉他，这一幕定将令人难忘。拉扎勒斯将得到弗内斯和布莱克尼的支持，他俩的当事人都牵扯在指控中。这是一个难惹难缠的三人小组，一个陆战队军官，刚经过几次法庭激战的洗礼；一个哈佛大学毕业的法学专家，颇具绅士风度，是个平息麻烦的好手；一个英俊的内布拉斯加州人，神气十足，一副电影明星的派头。

为贵宾保留的席位也已坐满。诉讼一开始，苏联人咄咄逼人，搬出一摞摞冗长的文件，证明两次边境流血冲突中日本人卑劣的行为，指控日本军国主义势力 1941 年所怂恿的主攻方向是"满洲"，而不是争夺南方的石油。

先由弗内斯温文尔雅地在苏联诉状中凿窟窿，继而布莱克尼机敏地进行第二次答辩，尽管他二人有上乘表演，法官们似乎仍为苏联的重磅证据所左右，其中包括苏联一再督促日本签署而未果的一份和平条约。

此时此刻，拉扎勒斯决定抛出自己的证据来发难，虽然这时应由控方出具证据。苏联人还没反应过来是怎么回事，他已开始逐字逐句宣读苏联与拉脱维亚、立陶宛、爱沙尼亚三国签订的和约，这些和约与日本拒绝签署的和约相雷同。接着，他令苏联人尴尬异常，要求法庭将这些和约记录在案。威尔急匆匆写了张字条，建议基南提出反对。依据盎格鲁—撒克逊的法律，辩方证据不得在原告诉案过程中作为法庭记录。然而，未等基南读字条，拉扎勒斯再次引起法庭轰动，他提请法庭注意，虽然缔结了上述条约，但拉脱维亚、立陶宛、爱沙尼亚在地图上已不复存在，而变成苏联的组成部分。

苏联人奋起反击。韦布宣布休庭，以便法官们私下进行合议。重新开庭后，法庭宣布上述和约可以记录在案，且注明法庭已注意到拉脱维亚、立陶宛、爱沙尼亚等国的命运。

受到羞辱的苏联人对拉扎勒斯恨之入骨。在走廊里他再次和苏联女译员相遇。这一回，她鼻子朝天，匆匆而过。当晚海参崴广播电台在日语节目中对拉扎勒斯进行攻讦，"他天天在远东国际军事法庭上对盟国大放厥词，其表现亵渎了海军陆战队的军服，活像美国国务院复活日本军国主义政策的代理人。"

这以后，拉扎勒斯再没被邀进苏联大使馆，再没见到那位迷人的苏联女译员。如果苏联人尚存一线利用他的希望，那么很快也就告吹了。他对苏联自我标榜为热爱和平的国家大加冷嘲热讽，又一次引起法庭骚乱。他指着苏联法官说："那个人应坐在东条将军的位置，而东条将军应坐在台上审判他。"

镁光灯一阵闪亮，摄影机满场忙碌。韦布敲响木槌，"拉扎勒斯先生，收回你的话并道歉，否则将禁止你参加此后的国际审判。"

拉扎勒斯意欲争辩，其新近到来的妻子喃喃自语："亲爱的上帝，请告诉阿蒂闭上嘴！告诉他，他会后悔的。"

"如果法庭认为我上述言论应予批驳，我收回，"拉扎勒斯说，"我全部收回。"但他没向苏联人道歉。他转身向畑俊六挤眉弄眼，注意到东条脸上绽开了微笑。

这个诉讼阶段没有直接涉及东条，乔西大部分时间用来做户田省吾的辩护准备。不知怎的，她感到前所未有的心猿意马，想入非非。过去可从未有人左右过她最隐秘的东西——她的思想。就连为毫不妥协的省吾酝酿一份有理有利的辩护词，她也会想象自己正投身于马克的怀抱。对明明从未分享过什么的人如此着迷，既令人兴奋，又多少使人难为情。

为了静下心来，她利用一个下午去学茶道。为被告工作的速记员曾邀她参加她母亲的授课。这时乔西已学会了一些日语，很乐意独自乘地铁、火车和公共汽车。到这个国家只有 8 个月，但她从根本上转变了过去的观念。起初，她心目中的日本是个穷兵黩武的强盗国家，日本人应统统被关进管教学校，接受再教育，再改造。只要认罪伏法，接受自己的命运，将受到良好的待遇。直到其侵略本性彻底驯化，将获准加入文明国家的行列。

她现在认识到，那样做不仅意味着要摧毁传统文明，而且还要奴役整个民族。怎能为了惩处一小撮挑起战争的罪大恶极之人而殃及成千万无辜的平民？让他们受苦受难，实在有悖于美国的一贯主张。

所幸事情未按部就班进行，前来严格执法的美国人多数开始喜欢上日本人，并欣赏他们良好的素质。绝大多数初来乍到的美国人连一个日本人也不认识，但很快识破了战争期间宣传口号的用心。富于同情心的美国人，亲眼目睹了破坏、饥饿和贫困的景象，深受触动。他们将眼前的一片焦土视为人类的灾难，而不再是伸张正义的惩罚。

起风时，东京到处弥漫着尘埃和废弃物，这也是美国人一手造成的。从前街道上的垃圾都被收集起来充分加以利用，如今垃圾成堆，美国卡车和吉普车风驰电掣，碾着，扬播着。

虽然搭错一次火车，乔西最终还是来到曾发出邀请的日本速记员的家中。房屋高大宽敞，说明主人曾很富有，不过室内家具很少，且没有取暖设备。速记员见到她松了一口气。"其他人在那边。"她边说边领她进入一间铺着榻榻米的房间。内里已有三名美国妇女（陆军军官的家眷），她们别别扭扭地按日本方式坐着。

身穿和服的志村夫人，矮胖但仪表端庄，她深鞠一躬，用流利的英语请乔西入座，"请不要客气。"室内有两幅漂亮的字画，一些景泰蓝花瓶，还有几件显然保存多年的珍贵器皿，一只燃着明火的焜炉上架着盛满开水的铁壶，整个房间给人以恬适感。

志村夫人解释说，房间特意修建得很狭小，以使来人感到亲密和谐，"你坐在这里，身体与别人相摩挲，方能更好地理解他人表达的思想和感情。"狭小还可以使人更多地注意室内各种装饰、插花和摆设。"每样东西都经过精心布置，包括这只水壶。现在请各位用心听一听开水奏出的轻柔音乐。"她向四个稳坐如雕塑的小姑娘点点头。其中一个看到信号，来到焜炉边坐下，打和服中掏出一块丝巾垫在手里端起茶碗。她幽雅地立起身，把茶献给乔西。当几个小姑娘轮流将茶送给每位军官太太时，志村夫人解释说，这些孩子正在受茶道礼仪训练。

"现在请诸位像我这样喝茶。"她轻抿一口，然后将碗转一下，又分两次半呷完余下的茶。几位陆军太太喝这茶很难下咽，因为茶很苦。教师讲解说，这种茶价钱很贵，不是通常饮的茶。她继续讲了约半小时茶道的意义。"茶道的目的在于人们和谐相聚，而不存在人为的隔阂。故此只能在小房间进行，否则将丧失细腻的感受，也就难以领略自然的美与和谐。"

她讲解说，茶道实际上不是一种礼仪。"更适当的名字应该叫'茶祭'。它起源于16世纪，当时国内战乱频仍，民生凋敝，它有助于人们消除身心烦恼。茶室里人人平等，没有等级之分，最富有的主人也诚心诚意地款待身份最低微的客人。"谈论生意或政治是被禁止的，流言飞语也在禁止之列。"在这里我们只谈论自然的美，人类的艺术和日常话题。沉浸在亲密无间，志趣相投，完全融洽的气氛中。"

事后，乔西注意到其他几位美国人向志村夫人付钱，但君子讲她母亲认为她是难得的嘉宾。前往地铁的途中，君子说，"我很高兴我们败给美国人，而不是俄国人。我喜欢你，因为你又能干又会娱乐。你很干净，不像有些洋人。你勤奋，聪明，坦诚。虽然你和那些爱尔兰律师一样说恼就恼，但你忘得也快。为你工作我很快活。"

乔西留意到她皱了皱眉头，"那我们有什么地方不对头呢？"

"请原谅，斯诺小姐。我要说的当然不是指你。你们的男人呀，大都吵吵嚷嚷，不拘小节。女人呢，有漂亮的头发和大腿，但似乎拒人千里，就像今天来的这几位军官太太。她们那么高傲，那么强烈的优越感，我们觉得还是离远点儿好。"乔西没吭声。她又小心翼翼地说："当然不是说你。希望我没有冒犯你。"

"根本没有，君子。我想我懂你的意思。但我相信，假如你了解那些军官太太像了解我一样，你就会发现她们其实并不高傲。在你看来是那样，但你必须知道她们初到这里，对日本人和风俗知之甚少。"

"你说得有道理，斯诺小姐。我表示深深的歉意。"她们静静地走了一段，她又说："可我还是认为理应与女上校、女将军、女法官保持一定的距离以示尊敬。"

她们来到车站，乔西停住脚步。"前天我听到我办公室的美国秘书问你对美国兵怎么看，你说美国兵是世界上最好的。而我想知道他们有什么毛病。"

君子想了想，然后羞怯地说："美国兵总是吃呀喝呀嚼口香糖呀，这多不雅观。"

2

尽管受感情支配对国际法庭上的被告和原告有所关注，日本公众对日比台的情况总的来说兴趣不大。他们更为关心的是久经沙场的老兵已经回国，接替他们的是一群群趾高气扬，毛毛躁躁的年轻人。首批美军登陆时，民心惶惶，但时隔不久在他们身上发现了令人信服的民主风范。老兵们为赢得战争而自豪，但行为上却不像征服者。

然而，新兵中许多人似乎视占领为摆脱所有的羁绊，耀武扬威，仿佛仗是他们打赢的。许多人把在家所学的规矩忘得一干二净，不仅对日本男人蛮横无理，而且对日本妇女为所欲为。一些人殴打日本男人和男孩取乐。妓院若不准醉醺醺的美国兵进门，他们就纵火烧房子。一些人成群结队豺狼般闯入市场，洗劫财物，推倒柜台，对任何阻止他们的日本人大打出手。

事态如此严重，第8集团军司令艾克尔伯格将军忍无可忍，写了一封语气强硬的信晓谕全体下属指挥官，谴责这些"令人憎恶的行为"和犯罪活动。他写道，如此胡作非为正危及整个占领行动。

在横须贺，德克尔上校始终坚持对所有日本人施行人道待遇，情况还不那么糟。他明令比利·J和陆战队宪兵主任，凡抵港请假上岸的水兵以及所有基地工作人员必须听从命令，任何人违抗命令，不论征募人员还是军官，都将受到即决处罚。

执行这道法令的重担结结实实地落在马克等人肩上，他们负责维护市内治安。每天夜里他的巡逻队都抓获一批酗酒闹事的水兵和陆战队员，还有搞黑市交易的，偶尔也抓到打架斗殴的。但没有一起杀人的，强奸只有一次。

苏联指挥阶段结束的当晚，麻烦来了，"野兽"在本町路口截住马克的吉普车去追赶一个抢了水兵帽子的日本人。"野兽"抓住那个人，给他一记耳光。马克喝令他住手。日本人站在原地，双手垂在两侧，哈哈大笑。"野兽"又打他一下，但他仍笑个不停。这一次图利奥跑上去制止"野兽"，"野兽"将他推搡开。

"我越是狠狠揍他，他笑得越来劲！""野兽"抱怨说。"这小子根本不还手。"

"他大概以此证明他是男子汉——像你一样。"马克说，"如果他打了你，他的家人会遭殃的。"

"也许我该再狠一点儿。"

"也许吧。"马克递给日本人一块手绢让他擦拭淌血的鼻子。日本人仍旧大笑不止。"算了，我们走。"

"我是不是输了这场较量？"

马克见他真的放心不下，"有一次你告诉我，拳台上最硬的汉子身材矮小得像消火栓。"

"嗯，他准保是个消火栓。"心情缓和下来，"野兽"摇摇头，"上帝！这浑小子光是笑！"

他们查看了几家酒吧和舞厅，惩戒了几名水手，这几名水手本打算找碴打架，一看到凶神恶煞的"野兽"就退缩了。他们一直巡逻到北站的日本警视厅，这个警视厅是德克尔与比利·J的前任共同帮助组建的。一个年轻的日本妇女坐在墙角处，青肿的脸上淌着血。日本警长解释说她遭到两名水兵的攻击，他的手下与美国宪兵一道拘押着肇事者。马克拖过一把椅子，用日语请这个妇女讲出事实经过。两个男人闯入她家，一个矮胖，脸长得像大猩猩，另一个细高，挺英俊。

"他们为什么打你？"

"大猩猩"将她推倒在地，企图剥去她的衣服。

"只有你一人吗？"

"不，我丈夫和他的一个朋友在场，他们刚从菲律宾回国……"

"他们难道没有制止这两个水兵？"

"我丈夫跑出门，他的朋友也跟着去了。我知道他是去找警察了。"

门口一阵喧闹，日本警察和美国宪兵押进来两名水兵。头一个，五短身材，眉毛长得很低，嘴里哼着小曲。"野兽"一把揪住他，将他推到墙上，"闭嘴，小爬虫。"他转向马克说，"这小子假充好汉，上尉。"

另一个人，在马克看来就像刚从名牌大学毕业的学生，倒是遇事不慌。"干什么大惊小怪的？"

"他们两人都打你了吗？"马克问那个妇女。

"不，长官。"

"哪个动手打的？"

令马克惊诧不已，她指的竟是文质彬彬的名牌大学生。他满不在乎。"她有把小刀，"他泰然自若地说，"她想用刀捅'巴兹'。"

马克翻译了这项指控。那妇女说，即使她有一把刀，也不敢用。"你们找到刀子没有？"马克问日本警察，他们都摇头。

"我父亲是罗得岛艾伦议员。你相信这些小日本的话？"

马克不理睬他，要求那个妇女重述所发生的事情以便记录在案。当她讲到他们如何剥去她的衣服又分开她的双腿时，猩猩模样的水兵痛哭流涕起来，但艾伦有恃无恐，甚至更加傲慢。"要我说，她是凭空捏造。"

但三名警察确证属实。他们作证说，他们赶到时，艾伦已脱掉裤子准备趴到那女人身上。

"将这两人关进舰上禁闭室。"马克命令"野兽"，"明天上午你们将受到宪兵主任的正式审讯。到那时你们再作陈述吧。如果军事法庭对你们进行审判，将为你们提供辩护律师。"

日本警长将这些话译给那个妇女听。

"等我父亲听到这个消息，"艾伦咆哮道，"准叫你们个个完蛋！我们不过是找个婊子开心。再说也没有造成伤害。"

那女人起身反对，"长官，事已过去了。即使他们受审，关进监狱，对我和我的家人又有什么好处呢？审判只会给我带来羞辱。"

"为了防止其他妇女受害，我们必须这样做。"马克说。

"他们会受什么处罚？"

"大概5年监禁，也许要少些，因为强奸未遂。"

"可是他们还都年轻，而且对他们家里人来说多惨呀。"

马克解释说，德克尔上校、艾克尔伯格将军、麦克阿瑟将军三令五申对类似案件严厉执法。这是民主。

"我不懂什么叫民主。我们打仗，这些青年才当了水兵。也许他们的同伴有人被杀了。能不能作为开脱他们的正当理由呢？"看见马克摇头。"如果一定要审判，请写明我不愿他们受罚。"

负责警卫的中士插进来说："基地大门那边来电话找麦格林恩上尉。"

舰队登陆门的岗哨在电话中说："长官，我这里有个不寻常的问题，十分微妙。请您过来处理一下。"

10分钟后，马克和图利奥来到警卫室。一个佩戴海军中尉军衔的随军牧师吃力地从座位上站起来，他穿着雨衣，活像是圣诞老人。马克猜想所谓不寻常的事是指黑市买卖。"中尉，随我到后面来一下好吗？"只有他们两人时，马克要求他脱去雨衣。牧师乖乖地照做了。在他胸、腹、腿等处都绑扎着成条的香烟。"请把烟取下来。"见他服从照办了,马克问:"中尉,为什么?"

"人人捞外快,"牧师说,"我为什么不行。"

"此事不得不登记在军官日志上。"图利奥说。他们正驶向本町做最后一次巡视,"野兽"也加入进来。"先送交宪兵主任办公室,然后再送沙利文上校。到了明天中午这事将传遍整个基地。不知新教教会惩办过牧师没有?"

他们最后一站是佳丽俱乐部,一家新开业的对军官开放的豪华酒吧。年轻的女老板被认为是一流的歌手和钢琴家。酒吧设在一座部分坍坏的大楼的三层。他们听到一个女子在唱"眼中云翳"。马克向内窥视,其间装饰简单但很有品味,不像其他酒吧那样俗气。字画看上去似乎是真品,歌声唱罢,满堂喝彩。随后一支四人管弦乐队开始演奏舞曲,约五六个军官搂着穿和服的姑娘跳舞。马克真担心,这地方还能支撑多久。一个身穿精美和服的年轻女子笑盈盈走上前来,仿佛他们是常来光顾的熟客。她显然是这家酒吧的老板。

"马克,你不记得我了吗?"她瞧上去似曾相识,"鹿野文子。有年夏天在轻井泽,我家就住在你隔壁。"

他目瞪口呆。难道她是那个瘦瘦的腼腆的总要拉他打网球的小姑娘?她父亲是个企业家。他们在酒吧坐下,她告诉他自己如何在 1943 年结了婚,而她丈夫 1944 年随航空母舰沉入大海。她现在的名字叫松谷。她父亲和她的公公松谷男爵已被解职,"剩下的钱只够开这个店。"

"我喜欢这地方。"马克说,"只要有我能效劳的,请尽管说。"

舞曲终了,可以听到有人在高声争吵。一个大块头的海军军官醉醺醺地训斥一个神情慌张的女招待。

"出什么事了,布雷德福中校?"马克真不愿同军阶高于自己、块头也比自己大的人打交道。

"这儿是他妈的黑店,专敲顾客的竹杠,"他粗声粗气地说,"瞧瞧刚给我的账单!"

另外两名海军军官也随声附和。

"咱们到经理办公室心平气和地谈谈。"马克说着,打算陪他离开。

"把你那爪子拿开,麦格林恩!"中校用力甩脱开。马克从不喜欢这个前全美职业橄榄球中卫,一个仇视日本的军官团伙的头头。

"快走,长官。否则我拘捕你。"原先躲在暗处的图利奥和"野兽"分开人群,趋近前来,后者跃跃欲试,巴不得有机会以履行职责为名给一名军官消消火。

在办公室里,布雷德福抱怨说,那些姑娘哄骗他买酒,然后撇下他跟别的军官跳舞。此外还往酒里掺水,漫天要价。

文子拿起账单撕碎。"这里不再欢迎你来。"

"只要我高兴,想什么时候来就什么时候来。这儿不过是他妈的窑子。"

"中校,"马克说,"我警告你离这儿远点儿。松谷夫人,如果这名军官找你麻烦,就告诉我。"

布雷德福盛怒倒使他清醒了,恶狠狠地瞪了马克一眼,怫然而去,嘴里骂骂咧咧地说:"妈的,一帮亲日分子!"

第十四章

1

东京，1946 年 11 月

起诉进入最后也是最重要的阶段，即导致珍珠港事件发生的事件。记者们没有意识到，约瑟夫·巴兰坦，那段关键时期国务院首席远东问题专家，出庭作证时险些泄露天机。令麦格林恩诧异不解的是，他声称日本人根本没有诚意进行和谈，应承担珍珠港事件前几个月美日关系恶化的责任。教授不理解，为什么一贯同情日本的巴兰坦现在竟然支持前国务卿赫尔战前的反日滥调。在那些紧张的日子里，麦格林恩曾警告罗斯福：赫尔及其国务院幕僚由于厌恶所有日本人而无视事实，将导致国家卷入一场本无须进行的战争。

首席辩护律师是布莱克尼少校，他因指名道姓地指责涉及投放两颗原子弹的美国人而显示出才华和胆识。再显身手，这个具有演员般潇洒倜傥的内布拉斯加州人开始盘问巴兰坦，一连串尖锐的问题使得这位国务院官员始终穷于应付。当布莱克尼的调查质问揭露出罗斯福1941 年 7月冻结日本在美所有资产，恰如日本人所言，是完成于 ABCD 四强（美、英、中、荷），对日本实行经济包围时，整个法庭紧张得像触了电一样。

这仅仅是开始。接着布莱克尼发起毫不留情的攻击，1941 年 11 月20 日，日本提出最后的和平方案，其中许诺分阶段从中国撤军，而国务院在处理此事上表现无能。他问道，国务院是否给予了适当的考虑？

"当然，"大为头疼的巴兰坦说，"我们非常仔细地进行了研究。"

"和平方案是否向国务院提供了解决争端的任何可能性？"

"没有。"巴兰坦说。

日本人究竟有无诚意？回答是模棱两可的遁词："协定草案只表明了日本人所谋求的一切东西。倘若没有什么我们可以做的，即切实可行的——与日本协调一致，推进和平进程——我们将很乐意考虑我们能做些什么。"

布莱克尼出其不意地问道，赫尔国务卿有没有私下会晤英国和中国大使磋商时局。惊慌失措的巴兰坦承认确实举行过会晤。"国务院是否考虑向日本提交一份备忘录，作为一种暂时解决方案？"布莱克尼问道。

"是的。"

麦格林恩向前探了探身子。终于要触及事情的要害了。他绝不会忘记，那天罗斯福召见他，让他对日本方案拟出一个可能的答复。此方案引起罗斯福极大的兴趣，他本人已拟出自己的建议性答复。他拿给麦格林恩过目。他的答复合情合理，同意与日本恢复经济关系，立即运去石油和大米。作为条件，日本不得再向"满洲"、印度支那或南方任何地方派兵。日本还得保证放弃三国同盟条约，即使美国参加欧洲战争亦不得诉诸该条约。

"你认为小日本会买账吗？"罗斯福问。麦格林恩果断地回答："是的，总统先生。"

麦格林恩正期待听到布莱克尼逐字逐句宣读罗斯福的反提案，布莱克尼的问话却使他感到脊背升起一股凉气。"国务院是否认为拟议中的临时协议有可能被日本接受？"

麦格林恩知道这位少校正诱导巴兰坦落入陷阱。

"没有可能。"巴兰坦说，"我们已作了最大努力，但我们觉得临时协议远未满足日本所要求的东西。"他坚持说，和谈前景极不确定，但他承认已拟出三份草案，其中最后一份曾拿给中国大使和英国大使征求意见。

但是，是否给日本人看过？布莱克尼抓住不放。"没有"。"最终没有拿给日本人看是因为中国使节表明了反对立场，这么说对不对？"

"这在当时的情况下是一个重要因素。"

结果，就连赫尔也承认被接受的可能性有1/3的调和性答复没有发出去，代替它的照会比6月提交的那份更为苛刻。日本人认为受到侮辱，只有诉诸武力。

盘问快结束时，焦头烂额的巴兰坦看上去筋疲力尽，心神错乱。辩护律师们真想为布莱克尼的杰出表现当堂喝彩。乔西从未见过哪个证人被如此灵巧地玩于股掌之上。辩护团一行回到自己的房间，溢美之词雨点般落在少校身上。日本律师和记录员惊讶得矫舌难下，更使他们惊奇的是诉方律师也前来祝贺。这些美国人有多怪！

天还亮着，威尔走到外面，他回想着下午发生的事情。从军部山俯瞰山下的一片瓦砾，这里曾一度是东京最好的住宅区。昔日种植观赏植物的花园现在种着一畦畦小麦和马铃薯。现代住宅的残余，高大矗立的烟囱，东一个，西一个，就像孤零零的哨兵。远处有些好似伊斯兰尖塔的东西，实际上是商业区公寓的楼顶。古老的东京何在？一眼望去哪里还有真正属于日本的东西。过去装点这一地区的树木哪儿去了？惟有靖武神社残垣中著名樟树的残骸。小时候，这棵大树茂盛的绿色树冠真让威尔着迷，数百只鸟在上面搭窝筑巢。现在它那烧成黑炭的树杈就像伸出哀求的手臂。500年来，它一直是江户最神圣的树。难道它标志着过去一切的终结？

与威尔及其父亲共进晚餐时，乔西发现，教授对白天的审讯反应冷淡，感到困惑不解。麦格林恩不明白，为什么布莱克尼未揭示罗斯福对日本方案的热烈反应，然后逐字宣读其临时解决方案，且将它列入法庭记录，若说未向辩方提供罗斯福亲笔原件的内容，这怎么可能？难道华盛顿调查珍珠港事件时受到高压的情形又在重演？那么，将原件收入自己的新著有无不妥？他本想向乔西和威尔透露罗斯福手稿一事，但还是决定暂且保留此文件的专有权为好。况且，此时此地爆出政治丑闻，激恼麦克阿瑟，其结果只能导致自己对联合国军最高统帅的影响每况愈下，这又有什么益处？

此外，他还担心亚洲局势恶化，正打算请求麦克阿瑟批准他去朝鲜实地考察。他害怕朝鲜成为引爆整个亚洲大陆的导火索。问题肇始于1945年罗斯福与斯大林在雅尔塔会议期间的一次私下交谈。他们二人同意建立苏、中、英、美四国管制委员会。罗斯福认为，至少二三十年内朝鲜无法建立自治政府。他们二人并没有划定地面作战或占领的区域，甚至没有把三八线作为分界线，仅在日本投降问题上，双方同意三八线以北由苏联接受日军投降，界南由美国人接受日本投降。在作战时，未经允许苏军不得越过此线，没承想，由此武断地认定此线为永久分界线。臭名昭著的三八线军事分界日益形成，恰似《汤姆叔叔的小屋》一书中的托普西。

朝鲜老朋友们写信给麦格林恩说，问题出在李承晚身上。此公老奸巨猾，他想要朝鲜独立，无非是为了实现封建统治，他来当统治者。他反对土地改革，反对社会和公民自由，并建立了腐败的政治机器，豢养了一支由恐怖主义帮伙组成的残暴警察队伍。麦格林恩得到情报说，他为了获得全朝鲜的统治权，不惜铤而走险与朝鲜北部共产党政权开战。此番冲突势必将红色中国卷进来。

朝鲜北部的一位朋友则相反，他写道，美国在日本实施改革和某些激进的政治措施，在朝鲜则恢复旧时的腐败政治和日本占领期间的政策。他们在南方单方面建立行政政府的同时还建立了一支国防军。所有这些都是美国人一手造成的，旨在阻碍人民实现政治、经济、社会变革的要求。

据麦格林恩的这位朋友讲，在朝鲜北方同样可以听到民众进行社会改革的呼声，但未发生类似情况。起初采取暴力剥夺的方式，但现在苏联已退至幕后，而让莫斯科训练的民族主义者挑起革命的担子。令苏联人大失所望的是，这些狂热的民族主义者，曾长期从事地下抗日斗争的老兵，挣脱了苏联的缰绳，正在接管对朝鲜北部的统治权。

事态发展具有强烈的刺激性，麦格林恩渴望亲眼去看看。由于刚刚在中国问题上发生龃龉，教授估计麦克阿瑟批准此次访问的机会十分渺茫。麦格林恩非正式地问惠特尼，能否离开一周左右去朝鲜看望朋友，并建议11月上旬带一批记者动身。

"为什么不呢?"惠特尼说，他觉得麦格林恩理应有一次短期休假。令教授惊奇的是，他的要求竟然获得麦克阿瑟的首肯。

一周后麦克阿瑟召见了玛吉。已有几个月没见过他的玛吉怀疑是自己写的文章得罪了他。近日来，他动辄发脾气，指责《基督教科学箴言报》、《芝加哥太阳报下午版》和《劳工日报》怀有偏见且近乎"欺诈和虚伪。"某些记者上了他的黑名单，罪名是"与日本反面人物相勾结"，或干脆说是"对占领表示不满"。一名记者报道了将军使用染发剂，因此被从扈从人选名单上勾掉。另一个因称他为"元首"，被列为不受欢迎的人。不过，当《幸福》杂志刊登出一篇贬抑文章后，他仅仅撤销了订阅单。玛吉本人撰写的占领一周年综合评述，只被删去几行，也许他反感她报道饥饿和赤贫时直言不讳的笔调。

将军从座椅上欠身笑脸相迎，玛吉不知自己做了什么讨他喜欢的事。"我有个建议，你也许喜欢。"他挥挥手让玛吉在长沙发椅上就坐。"我想你父亲已告诉你，他打算带一批记者去朝鲜。"

"是的，先生。"

"你为何不同行？"

她的出版人曾有过此类建议。"什么时候动身？"玛吉感激地说，"你考虑得真周到。"

乘电梯下楼之际，来时满腔受人摆布的怨气已消散，取代的是即将游历一个陌生国度的兴奋期待。与父同行定有许多乐趣，他一直喜爱朝鲜人，尽管他的日本朋友多数不喜欢。玛吉赶往帝国饭店烤肉餐厅与乔西和威尔共进晚餐。朝鲜之行，她越想越喜欢。这将给她一次接近父亲的机会，在他眼里她还像个未出校门的女学生。临近从前所谓优伶之家的宝塚剧场，与所有角色都由男人扮演的古典歌舞伎戏院相反，这里专门上演现代的有小型歌舞的时事讽刺剧，演员全是女的。剧场内外修葺一新，花费日本政府不少钱。现已重新命名为厄尼·派尔剧场，成为美国军人的麦加圣地，在这里可以免费观赏三军联合慰问团的实况演出和最新上映的影片。

玛吉抬头望着"厄尼·派尔"的招牌，心里不由一酸，热泪夺眶而出，深锁心底一年多的悲痛一下子迸发出来，仿佛首次听到惟一的恋人麦克道尔阵亡的消息，击中他的与夺去厄尼·派尔生命的是同一阵弹雨。

赶来赴宴的乔西看见她僵立在街对面。尽管她们早已亲密无间，但她始终不知是什么内在原因使她工作如狂，坚毅刚强，甚至有些桀骜不驯。没人告诉她玛吉的恋人死于冲绳岛外一个不起眼的小小岛屿上。躲过街上过往的吉普车和卡车，乔西飞奔到她身边，"天哪，玛吉，出什么事了？"

玛吉没有意识到驻足围观的行人。她抓紧乔西，"他死了。"

乔西吓了一跳。上帝，可别是马克！"是谁死了？"

"麦克，"她嗫嚅着环顾四周，"看在上帝分上，带我离开这里。"

乔西陪她进入帝国饭店，上楼到她的房间。玛吉躲入浴室，乔西听到水流声。她终于露面了，脸色憔悴。"真难为情。"说着又哭起来，这次是在与自己赌气。

乔西哄孩子似的好言抚慰。她们同坐在一张沙发里，近半小时不吭一声。后来玛吉开始讲述麦克道尔，初见之时他显得呆头呆脑，在关岛他威胁要枪毙两名喝醉的陆战队员，阻止了他们殴打一个黑人水兵。"麦克用手指顶着他们。事后告诉我，他忘了他当时身上没带武器。"她接着讲，"辣手汉克"在关岛军官俱乐部里正要动手打她，麦克不动声色地将一桶冰水浇到他头上，然后说，"对不起，先生。我打翻了自己的饮料。"说到这儿，她俩放声大笑，不过玛吉的笑近乎歇斯底里。她又一次走进浴室洗脸，出来时已平静下来。

"咱们离开这鬼地方。"她还是那个刚强的女记者。但乔西第一次觉得她认识了真正的玛吉。

2

朝鲜之行，1946 年 12 月

一周后，玛吉和麦格林恩乘坐一架旧运输机前往朝鲜。教授兴奋不已，仿佛年轻了 10 岁，又好似被大学录取的新生盼着入校的第一天。他想畅谈自己的全盘打算，在朝鲜找到能使麦克阿瑟拨正航向的有力证据。但玛吉宁愿静静地沉思，故而佯作昏昏欲睡。她已不再为乔西见到她脆弱的一面而难为情，谢天谢地，看到她像婴儿般哭鼻子的是乔西，而不是家里人。引擎的轰鸣终于使她瞌睡，但接着有人宣布即将着陆了。几辆军车在等候记者们。行驶在通往汉城的土路上，载着麦格林恩父女和其他两名记者的这辆车随时有散架的危险。麦格林恩眼望着公路两旁一派贫困景象：荒芜的田园，衣衫褴褛的男人背负着稻草，同样衣衫褴褛的女人头顶着大包裹。

头顶上，演习攻击的美军飞机俯冲着。"精神战"，开车的陆军中尉说，"唯有如此，才能让东方佬守规矩。"

他们被安顿在失修的朝鲜饭店，如今这里已被征用作野战部队军官宿舍。它令麦格林恩联想起美国的一个陆军兵营，一个小镇的酒馆，和一个朝鲜风味的路边小酒店。玛吉抱怨弥久不散的强烈泡菜气味，麦格林恩倒很喜欢。他介绍说，泡菜种类繁多，常见的一种是将鱼肉、葱、蒜、红辣椒拌在一起。"冬季朝鲜人全靠它御寒。"其他记者对男女招待喋喋不满，无论你说什么，他们光站在那儿傻笑，一句英语也听不懂。麦格林恩很乐意借机练练自己生涩的朝鲜语，尽其可能帮助他们。

玛吉找到两个常驻本地的记者共进晚餐，他们说起汉城地区的血腥暴乱。他们认为，根源不在左翼分子，而在于经济贫困和对残暴警察的仇恨。"这地方充斥着阴谋、斗殴，到处一团糟。"其中一名记者说，首批进入朝鲜的美国兵受到夹道欢迎，标语牌上写着"热烈欢迎美军"，"美韩是基督教朋友"。"我们的人自认为是被当作征服者欢呼，朝鲜人实则把他们当作解放者欢迎。"

"一星期不到，双方都大失所望，"另一名记者说，"我们的人，从将军到列兵对朝鲜人的历史和民族特性一无所知。他们得出的结论是，朝鲜人易冲动，脾气暴躁，高傲而敏感。朝鲜佬拒绝给吉普车让道，朝鲜娘们不肯像欧洲女人那样卖身挣钱。"

他们谈到三八线，这个在波茨坦人为划分的南北分界钱。"小日本投降时，北边由苏联人受降，南边的由咱们受降。"其结果，成为亚洲惟一美苏军队对峙的地方。"这地方将变成亚洲的斗鸡场，国内的人谁他妈的在乎这个。你跟他们说说，玛吉。也许他们相信你。"

"日本将成为下一个反苏活动的舞台。"他的同伴说，"告诉人们，玛吉，在我们所有的人掉脑袋之前。"

第二天与李承晚会面之后，麦格林恩父女都有扫兴之感。"这老家伙看上去就像木乃伊。"玛吉说。

"别为其外表所欺骗。他可是个锋芒毕露的人物。别看他睡眼惺忪，其实正从眼缝里仔细观察我们哩。"李在过去的一小时里，一直抨击共产党，指责美军司令霍奇将军及其在朝鲜的部下腐化堕落。"李会成为一个危险人物。多年来，他一直是朝鲜的传奇英雄，只有他才能驾驭朝鲜的复杂政治。这里的其他人谁也做不到像他那样冷酷无情又卓有成效。"

深夜，麦格林恩父女漫步汉城街头。虽然店铺都已关门，街上依然灯火通明，人山人海。见到满街醉醺醺的美国大兵，玛吉心中愤然。他们遇到一个人揪住朝鲜人不放。"我要给你点儿颜色看看，该死的东方佬。"

"放开手，当兵的。"玛吉说，好心好意但语气严厉。

美国兵怒不可遏地转过身，但两个同伴拖走了他。回饭店后得知，类似事情在这里屡见不鲜。这是当地人对美国人越来越不满的原因之一。许多人公开抱怨说，日本征服者也比他们强。

"今天多亏是你，"麦格林恩说，"换了我准会把事情搞糟。"得到父亲的赞许实属罕见，玛吉心里美滋滋的。

陆军公关部安排了一系列同美国和朝鲜官员的会面后，教授说该约见老朋友了。但是，从一个讲英语的姓金的朝鲜编辑那里得知，他想见的人都处于地下状态。

"为什么?"麦格林恩问，"他们又不是共产党。只不过是中间偏左。"

"他们不在地下就在牢里。明天见。"

第二天，他们乘出租车兜了一圈以甩掉跟踪，到了会面的地方——中心商业区的一个街角。金急匆匆坐进前排车座，头也不回地说，"别紧张。"玛吉强忍住笑，没有谁比鬼鬼祟祟的金更令人生疑。车子一会儿一停，金跑进跑出打听消息，然后驱车进入乡村。他们准备见的两个朝鲜人躲在一个山村里。一小时后，看来没有人盯梢，他们驶上一条通往一幢破旧房屋的小路。他们走过院子，院子里摆放着几口大得能把人装进去的大缸。

"这是干什么用的?"

"做泡菜，"她父亲说，"以备冬季不时之需。"

他打开一扇有漂亮刻花的矮门，"必须跨过门槛"。

"为什么?"

"迷信呗。每幢房子都有自己的守护神，门槛是它的脖子。要是踩了它，它会发怒，给屋里人降临灾祸。"他又补充说，在日本踩门槛也是不礼貌的。

两个老人欢迎他们光临，见到麦格林恩激动得说不出话来。

"左边这位是许锡，"麦格林恩介绍说，"一个职业革命家。另一位是李文浩，劳工领袖。都是我的好朋友。"

许近前长辑行礼，热情寒暄。

"他恭喜我有个这么年轻漂亮的妻子，祝福我们多子多孙。"见许兴奋得打开话匣子，就没有把事情说破而扫他的面子。"他在蒋介石的黄埔军校学习过，战争期间在'满洲'和朝鲜北方从事地下抵抗运动。"麦格林恩翻译说。"因从事抗日活动，蹲过三次牢房，战后获释，被迫在朝鲜南部转入地下。他说，李承晚跟日本人一样坏，而这里的美国官员对其法西斯行径视若无睹。李的恐怖组织大韩青年联合会穷凶极恶，与警察狼狈为奸。"

屋中没有椅子，大家坐在地板上。寒风习习，玛吉高兴地发现地板暖融融的。"这是朝鲜人古老的发明。"他父亲解释说，锅灶的热烟经过地板下面后再从烟囱冒出。地板下用石板打成隔断，上面覆盖厚厚的油纸，所以不会有烟泄露到房间里。

劳工领袖开始讲话，麦格林恩解释说："李先生坚持说他不是共产党。李承晚控制的工会已彻底腐败。它任由工厂主和军政府强迫工人入会。上个月的几次大罢工是因为低工资和大米短缺引起的。"

突然，门呼的一声被撞开，一个穿制服的警察挥舞着装上刺刀的步枪闯了进来，其身后是四个横眉立目的年轻人，手持武器，穿着肮脏的百姓衣服。再靠后还有个年轻人，穿着花哨的商人衣服。他用手枪指着金，宣布他因搞颠覆活动而被逮捕。

"你们究竟是什么人？"麦格林恩愤怒地问。

那年轻人有礼貌地深鞠一躬，然后亮出证件，证明他是韩国国家保安总署的侦探。

"有逮捕证吗？"玛吉生气地将手枪推开。她愤愤不平，因为她看到这些人放肆地踩踏在门槛上，并把脚上的泥弄得满屋都是。

"噢，有。"但他解释说忘在警署了。他要求两个美国人立即离开，派辆警车送他们回朝鲜饭店。

"我们等在这里，直到你取来逮捕证。"玛吉说，"这两个人怎么办？"她指着许和李。

侦探哈哈大笑。"这些老东西害不了人。"他说了几句朝鲜话，这两人低下头走出门去。"我告诉他们回家去，老老实实做人。"他命令一个便衣去取逮捕证。大约等了 15 分钟，他一直拿金取笑，不时拍打他的后背。突然，他猛地站起来，大喊大叫两个美国人干扰他执法。"你们是谁？在这儿干什么？"

"我是《和平御者专刊》的麦格林恩。"

"我是弗兰克·麦格林恩教授，麦克阿瑟将军的特别顾问，专门派来调查警方暴行的。"

侦探大惊失色，二话没话，让他们到外面的警车上去。在院子里，麦格林恩问一青年打手是否也是个警探。"不是，"他骄傲地说，"我是大韩青年联合会的，协助警察抓左翼分子。"他的同伴忙出声喝止。

在警署等了一小时，一位美军少校赶来了。他自我介绍是哈利伯顿，汉城军政府治安部主任。"霍奇将军命令我来调查此事。"几个月前，他还是明尼苏达投资银行的金融家。他问麦格林恩，"您此前在东方生活过吗？"

"大部分时间是在中国和日本。"

"那您就能理解了，这里的警察对民主一窍不通，相信武力。"

"我认为更严重的是，"麦格林恩说，"动用私人恐怖团伙执行拘捕。"哈利伯顿从未听说过"大韩青年联合会"，他问警察署长，后者也回答没听说过。"您一定误会了，先生，"警察署长说，"因为您不懂朝鲜语。"

麦格林恩用朝鲜语答复他之后，哈利伯顿说，"署长，如果情况属实，你的侦探可就有麻烦了。"他转向麦格林恩："您能肯定没有搞错吗？"

"我肯定。他们其中一人亲口告诉我他是大韩青年联合会成员。"

执行拘捕的侦探怒气冲冲地指着麦格林恩，"他在我执行任务时妨碍公务，长官。他甚至让我滚出去。"

"不对，"金说，"他没有说这类话。"

"你们怎能相信一个安排这次秘密接头的共产党分子？"

"金先生是奉我的指示办事，"麦格林恩说，"既然我是奉了麦克阿瑟将军的指示来调查这里的情况，那么他也是在执行最高统帅部的命令。我要求立即见到霍奇将军，不得拖延。"

"没必要跑那么远。"哈利伯顿拿出他在明尼苏达银行摆布富有客户的手腕儿。"事情不幸复杂化了。我看还是此时此地解决为好,就在我们中间。"

警察署长表示赞同。

"也就是说对金先生的指控撤销了?"麦格林恩问。

哈利伯顿满怀希望地望着警察署长,后者稍事犹豫,点头同意了。

"现在让我送你们回饭店吧,麦格林恩博士。"哈利伯顿搓着双手,仿佛刚放出一笔贷款。"我们一块儿喝两杯。"

"还有金先生?"

"当然。"

等到还剩他们两人时,玛吉说,"今天多亏是你,爸爸。换了我准把事情搞砸。"

3

当晚,东京的公诉律师和辩护律师以及一些朋友聚集在著名的"家宴"餐馆。这家餐馆是目黑区一座很大的日本风格的建筑,专营中国菜,承办大型宴会和各类小型聚会。此次聚会是为即将回国的人饯行。多尼希将赴德国协助纽伦堡审判后的案件审理,另外三人经济拮据,入不敷出,无法再留下去。弗内斯和拉扎勒斯复员,增加了薪水,因而解决了资金问题。

法官们也开始厌烦了。原保证9月底前结束起诉,可现在看来还得持续数月,辩护阶段尚未开始,估计辩护将比起诉花费更多的时间。

乔西刚刚得知帕尔法官已向政府提出替换他的请求,理由是国内有许多重大要案亟待他处理。"如果他去了,"临近餐馆时她对威尔讲,"辩护就更困难了,他是惟一熟谙国际法的人。"

"别担心,听说他的政府最近来电命他留下,再延长任期6个月。"

"你怎么知道的?"

"麦克阿瑟告诉了基南,基南的秘书告诉了我的秘书,我的秘书又告诉了我。"

停车场上停满了轿车和吉普车。大厅里有上百人席地而坐,面前是一英尺高的矮桌。他们找到一张桌子,那里有两名控方律师和两名辩护律师。日本清酒敞开供应，新来者受到热烈欢迎。乔西身边的一名控方律师说，只要案子一结，他即将回国。"听我说，漂亮的女士，"他说，"请不要引述我的话，我觉得法庭上辩方注定要败诉。"

"为你这句话干杯，"乔西说，"真遗憾我们出庭时你将无法在场亲眼目睹流血惨景。"她自己动手，选了各类虾、鱼、鸡，还有其他许多不知名的小食品。味道美极了，她吃得津津有味。

晚餐间，一名控方律师站起身，用10分钟时间讲述了市谷审理的一件案子，语气活像是读宣战书。乔西认为他比她在日本见过的所有职业喜剧演员还要好笑。接着，弗内斯惟妙惟肖地模仿基南的腔调挖苦地赞扬控方律师的绅士风度，竟然博得其对手们满堂哄笑。

主讲人是首席日本辩护律师，原明治大学校长鹈泽聪明博士。他板着面孔说："日本一向是爱好和平的国家。"一个醉醺醺的控方律师发出沙哑的笑声，但被同伴制止了。整个晚上除了这一刻外，未发生不愉快的事。饭后，马克·盖恩的妻子，一名记者，要求艺妓表演她所喜欢的"东京音头"。日本姑娘们甜言蜜语地引逗大多数男人站起来，排成伦巴舞的队形，舞蹈无拘无束，转眼间热情的律师们将咯咯娇笑的姑娘们紧紧搂在怀中，旁观的人怂恿地欢呼着。

"咱们离开这儿吧。"威尔说。

4

玛吉和麦格林恩等候在离汉城不远的金浦空军基地，陪同前来的是日裔美国人奈良中尉。他解释说，他的情报小组的任务是搜捕三八线那边过来的间谍和破坏者，并且向日本遣返战俘询问朝鲜北部机场情况。

次日清晨，奈良中尉开着一辆吉普车带他们沿三八线行驶。前后各有一辆吉普车，玛吉注意到那两名司机旁的座位上放着卡宾枪，坐在后排的军官都挎着自动武器。比一辆牛车稍宽的路面使吉普车颠簸得很厉害。前面吉普车扬起的黄尘几乎使麦格林恩父女窒息。每次他们在小村庄落脚时，孩子们都围着吉普车拨弄他们的衣服和纽扣。奈良用日语大喊大叫，但驱赶他们的惟一办法是发动引擎。

路越走越差，一片荒原，再也见不到房屋。前方一个美国兵用轻型机关枪对着第一辆车，经粗唱检查，挥手放行了。

"这儿是美军 7 号警戒哨。"奈良说着将车开到几幢瓦楞铁活动房前。

玛吉走向一个像朝鲜人那样蹲在太阳下的美国兵。"离开这儿很难，对吧？"

他苦涩地笑笑。"我不愿住在这里，这儿比阿肯色州还糟。整天无所事事，除了盯着那儿看。"他指指一座小山。"看到上面的苏联人了？他们蹲在那儿，我蹲在这儿，我们都在想会发生什么事。"他笑笑。"一天，我觉得实在耐不住寂寞，就挥了挥手。一个胆大妄为的家伙反过来朝我挥挥手。也许被枪崩了，再也没人挥手喽。"他摆动着手臂，但对方毫无反应。

"见他妈的鬼，赫尔斯。"一个上尉吊儿郎当地向他们走来。"我说过别再那么干。"他盯着玛吉就像从未见过女人。"请原谅我的放肆，小姐。总把自己关在屋里都快发狂了。"

他们继续驱车向前几百码，一道木制路障横在路当中。路旁岗亭里站着苏联兵，只穿着单裤和衬衫，冷得瑟瑟发抖，他目不转睛地看着他们。

奈良中尉说，要等苏联向导来。玛吉望着荒原足有一小时，才终于听到嘎啦嘎啦的卡车声。来的是辆老掉牙的史蒂倍克车，几年前就该送回摩尔曼斯克了。车子吱地刹住，跳下两名年轻军官。其中一人轻快地走上前来，向 4 名美国军官敬礼后试着用俄语交谈，接着是德语。美国人用英语和法语作答。美国兵里有一人出生于拉脱维亚，他用拉脱维亚语说了些什么，苏联人热情地回答着。这个美国人转向麦格林恩父女，"他说美国是个有趣的国家，有那么多人种和民族。"现在人人喜笑颜开，但可谈的话题很快就枯竭了。那个苏联人用拉脱维亚语说，"我们走吧。"哨兵升起了栏杆。

终于要进入苏联控制的地区，麦格林恩父女感到异常激动。在一个飞机场附近，红军部队好奇地注视着他们。玛吉留意到他们都面带微笑。一片破旧建筑之间，玛吉看到苏联妇女在晾衣服，孩子们在光秃秃的场院上玩耍。沿路下行，他们钻过一道木制拱门，上面装饰着红旗，斯大林和金日成的画像。

"这里是开城，"奈良说，"北朝鲜最大的城市之一。"几乎所有的电线杆、院墙和高大建筑上都贴满标语以及颂扬镰刀斧头的装饰。主要街道上挤满进行集市贸易的人。令麦格林恩惊讶不已的是，没看到一个警察，只是偶尔见到一两个偕同夫人的俄国兵。孩子们边跑边喊"美国斯基！"有些人用手指作二战期间的胜利手势"V"，不过玛吉注意到有个朝鲜人伸出一个小拇指。

"那是朝鲜人表示轻蔑的手势，"她父亲解释说，"大概是当年马可波罗传过来的。"

一小时后，他们到达穿行苏联占领区的终端，到了美军 4 号警戒哨。洗去满身尘土后，他们在帐篷食堂进餐。主人是个红光满面的上尉，他也是这个郡的卫戍司令，孤寂已久使他口没遮拦，侃侃而谈。他讲述了小舢板从北方偷运人口和货物；他的翻译组建了一个爱国青年联合会。他大谈食品和价格，大谈如何被迫镇压了附近小镇的一次暴乱；大谈……

一个下士拍拍他的肩膀："长官，我能跟你说几句话吗？"上尉涨红了脸。他跟着下士走进一幢瓦楞铁活动房。有人说，那个下士与陆军情报局有关。玛吉追悔莫及，等上尉灰溜溜地返回之后，再没问任何问题。

两天后，麦格林恩父女乘上另一架破旧 C—54 运输机，座椅上没有垫子，为了御寒他们紧靠在一起。当飞机飞越朝鲜和日本之间一条很窄的海峡时，麦格林恩问："有所收获吗？"

"现在我明白为什么他们吃那么多泡菜了，"她说，"事实上，我也开始喜欢吃了。"

"把咱们在朝鲜的统治政策与日本人的相比，你觉得孰优孰劣？"

"一无是处，"她愤慨地说，"现在朝鲜有两个主人，而不是一个。他们的经济状况糟透了，也许是因为国家被人为地肢解成两半，形成相互间敌视。"美国人和苏联人不是解放他们，而是把朝鲜人变成了雇佣军。"我们的解放无疑不能称其为人道主义的，甚至连实用主义的强权政治也算不上。"

麦格林恩心里很高兴，但什么也没说。直到日本的山脉起伏在眼前，他才说："我想咱们都会挨将军的训斥的。"

"因为替许和李讲情吗？"

"还为其他事情。"

"他该拍拍我的马屁。"

他从未感到与女儿如此亲密，他想借此良机坦率地谈谈她坚硬的外壳和粗俗的言语，好在尚未出现在她的文章中。然而，他只是说，"我们都可能被召见"。见到麦克阿瑟，头一件事就是要问问许和李的下落。"我根本不信那个侦探真会放他们走。他们现在可能已经入狱，即将处决。"

玛吉面现刚毅之色，"即使把我撵出这个国家，我也不在乎。"接着又心有不甘地说："可我真不愿在弗洛斯和户田一家有麻烦的时候离开。"

"当初我极不乐意来日本，现在又不愿一走了之，还有那么多事等着我去做呢。"

飞机飞临日本西海岸，麦格林恩谈起对亚洲局势的深切关注。"对于这块大陆我并非是真正的学者，有着太多的个人情感。多年前我就感到住在中国、朝鲜、日本，要比住在新英格兰更自在。"他沉浸在回忆中，不禁露齿一笑，"那时我有多傻。一个天真无邪的外国佬！凡是我见到的事物、遇到的人都能给我留下印象。我走东闯西，浪迹江湖，学会了六七种语言，在最令人厌恶的地方结交新朋友。"

玛吉从未见过他如此直抒胸臆。他滔滔不绝地讲述着周游亚洲的冒险中由于无知而引起的种种趣闻轶事。他尖刻地抨击在香港、新加坡和中国的殖民统治。他讥讽嘲笑与之相处数月的中国军阀的荒淫骄奢。提起那些将少得可怜的食物与他分享的善良农民，其感激之情溢于言表。他在东方的生活奇异、怪诞、滑稽可笑，但他从未嘲笑和瞧不起亚洲各民族。他讲述的许多英雄豪杰无私忘我的故事深深打动了玛吉。"最终我认识到，亚洲人视欧美人为不开化的蛮夷，认为西方生活方式荒诞不经，是很有道理的。"他凝视着日本海，神情肃然，"此地生活总是不由自主，因此明眼人定能从中看出真正的现实主义思想。"

玛吉颇有感触，仿佛他猛然掀开一帷幕布，展现出一个丰富多彩、意义非凡的世界。父亲绝非像他平时假装的那样随波逐流，超然冷漠，韬光养晦。过去的几周彻底改变了父女之间的关系。她一直以为她和威尔是教授最心爱的人，并为之窃喜。但现在她不再是他的心肝宝贝儿，他们是平等的人了。她想趁机了却一桩心事。"我们什么时候去见真理子?"她含含糊糊地问。

她第一次见他吃惊得说不出话来,"你以为我们不知道?我的天,老爹,在东京几个月前就传遍了。"

他瞥了她一眼,轻轻一笑。

飞机开始降落。

"我想你们会以为我是老糊涂了。"他终于开口了。

"起初我是这么想的,"她承认,"马克也同意我的想法,但不那么坚决。不过,弗洛斯了解真理子,而且认为你福星高照。"

他松了一口气,"我从未见过像她这样的人。在帝国饭店共进圣诞晚餐如何?"

玛吉倾过身亲吻他的面颊。

机轮在跑道上吱吱作响。麦格林恩热情地从窗口向外望去。玛吉一眼就看到威尔的高大身影正在人群中向前挤着。每个人的表情都如释重负。

弗洛斯拥抱教授,威尔亲吻玛吉,田岛真理子站在后面,温情脉脉地凝视着麦格林恩。麦格林恩不大自然地向威尔和玛吉介绍了真理子,然后正正规规地与真理子握了握手。驱车回东京途中,玛吉发现父亲与真理子尽可能相互接近,恰似一对上中学的小情人首次在电影院里约会。真好笑,但玛吉感到喉咙发堵。过了这几年,才终于解脱孤寂的痛苦,找到了孜孜以求的意中人。

帝国饭店圣诞晚餐开始时有些拘谨,真理子为太郎的缺席道歉,但很快就适应了节日的家庭气氛,他们待她好像她已是家中的一员。大部分时间里她和麦格林恩在桌子下面手拉着手。临近终了,真理子终于以心相许。生活中大多数问题解决起来如此简单,麦格林恩自责为什么没有早些想通这一点,并祝愿在他失去理智前婚姻的最后障碍——太郎的敌对情绪——能够得以克服。

麦克阿瑟那边始终没有动静,直到圣诞节过后第三天,终于给玛吉送来请柬。她发现将军比以往更冠冕堂皇。"我听说令尊遇到些麻烦。

霍奇将军十分关注。"

玛吉讲述了所发生的事情,未等麦克阿瑟发表任何意见,她就坚决要求得到关于许和李的报告。"他们都是 80 多岁的人。无论在朝鲜的保守派还是左派眼里,他们都是德高望重的。"

将军倒吸一口气,问她该拿他们怎么办才好?

"放他们回家,让他们写那些没人看的小册子。他们对我们毫无威胁。"见他确实在听,她又说,"您也许不喜欢我在文章中提及的每件关于朝鲜的事,但请您务必看一看,过后您可以打发我回国。"

"你们姓麦格林恩的生来就爱制造麻烦。"他神情严峻地说,但玛吉发现其中噙着一丝诡笑。"我想,"他说,"我已无话可说——除了'新年快乐'!"

第 四 部

第十五章

1

东京——横滨，1947 年 1 月 3 日

东京法庭公诉加紧进行，乔西正花费大量时间为东条作辩护准备。当她得知户田省吾的案子定于两周后在横滨审理时，真有些措手不及。原以为过了仲夏之后起诉才能准备完毕，此前市谷还要长期休庭。无奈，她立即着手整理省吾的辩护词。过去几个月里她探望过他 4 次。虽然他仍然拒绝揭露辻政信，但他确实谈了许多战争中这位狂热的大佐出于对白人的仇恨而犯下的大量暴行。省吾讲述了 1941 年谋划进攻马来亚的日子，辻无情地督促部下拼命工作。"他很少睡觉，只有当我把饭摆到他面前时他才吃。他觉得日本的命运落在他双肩之上。珍珠港事件前一个月某天晚上，我发现他好似阴魂附体。他自言自语说：'我已超脱一切情与欲，甚至生与死。我必须集中全力争取胜利。'我现在还能回想起他的样子，剃得精光的头上汗珠闪闪发亮。'我们必胜！'他反复地说，'我们必胜'！"

乔西循循善诱，是个能引起共鸣的听客。省吾告诉她，有一天辻出于道义上的愤怒，放火烧毁一家军官满座的艺妓馆，嫖客和艺妓只好光着身子往外逃；在早期岁月里他矢志献身于拯救日本，拯救亚洲，为了证明自己真心实意，他住在马厩后面一所又脏又小的房子里。辻对省吾说，司令部所有的军官都腐化堕落至极，"他们满脑子尽是搞勋章向上爬的鬼想法。一到晚上不是吃喝嫖赌，就是与艺妓鬼混。自支那事变以来，整个日本陆军都变坏了。他们恨我，因为我不但知道这一切，并且敢于说出来。"

乔西说，她从现住东京的千田少佐（辻政信的同事）处听说过其他一些事，"千田告诉我，辻将一名参谋军官以'腐化'罪名遣送柬埔寨，后此人自杀身亡。"

"那人就是腐化，没说的。"省吾激动地说。沉默良久，他又接着说："为了偷生而说辻君坏话，我将不齿于人。"激动过后，他恢复了平日哲学家式的冷静，"该发生的总要发生。"

另一次会面时，他据实回答了起诉书中有关问题。他诉说了入侵马来亚那激动人心的日子，辻几次于夜间召集经过甄选的少壮军官开秘密会议。在篝火映照下，辻谈及西方人掠夺亚洲的漫长历史——妄自尊大的英国人、荷兰人和葡萄牙人。

"密会期间他可曾煽动严惩帮助英国的当地人？"乔西问。

"这些也是打千田少佐那里听来的吧？"

"是的，而且他要在审讯你时出庭作证。他参加过一次夜间密会，他还是新加坡战役后屠杀 5000 华人的目击者。"

省吾摇摇头。"千田一直妒忌辻君。我相信如果确有此事我应当知道。"他怀疑新加坡大屠杀是盟国的宣传。当乔西问及辻 1944 年下令杀害数名在缅甸被俘的盟军飞行员一事时，他拒绝加以评论。目击者曾告诉他杀害那几人的经过以及事后辻强迫几名心腹军官啖食盟军飞行员心肝的恐怖惨相。据辻本人讲，这有助于在印度英帕尔战役中惨败而心有余悸的幸存者提高士气。省吾曾一度担心他所崇敬的人要发疯了。这次吃人事件令他感到恶心，于是他想方设法调回东京，加入了久已向往之师团。后来这支队伍在阻止天皇投降的未遂政变中一度占领了皇宫。

"我被搞得措手不及，"乔西写信给她父亲说，"都是我的错。我本该怀疑'吊死鬼哈里'，这是大家送给省吾一案指控律师的雅号。他散布说还需 6 个月才能准备好起诉此案。"她解释说，指控省吾所犯罪行有四条，新加坡华人大屠杀，巴丹死亡行军时犯有暴行，缅甸屠杀，菲律宾杀害首席法官桑托斯。"我手头最佳线索是在菲律宾杀害首席法官桑托斯一案。威尔最近获悉，日本在棉兰老岛的指挥官冈村将军正在马尼拉接受杀害桑托斯的审讯。威尔正设法搞到证词副本。将军声称他接到过辻秘密安排的就地处决命令，冈村声称他违抗了这道命令，因为此事严重违反武士道精神。但尔后他被迫执行了第 14 师团直接发布的处死首席法官的命令。"在法庭上，冈村作证说，他曾急匆匆赶到马尼拉与伊藤将军对证，命令是他写的。"我对伊藤说，你干的事丢死人了，辜负了我对老同学的信任。他道歉说，帝国大本营坚持处决桑托斯。我问他帝国大本营是指谁，他说是辻政信。"冈村随后作证说，整个事情只要找到一个叫岩田的陆军中佐就能真相大白了。全部责任应该由一个人承担，那就是辻政信。不幸的是，岩田自从被转到中国之后，至今下落不明。"我知道上述这些看起来没什么用。但威尔认为，他近来给我的帮助极大，他认为只要牢牢抓住不放，准会找到线索。不管怎样，留下的线索只有这一点儿。如果我有更多的时间，我会将他剥得像朝鲜蓟一样。"

信尾，她又匆匆写下几句附言："记得你说过，律师卷入凶杀案，就像一个人坠入爱河。他完全被卷进去，从早到晚脑子里只有案子。是你说的，律师和情人同享一种新奇的令人兴奋的经历。爸爸，处理这个倒霉的案子，似乎使我正陷入情网。"

麦格林恩教授保证在省吾辩护问题上做她的顾问。但也告诉她，时间只容他粗略浏览证词。"我已为你拟出一份精彩的辩护提纲，需一个月研究才能把材料拼凑起来。"

"那怎么办呢？"

"争取重新审判，我来告诉你。"他冲她摇着一根手指，好像她是个不开窍的学生。"你只有一次机会，让省吾道出实情。你已经试过，动之以情，晓之以理。但还不够，要知道当他还是军校学员时曾与另外8个激进青年切断一根小手指，泡在酒精罐里献给天皇。这9个傻小子要替刺杀前首相犬养毅的凶手服刑，他们坚信刺杀是惩治政治腐败的惟一途径。这种'下克上'的理想主义在日本历史上屡见不鲜。比诸被刺杀者，刺杀者更受人同情。一个人会被刺杀，不正说明他缺才少德吗？刺杀者难道不是为了崇高的目的，为民除害吗？"

"那么，死亡行军途中残害战俘，崇高的目的何在？"

"说得好！别忘记省吾自幼受基督教熏陶。尽管威尔对他还有怀疑，我敢肯定省吾对辻的罪行一无所知。但是，由于省吾出身武士世家，他认为应身体力行武士道，遵守为主尽忠的武士准则，视荣誉胜过生命。我知道，这些在西方人看来荒谬绝伦。所谓'四十七武士'被武士们奉为楷模。那些武士为了代主子报仇雪恨，对敌人无情地进行杀戮。事成之后全都切腹自杀，以保全自己的名节。我估计，省吾 1944 年转到缅甸以前，对其上司的恶行确实不知情。看清辻不是真正的武士，省吾陷于极度的迷惘和内疚之中。辻的其他追随者想必已幡然悔悟，找到他们！到那时，我相信省吾也会迷途知返。"

"我并没有放弃希望。我明天就飞往马尼拉，亲自询问冈村将军，很可能发现重要线索。无论怎样，总比什么也不做强。"

次日，乔西乘坐的飞机临近克拉克机场。"瞧，"邻座年轻的陆军上尉指着一座锥形山峰说，"阿拉亚特山！东方佬认为那里是诺亚方舟登陆的地方。一分钟后我们就要着陆了。"

虽然已近黄昏，乔西走下舷梯时菲律宾炙热的空气仿佛锅炉爆炸般迎面扑来。这是她第一次领教亚热带的厉害。她原以为离开宽阔的机场定会置身于异国风光之中，然而乘公共汽车去马尼拉的一路上只见到大片大片的甘蔗地，右侧有些山丘，根本看不到热带奇观。汽车穿过一片茅草葺顶的木板屋，乔西闻到一种刺鼻的怪味。邻座一个中年菲律宾人对她讲，"这是乡村特有的气味，你会习惯的。"

第二天下午，乔西终于获准进入冈村将军的牢房。冈村为自己受到不公正的审判而恼火，但最终还是对她讲起了岩田加佐。处决桑托斯不久，前菲律宾众议院发言人曼努埃尔·罗克萨斯将军在棉兰老岛被俘。当地指挥官接到马尼拉打来的一封电报，命令将罗克萨斯"立即秘密处决"。与桑托斯的情况一样，命令的署名是本间将军。"这又是辻搞的鬼。"冈村说，"岩田中佐奉命执行处决。他开车带着罗克萨斯和另一名高级俘虏———一个省长———前往处决地点时，省长哀求饶他一命。见他声嘶力竭的样子，罗克萨斯拍拍他的肩头，指着一丛丛美丽的白花（菲律宾国花）说：'看看那些素馨花。真美，不是吗？'"

岩田认为其表现出的高贵气质不亚于任何一个武士，于是决定不顾一切后果，放罗克萨斯一条生路。他力劝上级指挥官释放罗克萨斯，他可以协助维护法律和秩序。随后飞往马尼拉晋见本间将军，后者不但撤销了处决命令，并保证将此事禀奏天皇。

"这个罗克萨斯与现任总统是同一人吗？"

"是同一人。"

次日上午，通过美国大使馆一位神通广大的外交官的努力，乔西获准进入马拉卡南宫拜见罗克萨斯总统。她问总统是否知道救他一命的是岩田。罗克萨斯知道，并且披露，当获悉岩田在中国被捕，即将作为战犯受审后，他给蒋介石写了亲笔信请求对其特赦。"我得到消息说，他已获释，最近将返回日本。"

乔西所乘的飞机还有5个小时才起飞，于是她接受马蒂奥·多明戈的邀请，一同去看看几个地方。多明戈曾与威尔在死亡行军和奥唐奈战俘营同生死共患难。

他们驱车沿着当年死亡行军的战线行进，多明戈讲述着沿途发生的桩桩暴行，一名美军上尉筋疲力尽摔倒在地，被那帮禽兽用刺刀捅死；一个出于同情塞给他一穗稻谷的菲律宾人惨遭杀害。

多明戈带她向北来到卡帕斯火车站。"在这儿我们下了货车，开始步行去奥唐奈战俘营。"他说，在那次行军中，每个车厢都有五六个俘虏窒息而死，"他们太虚弱了，连呼吸的力气都没有了。"

他们驶上一条尘土飞扬的通往山里的道路。天气又闷又热，走了6英里，到达一个坡顶，乔西感到习习凉风拂面。坡下连绵起伏的广大平原覆盖着齐腰深的白茅草，稀稀拉拉的几棵孤树烘托得这番景色更显凄凉，雾中依稀可辨一环形建筑。

他们走近高大的铁丝网和木制岗楼，多明戈讲述了下述故事：战俘营看守司令常吉上尉大摇大摆地走上平台，挎着的军刀弄得叮当作响，他恶狠狠地吼叫说，"尔等统统是我们的敌人！要感谢大日本皇军不杀之恩！忘掉美国吧！"接着，他杀气腾腾地喊道，"盎格鲁——美利坚帝国主义完蛋啦！你们谁胆敢靠近铁丝网就让谁吃枪子儿！"

乔西震骇不已：这破烂建筑曾关押过成千上万战俘，他们的生活定然像牲畜一样！多明戈还给她讲了关于零号区的事，凡快要死的人都扔在那里。他和威尔曾把一具死尸抬到窗板上拖走。凡是死了的人都由前门抬出，丢进远处的万人坑掩埋。雨水冲刷后，尸体暴露在外，孳生大量蛆虫。

"快离开这儿吧。"乔西说。

2

乔西找到岩田之前，在审讯13号集中营其他被告的审讯室内开始对省吾审讯。乔西深知，当委托人无心自我辩护时，被判无罪的机会几乎是不存在的。不过她要力争重新审判，寄希望于找到岩田和发现新证据。乔西故作轻松地向任命为其助手的布朗中尉说明，审判委员会只有四名成员，看来较为有利，"我们要说服的人不多嘛。"

布朗更现实："对手也一样。"

栅栏外威尔、户田一家及其亲友紧张地注视着他们。威尔正给惠美讲解法庭程序，纯子两眼直视庄严的法官席——虽然上面还空着。

右侧的一扇门打开了，一名宪兵护送省吾走进来。省吾收住脚步，转身向家人微笑示意，让他们放心。宪兵轻推他一把，他用日语道了歉，走到自己的位置上。

乔西抓紧最后一刻向布朗面授机宜，他事先未作多少研究，只是负责整理证词和其他文件。庭长和四名法官陆续就位，全体起立，审讯开始。主控官"吊死鬼哈里"本名切斯纳特·哈里，是个陆军中校。他抛下芝加哥一家受人尊敬的律师事务所的职位，为国效力处理太平洋方面的法律事务。基南劝他留在东京协助起诉战争巨枭，事实证明他是市谷最能干的律师之一。因此案涉及臭名昭著的辻政信大佐，所以他同意出庭指控。他嗓音低沉，胸有成竹，仿佛每句话都直接来自上帝。他与乔西首次在东京审判中邂逅之后心存芥蒂，因为这位中校坚信所有日本被告都有罪。

他的开场陈述简明扼要，铿锵有力，"诉方将证明被告户田，"他用手指着省吾，"是那个也许是战争编年史上最凶残的战犯辻政信的亲信副官，同谋帮凶。我们将证明在珍珠港事件前他们2人共同策划偷袭马来亚期间的亲密关系；证明征服新加坡之后，合谋煽动残忍地杀害5000余无辜华人。这是他们朝着疯狂目标迈出的第一步，不仅要消灭在亚洲的所有白人，而且要惩罚与高加索人合作的亚洲人。审讯将涉及巴丹死亡行军时犯下的滔天罪行，还将涉及在缅甸杀害美国被俘飞行员的有关细节。最终我们要证明省吾与辻政信同样狂热尚武，自觉自愿帮助他执行难以言表的血腥暴行。"

乔西反对将省吾等同于辻，她指出，并没有确凿证据表明省吾参与甚至旁观过上述暴行。她提供了山下奉文将军手下三名参谋军官的证词，对省吾的评价是尽忠尽职。三人一致证明他毫无辻那种狂热，事实上倒是对辻起到了约束作用。

切斯纳特行使其权力传唤省吾上被告席，针对第一份证词进行盘问："马来亚战役期间你多次秘密召集青年骨干军官听取辻关于塑造亚洲未来的计划，这是否属实？"

"哈依。"省吾拒绝用英语回答。

"辻是怎么说的？"

省吾用日语讲述了辻政信大东亚共荣的伟大梦想，一个亚洲人的亚洲。为完成这一使命只有用武力从大陆上驱逐一切西方势力。

切斯纳特走上前问："武力？你指的是不是从肉体上予以消灭？"

"在战场上，是的，先生。"

"他是否讲过惩罚帮助与西方人合作的亚洲人？"

"没有，先生。他说，他们应当学会做男子汉大丈夫，赶走外国佬，他们抢占了亚洲那么多地方。"

"我这里有五份日本青年军官的证词，他们都参加了那些动员会。他们都说他想杀掉通敌的亚洲人。"

"我从未听他说过类似的话。"

"在被告和其他五名作证军官之间，我们相信哪一个？"他转向省吾，"你崇拜他，对不对？"

"所有跟随他的人都崇拜他。他是战神，亚洲的希望。"

"我知道他曾烧毁一家艺妓馆，里面都是年轻军官。"

"我从未亲眼目睹过。他当时是个少壮派军官。我只是听说过。"

"你承认这是真的？"

"我只是说我听说过。他们说起因是他痛恨在艺妓馆鬼混的腐化军官。"

"你认为他这么做对还是不对？"

"我既不赞成也不反对。我不是法官，但我能理解他的义愤。"

下午晚些时候，乔西声明所有不利于省吾的证据都是旁证，而且罪名也只是胁从犯罪。陪同户田一家到火车站的路上，威尔和乔西始终没有机会私下交谈。

在长时间心神不宁地候车时，一个上年纪的日本老人被挤下拥挤的月台倒在铁轨上，老人不知所措卧在原地，而远处传来急驶而来的火车的轧轧声。众目睽睽之下，威尔跳下去，抓住老人的双肩想拉他起来，却未能如愿。一个大块头陆战队员跳下去，抓起老人的双腿，两人齐心协力将老人抛上月台。一个美国兵拉住威尔的右手，千钧一发之际将他拽了上来。

户田纯子目瞪口呆地望着。美国人！怪不得他们能赢得这场战争！

乘出租车返回法庭附近的饭店的路上，威尔和乔西一言未发。乔西仍心有余悸，威尔心里也明白刚才差点被死神召走。

"你刚才的表现真了不起。"

威尔羞怯地笑笑，"我差点儿撒手逃命，亏得那个陆战队员跳下来。他才了不起。"

当晚乔西在饭店过夜，威尔到附近单身军官宿舍找了一间房借宿。次日中午休庭之后没过多久，新加坡一案审理完毕，切斯纳特又搬上一摞宣誓证词，美国和菲律宾军人证明死亡行军期间曾见到省吾与辻在一起。但是，凭借从威尔处搜集的资料，乔西才得以推翻了绝大多数证词。

户田一家来时忧虑重重，离去时备受鼓舞。但是威尔心知此番努力成效甚微。"我倒希望他们别抱多大指望，"他对乔西说，"最糟的还在后头。"

第三天，在驳斥了有关杀害首席法官桑托斯的宣誓证词之后，灾难降临了。辻在缅甸时的参谋大野少佐叙述了七名被俘美军飞行员如何被带到辻的司令部。他命令大野杀掉他们，取出其的心肝。他拒绝执行，辻说要关他禁闭。

"他让我把户田上尉找来，"大野作证说，"我亲眼看到户田进了办公室，后来又进了我的房间。"第二天他听说那七人已遭杀害，心肝被一些军官吃了。

"你是否照大野大佐所说进了辻的房间？"

"是的，先生。"

"他对你说了些什么？"

"他命令我带上一个巡逻小队，搜查美机坠地的现场。我照办了。"

"有哪个巡逻小队中的人能证明你所说属实？"

乔西答复说，寻找这些人的努力都失败了，已知其中三人阵亡，还有一人在战场上失踪。

"多妙的遁词。被告户田，"切斯纳特晨钟大鼓似的声音充满自信，"也许你可以给我们讲讲食人心肝的事。"

"你指什么，律师先生？"

"我指的正是我所说的。你是听说过在缅甸发生吃人心肝的事？"

"是的。我们都听说过。"

"你是否相信这是真的？"省吾在审讯中第一次面红耳赤。他心知此事是真的，但由于对其崇拜偶像的早期暴行视而不见而产生负罪感，使他下定决心绝不说让的坏话。"怎么啦，为什么不回答？"

"我不是法官。"

"这不是对此问题的回答。你是否相信让犯下此番令人发指的罪行？"

他不能撒谎，因为他宣誓要讲实话。因此他说，"我不是法官。"

"庭长先生，请您指示证人明确回答是与否？"

庭长，一名胸前挂满奖章绶带的中校，显然久经沙场，重复了刚才的问题。乔西向省吾投去恳求的目光。

"我不能回答。"他说。

接下来，切斯纳特传唤控方下一个证人，一个名叫富田的日本战地记者。"你认识被告吗？"

"只见过一面。我知道他是让大佐的助手之一。1942年我在拉包尔见过他俩，那是在他们前往瓜达尔卡纳尔岛之前。"

"请你描述一下所见所闻？"

"让大佐召开一次新闻发布会时。那个军官，"富田用手指向省吾，"就站在我身旁。大佐向我们介绍了瓜岛正在进行的战斗情况。他喊着，'喂，你们这些新闻记者！你们都知道卧薪尝胆的含义吧'。我们当然都知道，因为我们的领袖们号召人民面对卧薪尝胆的岁月。"

"那究竟是什么意思？"

"这句成语的本意是睡在柴草上舔着苦胆。我们都知道本意是忍受艰苦的生活，节衣缩食，以争取战争的胜利。"

"这是辻讲话的含义吗？"

"不是。他手里拿着一块黑糖似的东西，'这是敌人的心肝'，他喊道，'我每天都舔它一舔'。说罢，又舔了一下。"

"彼时彼地这名被告一直站在你身边吗？"

"是的，先生。"

省吾被传回被告席。

"被告，"切斯纳特诘问，"这个记者所说是否属实？"

"是的，先生。"

"你听到了辻所说的每一个字？"

"是的，先生。"

"你看见他舔了一下肝？"

"是的，先生。"

"就这些。"切斯纳特望着省吾点点头，"这就够了。"

庭长问乔西是否有问题要问省吾。她本想说是，但转念一想，再问下去，他的当事人只会把事情搞得更糟。

次日上午，过于自信的切斯纳特犯了错误。在乔西为了说服法庭而详细论述所有战场上的军人都会紧张过度，无论是美国人还是日本人之后，切斯纳特忍不住加以嘲讽。

"我这位同事的口才的确值得称道。"他责怪审判委员会全体成员爱听这个调门儿。这下可把他们惹火了，他们都曾在战争中服役。"让人听起来会认为辩护律师是个日本人。再者，当然辻，你是在为东京最坏的坏人进行辩护。"

乔西并没想提出抗议，而庭长则用其折服众多部下的语音训斥道："切斯纳特少校，我们这些与日本人作过战的人十分钦佩他们恪尽职守。而且，据我所知，所有国际法庭上的美国辩护律师也是在尽其应尽的职责。你应该向斯诺小姐致歉。"

"我道歉，先生。我不是有意冒犯。"

"我没让你向我道歉，而向斯诺小姐。"

他正为自己的失误而懊恼，结果又犯了一个错误。"我认为我已经道过歉了。"

"别跟我搬弄字眼儿，中校。直接向斯诺小姐道歉。"

"我道歉，斯诺小姐。"

第二天，1月16日，诉辩两方律师在中午结束了例证。

"诉方意欲用多少时间进行辩论，公开还是封闭？"

"我认为一小时足够了。"切斯纳特说。

乔西需要一个半小时左右。"下午我们就能全部结束审理。"

庭长宣布13时30时重新开庭。

尽管威尔仍不能确信省吾是清白的，但一个劲儿给乔西打气。与户田一家在附近餐馆吃午饭时，只进行了简短的交谈，乔西显然要理理头绪。当他们返回法庭时，庭长宣布，审判委员会在辩论结束后进行合议，考虑裁定结果。"委员会建议将于1947年1月17日（星期五）10时，在法庭公开宣布判决——如果作出了判决的话。"

"如果委员会准允的话，"切斯纳特开始其答辩，"在讨论本案的法律问题和事实问题之前，我想首先向委员会致谢，感谢委员会在审理此案过程中大力协助，感谢将本案诉诸审判。"他说，无论公诉方还是辩护方都很难出示适当的、合乎法律的证据，因为此案不同寻常。他列举了诉方的指控要点，指出辩方证据中的不足。经过近一小时详细阐述有关事实之后，他说："在我看来，还可以进行长篇大论，但诸位已听取了证据。毫无疑问，诉方已表明所有罪名均成立，被告是有罪的，而怀疑这一点并没有站得住脚的理由。对本案被告量刑时，请不要忘记他所犯罪行有多么残暴。判处死刑是惟一适当的刑罚。请容许我引用罗斯福、丘吉尔和斯大林1943年11月12日的联合声明来结束我的发言。他们谈到战争罪犯时说：'三大盟国必定要追赶他们到天涯海角，将他们交给控诉他们的人，俾使公道得以伸张。'"

乔西缓缓起身。"无论公诉方还是辩护方都呈交了全部证据，摆在委员会面前的问题是，这些证据的分量是否足以得出结论，被告的种种罪名是否成立。"辩方的立场是罪名均不成立。乔西一一指出诉方证据不足之处。"没有确凿的证据证明被告曾预谋或参与了被指控的罪行。所有证据仅仅表明他是犯下上述罪行之人的下属。诉方欲根据其上级军官的所作所为来绞死被告，而其上司犯上作乱无法无天多年，作为下属更无力制止其疯狂的计划，正如一个男孩是无法制服一头横冲直撞的公牛。"

法庭一度陷入寂静，切斯纳特站起来，简要声明公诉方已毋庸置疑地证明被告有罪，所有罪名均告成立，如果不在绞绳上结束其一生，是严重的不公正。

委员会在进行了 1600 小时后休庭。

次日上午，庭长宣读委员会决议。"在我宣布判决的同时，法庭译员将同声翻译给被告。"他清清嗓子。"户田省吾，审判委员会经过合议和不记名投票表决，2/3 的成员认定你：指控罪行之一，有罪。"这是指参与在新加坡屠杀华人。指控罪行之二、之三、之四均被认定有罪，那是指在死亡行军期间犯有暴行，参与杀害大法官桑托斯，参与缅甸大屠杀。

法庭上下鸦雀无声。

"委员会，"庭长庄严宣告，"判处你绞刑。"

户田一家未出一声，但乔西能感到他们心中无比悲痛。从省吾那里传来一张字条，她站起身，声音颤抖地说，"庭长先生，被告有一不同寻常的请求。"

"是吗？"

"他想最后说几句话。"

"这确实不同寻常。但因此案本身就不寻常，户田省吾，你说吧。"

"庭长先生，"省吾用英语说，"我想我要感谢法庭给了我一次体面的审判。"

户田一家对乔西所做的抗争表示了发自肺腑的感激，但她自怨自艾。她败了，败得责无旁贷。

麦格林恩勾住她的肩膀，"这是无法避免的，宝贝儿。"他说，"你现在必须做的是争取重新审判，到时我告诉你如何让省吾觉醒。"

她紧紧地拥抱他。忍住眼泪，咬紧牙关。"放心吧，我非得让它重审不可。"

第十六章

1

东京——横滨，1947 年 1 月 21 日

"我们绝不放弃希望！"乔西于判决当日的激励，对户田一家的影响更甚于她本人。她掩饰住内心的忧虑，向他们解释说，凡是乙级案卷都自动送交第 8 集团军复查局，在那里将对正式文本和正式提交的证据进行复查。

"我们希望找到足够的新证据，得以重新审判。到目前为止我们已获悉一条大有希望的线索，但恐怕还不足以说服第 8 集团军执法官同意复审。不过希望还在！你们可以上书麦克阿瑟将军或第 8 集团军司令艾克尔伯格将军请求宽恕。我建议你们催请所有确信省吾无罪的亲友们寄上几百封求情信。"

乔西说，尽管她对寄信一举不抱希望，但总可使亲友们有所事事。户田一家对求情的效果完全清楚，前不久有一日本名医被控谋杀了一个美国患者，投给两位将军的求情信在 4 万封以上，其中许多信有数百人的签名，但一切徒然。

户田一家坚信上帝是仁慈的，全力以赴投入营救活动，与此同时，威尔和乔西熟读记录文本，在字里行间寻找控方的漏洞。但最终未发现可以证明量刑过重的有力证据。省吾守口如瓶害了自己。

乔西和威尔千方百计打探岩田的下落，户田一家则不辞辛劳地收集求情信，许多信出自知名的朋友们。所有的信都证明省吾出身良好，在校时品学兼优。基督教牧师们则证明他天性温和，待人诚恳，不可能犯下如此残暴的罪行，同时还列举从其 6 岁开始能反映其品质的事例。许

多信中指出他在军队的表现完美无瑕，并断定所有恶行必是臭名昭著的辻大佐所为。许多人讲述了他良好的家庭背景，户田一家乐善好施，扶危济贫。就连纯子在学校的优异成绩也提到了，其中包括在英语作文比赛中夺魁。这些请求宽恕的信，在数量上和分量上都给人以深刻印象。乔西本着认真负责的态度仍告诫户田一家，最现实的惟一的希望仍是重新审判。这是她有生以来最艰巨的任务，她自责未能充分做好辩护准备。户田一家衷心感谢她所做的一切，只能使她更感歉疚。2月2日深夜，乔西正沉浸在深思中，突然被急促的敲门声惊醒。来人是威尔。"我找到他了。"他激动地叫着。

"岩田吗？"乔西心中一颤。

"是的！他就住在东京目黑区！他愿意明晚与咱们碰面。"

乔西欣喜若狂，紧紧抱住威尔。她这个朋友真了不起！想当初她还觉得他思想狭隘，自以为是呢。

上午她打电话告诉马克取消晚上的约会，她得和威尔去目黑。这是她几周来第三次毁约了，马克很恼火。

"你究竟是谁的姑娘？"表面上像是开玩笑，其实是在发火。这激怒了她。

"我是我自己的。"

马克连忙道歉，希望大事化小。

乔西挂上电话，心想他为什么表现得这么小心眼儿？威尔不过是帮她脱离泥淖的好朋友。

岩田住在亲戚家，他的妻儿在空袭中丧生。他又高又瘦，看上去像个和尚。刚刚从中国归来，目睹家园化为一片废墟，还在嘘叹不已。

"我能帮什么忙吗？"他问。接下来，他讲述了营救罗克萨斯的经过。"当我赶到马尼拉求见本间将军时，他不在办公室。参谋长不相信本间将军曾下过这道处决令。经调查，是两名参谋部军官在命令上私盖了本间的印章。"

"为什么？"

"当然是因为辻。"

"你怎么这么肯定？"

"作弊军官中之一芳贺将军冲上来要揍我。他高叫，'辻君会跟你算账的。'几个月后，我碰到辻，他当时带着两名副官来棉兰老岛帮助制定攻打新几内亚的作战计划。"

"其中一名副官是户田上尉吗？"乔西问。

"其中一个是少佐，另一人是个年轻的上尉。他的名字大概是户田吧。我对他很感兴趣，因为我听说他信基督教。你知道，我信天主教。"

"他一定是省吾。"威尔说并把他描述了一番。

"当我听说他也是基督教徒后，我邀请他到我的司令部喝杯冷饮。辻君和少佐正与二见将军会谈。"

"这个上尉是否对你提起家庭情况？"

"我相信他确实提到他父亲在中国经营一个铁矿。"

"正是户田省吾！他可曾被迫参与伪造处决罗克萨斯的命令？"

"他是个天真的傻瓜！一边喝冷饮，我一边对他讲了辻试图处决罗克萨斯的经过，还说辻有可能不放过他，因为当时他仍在监狱关押着。我对户田说，'尽力而为吧，基督徒！'他说他不再是基督徒了，而我刚才的一番话纯属叛国言论。辻大佐绝对不会做如此卑鄙的事。我看得出他讲的是真心话。当时我想我在劫难逃，这回死定了。他管我叫愚蠢的笨蛋。可事情真怪，他事后并没有出卖我。"

"你愿意为此事出庭作证吗？"

"当然。"见到威尔和乔西起身欲离去，他说，"想不想听我讲最近在南京遇到辻的事？"

乔西忙掏出笔记本。

当我在派遣军司令部办理遣返证书时，辻从会议室出来，身后跟着两个我熟悉的日本情报官。他们告诉我，投降之后辻披上袈裟，逃到曼谷，他给蒋介石写了长长的一封信，大讲即将来临的第三次世界大战将如何爆发，如何进行。他们说，辻从妻子来信中得知过去的同僚都骂他是懦夫，他自己干坏事让别人背黑锅。她对他讲，"求求你，用一种不使子女们蒙羞的方式去死吧。"

上午，乔西把与岩田会见时的记录念给省吾听。听到诸多同僚怒斥辻是懦夫，出家当和尚以逍遥法外，而让像冈村这样无辜的人来承担罪责，省吾深深地低下了头。多少年来他的生活始终以这个偶像为中心，而显然辻的所作所为表明他根本不是真正的武士！

"你愿为这种人上绞架吗?"乔西说,"我相信我们能凭借新证据为你争取到重新审判,但除非你说明真相,否则我们注定还要失败。"

省吾抬起头,泪水缓缓地从面颊上滚落。他含愤拭去眼泪,咬牙切齿地说:"我会的。"

乔西握住他的手,"现在我们的机会来了。"

分手时,省吾说:"请转告麦格林恩少校,死亡行军途中收容他的人正是我。"

2

一周后,在省吾上次接受审判的同一房间里开始重新审判。庭长是皮尔逊上校,曾主持过第十三集中营审判。威尔对此很满意,但乔西嘟囔道,"旧南方遗老!他叫我乔西小姐,好像我是小说《飘》中的人物。"

首席控方律师仍是"吊死鬼哈里"切斯纳特中校。他再次用低沉洪亮的声音宣读了陈述,简明扼要,铿锵有力,最后以确信辩方新证据经不起推敲而收尾。此外,他将同样提出新的证据,毋庸置疑这些具有说服力的证据将导致维持原判。

切斯纳特大吃一惊,乔西的第一证人是威尔。他讲述了省吾如何在巴丹死亡行军途中救了他一命。

"为什么上次审判时你不向法庭出示此证据呢?"切斯纳特问。

"当时我觉得如梦似幻,"威尔说,"事后户田上尉从不承认是他救了我。"

"现在他说确实是他?"

"是的,先生。"

"很好!"切斯纳特挖苦地说,"对奇迹般的心灵转变,被告作何解释?"

"与人为善者,无须炫耀。"户田省吾用日语答复说。他又补充说,上次审判时他强忍着没有说昔日顶头上司的坏话。

"太有趣了。那么你现在准备和盘托出喽?"

"是的,先生。"

"有鉴于此，庭长先生，"切斯纳特说，"我抗议！被告这是在翻供！"

"这不是民事法庭。"庭长不慌不忙地说，"我们胸怀博大，主要目的是找出真相，伸张正义。请继续，斯诺小姐。"

"庭长先生，"乔西说，"我现在要出示进一步的证据，以证明我的当事人确实救过麦格林恩少校。"现住本州岛北部玛利诺尔传教会的托马斯·奥马雷神甫出庭作证，他证实在死亡行军的第三天要不就是第四天，一名日本军官带来一个失去知觉的美军军官，把他送到圣费尔南多的一个休息处。"这个日本人拒绝离开，直到我保证照看这个美国人。"

"那个美军军官是谁，神甫？"乔西问。

"麦格林恩少校。"

"那个日本军官又是谁？"

"我认为是那个人。"他指指省吾。

"你只是认为！"切斯纳特插进来。"我们还有必要继续这个问题吗？"

"能否让斯诺小姐自己继续她的案子？"皮尔逊说。

"谢谢你，上校。"乔西很高兴她不再是乔西小姐。"庭长先生，可否允许我此时此刻向我的当事人提问？"

"正如你所知，斯诺小姐，"皮尔逊上校说，"比之在东京，我们办事更随便一些。我们要的是事实。请继续吧。"

"户田先生，你能认出奥马雷神甫吗？"他能认出来。"你是否愿意告诉法庭，那天你对奥马雷神甫讲了些什么吗？"

"我反对……"切斯纳特开口说。

省吾用英语说："我告诉他好好照顾麦格林恩少校——我记得他当时还是个上尉。神甫问我，为什么一个日本军官如此对待敌人。我说，'因为我从小就认识他，而且我是受基督教教育长大的。'"

"现在我敢肯定他正是那个人！"奥马雷神父惊呼，"我忘不了这些话。"

"我反对！"切斯纳特涨红了脸，"越扯越远了，庭长先生！"

"公诉人先生，请你收起佐治亚乡村小子那一套。"

玛吉用肘捅捅他父亲："我们赢了一个回合。"她悄声说，然后对户田一家笑笑，他们还没搞清发生了什么事。

下午，岩田出庭作证。当他叙述完营救罗克萨斯的经过后，乔西当庭出示了罗克萨斯总统签署的证明书。接下来，岩田讲起后来与户田见面时的情况。"我听说辻君还要处死罗克萨斯，于是恳求户田上尉尽力营救。我早听人讲过他是个基督徒。他不相信他的上司会做出这等卑鄙的事，把我称作叛徒。我等着人来抓我，但他一直没有出卖我。"

轮到切斯纳特盘问时，他极力贬低岩田证词的价值。"庭长先生，谁会认真看待这件乱七八糟的事？除了户田替上司掩盖过去，还能说明什么？他出卖岩田，只会欲盖弥彰，暴露出一大堆丑事。我尊敬的同事斯诺小姐，煞费苦心地证明辻密谋杀人，见不得人。恰恰因为如此，他最信赖的党羽户田，没有揭发岩田。我欢迎岩田作证，这更有助于诉方指控户田是志愿充当辻的工具。"

休庭之后，乔西向户田一家保证省吾大有可能被赦免。"怎么你们看上去就像又要输了。我希望你们明天出庭显得有信心。你们务必给省吾鼓劲。"但是，等到她和威尔单独在一起时，她承认，切斯纳特给几名法官留下了深刻印象。"我认为关键要看明天切斯纳特拿出什么新证据。据说他手上有两个朝鲜劳工，自称亲眼目睹省吾剖取盟军飞行员的心肝。他们也许是说谎，也许搞错人了。我们要一个一个地核实。"

开始继续审判前一小时，法庭已挤满了人。参加头一天审讯的记者只有两个日本人和玛吉，但因满城都在说今天有更戏剧性的场面——审理吃人事件！外国记者蜂拥而至。当法官们落座时，十几盏闪光灯闪个不停，当法庭宣布开庭时又闪亮了一片。

"我们很高兴看到今天有这么多第四等级（指新闻界、记者们——译者）的女士们和先生们到场，"庭长平宜和蔼地说，"我们居然抢了东京的重头好戏，这可是稀罕事。不过，我要你们这些摄影师克制一下自己的热情，留到休息时间再忙活。我们不习惯如此的刺激。闪光灯嘭嘭乱响会使我们这些审理此项棘手案件的人心烦意乱。"

宛如面对满堂观众的演员，矮胖的切斯纳特缓慢有力地步入舞台中央。一盏闪光灯爆亮了一下。

"再发生类似情况，"皮尔逊厉声喝道，"我将从法庭清除所有记者。"

切斯纳特环视在座的法官一眼，然后预示不祥地开言道："首恶辻政信大佐与其追随者所犯下的惨不堪言的暴行中最为恐怖的要属 1944 年在缅甸丧心病狂地杀害七名被俘盟军飞行员。"他略事停顿，"更有甚者……"他再次停顿，仿佛实在难以说下去，"又挖出了我们英勇无畏的飞行员的肝脏，还给吃掉了。"他全身颤抖着，"20 世纪人吃人的惨案啊。"他转身指着省吾，"接下来，我们将最终确证被告户田不仅是这些事件的目击者而且是这些活动的积极参与者——我说的是**参与**。"他再次转身面对省吾，"此人依其辩护律师的描述，是个高尚的，自我牺牲的人。是的，这个举止文雅的家伙高尚极了，他不仅吃人的肝脏，还以此为荣。现在我传唤我的第一证人。"

墨浩，一个矮小结实的中年朝鲜人，上前宣誓作证。他一双黑色的眼睛熠熠发光。他用流利的英语作证说，尽管他是大学生，日本皇军还是将他抓到缅甸当劳工。

"处决盟军飞行员时你是否在场？"

"是的，先生。我记得大约有十个人。一个上尉军官命令士兵用刺刀捅死他们。"

"那个军官是谁？"切斯纳特问。

仇恨使他面露狰狞，墨用手指指省吾。

"是否肢解了尸体？"

"是的，先生。这个军官，"他再次指指省吾，"跪下来，破开一个飞行员的胸膛，割取了他的肝脏。我听到他说，'此乃上佳补药'。然后他命令士兵割下其余几人的肝脏。其中一个士兵呕吐不止，户田君放声大笑，说吃了人肝一夜可御十女。后来，我听人说，那个叫辻的大官将人肝分给一批青年军官吃，是为了在英帕尔大败后重振士气。但我可没看到。"

第二个朝鲜人金文兴不会讲英语，他五大三粗，前额低平。通过翻译，他确认墨所说的一切属实。乔西注意到他总是偷眼看墨，似乎在寻求鼓励。她猜测他是受墨指使的，因此是更为薄弱的一环。盘问中，乔西问他是否绝对肯定省吾就是下令杀人的军官。他含含糊糊地点头称是，但不敢正视乔西犀利的目光。"你凭什么绝对肯定呢？"

金大汗淋漓，不安地扭动身体，"因为我看到他割取心肝。我熟悉他的脸，知道他是上尉。你想啊，一个做出那号事的人我能忘记吗？"

乔西可以肯定他是在撒谎，但决定让他自食其果。待他越来越紧张或自以为侥幸过关时，再突然袭击。因此，她转而传省吾上庭。当省吾走上前时，乔西看到切斯纳特一脸得意，似乎已将她打翻在地，稳操胜券。

"切斯纳特中校，"她沉着冷静地说，"在第一次审判时得了不少分。因为被告拒绝讲述任何不利于其上司辻大佐的事情。那么，我尊敬的对手应该高兴地看到，户田先生现在愿意畅所欲言了。"

切斯纳特一言不发，缓缓起身，嘲弄地拍着巴掌。

"这不是演戏，公诉人先生。"庭长说，"我们可不是在寻开心。"

"我道歉，庭长先生。"

"你继续取证吧。"

"户田先生，控方曾问你是否相信确有缅甸食人肝脏之事，而你拒绝回答，只是说你不是法官。当庭长强令你回答时，你说你不能回答。你可记得吗？"

"是的。"

"你现在愿意回答吗？"

"是的。我知道是我们的一些青年军官吃了那些肝脏。"

"而且你知道是谁下令处决被俘盟军飞行员并割取肝脏的？"

"是的。是辻大佐。"

法庭出现一阵骚动，庭长敲了几下法槌，又立即安静下来。

"我再问你，你是否知道新加坡战役后辻秘密下令屠杀 5000 余名无辜华人一事？"

"是的。"

"而且他对首席法官桑托斯之死负全部责任？"

"是的。"

"而且他是巴丹死亡行军途中所发生暴行的主要责任者之一？"

省吾面色苍白，喉咙干得说不出话来。庭长注意到了，示意文书递给他一杯水。户田喝口水，清清嗓子，声音嘶哑地说，"是的。"

"我现在问你，为什么首次审判中你拒不说出上述实情？"

"当时"，他沙哑地说，"我还不能肯定死亡行军和处决桑托斯是否属实。自那以后，根据岩田中佐和另外两名辻的同僚所提供的情况，我被迫面对事实了。"

"我要问的就这么多了。"切斯纳特得意洋洋，面带微笑地归座。

"你肯定知道缅甸大屠杀的真相吗？"乔西打破惯例突然发问。

"我知道。正因为如此，我被设法调回东京来了。"

切斯纳特恼怒非常，将椅子向后一推，吃力地站起来，"我反对，庭长先生！"

"为什么，我看不出有什么可反对的。"

"盘问证人是我的权利！"

"本庭并没有剥夺你的权利，中校。请沉住气，让辩方律师把话说完。"他向乔西点点头。

"户田先生，既然你此前知道食人肝之事，为何不讲出来？"

户田汗流浃背："我觉得作证反对上级是不适当的，我觉得那样做不对。我……我想让大佐在缅甸时已神志不清。是的，我们去瓜达尔卡纳尔岛之前他当着一群记者的面舔过人肝，那时我就疑心他准是疯了，但我不信他有那么严重。而在缅甸，我知道他确确实实疯了。"

切斯纳特一连15分钟对户田所述进行尖刻的攻击。"任何头脑健全有良知的人怎能相信如此离奇的鬼话？"说罢，他一屁股跌坐在椅子上。庭长面色和悦地说，"莫损坏公物，公诉人先生。我们只有这些家当。"

陪审法官们笑了，这一来引起满堂哄笑。皮尔逊轻轻敲响木槌。"好了，到此为止吧。请肃静。"听毕令人毛骨悚然的缅甸惨案的细节，现在气氛一下变得轻松起来。乔西注意到两名朝鲜证人面带微笑，相互用肘轻推着，于是立即要求再次盘问墨。"我知道你曾取得东京大学法律学位，并且自认为是研究日本军队的专家"。

"一点儿不错。"

"日军中有无关于吃人罪的刑罚？"

墨沉思片刻。"我不能肯定，但我认为没有。我没有在任何法律书中看到过任何可参考的条文。我怀疑从未有人考虑过这种可能性。"他信心十足，跷起二郎腿，目空一切地仰坐在那里。"难道你们美国军队有禁止吃人的军规？莫非此类事情在贵军常有发生？"

乔西恨不得给他一记耳光。"在我国，在法律范围之外，人吃人普遍受到憎恶。"

"日本显然不一样"，墨说。因为成了人们注意的中心而洋洋自得。大块头金见他胸有成竹，不禁咧开嘴笑了，自以为蒙混过关了。见此，乔西迅雷不及掩耳地再传金，金踌躇不安地走上证人席，脸上现出惶恐之色。

"金先生，现在我最后一次问你，你凭什么自信地说你知道户田就是那个有罪的日本军官？"

"我刚才已经告诉你了，"他期期艾艾地说，"因为我看到了他，就像你这么近。"

"这就是为什么你作证说你绝对肯定户田就是那个人？"乔西看到金向墨投去求助的目光。

"是的，我绝对肯定。"

"朝鲜语'绝对'一词的含义与英语是否相同？"乔西问翻译。

切斯纳特欲加以反对，但又改变了主意。

"是的。"翻译回答说。

"金先生，你可知道'伪证罪'是指什么？"

"反对！"切斯纳特高叫。

"反对驳回。"

翻译与金交谈后说："是的，他知道。"

"金先生，你可知道本法庭对伪证罪的刑罚？"

"我反对！这是公开的恐吓。"

"反对驳回。"

汗水汩汩地顺着金粗悍的脸往下淌。

"金先生，我重复一遍。你可知道对伪证罪的刑罚？"翻译说，他知道。"那么，金先生，你知道'绝对'的定义吗？"

金用一块脏手帕揩着眉梢的汗水。

"他知道。"翻译说。

"金先生，我并非指控你在说谎，我只是问你是否没有丝毫怀疑地确信户田先生就是你所见到挖取肝脏的军官？**没有丝毫怀疑地确信！**"

金用力挤着眼睛，结结巴巴地说了几句。

"他的答复是什么？"乔西问翻译。

"他说他**大致**上相信。"

"也就是说大致属实。"乔西说罢，再传墨。

这一回，墨没有再跷二郎腿，他前倾着身子，双手紧紧攥在一起，生怕它们泄露出什么。

"墨先生，我现在问你同样的问题。你是否没有丝毫怀疑地确信被告就是那个罪犯?"

"这个嘛，我……"他张口结舌了。

"说呀，墨先生。我问的是个简单的问题，我相信法庭和我一样急于听到你作何回答。"

"斯诺小姐是在逼供。"切斯纳特抱怨说，尽管他明知反对会遭驳回。

"回答问题。"庭长命令金。

"我不得不说，我也是大致上肯定。"

"我对这两个证人的盘问到此为止。"乔西突然感到耗尽了全部体力，她挪动麻木的腿脚回到座位上。

切斯纳特没什么可说的了。法庭休庭，吃过午饭后，切斯纳特开始挑起争论。此时他镇静沉着如初，他讨论了与本案相关的法律问题和事实问题，精辟而有说服力。他援引首次审判中的大量证据，然后指出岩田证词前后不一，户田首次证词与第二次证词自相矛盾。"现在，"他说，"我们听到辩护律师声称，他幡然醒悟了，辻不再是他心目中的英雄，而是恶棍中的恶棍。现在他决心与他先前捧上天的人分道扬镳了。我们该相信哪一个户田呢? 我们能两个户田都相信吗? 法律要求我们只能相信事实。"

乔西承认，切斯纳特干得漂亮，她必须集中全力应付，但她感到实在力不从心。当她走上前去时，坐在旁听席第一排的威尔做了个动作以引起她注意。他看上去极具信心，乔西觉得蓦然增添了一股力量。

"我也要求委员会牢牢把握事实。"她开言道，"但事实究竟如何? 充其量只表明他是牵连和协从。过去的两天里，辩方已尽力证明被告的人品。我们已表明被告敢于在巴丹死亡行军期间对敌军俘虏实施人道主义。我们已表明其上司备受尊崇，户田和其他理想主义少壮军官甚至奉他为'战神'。不幸的是，户田先生对他过于尊崇，一连数月拒不相信辻大佐滥施暴虐的传闻。他拒不相信岩田中佐揭发辻谋害桑托斯法官以及企图处决罗克萨斯将军的指控，尽管如此，他没有向上报告，置岩田于死地。我们已表明，如果户田省吾是清白的，那么他就是一个高尚的人。"

乔西随后指责控方在日军连带责任问题上持有错误概念，而那些大量的所谓"文件"若在民事法庭上都将被拒之门外。"我知道，这里是军事法庭。东京审判同样也是军事法庭，而在那里我为自己有幸替被告辩护而自豪。请恕我提醒各位回想一下首席检察官约瑟夫·基南在开庭仪式上的发言。他说，战犯们将根据美国法律原则受到公正的审判。断言此次审判是公正的，还是仅仅体现胜利者的意志，还为时尚早，只有时间才能证明。"

当乔西抹去头上的汗水时，她看到庭长和陪审法官都露出不悦之色。

"请委员会容许我再说几分钟。"她继续说，"对于正义的未来，横滨这里的审判与东京更广为人知的审判具有同等的重要意义。我恳请诸位，不要将被告户田省吾视为敌人，而应视为人。本次特别审判不该作为对碰巧崇拜真凶诸多品质的人实行报复的案例载入史册，不该受到非中立法官的审判。好比判定某人是否犯有强奸罪，而发现法官即是女方的父亲。"

切斯纳特暴跳如雷，一名陪审法官拍案而起予以抗议，但皮尔逊作出手势加以制止。"我们单凭呈堂供词和陈述就判处户田省吾绞刑？"乔西继续说，"日本国民不会被审判，日本军队不会被审判，辻大佐仍逍遥法外，而在此受审判的人因莫须有的罪名而受到指控。我们已经确证他有罪了吗？我不想要求对他宽大为怀。我只要求公正的法律。我要引用纽伦堡审判首席检察官杰克逊大法官的话来说：'我们绝不能忘记，我们今天用以衡量被告的尺度，也就是历史在明天据以衡量我们的同一尺度。给予被告所尝的恶果，等于是把恶果送入我们的嘴里。'在这场残酷的战争中，美日双方没有一方是清白的。双方都负有种族歧视和文化偏见的罪责，而这些罪恶根源至今仍深植于表层之下。"她耗尽了气力，只好稍事喘息。

"如果确证户田有罪，那么理应严惩不贷。但他真有罪吗？先生们，这由你们决定。如果单凭呈堂供词和陈述判处他绞刑，这也由你们凭良心裁夺。谢谢各位。"

法庭出现一阵极度静寂之后，切斯纳特站起身，简要声明控方已证明对于所有被控罪行被告无疑是有罪的，如果不处以绞刑，将是严重的审判不公。"辩方要求我们相信难以置信的东西，"他总结说，"硬要我们相信死不悔改的被告奇迹般地幡然悔悟了。我以往在法庭的全部经历中从未听到比这更荒唐的事！"

"委员会，"庭长宣布，"将于1947年2月13日，星期四，开庭宣布裁决，如果作出裁决的话。"他敲响木槌，"休庭。"

户田惠美为乔西的结束语激动不已，确信自己的儿子将获得自由。但纯子仍忧心忡忡。"两种可能都有。"乔西对他们说。

"我们还能做什么？"纯子问。

"祈祷。"

这天上午10时整，皮尔逊上校准时宣布委员会已就位。"户田省吾"，他拿着一张纸念道，"本委员会经过封闭性裁决，通过不记名投票，2/3的成员认定你：被控罪行之一，无罪。"

乔西屏住呼吸。这意味着他从新加坡大屠杀的罪名中解脱了出来。这已在意料之中。下一个罪名与死亡行军有关。

庭长清清嗓子，"被控罪行之二，无罪。"

接下来将是对处决桑托斯法官的指控。

"被控罪行之三，无罪。"

最后，将是最有争议的缅甸惨案。

"被控罪行之四，无罪。"

闪光灯连连爆响，记者们蜂拥而上采访乔西和省吾。户田一家惊喜交集，不敢相信事情就这么了结了。

乔西一时飘飘欲仙。恰似普罗米修斯从众神那里盗来火种。一切烦恼和焦虑烟消云散。这是大获全胜。她成了成功的反叛者，逆水行舟，揭取了盲目的法律的一片逆鳞。现在她懂得了她父亲为什么永不罢手。摄影师的镜头对准了向乔西走来的切斯纳特。她拿不准他是要破口大骂还是冷嘲热讽，但他伸出肥厚的手，"干得漂亮，"他笑容可掬地说，"想必你将成为市比高地的热门人物。"

"哪里，"乔西率直地说，"只不过尽力挽救了一个无辜的人。"她也好，切斯纳特也好，谁也不会理解对方，但她欣赏他的慷慨姿态。切斯纳特给她的是极高的赞誉：接受她作对等的敌手。

户田一家深深鞠躬，衷心感谢乔西。她邀请他们同往帝国饭店庆祝一番，惠美婉言谢绝了。麦格林恩一家和乔西一直庆贺到半夜，然后教授和威尔借故抽身而退。

马克和乔西在她的住所里又喝下最后一杯酒。"我通常只限一杯，"她说，"今天开怀畅饮，痛快极了。"胜利的喜悦使得她光彩照人。

马克一边吻她，一边想，她多么可爱啊！

乔西深埋心底的一腔激情迸发出来，当马克带她走向床边时，她未表示丝毫反对。

一觉醒来天色大亮，她翻身发现马克躺在身边。他的脸像婴儿般的招人喜爱，她不由得轻吻他的面颊。马克仍闭着双眼，但绽出一抹微笑。乔西只觉得春心荡漾。太不可思议了，同一个男人同床共枕并没有令她产生负罪感或羞惭。一切都那么自然。

她意识到马克在对她说："早上好，律师。"说着，他轻吻了她一下。

第一次面对这种情况，乔西不知如何是好。令她吃惊的是，她竟然脱口说道，"真个销魂！"

马克再次吻她，这一次炽热如火，再次体验到了头天晚上的销魂妙境。

威尔上午来到市谷，发现了一封华盛顿第十三集中营审判中负责指控哈里·艾博特中校的检察官的来信。威尔为渡边少佐辩护的核心证据是15名美军战俘揭发艾博特与"小山羊"比利狼狈为奸的证词。该案检察官曾向威尔保证艾博特在所难逃。威尔打开信一看，脸刷地变白了。

"出什么事了？"他的同事问。

"这狗娘养的被无罪释放了！"他解救渡边少佐的最佳证据化为乌有了。

尽管威尔和乔西在东京是对立面，但威尔在横滨非正式地支持过她。

这天下午，作为回报，乔西与他共同研究了所有为渡边辩护的可能。"半点儿机会都没有了。"威尔说。乔西记得父亲说过，"若是你不能在法庭上打赢，就在法庭之外获胜。"渡边少佐的妻子和儿女都在空袭中遇难了，但他的姻亲高见一家对他的审判极为关心。乔西劝威尔去拜访一下。于是，他们一道同行。

虽然房屋被毁近半，但仍能明显看出房屋的主人是有影响的人物。高见夫人身材颀长，气质典雅。她已获悉艾博特的审判结果，但未表露出丝毫沮丧之情。

"事情还有希望，如果你丈夫肯出面斡旋的话。"威尔说。

"他愿意做任何事。"

"渡边少佐告诉我你丈夫在战争期间是个少将。"

"是的。他在总参谋部。"

"他见过麦克阿瑟将军吗？"

"我不清楚。为何不问问他本人呢？"

高见将军走进房间，他高大，温文有礼，身穿便服却给人以戎装的感受。他愿为女婿尽其所能。"他确实没有被开除军籍，但他是我所认识的人中最正直的。他绝对不会犯下所指控的那些暴行。"

威尔解释了另寻出路的必要性。"你见过麦克阿瑟将军吗？"

"没有，真不幸。"

"艾克尔伯格将军呢？"

"我们在第一次世界大战后就成了朋友。"乔西不禁一凛。"他在西伯利亚美国远征军。我们当时都是中尉。这些年来我们一直保持联系。"

"你是否愿意到横滨与艾克尔伯格将军谈谈你女婿的事？"

"当然。不过我得先了解一下有关案子的更多情况。"

威尔早已备好审判要点，高见看罢，沉思片刻。"我看得出你完全相信他是正直的。"

"我敢说，我遇到的日本人中他为战俘做的事最多，"威尔说，"但他约束不住'小山羊'比利及其打手。"他讲述了渡边如何甘冒生命危险救了他一命。

"我女婿有你相助，真是福分。"

"先生，在我们为他争取到无罪释放之前，根本谈不上福分。"

高见站起身，"让我好好琢磨琢磨这些文件。"

"先生，我们的时间可不多了。"

"那好，你们如果能安排下周的约见时间，我将不胜感激。"

百忙中艾克尔伯格将军同意约见日俄战争以来的老朋友。高见将军带着装满文件的手提箱进入艾克尔伯格的办公室。他们关起门私下交谈了一个小时。乔西和威尔等候在门外，乔西作出一副悠然自得的样子，威尔紧张得要命，手捧一本杂志，每隔几分钟就站起来伸伸腿。他认为出此下策不仅于事无补还多少有点儿低三下四。乔西表面上挺自信，其实心里也没底。门终于打开了，艾克尔伯格搂着老朋友的肩膀来到接待室，威尔从高见平静如寺庙主持的脸上什么也看不出来。艾克尔伯格与威尔和乔西握了握手，感谢他们在东京和横滨审判中尽职尽责。

高见一言不发，也未流露内心情感。直到走到外面，他紧紧抓住威尔的手。"高见和渡边两家人对你的大恩大德感激不尽！我女婿更是三生难报。"

"艾克尔伯格将军给他减刑了？"威尔问。

"没有。"将军稍作停顿以控制自己的心情。"我女婿获得了无罪释放。"

第十七章

1

东京，1947年1月

新年伊始，于夜间初来东京的人几乎看不到兵燹创伤，漠然一瞥，一些人不禁怀疑先前的报道过于夸大其词。日本人勤奋地进行了重建，战争破坏的痕迹已不多见。许多街道取了美国名字，如B大道，西克莫街。一些交通干线有两个名字，如"第12街—桥本町"。不伦不类的日本店铺招牌更是绝妙。"珍奇古玩"，"珍珠古董鲜鱼"，"军人免进——花柳病——欢迎外国商人光临"，还有"外卖即便"，"原谅与忘却，天鹅无线公司"，"妇产皮肤专科大夫"，不一而足。

东京宛如凤凰从灰烬中拔地而起，在白昼初来者也不难看到这些灰烬。空袭摧毁了74万所建筑，废墟显示着集束炸弹轰炸的痕迹，光天化日之下这座城市仍是战争纪念遗址。愕然之余，初来者将被告之城市工程师正精心绘制现代都市的规划蓝图。新东京将成为世界奇观：采光和通风良好的三角形玻璃大厦，高架天桥，横跨运河的双层桥。据设计师讲，"这座城市将拥有依山的、傍海的、河滨的各类休息地，还将有10处康尼岛式海滨浴场。"

不愿坐等未来的日本工会的领袖们仿效美国的样子，策划在1月下旬举行总罢工，在共产党的领导下，工人们旨在推翻吉田首相的政府，最终建立一个"人民政府"并进行革命。麦克阿瑟间接地奉劝取消罢工，但是工会因受到他此前许可各行各业罢工的鼓舞而拒绝了。

上街游行前7小时，麦克阿瑟发布了一项声明，宣告这场大罢工将使国家陷于瘫痪，他"绝不容许动用如此致命的社会武器"。接着，日本议会通过一项法案，禁止国家雇员罢工，并查封了共产党报刊《赤旗报》。游行终于未成事实。

此次罢工流产，正值粮食严重短缺，在麦克阿瑟因破坏罢工受到美国自由派猛烈抨击的同时，他的人道主义政策也遭到谴责，后者更让他感到恼火。他调拨大量储备于太平洋地区的军粮到日本，美国国会中只关心经济利益的保守派怒不可遏，要求他作出解释。他答复说，他此举是为了防止饥荒，"饥荒将导致民众不安分守己，出现骚动和暴乱。更糟糕的是，人们极易接受任何意识形态，不论它多么邪恶，只要能获得维生的食物就行。"他还指出，日本人现在统统是盟国的俘虏，盟国须承担战胜国的责任。"日本人虐待盟国俘虏，包括冻馁，为此我们审判和处罚对此负有责任的日本军官。如果我们自己处于相反的地位，心怀敌意，不能向我们看守下的囿于狭窄岛国之上的日本国民提供维生的食品，能说我们所给予的惩罚是正义的吗？"

当月在一次访问日本记者俱乐部时，他进而谴责自由派的批评。中午，他未经通报而闯入，落座后，宣布他已准备好发表谈话，请记录。举座皆惊，记者们连忙摸索出纸笔。令人吃惊的是，他说占领已圆满完成了解除日本武装和进行政治改革的任务。"现在到了必须与日本进行和平对话的时候了。"

"何时开始呢？"有记者说。

"要我说，越快越好。延长占领只会孳生'殖民主义'思想。占领人员用不了几年就会开始像南北战争期间的北方投机商那样行事。日本人已变得难以控制了。"

当天下午晚些时候，乘专车返回联合国军最高统帅部时，将军显露出他的另一面。减速停车之际，他看到阿里斯蒂德斯·拉扎勒斯右手挎着装满蔬菜等的大提兜，左手挽着妻子。由于平民律师薪俸远比服役人员优厚，他已辞去海军陆战队军职。他仍穿着陆战队军服，只是没有徽章。内心仍是陆战队军官，他先是要行军礼，后来还是鞠了一躬。见到他狼狈的样子，麦克阿瑟郑重其事地回敬了军礼，然后恶作剧似的向玛丽·拉扎勒斯眨眨眼。

"阿蒂，"她说，"如果那人竞选总统，我会投他一票。"

罗杰·鲍德温，美国公民自由联盟创始人，一位杰出的自由主义者，也成为将军的狂热拥护者。与麦克阿瑟进行了几次长时间会晤之后，他怀着传教士般的热情回到美国。他写道，将军正发起一场民主的十字军东征。"将军以往对民主了解多少我不得而知，但我毫不犹豫地断言他今日是我们在社会活动中曾遇到的少数积极推进民主的人士之一。在我们讨论的每一观点上，我都发现他对民主的精髓有敏锐的理解力。不仅仅是政治民主和社会民主，而且包括经济民主，诸如行业联合会的权力问题，垄断问题，各类特权问题。"

麦格林恩教授却没有多数盟国官员那么乐观。刚刚结束全国巡游归来的玛吉告诉他，食品危机日益严重，尽管麦克阿瑟作出了种种努力。但许多人仍在挨饿，尤其在大城市。她在一篇文章中写道，情况如此恶劣，以致出现大量非法冒领救济的现象。"调查者发现，仅在东京，救济名单中就有 10 万'幽灵'，许多人借死亡的亲友或早已离境的朝鲜人和中国人的名义领取口粮。在兵库县，3 个月内以'幽灵'名义冒领的口粮达 2571028 份（一份指 1 人 1 天的口粮）。了解旧日本的西方人无不震惊，日本人从前安分守己是出名的。逼迫他们这样做的是饥饿。说到底，这是占领者的责任。今天的日本难道不是个宽厚的大俘虏营吗？"

玛吉的编辑删去最后两句话，但对她揭露卖淫和黑市——被她认为是占领的另外两项副产品——的姊妹文章，原封不动地刊登了。她描述了具有悠久历史的吉原娱乐区惨遭轰炸后，如今是一片凌乱的棚屋和货摊。她详尽地描述了其郊区的同行竞争者，东京至千叶高速公路之间的特大春宫院，看上去像一座大型工厂宿舍。美国兵们称之为"花柳巷"，住着 3000 名女青年。尽管一块块大牌子上用灯光显示着"军人禁止入内——花柳病区"，路边仍停放着数百辆汽车和摩托车。

职业妓女仅是东京地区 15000 名应召女郎中的一部分。业余竞争者引起频繁的争斗，尤其在日比谷公园内。业余妓女包括女大学生、歌剧演员、从前的艺妓、失业女工。此外还有浓妆淡抹、身穿和服的青年男妓。

玛吉记述了贵族俱乐部豪华军官宿舍夜间来访的 22 名女雇员遭到解聘的事件。这些姑娘抗议说，她们是来教日语的。但俱乐部经理则报告说，紧锁的门背后传出的声音与语言课程毫不沾边。玛吉还记述了美国宪兵对野村饭店的一次突袭，该饭店内常住着 350 名盟军平民雇员。共搜出 100 多负责整理房间的饭店女雇员，还有 100 多寄宿在门厅走廊中的单身女子。玛吉发现，伤风败俗的事发生在各个阶层。小哥哥们为了换取糖果愿意出借他们的妹妹，一些做父母的认为用女儿的一夜换回一条香烟是很公平的交易。有个拉皮条的男孩才 14 岁，他不但可提供 3 个十几岁的少女，还领着美国人观看下流的黑白影片，演的是三个美貌女子与"小标"（日本第一阳具）进行 48 种日本性交姿势的表演。

文章结尾讲述了一个良家女中学生的悲惨遭遇。她在上野车站高架铁路的阴影里卖身，她和其他几个人为了保住一点儿尊严露宿公园，而不愿与别的女伴同住，那些肮脏的小屋里往往留嫖客过夜。她从不主动勾引任何人，只是等着男人送上门来，经常一两天没有问津者。"这年头姑娘能靠什么生活？"她告诉玛吉，"不论怎么兜捕夜天使也是徒劳的，即使海枯石烂，你还是会发现我们在这里出没。我很难过，因为我还年轻。可难过又有什么用？哎呀，我嗅到猎物的气息了。"她鼓起勇气笑笑，告辞说，"我最好还是拿出点儿幽默来，该到桥下开门做生意啰。"

陆续写出几篇文章后，玛吉又写了一篇谴责黑市日益猖獗的文章。黑市也是一种腐败现象，而且规模更大。她揭露说，搞黑市交易已从街头摊点发展到火车上，投机商携带成捆的百元钞票和装满非法蔬菜的帆布包聚集在客车车厢里。这些黑市交易商乘车远走乡村购得廉价食品，回到城里以高价出售。狡黠的农民不甘其后，也携带货物进城。城市各火车站都挤满了向首都贩运非法食品的人。

许多是兼职做黑市交易的。某人告诉玛吉，他作为职员每月薪水 500 日元，根本养活不了一家人。因此，他每周请一次病假，利用这一天挣上 1000 日元。其他往返上班的在职人员也一样，只要带回一袋乡村食物在上野车站立即脱手，就可以挣到高出工资两倍以上的钱。

采访日本政府官员时，在不做正式记录的情况下玛吉得知，他们已放弃了消灭黑市的尝试，而寄希望于获得好的收成，那样才能平抑物价。同是这些官员抱怨说，趁火打劫的大都是朝鲜人和中国人，因为他们享有中立国的特权。美国人缺乏组织性，但很热衷于买卖美元。似乎每个美国人都认为靠出售香烟、肥皂或陆军消费合作社的军需品来挣钱是有益无害的。

黑市的受害者是日本大众，他们被迫变卖家产换取足够的食物，仅靠配给口粮是不够的。例如，配给大米的份额日益减少，人们一连多日眼巴巴地等待配给站挂出大米运达的通告。通告一挂出，便迅速排起长龙，家远些的要等几个小时，还往往空手而归。生鱼片、烹调油、酱油的供应就更难以预料了。确保供应的物品往往质量不好，甘薯上布满霉斑。

该文结尾处，她绘声绘色地讲述了父亲一位亲密朋友宫城法官的遭遇。她称其为佐藤先生，他虽然对同事们从黑市购买食物不置一词，但他本人清高得不屑为之。他越来越瘦，讲话声音微弱得只有老朋友才明白是什么意思。后来，他肚子膨胀如鼓，羞于见人。到头来甚至面对合法搞来的食物也难以下咽。他的女管家告诉玛吉，"他活活饿死了"。

玛吉的文章使麦格林恩感到满意，尤其这后一篇，充分表达了他本人对日本人民遭受苦难的愤慨和关切。真理子与他情意相投，她对玛吉公开表露的赞誉使她们更加亲近。真理子和教授惟一持有异议的是关于马尔鲁尼。麦格林恩始终认为，在这位少校参与黑市交易的问题上，真理子苛责过甚。在东京的绝大多数美国人不都是这么干的吗？

太郎的问题仍离解决还比较远。麦格林恩控制自己脾气越来越难了。太郎显然正变得既聪明伶俐又精力充沛，他尽可能对这个男孩表示友好，然而不但关系未获改善，太郎反而越来越傲慢无礼。麦格林恩担心他正落入那些激进分子的掌握之中，那些人再也不愿响应领袖们所提出的"做个讨人喜欢的共产党人"的号召了。

2

东京国际军事法庭的公诉立证阶段于 1 月 24 日下午 4 时 10 分终于结束了。过去的 9 个月中，文字记录达 400 余万字。检诉当局受理的书面证据仅限于远东近 20 年的历史范围，多数见诸报刊的史料，审查中当作同时代作家道听途说予以剔除。

102 名证人出庭作证，1200 名证人呈送了宣誓证词。当庭引述摘录的文件有 1100 份。所有证据只揭露出两个秘密：其一，早在 1941 年日本就完善了浅水鱼雷，以适于攻击珍珠港内的美国战舰。其二，日本海军曾在模拟珍珠港各种条件下进行攻击演习。

3 天后，1 月 27 日，辩护律师大卫·史密斯，前首相广田弘毅的代理人，代表 11 名被告请求宣告无效审判。韦布与这位有献身精神的摩门教徒已有过一次交锋。韦布庭长据理力驳，"迄今我从不知有此动议。"然后断然拒绝了他们的请求。通常宣告无效审判，须因揭发出法官受贿或抱有偏见等不正当行为。

百折不挠的史密斯又向麦克阿瑟设立军事法庭的权力发起了挑战。听了韦布的答复，史密斯认为过于牵强，要求给予申辩的机会。

"必须像我一样简明扼要，史密斯先生。"

史密斯暴跳如雷，"如有必要，我们准备上诉华盛顿联邦法院，将所有审判推倒重来。"

"你们上诉华盛顿联邦法院、悉尼联邦法院、渥太华联邦法院、莫斯科联邦法院或任何其他法院，对我们来说都无甚异样！"

此二人像争夺领地的野狗一样互不相让。当史密斯再次向麦克阿瑟将军设立军事法庭的权力发起挑战时，乔西不禁为他捏把汗。韦布须眉倒竖。"这里不是美国众议院或参议院的论坛，不是任何国会的论坛！"

不出所料，长时间唇枪舌剑地争辩之后，史密斯的两项提议遭到否决。威尔事后抱怨说，白白耗费了两天时间，区区小事本来轻易就能解决，而又不伤和气。乔西则有不同看法，"一个月后就轮到我们了。过去的两天里，我们已充分表明我们将进行一场苦战，而不让韦布随心所欲。毫无疑问他是有成见的，我们就是要把他的成见亮出来给像帕尔这样的法官看看。我们必须向委托人证明，他们的美国律师将为他们苦战到底。"

漫长的审判牵涉每个人，但有些问题已得到解决。空调系统安装就绪，夏季就不必长时间休庭了。笔译和口译人员已获得宝贵的经验。对这两组人员来说，最大的麻烦仍是日语和英语大相径庭的语言基础。前者，有意避免精确的表述。例如，日本人爱说，"我到达的时间**大约**在 3 点 32 分 45 秒。"日语的主观性之强，读者必须以作者的思维来理解才能领悟其言语。最困难的要属缺少句法修饰词。关系连词根本没有，上下文的连接多半模棱两可，这使读者苦心揣摩，仿佛被蒙住双眼穿越迷宫，翻译人员须运用在心理和结构上截然不同的两种语言进行思考和表述。

　　还有些技术性问题，日语名词没有单复数和阴阳性之分。在日本人看来，最不可思议的是冠词，他们的语言中是不存在的。另外还有个问题，汉字和日本假名之间没有系统的对应性。一个汉字可以有十几种读法。单是将人名和地名译成罗马字母就耽误了不少时日。

　　口译人员的任务要求更精确，也更令人头疼。他们不得不紧张地抓住每个字音，一声咳嗽、一阵纸张窸窣传入敏感的麦克风都会干扰收听。有些发言人长篇大论，句子复杂难懂，另有些人说起来像开机关枪。韦布的话清晰，缓慢，句子简短，最易让人领会。但即使是他，也因爱用太多的拉丁法律术语而让口译人员大伤脑筋。

　　总共只有9名口译人员，都是日本人。多数在英美大学受过教育，并在政府部门供职，且有新闻采访的背景。纽伦堡口译人员有3组，每组12人。与之相比，这里的人手显然逊色。东京这些人分为两组，余下一人负责监听，每当发言者讲话过长就按亮红灯。一旦争论进入白热化，类似韦伯与史密斯那般，红灯往往被忽视。

　　还有个一直让人头疼的事，一句日本话不待说完就搞不清是陈述句还是疑问句，因为动词在句尾处。若非口译人员记忆过人，就得叫停。

　　乔西心乱如麻，她觉得被告的某些权利受到了侵犯，包括任命辩护律师须在检察官随心所欲盘问在押犯之后。她向威尔发牢骚，如此一来被告事先便没有人提醒他们应有的权利。此等开明见解，就连她的一些同事也不敢苟同。因此，当威尔——一个检察官——表示赞同时，她极为快慰。他们的关系从势不两立，发展为友谊互敬，现在又成了灵犀相通的贴心知己。

　　与此同时，她觉得某些重大问题不便于同威尔商讨。例如，既然日本投降是以波茨坦公告为基础的，盟国是否实际上已违反依据公告签订的投降条款规定的限度？乔西的同事们正忙于各自的辩护准备，她觉得此时提出这类共性问题不合时宜。也许应等到休庭3周准备辩方反驳时再召集清濑、布莱克尼、拉扎勒斯及其他几人共同研讨。

　　威尔同样感到与同事们产生了隔阂。他被检察当局当作联结军界与平民的环节，也被韦布专横地当作辩方律师对待。尽管不能与乔西讨论这些，但他无法掩饰内心的忧虑。乔西只好笼统地说些宽心话，"我们中间终归有一个能够一览众多的证据并摸清案情底细，也许是你，也许是我。一个律师一旦真正弄清案情底细，也就成功了一半。"

数日后，日本辩方律师设晚宴招待美国同行，高松亲王也出席作陪。晚宴期间，清濑和其他日本人频频起身向美国律师致谢。乔西坐在史密斯身边，发现他不吃也不喝。有个日本人问他是不是饭菜不可口。史密斯回答说，成百万日本人在饿肚皮，他怎能大吃大喝呢？接着，史密斯表述了自己的乐观情绪，尽管审判具有浓厚的政治色彩，但辩方仍有机会。他高声抱怨，据他看，检察官和法官，包括韦布在内，全是二流的。声音之大，四周邻座都能听到。

乔西写信给父亲告之她的见闻。"我担心可怜的史密斯将触韦布的大霉头。我们几个试图让他头脑冷静下来，但他的确给韦布明目张胆的偏袒惹火了。史密斯的确有有力的论据。到目前为止，这个澳大利亚人似乎一直在唱独角戏，韦布似乎成了军事法庭惟一有话说的人，我记不起别的哪位法官说过些什么。我们心里有数。印度的帕尔法官曾当众几次向被告席上的战犯鞠躬，显然具有同情心。荷兰人罗林、法国人伯纳德都不抱偏见。横眉立目的俄国人和菲律宾人开口闭口就是'斩首！'，其余的法官形同雕像，中国人自然是深不可测，只有小个子美国法官克雷默将军一看便知是个乐天的家伙，他心里想些什么猜也猜得出来。大家送他个绰号'睡鼠'，因为他总是坠入梦乡。韦布作出姿态征求法官们的意见，但他为什么总搞一言堂呢？我不喜欢这个。威尔没有谈过这些，但我知道他很在意。他逐渐表现出对此次错综复杂的审判有了深刻的认识。现在我知道你为什么那么热心地把他拉进事务所了。献上迟到的祝贺。"

3

经推选，东条的首席律师，无所畏惧、小个子的清濑一郎将代表辩方首先陈述。主要由他本人起草的讲稿，公开阐明这场战争是同盟国挑起的，日本纯属自卫。

乔西曾争辩说，非军方的被告，如前首相广田，可能会申辩说，没有好的战争，也没有坏的和平。但清濑固执己见。2月24日当他准备宣读开场陈述时，果不出乔西所料，有些人提出反对意见。广田拒不在陈述上签名，其理由是，连自卫战争也是不义之战，他本人要承担未能阻止与中国敌对的罪责。在上海丢了一条腿的重光葵和另外三人也认为，从整体上看这篇陈述不能赞同。

临过休庭之时，清濑作了几处修改和删节，韦布即传他宣读陈述。清濑开言道，对于指控被告的条条罪状辩护方一概予以驳斥。美国对日采取经济制裁，实际上剥夺了其生存的基本权利，故此日本被迫进行自卫反击，袭击珍珠港。清濑声称攻击珍珠港绝不是偷袭，因为美国早已"推测出"战争迫在眉睫。清濑的辩状足足念了两天。但始终未获全体被告的一致支持。

他振振有词，讲得头头是道。可是乔西担心四分五裂的被告在抗辩中会自相残杀。几日后，辩方又一次受创。她一直担心的事情终于成为事实。在另一辩护律师盘问出庭作证的一名新闻记者的过程中，史密斯公开向韦布挑战。使乔西目瞪口呆的是，他竟然斥责韦布"非法干涉"证人作证。

韦布面色铁青，斜靠在长凳上，一手指着史密斯高声吼道："在这里说话要放尊重，史密斯先生！你不该说法庭非法干涉。收回你的话，否则退出本庭。你必须道歉。"

史密斯两眼直视韦布，"我愿意对法庭作出解释。我出庭审案20年，所用的语言……"

韦布打断他，"收回那句无理的话'法庭非法干涉'。在你这样做之前，你的话我一个字也不听。"

史密斯拒不后退。

韦布面红耳赤，"我再次要求你收回那句无理的话'法庭非法干涉'。"

"得了吧，"史密斯冷峻地说，"我拒绝那么做，阁下。"

"法庭将临时休庭合议此事。休庭15分钟。"

休庭期间乔西和其他辩护律师试图提请史密斯注意。他们一致认为史密斯精神可嘉，但一部分人同时认为韦布会打击报复，结果将对其当事人极为不利。史密斯埋头忙于做笔记，顾不上听别人的劝告。

重新开庭后，韦布宣布，"本军事法庭决定，在史密斯先生全部收回本庭认定侮辱性的言论并由其本人就此向法庭正式致歉之前，拒绝接受他继续出庭。"

史密斯宁折不弯，不失尊严地说："请最最尊敬的阁下恕我直言，我无意改变我的立场，且认为没有丝毫理由改变立场。"言罢，他收拾好文件夹在腋下，大步走出法庭。

史密斯遭到法庭驱逐，辩护方一时人人自危。若是韦布如此易怒，辩护显然步履维艰。此外，他们需要时间重新拼凑集体抗辩。因此，布莱克尼代表整个辩护小组向韦布提出，辩方迫切需一周休庭时间重整旗鼓。

"法庭接受你的申请，但同时对此表示遗憾和忧虑。"他关心的是已近一年的审判又要一拖再拖。

布莱克尼向他保证，如蒙获准休庭一周，6月前辩护不会再出现中断。接着又退一步讲，这是推测而不是许诺。如有必要，辩护可再继续一周，但他警告说，那样一来辩护方垮台势所难免。

韦布和公诉方都觉得事情棘手。经过争论，首席检察官对此发表了看法："如果存在辩方垮台的危险，我们无法反对他们提出休庭申请。我肯定，我们——法庭、诉方和辩方——对本次审判的长期性和对例证所花的大量时间都不会掉以轻心。"

待到再召集开庭之时，韦布夫人自澳大利亚远道而来。"我希望她能平息狂怒的胸膛。"乔西对威尔说。但同时感到庭长被顽固的史密斯狠狠刺痛了，紧张的气氛势必越演越烈。4月上旬，韦布对没完没了的日方作证感到不胜其烦，他威胁要彻底修正证据审查程序。如果冗长拖延的答辩不予删减，他警告说，他将不听取辩论就剔除不必要的证词。

事后威尔被一名美国记者纠缠住，只好谈谈自己的看法，拐弯抹角是日本人的通病，是由其语言的傍赘本色所决定的。"怎能指望日本人一夜之间改变说话的习惯呢？"日本人并非有意回避直截了当的回答。"这是他们的思维方式，他们喜欢先做表面文章，然后才由表及里。"

威尔想摆脱这名记者，但他死缠不放。"这是真的，"威尔说，"'是'与'否'在日语中有同类词语，但他们很少在法庭上使用。"不容否认，他们的语言枝繁叶茂，常使语义蒙上蒙眬隐晦的防护罩。"但他们不是在说谎，只是对问题的方方面面都要考虑周全。行了，请原谅。"

数日后,另一名美国辩护律师布鲁克斯上尉提出抗议,他的当事人在接受盘问时竟不容他充分说明情况。

韦布满脸通红,"我们不容许利用法庭搞宣传。"

布鲁克斯拒不接受此项指责。

"我们来此地是要进行公平的审判,"韦布正色道,"而不是来受美国律师或其他国家的律师欺侮!"

布鲁克斯道了歉,一场风波才告平息。不过,事隔一周又爆发了一场更激烈的冲突。这一回韦布的怒火发泄到拉扎勒斯头上,后者在苏联方面出庭指控时已考虑过韦布的耐性。这位前海军陆战队军官对诉方提出强烈反对。"我们将表明,日本有理由感到恐惧,事实上,它确实惧怕共产主义在中国,进而在日本泛滥成灾。日本惧怕共产主义是完全正当的,强有力的证据是,杜鲁门总统上月在美国国会以此为题发表演说,且建议采取极端手段加以遏制。"

韦布比公诉阶段更为恼怒,驳回了上述两句话,并且拒绝听取拉扎勒斯对欲证实的东西作进一步解释。然而,拉扎勒斯像史密斯一样不甘保持缄默。他说,辩方此前没有机会驳斥诉方的论点。"我将证明,"拉扎勒斯无视韦布明显的厌烦态度继续说,"占领'满洲'期间存在着共产主义在世界范围扩散的危险,对此产生恐惧是合情合理的,是正当的。我们将提交证据证明对俄国入侵的恐惧左右着日本政府。杜鲁门总统最近演说中所讲的,恰是人们当时所说的,因此我们打算向法庭提交那则陈述。"韦布插话进来:"美国律师不要异想天开,以为本庭会容忍敌对性宣传。"言罢,立即宣布休庭。

再开庭时,拉扎勒斯要求对"敌对性宣传"加以定义。"我们万万没有料到美国总统在国会上的讲话在本法庭竟被称之为敌对性宣传。"

"你的推断纯属无稽之谈!你坚持援引的美国总统言论是对一个盟国的攻击,其情景与本庭所处的情景完全是两码事。"拉扎勒斯此前带刺的议论一齐涌入韦布的脑海。"早些时候,我们曾准许你攻击伟大的美国,因为你的攻击与本国际军事法庭审理的问题有关连。我们没有制止你对伟大的不列颠王国加以攻击,同样因为与审判有关联。但是你似乎喜欢以污蔑我们的盟国为能事,在我看来正是如此。我绝不收回我说的每一个字。”他冷冰冰地望着拉扎勒斯，“只要我做一天大不列颠的法官，我将时时刻刻对任何无理侮辱我国及出席本庭的所有同盟国的言行保持清醒的头脑。”

乔西希望拉扎勒斯悬崖勒马，千万不要重蹈史密斯的覆辙。玛丽·拉扎勒斯喃喃自语，“老天保佑，阿蒂，快闭上你的嘴吧！”她二人心下稍弛，前陆战队军官心平气和地答复说，出示对任何盟国不友好的证据绝不会使他产生快感。他从未想对任何盟国进行无理侮辱。“也从未忘记他们与我们并肩战斗过，而且正因为苏军将士站在我们一边，我今天才能有幸在本庭发言。我绝不会忘记这些。作为合众国委派的和国际军事法庭需要的律师，我们将履行自己崇高的职责，我们必须提交所有有效证据。”

已息怒的韦布说，那两句冒犯性的话就免了。“那种说法不妥，我们接受你的解释。此事到此为止。”

第十八章

1

东京，1947 年 6 月

巢鸭监狱，空调机送出习习凉风，缓解了初夏的炎热。放风时间，囚犯们可以自由走动，在树阴下围枰手谈。他们贪婪地阅读每份狱方提供的报纸，议论最多的是美苏日益加剧的对抗和基南再次去华盛顿后已返回。在一次记者招待会上他透露，占领当局指示他一俟普遍公正的听证完结，就结束审判。

此时，辩护已在进行中，巢鸭监狱的保安措施更加严格。对牢房彻底搜查，榻榻米翻个底朝天。所有鞋带和腰带被没收，家人只能捎进书籍。动身去市谷前和回到监狱后，所有受审的人须接受检查，从肚脐到肛门。由于近来企图自杀的人那么多，牢房便彻夜灯光通明。如果有人用毯子蒙住脸，卫兵便唤醒他。面朝通道一侧的玻璃被取下，换上了金属网。

被告们对监狱生活厌烦透顶，甚至巴不得去受审。尽管大轿车的车窗用报纸遮挡着，但已被划破多处，他们可以从缝隙窥视沿途景色。一进入军部的前庭候审室，他们可以得到美国香烟，并偶尔获准在无人看守的情况下会见律师和家人。如今他们把宪兵队长肯沃西上校当作朋友看待。他为人一丝不苟但彬彬有礼又善解人意，被告们每天早晨均向他鞠躬致敬。

6 月里一个阴天，放风时他们纷纷议论关在东条对面的陆军少将，他开始胡言乱语，神志不清。"可怜的家伙"，东条对木户说，此人近日因其部属在缅甸的残暴行径在市谷受到检察官盘诘。"他们在地牢门上贴了张红纸条"，东条说，这意味着他有自杀的可能性。何其不幸，东条感慨地说，这些能征善战的骁将在牢笼里被搞垮了。"上次放风时我见到一件不同寻常的怪事，"他说，"阿南医生出神地凝视一窝蚂蚁进出蚁穴。突然解开裤子拉链，向蚁穴撒尿。我问他为何干这种缺德事。他说，'这些蚂蚁正往洞里拖昆虫，而昆虫还做着垂死挣扎。我从未见过比这更残忍的事，我不得不向这些蚂蚁表明我的感受'。"

"他是不是那个因毒害 50 名盟军战俘而在横滨受审的医生？"

"正是此人。"

市谷审判休息期间，威尔和乔西研讨着审判的局限性。"狄更斯的评语是对的，"乔西说，"法律是头驴。"

"也许是驴，但它有别于酒吧吵架或学术辩论。你无法用尺度来衡量正义。"

"是的，法律刚硬之处也具有弹性，我们共同的老朋友韦布就是最好的例证。他就像主持重量级血腥格斗的裁判。撇开一切冠冕堂皇的大话，我们正在进行的无非是一场刑事犯罪审判，而不是理智地、科学地、文雅地，为了语词和观点进行争辩。"她推心置腹地对威尔说，最令她不安的是盟国之间的利益冲突。"英国人和荷兰人认为他们在远东的利益永远是第一位的，我们美国人则对此愤愤不平。他们是如何获得这些利益的呢？"

"一年前，各自的立场就已很鲜明了。"威尔说。

"我很清楚你的意思。在马萨诸塞州，要审理阴谋集团案件的话，我们的法庭完全能够理解辩护律师的苦衷。在美国，我们干律师这行的有几人经手过阴谋犯罪集团案？我知道我没有，虽说我的法庭阅历比大多数人丰富。至于你们那位基南先生，他可能酒灌得太多了，不过他贼点子不少，居然能将阴谋集团理论运用于本案。"她作了个怪相。"我们既来之，则战之！撰写辩论提纲已使我感到临战的紧张。"

近几周来，她一直寻求威尔父子在珍珠港事件辩护方面给予指点。麦格林恩同意助她一臂之力。条件是，她允诺不泄露出资料来自于他。在帝国饭店乔西的住所，他们进行了几次长谈，从头至尾细细阅览其新书手稿《通向珍珠港之路》。乔西保证不泄露他采访过的参加军政首脑联络会议和御前会议的具体人物，并且不向外界泄露辩方未搞到手的资料，不论多么有价值。事实上，控方也未必能接近他从老朋友那里弄来的这些文件。在乔西看来，最有价值的是他对东条和木户等人的品评。例如，东条意外当上首相之后，曾到靖国神社，立誓以文官而不是军人的身份行事，"以吾皇为吾行动借镜"。她感到不胜震惊。无怪乎她亲眼目睹巢鸭监狱中的军人对东条抱有敌意，至此方才释疑。

麦格林恩告诉她，他所获得的新资料，特别是联络会议和御前会议的详细记录，清楚地表明日本人与美国谈判是真心实意的，尽管是拙劣无效的。他断言战争的爆发是由双方的误会引起的。双方都称不上英雄或恶棍。罗斯福尽管有诸多缺点，但仍不失为一个目光远大、崇尚人道的人。日本天皇是个光荣和和平之人。东条和其他军国主义者，由于迷恋中世纪制度而不能自拔，出于为国捐躯的信念而发动侵略。史汀生和赫尔也不像许多保守派人物描绘的那么卑鄙龌龊。

他最后说，这就是为什么他觉得东京审判令人乏味。"然而不得不如是。试想如果我们不把东条和其他几个人绞死，国内民众会发生何种喧嚣！在他自己的国家，东条如今成了人人唾骂的恶棍，很少有人同情他。但 100 年后，我敢说人们对他会有所宽恕，甚至在东京。我期望着他能站在被告席上为自己辩护。那将是令人难忘的一幕。"

乔西问他是否愿做辩方证人。

"不。那将会牵扯到我与罗斯福总统的特殊关系。"

"你给他当顾问时领过官方补贴吗？"

"连路费也没领过。"

"我认为行政特免权仅适用于政府人员，"她双眸炯炯闪光，"你可以驳倒日本长久以来一直在搞阴谋诡计的论点。"

"可威尔不是站在控方一边吗？"

"我认为他已经疑窦丛生了。别人可能反对你出面，但他绝不会。"她看到教授脸上滑过一丝幸灾乐祸的表情，似乎在品味掀翻众多苹果车的感受。

但他最终摇摇头。"我不能那样做。"虽然麦克阿瑟对生前的和死后的罗斯福都不喜欢，但一旦出现麻烦，势必危及联合国军最高统帅部，势必危及麦格林恩与最高统帅之间的关系；而且，为了向他灌输更实用主义的观点，正确地对待红色中国，不得不讨取他的欢心。惟其如此，才能缓解朝鲜问题，那里可能成为造成亚洲灾难的发源地。

2

市谷法庭中间休息时，麦格林恩喜欢站在外面大柳杉树的绿阴里乘凉。他现在几乎每天都来旁听，尽管马尔鲁尼上校提出警告：惠特尼将军已注意到他总不到办公室来。然而，教授无法抗拒亲眼目睹历史重大场面的诱惑力。此外，韦布与好斗的辩方律师斗，也与固执的控方律师斗，那些冲突真叫人赏心悦目，总使他想起莎士比亚将少量喜剧成分与多数悲剧成分相混合的作品。

鲁弗斯·布拉顿上校作为辩方证人被布莱克尼传唤出庭。战前"东乡"布拉顿曾3次在日本服役，麦格林恩很了解他。他很粗壮，一张脸好似友善的哈巴狗。许多与他共事的人被其外表所蒙蔽，以为他为人愚鲁。其实他不但是个军人，还是个学者。研究过日本历史和民俗，可用日语写作和交谈。

珍珠港事件前几个月，布拉顿是陆军情报局远东处处长。他那时是上校，现在还是。麦格林恩很想知道是什么影响了他的前程。眼下他是麦克阿瑟的反间谍处副处长。

布莱克尼请他审阅2094号辩方文件，并申明是否是他的宣誓证词。

"是的。"

"内容真实准确吗？"

"是的。"

固执的诉方律师立即抗议说，该文件所述内容与本案无关。"事实上，合众国可能已正确地预见到将要发生的事情，但这绝不能使这些被告的侵略行为正当化。"

教授迫不及待地身子前倾。这回他们能否拿出确证，证明罗斯福事先知晓将发生珍珠港事件呢？能否澄清炸弹落下之前极为关键的最后几小时马歇尔将军为何对事态一无所知？

"我觉得，"布莱克尼用其低沉而富有戏剧性的声音说道，"此项证据因与几项基本事实相关而成立。据我看，它直截了当地提出了一个须由法庭裁决的根本性问题。"争辩进行到半截时，法庭宣布休庭吃午饭。麦格林恩急忙去找布拉顿，他刚好被护送出房间。"东乡！"

红光满面的布拉顿咧开大嘴笑着说，"弗兰克！你在这儿干什么？"

"和你一样，为联合国军最高统帅部工作。因为都是小人物，一直没见过。"

布拉顿说他 1946 年国会调查珍珠港事件时作证之后就调过来了。他们约好在第一饭店共进晚餐。

下午，布莱克尼继续进行争辩，"日本外务省是否给了驻华盛顿大使馆足够的时间准备和送交最后的电报，在这一点上，布拉顿上校的证词向法庭提供了额外证据。他的证词清楚地表明美国陆军部收到电报之后时间是充裕的，收到的是电报全文以及处置电报的指示。此份电报送发之前在陆军部滞留了整整 4 个小时。"

法庭以多数票否决了控方的反驳，接受了布拉顿的宣誓证词。接着，上校又作证说，他截获了 12 月 3 日东京发往大使馆的焚毁密码和文件的命令。"我派了一名手下去大使馆，他报告说，他们正在后院焚烧文件。"他首先通知了顶头上司，然后又报告了陆军部作战计划局局长杰罗将军。"我们一致认为这至少意味着断交，甚至可能爆发战争。"

简述了他 12 月 6 日晚和 12 月 7 日清晨在华盛顿的所作所为之后，布拉顿获准离开法庭。令麦格林恩深感失望的是，没有人对他严加盘诘。

晚餐时布拉顿很不自在，但晚些时候，在麦格林恩寓所喝下一大杯酒壮胆后，他滔滔不绝地讲述了为什么未获提升。"1941 年秋，我们截获了东京用领事密码发往檀香山的一份电报。"收报人名义上是喜多总领事，而实际上是给檀香山的一个日本间谍，他在领事馆是个不起眼儿的下级官员。电报指示他报告珍珠港内舰只情况，并将该水域划分为 5 个海区。

他要提供所有停泊的战列舰和航空母舰的详情，无论在码头、锚地还是船坞。"德勒上校，一个老资格的安全情报局情报官，他和我都认为此电报很重要，应转交珍珠港。但头头们说，不。萨德勒和我后来都不得不为此付出了代价。我记述 12 月 6 日晚所发生之事的首份报告中，明确指出我的上司和马歇尔将军已得到充分警告，他们当时实应睡在办公室而不是回到自己的安乐窝去。我当时就知道，在军阶上我恐怕爬到头了。"他喝完一杯，又斟满一杯。"这还不算完。1943 年我受命撰写一篇自 1935 年到珍珠港事变日本进行战争准备的研究报告。我的一位朋友，伊凡·耶顿上校——你也许见过面，一个远东问题专家——在我伏案校对经删改的研究报告时，在我身后看了看，见到页边批注和大量标明删节的标记，不禁问道：'谁干的？'我说：'老头子本人。'马歇尔删除了所有对他不利的章节，余下的已无法确定他曾收到反映日本意图的紧急警报。耶顿奉劝我，为了自保，将报告全文拍摄下来，且将证据保存在安全地方。我照办了。"他站起身，在房间里踱来踱去。"你记得，正因为这桩丑闻，他们不得不对同盟国进攻西欧之前陆海军的活动进行调查。马歇尔声称他 12 月 6 日晚未见到过任何日本电报。我紧接其后作证。我道出了真相，大约在晚上 10 时 30 分我在马歇尔的办公桌上留了一份电报副本。他们问我，是你本人送交的吗？'不是'，我说，'我很少向他本人呈递任何东西。我把电报放进一只封口的袋子里交给了他的秘书'。知道谁是他的秘书？比德尔·史密斯上校！此人没过多久就当上了三个星的将军。我这不是给自己签发死刑执行令吗？"

"你不认为你太过虑了？"

他那张哈巴狗脸现出苦恼不堪的神情，"我希望我是。"他长饮一口，重新振作起精神。"他们将我发配欧洲，就像对待海军作战部长'贝蒂'斯塔克那样，如此一来我们就有话没处说了。我采纳了耶顿的建议，随身带着报告副本去德国。我们攻克柏林之后，我调任该地区情报处长，我把文件锁在办公室保险柜里。我认为这样就可以高枕无忧了。那年 7 月我开车驶往英国占领区司令部，途中，一辆英国车超过我，摇旗让我停车。车上下来一个美国上校，自称名叫克劳森，被史汀生挑选出来进一步查询珍珠港事件内幕。他要求我跟他同去巴黎取回他留在那里的重要文件，我知道麻烦来了。我去见我的一个好友比尔·海姆利希，第十五集团军作战情报处的头头。我告诉他我不得不随克劳森前去巴黎，我担心我一去就回不来了。我向他讲述了刚才告诉你的这些事，并从保险柜中取出报告副本。我让他看了大段大段的删节之处以及旁边马歇尔本人的签名。如果我回不来，就请他亲手将文本交给我的家人。"布拉顿突然说声抱歉，跑进卫生间。透过哗哗的流水声，麦格林恩听出他在呕吐。几分钟后他走出来，面色煞白。

"你打算利用这些材料吗?"

麦格林恩解释说,正忙于撰写一本有关此专题的书。"但我说话算数,我不会利用任何没有记录的东西"。

"我再喝一杯行吗?"

麦格林恩为他斟了一杯大量掺水的威士忌。

"克劳森这家伙骄狂得好像四星上将,但他在巴黎没有对我施加压力。他只是说,史密斯将军和杰罗将军否认12月6日晚有电报放在他的办公桌上。我们当时是在威尔士亲王酒店。他拿给我看了一些宣誓证词,是他从太平洋和欧洲各地搜集的。看了史密斯和杰罗对我作证的反驳,我知道我被他们算计了。"他沉默片刻,"我没有勇气硬拼,只好重录了一份口供,推翻了自己原来的证词。"他垂下头。"我说,与在陆军珍珠港事件调查委员会作证时相比,我对往事有了更清晰的回忆。……我准确地记得,我最后一句是这么说的,'此证词是在我从方方面面重新回忆之后所作'。"他挣扎着站起身,又开始踱来踱去。"别误解我的意思。克劳森没有逼我。见鬼,我的体重超过他50磅。他只是例行公事。他没有威胁,我们分手时也客客气气的。我赶回柏林,从海姆利希手中取回文件,然后等待下次责难。果不其然,去年我被召回华盛顿到国会珍珠港事件联合调查委员会作证。我忘不了那一天。根本没有人恶言恶语,可我觉得好像接到命令从敌军手里夺取一个机枪阵地。我走进大厅,经过一张张不友善的面孔,腋下夹着一个信封,里面装着从柏林带来的影印件。"他说,一位副总检察官对他严加盘问,仿佛他是个杀人凶手。"他反复问我,为什么在巴黎翻供。老实说,弗兰克,我真吓坏了。我大概是这么说的,'对此我的记性越来越差。我无法肯定那天晚上我是否给这些军官呈送过什么'。我说,看过史密斯和杰罗的证词之后,我相信我搞错了,因为他们都是诚实正直的人。要是他们说我当晚没有呈送文件袋给他们,我的记忆一定有误。"他萎靡不振地说:"我为自己的言行感到羞愧。记得离开柏林时我向比尔·海姆利希夸下海口,'我定要闹个天翻地覆!'"他再次进入卫生间,出来时用毛巾揩着脸。

"第二天,"他说,"轮到萨德勒上校去面对行刑队。他曾在陆军调查委员会作证说,1941年12月5日他向比德尔·史密斯和杰罗通报已收到'风'指示电。弗兰克,你知道那份电报,不是吗?"那是东京给日本驻华盛顿大使馆的回电，意指同美国断交。早先作证说见过此电报的大多数人后来都改口了。"萨德勒告诉陆军调查委员会他曾要求史密斯和杰罗授权他向夏威夷发出战争警报，但遭到拒绝。他的遭遇和我相似。几个月后，克劳森给他看了史密斯和杰罗否认萨德勒所述的证词。杰罗也否认曾见过'风'电报。像我一样，萨德勒后来也修正了自己的证词。与我不同的是，他胆大包天竟告诉国会联合调查委员会他**确实**将'风'电报告诉了杰罗，并且告诉比德尔·史密斯'风'电报已收到，且与杰罗谈过此事。史密斯当时说，他无意进一步讨论此事。不用说，1941年萨德勒跟我一样是个上校，如今我们还是一样。"他挣扎着站起来，"我说得太多了。你也许认为我该在法庭上和盘托出，没门儿！我欠麦克阿瑟的情，他给了我一个好职位。我将此事捅出去，会让他下不了台。"他戴上帽子，脚步蹒跚地向大门走去。"我在这儿混得蛮好。退休前我会守口如瓶。"他打开门，"感谢你让我吐诉衷肠，我是不吐不快啊。"

麦格林恩感到疲惫不堪。布拉顿所述故事一落在乔西手里准是重磅炸弹，但他已向布拉顿保证暂时保持缄默。此外，他想将此事收入自己的书中公之于世。

麦格林恩通宵未眠，反复思索着这些新鲜史料。他得找萨德勒、海姆利希、耶顿等人核实布拉顿的经历。此事加上现已发现的1941年日本联络会议和御前会议的官方记录，终于可将历史片断连贯起来。随后，他的思绪转向真理子。太郎的处境越来越坏，糟糕的是根本瞒不过真理子。他越是向她保证稍稍耐心一点儿，一切都会顺利解决，他的话越显得苍白无力。此外，他和真理子还为马尔鲁尼发生了摩擦。昨晚，她反复申明了她的警告。她说，最近有谣传说总部里一些征募人员因参与黑市美元交易被遣送回国了，马尔鲁尼与此有牵连。麦格林恩本人对这个无赖也是持怀疑态度，恨不得当面质问马尔鲁尼，因为他和自己的女儿几乎每个周末都到弗洛斯的孤儿院去。也许真理子是对的，她怀疑弗洛斯已迷恋上马尔鲁尼。教授不愿干涉他人的私事。其实他心中有数，他一直没开口是因为不想得罪朋友。

在帝国饭店，乔西正给父亲写信，为即将开始的为东条的辩护讨教，这是此次历史性审判的高潮，不可或缺的一幕。"威尔和我陷入这些错综复杂的诉讼中。我们是对立面。但从未发生真正的冲突。我不敢肯定我们这么做是对还是错，但我向你保证，我首先和惟一考虑的是我的当事人。"

她封好信封。她自己也不明白为什么信中对马克只字未提。羞于承认爱上一个陆战队军官吗？她知道，父亲一直希望她30岁以前成家立业。用不着请巫师也能看透他的心思，他想让她找个威尔这样的人。她确实对威尔喜欢得不得了，但只是把他当作兄弟。

知道她坠入情网，父亲定会放心不下。她和马克谁都没提过结婚。前不久，她觉得马克就要提出来了，但他没有，她反而松了一口气。多年来，她一直把男女之事抛在脑后。她的事业就是她的一切。但过去几个月，她总是渴望跟马克在一起，但为他耗费那么多时间和精力的同时，她又感到问心难安。见面之前，她说服自己，爱情不过是一种疾病，就像腮腺炎，只要挺过去就有了免疫力。但事实上她越来越难以自拔。她从未梦想过自己会对某个人如此痴迷。

在横滨，马克躺在床上，心里想着乔西。如此依恋一个女人，真是以前所从未有过的。上次见面，他差点儿提出和她结婚，话到嘴边又咽了回去。也许是因为她身为律师表现得超人一等，仿佛海军陆战队是什么人都能干的！他为她自豪，为什么她不能以他的职业为荣呢？

3

8月30日清晨，所有尚未被起诉的甲级战犯都被押解到院子里。他们正纳闷为什么单把他们这些人带到外边，一名美国宪兵上尉说："凡点到名的立即返回牢房。"

囚犯们怔在当场。该被起诉了吧？宪兵上尉微微一笑。不是起诉，而是释放！点了15个人的名字，这些幸运的人离开院子，一路高喊着给余下的人打气。

9月5日，戴维·史密斯，这个拒不向韦布致歉并拂袖而去的狂热摩门教徒，登上讲台，法庭上下为之一振。

一阵寂静。

"如果阁下允许，"史密斯说，"我要冒昧地说，广田弘毅先生自3月5日以来一直未得到美国律师襄助。"

"你须呈递先期陈述，史密斯先生，"韦布说。

"法庭作出决定之前，我想简要回顾我于3月5日所作的陈述，复述这项陈述纯粹是作为一项预备步骤。"

"三言两语你就能阐明该说的立场。"韦布粗率无礼地说。

"我要说的是，阁下，对于上次发生的误会我深表歉意。事后我才明白某些我们在美国法庭运用的规范用语在澳大利亚另有特定含义。"

"是整个法庭采取的一致行动，史密斯先生，"韦布生硬地说，"澳大利亚成员只是法庭成员之一。"

在威尔和乔西看来，史密斯在极力克制自己。"是的，重要的是，阁下，广田先生单独受审期间理应有律师相助，由我或是别的律师。正如我对法庭声明的，我对发生的误会深表歉意。此前我也对阁下作过解释，我无意冒犯法庭。出席军事法庭在我是头一回。被人认为出言不逊的事，我20年来有过几次。"

韦布冷冰冰地开言道："我认为，史密斯先生，尽管我们急于想听你说些什么，你还是应该在星期一上午重新提出申请，到那时，我们希望法庭**全体**成员到庭。"

史密斯强压怒火。他这是被逼着退回去并再次道歉。"如果阁下允许，我要说，我理解我不必重复法庭3月5日规定的准则，如果允许，我将站到台前正式为此事**深表**歉意应足以使事情得到挽回。"乔西暗自祈求他就此打住，接受羞辱，但他做不到。"我不打算在星期一上午回到这里……"

韦布严厉地打断他，"你把现在要对8名成员讲的话，留到星期一上午当着11名成员讲吧。如果确是我们期望的解释的话，但愿如此。"

史密斯苦苦地坚持，"阁下，我悔不该发表了退出辩护律师团的声明，恳请阁下务必使广田先生得到美国律师襄助。我认为法庭……"

"你不必再说了。"韦布下令继续传证人作证。

目睹史密斯最终退出法庭，乔西心里很难过。她心想，他为自己的委托人不遗余力地拼搏，最终因不能忍辱而受挫。换了她或威尔绝不会这样。乔西也为韦布遗憾，争吵不休使他空惹一肚子闲气。他盛怒不息，次日又一再大光其火。一名辩护律师要求"在证人席前，在本法庭上揭露事实和真相"。

为此，韦布用一只手指指着这个律师："你今天说话颠三倒四，表现得不像个律师！"稍后，心绪紊乱的韦布再次对另一名辩护律师发起攻击。那名律师抗议说，控方的反驳是对美国政府的污辱。

"绝不允许你以这种方式继续下去。"韦布怒吼道。他显然把抗议误认为是冲自己来的。"正是美国政府在起诉你的委托人！我们不允许你在法庭上大肆攻击！"

审讯按姓氏字母排列顺序进行，越往后被告人越重要，控辩双方之间的战斗日趋激烈。韦布就像一个驯狮人，极力在一群捉对厮杀的美国人中间维持秩序。

真理子每次出庭旁听，对于美国律师之间唇枪舌剑，你来我往，总是感到诧异莫名。这些体现民主的场面多么富有戏剧性啊！更令她惊异的是，听麦格林恩讲，在一次唇枪舌剑的争论之后，双方律师共饮咖啡，言笑如初。

终于轮到天皇的首席顾问木户侯爵为自己辩护，他是此次审判的关键人物之一。在他出庭的前夕，麦格林恩到巢鸭监狱看望了他。他问他是否能为他做点什么？木户说，不必费心。

他请麦格林恩放心，他对资深辩护律师洛根极具信心。洛根来自纽约一家受人尊重的律师事务所。他的专长是海事法，但其诉讼经验老到，手段高强。木户还在上法学院的儿子，也在为他的辩护出力，并起到重要作用。洛根不懂日语，他可以向洛根解释和澄清他父亲日记的背景。几个月来，为军方被告辩护的律师们督促木户对日记加以修改，因为日记对他们的当事人不利。但为了捍卫天皇，木户拒绝作任何删改，他甚至说哪怕与天皇陛下有牵连也绝不改动。

麦格林恩通过以前与木户的交谈，早已了解这些情况。教授最担心的是，这位内大臣会受到两面夹攻：一方面来自控方，另一方面来自某些因木户向检察当局交出私人日记而愤恨不已的被告。

木户尽量让老朋友放心，但未详细透露其律师拟就的应对之策。在假定检方讯问人是英国首席检察官阿瑟·科明斯－卡尔的基础上，他儿子和洛根已准备好一份长篇大论的宣誓证词。

科明斯－卡尔已展露过其过人的才华，故而审讯的第一天，当基南大摇大摆地走上前来占据英国人的席位时，麦格林恩大吃一惊。为什么临阵换将？会不会是基南不愿放过在审判中占据中心舞台的大好机会？

眼看着基南一次次咄咄逼人的质问都被洛根轻描淡写地搪塞过去，威尔自一开始就感到恼火。当基南援引审讯前一被告时所用的新证据——《日本时报》刊登的一篇声明时，洛根提出抗议。木户断然宣称对此声明一无所知，但基南仍坚持要将这篇报纸刊登的声明作为证据。手法不正当！洛根反对，"这将使本案永无休止！"这场争辩迫使法庭休庭半小时以便基南消消气。

如果说，这天基南莽撞出错使木户轻松地走下被告席，而在返回巢鸭的途中御玺大臣就不那么自在了。一名将军指着他喊道，"没有比这个臭猪更能撒谎的了！人们咒骂我们这些军人，我们并不恼火。但这个臭猪算老几，恬不知耻地标榜自己在战争期间争取和平。"另一名大佐也加入攻击，"一般说来，像这样的混蛋该当被掐死。现在我们不能这样做，太糟了！"木户不理睬这些发泄怨恨的人，把头埋在报纸里。

几日后，韦布法官宣布他将离开数日，参加澳大利亚高等法院11月庭期，顿时激起辩护律师们的抗议浪潮。辩方破口大骂。受审期间被告们始终有权要求国际法庭庭长出席！如果韦布置身诉讼之外，被告也不应上法庭。如果他离去，必然有损于法庭尊严，贬低审判的重要性，破坏最高统帅的威望！越说越气，一名辩护律师大声疾呼，韦布要么宣布在其归来前长期休庭，要么辞职，请求麦克阿瑟重新任命庭长。"如果办不到，不如解散法庭，我们大家都回家去！"不堪折磨的韦布不肯低头，他甩手去了澳大利亚，其身后留下的是通过联合行动，表明内心一致对首席法官充满蔑视的辩护团。

韦布确实在12月关键人物外相东乡茂德出庭受审之前返回了。在珍珠港事件前极为重要的联络会议上，东乡曾顽固地与军方对抗。许多美国人分辨不清东乡和东条，因为他们的名字十分接近。

东乡和木户一样受到憎恶。他头脑冷静，直言不讳，讲话操一口浓重的不紧不慢的九州口音，在东京人听来有些刺耳。身为见多识广、博学多才的职业外交家，他对欧洲事务有着独到的见解。当他讨了一个德国老婆后，在社会上声名狼藉，家里也闹得鸡犬不宁。在同僚眼中，他是个让人捉摸不透的人，因为与绝大多数外交家不同，他更日本化，当他想把话说得率直一些时，往往被误解为粗鲁不文。与美国进行艰苦的谈判期间，他为实现和平竭尽全力，而他这样做总是激怒军方——不包括东条，因为他一旦被遴选为首相就"成为文官"了。

在其直截了当的证词中，东乡讲述了如何反对军国主义，如何同外务省同僚致力于解决中国问题，其后是美国问题。他作证说，战争期间，他与东条首相在大东亚共荣问题上意见相左，首相逼他辞职。"而我拒绝了。申明应当重新考虑此事的不是我，而是首相和其他此项计划的支持者。"但是，当他的妥协方案被推翻后，他主动提出辞职，"本意是避免使问题复杂化而给天皇找麻烦。"

东乡外相接着作证说，永野海军大将曾透露说将突袭珍珠港。此后另一位海军大将伊藤曾要求不要终止谈判。

"是在一次联络会议上讲这番话的吗？"美国辩护律师布兰农问，他的当事人是岛田海军大将。

"当然，是的。"

"东乡先生，"布兰农说，"岛田海军大将出庭时说，'永野海军大将死前，他和我听说了这种争论。我们一起征询了参加那次联络会议的每一个人，包括东条、铃木、贺屋、星野、冈、武藤'。东乡先生，他们中无一人记得发生过此事。"

麦格林恩激动地作着笔记。他看过联络会议的详细记录，故而知道东乡所言不虚。但拿记录给他看的下级文官曾要求在他死后才能利用这些材料。

"你准备指控这些人事实上在说谎吗？"布兰农问。

"这个嘛，我对这些人的记忆可不敢恭维。"东乡用其深思熟虑的方式斟词酌句。"为什么？喔，我有很多实例，我先给你举一例。我进入巢鸭监狱的时间是去年5月。我因有病，所以入狱较别人晚些。我入狱时，你刚才提到名字的这些人都忘记了这样一个事实，即在1941年11月5日举行过一次御前会议。只是在我说过之后，这些人才第一次回想起来。鉴于他们连这么重要的会议都不记得了，忘记某些对他们不利的事情是有可能的。"

威尔看到岛田大将探出身子捅了捅另一位海军大将，然后怒气冲冲地写着什么。纸条交给了他的日本律师，"请让我再次作证"。其他被告也都怒形于色。

布兰农要求东乡详尽阐述永野所讲过的话，但无须引述原话，因为他已不在人世。基南一听立刻站起来，"庭长先生，我们严正抗议对证人的回答加以限定。被告律师已提出限定，他应该按其誓约接受全部真相，任由被告畅所欲言。此问题需要广泛的回答。"

"常言道，庭长先生，"布兰农反唇相讥，"死亡封住此人之口，法律就封住彼人之口。不过我愿意撤销限定，允许被告继续回答问题。"

东乡揭露说，去年5月，一次在市谷吃罢午饭，岛田建议与永野和我一起谈谈，"那时岛田表达了要我别提海军要搞突袭之事的意愿。"

威尔看到岛田欲从椅子上站起来，但有人拉住了他。乔西写个纸条给清濑，建议召集全体被告律师开个紧急会议。

此时，东乡固执地继续着他的证词，"永野也提出某种威胁，他说要是我泄露出去，就视我为小人。他后来对我讲，'即使我当时讲过这类话，你身为外相也用不着听命于我呀'。在巢鸭监狱，永野大将死前10天左右，他对我说突袭珍珠港的罪责全由他负。"东乡稍事停顿，"在巢鸭监狱，除了这次谈话以外，还有其他几次，海军方面明确要求我不要讲出海军要进行突然袭击。"

"据你现在所讲，岛田大将和永野大将私下对你承认了他们要对美国不宣而战，而又打算在法庭上另说一套，我的理解对吗？大意如此，对吗？"

"这个嘛，我们交谈时未对在什么场合不让我说加以限定，也就是说，他们要我别说出去的场合，我认为也包括国际军事法庭。"

布兰农改换了话题。"当时作为外相，你可曾向参加联络会议的成员建议，送交宣战书一小时后再发动战争是符合国际法的？"

"我建议与会者按照国际惯例行事，但没有机会详细讨论像你刚才提出的一类问题。"

午饭过后，布兰农问东乡外相，他是否认为应在进攻开始前至少一小时通知美国人。"从法律上看，"他答复说，"提前一分钟通知就足矣。无论如何，从国际上的良好信誉和信守条约的精神来讲，我认为最好还是避免偷袭——避免突然袭击。提前一小时发出警告在时间上是足够的。永野大将起初另有考虑，但后来他同意在开战前送交宣战书。"永野建议，鉴于宣战书的重要性，应有人亲手交给国务卿赫尔。

"东乡先生，我问你，"布兰农质问道，"你说永野大将对国际法有如此精确的认识，而在此前数日却又表现得根本无视国际法，岂不是自相矛盾。你认为呢？"

"我认为根本不存在自相矛盾。送交宣战书给赫尔与国际法毫不相干，这只不过是谨慎行事罢了。永野大将主张突然袭击，是为了获取最大战果而采取的必要手段。因此我看不出有什么地方是自相矛盾的。"

乘车返回监狱途中，岛田扑向呆坐一旁的东乡。这位海军上将被强行拉开了，但一路之上骂不绝口。

东乡的口供令麦格林恩兴奋不已。次日，他全神贯注地研读着新获得的原始材料。想起木户因美国人对其日记大量误译而大发牢骚，教授小心翼翼地阅读东乡外相 1941 年 11 月发给驻华盛顿大使的电文，这份长长的电文包括对美国提出的两个和平方案：甲方案和乙方案。此电报曾被美国情报机关截获，破译后紧急送赫尔国务卿。

麦格林恩大为震惊，东乡给野村大使的特别指示的翻译中存在大量错误。

日文原文说：

> 国内外局势极端紧迫，我们经不起任何拖延。出于与美国保持和平关系的诚意，在经过周密考虑后，帝国政府继续与美国谈判。目前的谈判乃是我们的最后努力……

此项负责任的声明经美国翻译人员之手变成了不负责任的声明。麦格林恩气愤地划出最致命的错句：

> 帝国内外情况如此吃紧，**继续拖延已无可能**。但为了表示对维持日本帝国与美利坚合众国之间和平关系的诚意，我们经多方考虑，**决定在延续和谈问题上再赌一次**，但这是我们最后所做的努力……

译文然后说，除非这些方案能取得成功，否则两国关系将破裂。

……事实上，我们是以我国之命运作孤注一掷的赌博……

东乡发给驻华盛顿大使的实际措辞是：

……所以帝国的安危有赖于此……

赫尔看到的是：

……此次，我们已向他们表明我们友谊的限度：**此乃我们可能进行的最后一次讨价还价，希望我们能因此和平地与美国解决所有麻烦。**

而东乡给野村的实际指示是：

为使问题得到和平解决，现在我们本着完全友好的精神，作出最大让步，我们真诚希望，在进入谈判的最后阶段之际，美国能重新考虑这个问题，并以恰当的态度处理此危机，以维护日美之间的关系……

麦格林恩越往下看，越是震骇。美国历史学家们曾断言，此份事关重大的电报的译文与原文略有出入。略有！教授读罢面目全非的译文，不禁掩卷长叹。像赫尔这种人，早就抱有日本民族奸猾狡诈的成见，这些误译就成了日本人玩弄骗术的令人信服的证明。然而，麦格林恩承认，这不全是赫尔的错误，翻译们犯下一连串大错。麦格林恩不敢相信摆在面前的东西。美国翻译们误导赫尔怀疑日本人别有用心地避免对任何正式协定承担义务。为什么？这里面有什么阴谋？麦格林恩战前和战争期间在乱哄哄的华盛顿官场的长期经历告诉他，美国人很可能在翻译一种极其难懂和错综复杂的语言时表现低能，翻译们还可能曲意逢迎，为证实上司的定罪有理而肆意篡改。与其说是小喽啰做手脚，不如说是高层领导的人为错误。这一发现，使他如获至宝，恰如历史学家在举世瞩目的命题上大力发掘出闪闪发光的原始史料。将这些发现告诉乔西吗？略一思忖，还是罢了。首先，他必须信守对将联络会议和御前会议记录交给他的日本人的诺言。其次，在正式发表全部事实之前他还有大量的研究工作要做。

第 五 部

第十九章

1

东京，1947年12月

次日清晨麦格林恩前往威尔的寓所。儿子在审问东乡外相期间焦虑不安，他的父亲看在眼里，急在心上。显然，随着审判的进程，威尔越来越困惑。此时他应多了解些事实，尤其在为东条将军开始辩护之前。

威尔见来人是他父亲，不胜惊奇，"出什么事了，爸爸？"

"我想在你去市谷之前澄清一些事情。"他重重地坐下。"几个月来我一直竭力解除你的疑惑，恐怕只会使你更加混乱。有些事你该知道了。"他向威尔讲述了布拉顿揭露的事情。

出自律师特有的谨慎，威尔对此惊人的遭遇半信半疑，"你真的相信它？"

"是的，但你不能在法庭上运用。我向布拉顿保证过，在我加以核实之前束之高阁。"

"听起来很牵强。"

"让你知道是为了让你加强自我保护。"他递过厚厚一叠文稿，"料到你会产生怀疑，所以我把我那本新书中摘录的一些片断带来了。"

"有空再看吧，"威尔开始穿上外套，"我得赶去市谷了。"

"答应我一件事，儿子。"

"什么事？"

"务必在东条将军出庭之前看完它。"

"我会的，我会的。"他将文稿丢在桌上，朝大门走去。

2

圣诞之夜，乔西和同事们正抓紧最后的时间为东条作辩护准备，估计次日上午东乡的自我辩护将告结束。《纽约时报》披露说，裕仁天皇近日显得极为关注，惟恐东条作证时引出天皇的战争责任问题。尽管木户作证为天皇开脱，但西方世界要求天皇退位的呼声日益高涨，因为天皇陛下显然对导致珍珠港事件的每个步骤都一清二楚。

《纽约时报》记者报道说，比诸木户，东条应更能揭露裕仁实际起的作用。此外，在世人心目中东条是头号战犯，日本的希特勒。出于这个原因，宫廷密探已不露声色地调查了东条眼下对天皇的看法，他们根据掌握的情况推断，天皇尽可放心。"东条将军"，时报记者写道，"仍旧笃信天皇是神，尽管裕仁本人 1946 年在电台发表新年致辞时否认自己是现御神。在巢鸭监狱，每当提到天皇的名字，东条立刻就挺直皮包骨头的躯体"。

乔西深信，东条会豁出老命保护天皇。他的长篇宣誓证词经其辩护律师 4 次改写，每次都是依据东条过去 344 天出庭所记下的笔记修正的。每当提及东条的名字——据乔西估算约 1200 次之多——乔西便写张便条交给他的律师们，告诉他们如何对证人进行盘诘。这些便条，加之从前的日记和工作笔记，经资深日本律师清濑译成英文，再由布卢伊特对英译本进行订正。乔西写信告诉父亲，这是日本四年政治内幕的翔实记录，迄自 1940 年 7 月东条当上内阁大臣，直至 1944 年 7 月其内阁垮台，记叙了日本转变为军国主义的全过程。来日，老资格的美国律师布卢伊特将宣读这份 6.4 万多字的文件。

威尔辗转反侧，难以成眠。对东乡的质问引起了他对珍珠港事件的怀疑，而他父亲私下透露的布拉顿上校和萨德勒上校的遭遇进一步加深了其疑虑，他父亲新书的摘抄更使他动摇了。给威尔印象最深的是父亲在导致珍珠港事件的外交谈判问题上不偏不倚的态度。赫尔坚持立即给中国以自由，逼迫东条政府背水一战，而这一战军国主义者也希望避免——这一战就连日本人也是仓促上阵。美国外交官 1941 年所犯的错误，与眼下市谷审判中检控方所犯的错误如出一辙，将日本等同于纳粹德国，因而动员他们的国家卷入两场性质不同的战争，一是在欧洲对抗希特勒，一是在远东，何其不幸，与之相关的是所有亚洲人都渴望挣脱白种人的桎梏。

威尔起先拒不接受父亲的观点，但越想越觉得父亲说得有道理。他断言，日本军国主义者陷于中世纪制度而不能自拔，他们发动战争的目的是为日本争夺强权，而不是为了他们自己。他不得不承认这些新发现是客观的。

那晚乔西也睡不着，尽管为东条准备的辩护词是响当当的，凡是可利用的材料都用上了。最后一次会见东条时，后者急于出庭。东条知道命中注定要被判处绞刑，但他要说明自己的经历，为此辩护律师团编纂了318页的宣誓证词。他告诉乔西，他的使命是承担发动战争的主要罪责，首要的是保护天皇。

无论今后几天发生什么，都必将载入史册，乔西渴望成为其中一部分，哪怕做个无声无息的参与者。父亲最近来信中告诫她，切勿为法律体系的缺陷气馁。"在尚变的浊世中法律乃是犹豫不定之守旧分子的最后避难所。"到目前为止，辩方士气高昂，不幸的是被告们四分五裂，各持一端，削弱了集体辩护的力量。例如，东乡作证期间产生的积怨，势必影响对东条将军的辩护。所有为东条工作的律师都确信他曾尽其全力阻止战争，但苦于找不到真凭实据。乔西争辩说，面临的任务是艰巨的，这项任务应留给东条本人，他是个斗士。

次日清晨，东条听到吟诵伽南经和莲花宝箓的声音。他平静如常。放风时有人问他为何面带微笑，他开玩笑地说："在劫难逃嘛！"

当天上午，东条离开牢房时，一个在横滨受审的军人高喊："要挺住！"东条转过身微微一笑，然后信步走去，仿佛在主持一次会议。

军部外万头攒动，挤满黑压压的人群。囚车到达时，麦格林恩与真理子站在楼台上。这是自开庭审判以来最大的一次倾城出动，因为人人都企盼这一天到来。

法庭内，甚至日常准备活动也显得不同寻常。怀抱文件的书记员，调试音响的工人，一举一动都显得自己挺了不起。犯人们终于到了，法官们在台上坐定，出于礼貌，法庭上下鸦雀无声，人们始终耐心地聆听控方历数东条的罪状。

宣读完毕。对当事人已变得极为关切并产生了敬重之心的乔治·弗朗西斯·布卢伊特开言道："庭长先生，我们现在准备开始对前首相东条英机一案进行辩护。如果法庭允许，下面请被告的日本律师清濑博士宣读一份简短的陈述。"

清濑说他将概要说明被告的陈述，简短算不上，但听众即使不胜其烦却依然保持肃静。东条一会儿望着天花板，一会儿瞥两眼法庭上的大钟。清濑用了两个多小时才讲完。威尔看到东条脸上绽出了笑容。通常他到法庭来穿的是褪了色的军装，今日穿的是一套崭新的绿色制服，威尔很纳闷，他从哪儿搞到的？他用力擤擤鼻子，站立起来，在一名宪兵陪同下朝着被告席跨出 20 步。记者的照相机咔咔作响，新闻摄影机摇向全场。他宣誓时，细心地摘下眼镜，在 318 页宣誓证词上盖上自己的图章，以证明这确实是他的文件。摁过手印，问到姓名和鉴定文件时，他铿锵有力地回答："是的。"见他右手中指扎着一根线绳，乔西不禁奇怪，是不是怕遗忘什么。东条看到她，微微一笑，然后平静地走进证人席坐下。他双手合抱胸前，听着布卢伊特宣读证词，证词首先声明盟国迫使日本不得已打响战争第一枪，日本为了"民族存亡"而"奋起自卫"。东条开脱了天皇的一切罪责，自愿承担起发动战争的全部责任，同时否认蓄意偷袭珍珠港。他为警告电报被送迟感到遗憾，这份电报本应在第一颗炸弹落下前至少一小时交到国务卿赫尔手中。证词最后说，打败了这场战争，才是他惟一的罪行。

宣读期间，东条静静地坐着，头戴耳机，认真倾听。玛吉注意到他时而喝口水，时而盯着 11 位法官身后悬挂的国旗。她未看出任何紧张的迹象，他甚至偶尔还将目光瞥向其他被告，其中有些人在巢鸭监狱指责他挑起战争。有几次，她见他仰望着天花板，仿佛在养精蓄锐，等待起身为自己辩护。

时间一到，法庭宣布休庭，下周一重新开庭。宣读证词只好中断。尽管如此，当旁听席上的日本人鱼贯而出时，麦格林恩惊奇地听到他们激动地议论纷纷。他们所辱骂的人正勇气十足地说话。人们对其能在国际法庭上像男子汉那样挺立而表示敬意。

"你认为日本报纸会说些什么？"麦格林恩问真理子。出乎其意料，真理子说："还不是老一套。"他反对说，眼前这些人昨天还不是对东条极力加以丑化。她热情地抓紧他的手臂："在大多数问题上，你对我们太了解了！"

星期一上午，布卢伊特走上台继续宣读证词。这时麦格林恩认出了坐在第二排的东条夫人，她身穿一套黑色丝绸和服。证人席上的东条注意到了她，回首相望，她悲切切啜泣起来。她低下头，掏出手帕遮住脸。乔西发现其当事人仰视着旁听席，面无表情，然后转过身面对着法官们，布卢伊特继续念着。

真理子用肘轻推麦格林恩："他女儿。"她小声说，努努下巴示意在对侧的旁听席上。那是东条的四女儿，16岁的君慧，她穿着一件橙色西式连衣裙。麦格林恩在远处也看得出她两眼都哭红了。他想，她和母亲有意识地分开坐，是为了避免引人注目。她父亲若无其事倚靠在椅背上，而父亲的结发妻子肩头抖动，脸半掩在手帕里。

送真理子回家途中，麦格林恩说起前天深夜女儿打来电话。据日本新闻界报道，一些日本青年和军人赞同东条的观点，突袭珍珠港是出于自卫，对此盟军最高统帅部大为恼火。

据玛吉讲，一些带有倾向性的社论和编辑文章被新闻审查机关扣压了，但麦克阿瑟本人倒不在乎，他说，"我们怎能指望日本人反对日本人呢？"

次日，12月30日，布卢伊特终于把证词读完了，人们期望已久的对东条的审讯就要开始了。今天，麦格林恩和女儿同坐在记者席上，他要看着各国记者们对接下来高度戏剧性的场面作何反应。

得知此前反复盘诘过东条的约翰·费希利临阵不能出马了，麦格林恩大吃一惊，尽管费希利自1946年起就开始准备着此时此刻对东条的审讯。与上次审讯木户一样，约瑟夫·基南突然决定由他先打头阵。"这个傻瓜一心想当这场戏的明星，"玛吉说，"瞧他在那边摩拳擦掌的样子。"

但是，在基南登上舞台中心之前，为其他被告辩护的律师们抢先对东条提出了严厉的质问。"你可知道何时何地木户侯爵的言行有悖于天皇的和平意愿？"木户的律师问道。

"据本人所知，"东条说，"无论何时何地从未发生过诸如此类的事。

而且，我附带说一句，没有哪个日本人胆敢违抗天皇的旨意，何况日本政府或宫廷大臣。”

这一回答使基南不啻当头挨了一棒，他在一张纸上乱写乱画。韦布幸灾乐祸地向他递眼色，“喂，知道此话的含义吧！”基南脸色苍白，威尔递给他一杯水。“这个该死的蠢货。”基南嘟哝着，东条无意间将武器送到韦布一伙手中，他们正巴不得把天皇扯到法庭上来。幸好，辩方律师的其他问题又延续了半小时，待韦布要求首席检察官出庭盘问时，他已镇静下来。

他大模大样走上前，请求法庭准允费希利接替他，如果审讯持续的时间太长的话。但是韦布拒不接受一人以上的控方律师盘问。“本庭大多数都表示否决，首席检察官先生。你不会被费希利先生接替的。”玛吉悄声对父亲说：“我敢打赌他不会把事情全部交给费希利。”

基南傲然地说：“当然，我愿意进行盘问，且在这种特定情况下由我本人完成全部盘问。”玛吉捅捅父亲的腰眼儿。

面对韦布的基南转过身来，故意不理睬东条。接着，猛然转身，两眼紧紧瞪着这位将军。东条——这一天是他 64 岁生日——泰然自若地回视着。见他好像挺开心的样子，乔西心说，这第一个回合是她的当事人赢了。威尔心中暗自祈求基南收起对付芝加哥黑帮的那套玩意儿。

基南鄙夷不屑地盯着东条：“被告东条，当然啰，我不会称你为将军，你知道日本军队已不复存在了。”

麦格林恩感到，此番旨在贬低东条身份的话，突然引起大庭广众对他的同情。将军正襟危坐，抬起下巴，目光坚定。麦格林恩身边的美国记者低声骂道：“傲慢的狗崽子！”但是东条的姿态给教授以及旁听席上的日本人留下了深刻印象。

“我问你，”基南冷冰冰倨傲地说，“你这份宣誓证词——或称之为口供，或称之为辩状，随便叫它什么吧——不管你本人从证人席上递交的，或通过你的律师过去三四天在台上宣读的，目的不外乎是想要说服法庭相信你是无辜的，或是想要继续对日本人民进行帝国主义和军国主义的蛊惑宣传。”

基南自以为打出了漂亮的一击，但事实上证明他犯了战术上的错误，无意间唤起对证人的同情，甚至包括一些西方人。他进而指责该证词从整休上看是对法庭智力的侮辱。

韦布加以制止。"迄今为止，我未听到哪个法庭成员说过证人的目的在于侮辱本庭。"

基南对其斥责置若罔闻，在所剩不多的时间里继续对证人假以辞色，一次是敦促他说话要直截了当，不要长篇大论，再就是三番五次倨傲地蔑称他"被告东条"。

3

本周法庭重新开庭后审讯继续进行，基南话说到半截，冷不丁问东条："你曾告诉我们，天皇在许多场合以热爱和平、反对战争自诩，对吗？"

东条不慌不忙地答道："战争是由我的内阁决定的。"

"开战是否秉承的裕仁天皇的旨意？"

"开战也许有悖于他的本意，事实上那是我的决策，也是大本营的决策，天皇只好违心地同意。"口译员对翻译略作纠正之后，东条继续说："无论在宣战的那一刻，还是在战争期间，天皇热爱和平和渴望和平之心始终不渝。"

威尔注意到东条得意地瞟了韦布一眼。即使韦布察觉到了，也权作不见。

旁听席众人依次退场时，麦格林恩听到两个上年纪的日本人激动地评论着东条关于天皇的那段话。"就像一出歌舞伎！"其中一人说，"武士誓死捍卫主人哟！"

一位青年妇女，其夫死于中国战场，同样热情洋溢，"他还是Boku－no－Tojo（我的东条）！"她借用战争初期一支流行歌曲的名称来赞誉。

陪同她的是一位中年男子，在麦格林恩看来像个公职人员，他表示赞同："我们必须承认他于战争期间铸成大错，但我切实相信他是个诚实的人。面对洋人直陈胸臆而无所畏惧，不愧是Boku－no－Tojo！"两名学生在争论。一个批评东条挑起战争。他的同伴说："你说当兵究竟是为了什么？将军哪有不打仗的道理。"

美国国内关于审判的报道勾画出的东条的形象是气焰嚣张，不可一世，含糊其辞，没精打采。"疯狂地指手画脚"，"挑衅的咆哮"，"一副获胜武士的冷峻面孔"。麦格林恩承认上述描写基本上是准确的，问题出在法庭同声翻译上。在精通两国语言的人看来，对话显然出现过多的中断。翻译基南提出的问题，东条就得考虑如何作答，显露出迟疑，给人以"含糊其辞"的印象。对于在困难条件下舌战的东条和基南，教授都抱以同情。

盘问的第三天，首席检察官显得筋疲力尽，而他的对手越发精神抖擞。旁听席上的美国人大都对东条恼怒不堪，麦格林恩屡屡听到"蛮横无理"这个字眼儿。

"你，东条，蓄意对美国开战，除非美国停止对中国提供援助，是这样吗？"措辞像是提问，实则是指责。

东条微微一笑，平心静气地说："我做梦也没这么想过。"他的话译过来之后带有傲慢的色彩。乔西心里明白，他之所以微笑，是因为问题所指的是 1940 年夏季，东条第一次就任陆相之时。

其后，东条承认 1941 年 11 月东乡外相向美国提出和谈方案 A 和方案 B，其中要求美国放弃对华援助。"东乡此举是依照你的指示还是违抗你的指示？"

"它绝非违抗我的指示。"

"你要对此负责喽。"

"当然。"东条嗔视着基南，仿佛他是个低能白痴。一周来东条已经承担了挑起战争的全部罪责。乔西根据他的面部表情判断，他不理解首席检察官为啥总在原地兜圈子。

威尔心里很清楚，基南近乎计穷了。他应该被费希利替换下来，但已遭韦布否决。此刻，心灰意冷的费希利已经打道回国了。满头大汗的基南递给东条那份出名的回复日本最后方案的赫尔照会副本，它比 5 个月前的美国方案更为苛刻，日本人认为因此受到侮辱。"你熟悉这个吗？"基南问。

东条谨慎地翻阅了这份文件，然后动情地说："只要一息尚存，我永志不忘。"他解释说，全体内阁均被它那强人所难的条件搞懵了。

见到东条脸上痛苦的表情，威尔心里悚然一惊，其中既包含着对战争的恐惧，也包含着举国投降的恐惧。赫尔的照会等于是最后通牒，是美国人急躁和愤怒的产物。

接着基南抓住东条证词中赫尔将照会甩到他们脸上的说法大做文章。"国务卿赫尔向野村和来栖递交这份文件时，是否采取了有失礼仪的方式？是还是不是？"

"从外交礼仪上讲，是。"

"就是说……"

"就其内容而言，绝非通情达理的君子风度。"东条难过地说。

"这个暂且不谈，"基南气势汹汹地说，"事实上，交给你方大使之时，他们在美国正受到最优待的礼遇，享有几乎可以随意约见美国国务卿甚至美国总统的特权。你承认吗？"

"此乃事实，但与这份文件的内容不相干。"

威尔不仅倒抽一口冷气。一语切中要害，基南似乎不知所措。"我想你知道，"他仿佛是在辩驳，"美国总统是共和国至高无上的最高权威。"

乔西再次见到东条脸上掠过一丝讥笑，"我知道，就像我知道日本天皇是日本至高无上的最高权威。"

旁听席上一个日本人"扑哧"一声笑出来，他的朋友立即制止住他。

"这个嘛，有所不同。美国人民每隔4年通过直接选举选出自己的总统。在日本则不然，或者说在我们现在所谈论的年代里不是这样。迥然不同吧？"

韦布今天格外有耐心，但至此再也按捺不住，"借此能说明什么呢，首席检察官？"

钻进牛角尖的基南未能趁此罢手，反而一意孤行，"借此说明，庭长先生，"他反唇相讥，"我打算向证人表明，与其打交道的权威负有直接责任，而美国代表则在与责任不明的人打交道。"

韦布顿时和基南一样面红耳赤，"然而，不管怎么说，这都是你个人的看法。"说罢，他相信足以制止他继续饶舌了。

"但是，庭长先生，"基南不依不饶，"如果说在此次历史性审判中利用几分钟时间让这里的人们了解美国政府总统的权威也算是冒犯法庭的话，我就不再坚持了。我将立即到法庭之外接受进一步的指示。"

韦布向前探出身高声大喝："悉听尊便，立即找别人去吧！"

据乔西身旁的《生活》杂志记者讲，基南一边轻蔑地冷笑，一边说："我相信法庭的意思是想让我自己走出去，而不是下达驱逐令。"

"你是自作自受。"韦布厉声说。他已经受够了，"我们不要再听到任何类似的问题。"

基南开始严厉斥责东条所说的赫尔照会只字不提美英在军事、经济和政治上对日本施加的巨大压力。"此刻，我没有兴趣，"他大喊大叫，"对你蛮横无理地谈论美利坚合众国的代表加以评论。"

乔西担心东条会因"蛮横无理"这个词而恼怒。但自从站在证人席上，他4天来从未冲动过。漫长的审讯期间，他随时随地一丝不苟地做笔记，对各类突如其来的问题早有充分准备。因此他有问必答，且没有像基南那样让怒火冲昏头脑。他甚至时而表现出幽默，不仅感染了其本国人，也感染了西方人。一次，基南逼着东条承认在占领状态下日本现时公共机构远比过去有效率。"盟国把我关在巢鸭监狱近两年了，"他和颜悦色地说，"我可没有资格发表评论。"就连韦布也为之粲然。

基南的劲头日见减弱，而东条反倒元气十足，思维异常敏捷。当基南问道："你是否同意战争是反人民的罪行？"他应声答道："我不同意战争即是罪行。我同意战争对人民有不幸的影响，无论对战胜国还是战败国。"

基南连番受挫，只能鼓舞东条进行更为尖锐的反驳。他给一些质问贴上"是非颠倒"、"无稽之谈"的标签。甚至使用语意隐晦的俚语，诸如："奈何"、"没说的"、"你一窍不通"、"满拧"。有一次，当说明要想看懂军事报告就必须熟谙战场心理学时，他稍事停顿，不屑地加上一句，"我可不想向你解释心理学，基南先生"。

东条在法庭占上风，惹恼了一些日本人。"我受不了他那副神气活现的样子，仰靠在椅子里，右手放在桌面上。"一位年老的日本人对麦格林恩说，"让我想起他昔日在内阁发号施令的德性。"

但是，一些美国人，如《新闻周刊》的记者意识到，在日本，东条的行情正戏剧性地看涨。另一西方观察家称将军已从"白痴东条"发展成为"教师东条"。起初，他因其拙劣的自杀表演遭到辱骂和奚落，但到头来他赢得了同情和尊敬，成为"一个反民主的殉难者"。

　　基南的苦差终于要熬到头了，他提出最后一个问题。东条坐得笔直，右手放在桌面上，挺起胸膛。"我觉得，"他声音嘹亮地说，"我没有错。我觉得我的所作所为是正当的，合法的。"

　　"因此，假若法庭判决你无罪释放，"基南说，"你会肆无忌惮地网罗志同道合者，不论他们是谁，然后卷土重来。这就是你的立场吗？"

　　东条正考虑如何答复，布卢伊特提出反对，威廉·韦布先生表示支持反对。

　　"那我就没有问题了。"疲惫不堪的首席检察官说。

4

　　威尔听罢东条最后一句话："我觉得我的所作所为是正当的，合法的。"仿佛醍醐灌顶，一切疑问都得到了解答，尽管辩方在法庭上没有大获全胜。先是震惊，随之而来的是解脱感。他感到精神格外爽朗，好似走出迷雾，重见天日。阳光耀眼，但头脑清醒；

　　当晚，他告诉了乔西自己的感受。她不以为奇，因为她始终相信，威尔不会永远让先入之见蒙蔽自己而无法得出最后的结论。

　　次日上午，基南召集部属发表了一通鼓舞士气的讲话，强调了对证据进行概括总结的重要性，对即将开始的艰苦的最后法庭争辩要有针对性地进行准备。工作早就做了，几乎一切都写在纸上，所需的只是对辩方已驳倒的部分加以调整。绝大多数公诉律师仍痴心不改，全力以赴地投入工作。但一位中年律师私下对威尔说，听了辩方的话以后，产生了一些疑问。"假如他们，而不是我们，拥有原子弹，又将如何呢？假如他们将炸弹空投在旧金山和纽约，又将如何呢？我们定会搬出成吨的宣誓证词和目击材料。我们定会称之为人类最凶残的暴行。我敢打赌我们定会把天皇押上审判台。当布莱克尼在审讯之初讲这番话时，我还认为他不过是危言耸听罢了。以后我访问了长崎和广岛，与一些幸存者进行了交谈。再不能说这是战争中的一个枝节问题了，威尔。"

　　威尔未吭一声。"我们已经证明，使用原子弹是正当的。"中年律师接着说，"我们又怎么能理直气壮地指控日本人进行战争呢？"

　　同组的另一名律师也加入进来，他也有所保留。"我看不出，凭什么把东条等同于希特勒。我认为辩方可以声明本案属于协同犯罪。设想希特勒站到纽伦堡法庭上，他能讲出东条那番话吗？这当然是荒谬可笑的想法。不过，东条的话确有些道理，甚至在我看来。噢，他妈的，还是赶紧干活吧，把这些破玩意儿拼凑起来，也好早日回家。"

至于基南，他已心力交瘁，只好将盘问最后一名证人，梅津大将，交给令人生畏的科明斯—卡尔去完成。他本人则躲到东京南面64英里以外热海附近的豪华别墅恢复元气，当上两位前首相的座上宾。

在巢鸭监狱放风期间，木户发现东条很想找人说说心里话。"我的身体状况良好，只是精神有些疲劳，因为我在台上非得始终保持头脑清醒。"他说，他已经解脱了，事情都过去了。"审判战犯对未来战争中的人类行为固然有警戒作用，但我怀疑审判能制止战争本身。"头顶上可听到两架美军喷气式战斗机进行军事演习的狂怒吼声。"瞧，"他说，"他们正为第三次世界大战加紧军事训练。你知道杰克逊检察官在纽伦堡审判前说的一段话吧？'只有在美苏永不开战的前提下，此次审判才有意义。否则，审判将毫无意义。'"东条再次指着天空："美苏这两个战时同盟国，现在正准备扑向对方。"他目光炯炯，神采奕奕。"他是不是想告诉我，当上面是一片战争喧嚣之时，而在市谷对我判处绞刑加以严惩，就代表了正义？何等虚伪可鄙的审判啊！"

5

1948年2月11日上午，基南开始宣读公诉方对证据的概括总结，具有讽刺意味的是，这一天原是日本庆祝公元前660年建国的国庆节（麦克阿瑟已颁布禁令予以取缔）。"借用古典法系的一句话，"他开言道，"我们已接近'关闭大门'了。两年来我们一直致力于准备和呈交本案的有关证据。现在所剩下的就是概括总结和法庭裁决了。对于任何犯罪审判，这次审理工作可谓旷日持久，但因此审判的理由更加充分，凭据更加翔实。"

"在此地审理的案件与我们在本国审理的刑事案件有着本质的不同。在此地我们审理的是涉及长达14年之久的对世界事务有重大影响的历史事件。"接下来，他把被告比作穷兵黩武，胡作非为的亡命之徒。"他们根本不把人类的尊严当回事，在邻邦令人作呕地屠杀数百万友邻，在国内极其残暴地统治和驯服本国人民。为了达到自己的目的，他们不择手段地推行奴役政策——宣传迷信或诉诸武力，或二者兼而用之。"他称东条是"那些惨无人道的军国主义者的领袖"。他还说，令人惊讶的是，像他这样穷凶极恶的人"竟然厚颜无耻地争辩说，日本的的确确在争取和平"。鉴于他们所犯的罪行，他要求"给予已知法律中最为严厉的处罚"。

同乔西和父亲一起吃晚饭时，威尔讲出了自己进退两难的窘境。他现在确信东条曾竭尽全力阻止战争，而且没有任何证据证明他犯有暴行。为此，他决心立即退出本案。

乔西一惊，"你怎么能这样。"她父亲对威尔如此厚爱，怎么忍心令他大失所望呢？

教授按住他的肩膀。"威尔，"他心平气和地说，"我们都知道此次审判有欠公允。但这是战后能如此迅速地开设的最好的法庭。纳粹元凶已被处决，现在美国人民希望绞死东条及其亲信。"威尔欲行争辩。"我知道这不公平，但这对日本有好处。"

"你怎能如此玩世不恭呢？"

"你想过没有，你退出本案，最终结果又有什么不同？你认为借助报刊把你或所知的一切公之于世就对东条有利吗？只会引出丑闻的。况且，最不愿见到这一局面的恰是东条本人。他深知自己必死无疑，他如今是美国人所憎恨之日本的象征，在国内也是千夫所指的众矢之的。让他按自己的方式去死吧，像个男子汉大丈夫。"

威尔低下了头。

"你为何不到基南那里讨教呢？"他父亲问。

乔西先是以为教授在说反话，进而一想确有道理。"你有机会考虑做何抉择。"

威尔不情愿，但乔西极力撺掇他一早去见基南。"我听到谣传，他想回俄亥俄州的老家去竞选国会议员。"

威尔发现首席检察官正在打点行装。威尔问他是否真的要竞选国会议员，他心情开朗地说："为什么不呢？难道你不知道律师可成为出类拔萃的政治家？你是来道别还是另有心事？"他们坐下来，威尔支支吾吾地解释说，诉讼本案的某些方面使他产生了幻灭感。"我就知道你为木户的事不安。我理解你的心情，我本人也在为重光葵担心。"

"不只是木户。我甚至对东条案也有怀疑。"

基南一怔："见鬼，你在说什么！"

威尔解释了各种细节，基南眉头紧蹙，一声不吭地听着。威尔说罢，出现一阵静寂。最后基南说道："比我想象的要严重得多，孩子。"他倾身拍拍威尔的膝头。"这类事情绝非仅有。每个律师早晚总会有那么几次对自己的案子产生怀疑，但撒手不管绝不是明智的办法。调整修正常常在所难免。你知道……重要的是守口如瓶。你没有告诉别人吧？"

威尔承认他已对父亲和乔西讲过，并补充说是他们二人建议他来求教。

"看在上帝的份儿上，千万别对玛吉说一个字。我们几个知道就行了。"他计划次日回国，而让其他检察官顶替他。辩方总结发言和控方总结发言都属于按部就班的事。威尔所要做的只是按时出庭，冷眼旁观，对新闻界不置一词。"只要你答应一件事，麦格林恩，闭紧嘴巴，开动脑筋。"他把威尔送到门旁，友好地拍拍他的后背。"好好睡一觉。你脸色很难看。"

公诉方的论据大多是西园寺公爵回忆录的摘录。西园寺公爵是日本德高望重的老政治家。其回忆录详细记述了日本自1930年至公爵逝世的1940年间的政治历史。它似乎确证了控方的种种指控，但麦格林恩很了解这位老谋深算的元老（对明治维新的遗老的尊称）。他告诉乔西，许多引述是断章取义的。就这样，3月2日控方在失去基南之助的情况下结束了最终陈述。

紧接着，辩方开始他们的结束性发言，清濑及其助手代表全体当事人准备了253页的发言稿。乔西终于有机会在法庭露面了。当她走上前去时，旁听席上出现一阵骚动。许多日本人难以置信，一个女子怎么可能被赋予如此重任。

"请法庭允许，"一位辩护律师开言道，"我现在有幸向法庭推荐我的同事斯诺小姐，她是一位来自美国马萨诸塞州的经验丰富的女律师。到目前为止，她尚未在法庭露面。她将继续对东条将军——请你们原谅，"他对原告席深鞠一躬。"对东条**先生**的辩护进行总结。"

"请吧，斯诺小姐。"庭长和蔼可亲地说。

"请法庭恕我直言。"她开言道。她占据法庭中心几乎一个小时。威尔探出身子贪婪地倾听着每一个字。他心想，她多有风度啊。言语中肯，没有一个字是多余的。动作自如，酣畅淋漓，标准的老牌律师。

韦布面带微笑地说："你的陈述言简意赅，斯诺小姐。"

"谢谢。"乔西两腿打颤，大有体力不支之感，但竭力表现出冷静和自信。她以往在法庭上可从没紧张过，希望没人注意到她狼狈的样子。

直到4月中旬，辩方才结束了最后陈述。紧接着，控方发表了简短但雄辩的最后致词。控方反驳说，所有被审讯的人，不是自动机械装置，也不是命运的玩偶，而是帝国的精英。"站在纽伦堡审判台上的权势集团的部分人物是流氓无赖，是在犯罪环境中熏陶出来专事犯罪的社会渣滓，除了犯罪以外一无所长。但这里这些被告则不同。这些人被公认为国家精英，忠诚，值得信赖，人们放心地将国家命运托付于他们。"

旁听席上的日本人目瞪口呆，他们的领袖不久前还被基南称之为胡作非为的亡命之徒，现在却用这些字眼儿形容他们。

"这些人明辨是非善恶。"他们选择了邪恶。"经过深思熟虑，他们自愿选择了战争之路。在异国他乡，皇军足迹所到之处，数百万人生灵涂炭，家破人亡，怨声载道。"正因为这种选择，他们今天站在法庭上听候判决。"他们选择了侵略和战争，他们作出选择是自主地，自愿地。对此选择他们必须承担罪责。"

4月16日，全部发言总算结束了，自开庭到现在几乎整整两年的时间。当旁听者缓慢地若有所思地退出楼厅时，麦格林恩产生了一种解脱感。现在就看法官们如何裁定了，不过毫无疑问，所有被告将判处绞刑或长期监禁。但是，这次审判能首开先例，对国家犯罪问题作出回答吗？

长期的创痛总算结束了，麦格林恩虽说是旁观者也感到如释重负。可以想象那些局内人——被告、法官、控辩双方律师——都一定会有同感。总的说来，存在不少缺憾，但多数行为引起对民主概念的强烈反响。

除了少数戏剧性场面，大多是单调乏味的日子。麦格林恩认为，虚构历史事件和历史人物并不足取。任何剧作家都不可能创造出比韦布和基南更具戏剧效果的角色。这位澳大利亚人好争辩，脾气火暴，武断专横，但绝不傲慢自大。他屡屡为自己的行为道歉，但老毛病屡屡重犯。基南夸夸其谈，是个酒精的受害者，既有其璀璨的一面，也有瑕疵的一面。然而，他经常表现出仁慈和宽容。

被告登上汽车时天在下雨。返回巢鸭监狱途中，几乎没有人说话。进入大门后汽车驶到另一座楼房的入口处。众战犯交头接耳议论纷纷。美国宪兵押送他们到一个房间里，在那里他们奉命脱光衣服，弯下身接受肛门检查。被驱赶着接受 X 光检查之后，再由牙医进行口腔检查。查明确无毒药和可自杀的工具后，他们换上背后印有"P"字母的囚衣。那是被判有罪的乙级和丙级战犯日常所穿的衣服。

他们被领到 1 号区。一层都空着，但他们被带到二层楼上关进单人牢房。这座水泥建筑久未启用，到处是尘土，还冷冰冰的。不过，他们受到一项优待——一顿西式晚餐，有肉，有水果，在一名美国军官监督下由厨房专门做的。从此时开始直到判决那一天，他们和美国看守吃同样的伙食。一个囚犯喊着问东条："是个好兆头，不是吗？"

"不是。"他回答说，但他没多说。这定是美国人担心日本厨师可能设法悄悄在食物中下毒。多荒唐，他心想。除了懦夫谁会逃避自己的命运？他不甘就此了断。不。他需要利用刑前的每一昼夜养精蓄锐，好迎接最后的时刻。他仍坚持认为他根本没有错，但他希望反省自己的所作所为，以便清白地面对死神。他写下一首诗：

> 或生或死，
> 或成或败，
> 冥冥之中，
> 天命自在。

法庭宣判之前还有几个月时间。

第二十章

1

华盛顿特区， 1948 年 3 月 3 日

与此同时，杜鲁门总统确信冷战即将达到一个高潮。"我们在中国、朝鲜以及其他地方达成了协议，而俄国却什么协议也不遵守。"他在给女儿的信中这样写道。"因此我们目前面临的形势同 1938—1939 年间英国和法国所面临的与希特勒的形势毫无二致。"一切极权主义国家都大同小异。"形势堪忧。我们放弃了控制权，放弃了我们最强大的武器而让世界来控制，美国的裁军进行得很彻底。可是苏联却不善罢甘休。他们在朝鲜、中国、波斯和近东地区制造麻烦。我将不得不作出决定，我就要下决心了……或许我们将不能不为之战斗。"他表示希望自己选择的道路将最终导致和平。"我怀着对俄罗斯最亲切的感情去波茨坦——仅一年半的时间，他们的所作所为埋葬了我的这份情感。最最爱您的，爸。"

几个月前，杜鲁门向国会提交了一份咨文，建议实施欧洲复兴计划，即马歇尔计划。杜鲁门指出，一旦该计划付诸实施，就能阻止俄国人利用西欧国家的经济困难而将其共产主义化的危险。就在他给爱女玛格丽特写了上述那封信三个星期后，苏联宣布将检查所有从他们的占领区进入东柏林的美国人员。这样，总统更觉得他的担心不无道理。不久就爆发了柏林封锁事件，驻扎在柏林的西方军队和东柏林居民由于只有一个月的粮食和燃料供应而陷入困境。

这样，杜鲁门和五角大楼都同意制订占领日本的新政策。华盛顿的大街小巷流传着要把从前的敌人改造成"民主的堡垒"和"远东的工

场"一类的小道消息。他们将把从前的敌人变成盟友。

华盛顿的决策者也意识到，他们把毛泽东和蒋介石联合到一起的计划是一场空，在中国内战中红军正一步步赢得战争。美军已无可奈何地撤离北平。国民党的一份自由派报纸《大公报》公开批评本党的无情的贪得无厌与腐败行为，并写下了这样的墓志铭："美国人怀着阻止中国内战的崇高理想来到中国，却失望地离去。这里，我们惟愿对美国朋友表示感谢，并憎恨我们自己的愚蠢。"

正如麦格林恩早就提醒过麦克阿瑟的那样，美援对蒋介石无甚帮助，因为美援给他贴上了一个标签，成为白人帝国主义势力的工具，西方国家的傀儡。这也就是为什么许多中国人并不同情共产主义，却感到中国的惟一希望在人民解放军。蒋手下的国民党部队变成纸老虎。麦格林恩刚刚得到来自延安的可靠情报，说毛已最后确信该是放弃游击战的时候了，将在两个省发动大兵团攻势战役。这位教授写了一份备忘录给麦克阿瑟，说蒋介石的末日就要到了。将军退回备忘录，在上面批上简短的一句评语："我很怀疑！"

2

华中，1948 年 4 月

到 4 月初形势已经相当紧张，户田明从国民党人那里得到消息说，他手下的日本工作队——该地区的最后一支日本文职分遣队——将在短短几天之内从扬子江畔的公司城新区顺江而下转移到上海。户田令属下暗中作好撤退准备，以免当地的不法之徒趁机袭击他们。大家都随身携带尽可能多的东西，他们忙着打包，开箱，扔掉笨重的不必要的东西，重新装箱。就在出发前的最后一刻，一对有个一岁儿子的夫妇决定忍痛留下他们所有珍贵的具有纪念意义的物品，只携带食物和孩子的尿布。那天晚上很晚才做好米饭，因为他们要趁黑出发。

凌晨二时，户田率领这支长长的队伍静静地向扬子江进发。扬子江此起彼伏的波涛声淹没了其他虫鸣狗吠之声，他们上船时没有遇到麻烦。船已装得满满的，水手们费了很大劲才为这批新船客打开一条通道。不一会儿，传来噼噼啪啪的枪声。土匪来了！船上的人莫不惊慌失色，船长大声说这只是卫兵在向想杀人越货者开枪时，大家方才平静下来。

夜空挂着一轮满月。这艘拥挤不堪的船在月光照耀下终于起锚，沿江而下。有人说，明月高悬可是好兆头。听到这话，一个老太太却说也可能是最坏的征兆。户田心中暗自祈愿，马上飘来一块巨大的乌云，遮盖住这轮会泄密的明月。枪声由远而近，越来越密越来越大，他们看见江岸上人影闪动。有人疼得哭叫不已。他挨了一颗枪子儿！就在这时，那块乌云接近月亮，渐渐地终于完全罩住了月亮。还听得见更多的枪声，还听见有人哭喊号啕。月儿隐去，四周黑暗，他们逃离了土匪的追击。

船行三天，正当他们驶近一座大城市时，船底裂开一条缝。船长跟户田很熟，他告诉户田得花好几个星期的时间才能修好船，建议他马上带着自己的一拨人弃船上岸，改乘火车。如果他们运气不错的话，可抢在别的乘客前面，想方设法搭乘上一列货车。此时已经暮色四合，这一大群日本人，由船上的一个大副带领，找到一列火车，火车上满载着被遣返者。大副身材魁梧，扯着嗓门儿大声吼叫，赶走那些想登上最尾部的四节无篷平台货车的中国人。户田一帮人七手八脚爬上列车，妇女和小孩儿坐在中间，男人则围在她们四周以备不虞。大家都千方百计挤进车里，最后上来的人只好坐在车边，而腿却悬在车外。

列车沿着那片荒凉而又遭强风横扫的土地咣当咣当地缓缓驶向上海，一路上旅途风尘仆仆而又危险密布。天冷得让人难受。每当火车停下时，当地的村民就蜂拥而上，团团围住火车，要钱要物，不然就用自制的梭镖猛刺日本人。经受过这样一次袭击之后，户田让最强壮的男人坐在车厢边沿以击退来袭的抢劫者。与此同时，他冲到火车头，送给火车司机一支自来水笔或一块表一类的小礼品，以加紧上水和上燃料。然而，他们最终还是安然抵达南京，几乎没有损失东西，基本上没人受伤。只有一人抱怨说火车最后一次停下来时他的鞋子让人拖走了。户田劝有富余鞋子的同伴借他一双，回日本后再还。

多亏户田坚韧不拔，也由于运气不错，他们一行最后总算安抵上海。户田一直热爱这座神奇的大都会城市。与其他中国城市不一样，上海有着可与芝加哥媲美的美丽轮廓，随处点缀的豪华壮丽的国际大都市的建筑使之更显幽雅。现代化的外滩，宽敞的主干道，真是东西竞芳，华洋并沉：汽车、黄包车、三轮车、吉普车、自行车，应有尽有，随处可见。

街上到处是成群的中国人，他们从华北经过艰辛的长途跋涉来到这里，衣衫褴褛，筋疲力尽。富裕的中国人还在抢购一切可以买到的东西，穷人却摆地摊卖鞋带、鸡蛋、铅笔、明信片一类的小玩意儿和美军剩余物资挣一口饭吃。店铺的货柜上摆满了战前的瑞士表、自来水笔、宝石、便宜货、皮制的公文包，还有保证让你吃了返老还童的丹药。只要是美金或中国银元，似乎什么都能买到，包括女店员和年轻的棒小伙，金钱就是上帝。不过，中国纸币却一文不值。

"制止上海的投机比制止一场战争还要难。"户田对身边的助手说，"你今天在外滩扔下一颗原子弹，一夜之间，明天就会钻出数以千计的幸存者向你兜售放射性钙粉，包你长生不老，青春永驻。"户田还注意到，外国人治外法权的结束把上海本身变成一座地道的中国城市。英帝国治下的和平终结了，中国的行车习惯从英式制度改为右行，这一点连美国人在日本也是办不到的。户田看到，白种人在华的统治完蛋了。任何顺乎民心的政府都不会屈服于外国列强，

户田一行在登上遣返船 V－90 号之前，住在简陋的帐篷里等候了几天。这是一艘"自由"船。大家随身带的东西不多，因为他们大多把能卖几个钱的东西都卖了买吃的。不过，户田还有两个小提箱，里面装着公司的文件档案。在其中一个箱子里，还藏着一百条细细的小金条。这是那些国民党人给他的，以酬谢他把当地工厂和矿山的珍贵图纸和技术资料原封不动地转交给他们。这些金条会使他和手下的伙计们在日本能另起炉灶，开创一番新事业。

户田深情地凝视着长江口，卷着泥沙的浊黄色的江水流进湛蓝洁净的海水里。他身边的人默然不语，他们心潮澎湃，胸中涌动着难以诉说的感情。V－90 号满载着 3000 名乘客，在惊涛骇浪中颠簸了 3 天，在 5 月份的第一天终于在博多停泊靠岸。他们等了好长时间才被允许上岸。当他们终于踏上故国这片热土时，户田跟同伴一样感到激动不安。美国宪兵一件一件仔细检查行李。户田的小箱子卡住了，后面排着长蛇阵等着。宪兵向他喷洒滴滴涕，然后把他领进一间不大的办公室。

"你从哪儿弄来的这些金条？"一名军官问。户田从头到尾解释一番，冷言正色的军官听完后冷冷地告诉他，这些金条必须没收。"请在这张没收单上签名。"他还被告知，此事将向东京的宪兵总部汇报，这

才放他归列。所有的人都每人发 1000 日元的新版钞票，然后被送到火车站。户田觉得心里窝火：他在自己的国家受到像外国人一样的对待！

又等了好长时间。一列破旧不堪的火车嘎嘎吱吱驶进车站。户田看到车门和车窗都破破烂烂的，心中涌起一阵酸楚。布满灰尘的椅套也划破了，车厢里到处是脏东西，垃圾成堆。恶心死啦！日本怎么啦？当列车驶过一个又一个车站时，随处可见的瓦砾堆向大家叙说着战败的故事。他觉得一阵昏眩，而他感到撕心裂肺的痛楚是到达广岛以后的事。月台上的扬声器大声广播："欢迎你们归来，勇敢的战士和被遣返的同胞们，欢迎你们！你们可能听到过有关我们这座城市的相互矛盾的消息。虽然修复工作才刚刚开始，我们将坚定不移地踏上复兴之路。"透过一扇脏兮兮的车窗，户田看见一片仿佛漫无尽头的烧焦得黑糊糊的碎砖破瓦的原野，其间孤零零地竖着一根烟囱，或几幢烟焦的石头建筑，看上去像巨像的墓碑。"我们希望你们回来后自力更生，重建家园。"

车厢里的人都惊悸不已。大家默默走出车站，莫不哑然失语。他们路过一列洁净的火车，车厢里舒服的座椅一尘不染。这是美国兵乘的车。可是看见这列军车，大家心里并不妒忌，更无愤恨的怨言。日军在中国也有过这样辉煌的日子。户田在心中自言自语："我们现在遭罪，也是咎由自取啊！"

列车每停一站，站长总要声嘶力竭地喊道，说这是一列预定了座位的车，已经超员超载，但南来北往的旅客仍旧背着大大小小笨重的包袱蜂拥而来，翻窗而入。车里空气恶浊，让人感到窒息。孩儿啼哭不已，烟雾腾腾，呼吸困难。人们身上的汗酸味和食品袋里的鱼腥味儿混合在一起，直呛鼻孔。

在一个车站，一个被遣返回来的老太太拒不打开窗户。车外的旅客尖声怪叫百般威胁，老太太很不情愿地开了窗。这般人蜂拥爬窗，脚踩到老太太的大腿，却还对老太太责骂有加。户田震惊了：日本人民怎么啦？这仿佛是一个陌生的国度，日本人传统的谦逊和礼让上哪儿去啦？

户田悄悄回到家里，仿佛他不过是外出度了一个周末似的。女儿纯子感到很痛苦，几个月以来，她昼思夜想脑子里总萦绕着第一次与爸见面的情景，而这对老母亲则是一个悄然而至的慰藉。自 1942 年离家以后，虽说有几次短暂的回家探亲，却有两年多的时间没回来过。女儿看着他觉着陌生，他也觉得女儿是个生人，甚至妻也变成一个跟以前大不一样的女人，显得那么自信，那么有主见。一切都改变了！在那坚忍自制的表情背后，他作出了多么痛苦的努力来掩饰自己的惊讶啊！踏进家门，见到满目枯草衰败的景象，脸刷地变白了。最糟糕的是，一半房子让美国佬住着。不过他还能泰然自若面对这一切，甚至第二天上午他去宪兵站汇报得知他将因在华的活动而被软禁时，也镇静如初。一星期后，当警察解除对他的限制，他对当局抗议没收他从中国带回的细金条时，也设法使自己不发火。一个粗鲁的宪兵上尉粗声粗气地对他解释，说这是执行麦克阿瑟的命令，他没有因为企图非法走私黄金而"被关进局子"就该感到万幸了。

户田费了一个多月的时间才适应过来。只是到这时他才习惯与马尔鲁尼一家和睦相处，而且把他们住在院子里看成一件福益无穷之事。他发现马尔鲁尼上校风趣幽默而知识渊博，曾取笑麦克阿瑟自以为对日本人知无不尽，深信日本人的思想不过像十几岁的娃娃那般稚嫩，给日本带来民主的最佳方式是把他们都变成基督徒。一开始，上校的女儿乔直率地向他提出过一些让他恼火的问题。比如说："户田先生，为什么日本男人老走在他们太太前面？""户田先生，为什么日本男人喝汤发出那么滑稽的声音？"更使他难堪的是，她说日本的街道和公共厕所总是脏兮兮的。不过，户田渐渐地乐于通过乔的一双爱洞察一切的眼睛来看战后的新日本。他对他那心爱的东京所遭到的毁坏也渐渐熟视无睹，对三五成群谈笑风生的让人感到屈辱的占领军部队也接受了。这些官兵是大大咧咧的乐天派，大多心地善良，细心体贴，他一直很喜欢这些美国佬。但当他去造访老朋友时心里却甚是不安。多数老友精神萎靡不振，不过野部，即木户侯爵的前二秘，却是例外。他显得那么消瘦单薄。那天他们谈了老半天侯爵，侯爵被关在监狱里听天由命。

户田最大的乐事儿是差不多每天都去拜访老朋友麦格林恩。也不知为什么，麦格林恩好像没以前那样尖酸刻薄了。他们坐在一块儿喝茶，哀叹民主化对传统文化价值的冲击。他俩一致认为日本的美国化暗藏险恶，贻害无穷，已有许多日本人由于社会一夜之间的自由主义化而腐化堕落，日本社会过去由于大家都举止得体和谦逊有礼而井然有序。最让户田不安的是日本人传统的谦逊和礼仪美德的退化，现在似乎大家都只为自己而活着。

他感到最难理解的莫过于日本的年轻一代。他们好像对历史没有兴趣，也知之甚少，以致对于过去日本社会好的东西毫无知觉。美国人告诉这些年轻人，时代不一样了。不久，他可能会发现自己的孩子们游览京都的园林和神龛时的神情，仿佛他们是外来的观光客。孩子们可能更喜爱西式公园里的假山和几何形状的路径，而不是祥龙亭阁式的岩石庭园。

他还注意到，日本人的风俗习惯和个性品格已由于贫困匮乏而改变。虽说战争给他的祖国带来的一切使他感到万分沮丧，他却为自己终于回到故土而在心灵深处产生难以置信的平静。他发誓，自己绝不能像诸多友人那样自甘颓废，而要坚守他记忆中的逝去的美好时光。日本一直是个优秀的国家，他为占领时代成长起来的稚嫩的粗人感到惋惜，他们竟对自己祖先生活方式的优越性无所知晓。

在华的 6 年里，他不得不依靠自己，自食其力。假如战时的几年中他留在日本，亲眼目睹权威的瓦解和外国统治的建立，他也可能整个儿垮掉。他的主要愿望是想看着孩子们坚强起来，可他们至今还令他放心不下。女儿纯子还把他当陌生人，他不明白这是因为他**就**是生人一个。甚至离家去中国以前，他已因公频频出差，他们之间很少交流沟通。他一直是个遥远而近乎冷漠的人物，只不过查查她的成绩单和送她礼物而已。他们有那么几次谈话的机会却弄成了演讲会。如今他更是一个来自陌生国度的陌生客了。

他的儿子省吾甚至更让人操心。自打从监狱里放出来后，就一直在东京的铁路调车场当搬运工人。每天晚上回家时已累得筋疲力尽，总喋喋不休地抱怨日本国营铁路总公司虐待职工。他说话那么激进，以致他父亲担心他同共产党人混在一起了。

最少让户田操心的是浩。这孩子前一阵子梦想住在巴黎，当大艺术家，使户田很苦恼。眼下他在银座干活可卖力啦，他为美国佬画像，挣钱贴补家用。5 月下旬，他向他爸爸透露了自己新的梦想。"刚从菲律宾回来那会儿，我真不知道自个儿想干啥。我只晓得自己对战争厌烦透了！"他还谈到去士子家时的情景，他的朋友在卧室墙壁上涂写的奇文妙语。"这些话对我简直就像神示预言。当看到满目疮痍的东京时，我产生了一种最奇异的感觉。我并不沮丧，我感到——几乎受到鼓舞。嗯，我感到我们终于平起平坐了。现在我们都得从头开始，这将是一个全新的世界。"随后，他有点不自在地说："我想为祖国做点什么。你还记得我曾想去巴黎当画家吗？今天这些都显得那么微不足道。"

他经过一年的琢磨，最终下定决心，要在家族丝绸业方面干一番事业。当儿子谈到户田在日本钢铁公司的朋友山冈如何给他出主意时，他简直不敢相信自己的耳朵。他们应从中国进口生丝，加工成睡袍、衬衫和成衣，而不是生产和出口生丝。起初，户田觉得这是个异想天开的计划。他儿子接着说，他从山冈那儿得知，麦克阿瑟正计划恢复日本的三大支柱产业：交通、煤炭和钢铁。山冈日前得到秘密批准，允许他一年生产1200万吨左右的钢铁。换言之，到日本的生产恢复到战时最高峰时，他们就能上六七座日产千吨生铁的高炉。数年之内，日本所拥有的现代化高炉将比英美之和还要多。

"你知道这意味着什么吗？"浩激动地说。"钢铁业上去了，我们的整个经济也将上去。"到了该动手的时候了。他求父亲安排一次会议，与掌管家族丝绸商号的户田的叔叔共商大计。

虽然浩兴致勃勃的，户田领着儿子去"勇大叔"家时心里却七上八下的没底儿。老人已是89岁的高龄，却依旧精神矍铄，精明实际。他生意上的搭档，也就是户田的长兄，则胸无创见，顶多不过是他手下记账的。那天他们聚集在残败不堪的勇大叔大厦，这曾是一座引人注目的豪华写字楼。大楼的一翼被燃烧弹击中而彻底烧毁，其余部分也毁坏殆尽，杂乱无章。

天气阴冷袭人。过去放榻榻米的地方放着几个木盆，漏雨滴滴答答的，屋子里弥漫着一般霉味儿。老人冷冷地冲户田点头示意，他因为户田拒绝经营家业而不能原谅他。

老人席地而坐，双臂抱胸，两眼低视，口中念念有词。户田的长兄也这个姿势。

浩提出他要回来工作，从最底层干起。他越说越激动，连对长者的传统礼节都忘了，开始滔滔不绝地说那一套彻底革新公司管理的计划。户田在一边暗自叫苦。一切都完了，勇大叔太留恋过去。

老人对这个不知天高地厚的年轻人的夸夸其谈感到不悦。最后，他以一种坚定的口吻缓缓说道：“一百多年来……”他这么开头，回忆起公司经年不衰的辉煌往昔，只是没说现在不过是过去的延续而已。“很不幸，侄儿，”他对户田说，“眼下没有适合你儿子的空缺，或许一年后……”

同往常一样，那天晚上马尔鲁尼上校来找户田拉家常，发现浩情绪低落。年轻人给他说了是怎么回事儿。马尔鲁尼想要他打起精神。“你所需要的不就是一点儿资金吗？你可以自个儿从头开始嘛。你还记得去年跟我说过什么吗？那时你说，如果日本青年人下定决心赤手空拳干事业，抛弃过去的包袱，一个新生的日本就将诞生。这就是你为什么喜欢住在东京的原因。东京是一座巨大的废墟，一切都毁灭了，你无法圆过去那个破碎的梦。你不得不建设新的完全不同的东西。你的想法很好，坚持不懈地干下去。走，咱们出去散散步。”他一边说着一边伸手挽起浩的胳膊。

6月初的夜晚温和芳馨。“刚才我说你所缺的不过是一点儿资金，不是随口说说而已。我想我能帮你一把。我在外头做一种挣大钱的买卖。我可以想点办法——决亏不了你的。”

浩很警惕：“炒黑市？”

“绝对合法，相信我吧。”

“要我干什么？”

“我要一个既讲日语又会英文的人去交货。不出一个月，你就能轻轻松松挣它几千美元。”这时，他压低声音小声说：“我在做一种帮助日本商人弄到合同和许可证的副业。我要不是军人就好办多了，不过我只能呆在幕后。其实，第一大厦里的哪一个不在外头干点私活？我们不过多留点心眼儿罢了。”

浩知道他爸爸会怎么说。他还在守着过去的武士道那一套框框套套呢。然而，在时下的社会里，你得务实点。正如上校有一次对他说的：“在当今时代要想站稳脚跟可得费把劲儿。抄点近路有啥不好？”

3

马尔鲁尼绝不会有意让浩惹上点麻烦的。不过，他拿着"烫手的美元"来回折腾，而不是弄什么合同和许可证。他在牌桌上手气不好，把手里的大部分积蓄输给了那帮大兵，亟须弄点钱来充实自己扁扁的钱袋，为乔上大学积攒一笔钱。他了解到，来得既容易又安全的，就是抛出美元买日元，再待价而沽抛出日元买回美元。没几个月的时间，他就这么赚了两万美元，想挣到三万就洗手不干了。不巧，这帮给他当信差的大兵奉调回国，第一大厦里再没有他信赖的人了。他曾暂时考虑过自己亲自送货，不过他意识到那样自己太抛头露面了。现在他找到了一个可以信赖的人，而他本人又可以毫无风险地赚它一把，因为他已经有一条买进美元、找到可靠的买主和双方交货的万无一失的路子。

两天后，浩第一次执行他的交货任务。他又急又怕地提着一个包得很漂亮的包裹走进银座的一家新开张的书店。这时下午两点整。他战战兢兢的，两只眼睛在书架上打转儿，终于找到一本皱巴巴的英译本《战争与和平》。他翻到 350 页，觉得自己像个国际间谍，等待着。可一点动静都没有。他紧张地向四周张望。本来，应有一个穿咖啡色大衣、戴金丝眼镜的胖乎乎的学生上前搭腔，问他托尔斯泰的作品怎么样。半个小时过去了，终于来了一个身材魁梧的日本青年，喘着粗气。浩在心里琢磨，你能说他胖吗？他确实穿一件咖啡色大衣，可没戴眼镜。年轻人走过来了，从书架上抽出一本书。"旧书太贵啦，"他像是随口说说，"真荒唐！这么一本破小说他们还要两百元。你要是想买一本外国名著，那可得费老鼻子钱啦。"他回头盯住浩手里那本。"你喜欢托尔斯泰?"

浩的心怦怦直跳，不知咋办才好。这家伙可没戴眼镜呀！

"你浏览挑书时要不要我帮你拿包?"学生模样的人说着戴上一副金丝眼镜，凑过来紧盯那本《战争与和平》。

"你要觉得方便的话……"浩清了清干涩的喉咙，顺手把包递给他。

胖学生在过道里蹓跶一圈，转身钻进后屋。不一会儿工夫，他又钻了出来，把一个包袱递给浩，浩觉得这包比他的那个沉。他僵硬地道一声"谢谢"，便匆匆逃出书店，被门槛绊了一跤。出了书店他才感到呼吸自如，没几分钟他又自鸣得意了，来得多容易啊！轻轻松松干一小时就挣 50 美元，比他为美国大兵画像一个月挣的还多。

不到两周时间，他交了八批货，再也不紧张了。不过随着他挣的钱一天天多起来，他也开始怀疑上校对他说的合同和许可证之类的话是假的。浩为自己卷入黑市美元的勾当而困扰自责。他竭力说服自己，实际上在日本的哪一个人每天不同黑市打交道？要不然人们怎么过日子啊？势易时移，今非昔比啊！但是，他总觉得罪孽深重，决定同马尔鲁尼开诚布公地谈一次。

马尔鲁尼一听大笑不已。"我没指望你会长久相信什么合同一类的事的，"他简直把这事儿当作玩笑，"我们只是得到我们那一份。这同第一大厦里的大头儿玩的赌注比起来，不过小菜一碟。炒炒外汇有啥不好的？没人吃亏嘛。我们没有蒙骗日本人，他们得到了需要的钱。谁受损失了？没有人啊。"

浩也用同样的逻辑来安慰自己。不过当他听到他们大声嚷嚷时，内心深处很有些不安。他知道他老爸会说啥的。"我再也不能干了。"他告诫自己。

"我知道你心里在打什么转转。再干一次咋样？"再挣一万美元，乔上大学就不成问题了，而且还有点余钱。

"我真不想再干了。"

"伙计，我理解你。再来最后一次，然后洗手不干。怎么样？"他心想这次可得让浩挣一大把钞票，给他500美元——不，1000美元。

"我真不想干。"

马尔鲁尼心里明白，如果他提出给浩几千美元，浩会觉得自己被小瞧了。他耸耸肩，非常和善地说道："好吧，那就算了。"

浩心里有一本账，知道马尔鲁尼和他女儿需要多少钱。上校不再向他施加压力，反倒使他觉得对不住父女俩。"好吧，"他不太情愿地说，"就这一次。"

这一次包袱更沉。约好在一家名叫美园的菜馆碰头。他刚一跨进门槛，一个瘦高个儿打着红领结的中年男子便离开一个包间凑了过来，好像他们是老相识。"见到你真高兴。"

暗号对上了，浩伸出右手道："我也高兴见到你，原田君。"

那人的手汗津津的，让人觉得不快。浩的第六感觉告诉自己，这人不怎么可靠。女侍把他们领到一个雅致的包间里。包间的墙壁上挂着画轴，桌上摆着一束鲜花，装饰昂贵奢华。"请稍候。"女侍说罢转身离去。

原田伸手去拿浩的包袱。但浩心存疑虑，抱住不放。"你的包呢？"

原田脸上皮笑肉不笑。"在我搭档那儿。他正在附近的一家咖啡店等着呢。我这就打电话给他。"他说着朝浩鞠了一躬就出门去了。浩觉得有点不对劲，正要带着包走，这时女侍端着糕点和茶进来了。浩还没吃午饭，这糕点不错。他正吃着糕点时，原田回来了。"他马上就到。"

过了半个小时，浩发火啦。"怎么搞的？"他气冲冲地责问原田。

就在这时，一个两眼深陷的高个儿男子带着一个包袱走了进来。他一声不哼，把包递给原田，由原田传给浩。浩正伸手把自己的包袱递给对方，那扇滑动的门呼的一声被人撞开，两个穿军鞋的身高马大的美国兵冲进屋里。"刑警，举起手来！"一个红毛上尉吼道。浩给吓蒙了，动弹不得。"我命令你们举起手来！"浩举起双手，那个眼睛深陷的家伙也慢慢举起手，但自称原田的却吓得浑身直哆嗦。

另一个穿参谋军士制服的魁伟的美国人一把撕开浩的包袱。"里面是美元，长官。"他报告说。

"你们拿这么多美元干什么？"上尉质问道。浩吓得一句话也说不出来，可那个高个儿的日本人却理直气壮地答道："我们用美元做买卖。除非在警察局，我们不回答任何问题。"

"走！"上尉挥挥手枪命令道。

他把三人押出菜馆，叫了一辆的士。"统统给我进去。"他大声吼道，命令司机把他们送到警察局。"我们在后面紧跟着，老实点儿！"说着，又叫了一辆的士。

两辆汽车驶进一条狭窄的巷子时，那高个儿的日本人开始骂娘。"他们是假的！警察有自己的吉普车！"

刚到第一个拐角处，后面那辆的士向右拐去，猛踩油门一溜烟跑掉了。浩一把掐住原田的喉咙。"狗娘养的！你耍我！"

"我发誓，我什么都不知道！"他说着便哭了起来。"我的 300 万日元！我什么都没啦！"他呜呜咽咽哭得像个婴儿似的。

浩把事情的经过从头到尾告诉了马尔鲁尼。他讲完后足有一分钟之久，马尔鲁尼一声没吱。接着，出乎他的预料，马尔鲁尼耸耸肩，无动于衷地说："来得容易去得也快。很抱歉，让你受惊了。啥也别说，不会有麻烦的。"

然而，浩却是憋不住要说的。他把整个经过全盘端给他老爸。户田静静听着一言不发，最后才说："我年轻时干过一件蠢事。我在街上捡到一笔钱，悄悄藏起来。我心里总觉得不踏实，最后给我父亲说了。他于是对我说自己年轻时也干过一件很蠢的蠢事。"浩第一次感到与老爸那么亲近，他为自己嘲笑过武士道生活方式而羞愧不已。

第二天，他又回到银座给大兵们画像。下午晚些时候，一个日本警察中士站在旁边看他画像。等那个大兵带着自己的画像走后，中士才对他说："我有几个问题要问你。"

浩竭力掩饰他的惊慌："什么问题？"

"关于昨天晚上的事。请跟我去一趟警察局好吗？"

"我啥也没干呀。"他竭尽全力使自己显得平静。

"如果你跟我走一趟，我会很感激的。"

"我确实啥也没干。"

"你不是遭到两个装扮成刑事警官的歹徒的抢劫吗？"

"我不知道什么刑事警官。"该死的原田，他心疼自己的 300 万日元，哭哭啼啼的。一定是他去警察局报了案，想弄回那 300 万。傻瓜！"我在这儿干活混口饭吃，不知道你说的什么抢劫不抢劫的。"他回答道。

"其中一个被抢的向我们报了案。我们抓到两个嫌疑犯，一个是红头发的上尉，另一个是高个儿中士，两人都供认不讳。我们还去美国菜馆进行过调查。坦率地说，我们需要你的帮助。两个假刑警花言巧辩，我们费尽周折才使他们如实招供。他们将由美方审理，我们需要证人证言。我答应你，你不会有麻烦的。"

浩知道他老爸也希望他与警方合作的，于是不大情愿地答道："嗯，我想也是。"

"下周将组成军事法庭。警方的调查结果将当众宣布，你们的日元被抢，而非美元。美国人只对美元感兴趣，而我们会忘掉这些日元。你按我说的办。你的证词将阻止别的欺诈不轨的美国人抢劫我们日本人。"

"我会照办的。"浩回答说。

浩正沿着楼梯上楼，到军事法庭审判室，那个红毛子美国上尉上前搭话。"你要作证控告我？"

"让我过去。"

上尉抓住他的一只胳臂。"你要是胆敢……"他用一个指头顶住浩的前额，就好像那是一只手枪，喉咙里发出咔嚓一声。

上尉劝他下楼，但他却加快步伐赶到审判室。他一到证人席，心里顿时平静下来。他要做的正是他老爸也会做的，如果他老爸处在他的位置的话。他指着中士和上尉说："就是他们两个抢了我！"

两人被判处有期徒刑，在莱文沃思服刑。在整个审判过程中没有提到马尔鲁尼的名字，但6月29日他奉调转至得克萨斯州的胡德堡。在他为女儿乔找到一所合适的住所之前，乔应邀到弗洛斯孤儿院度过了许多愉快的周末。

上校的突然离去引起同事的议论，各种传闻不胫而走。只有麦格林恩了解内情，马尔鲁尼羞羞怯怯地向他透露过几句，同时表示歉意。紧接着教授本人为自己傲慢的愚蠢向真理子道歉。他借来玛吉的汽车，第二天一大早就驱车到孤儿院登门向弗洛斯致歉。使他吃了一惊而又松口气的是，弗洛斯说她与上校除友谊之外没什么。

"你怎么想得出我会嫁给他？我早就知道他是个无赖。不过，他惹了麻烦我还是觉得惋惜。"她主要关心的是乔。"这是个坚强的孩子。她深知自己的父亲已不是一年两年的事。你禁不住要喜欢上汤姆，他也禁不住放荡不羁。他同三教九流的人交往，总要设法摆脱他们。"

当他们沿着海滨散步时，麦格林恩谈到自己的问题。眼下太郎在东京大学，那可是共产主义泛滥的温床，他加入一个诉诸暴力而非谈判的行动小组。"他有时彻夜未归，也不告诉真理子他上哪儿去了。天知道这帮傻瓜要招来多少祸害呀！太郎见到我就像躲瘟疫似的，把他妈当老妈子使唤。我不止一次对她说，她应嫁给我，这样我就能管教他。可她老往后拖。"

"爸，别逼她。我知道她心里想什么。你要有耐心。"

他叫苦不迭。"我还有多少年的耐心等待啊！"在回孤儿院的长时间漫步中，他们极少谈话。他在想，家里多么缺少爱呀。只有马克在恋爱，最近也忧郁寡言。教授心里弄不明白，麦格林恩一家究竟怎么啦？这会是他的错吗？自克拉拉死后，他就已爱心不再，甚至对自己的孩子也没有显示几分爱怜之意。他赋予他们的感情少得可怜，特别是对弗洛斯和马克。现在他开始自食其苦了。

快回到孤儿院时，弗洛斯给他说了一条鼓舞人心的消息。马克从美国为正夫订购的人工胳臂已经运到。正夫上周一直住在横须贺海军医院，已装好假肢。这一切都是由马克的上司沙利文上校安排的。她刚接到马克的电话，说正要接正夫出院回家。

午饭之后，她自豪地请父亲参观孤儿院的最新进展。在一拨稍大些孩子们的帮助下，竖起的一座清晰逼真的海景图更添新景，而小一点的孩子们则在一边看得目瞪口呆。随后马克开着吉普车载着正夫来后，大伙热热闹闹庆贺了一番。正夫自豪地向大伙展示他怎样运用他的新胳臂，竭力从他妈妈的拥抱中挣脱出来。

马克把父亲叫到一边，显得有点不自在。"能占用你几分钟吗？"

"当然。"

"如果你不介意的话，我想听听你的意见。"

麦格林恩很高兴。他已记不清马克上一次征询他的意见是什么时候的事了。"什么事儿？"

"没什么大事。只是……"他欲言又止。平常自信潇洒的马克这时却面露尴尬。这使教授有点惊慌，莫非马克想同他谈谈关于女人的事？老天爷，他一生中只认识两个女人，而马克一个月内也不只同两个女人厮混！

"你知道我是多么爱乔西……"

这不来啦！麦格林恩不敢看儿子的眼睛。

"嗯，我敢肯定她也很爱我。嗯，帮帮忙……我觉得我们应该结婚。"

麦格林恩放下心来，松了一大口气："这真是太好啦！还有什么可顾虑的？"

"没什么可顾虑的。噢，真该死！每次我刚要谈这个问题时，我总感到她想回避。"

教授总算心里踏实了，问道："如果你从未正式提出来过，她怎么回避？"

"说的就是。她啥也没说，可我感到她总觉得比我要优越。"

"比麦格林恩家的人优越？荒谬透顶！"

"你知道，我不过是个大兵，她可是炙手可热的大律师。"

"马克，看在老天爷的份儿上，直截了当地问她，别遮遮掩掩的！"

马克的眼里闪烁着喜悦，好像他从来没想到过事情就这么简单似的。"对，为什么不问个清楚呢？她一从美国回来我就向她挑明！"眼下乔西正在华盛顿查阅国会关于珍珠港事件的调查记录，为东条上诉寻找证据，因为人们认为他肯定会被判处死刑的。

"最初我总觉得自己不理智，现在我弄明白了。谢谢你，爸。"马克感到轻松极了，好像他给父亲做了一件大好事似的。"嗯，爸，你来军官俱乐部参加我们的独立节晚会吧。你同真理子一块儿来。她会喜欢上我们这一帮大大咧咧的小伙子的。"

麦格林恩有点犹豫，"你觉得这行吗？"

"就因为她是日本人？本尼·德克尔不会容忍别人做傻事的。我约的伴儿是文子。那个常和我一起打网球的小巧玲珑的女孩儿，你还有印象吗？她嫁给了一个姓松谷的。"

一星期后，麦格林恩独自一人来到横须贺军官俱乐部赴会。真理子担心会惹麻烦而拒绝与他一起来。"她身体有点不舒服。"他对儿子解释说。松谷文子身着艳丽的和服，风光照人，美得让人眩晕，那神态就好像麦格林恩说的是真话似的。但麦格林恩明白他猜到了真正的原因，他把真理子莫须有的病情进行夸张的徒劳努力反而欲盖弥彰。玛吉的到来才冲散了两人之间的尴尬气氛。那天下午玛吉来得早，她要讲一个关于德克尔如何使这个海军基地恢复勃勃生机的有声有色的故事。

这时，附近的一张桌子边的人纵声大笑，德克尔上校与他那兴高采烈的妻子埃德温娜调情卖笑。本尼在说一个年轻的海军少尉的笑话。这位后勤军官在黑市上倒腾咖啡和糖的故事真笑死人。"他来这儿以前准是在个什么商学院混了一纸文凭，聪明到不把大笔钞票寄回家去，相反只用钻石珍宝做买卖。"

麦格林恩父子和文子闻声而往，加入到德克尔夫妇那一桌。

"啊，我们这位乖乖的后勤官提着一大麻袋钻石走了。不过，圣迭戈的珠宝商打开麻袋一看，对他说：'桑尼，我有好些年没见过这么好的雕花玻璃了。'"

大伙儿笑声震天，都捂着肚子伸不起腰。

"好戏还在后头呢，"本尼接着说，"我们这位年轻的天才最近给我来了封信，要我追查那些用玻璃当钻石蒙骗他的日本佬！"

晚会取得惊人的成功，到10点钟左右，刚到海军基地的人和满座宾朋都已融入德克尔夫妇营造的乐也陶陶的氛围之中。随后马克看到布雷福德司令正在与"辣手汉克"埃文斯上校对饮。埃文斯是马克的老冤家，布雷福德则曾在文子的俱乐部里出尽了丑。这不，司令又在寻找新的猎物。不多一会儿工夫，埃文斯开始来回走动，色迷迷地找漂亮的女人。他还没弄清玛吉是何方人士就插了一竿子进来，显然大错特错。在关岛的那个多事之秋的夜晚，他惟一记得清的便是马克那张面孔。他把在关岛的那一套又使了出来，狠狠地拧了一把她的屁股。她咬住他的耳朵恶狠狠地小声说道："当心我把你那玩意儿一刀铰了！"玛吉是那种人，说到做到。上校转身离去，寻找容易上钩的鱼儿。马克拿饮料去了，埃文斯前来邀坐在麦格林恩身边的文子跳舞。舞到尽兴旋转不已立身未稳时，他又重施故伎。文子用尽全力要挣脱他，却又溜之不得。

马克看到文子在舞池的另一头挣扎，赶紧过去搭救。"上校，她是我的舞伴。"马克竭力忍住不发火。埃文斯先是一惊，随后看见又是这位麦格林恩便火冒三丈。"上尉，没你的事，一边去！"他拖着文子开蹓，可马克伸手抓住他的肩膀。

埃文斯刚要闪身挣脱马克，布雷福德司令凑了过来。"上校，需要帮忙吗？"他说。"这臭小子要惹麻烦？"

这时已围了一圈人。J. 比利死死抓住铁腕汉克，可布雷福德却大声宣布，让一个日本酒吧女来污染这里的清幽是对在座的每位女士的侮辱，即便她自称女男爵也罢。眼看一场混乱的斗殴就要发生，德克尔上校平静地发了几句命令，结束了闹剧。铁腕汉克被很策略地护送回单身军官宿舍，比利则劝布雷福德带他那位醋劲十足的老婆回家。不到十分钟，晚会就恢复了正常。可马克胸中意难平，因为很显然，在场的有不少人与布雷福德站在一起，他们对把日本人带到军官俱乐部里来愤恨不已。他父亲陪他出去散散心。马克太生气了，他还没有意识到自己直哆嗦。"孩子，放松点儿。"

　　麦格林恩搂住儿子的肩膀。"什么样的海军养了这样的草包啊！我担心明天上午就会有人议论纷纷的。我注意到有几个人脸上露出了不赞同布雷福德的神色。"说罢，他咯咯地笑出了声。

　　"什么事那么好笑？"

　　"感谢上帝，真理子凭感觉要留在东京了！"

　　这时马克想起文子。"我得回舞池看看她。"说着，他挽起父亲的胳膊，好像他们是一对兄弟。"走，麦格林恩一伙，回去热闹去。"

第二十一章

1

横须贺，1948 年 7 月 5 日

海军基地最近新调来一个宪兵司令。马特·帕特森少校在瓜达尔卡纳尔岛战役中受重伤后，在耶鲁的日文学校接受过 17 个月的培训。日本投降后，他希望奉调到日本，这样他受到的长期日文训练就能派上用场。不过，他从查珀尔希尔的法学院毕业后，就被派往天津中部的第 1 师驻中国军法处任军法官。在他经手的案子中，有一件是起诉一名海军下士，指控他盗卖 7 辆吉普车。帕特森的原始证人是等待遣返的意大利人。他们不仅承认自己卷入其中，而且当地警察局也脱不了干系。诸如此类的案子令人激动不已，但奉调日本还是使帕特森少校舒了一口气，因为这样他的日语就有了用武之地，而且他还能说服妻子和两个小孩随同前往。到日本那天上午，他受到沙利文上校的热烈欢迎。他们聊得正起劲的时候，马克来了。听说马克是在日本长大的，操一口流利的日语，帕特森提议让他作首席质询官，因为目前在任的那位马上就要轮换回美国了。

"这样很好。"比利说，把球踢给马克，马克对这些事更热心。这可比在本町区巡逻要有趣得多。

"我不太清楚你是否熟悉本基地宪兵司令的职责。"比利说。除了处理海军和海军陆战队人员所犯的案子，帕特森还要负责那些涉及文职人员的案件。"这些案子多半不过是些小偷小摸或黑市投机之类，不过有些却要严重得多。"

帕特森解释说他在中国经手过许多民事案子，从人身攻击到谋杀案，应有尽有，他同当地警察打交道很有经验。沙利文把艾克尔伯格将军要

求严厉打击军人犯罪的指示递给帕特森。"我们还没有发现大案要案，但横滨和神户的陆军军事法庭近来量刑相当重。"在神户，两名罪犯因强奸罪被判以终身监禁。另有 5 名案犯因抢劫横滨的第 5 医疗站仓库而被判以总计达 147 年的监禁。帕特森所辖不仅限于海军基地，而且包括横须贺城及整个横须贺地区。

随后几个星期，马克和他的助手罗西中士处理了各种各样的案子，包括基地内外的日本工人倒卖美国钞票、偷窃部队售物部及军需供应物资，等等。有人报假警，害得他们派 20 名宪兵去军人俱乐部阻止一场并没有发生的暴动；调查部队食堂几百磅食糖被盗的案件；还有，由于 3 名水手醉酒而导致海军司令的游艇沉没之事件。

马克开始觉得乏味了，因为所有这些鸡毛蒜皮的小事并不需要深入的追踪调查。但是，7 月 21 日的一个案件却从一开始就激起他的兴趣。那天，前全美足球队中卫、布雷福德司令在军官俱乐部引起骚动，他大发雷霆，抱怨他的日本女仆偷了他的四枚金质奖章和他搜集的金币。

"我要你用书砸那个小娼妇。"他不怀好意地说。

"你确能证明她偷了你的东西？"

"那还用说！"他说着把一个日本式的饭盒重重地扔在马克的办公桌上，发出呼的一声。马克打开饭盒，发现里面装着硬币和奖章。"这是我今天下午在厨房找到的。"

"你怎么知道这个饭盒是她的呢？"

"我见她用过这个饭盒。我敢说那是她的名字。"他指了指饭盒上的一张胶带条，上面写着一个日文名字。

"加藤弘子，"马克念道，"她是叫这个名字吗？"

"就是这个小女人。"

"长官，我们会进行调查的。"马克说，布雷福德已开始从饭盒里捡出那些硬币。"恐怕我们得留下来作证据。"

"干吗！这是我的东西。"

这时帕特森进来了。"司令，什么事啊？"他平静地问道。

"这位先生想留下我的金币！"

马克作了解释。

"这是证据，司令。请把它们放回饭盒。"布雷福德显得很不乐意。

帕特森仔细看着胶带上的地址。"马克，你去把她找来。但不要把吉普车一直开到她家门口，车停得离她家远一点儿。"

"怕街坊邻居发现她是小偷？"布雷福德说。

"在我们找到充分证据以前，她不是小偷。"帕特森答道，"谢谢你提醒我们注意这件事，我们会随时与你联系的。"布雷福德走后，他才说了一句"让人讨厌的家伙"。

马克叙述了一番布雷福德在佳丽俱乐部和军官俱乐部的拙劣表演。"在一些军官俱乐部牛仔们的眼里，他可成了大英雄。他们认为我们对日本人不够强硬。"

马克费了半个小时才在城南的一座小山上找到加藤弘子的地址。房屋相当大，显然这家主人曾是一户殷实人家。女人来开门，没想到门口站着两个穿军装的人。马克用日语对她说想找加藤小姐，她反倒说想知道究竟发生了什么事。她侄女哭着从城里回来，但啥也没说。马克解释说那家主人对她有所抱怨，所以要带她到宪兵司令部去问个明白。

这可吓坏了那个女人。"她犯了什么罪？"

马克竭力使她平静下来。"现在我们还没有发现什么证据。"他还说他把吉普车停在山脚下。"我们在那儿等你侄女。"

在回基地的路途中，马克极力使那个惊恐万分的可怜的女孩子平静下来。他说，经过简短的询问以后，就送她回家。一到办公室，马克就把那个饭盒给她看。"这饭盒是你的？"

弘子一看到饭盒便僵在那里。"嗨。"她答道。

"你知道这只饭盒怎么到的这里吗？"

她点点头。她说，那天布雷福德司令抢过这只饭盒，一边使劲地摇一边说里面装满了她偷的金币。"但我没有把那些金币装到里面！"这时图利奥端着茶进来，劝她喝口茶。

"给我谈谈你自己吧。"马克说。

她说战争期间大多数时间她是在塞班岛度过的。她父亲在岛上经营着一个蔗糖种植园。她是家里惟一的幸存者。她的一个住在广岛的姑妈在原子弹轰炸中身亡，所以来到横须贺同另一个姑妈住在一起。她一直在布雷福德家干活，这样才能挣点钱上护士学校。她说着自己过去的事儿便慢慢平静下来，一再说她是无辜的。她不知道那些该死的硬币是怎么给弄进饭盒的，并请求他们找布雷福德夫人谈谈。"她会告诉你们我是个诚实的姑娘。"

把她送回家以后，图利奥冲马克说："里面必有蹊跷！"他们驱车到军官住宅区。布雷福德住在一所两层楼的小洋房里，带一个小花园。布雷福德夫人简直不能相信弘子会偷东西。"这孩子乖极啦，又爱整洁又很勤快，一点也不像她前边的那个姑娘。"

"天啊，你们在这儿干什么呀？"她丈夫不声不响溜了进来，听到他说话，三人都吃了一惊。

"问你太太几个问题，司令。"马克泰然自若地回答，倒是司令表示歉意。

"抱歉，我这人容易激动。来，伙计们，到那个屋子里喝一杯。"马克不去，但布雷福德坚持让马克和图利奥参观他壁炉架上那些漂亮的酒杯，看看他和名人合影的照片，其中有一位总统和几个参议员。

马克向帕特森汇报说，他不大相信布雷福德的话，不过他承认自己因为他们以前的争执而可能怀有偏见。"但这不成理由。加藤姑娘想当护士，她看上去不是那种小偷小摸的人，说话也不像。"

"恐怕你的印象没什么分量。我知道在证明她有罪之前应认为她是清白的。但是，我们要找到证据以**证明**她的清白。继续追下去！"

第二天中午，马克用完午餐回来时，发现一个日本人在办公室等他。他叫加藤顺，跟玛吉挺熟，是一名记者，共产党人。他解释说加藤弘子不单是他的远房表妹，而且跟他定了亲。弘子的姑妈在电话里跟他说了说她偷硬币的事。"她怎么可能会偷**东西**呢！"他大声说。然后，他详细讲了塞班战役中她自愿当护士救护伤兵的感人事迹。"我为写报道采访过她的一个病人。他给我讲了她是怎样为他们做手术、怎样冒着生命危险去为他们打水、并为鼓舞他们的斗志而唱歌的。他们亲切地称她为'我们的小夜莺'。你能想象得出这样好的姑娘会是小偷吗？"他要把这个故事写进他的报道，希望看到她能得到公平的对待。

"你不要威胁我们，加藤先生。我们正在调查此案，希望在我们的调查有结果之前，你暂不要发表这样的报道。"

这时帕特森来到办公室。"我们都不想损害加藤小姐的名誉。如果她确有此罪，我们希望新闻界不要介入此事。你完全可以信赖我们，我们将进行彻底和公正无私的调查。"加藤离开后，帕特森道："布雷福德的材料好像有水分，你和图利奥挖挖他过去的档案。"

不到一星期，图利奥就报告说有人传闻布雷福德与黑市有牵连；他专门干用美元或军用流通券买日元或用日元倒腾美元的行当。我想他大概靠他办公室里的几个兵去送钱。他同手下的几个兵混得跟什么似的，从背后拧他们一把，在办公室里里外外像个小丑似的。他是那种插科、打诨招人喜欢的人，但我认为他是个狗娘养的杂种！

马克在军官俱乐部还发现，布雷福德在女侍面前很放肆，她们没一个愿到他那一桌去的。"我们还对布雷福德夫人进行过调查，"他对帕特森说，"大家都很喜欢她。她对日本人态度之好，与布雷福德的傲慢蛮横形成鲜明对比。"

马克刚从玛吉那儿了解到弘子在塞班岛当护士的令人钦佩的故事，玛吉正热心地自个儿进行调查。"她过去表现那么好，怎么可能会是个小偷呢？"

帕特森本人对布雷福德也心存怀疑。"我查核过发生偷窃那天他的活动情况，他所提供的时间和地点与他妻子或弘子所说不符。明天上午把她再接来询问一次，我想让沙利文上校也听听。"

那天夜里弘子辗转难眠。她依然觉得难以置信：一个美国军官怎么能这样丧尽天良地撒谎呢！塞班岛战役的幕幕情景再次浮现在眼前。她从美军炮火之外的塔波乔山上，亲眼看到美国海军陆战队涌上塞班岛西海滩。前一天，她心爱的加拉潘小镇毁于美国海军炮火，她一家数口惟有她死里逃生，幸免于难。无情的炮火锤炼着她，决心到岛东部的一所日军骨干野战医院自愿做看护伤兵工作。她是医院中惟一的女护士，在炮火的洗礼中坚强成长，紧急需要时勇敢地操起手术刀，为伤兵缓解苦痛。战斗像无情燃烧的烈火般激烈进行，黎明时分她冒着生命危险去打水，咬着牙从病人空陷乌黑的眼眶里抠蛆，入夜为垂头丧气的伤病员鼓劲而哼唱家乡的歌谣。但是当美军开始迫近时，她正要引爆手榴弹自尽，所幸被美军黑人士兵救下。

她在床上急躁不安，辗转反侧，又想起自己在填了无数的申请表，经过几个月烦躁而漫长的等待之后，终于离开塞班那一天的情景。他们乘的那艘驱逐舰弹痕累累，她傲然独立于甲板上，眼望着塔波乔山越来越小，再一次向负责那家医院的中年医生默然告别：他就死在她的脚下；她在心中默默向那些她作为生手给他们做过手术的士兵们告别。随后，她向死去的妈妈、爸爸和姐姐，以及她最疼爱的哥哥道别。她哥哥驾驶的那辆坦克在战役爆发的第一天就在海滩上毁于炮火。"弘子要回日本了，"她默默地对他们说，"别啦……"

然后，她再一次在脑海里想象遥望日本的第一大小岛的情景。啊，祖国，您的女儿终于回来了！不久，映入眼帘的是摄人心魂的富士山，山巅白雪皑皑，熠熠生辉；她想起死在她怀抱里的那个年轻的战士，他离开人世前说的最后一句话就是"富士山"！她终于踏上了日本这片热土。

可如今别人说她是贼！

第二天上午到达宪兵司令的办公室时，事实上她处于逆反心理状态。帕特森少校要她再仔细回忆一下那天离开布雷福德夫妇家的准确时间，花了多长时间才回到家里，她机械地用单音节词作答。

"在布雷福德司令指责你偷东西前，你和他之间有过什么麻烦没有？"

她只机械地摇摇头。

"你知不知道布雷福德司令在军官俱乐部女侍中名声很糟？"马克问，她还是摇摇头。"难道你隐瞒了些什么？"可怜的姑娘忍不住泪如泉涌。

玛吉走进办公室。

马克真有点恼了："玛吉，难道你不知道这是秘密询问吗？"

弘子抽抽搭搭地竭力使自己平静下来，可马克还是听见她说了一句"给祖宗丢脸！"的话。

"少校，"玛吉转身对帕特森说，"我想我猜到了她为什么不想说。我同她单独待几分钟行吗？"

马克表示反对，但比利和帕特森都没吱声。玛吉领着可怜的姑娘到另一间屋去了，马克怒气冲冲的，别的人则默然不语。过了许久两个女人才回来，马克注意到了他姐姐脸上以前从未有过的鄙夷的神色。她只狠狠地骂了一句："那狗日的奸污了她！"

2

布雷福德接到通知，他将受到普通军事法庭的审判。到 8 月下旬，横须贺海军基地分成三个阵营。其中一个阵营是司令忠诚的辩护者，他们对于自己心目中神圣的足球明星居然会强奸一个日本妞的说法怒不可遏。这一伙人包括那些在他往昔橄榄球场上辉煌业绩的荫护下洋洋得意的人，他手下那一帮把他看作"亲切的乔"的官兵，因为他诙谐活泼，平易近人，老爱玩恶作剧，求他要一张他的签名照片时他总是有求必应。第二个阵营人数最多，像德克尔夫妇，他们竭力搞好和改善与横须贺人的关系，对布雷福德对日本人毫不掩饰的鄙视态度感到不快。最后是那些同情布雷福德太太的人，他们组成第三阵营。

在军人俱乐部里，人们闹哄哄地为法庭审判的结果打赌。这个违法活动是由一个在这方面很有经验的中士挑头闹起来的。赌赢了的除了别的好处外，还有渡船送到附近的一家妓院里享乐一番。

马克是布雷福德帮的眼中钉肉中刺。他不但进行咄咄逼人的调查，而且很容易招人嫉恨。他平时和颜悦色，可偶尔他认为什么对人不公时就管不住自己的脾气，直来直去，绝不含糊。在比利的劝导下，过去几年中他已改了不少，可在他认为自己有理时还是嘴不饶人，伶牙俐齿。他从来还没有像这一次这般自信过。

在图利奥和"野兽"的帮助下，他访问过30人，其中既有日本人也有美国人。在被指控强奸那天，有 3 个木工正在布雷福德小洋楼的前庭干活，他们记得那天下午四点钟左右他回过家。布雷福德第一次作正式的陈述时，根本没提到回家之事，可向他出示三个木工的口供后，他又承认回家取过文件。他声称在家停留的时间不超过 10 分钟，后来他办公室里的官兵所作的陈述与他本人的相吻合。马克再次要求那三个木工仔细回忆布雷福德回家和离家的时间，他们的回答并不一致。

在图利奥的提议下，马克已与在珍珠港的宪兵司令通过电话，布雷福德在那儿服役过一年。马克问布雷福德在那儿惹过什么麻烦没有。对方的第一个反应是档案上没有这方面的材料，但他们要再仔细查查。一天上午，帕特森少校和几个调查人员正开会研究已经取得的证据时，夏威夷打了个长途电话过来。他们在布雷福德的卷宗里找到了他登记在案的指控，说他家的夏威夷女仆从他们在马卡拉帕的家里偷珠宝首饰，而女仆则反过来指控，说他企图吻她，她好容易才逃了出去。"由于这女仆很喜欢布雷福德夫人，"夏威夷的宪兵司令接着说，"所以又回来干活，就像什么也没发生过似的。"马克紧张地做着记录，他的兴奋之情传染给在场的每一个人。他从电话里听得见对方翻动文件的刷刷声。宪兵司令最后说："我们手里有几份简短的报告，从中只能推知后来在办公桌后面找到了这些珠宝首饰。因此有人怀疑可能是女仆又把这些东西悄悄送了回来。不管怎样，此事就这样不了了之，没有记录表明布雷福德因此受到过哪怕是最轻微的惩罚。我会把所有这些文件的副本寄给你的。"

帕特森不像马克那么兴奋。"这只能表明一种行为方式，但我认为它并不怎么可靠。不过援引这些资料不会有什么坏处。"

这时马克拍了一下自己的脑袋："蠢驴！""我怎么没想到去查一查，看在弘子之前有没有别的姑娘在布雷福德家作过女仆？"话音未落，他抓起军帽就往门外冲，图利奥在身后一个箭步跟了上去。布雷福德夫人在家里。她双眼红肿，好像哭过，不大情愿地把他们让进客厅。马克注意一只半满的玻璃杯，里面是可口可乐或其他烈性饮料。"布雷福德夫人，来打扰您我们感到很不安。就一会儿工夫。弘子之前你们还请过别的女仆吗？"

"噢，请过。"她脸上有一种做贼心虚的表情，啜一口她杯中的饮料回答。"富枝一开始做得蛮好的，可她不大爱清洁，越来越邋遢。这样我只好让她走，而弘子则正好相反。"她假装用手捏鼻子，可马克还是发现她竭力要掩饰自己的泪水。

20分钟后，马克和图利奥就已赶到小村富枝家里。她母亲看见来了两个穿海军陆战队制服的人，吓得直哆嗦，结结巴巴费了好大劲儿才说清楚富枝被解雇后搬到她姑妈家去住了。

马克向她保证，他们只是想问她几个问题。"她不会有麻烦的。能告诉我们她的地址吗？"

那是九州岛的一个村庄，离佐世保不远。

这天下午，马克上了一架飞往佐世保海军基地的海军飞机。当地的宪兵司令借给他一辆小汽车，并派了两名助手帮助进行必要的取证。他们花了一个小时才找到富枝姑妈的那所小房子。这姑娘在邻居家呢，她姑妈叫一个小男孩去把她叫回来。她上气不接下气地跑回家，有点紧张。布雷福德夫人说得对，富枝跟大多数日本姑娘不一样，邋里邋遢的。不过，她长得倒是清秀可人。

马克先给她吃了颗定心丸，说她不会有麻烦的。"我们只是想问几个关于你在布雷福德司令家干活期间的几个问题。"

她满脸狐疑，她的回答并不使马克觉得有必要继续往下挖。

"你同布雷福德夫妇之间有过什么大麻烦吗？"

"你是指什么？"

"嗯……我并不是指布雷福德夫人责怪过你……"

富枝稍稍停顿了一下道："噢，她对我啥都不满意，她觉得我啥都做不好。"

"那布雷福德司令呢？"

"他倒还好，我碰到他的时候不多。"

"他没给你惹过麻烦？嗯，比如说批评你什么的？"

"有一次我摔坏了一个碟子，他急得跟什么似的，嚷着要扣我的工钱。"

"没别的了？"她摇摇头。这时，马克让佐世保宪兵司令派来的两个助手回车里等他。只剩下他们两人时他用日语说："我觉得他们走了我们谈话更方便，是不是？"

"他们让我感到紧张。他们看我的神态就好像我干了什么错事儿似的。"

马克笑了。"警察并不都像那样。"他说。"我不是警察，我只想弄清楚究竟是怎么回事儿，保护那些无辜的受害者。"他看得出来她已经放松了。"我想帮助那个接替你的姑娘，她叫加藤弘子。"她可不认识什么加藤弘子。"她跟你一般年纪，同一个很棒的小伙子定了亲，小伙子在东京的一家报社工作。"

富枝露出了笑脸。"我也要成亲了。他爸开着一家好大好大的水产市场。"

"恭喜恭喜！我希望你们两对都幸福美满。"

到这个时候她已彻底放松，起身出门去泡茶。他们啜着茶，马克接着说："可怜的弘子现在有了大麻烦！"他把布雷福德如何指控她偷东西的经过一五一十地给她说了。

"我们日本姑娘不偷东西！"

"最后她向我们承认了真正的麻烦是什么。"

"是什么？"她急切地问，好像在收听广播节目似的。

"她说他奸污了她。"

她咆哮出一个他以前从未耳闻过的字眼儿。

"你认为她在撒谎？"

"他也曾企图对我干同样的事！"

马克感到一股冷气直钻脊梁骨。

"我正在收拾床铺。他从我背后上来，推了我一把，狂笑不已，说我需要他来帮忙。接着就企图吻我。我一抡手掴了他一个耳光，不偏不斜正好打到他的眼睛。"说着，不由得意地笑出了声。"我几天后回来时，还见他肿着一只水泡眼。"

"你打了他以后呢？"

"他简直像一头急疯了的公牛，把我按倒在床上。"

"他是不是撕你的衣服了？"

"我从没那么说！"

"别担心。告诉我当时的情形。"

她眼里露出了怀疑的神色。"报纸上会登的。"

"我们只想让你说说当时的真实情况。想一想可怜的弘子吧。"

"我正在想可怜的我自己！你出去吧！"话音刚落，她就大声叫她姑妈进来。

"求求你，听我说……"

"想一想这些东西见报后我会怎样吧。幸夫就再不会娶我做老婆了！你会讲日语，可你什么都不懂。"即便布雷福德根本没有奸污她，也会使她名声扫地的。想到这里不禁号啕大哭。她姑妈后面还跟着一个老人，畏畏缩缩走进屋子。

"什么都别担心，"马克对他俩说，"请让我们单独待会儿好吗？"

他那温和平静的神态令人放心，她姑妈和老人颤巍巍地退出屋子。

"听着，富枝，我答应不给你惹麻烦。"她满脸狐疑地望着他。"我不要你去横须贺作证，我安排一下，你只须书面作证就行了。"

"但他们还是会知道，还是会在报纸上弄得满城风雨的。"马克给她解释，他姐姐就是个大记者，由她来写这篇报道。"她会特别关照，在报道中不提到你的名字。日文报纸的报道则由弘子的未婚夫来写。"

"你答应不在报纸上出现我的名字？"

"我答应。"马克一边说一边想该如何安排才好。他在心里对自己说要竭尽全力不食诺言。但是，为了可怜的弘子他得继续干下去——至少在返回横须贺的途中他是这么不停地对自己说的，他紧紧抓住手里那份富枝签名的布雷福德企图强奸她的详细证词，签字时他本人和佐世保的两名助手都在场。

"也许我们可以劝她来这里亲自作证。"帕特森少校说。

"我怀疑。"马克表示异议，他差不多但愿是他的佐世保之行并未成功。

"现在我们有了足够的证据提供给普通军事法庭，但还要继续干，要设法从图利奥认为帮布雷福德在黑市炒外汇的两个大兵口里挖出点东西来。"他亲切地拍拍马克的肩膀，"你干得不错！"

"嗯。"马克郁郁不乐地应了一声。

"有什么问题吗？"帕特森问。

"没有，先生。"

帕特森仔细研究过姓小村的女孩的证词后，确信足以判布雷福德有罪，并彻底为弘子洗清耻辱。随后马克向帕特森和比利承认，他答应过那位可怜的姑娘，如果她的证词在法庭上援引，就不能见诸报端。马克明显地感到了沙利文上校的不快。"你不能食言的。"比利说。

"要是我们不用这份证词，我会觉得好受些。"马克说："别的证据不是足以定罪了吗？"

帕特森摇摇头。他们逐项研究了其他证据，但没有一项足以定罪。

"我有一个办法！"帕特森说。听他一解释，马克和比利都认为他的办法行得通。

第二天下午马克又赶到九州。他对富枝说，他的上司帕特森少校认为，如果在法庭上援引她的证词，就难免见诸报端。"但是我们琢磨出一个使你免于任何尴尬境地的办法。"富枝将信将疑地看着他从公文包里抽出一摞文件。"这是根据你上次的证词改写的，只写到布雷福德司令企图吻你，你一抢手打着他的眼睛为止。"

她还是不信。

"你自己看看嘛。压根儿没提到强奸。你不让布雷福德吻你，别人能说什么？你在这儿签字就行了。"

"我不要在任何东西上签字——幸夫还是会急疯的，他不会要我了。"

"就因为你自卫？他会为你感到自豪的。"

"你不了解幸夫。如果这种事儿见报，他会感到自己受了奇耻大辱。"

他担心不得不用最后一招了。"恐怕你不大明白美国海军的地位。"他提到美国海军，而且声音冷峻，使富枝感到惊慌。"如果你不在这份证词上签字，那我们就只好用横须贺海军基地宪兵司令手里那份原件。原件可把此次强奸案的细节说得一清二楚。"

富枝给唬得失声痛哭，她姑妈惊恐万状地跑进屋里，可怜的姑娘求她出去，说啥事儿也没有。她接过马克的自来水笔，在新证词上草草签了名。

"富枝，你做得对。"马克边说边把文件放回公文包，"不过还有一件事。由于这份证词根本没提到强奸，你得去法庭作证。"

她脸上再次露出惊慌，"你是说我得在许多人面前说这些事？"

"只要几分钟时间就够了。没人会说你什么的，大家都认为你做得对。"

她的脸色由惊恐变而为悲哀。

"你不会觉得尴尬的，你会不知不觉地结束你的作证的。美国海军将支付你的一切差旅费，并将让你住进东京的一家很好的饭店里。要是你乐意，也可以与你横滨的家人住在一起。"

听到"东京的饭店"几个字，她的眼睛顿时发亮了。"我还没有住过饭店呢！"她听说饭店里每个房间都有自来水和专门的洗澡间，有的甚至还有淋浴。"可妈妈会很难过的，我要与她住在一起。"

3

1948 年 9 月 7 日上午，星期四，离德克尔上校总部不远的一幢大楼里，审理詹姆斯·布雷福德司令一案的普通军事法庭开庭。由于被告声名在外，审判室里拥挤不堪，听者甚众。在该海军基地还极少有性质如此恶劣的案件发生，也没有一桩案子如此引起人们的广泛争议。布雷福德毕业的大学的富有的校友们筹集了一大笔款子，从美国延聘最著名的专门出庭辩护的大律师到日本为之辩护。该律师手下还有两名海军军官做他的助手。

一名资深海军上尉担任军事法庭审判长，其余 11 名陪审员的军阶从上尉到中校都有。帕特森少校作为军法官负责提起公诉，他得到一个有律师经验的海军陆战队上尉的帮助。马克因作为本案的调查官而不能做帕特森的助手，而只能以证人身份出庭。法庭为日本人预留了 30 个座位，其余则留给海军基地官兵及其家属。出庭的新闻界人士有玛吉和其他两名美国记者，以及包括加藤顺在内的 4 名日本记者。加藤顺有点紧张，麦格林恩和威尔也在那儿旁听。

帕特森少校的妻子萨利带着两个孩儿刚从美国来到日本。她坐在第 5 排，看得见她的丈夫，显得有点不安，她丈夫在别人看来很平静。马克刚进来给他说了些什么，她真希望不要在这最后一刻出什么差错。"我去接富枝时她不在家，"马克对他的头儿说，"她已回九州了。她母亲告诉我她差不多疯啦，因为她无法面对布雷福德司令和他妻子。"

"赶快飞到佐世保把她接来，"帕特森平静地说，"不然，我就不得不用她的第一份证词了。告诉她出庭的有多少位记者。"

儿分钟后，军事法庭审判长入庭落座。他用小木槌敲着桌子道："请保持肃静。"

帕特森少校起立道："公诉人已准备就绪，就美利坚合众国诉詹姆斯·布雷福德司令案提起诉讼，指控被告犯有强奸罪。被告现已出庭。"

继帕特森之后，法庭陪审员和记者纷纷宣誓。帕特森宣读起诉书及所附详情陈述书。随后，被告方宣读无罪答辩书。弘子作为公诉人的第一位证人被传入庭。但是，在向她提问之前，帕特森对法庭宣布："本案提起的是属于强奸性质的控告。由加藤弘子小姐提出指控。为了节省时间，我请她用简单明了的语言准确地告诉本庭 1948 年 6 月 30 日那个星期三下午所发生的事情。"

弘子步入证人席时略显犹豫。她穿着一套合体的西服，看上去很整洁，西服是帕特森太太借给她的。她转身看着帕特森，他用日语请她告诉本庭那天发生的一切。她深深吸了一口气，又瞥了一眼帕特森，帕特森冲她点头鼓励。她这才平静地开始叙述那天的事情。

她的日文翻译请她大声点儿。"吃过午饭，"她又紧张起来，"布雷福德夫人叫我打扫楼梯。她要同几个朋友去游览镰仓大佛，6 点以后才能回家。因为我五点钟就要走，她就给了我当天的工钱。"没有人打断她，她不知不觉地有了自信。"我收拾好洗澡间和客厅，开始拾掇布雷福德夫妇住的那间大卧室。我正在拉床上那张要换洗的旧床单时，他进来了。"

"你说的'他'是指谁？"帕特森问。

"噢，你知道，是这家的主人，布雷福德司令。他开始开玩笑。我想他是在开玩笑，但听不大明白他说的英语。没想到他纵声大笑起来。我对他说了一句有礼貌的话，我记不清这句话了，接着又去干活了。突然，他从后面抓住我推我，口里说着什么'亲亲宝贝！'。我吓坏了，用尽全身力气想挣脱他，可他把我按在床上，把我翻过身来。"

"我知道很难为你，弘子小姐。请往下说。"

"他……他撕掉我的内裤……"说到这里，她用手捂住嘴，泣不成声。

审判长那张饱经风霜的脸上露出了焦虑，问帕特森是否需要休息一会儿再继续取证。帕特森回道："我想她喝杯水就能继续往下讲的。"

萨利·帕特森感到一股同情这位可怜的姑娘的情绪在升腾，但从那些面无表情的脸上，他知道有些人压根儿不相信她的话。

弘子镇静下来准备接着往下说。她的话都是短句，从中看出她备受折磨，她叙述了他怎样粗暴地掰开她的大腿，她抵抗时他如何掴她耳光，她尖叫时他又怎样猛击她的肚皮。最后她总算说完了，从证人席上站起来。帕特森示意她坐下。"被告方有什么问题要问吗？"

"被告方确有要问的。"弗朗西斯·X. 弗莱厄蒂冷冷地说。帕特森觉得他缓缓走向弘子的样子，就像狐狸侧身接近猎物。弗莱厄蒂身材不高，瘦长而结实，是一个逐渐显露自信与能量的民事律师。在过去的 25 年中，他为那些被控犯有谋杀、绑架、叛国和贪污腐化的人出庭辩护，取得了惊人的成功。他因为那些付不起律师费的穷人辩护而受到广泛赞扬，同时也因使黑社会人物逍遥法外而遭人咒骂。

帕特森已事先让弘子做好准备，弗莱厄蒂会对她所说的一切进行无情的驳斥。

"加藤小姐，你刚才给我们讲了一个着实令人伤心断肠的故事。法庭里任何一个稍有感情的人无不为之感动。"他的声音很平静，甚至是令人安慰的。"我有一个你这般年龄的女儿，我知道任何一个作父亲的如果他的孩子受到你刚才说的那样野蛮的攻击，他心里会是什么滋味。加藤小姐，我只有一个小问题要请教。"他说着走到离她不到一码远的地方，一双蓝色的小眼睛紧盯着她。"加藤小姐，我的小问题是被告方想确切无疑地证明"——这时他突然弹出一个指头，几乎打到她的脸颊——"确切无疑地证明你在撒谎！"

帕特森正要举手提出抗议，审判长厉声说道："弗莱厄蒂先生，请离证人远一点儿。这不是普通的民事法庭，请不要炫耀您机敏的辩才。本庭只对事情的真相感兴趣，我们将适当地进行法庭调查。"

弗莱厄蒂毫不在意地表示了歉意，和颜悦色地说："我对该证人的问话暂告一段落。"

帕特森传一个日本木工出庭，这是他的第二个证人。他作证说，那天下午 4 点左右布雷福德进入那所房子，约一个小时后出来。他受到警告，不许将此事告诉同事，随后他被解雇了。接着另一个木工出庭，证实了第一个木工的陈述。帕特森得出结论："这完全推翻了被告对本案调查官所作的原始陈述，即他只在房子里待过 5 分钟或 10 分钟。"

这时弗莱厄蒂发难了："我注意到我可敬的同行没有传第三个木工。我想知道此中有何蹊跷！"

"我们这就宣读他的证词。"帕特森道："本庭将注意到，第三个木工确认布雷福德确于 4 点左右进入房子，但不能肯定他是什么时候离开的。"

弗莱厄蒂要求传第三名木工出庭作证。帕特森向他保证，次日上午其他木工便可出庭。接着，他向法庭展示了来自珍珠港的物证，这些物证表明 1945 年布雷福德指控他的夏威夷女仆偷窃其价值连城的珠宝首饰，叮随后由于女仆控告他想吻她而收回自己的指控。

"珍珠港与本案有什么关系？"弗莱厄蒂尖声反问，"这些资料……"他手里拿着这些物证向上一扬，"不仅与本案毫无关联之处，而且不应该在本庭中援用。这些文件有的是用铅笔写的，只签了姓名的首字母。"

"它们表明了被告的一种行为方式，"帕特森回答，"本案是由布雷福德司令控告加藤小姐偷他的金币引发的。我们的调查官没有找到任何证据表明她有此行为。"

"这份来自珍珠港的宝贵证据，"弗莱厄蒂继续诡辩，"不是严格意义上的证据，完全是道听途说。"显然，帕特森感到军事法庭的陪审员对弗莱厄蒂的辩护留下了很深的印象，于是立即传一名日本医生到证人席证明弘子的阴门受到损伤。起诉就此结束，法庭宣布休庭。

用午餐的时候，马特对萨莉说，除非马克把小村富枝带回来，即便宣读她的全部证词也不会使法庭陪审员信服。

马克花了一个小时才说服富枝跟他回横须贺。最初她姑妈不让他见她，可当他威胁说他要请佐世保海军基地——"海军基地"几个字听起来很不顺耳——的官员帮忙时，她简直是把侄女儿从厨房里给拖出来的。"你想逼我们用你的全部证词吗？"他严厉地责问可怜的姑娘。

"可是你答应过我，"她泪流满面地表示异议，"你答应过我你不会食言的！"

"你擅自离开横须贺从而毁了你的诺言，因此我就没有义务信守诺言。好啦，我不跟你争论这个。很抱歉，现在这一切都会见报，可这是你自己造成的。"说着，他起身就要出门而去。

"我跟你去。"她郁郁不乐道。

当他们钻进吉普车时，风刮得树叶哗哗直响。

"要刮台风，"司机说，"今晚和明天不会有航班了。"

在回佐世保的途中，一棵让暴风吹倒的大树横在马路中间，吉普车费了一个小时绕道而行。回到宪兵司令部，等待马克的是更加令人沮丧的消息。九州岛和本州岛之间的铁路交通中断，可能需要较长时间才能恢复通车。马克把电话打到马特家里，说他们在星期六傍晚以前恐怕赶不回来。少校请他尽早赶回，并随时保持联系。

虽然帕特森接电话时并没有提高声音，萨利还是觉得不对劲儿。他告诉妻子出了什么问题，还说这意味着得耍点手腕加点什么以拖延审判。此前他估计被告一方可能在一天半之内完成法庭调查。现在他得想办法延缓法庭调查，以便能拖到下星期一。

星期五上午，弗莱厄蒂简明扼要地宣读了辩护词。接着让法庭内的每一个人吃惊的是，他把第三个木工传入庭内作他的第一个证人。他复述了在此之前他作的证词中的内容，即布雷福德司令在屋子里待的时间最多不过 20 分钟。

"你注意到他出来时有什么异样没有？"

"你指什么？"

"我是指他的动作或表情。"

"没有。"

"他是不是看上去像刚跟人打过架？比如说他脸上有没有抓伤，衣服上有没有血迹？"

帕特森表示抗议，律师这是在引导证人。

"抗议无效。"审判长在与其他陪审员商议后宣布。

"换句话说，他看上去跟走进屋子时一样整洁？"

"是的，先生。"

帕特森的盘问并没能使该证人改变他的证词。这样，弗莱厄蒂便出示了一大张涉嫌作案的房子的素描图，争辩说任何人要去二楼，聊几分钟，攻击加藤小姐，还得看上去"大头针一般整洁"，远不是 20 分钟内所能完成的。接着，他询问这个木工，布雷福德在房子里时他是否听到尖叫声。回答是否定的。

"你看到加藤小姐离开这所房子没有？"

"看到了。布雷福德司令走后一会儿（她离开这所房子）。"

"一会儿是多长时间？"

"嗯，10 分钟或 15 分钟。"

"她的行为或样子有何异常之处吗？"

"她只是从我们旁边走过。"

"她的衣服让人撕破没有？脸上有抓伤吗？"

"没有，先生。"

弗莱厄蒂又分别传了一遍其他两位木工。他们都坚持认为布雷福德在楼上至少待了40分钟左右，但是离开房子时他的外表并无异常之处。加藤小姐也没有对三位证人说什么。

"先生们，"弗莱厄蒂开始滔滔不绝地施展他的雄辩，"还有什么比这位可怜的姑娘编造的故事更令人难以置信的吗？三个木工都证明他们没有听到尖叫声，而我们这位姑娘不置一词轻快地离开了这所房子。你们能够想象任何一个刚被强奸的姑娘能如此平静地从她的三个同胞身边走过吗？你们能够想象她能不大声惊呼哭诉吗？"

帕特森对其对手的天真推理表示赞赏。"不过有两点纰漏。首先，一个遭到强暴的日本姑娘根本不会对木工吱一声的，因为这是她的奇耻大辱。'大声惊呼哭诉'只能张扬她的耻辱，毁掉她的名声。其次，我尊敬的对手一再指出如下事实，即三个木工没有听到尖叫声。我们的调查人员对此也有疑虑，因此做过一个实验：三名与本职无关的海军军官站在该所房子外那些木工那天所在的地方，然后加藤小姐、我本人及三名与本案无关的别的海军军官进入位于房子后部的那间卧室。加藤小姐尖叫过六声，外面的三名军官什么也没听见。看得出来，被告的律师表示怀疑。不过，他忘了问这些木工一声，有没有什么东西妨碍他们听到加藤小姐的大声尖叫。"说着他回到公诉席，拿起一台带着长长的电线的小收音机。"这台收音机当时正在播放音乐。"

三名木工证实了这一点。"我们问过布雷福德夫人是否介意，"第三名木工说，"她让我们把插销插在大厅的插座上。"

"当然，如果被告方表示异议，我们并不反对暂时休庭，以便我们在本庭陪审员面前再做一次试验。"这至少需要两个小时，不过弗莱厄蒂并没有咬钩上当。他表示同意接受第一次试验的结果作为证据。

这天上午晚些时候，布雷福德对卧室里发生的事情作出陈述。甚至萨利·帕特森也在心里承认他看上去是那种整洁潇洒的美国男人。在弗莱厄蒂的精心指导下，他的叙述是令人信服的，没有任何蔑视弘子的言辞。布雷福德夫人的神情和态度也是令人信服的。是呵，吉姆从未对弘子表现出哪怕是一丁点儿兴趣。没有比吉姆更周到细致和体贴亲热的丈夫了。

帕特森提问时和善的态度使她放松了警惕。"你从没跟弘子拌过嘴?"

"噢,从来没有,她的活儿我非常满意,一点也不像……"她突然停下来,禁不住本能地瞥了一眼弗莱厄蒂,他警告过她绝不要提到前一个女仆。

弗莱厄蒂担心公诉方会问"一点也不像谁"。但是马特假装没留心到这点,因为他想使富枝的出现成为突然袭击。

"你从未抱怨过弘子小姐?"

"噢,是的。她出生于一个很好的家庭,干活很麻利。"

"我明白了。你不会把她叫做说谎者吧?"

"噢,当然不会。她是个……"她意识到自己说漏了嘴,只说了半句就停住了。

"我同意这种观点,即任何认识加藤小姐相当一段时间的人都知道她是个诚实的姑娘。既然你也毫无保留地承认她不会撒谎,那你就必须相信她所说的一切。"

布雷福德夫人的脸刷得一下白了,她两眼瞪得圆圆的,正要结结巴巴地说什么,这时弗莱厄蒂表示抗议。但审判长还没来得及说"抗议无效",帕特森就已发语:"我撤回我的最后一句话,我的提问暂时结束。"

弗莱厄蒂心中暗暗高兴,他断定帕特森像许多没有在民事法庭中辩护过的军队律师一样,还嫩了一点,经不起刑事案件的起伏跌宕,暴风骤雨。他本人开始对弘子的个性发起无情的攻击,传入看见她出现在共产党人组织的抗议集会的证人,这次集会是在海军基地大门口举行的。另一个证人则宣称她出席过共产党人的会议。

她承认参加过那次集会。

"为什么参加呢?"

"因为我相信我们再也不应打仗了。"她热情地叙说着自己在塞班岛当护士的亲身经历。"我认识的每一个人都反对战争,麦克阿瑟将军也不允许我们日本再组建军队。"

"如果在本基地还有集会,你会参加吗?"

"我会参加的,先生。"

"你还参加过赤色分子的会议？"

"是的，先生。他们有些主张很不错，他们想帮助人民大众。"

"这么说你加入了共产党？"

"没有，先生。我只想当护士。"

她的这句话引得满堂哄笑，审判长请大家保持法庭肃静，虽然他自己那张粗糙的脸上也闪过一丝笑容。

"可是你喜欢他们的主张呀？"弗莱厄蒂不松劲。

"一些主张。"

"自由恋爱怎么样？他们可是提倡自由恋爱的。"

"不是大家都自由恋爱吗？"

帕特森表示抗议："她根本不知道你在说什么。"

"弗莱厄蒂先生，给她解释清楚你指的是什么。"审判长道。

"我指的是在性生活中自由选择伴侣，不受合法婚姻或任何义务的限制。"

把这句话译成日文颇费周折。弘子用手捂着嘴，有点神经质地笑了："我根本就没听说过这样的事。"

弗莱厄蒂赶紧转换话题。"我听说你是在塞班岛上看护伤兵的惟一的女护士。"

"先生，我在那里没见过别的女人。"

"这么说你毫无隐私地生活在数以千计的男人中间。也就是说，你没有自己单独的住所？"

"单独的住所？"她简直不能相信还有比他更蠢的人。"根本就没有这样的住所。我们都在璀璨的星河下工作和休息。"

"一个女孩和上千个男人。"

"我是否可以提请本庭注意，"马特·帕特森道，"这样的盘问是令人恶心而又不公正的。这个姑娘以惊人的毅力履行职责，而你却暗示她在性方面很放荡。"

"性方面很放荡？"弗莱厄蒂以一种极度嘲笑的口吻反斥相讥，"我说过性方面很放荡吗？根本没有！这可是你自己说的，我连想都没有想过要用'性方面很放荡'这个词。"

"弗莱厄蒂先生，"审判长用刺耳的声音厉声说道，"请你不要把本庭当作你在芝加哥出庭的陪审团好吗?"

然而,帕特森看得出来,老是这么说对那些本来就对弘子的行为心存怀疑的陪审员反倒可能产生不利影响。

这天余下的时间用来介绍知名人士的证词,包括三名参议员、一位前美国副总统和一个退休的美国最高法院法官,以证实布雷福德的人品作风。来自马克的最新消息说,他和富枝好不容易已赶到日本最大的本州岛,但由于一座桥梁被毁而再次受阻。他想改乘汽车,但洪水把公路冲得坑坑洼洼的,因此帕特森建议他还是乘火车回来。他估计他们最早能在星期六下午 5 点左右赶到东京。

在横须贺,也有树木被台风刮倒,而且星期六上午审判长宣布复庭时,审判室房顶正滴滴答答漏雨。马特请那位给弘子检查过身体的日本医生再次出庭作证,一直到 10 点左右他努力证明在指控布雷福德攻击弘子那天她的女友陪她到他的诊所检查过。"她阴门的损伤是由强奸所致吗?"帕特森问。

"我认为是的。"年长的证人回答。

"你能更肯定一点吗?"马特说,"强奸是一种重罪,指的是使用暴力手段并在违背她本人意愿的情况下与妇女交媾。这里,使用暴力——"

"我抗议!"

"抗议无效!"

"**使用暴力**是构成强奸罪的基本要素,本庭必须基本肯定布雷福德司令使用过暴力,而加藤小姐要么竭尽全力进行过抵抗,要么不敢抵抗。大夫,我再重复一遍我的问题,请回答得更确切些。根据我刚才所叙述的概念,这一特殊情形构成强奸吗?"

马特看到布雷福德的额头上滚落着大颗大颗的汗珠。

"根据我过去的从医经验,我几乎可以完全肯定地说,损伤系由强行插入所致。"

"大夫,如果不是强奸所致,还有其他可能吗?"

"我想不出别的原因。"

弗莱厄蒂盘问医生时,怀疑他是否有能力作出上述结论。"你是在一个地方小镇上行医,对吗?"

"还有比在这样的案例中积累经验更好的地方吗?"他反问弗莱厄

蒂，并且指出他完全可以在一家很有名望的东京大医院作医生，可他宁愿在家乡为乡亲们解除病痛之苦。

庭间短时休息时，马特和他的助手在一间小屋里吃三明治，同时绞尽脑汁地想办法拖延审判。很显然，弗莱厄蒂急于在午间休息前作最后辩护，下午了结此案。

"看我把谁带来了！"图利奥兴奋地叫了一声，冲进接待室，后面跟着一个穿着整洁却缀了几块补丁的制服的日本人。这是一个外科医生，塞班岛上为数不多的幸存者之一。他从早报上读到一篇有损弘子在唐内医院作护士时的名声的报道。直到最后一刻，他一直与她在一起。

他的出现引起人们不大不小的震动。他复述着她是怎样学习做手术，怎样从伤兵眼里抠蛆，怎样冒着生命的危险去打水，这一切使听众莫不感动万分。当他说到入夜时分她如何哼唱家乡民谣和儿时的歌曲时，萨利忍不住滚滚泪下。"大家都亲切地称她为'我们的小夜莺'。正是她那无畏的勇气使我们坚强地活下来。你认为会有人把她当作女人吗？"他挥手指着居高临下拷问他的弗莱厄蒂道，"我认为这个人根本就没上过战场，可是你们"——他转身对着陪审团——"你们参加过战斗，你们熟悉我说的战争生活。"

帕特森设法把审判拖延到下午一点半，但他心里很清楚，这已到极限了。于是，他提出动议："我想提请本庭注意，我知道现在已是公诉方开始辩论的时候了。我预计需要一个小时进行准备，助理军法官至少需要半小时，然后我才能进行 15 或 20 分钟的辩论。如果本庭休会到下星期一上午，公诉方将不胜感谢。"

"我抗议！"弗莱厄蒂尖声叫道。

"抗议无效！"审判长大声说，"我认为陪审团的成员几乎都赞成休庭。这是一桩令人疲惫不堪的案件，我同意公诉方的休庭意见。由于遭到台风袭击，本庭部分成员要回家堵房漏；其余的，我相信，在周末还有其他重要活动。"

陪审团表示同意，法庭再次休庭。

马克和富枝在下午快 7 点时抵达东京。他们先在一家像样的菜馆里好好美餐了一顿，随后他把富枝送到一家现代化的日本饭店。饭店之豪华令富枝眼花缭乱。"经过这一路奔波，你需要好好睡一觉。"他对富枝说。既然审判要到星期一才恢复，帕特森建议直到最后一刻才把富枝接到横须贺。"你要是觉得方便的话，我们明天晚上也住在东京好啦，星期一早晨乘火车去横须贺。"

这一点，马克用不着多费口舌。她简直不能相信这一切是真的，如坠梦里。

在前往第一饭店的出租车上，马克又看了一遍他上次收到的乔西的来信，他去第一饭店同父亲挤一两个晚上。她在信中抱怨说回日本的时间得往后拖了。正当她在查阅珍珠港事件的国会调查记录时，给召到波士顿去了。她解释说，罗普斯—格雷请她考虑参加为六个黑人男孩辩护的案子，他们被指控强奸并谋杀一个白人姑娘。"我们这位资深的合伙人，"她写道，"认为事务所应把接受此案当作公益事业。可迄今为止还没有一个白人愿意出来为被告作证，我对打赢这场官司没有把握。尽管如此，我答应把手头的事情先放几周，考虑一下这桩案子。"她那口气好像她让人给绑住了手脚，不过他觉得她是个心甘情愿的俘虏。他狠狠咒骂了一声，声音如此之高，以致司机差点儿把车开进人行道。"看路！"他用日语尖声吼道，心里暗自发誓这一回再也不能动摇，待她一回日本就向她求婚。

星期一上午，法庭宣布开庭，又是那间挤得水泄不通的审判室。麦格林恩教授与玛吉、威尔和马克坐在一起。当帕特森说"公诉方的辩护到此为止……"时，被告席上的人显得那么自信。帕特森稍事停顿话锋一转："……除了最后一位证人。本来她可以早些时候出庭的，但因受阻于台风，她从九州赶来的途中给耽搁了。"

弗莱厄蒂凑到他的当事人耳边嘀咕了几句。布雷福德毫不在意地耸耸肩。

"我为证人的耽搁向法庭表示歉意。如果没人反对的话，我这就传唤证人。"

一个法庭职员将一个姑娘引入庭内。马克瞥了一眼离自己不远的布雷福德夫人，她刚要说什么就用手捂住嘴。布雷福德看到富枝时脸上挂着一丝苦笑。

"小村小姐，请告诉本庭你的姓名和住址。"帕特森道。

　　她如实回答，脸上露出一种歉疚的微笑。当她发现布雷福德直瞪着她时，她惊恐地扭头望着帕特森。他和声细语地对她说放松点儿，不要紧张。"法庭只要求你说明事情的真相——毫不隐瞒地说明事情的真相。"

　　"嗨！"她尖声回答，声音很高，庭内有几个人笑出了声。

　　"请保持法庭肃静！"审判长道。

　　"你也在布雷福德家干过活？"

　　"是的，先生。干过3个月。"

　　"你喜欢给他们干活吗？"

　　"她很招人喜欢。虽然有点挑剔，但待我不错。"

　　"为什么只干了三个月呢？"

　　"她认为我老是留下犄角旮旯儿没打扫干净。"

　　"是她解雇你的？"

　　富枝又紧张起来。"富枝小姐，被解雇没什么可害臊的。"马特用日语对她说，他那慈父般亲切的声音使她恢复了自信。"我想，"他急忙用英语补充道，"审判室里的每一位差不多都被解雇过一次。"

　　"有一天夫人对我说，她丈夫，即布雷福德司令，抱怨说我打扫过的房子还是那么乱七八糟的。"

　　"我明白了。这么说是司令让她解雇你的。"

　　弗莱厄蒂表示抗议，审判长请军法官对他的问题重新措辞。

　　"请书记员删去这句话。"帕特森说，他已经想好自己的问题，"你同布雷福德相处得怎么样？"

　　"我抗议，"弗莱厄蒂道，"这位证人与被告相处得好不好与本案中他有罪还是无辜之争端毫无关联之处。"

　　"抗议无效，证人可以回答。"

　　"你同布雷福德相处得怎么样？"帕特森重复了一遍。

　　"嗯，我想还可以。直到那天他把我逼到卧室的一角。"

　　弗莱厄蒂哧的一声站起来。"我提议删除这个回答！'我想还可以'这种措辞纯系推测之语，她的回答文不对题，极易产生偏见，应予删除。"

　　审判长同意删除。

　　帕特森继续提问："不管什么时候，你是否在布雷福德司令家的卧室里碰到过他？"

　　"我抗议！"弗莱厄蒂大声说道。"我可以走近法官席吗？"他敏锐地感到那场即将发生的风暴，想在他有机会提出实质性的反对意见之前阻止由于她的证言而发生对自己的当事人不利的情况出现。"我认为事情很清楚，"弗莱厄蒂道，"公诉方该描述该证人与被告之间发生的其他事情了。我谨提请本庭注意，我们审理的只是一桩案子，任何涉嫌他方的事件与本案件指控被告有罪或无辜毫无关系。倘若本庭接受该证人的证言，那么事实上本庭已在着手审理另一桩案子，而被告事先并未被告知涉嫌控告他的罪行。这样，法庭就卷入了一桩与本案无甚关联且很有偏见的完全单独而平行的争端之中。我想象不出公诉方意欲将本庭引向何方，但我认为我必须对这样的证言可能导致的错误方向及时提出抗议。"

　　审判长有点动摇。"帕特森少校，弗莱厄蒂先生认为此证言与本案无关而且有偏见，因此提出抗议，对此你意见如何？"

　　"我以为本庭应当考虑这条证据，作为被告方有犯被控之罪的图谋的旁证。两个事件都涉及一种行为方式，第一，受害方都是其他种族的女仆；第二，事件都是在被告的妻子不在时发生在家里；第三，事件都是在正常上班时间、被告回家时他妻子不在时发生的；最后，事发之后［被告］总是以解雇威胁受害人。"

　　审判长与其他陪审员稍事商议后宣布："本庭将视此证据为被告具有犯被控之罪行的图谋的旁证，它反映在一件相似事件的行为方式中。"

　　"我对此项证言表示抗议，"弗莱厄蒂固执地说，"以及随后的法庭调查中我免于与闻的事实，均应记录在案。"

　　审判长记下他的抗议后，弗莱厄蒂继续顽抗："我已注意到法庭记录了我的抗议及我免于与闻此项证言。我还要提议从法庭记录中删除此项证言。"

　　"提议无效。你的免于与闻记录在案，你的权利得到保留。"

　　帕特森掩饰着自己的得意，请富枝继续作证。

　　"他抓住我，凑过来企图吻我。我竭力想挣脱他，不巧我的手打着了他的一只眼睛。"

　　玛吉看到布雷福德的脸死一般的苍白。弗莱厄蒂对他说着什么，可他好像根本没听他说话。"第二天我回来后，布雷德福夫人就解雇了我，我看见他肿着一只大水泡眼。"

一想到全美足球明星让一个不到五英尺高的女孩打得肿着水泡眼，庭内听众不禁纵声大笑。审判长敲着木槌请大家安静，而布雷福德却用手抱住了头。

"我提议暂时休庭。"审判长道。

法庭复庭后，帕特森道："小村小姐的作证尚未结束，不过被告的律师或许有问题要询问？"

休庭时弗莱厄蒂迫使他的当事人向他交代了事情的真相。这位大律师一步步缓缓逼近富枝，把她吓得眼珠都快鼓出来了。随后他突然转身。他已尽其所能排斥她出庭作证，敏锐地意识到若再加盘问，还要扯出更加不利的东西，而不仅仅是那只水泡眼，于是答曰："我没有理由使这位小姐更加紧张。被告方放弃询问权。"

"帕特森少校，你还有问题吗？"

"我同意被告律师的意见，先生。如果法庭允许，我想作最后的陈述。"

有的听众原以为好戏还在后头，没料到就此戛然而止，心中隐隐萌生着一种被骗的感觉，但大多数人为布雷福德夫妇的羞辱到此为止而舒了一口气。马特的最后陈述，弗莱厄蒂的辩护，以及公诉人的最后辩论，都简洁明了，而非哗众取宠。快到正午时，审判长宣布："本庭就此休庭，如果陪审团今天达成共识，将于下午 3 点到 4 点之间复庭。如果到今天下午 4 点尚未达成共识，则明天上午 9 点半开庭。"

人们缓缓退庭，如此平静，好像他们还没有从事情急剧变化的震惊中恢复过来。当马克要送富枝出庭时，她扭头就跑。她双眼布满血丝，由于愤怒和绝望而声音发颤："现在谁都知道了！他们啥都知道了！"

"真对不起，"马克说，"我从没想到会是这样的。"

她摆脱马克，在拥挤的人群中左冲右突。马克紧紧地跟上她。

"她说什么？"玛吉问威尔。

"'现在全让人知道了。'马克说他很抱歉，从没想到会是这么个结局。"威尔心里涌起一丝苦涩。"又是一场没有输赢的官司。"

弘子被三名记者围住，其中也有加藤顺和玛吉。马克看到弘子不胜烦忧，道："审判还没结束呢，散开。"他提议大伙儿一块儿到附近那家菜馆吃中饭。弘子心不在焉地慢慢嚼着她的饭。

"你认为法庭会如何判决？"玛吉问。

"当然判有罪。"马克答道，"惟一的问题是判多长时间，没准他会挨枪子儿。"

弘子站起身，急匆匆地去洗手间，玛吉跟在后面。"亲爱的，一切都结束了。"玛吉安慰道。

"一切都结束了，可我怎么办？"

"你回东京当护士去。"

"自从惹上这场麻烦后我就没上过班，哪来那么多钱？"

"你差多少钱？"弘子给她说了个日元数目，大约合 500 美元。"你已有不只那么多钱了。"

"我手头只有几百日元。"

"我写的有关此案的报道正在美国发表，弗雷德里克斯报系要支付你 700 美元。"弘子吃惊地看着玛吉，不敢相信。"在弗雷德里克斯先生拍板成交以前，我本不想告诉你的。"

她们回到餐桌上时，马克说富枝不让他送她回家。"她觉得我骗了她。"

"她会冷静下来的，"他姐姐说，"法庭上并没有让她难堪。"

但他还是觉得放心不下。"她说她的男朋友肯定会啥都知道的。"

玛吉换了个话题。"刚才我对弘子说她可以离开这个脏兮兮的小镇，到东京当护士去。"她提到报社要付她那笔钱的事儿。"弘子应当在一星期左右收到这笔钱。"玛吉用肘捅了捅马克，在他说蠢话前把他叫到一边。"可怜的孩子手头只有 300 日元。把那 700 美元分一半给我怎样？"

"铁石般坚强的女记者却有一副金子般的心肠。"他笑着说，答应当晚就给她一张 350 美元的支票。

"还贫嘴呢，给我 700 美元好不好？我会还你的。"

"这就更像我姐姐了！"

"你知道我是可以信赖的。"

他吻了一下她的前额。"亲爱的，我当然信赖你。真是好样的。"

下午 3 点半，法庭成员依次入席落座。"布雷福德司令，"审判长宣布，"本庭经秘密会议讨论，判决你有罪。"

布雷福德竭力想显得泰然自若，却惊愕得合不上嘴。

"也是经过秘密会议讨论的，"审判长继续说，"以及无记名投票表决，经 2/3 投票人同意，本庭判处你 30 年劳役，在海军当局监督下执行。"

布雷福德听罢判决痛哭流涕，马特可能稍稍有所感觉的得意烟消云散。马克对那个给无辜的姑娘们带来如此不幸的人依然毫无恻隐之心，但是看见布雷福德太太泪如泉涌，他的内心升腾起一股奇怪的负罪感。除了忍受那不堪忍受的羞辱，她还将失去作为军官太太的一切优待，因为她丈夫已降为普通水兵。漫长的劳苦奔波结束了，可马克并不感到满意。正义获胜可慈悲安在，尤其是对那些受害者。弘子蒙受耻辱，他的负罪感因那 700 美元而稍有减轻，但他知道他永远不会原谅自己在正义的名义下给富枝造成的一切伤害。

第 六 部

第二十二章

1

东京，1948 年 10 月

转眼又到了麦格林恩一年一度向占领军当局提交年度报告"仅供盟军最高司令官参考"的时候了。麦克阿瑟在他的私人便条里再次强调，希望麦格林恩"毫无保留地"对形势作出评估。麦格林恩感到有点棘手，这是风起云涌急剧变革的一年，尤其是美国的对日政策。这一年还标志着改革时代的结束：随着日本国会最终通过一系列法案，限定同业公会的组织范围、教育体制的非集中化以及彻底改革司法体系的法律条令纷纷出台。此外，根据新宪法的原则，日本人民的政治生活也发生深刻变化。

这些改革由于华盛顿关于停止解散财阀的指示而得以扩展。日本的巨型家族企业为华盛顿刮来的新风不胜惊喜而业已改变计划，华府出于其冷战政策的需要，决定把日本建设成亚洲的工场。麦格林恩明显地感到，如今日本的经济生活又要为那些为一些善良的美国自由派人士所不齿的财阀所控制。他认为，在某种程度上，这是重建日本经济的必由之路。不过，这或许意味着某种美国式的资本主义与战前国际卡特尔模式下财阀的联姻，而这些财阀却是他喜欢的所有观察家们所深恶痛绝的。这种新概念的第一步便是国会为缓和失业与经济萧条而拨款建设公用事业，在未来的 4 年里，美国将每年向日本输入 1.5 亿美元左右。他想，这倒是个好主意，不过美国选民怎么会乐意掏出这么一大笔钱给那个前不久还与之生死搏斗的国家？当然，直到一切结束，选民们是不会知道政府在干什么的。

在给麦克阿瑟报告的要点中，麦格林恩教授列举了四项美国帮助她从前的故人重新恢复工业力量的措施：第一，允许日本保留盟国本想作为赔款加以没收的工矿企业；第二，为日本工厂的现代化改造提供财政支持，保障其海外原材料及商品销售市场；第三，恢复财阀制；以及最后，对日本工会组织新近获得的一些自由权利予以限制。他列举了满满五页纸的他能考虑到的这些措施的利弊所在，最后弄得自己稀里糊涂的不知道形势究竟怎样，不得不请真理子帮他出出主意。

真理子浏览了一遍他对财阀的看法后说："我所知道的都是我丈夫告诉我的。他说财阀企业并非日本帝国主义扩张的军事计划幕后罪恶的渊薮，美国人情报有误。"实际情况正好与美国人听说的相反。财阀的座右铭是："自己活也让别人活，日本繁荣也让他国繁荣。"它根据这样一种假设，即日本离开外贸就不能生存，而外贸则完全取决于与别国的和解和友谊。"日本财阀对战争的支持与美国企业家供给罗斯福战争物资并无二致。"

"我还有一个问题，"教授说，"请坦率地告诉我日本的普通百姓对占领日本三年来的看法如何。"

她稍事思索，然后谈到战败以来发生的令人难以置信的变化，那时城市被毁，满目疮痍，饿殍遍野。在整个日本，无数的新楼如雨后春笋般拔地而起。街道两侧挤满了重建的店铺，货架上的食物和其他商品琳琅满目。人们的穿着打扮甚至比战前还好，黑市几乎已消失殆尽。民心归顺，人民享有前所未有的思想自由和言论自由，尽管在通往民主的道路上还有很长的一段路要走。

"所有的日本妇女都感谢美国终于赋予我们与男人平等的法律地位。你们身体力行，教会我们的男人'女士优先'。我听人说我们日本目前的民主是预先设计好的。但是若说妇女的解放，则并非如此。日本妇女早已期待解放，现如今不管你相信与否，她们在家庭和社会生活中几乎与男人处于平等的位置。我们日本女人最有名的谦卑与纯情的天真正在迅速消失。"战后的日本姑娘在讨价还价时甚至比小伙子们还要精明务实，咄咄逼人。妇女还参加工作，跟美国人辩论，维护自己的权利。"如今我们女人比男人更冷静务实，大多能够完全应付自身的环境。"

麦格林恩想到她的那个儿子。

"你该知道一个自私的儿子并不比一个自私的丈夫强。"他说。"我同你打交道时总小心翼翼提防着太郎。"

"求求你,"她说,"别这么说。"

"我认为应该开诚布公地跟太郎谈谈了。我用你的办法试了几个月,他的态度却越来越糟。"

她局促不安地向四周望望,然后说:"你今晚晚饭后来一趟。他跟我说过他要在家里学习。"

麦格林恩觉得那几个小时真难挨,他越想太郎,就越觉得生气。这全是他自己的错。他早就该跟他挑明了,不过欺骗自己说时间和耐心会使那孩子懂事更容易些。他最近在警方的一份调查报告中看到了太郎的名字,这是涉及一个著名的社会党人遭暗杀的骇人听闻的案子。一个名叫近江纪夫的东京的大学生,冲到日比谷公会堂的主席台上,当时这个社会党人正在作政治演说。近江高呼"打倒一切暴君!",朝那个吓得魂不附体的人连捅六刀,台下的听众惊得目瞪口呆。一名美国摄影记者为福克斯电影新闻将所有血淋淋的细节摄入镜头,玛吉则撰写了一篇有声有色的现场亲历记,将之与珍珠港事件前理想主义的少壮派军官所干的冷酷无情的歌舞伎式暗杀活动相提并论。太郎是暗杀发生后聚集在日比谷公会堂的十多名学生之一。他和其余学生一样,经警方讯问后即被释放,但警方进行狱外监视。

麦格林恩来的时候,太郎和真理子坐在厨房里的那张桌子边。他闷闷不乐,她看到教授那张严肃冷峻的面孔,也有几分不安,哀求似的抬起头来。他决心直言以告,却并未诉诸他在傲慢自大的学生们面前所常常表现出来的尖刻而咄咄逼人的机智。"得知近江杀人后你被警察带走,"他用日语心平气和地说,"我感到很难过。"

真理子惊恐地用手捂着嘴。

"我以为他从没给你说过日本警察询问他后才放他走的。甭担心,他不会被捕的。"他回头看着太郎,太郎面不改色心不知羞。"好长一段时间以来,我一直想跟你讲道理。我今晚来是想让你明白些事理。可我看得出来这毫无用处。不管你妈妈怎样为你担惊受怕,那些乱七八糟的事你还会照干不误的。"

真理子极力克制,但还是也禁不住掩面而泣。

"你不想为自己辩护吗?"

太郎不屑一顾地耸耸肩。

"那么请听我说,年轻人。你妈妈和我就要结婚了,我希望你把我当作继父。我不……"真理子泣不成声,他犹豫不决,感到难以往下说。"你妈妈和我要过我们自己的生活,我们希望……"太郎毫无反应。麦格林恩深知,他要是再待下去肯定会大发雷霆的。他还有什么可说的呢?起身拂袖而去。

麦格林恩走了好一会儿,母子俩都默不作声。突然,太郎拉开碗柜,抓起一把明晃晃的刀子,嘴都给气歪了,"你要是再跟他来往,我就把他宰了!"说罢,一把飞刀插到桌子正中。

第二天上午,麦格林恩把真理子叫来,说是要多听听她对给麦克阿瑟的报告的建议。他从她那一脸苦相上猜到,昨晚他走以后一定发生过什么事。"你这究竟是怎么啦?"

"我不能再跟你见面了。"她顺口说出来,听来倒像一时的气话。她还说太郎威胁要离家出走。

"老天爷,你怎能把他一时的气话当真呢了?"

她忍住没有流泪。"求求你,别再给我添乱子了。"一双温柔的眼睛满是哀求的神情。言罢,匆匆离去。

他整个儿给惊懵了,呆呆地望着面前的报告。就这么去了近一个小时,随后在报告上愤怒地草草签了名。接着他犯了牛脾气,附上一份他关于珍珠港事件前几个月的惊人发现的要点,并要求与总司令单独面谈,研究处理办法,还说应该认真检讨越来越糟的亚洲局势。

第二天,麦格林恩收到麦克阿瑟的一份不长的备忘录,感谢他提交了一份很好的报告,但是很遗憾,由于工作太忙,近期内没有时间与他见面,譬如说,国际法庭的法官们终于作出裁决,法庭很快就要复庭宣判。

2

乔西从美国回来的第二天,便同马克在一家温馨宁静的日本菜馆共进晚餐，他们在一间远离其他食客的包间里。乔西滔滔不绝地说着密西西比的那桩案子，马克很有耐心地听她说话。她费尽周折也找不到白人出来作证，还是不大想接这桩案子。马克觉得她抱怨得太多了。

末了，他问："我们怎么办？"

"你指什么？"

"别再欺骗自己了。你知道我想跟你结婚的。"

"我知道。真抱歉！"

"抱歉什么？你不想嫁给我？"

"我很抱歉没给你完全坦白。我也一直在想这事儿。"

"呵——"他如饥似渴！

她上身前倾，从桌子上靠过去，深情地握着他的一只手。"马克，我真的好爱你。你是我爱的第一个男人。"

他紧紧握住她的纤纤玉手。"我爱你！"

"有好多事情要考虑呢……"她犹豫了。

"嗯，都有些什么事？"

"马克，我这阵子忙得要死。没几天法庭就要复庭，东条肯定会被判处死刑的。这样，我们就只有一两周的时间来准备上诉。宝贝，请理解我。"

"你知道我们分别多长时间了吗？"他垂头丧气地说道，"4 个半月！137 天啊！"

"老天爷！亲爱的，有那么长时间吗？"

"3288 小时，就连有多少分钟多少秒钟我也一清二楚！"

"那我们还等什么呢？"她说着便去取大衣。

11 月 4 日上午，关押在巢鸭监狱的甲级战犯已准备好听从命运的安排。头天晚上已洗过澡，刮过脸，早早吃过早饭后便钻进一辆看上去异乎寻常整洁的汽车里。这一行只有 22 人，还有 3 人，即前首相平沼男爵、梅津大将和白鸟敏夫大使，还住在陆军医院里。

这天天气晴朗，风和日丽。在市谷的高层楼座里，很快挤满了没有资格预订座位的外国人和日本人，包括身着和服的女人。陆军部大楼走廊里随处可见戴着寒光熠熠的钢盔的军警，居高临下密切注视着宽敞的审判室过道里的听众。麦格林恩从楼座往下看，在那群律师中找到了威尔，他们聚集在律师席叽叽咕咕地说话。他不在公诉人席，却和乔西和布莱克尼说着话。

当战犯入庭在他们熟悉的座位上落座时，人们低声耳语了一阵。他们看上去身体很好，平均体重增加了 10 磅。9 时 30 分，身着黑色法官袍的法官排成一列，神情严肃地进入法庭，惟有美国和苏联法官身着军装。在盟国和日本摄影师各式各样的水银灯照射下，审判厅灯火通明。

审判长韦布开始宣读军事法庭多数法官的意见。他的声音明亮而恢弘，战犯们将耳机夹在头上，很留意地听着。玛吉身边的一个美国记者小声说，他们像一班对自己听到的无甚兴趣的疲惫之翁。他还说，同他以前的想法相反，并非所有的日本人都一个模样。"这些猴子有的耷拉着圆脑袋，有的拉着个长脸。"天啊，玛吉心想，他们怎么派出这么个厌包记者！他觉得土肥原大将的样子很滑稽，急忙在记事本上写道："一个五短身材的家伙，仿佛一只吓飞了魂的兔子。"离他几步远的阿南大将"则只有那久未修剪乱蓬蓬的山羊胡子引人注目"。坐在第二排的东条依然傲慢袭人——"卑劣而狡诈的日本武士佬的活脱脱的画像"。重光葵使另一个记者想起一个"来自一个小学院的满脸愁容的教授，一边听一边急匆匆地潦草地作记录，头发给挠得鸡窝似的"。

法庭审判井然有序。韦布声情并茂地宣读说，日本被判处犯有对中国进行侵略战争罪，并计划对俄罗斯、美国、英国以及其他西方大国发动类似的战争，这些国家反对日本统治东亚和西太平洋地区，到傍晚时分，韦布还在谴责日本统治者在 1928—1938 年的战争期间违反战争法并犯下了惨绝人寰的罪行，那些楼座里原以为在审判的第一天就会发生戏剧性事件的听众感到失望。显而易见，审判还得持续一个星期。

翌日的头条新闻与审判无涉，而是美国总统选举中杜鲁门出人意料地战胜杜威连选连任。几乎所有夸夸其谈的观察家都预言杜威会大获其胜。杜鲁门的巨大胜利被称为历史上最出人意料的选举结果。日本报章则谓之"1948 年的奇迹"。在巴黎，联合国代表为之欢呼，称之为美国公众明确授权结束困扰联合国的摇摆不定的美国政策。但南京却陷于绝望之中。中国国民党担心失去自己的盟友。苏联人宣称，他们对选举结果只是略感诧异，这无非是反革命势力的又一次胜利，毫无差别可言。

然而据合众社报道，从都柏林到维也纳，从奥斯陆到罗马的大街小巷，人们为来自中西部的那个脾性古怪的家伙东山再起而喝彩，视为对奸商巨贾的胜利。

进入审判的第三天，木户被指控在发动战争中扮演了主要角色。然而，又一起国际事件使审判厅里发生的事情黯然失色。据报道，国民党军队从"满洲"出逃的两大港口之一的营口陷入共军之手。更有甚者，华府对华中地区日益恶化的局势深感不安，建议南京及上海地区所有的美国侨民即行撤离。仿佛为了显示即将来临的大溃败的严重性，杜鲁门总统批评国民党当局违反有关救济物资的协议，强调进一步提供有效的军事援助困难重重。

到 11 日那天，市谷的审判暂时休庭。显然，法庭宣读调查结果已近于尾声。用午餐的时候，允许被告隔着铁丝网与家人见面。这天晚上，战犯在美国陆军第三十六战地医院接受 X 光检查，以免体内藏有毒药或其他致命的凶器。麦克阿瑟忘不了戈林是如何在最后一刻挫败刽子手的，但这次检查一无所获。

11 月 12 日，星期五，又是阳光灿烂而宜人的一天，预计到中午温度计的水银柱将爬升到华氏 60° 高一点点。战犯被送进候审室后，允许他们与家人再度见面。

东条在与他的美国律师布卢伊特交谈时情绪高昂。他谈笑风生，语多幽默，代表他本人及家属向律师表示真挚的谢忱。"如果法庭判我死刑，请不要求麦克阿瑟饶我一命。"他说，不过同意布卢伊特根据日本系自卫之观点提出申诉。"可是，我不想求麦克阿瑟从宽发落。"他强调指出。

当审判进入最后一天时，审判厅里弥漫着一种似真似幻的气氛。22名被告不动声色地坐在那里。木户扑通一声一屁股坐在椅子上，闭目养神，只是在韦布念到他的名字时才微睁双眼。板垣大将心不在焉地坐在他后边，一张闷闷不乐的脸让人捉摸不透，他是要对日本侵占满洲负责的人之一。东条那副厚实的眼镜后面双目紧闭，丝毫也不理会他的同伴们。他面色苍白，不过看上去身体还挺棒。在上午的整个开庭期间，他几乎毫无表情。

在贵宾席上，负责法国使团的将军笔直地坐在那里，聚精会神地听着。他旁边是韦布太太，她丈夫读得很快，一口气读到 10 时 52 分，然后宣布休庭吃午饭。

"现在，法庭开始宣读对每位被告的判决。"复庭后韦布道。审判厅里，人们感到一股期盼已久的兴奋在蔓延开来。大家等待若斯的时刻终于来了！名单上排在第一位的是荒木贞夫大将，他面色苍白，听到"有罪"二字时在椅子上前后摇晃。第二位是土肥原贤二大将，他也有罪。陆军元帅畑俊六有罪，他看来满不在乎。东条内阁企划院总裁星野直树被判"有罪"时用手揉搓眉毛，似乎害头疼。木户好像在听众中找什么人。"有罪！"海军上将左右摇晃脑袋瓜儿。"有罪！"最后宣判东条，他靠着椅背，明亮的灯光照射着他光秃秃的脑瓜，仿佛没有留心这最后而一致的裁定"有罪！"

韦布宣布暂时休庭。其间被告被带到候审室，他们的椅子也被清理出去。审判厅内外军警戒备森严。几分钟后将宣读判决书。

下午，时针恰好指向 3 时 55 分，韦布庄严地宣布，现在宣读判决书。审判厅里几乎所有的眼睛都聚焦在空空如也的被告席。这时，荒木被护送入庭。他移步走向被告席，摄影师的闪光灯闪烁不绝，他几乎睁不开眼。他面对韦布，韦布道："被告荒木贞夫，根据你被判定有罪之起诉之条款，远东国际军事法庭判处你终身监禁。"东条的首席辩护律师清濑从他的座位上转身察看被告的最后神态，虽然他知道这很不礼貌。

荒木面对法官鞠了一躬，在门廊里等待的第二名被告土肥原入庭。在韦布的一生中，这是他第一次宣判死刑，因为他的家乡昆士兰州已废止了死刑。土肥原也鞠躬示谢。被告依姓名字母顺序依次入庭，接受对他们的判决，向法庭鞠躬。清濑并不感到诧异，所有的被告都显得坚定自信，他们不想遭到自己以前的敌人或本国同胞的讥笑。不过，他们的紧张却是显而易见的。

随后，最后一名被告出现了。东条小心翼翼地调好他的耳机，双手扶着被告席的木栏杆，对法庭深深鞠了一躬。其他被告提醒清濑注意站在审判者前面的学生。没有比东条的态度更掩人耳目的了。他脸上露出一种半是宁静半是微笑的表情。审判者是**他**，看上去他是在屈尊听着一个名叫韦布的被审人的申辩。清濑觉得这似乎是一种最高境界的超然与极境的自由的表情。韦布宣读"处以绞刑"时，东条微微点头，似乎在说"嗯，死刑，我明白了，我明白了"。清濑注意到这个转瞬即逝的表情，感到舒了一口气，他感到自己能够描述出东京审判结束时的气氛。东条摘去耳机再次鞠躬。玛吉觉得他退出法庭时依然统帅着日本陆军。总共有7名被告被判死刑，其中有一个是文职，即广田弘毅。

在宣判过程中，乔西本已悲戚的感情由于看到威尔脸色死灰一般而愈加悲戚。多数公诉人脸上毫无得意之色。尽管对基南来说这是获胜的一天，威尔还是对有些判决感到震惊，尤其是对重光葵的判决显然有欠公允。布莱克尼一直殚精竭虑地为全体被告辩护，他向负责审判厅安全的肯沃西上校走去，要求允许他与被告谈谈话。最近，这些被告在一张大幅卷轴上签名，对他的热诚帮助表示感谢。上校如此深沉地热爱他照管的这些人，此时此刻他忍不住泪如泉涌，不顾上峰命令，允许布莱克尼和乔西入内与被告谈话。

被告分为两组，被判处死刑的关押在一间牢房里，其余的关在另一间里。乔西跟着布莱克尼，去探望将要被绞死的囚徒。这些遭到谴责的人随意而坐，一边抽烟一边闲聊，好像什么事也没发生似的。布莱克尼用日语同他们说话，他一直钻研日语。他所谈的一切，乔西大多听不懂，但她从日本人的神态中看得出来他们是多么的感动。东条显然意识到这是一次正式探望，聚精会神地站着，其他囚徒跟他一样。"被告方面尽了最大的努力，"布莱克尼说，"请你们相信，法庭的判决是历史的裁判。"

东条深深鞠躬，并代表其他人感谢布莱克尼，感谢他和其他被告的律师们所做的一切。随后又向乔西鞠躬示谢，感谢她为自己所作的辩护。他递给布莱克尼一首古典的俳句：

> 高贵啊你们这些年轻人
> 无言的樱花悄然而谢
> 多么可爱呵多么宁静呵

7名死囚在一辆车上，其余的囚徒乘另一辆汽车。将被绞死的惟一的文官广田的两个爱女几近崩溃，向父亲洒泪告别挥舞手绢时竟弄错了汽车。

在法庭的最后审判中，印度法官帕尔将其异议记录在案。他写道，所有 25 名被告都应当无罪开释。荷兰法官罗林也要求法庭将自己的不同意见记录备案，他宣称无一被告应当被判以死刑。法国法官 M. 伯纳德则指责说，不仅起诉是以不平等和不公正的方式进行的，而且从未把 11 名法官聚在一起讨论过判决。

7 名死囚羁押在一所被清理一空的监狱里。他们各自被关在 8 英尺长、7 英尺半宽的单人牢房。窗户上装有双层铁丝网，狱卒通过粗大的狱门铁条严密注视着一切动静。狱卒 6 小时一轮换。

他们看得出来，东条安详如初。

银座人声鼎沸，人们聚在一起看日本报童张贴在墙上的号外。许多人掏出笔记本飞快地作记录。几乎所有的人都认为判决公正无私，大多数公诉人也是这么看的。然而，被告律师同样坚信，这是胜利者的正义。

麦格林恩颇为惊愕，但对判决并不感到意外。他瞥了一眼夹在退庭而去的人群中的真理子，一时想同她再说几句。但他明白，她心绪不宁，谈话何益。他独自一人郁悒不乐地用午餐。

威尔原以为自己对最糟糕的情况也心有所备，但判决结果仍使他不知所措，他步履沉重地步出审判厅。他木然挥手，叫来一辆的士，驶往现在所住的第一饭店。他简直不能相信，法庭要绞死一个文官，而木户竭尽所能阻止战争，却要备尝终生监禁之苦。在过去的一个月里，威尔一遍又一遍地捧读他父亲的手稿，手稿说罗斯福总统对日本人的最后提议印象颇深，乃亲笔写下一份临时协定作答。威尔在巢鸭向东条和木户出示过罗斯福的复信。他永远也不会忘记东条的那声长叹："唉，要是我们接到那份临时协定就好了！"

乔西神色郁悒，在大厅里等威尔。她说："我从没想到会这么糟！"

"我开始讨厌这整个该死的司法程序了。"他幽幽地说道。

"我从业时间越长，似乎就越感到法律不完善。走，咱们喝一杯去。"在酒吧里，她开始抱怨说，人类在各领域取得了进步，唯独法律停滞不前。"人类很快就会冲破音速障碍。我敢打赌，人类甚至会上天揽月。然而，在 20 世纪的审判室里援用的法律，却仍然是 18 世纪法律哲学的条条款款。"

这时，一个日本小伙子气喘吁吁地冲他们急驰而来，"很抱歉，少校。我找斯诺小姐好半天了。"他是东条的辩护律师的一名翻译。"我们得到东条将军的急信。他要求见清濑君，可清濑君已经出城。我不知道布卢伊特先生这会儿在哪里。斯诺小姐，我们一起去找找好吗？"

她把杯子里的饮料一饮而尽。"走吧！"

可是翻译一想到担任口译就感到很紧张。威尔自告奋勇跟他们一起去，不到一小时便与东条相向而坐。将军面露喜色，"我做了自己从未想到会做的事情。"说着，他把几份文件递给乔西。"这是我对世人的声明。我会给你一份声明的摘要的。"他点燃一支香烟，深深地吸了一口，而后掐灭。"我为部下所犯下的暴行对世人道歉，请求美国宽容和怜惜我无辜的同胞，他们在无情的空袭和两枚原子弹的轰炸中已历尽劫难。我还要警告贵国，不要让我的同胞染上共产主义的病毒。"说到这里，他又点燃香烟，随后优雅地掐灭烟蒂。"我还预言，朝鲜的分裂将引来无穷的祸患，美苏之间将发生第三次世界大战。既然战争将在中国、朝鲜和日本展开，贵国就有责任保护虚弱无望的日本。"他点燃另一支香烟，吞云吐雾享受片刻，翻到最后一页。"我用一首诗结束我的声明。"他吟诵道：

> 永别的时候到了
> 我将在长满青苔的坟茔下期待
> 春暖花香的又一天
> 在我大和诸岛上

吟罢，起身向乔西鞠躬。"有你为我辩护，鄙人倍感荣幸。"

甚至威尔还没有译完他的最后一句话，乔西已热泪盈眶。她伸出手，东条温和地握着。然后，他匆匆向威尔鞠躬示谢。

"愿神保祐你。"威尔说着伸出右手。

东条面色冷峻。他犹豫片刻，接着阴冷的面孔挂上了笑容。他握住威尔的手，热情有力地握了两次才松手。

当乔西和威尔穿过监狱走道时，她把自己问过东条的问题拿来问威尔。"上帝保佑!"威尔答道。她紧紧抓住他的胳膊。"他一定非常高兴。"东条作何反应呢?

威尔感到如骨鲠在喉咙。"他说:'我的朋友'。"

在皇宫,夜班侍臣村井永昌轻轻打开通往天皇陛下龙居的门,将审判结果叩奏陛下。陛下满脸通红,双眼噙满泪水。村井敬畏天皇,浑身颤抖,当即垂目视地,他不忍看到他的君王如此痛苦。村井面奏完这条消息后,低头退出。

3

根据审判程序,被告可在 11 月 19 日以前上书麦克阿瑟,但东条拒绝这样做。"我就是想作替罪羊,"他对满目惊讶的清濑说,"我对判决感到满意。"

麦克阿瑟听取了有关其他 10 个国家对审判的意见后表示,没有比复查判决更令人生厌的事情了。"人类的决定不可能绝无谬误。但是我想象不出任何一种司法程序,其更好的保障不是为了推动正义。"他支持法庭的判决。

即便如此,绞刑还是被推迟了。美国最高法院根据被告方提出的复查判决的要求,下令延期执行。可是 12 月 20 日最高法院以 6 比 1 的裁决拒绝接受上诉,理由是该院对国际法庭无管辖权。这样,采取进一步的司法行动徒为虚幻,并定于 12 月 23 日午夜零时一分执行绞刑。

在巢鸭,7 名死囚为上绞架做准备。他们清一色穿着美军工作服,背上印着一个很大的字母"P"。看守允许他们相互之间一天见两次面,但一间牢房里只允许两名囚犯叙谈。他们大多读书看报,写作记事或独自玩纸牌游戏。东条感到高兴的是,他能抽到日本香烟。不过,每次只能递出一支,由看守点燃。12 月 1 日,他们的家属可以前来探视。预定的第二次探视将在来年 1 月 1 日进行。

东条对巢鸭监狱的佛门方丈花山信胜的来访感到高兴。眼下,佛教主宰着将军的生活,并因此有寺小屋的绰号,意思是小方丈。他对辩护律师在华盛顿徒劳的努力称为"耍猴戏",因为其结果从一开始便已注定。布莱克尼和弗内斯告诉他延期执行的消息，他非但不为所动，而且还把手里的文件一把扔到桌子上，大声喊道："我希望他们抓紧点儿，把这事了了。"言罢，他面带微笑自嘲自讽："在上绞架之前要身体健康不患感冒可不容易啦！"

他同花山第三次见面时提出的惟一要求就是在自己生命的最后一刻穿一身洁净的衣服。"我们日本人临死之前总要换一身干净的衣裳。不过，我们不能指望美国人明白这一点。"花山建议他用日语写一张便条提出意见。

"我想在最后一刻才交出眼镜、假牙和念珠。"说着他又一次表示希望尽快行刑。"那时我便获得了自由。"接着他提到自己是如何在心灵深处皈依佛理的真谛的。

"我每次见到你，你都有新的悔悟和真福。"方丈道。

"嗯，众归于佛。"突然，他看到一副手铐把自己的手和身边的一名宪兵的手锁在一起，不禁苦笑一声："不过此举善莫大焉。我抬手他也得抬手。这是佛将我联结起来的纽带之一。我锻炼身体时，他也跟我一起去。真是不胜荣幸之至也！"

12 月 10 日花山第五次探监时，东条谈到他与"观音菩萨"佳能不期而遇，使方丈不胜惊讶。他拿出一张面巾，上面印有美国商标"加农"（Cannon）。"佳能就是拿着它朝我走来的，我想其中必有玄机！"

花山正担心东条精神失常，这时东条纵声大笑起来。他转身对旁边的宪兵说："在英语里，加农指的是大炮，对不对？但用日语来念，就是佳能。这就是说观音菩萨乔装打扮看我来啦。"他笑得很开心。"告诉我的孩子们，当幸福涌进他们的心田时，合掌诵唱南无阿弥陀佛。"

12 月 21 日傍晚，7 名死囚按姓氏笔画之序，一次一人，依次被带到方丈室。房间里有 6 人等他们，其中有典狱长，一位上校和花山。他们被告知何时行刑。东条像往常一样，脖子上戴着一串念珠，对方每说一句他都点头示意，随后手举念珠道"好！好！"

他还有什么最后的请求吗？他要求同花山进行两三个小时的宗教谈话。此外，他希望最后的一刻能与方丈在一起。接着他批评当局采取过度严格的防范措施。"我们绝不会自杀的，我们要向世人表明：我们虽死犹荣！"甚至每次上厕所时都有卫兵跟着，这真是奇耻大辱。"对一名日本人来说，这是难以忍受的。如果你受到这种对待，你就会明白为什么。"他还要求至少吃一次日本菜。"我们毕竟是日本人。哪怕吃点寿司也行啊。我们还想喝日本米酒，至少喝一次。"他还敦促当局帮助巢鸭监狱里的囚徒的家属，他们食不果腹，度日维艰。"同美国军官不一样，我们薪金不多，希望当局采取措施，以使我们的家属维持生计。"

这年的 12 月份天气出人意料的暖和，但 22 日那天却寒冷袭人。下午 4 时，东条一脸微笑步入寺庙。他双手合掌，对神龛深深鞠躬。"这是佛的召唤，"他对花山说，"佛恩无边。"他递给方丈一首 31 音节诗，这是他写给爱妻的：

> 别了，我心爱的
> 今天，我要穿越
> 凡俗忧郁的万壑千山
> 在吾佛怀抱里安然长眠

他抱怨牢房里那盏百瓦灯泡昼夜不眠地亮着。"我的神经居然没有崩溃，真是个奇迹。或许正是我的信仰拯救了我。"他忆及父亲是 12 月 26 日去世的，岳父则于 12 月 29 日逝世。"真巧啊，不是吗？"他沉醉在自己的回忆里，"你知道，我要在一个很合时宜的时刻死去。首先，我要向国人致歉。其次，我能为和平奉献自己的生命，并成为重建日本的一块奠基石。再者，我能心绪安宁地死去，因为天皇陛下安然无恙。第四，如果我自杀而亡，我的死就毫无意义。我要死在绞刑架上。"他身体虚弱，口里只有一两颗牙。与长期忍受病痛相比，死于一瞬又何尝不是幸事。"倘若我被处以终身监禁，我会备受凡俗七情六欲之苦，这又何其难以忍受啊！"是啊，没错，这是他死去的黄金时刻。"我为自己能重新回到大地母亲的怀抱而感恩不尽。"

夜里 11 时 30 分，花山匆匆赶到一楼，察看寺庙里是否一切就绪。他把酒倒在杯子里，为 7 名死囚准备好水。不一会儿，第一组 4 名大将鱼贯而入，他们依次是土肥原、松井石根、东条和武藤章。每人都戴着手铐，并有两名狱卒看管。

花山被告知只有 7 分钟时间了，于是点燃神龛前的香烛。他递给每人一根香，等他捧着香炉走近他们就把香插进香炉。他们的手不大听使唤，提起蘸墨的毛笔，在日本宣纸上写下自己的名字。之后，花山把酒杯递给他们。东条显得很愉快，如今他的要求总算要得到满足了。还有，花山已经为他取好身后的法号，这使他感到高兴。法号的汉语第一个音节是"光"，就是智慧的意思；第二个音节是"生命"的意思，即永生，人类最珍贵的最高愿望。

"要不要吃点饼干？"花山问道。三人婉拒，因为他们取掉了假牙。第四个人，即松井，则吃了许多方丈放到他口里的软饼干。

只剩下两分钟了。方丈诵读"三界箴言"的颂辞的头三条和最末一条。东条和其他三人低下头，闭目聆听。他们表示感谢，之后有人说了一句"万岁"。

"松井君，请你带头。"东条说。

松井带头，4 人声如洪钟，呼喊："天皇万岁！天皇万岁！！天皇万岁！！！"然后是"大日本帝国万岁！大日本帝国万岁！！大日本帝国万岁！！！"

跟松井一样，东条把念珠交给花山。其他人把念珠留在牢房里了。他们相互道别，与美国牧师和几名美国军官握手话别，最后，他们抓住花山的手。

入口处的铁门嘎吱一声打开了。一名军官在前面引路，身后跟着两位牧师，土肥原、松井、东条和武藤章穿过前庭。4 名死囚唱着"南无阿弥陀佛"，但东条的声音最高。在绞刑室门口，花山与 4 人再次一一握手，祈求佛陀赐福于他们。他们对他所做的一切表示感谢，并请他帮助照顾家属。

在绞刑室里，每个死囚由官方证人一一验明正身。陆军部长罗亚尔建议允许记者在场，但麦克阿瑟坚决反对。他答复罗亚尔时指出，纽伦堡发生的事情，违背了人的基本尊严。因此，在场的除了官方证人、验尸官和必要的典狱官员外，只有 4 个人，他们是美国大使和中国、英国和俄罗斯在盟国管制委员会的代表。

死囚拾级而上 13 级台阶，站在安置绞刑架的平台上，转身面对证人。漆黑的头巾缓缓降下，罩在他们头上。刽子手调好绞索。主刑官向行刑指挥致敬并报告行刑细节，死囚已准备受刑。刽子手转身面对 4 名死囚，发出行刑信号，4 只绞刑圈同时放下。时值午夜 1 分 30 秒。

绞刑室外，花山匆忙赶到内寺庙，为另外 3 名死囚就刑作法事。

7 具尸首分装在两辆大卡车里，由两辆吉普车护送。天空中飘着濛濛细雨。车队隆隆驶过水银灯照熠得亮如白昼的巢鸭监狱大门，路两边的士兵扛着刺刀寒光袭人的步枪，阻止外国及日本记者拥向前来。两辆卡车将尸首运往横滨的久保山火葬场，那里已采取严密措施，以免骨灰落入狂热分子手中。

火葬场场长已经火化了 125 名战犯的尸体。望着前陆军头子的骨灰，他喃喃而语：“好，一切都结束了。东条也只能落得这个下场。”

第二十三章

1

东京，1948 年 12 月 25 日

巢鸭监狱，圣诞节上午晚些时候，一名宪兵大声宣读那些尚未起诉的甲级嫌犯。17 人被带到一间屋子里，一名美国军官告诉他们可以出狱回家了。麦克阿瑟决定不再搞更多的审判。这些囚徒被引入另一间屋子，穿上他们的旧军装或文官制服。其中有的已有获释的心理准备，而别的人则还没想到这一层，他们就像悬在半空中想要挣脱鱼钩而突然掉回水里的鱼。跟那些鱼儿一样，他们一时不知所措。

银座一带弥漫着浓浓的圣诞节气氛。东京的大马路两侧商店林立，有 125 家开张纳客。店铺里都装点着圣诞树，其中有一棵号称本城最大的圣诞树，值 4 万日元。虽说节日气氛很浓，熙熙攘攘，川流不息，但店主们仍抱怨说顾客大多逛逛橱窗，或者精心挑选领带、价廉物美的香烟、便鞋、手袋、玩具，栩栩如生的小玩意儿，以及其他低价物品。只有公司或社团才购买珠宝首饰和贵金属器皿。

店主们脸色阴郁，可威尔注意到，在节日彩灯的闪烁、红红绿绿的金属箔纸的装饰和人声喧闹中，逛商店的人莫不喜气洋洋。他去外国记者俱乐部找布莱克尼和弗内斯。他们对他问长问短，热情洋溢，建议他加入他们准备开张的律师事务所。一旦他们通过日本的律师资格考试，事务所就开业。目前，他们正在一个由多国法官组成的国际军事法庭上为前海军参谋长、海军大将丰田副武作辩护律师。这桩案子恐怕还得拖 6 个月，因为牵涉到从进攻医院船——乙级罪行到发动侵略战争——甲级罪行的一系列指控。

布莱克尼解释说，最终会出现许多美国政府非法侵占日本财产的官司的。在这些官司中，威尔特别能发挥所长，因为他英文、日文样样精通。威尔暗自猜测为什么把他调到日本，他对他们考虑让他加入事务所表示感谢，虽然他原计划回波士顿，但他会认真考虑他们的建议的。在他步行去帝国饭店的途中，他奇怪自己怎么会那样答复弗内斯和布莱克尼，他约好与姐姐和乔西在帝国饭店一起用午餐。他为什么不告诉他们他压根儿不想留在日本，只想使自己的神经恢复正常心智清醒？这是因为他对非法侵占财产的案子感兴趣？还是由于他想减轻自己因卷入一场他确信不公正的审判而依然压在心头的负罪感？真是剪不断理还乱。很可能是因为他对丰田的案子确实感兴趣。然而他的参加是不道德的。作为公诉人之一，他知道"当事人"的策略并获得其信任。他会使自己陷入一种尴尬的境地、竭尽全力保护某种利益的同时却违背前一个当事人的利益吗？

他在心里问自己：正义的维护是否应该优先于那些指导职业行为的过时的法律条文？但是他知道乔西会当即反驳说："你违背了律师和当事人相互信任的原则。你还记得法学院里老师讲的契约课吗？'律师接受一桩案子时，必须决定自己是否宜于接受此案。一旦决定受理，因为发现并交予他不利的证据而遗弃当事人，是不正当的。'"

他没有接着往下想。他不能因律师与当事人关系的转换而使自己的负罪感稍有减轻。他要回家去。

当天傍晚，威尔护送乔西去参加一个为继续留在东京的律师举行的告别宴会。在漫长的审判中，他们激动不已，相互之间唇枪舌剑，针锋相对，但晚宴却别有一番气氛。被告律师中洋溢着一种异常欣快的气氛，尽管其他人如布莱克尼依然为他所感到的明显的败寇胜王而愤懑不平。但是他们只是对法官及背后的司法制度愤恨不已，而不是针对他们的律师兄弟的。

大家美餐一顿之后，即发表即兴演讲。虽然弗内斯跟布莱克尼一样认为审判不公，他却在谈论**所取得**的成就。"法学院的一位教授曾对我们说，'公诉人雄辩，被告律师出色的案子就是一桩最好的案子。'我认为，东京审判向世人表明，被告的辩护律师班子是精明强干的。那些曾在战场上与日本人短兵相接的人却为他们过去的敌人热烈辩护，还有展示西方正义的更好的方式吗？"其后，他请乔西讲几句。"圈外人很少有知道乔西·斯诺在审判中扮演重要角色的，她在法庭上只露过一次面。但是我们这些为被告方工作的人不但对她的贡献感激万分，而且知道与她争论法律时她如何嘴不饶人。"

"当我在厚木登陆时，"她就这样开始了她的谈话，"我所知道的日本都是吉尔伯特和沙利文告诉我的。我带着对日本人的一大堆偏见来到这片土地上。即便如此，我还是准备利用我在法学院所学的一切和在波士顿开业数年的经验，竭尽全力为被告辩护，我最初认为这些人与纳粹分子并无二致。短短数周之内，日本给我上了第一课，即日本人奉行我自己遵循的某些新英格兰准则。我想在座的诸位多半经历了同样的认识过程。令人震惊的是，多年来我们蒙骗自己，把日本人想象成与我们迥然相异、绝对不可思议的民族。与诸位一样，我认识到，虽然文化不同，我们在本质上是一样的。过去的三年最……怎么说呢？我从未有过如此富有生命价值的日子。日本是我生命的大学。我相信，我重返故国会是一名更出色的律师。"

人群里自发地响起热烈的掌声，只有少数几个人不为所动。当她和威尔起身离去时，一位来自克利夫兰的被告律师抓住她的手说："头两年里，每次你在大会上信口开河，我都气得咬牙切齿。我从未想到会这么说的，但与你共事我感到很荣幸。"

乔西笑了。头两年里她认为他不过是个不踏实的助手。她说："谢谢！"

乔西和威尔费了半个小时才叫到一辆的士。返回帝国饭店的途中，她几乎没有说话。威尔觉得她心里有事，但又不愿开口问她。相反，他把弗内斯和布莱克尼的建议给她说了。马克在帝国饭店等他俩。"是否接受，我拿不定主意。"他原以为她会表示异议，可她只淡淡地说了一句"回波士顿之前不要等得太久了"。

马克在帝国饭店的门厅里等他们。她在电话里告诉他，让他在告别晚宴后与她见面。马克心想她终于拿定主意要嫁给他了。他一直忍着，等到房间里只有乔西和他两人时，他才把她紧紧搂在怀里，但她轻柔地挣脱出来，说了一声"抱歉，亲爱的"。她嗓音沙哑。她已经穿越了疑惑不定的群山峻岭，下定了决心。

"你这是什么意思？"

"我——我不能跟你结婚。"听到这话，马克一下子蔫了。"法律可是我醋劲十足的情人啊！"她解释说刚刚接受了那桩为密西西比的6个黑人男孩辩护的案子。

马克拉着她的一只手道："我要离开海军陆战队，我能在你身边找到一份工作的……"这些话刚说出口，他们两人都心照不宣地明白，他绝不能在此关键时候退役的。他只能说"我是如此的爱你"，但两人都心有灵犀。命中注定要各奔前程。两人热烈拥抱，各自为对方的挚爱而欣慰，两人都知道分手是不可避免的。随后，他们最后一次热烈亲吻。

当天深夜，在横滨，一个寺庙的和尚和国际军事法庭的一个名叫三茂正平的被告律师趁夜阑人静摸进火葬场，找到装东条和其他6名被绞死的囚犯的骨灰盒——他们事后对朋友们是这么说的。他们神不知鬼不觉地偷走骨灰盒，藏到一座寺庙里。

这天上午，沙利文上校打电话给马克，让他带着自己旧部的两名助手图利奥和"野兽"到寓所来一下。他告诉他们，他要暂时离开，去彭德尔顿军事基地。虽然冷战声疾，但美军涣散不堪，令人忧虑。而且，国民党的军队在沈阳、开封和苏州相继败北后，已临近全面崩溃，

"可最让我担心的是，"他沉思着说，"我们的武装力量迅速解体。经多年的苦心经营和许多人的生命才换来了战争结束时这样一支部队。而后，几乎一夜之间，我们就着手解散这部强大的战争机器。为什么？我真不明白！"

"要是我们不留点儿神，""野兽"气壮如牛地接下话茬儿，"下次鬼子摸到我们头上来，我们提裤子都来不及！"

图利奥说他从国内朋友那儿听说，军队真是一团糟。"可我们又能有啥办法呢，长官？"

"这就是我为什么要回彭德尔顿和海军航空队。他们急需每一个能弄到手的棒小伙，尤其是有实战经验的。"

"那干吗咱们不一块儿回去呢？"图利奥说。"野兽"同样热情很高。

"让我想想看。"说着，他转向马克。

马克一直静静地听着这场令人忧郁的谈话。但看到图利奥和"野

兽"兴致勃勃的样子,他不禁苦笑一声。这些不识世故的青苹果在任何艰难困苦的时刻总是连性命都乐意搭进去的。"把我也算进去,长官。"他说:"干吗丢下我呢?"

这时有人敲门。原来是帕特森少校。"诸位,实在抱歉。"他从久须那儿听到一条不幸的消息:"富枝跳河自尽了。"她的未婚夫听说布雷福德企图强奸她后,不和她结婚了。马克闻之惊骇不已。"我们都是罪人啊!"帕特森接着说:"可这也是迫不得已。在布雷福德继续蹂躏良家妇女之前,我们得除掉他。"

马克知道少校说得对,可他能原谅自己吗?

2

一个星期后,1949年元月2日,马克和威尔从单位要了一辆车,送乔西到厚木机场,在他们后面,玛吉开着她那辆破旧不堪的小车,里面坐着麦格林恩教授和弗洛斯。乔西向马克挥手告别时禁不住热泪盈眶,但是一旦登上飞机舷梯,她就巴不得立即起飞。这样,她就能第十次研读她要在密西西比出庭辩护的案子的最新资料。她不停地向麦格林恩一家挥手致意,多好的一家人啊!要不是他们,她压根儿不会了解和热爱日本这片土地,也不会懂得自己的。

马克那样子好像啥都满不在乎似的,她对他的爱是装出来的。麦格林恩挥手的样儿可真是别具一格,就好像他在指挥交通。乔西挥手回应。老天爷,这破飞机怎么老不起飞?要保持一张微笑的面孔可真不容易。发动机总算发出怒吼,飞机摇摇晃晃地启动了。刚升入空中,乔西就急不可耐地打开公文包,开始看文件。眼前的情景令她激动不已,好像过去的时日里她一直是日本人似的。接着,戏剧性的事件消失了,她的目光和思绪东移,转向密西西比。

马克用单位的车把弗洛斯送回孤儿院。一路上,谁都没心思说话。她沉醉在自己的新计划里,她得弄到一大笔款子才行。一个月来,孤儿院门口发现了5个弃婴。到处都是美国大兵遗弃的婴儿。垃圾箱里有死去的婴儿,河道中漂浮着他们小小的尸首。弃婴演变成群众性的悲剧。马克对弗洛斯说,不久前他在横滨码头看到如下一种场面:两个腆着大肚子的日本姑娘向她们的男朋友，就要回家的美国大兵告别。其中一个姑娘喊道："你啥时回来呢？""回来？"甲板上的一个大兵喊道，"你们日本佬又去轰炸珍珠港的时候！那时我哥儿俩都会回来的！"

马克竭力要把乔西从自己的思绪中抹掉，但没有用。他觉得尽快去彭德尔顿会好些。

另一辆车里，威尔在考虑自己的前途。当汽车驶到东京郊外时，他决定接受弗内斯和布莱克尼的邀请，跟他们一起干。他不想碰海军大将丰田那桩案子，但有大量的工作要做，帮助那些财产被盟国最高司令官没收的日本平民索取正当的补偿。他记得乔西曾说过，他自己也发誓要在一年内重返波士顿。他敢肯定，斯诺老大姐会明白这是多么有趣的经历。

玛吉也作出了决定。她答应兰德姆出版公司的要求，写一本关于她二战经历的书。弗雷德里克斯肯定会放她6个月假。这样，她就可以待在东京，记叙那些惨不忍睹的故事。

她老爸也已拿定主意。他已够有耐心的了，决定晚上去真理子家。他要先去看望户田夫妇，借口是给他们谈谈家里最近发生的事儿。今天是星期天，太郎一般整个晚上都同那班大学生一起厮混，午夜以前绝不回家的。一俟天黑，麦格林恩就去试试风，看那小子走了没有。

玛吉的车在第一饭店停下，让她老爸下车。"我听人谣传，说你很快就要回威廉姆斯学院。该不会是真的吧？"

"你别听外国记者俱乐部那一班人胡说八道。"他得先完成珍珠港事件前的日日夜夜的研究。"我还想写一本关于占领日本的书。"

那天傍晚，他在户田家觉得时间真难挨，度日如年。他心不在焉地用一只耳朵听户田两口子絮絮叨叨地拉家常，心里老想着真理子。他似乎听说省吾在国有铁路总公司属下的一家店子里当上了领班。麦格林恩猜得没错，这小子一定是混进共产党才获得晋升的。那班赤色分子真能折腾！如果把未来几个月里东京审判将要发生的一切看作历史上的一章，那会是非常有趣的。纯子就要毕业了。她对嫁给别人当老婆毫无兴趣，而决心找份工作，这样就再也不依赖于人而自立。家里的其他人也都雄心勃勃的。明刚开了一家附属于日本钢铁公司的公司，户田一家不久就会又过上安安稳稳的日子的。浩卷入黑市丑闻的漩涡而未伤元气。眼下，他在一家颇欣赏他那些点子的丝绸公司做事。虽然他从最基层干起，公司已采纳他的建议，出口一定数量的剩余蚕茧到中国。这样，既能与新中国拉点关系，又是把该产业转变成出口商品基地的探路石。这天晚上，他神秘兮兮地对麦格林恩说，他对未来的发展还有一个更大胆的计划，但他要保几年密。什么样的计划？教授早已心在他处，很是关切地询问。"丝绸改尼龙！"浩耳语道，"有了价廉物美、经久耐用的合成纤维，谁还用丝绸呢？"

天总算黑了。户田夫妇请教授留下来吃晚饭，但教授说已有约在先，一个朋友开车到附近的一个公共汽车站接他。他抬腕看表，"我得赶快走啦。"

屋外阴冷难耐，教授步履蹒跚地穿过户田家的花园，向田岛家走去。房子里的几盏灯泡发出耀眼的光芒。他屏气静待了好几分钟才举手叩门。门嘎吱一声打开了，真理子一看是他，脸色苍白。

"你在这儿干吗？"

"我可以进屋待一会儿吗？"

她不大情愿地让他进屋。两双热烈的眼睛相互凝视良久。最后还是她先开口，请他脱下外衣。一见到她，他是如此激奋，焉知正值寒冬腊月！

"我必须见你。"他如是说，她很焦虑。"太郎在家吗？"她摇摇头。"我们是谈谈将来怎么办。"她闻言低声哭泣。但他知道此时绝不能柔弱。

她语不成句泪先流。最后清清喉咙告诉他说，太郎威胁说要作另一个近江。"我一看到那把刀就忍不住……"

他拥抱她时并不热烈，内心为自己与太郎谈话失败而自责。"我的过失跟太郎的一样多。我听任感情放任，或降格屈尊，或激动暴躁。我们会想出法子的。"他安慰说，显得那么自信过人，她僵直的身体开始柔和放松。

"你知道我爱你，"他接着说，"我也知道你爱我。我们相互需要。没几年太郎就会离你而去的。那时候，你一个人日子怎么过呢？孤身一人，你要是有个三长两短，我也没法照顾你啊！我们所剩的时间不多了。"

"噢，弗兰克，你真让我心乱如麻！"

"请相信我。"一阵热吻之后，她拥着他进了卧室。虽然她宁愿在黑暗中与男人做爱，他还是点燃两支红烛。他们爱得柔婉缠绵而又激情火烈，不觉时光飞逝。

太郎下车时已近 10 点。今天晚上的活动结束得比往常要早得多。工会组织罢工，那帮黄狗破坏货车，但遭到失败。当时太郎正在巡视，当头一棒给打晕了，恢复知觉后拉响了警报。他遭同伴一番奚落，心里不痛快。快到家时心里直嘀咕：怎么家里黑灯瞎火的。再走几步，他发现母亲屋子里烛光摇曳。这下他可迷惑了。往常他回家以前，母亲总在大厅里读书看报。他打开门，朝母亲的卧室走去。他听见母亲在说什么，有人低声浅笑。

他浑身的血液一下子全冲到脑袋上。随后，他听到那老不死的笑声，肺都气炸了。他深深吸一口气，冲到厨房，操起那把水果刀，然后蹑手蹑脚地摸回母亲的卧室。昏暗的烛光下，他们赤身裸体地抱成一团，太郎火冒三丈，咆哮一声——那不是人类的语言，而是动物的咆哮——举刀直戳麦格林恩，后者挥舞双臂招架，右前臂给划了一道口子。真理子吓得直尖叫，从而激怒了教授。他笨手笨脚而又疯狂地左躲右闪。自从教区学校毕业以来，他还没跟人打过架，但愤怒和恐惧使他爆发出惊人的力量。他拼命抵挡，把太郎掀了个四脚朝天。太郎母亲的苦苦哀求，激发起新的怒火。他向麦格林恩一阵猛戳，烛光下刀光闪闪。麦格林恩抓住他的一只手腕，使出浑身的力气猛扭刀柄。太郎大声号啕。这时，麦格林恩看见刀插进了太郎的胸膛，不禁浑身颤抖，惊恐不已。他捅了自己一刀！真理子双手紧紧卡住自己的脖子，好像要卡住自己的尖叫声。

麦格林恩跌跌绊绊向电话走去。他终于接通陆军医院，告诉对方太郎的受伤情况。医生警告他不要拔刀，救护车马上就到。

真理子在儿子头下安放一个小枕头，小心翼翼地不挪动他。在卧室刺目的灯光照射下，她的脸色那么苍白。她温柔地抚摩着儿子的脸，麦格林恩在旁边看得发呆。"儿子，原谅妈妈！"她一遍又一遍地说。太郎睁开眼想说什么，然后又合上双眼。她知道，儿子就要离她而去，情不自禁呜呜咽咽失声痛哭。

3

　　日本警察和军警对麦格林恩进行了长时间的问讯，到他返回真理子家时已是薄暮时分。户田惠美跟他打了声招呼，说真理子还没有从惊悸中恢复过来，不能见他。第二天，惠美再次挡驾，不过这次捎来了真理子的口信，说在安葬太郎之前不要来打扰她。她到办公室来取东西时他还真看了她一眼，但没想去跟上她。他还听说，她已作出安排，调离第一大厦，到他处供职。

　　麦格林恩每天都要在行政处受一次煎熬。每次他都竭尽所能地告诉调查人员，究竟发生了什么事，为什么会这样。真理子作证说这是偶然事故。在美国星条旗下或日本新闻记者面前，从未提到过打架之事，但半遮半掩的事实使事故变成丑闻。教授的多数同事对他表示同情，但那些曾领教过他尖酸刻薄的机智的人则得意洋洋地眼看他丢脸。

　　他参加了在真理子家举行的佛教葬礼。马克提出陪他一起去，但他坚持独自承受那令人尴尬的煎熬。他小心翼翼地坐在榻榻米地板上一个不起眼的地方，一家人待他冷淡而又礼貌周到。当真理子认出他朝他鞠躬时，他看到她那张痛苦不堪的面孔而愈加悲痛。看到对方痛苦的表情，加深了他的负罪感。

　　和尚迷迷糊糊地继续唱着漫长而单调的诵词，真理子脑海里浮现着一幕幕太郎小时候的情景。看着儿子一天天长大，一家人看在眼里喜在心头。母子两人分担着丈夫和父亲逝世的悲痛，一起度过战争时期的艰难岁月。一想到太郎小时候的乖样儿和他们一起生活的幸福时光，她就感到心如刀绞。他们在艰难岁月里是怎样相互帮助的啊！现在她才明白自己在战后几年里所经历的迷茫与悲伤，儿子变得独立自主，好像陌生人，只需同伴陪他！要是他能回来，她会欢迎这种新的关系的。

　　和尚的吟诵终于停止了，家属亲友纷纷走进临时搭起来的灵堂，坐下来为太郎已经离开身体的灵魂的安息而烧香。麦格林恩认为有必要表示他的敬意，他是队列里最后一个盘腿坐在灵堂前的。他感到大家的眼睛都盯着他，仿佛芒刺在背，猛然把三炷香放到烛火上点着，然后用手捐灭火苗，将烟雾缭绕的香插进香碗的灰烬中。他久久地凝视着太郎那张挂着黑色丝带的大幅遗像，双掌合在胸前，鞠躬道别。他只能以这种方式请求太郎的宽恕并达成妥协，这是多么令人伤悲啊！当他转身退回时，真理子及其亲戚向他鞠躬示谢。

在回城的路上，他既不能忘却真理子那张痛楚的面孔，又在内心不停地自责。她心中感到何等撕心裂肺的苦痛啊！他一遍又一遍地回忆起自己与太郎的许多次冲突，他在想，如果自己的国家遭到毁灭并被占领，对未来的梦想被无情地碾碎，他自己会怎样反应呢？他是怎样的自我中心主义者，又怎样考虑不周，何其傲慢啊！他有一个挥之不去的想法，即他本该推心置腹地跟他促膝谈心，而不是抱以敌意；这孩子会报之以琼瑶的。

第二天他到真理子家时，她默然无语地让他进屋。他看得出来，真理子还没有从惊悸状态中恢复过来。"我不停地想啊想！想太郎和我们俩的事，我在想我本应该为他做点什么的。"他说。"他那么年轻，我本该……"

"弗兰克，求求你别再责备自己了。"她打断麦格林恩，抹着泪说。

"我真想替你忍受悲伤的煎熬，承受心上的重担！"他说着急忙要靠近她。

"那仿佛还是一场梦。我不能相信他已经走了。"她声音沙哑。"我需要一个人静下来想想。"

"我不知道怎样才能赢得你的宽恕。"他说道。

她不再克制自己，痛哭流涕，浑身颤抖。麦格林恩一时手足失措，不知如何安慰她。他轻轻拥着她，想抚慰她，但感到她不想让他碰她。

4

在东京市中心的丸之内三菱大厦里，混合军事法庭对前帝国海军总参谋长、海军大将丰田副武的审判接近高潮。文牍工作如此繁重，威尔同意，只要是做幕后工作，他就乐意帮忙。由于丰田还担任过联合舰队的司令，所以对他提出的指控很多。审判一分为六，其中五项指控他犯有战争暴行，一项为阴谋发动侵略战争——甲级罪行。

正当威尔进行最后的问讯和翻译时，弗内斯和布莱克尼成功地驳倒了公诉人的证据。审判长（一名澳大利亚少将）以及 6 名美国军法官更多地支持弗内斯和布莱克尼提出的抗议，而不是美国公诉人的抗议。

对丰田威胁最大的指控是一支日本海军部队残酷屠杀数以千计的马尼拉平民百姓。但弗内斯挡开了该控告，他把那些曾在审判山下奉文大将时作过证的许多人弄到东京，最后以如下的反问结束了自己的辩驳：山下大将已经因为这些罪行被送上绞架，又怎能因此审判丰田大将呢？

在法庭判决前一天的夜里，布莱克尼溜进审判长的寓所，弄到一份法庭调查结果的复本。"我们赢定了！我们赢定了！"他得意忘形地向弗内斯和威尔宣布。丰田当然不知道这件事，在第二天的法庭上，三位律师掩饰着自己的快活。宣告判决前，那位澳大利亚法官问丰田："你还有什么要说的吗？"

让他的三个律师颇为惊愕的是，他用日语答道："我为这一切认罪。"他还要继续往下说，这时，布莱克尼担心他会把一切罪名全揽到自己头上，对弗内斯小声说："把他拉下来！让他住嘴！"

弗内斯离海军大将最近，一把把他拉回座位，请求法庭允许他的当事人不再讲下去。丰田给封了口，但仍然觉得有罪，因为他没有为手下的日军给无辜的人民所造成的一切伤害和痛苦表示适当的歉意。

玛吉为兰德姆出版公司撰写的书就要脱稿了，她挤出时间写一篇新闻报道，评述丰田的无罪开释。她预言仇恨的火焰最终将会熄灭，不出几年，那些在市谷被判处终身监禁的人多数会获释的。她的预言被出版商删除了，尽管他从华盛顿听到小道消息，说当局正在考虑赦免战犯。他在给玛吉的信中写道："有些事情是不应该让公众知道的。"

当 6 月份的第一波热浪袭击东京的时候，她便动身前往凉爽宜人的箱根疗养地，为书稿作最后润色。书总算写完了，可她并不感到高兴。她在书里谈到自己在加利福尼亚和夏威夷的军训生活，在硫磺岛和冲绳亲眼目睹战火纷飞的情景。她还谈到自己如何被美国海军逮捕，又怎样随麦克阿瑟的专机得意洋洋地回到日本。她描述了战争的残酷和在日本所看到的随处可见的毁坏。然而，她一句也没有提到她永远失去了的心爱的男人，或者威尔在战俘营里忍受的痛苦，或马克冲锋陷阵的艰难拼搏，也没有提到弗洛斯及户田一家人的艰辛与不幸。她心想，把书稿寄到纽约，其余的听天由命好啦。或许一二十年内，她能写出一部使麦格

林恩和户田两家人成为抵押品的战争的真实作品。陈户田止和他的两个
女婴外，他们全都凭着自己的勇敢和机智而幸免于难，这是怎样的奇
迹啊！

5

　　玛吉从箱根返回东京时，听说真理子终于同意跟麦格林恩见面。他
原以为总能给她些许慰藉，没想到还是感到难堪，她依然深陷悲痛与自
责而不能自拔。她发现他也一样悲伤自责，痛苦悔恨。她从未料到他会
如此颓丧。现在，悲剧之结将他俩连在了一起。

　　他离开真理子，决定给她更多的时间。不过，一个月过去了，他变
得非常萎靡不振，以致他的几个孩子聚在一起商议办法。谁也想不出什
么锦囊妙计，末了玛吉提出请弗洛斯单独跟他谈一次，看怎么安慰安
慰他。

　　弗洛斯在他住的饭店里跟他见面，发现他萎靡不振，面容憔悴。当
她说到动情处，泪花在眼里涌动时，他伸开双臂拥抱她。"我知道你们
非常关心我，我简直不晓得该怎样告诉你我是多么感激你们。我真不知
该如何办才好！"随后，他无精打采地谈到与真理子最后一次见面的惨
淡情景。

　　"爸，失去孩子对母亲来说是非常可怕的。她永远恢复不过来的，而
不停地自责自悔。伤痛太深，岂能愈合？同你见面只能刺痛她的伤口，
因为她看到你也在忍受折磨。你们都需要时间来治愈心中的痛苦。"说
着，她双臂搂着他，就像姐弟似的。"爸，你得耐心等待。"

　　跟教授不一样，弗洛斯非常了解真理子是如何深受日本妇女传统的
行为模式约束的。他们的理想、习俗、处世方法深深扎根于真理子的灵
魂之中，因此她跟别的日本妇女别无异处，尽管她受到的是西式教育。
可怜的真理子因儿子的死始终不能振作起来，她没有足够的生命力重新
站立起来。

　　麦格林恩似乎觉得逝去的每一天都是永恒的，但他知道弗洛斯说得
对，强迫自己回到特赦那些遭到清洗的富商巨贾的工作岗位上。他还继
续进行研究，为计划中的描述珍珠港事件前夜的著作作准备，反思亚洲

风起云涌大雨滂沱的那段历史。然而他开始对一切都失去了兴趣，觉得什么都没有意思，沮丧颓靡，乃至于 7 月下旬提出辞呈。随后，他把孩子们召到东京，告诉他们他这就要离开日本回美国了。一两天内，他将同麦克阿瑟见最后一面，而后启程离去。

除了弗洛斯，大家都觉得事已至此，无可挽回。但弗洛斯深知，老爸独自一人回国便意味着他生命的终结。她与兄弟姐妹们和户田惠美商议之后，认为该是真理子出面救救老爸的时候了。她要去找真理子谈谈。

在出租车上，她琢磨着该如何开口。她还没想好，车就到了，于是决定先散个长步，边走边想。然而，她一下车便直奔大门，干脆和盘托出，照直说来。

真理子见到她时颇感意外。

"请原谅我的唐突！"她用日语说。

真理子给她沏了一杯绿茶。弗洛斯对太郎的死表示一番哀悼之后，她们谈到闷热难耐的天气。之后，弗洛斯放下茶杯，用英语说："我担心我爸！"她说到老爸何其沮丧，然后说到她妈妈死于难产后，他成天与酒为伴，不得已离开哈佛。

真理子不敢看弗洛斯的眼睛。弗洛斯重新用日语说，他看上去怎样的骨瘦如柴，满脸皱纹。"他还有好多事要做，可他已无心写作，无心教书，对一切都了无兴趣。他刚辞职，过两天就要回国了。"真理子一直瞪着那张茶几。"只有你能帮他，"弗洛斯真诚地说，"我爸深深地爱着你，他现在需要你。你们爱得多深多真啊！"

真理子抹去泪水，抬起头来。

"你和我都经历过艰难岁月，"弗洛斯接着说，"战争中我们都失去了丈夫，我还失去了一个儿子。我的思想感情跟日本女人没什么两样，你忍受了更多的痛苦，可你还能幸福，你有一个爱你的好男人。从一开始，我的直觉就告诉我，由于太郎的缘故，你绝不会嫁给他的。有好几次，我真想跟他挑明，但我不能这样做，因为我本能地感到会发生什么事，使你儿子和他爸团聚的。"弗洛斯说着激动起来，难以接着往下说。她知道，对作母亲的来说，失去孩子是最难承受的，真理子还在责备自己。"这对你有多难啊！"弗洛斯说。

"说不难，那是撒谎。"真理子说。"你也经受了很多不幸。战争中许多妇女都失去了丈夫和孩子。"

弗洛斯抹去泪水，"你知道，太郎再也不会回来的。"

真理子忽然抬起头。

"太郎是怎么也挽回不了的，可我们还得活下去啊！你还在爱惜自己的儿子，我爸也是的。他受不了他办公室里那些不喜欢他的家伙们的冷嘲热讽和他的朋友们的扼腕叹息。可他承受着这一切的一切，胸中燃烧着希望之火。他不能再继续忍受折磨了。"她把身子挪向真理子，用乞求的口吻说："求你至少在他离开日本之前见他一面，好吗？"

真理子点点头。

"我告诉他你明天下午去看他，行吗？"

真理子点点头。

那天夜里麦格林恩大多数时间两眼圆睁，无法入睡。他要么想着真理子，要么在想第二天上午要跟麦克阿瑟谈的一大堆事儿。可到他踏进将军的办公室时，脑子里还是一团乱麻。麦克阿瑟从办公桌后站起来，上前跟他握手。"你要走，我感到很惋惜，麦格林恩博士。虽然我没有采纳你所有的意见，但你的建议却令人耳目一新。"然后，他压低声音道："我为你那事儿深感惋惜。"他示意麦格林恩在皮沙发上就座，自己倒进那把大皮安乐椅里。他划了三根火柴才点燃手里那根粗粗的玉米蕊烟斗。"你在报告里谈到过去三年来我们所取得的成就，给我留下了很深的印象。"他一挥手臂接着说："我们大家都可以为我们为这个国家带来民主感到自豪。"

麦格林恩本决定把自己的话题限制在亚洲问题上，但仍然脱口而出："当然，日本要不是世界上最平等的国家之一，这一切成就恐怕就难以成为现实。"

麦克阿瑟闻言大吃一惊。

"这场战争和三年的占领使之成为世界上最平等的国家。"

"你这是指哪方面而言？"

"目前，富裕和贫穷的日本人过着同样悲惨的生活。当然，我们清洗权势显赫的家族，从而使日本更加平均化。我相信，百年之后，你会因把土地分给农民而为人传颂。"这时，麦格林恩涌起一股恶作剧的冲动。看到将军困惑不解，他感到十分快慰，板着一副严肃的面孔。这是他最后一次在老虎屁股上蹭痒了。"你将作为历史上把日本改造成单一阶级——中产阶级的人而名垂青史。你不是可以说今天的日本人90%以上是中产阶级吗?"麦克阿瑟万万没想他会这样说,一时没反应过来。"这一成就是如何取得的呢?你给了日本一部新宪法!你禁止日本拥有陆海军。你鼓励日本国会向富人征收特别重的税,尤其是通过遗产税,从而使大家庭的资财很快成为过眼烟云。是的,正是由于你,将军,日本将成为世界上第一个真正的社会主义国家!"

麦克阿瑟脸上阴云密布,麦格林恩担心他走得太远了。"世界上别无他人能取得像你那样的成就,"他真诚地说,"我很钦佩你,先生。但我想跟你讨论的是——"他急忙补充道,"席卷亚洲的革命浪潮。我知道,你已注意到这个浪潮,可华盛顿的当政者却没有。他们没有意识到,由于日本战败,整个亚洲刮起一股自由主义思想的旋风。美国并不让亚洲人民自己决定自己的命运,相反,与苏联玩弄一场危险的游戏。因此,先生,亚洲将会发生惊动全球的突发性事件。或许出在法属印度支那,或许出在朝鲜半岛。用不着我说,蒋介石快完蛋了。"

真令人难以置信,将军竟让人一口气说了那么多。当麦克阿瑟从安乐椅上站起来的时候,麦格林恩以为要挨骂了。他感到意外的是,麦克阿瑟开始鸿篇大论,似乎在大庭广众之下发表讲演。"麦格林恩,我非常同意你的看法。正如你所知道的,我给蒋去过信。红军正在各条战线上节节获胜。"他幽幽的双眼炯炯有神,发射出刺人的寒光,盯着麦格林恩道,"如果我是中国共产党人的军队总司令——假如我是毛的话——我的目标是——"他用食指和拇指圈成一幅双筒望远镜,一副认真观察的神态,随后他突然摊开双臂,戏剧性地宣布:"印度洋!"

麦格林恩吃了一惊。一个多么宏伟的思想!这才是麦克阿瑟!教授心想,要是周恩来和毛泽东在场就好啦!他们一想到自己统帅的勇猛无比而筋疲力尽的千军万马踏上穿越亚洲大陆的征程,准会感到惊心动魄。但是,在将军的夸大其词中,有一种幼稚可笑的东西。那就是:麦克阿瑟深信,日本的成年人长着一个12岁孩子的脑袋瓜儿,不仅民主移入日本取决于基督教的传播,而且上千万的日本人已改崇基督教——可事实上此时日本真正信仰基督教的人与1941年一样,少得可怜!这就是那个自以为对东方人无所不知知无不尽的麦克阿瑟,而在今天的日本,除天皇外，他是最受爱戴的人！

"将军，我很荣幸你能给我这么长的时间。"麦格林恩语多诚恳。麦克阿瑟跟他握手，亲切地把他送到办公室门口，说："我等着拜读你的下一部大作！"

麦格林恩食不甘味地匆匆用过午餐，叫了一辆的士前往真理子家。好漫长的路啊！可当他真的来到她那条街上的时候，他又感到这一切来得那么迅速。这将是他一生中最重要的时刻，他不敢正颜以对。出租车上，他一会儿陷入绝望，一会儿满怀欣喜。这会儿他又觉得毫无希望了。

他轻叩门环，大门应声而开。真理子默默地站在门后，请他进屋。门刚一关上，她盯着他看了一会儿，温柔地说："昨晚我一夜没合眼。"她有点犹豫地向他走近一步，去握他的手。

他的四个孩子开车把他们送到厚木机场。弗洛斯为她的父亲感到满心欢喜；玛吉的书稿受到编辑的赞扬；马克刚接到乘船去圣迭戈的命令，而威尔则从《华盛顿邮报》上摘了一条报道读给教授听："我们越来越清楚地看到，东京的战犯审判损害了正义的美誉，更不用说美国的声望了。"威尔津津有味地补充说："审判刚结束不久，《邮报》便能反思至此，这就说明我们的法律尚未病入膏肓，而只落后于时代一步。"

麦格林恩独自一人登上飞机舷梯，因为他和真理子都觉得还没有准备好结婚，她需要更多的时间来安排一下工作和生活。然而，麦格林恩相信，一切都会好起来的，他恢复了旺盛的精力而显出勃勃生机。他在紧靠窗口的一个座位上坐下，望着自己的四个孩子。他们亲切地围在真理子身边，就好像她已是家里的一员。一想到那个纤巧若斯的人儿竟对他有那么大的力量，他就禁不住自个儿笑了。

真理子在想，自己多么需要他啊！失去弗兰克，她的生命就是一片荒漠；有了他，她就会过上她还不曾真正拥有的幸福生活。

飞机摇摇晃晃在跑道上缓缓滑行。麦格林恩的儿子朝他挥手，女儿向他抛飞吻。真理子脸上恢复了青春的光彩，微笑着挥手告别。他爱他们所有的人，决心在来日更关心孩子们。他祈愿孩子们不要像他自己那样固执而冲动——这是一种致命的综合征。上苍有眼，他们中的一个女人拯救了他。各种想法和计划涌到脑海里。他已下了决心，再不回大学教书，而全身心地投入写作。现在要着手撰写珍珠港事件前关键的几个月或占领日本的著作，还为时尚早，但是必须立即动笔撰文，提醒人民注意可能在亚洲突然爆发的革命风暴。甚至在日本还没有从视野中消失时，他已在奋笔疾书。忽然，他掷笔而思，此时乔西在密西西比怎么样呢？

要是有人对他说，经过长时间的努力、搜集新证据后，她在充满敌意的密西西比，为在法庭上舌战群儒的另一天而苦心准备，他一点也不会感到意外。她就是这样一个人！

余　绪

东京，1950 年 2 月

2 月份的最后一个星期天，教授和真理子在青山的美以美教堂举行结婚仪式。16 年前，弗洛斯和户田也正是在这里结为伉俪的。麦格林恩和户田两家人及亲朋好友在场贺喜。这真是令人高兴的时刻，是麦格林恩和真理子获得新生的日子。她雍容华贵，举止娴静，活脱脱的一个古代仕女形象。当她笑盈盈抬头看他时，她幻化成他快乐的影像："翩翩起舞，快活无比，萦绕脑际，半路相迎，回眸惊喜。"

想到弗洛斯出嫁以来的 16 年，麦格林恩思绪如潮，感喟万千。16 年中，麦格林恩和户田两家人各自东西，注定与自己的祖国共命运。现在两家人又团聚在一起了。而日本和美国，这两个 4 年中嫉恨如斯的深仇大敌，不仅握手言和，而且开始相互理解。

致谢及说明

关于远东国际军事法庭审判和横滨乙、丙级战犯审判，我非常感激向我提供资料的以下诸位律师：马场田作、迈克尔·布朗、瓦伦·J. 迪尔、罗伯特·多尼希·约翰·F. 英格利什、乔治·弗内斯、阿里斯蒂德斯·拉扎勒斯、G. 奥斯蒙德·海德、木户高彦、松下正寿、亨利·岛农地、丰田熊男、K. 东方。有关横须贺海军基地的资料来自：海军陆战队中尉詹姆斯·W. 布雷谢、海军陆战队下士沃尔特·W. 鲍尔、陆军参谋军士詹姆斯·H. 布莱辛、罗伯特·P. 博格斯、海军陆战队少校威廉·H. 切尼、海军陆战队枪炮军士阿兰·H. 科尔、托密、科尔夫人、埃德温娜·内勒·德克尔夫人、海军陆战队中士莱斯特·迪克曼、海军陆战队军士长李·爱德华兹、海军陆战队中尉梅里尔·弗雷斯科恩、海军陆战队下士詹姆斯·A. 哈泽德、海军陆战队中尉詹姆斯·M. 杰弗逊、K. 小林、小山吉男、海军陆战队退役准将詹姆斯·F. 劳伦斯、黛安娜·劳伦斯夫人、海军陆战队枪炮军士朗·曼纽尔、海军陆战队中尉阿尔弗雷德·A. 曼尼诺、Y. 松永、海军陆战队一等兵克莱德·麦卡沃伊、望月高尾、海军陆战队中尉弗朗西斯·莫德、海军陆战队二级准尉詹姆斯·A. 波普韦尔、海军陆战队下士拉尔夫·M. 鲍威尔、海军中尉乔治·I. 珀迪、海军陆战队上校沃纳·F. 里伯斯托克、海军陆战队中士盖伊·S. 雷亚、泽荣一、海军陆战队下士埃德蒙·S. 西尔维斯特里、竹宫平志、玉森辰雄、田中一郎、海军陆战队下士朗·A. 惠特尼。

巢鸭监狱中战犯经历是基于大量个人叙述，最主要的来自监狱佛教大法师花山信胜和儿玉誉夫。关于占领的综合资料来自于大量的书籍、杂志、报刊、官方文件和访谈录，其中特别有价值的有：拉塞尔·布林斯的《跟随麦克阿瑟在日本》，本顿与埃德温娜·德克尔合著的《黑船归来》，马克·盖因的《日本日记》、《木户日记（战后）》，理查德·米尼尔的《胜利者的正义》，三岛墨绘的《宽宽的路》，城山三郎的《战犯》，沃尔特·谢尔登的《光荣的征服者》，贾斯廷·威廉姆斯的《星条旗》、《日本时代》、《麦克阿瑟领导下的日本政治革命》。

最后，我要感谢为本书作出突出贡献的卡尔·布兰特、爱德华·哈尼菲、威廉·K. 琼斯中将、刘易斯·米切伦尼上士、弗雷德·斯托金、乔西·贝内特一家，还有我的太太寿子。

所有远东军事法庭的场景描述均取自于历史文献，只有第 19 章乔西·斯诺出庭一节是根据 1947 年 2 月海伦·兰伯特夫人出庭所做的一小时总结发言写的。她是美联社记者托马斯·兰伯特的妻子。

拯救曼努埃尔·罗克萨斯总统之事，本书中虚构的岩田平次郎是以真实人物神保信彦为原型，其人其事详见拙作《日本帝国的衰亡》。

第 6 章中天皇的个人感受，依据的是 1987 年 1 月桥本亮在《新潮》第 45 期上发表的一篇文章。向他提供原始材料的是村井永昌，他先是明仁皇太子的侍臣，后来是裕仁天皇的侍臣。其他关于天皇的情况参考了 1987 年大月书店出版的《东京审判详情：木户幸一问答录》，作者是索菲亚大学粟屋健太郎教授。根据木户未发表过的战后私人日记，天皇曾三次打算退位，但均未能如愿。第一次是在投降不久，被日本外务省和宫内省阻止了，理由是政局和国际关系不容许。第二次，1951 年 9 月盟国与日本在旧金山签订和平条约之后，木户侯爵自狱中给天皇写了一封信，建议圣上借此良机退位，因为他对日本投降负有不可推卸的责任。惟其如此才能以对祖宗和臣民，才能向所有阵亡伤残的和未被遣返的将士的亲属，向以身殉职的战犯的家人谢罪；而且这有助于全民族以皇室为核心精诚团结。"如其不然"，木户在日记中写道，"我担心，不满情绪将永难消除，构成潜在祸根。"天皇欢迎木户的建议，但吉田首相拒不赞同。第三次，1952 年 4 月天皇在御殿场纪念日本独立大会上表示了要退位的意愿。这次吉田先是同意，后又屈服于宫内省和外务省的反对。

威廉·韦布爵士主持远东国际军事法庭期间曾竭力要把天皇带上法庭加以审判，他始终确信天皇是罪魁祸首。1971 年他欣然为戴维·贝尔加米尼所著的《日本帝国阴谋集团》一书题写前言。依据贝尔加米尼的描述，天皇实际统治着战前的日本，决断了导致珍珠港事件的军政要务。

韦布写道，贝尔加米尼的书"为我主持国际军事法庭时的发现提供了佐证和补充。书中阐明天皇有罪的证据实际上比法庭诉方律师所掌握的更有说服力"。他断言，贝尔加米尼的书"将致使西方人在如何看待东方历史问题上作出重大调整"。

詹姆斯·克劳利教授 1971 年 10 月 24 日在《纽约时报书评》上刊登文章对贝尔加米尼的书发表评论。他认为威廉·韦布爵士"告诉我们更多的是国际军事法庭的事，而不是日本历史的事。贝尔加米尼对日本天皇评头论足，实则空口无凭，无论是第一手的，还是第二手的"。

东条将军等人骨灰的去向众说纷纭。历史学家罗伯特·J. G. 布托讲，"焚尸现场采取了种种防范措施，尸体是在绝对安全的情况下处置的。"但是，1955 年，被绞死的 7 人之一的律师三茂正平声称，他与一个和尚潜入横滨的火葬场，盗走装有他们几人骨灰的黑匣子，藏匿在某寺庙中。美国权威人士认为此说法荒谬绝伦。他们说，骨灰"早已随风飘逝"。

即使盗取骨灰之事是杜撰出来的，但它已深入人心。东条的律师清濑一郎论及战犯审判时写道，他坚信骨灰确曾隐藏在一尊观音菩萨像内，且最终在 1959 年安葬于爱知县三河湾公园。其时已免除服刑的荒木贞夫将军挥笔为纪念碑题词："此处安息着七个殉难武士"。

1980 年，日本政府不顾和平主义者的强烈反对，在原巢鸦监狱行刑之处立了一块 6.5 英尺高的纪念碑。此碑所在的小公园较僻静，掩映在著名的有 60 层高的"日光城"的阴影里。我和妻子去参观的那天，我们是惟一驻足和浏览碑文的人。其正面写着"祈求永久和平"，背面是"市谷远东国际军事法庭判处死刑的东条……行刑于此"。

"故此地定为历史遗址。为防止战争悲剧重演，特立此碑。"